풀잎관

2

풀잎관

The Grass Crown

COLLEEN
McCULLOUGH

2

콜린
매컬로
지음

강선재 · 신봉아
이은주 · 홍정인
옮김

교유서가

MASTERS OF ROME
THE GRASS CROWN
2

CONTENTS

*
소괄호 안은 전기적 정보이고
대괄호 안은 이 책에서 사용된
해당 인물의 별칭이나 약칭이다.
모든 연도는 기원전이다.

마리우스

가이우스 마리우스
율리아, 아내(가이우스 율리우스 카이사르의 누이동생)
가이우스 마리우스 2세[젊은 마리우스], 아들

술라

루키우스 코르넬리우스 술라
율릴라, 전처(가이우스 율리우스 카이사르의 누이동생)
아일리아, 후처
루키우스 코르넬리우스 술라 2세[어린 술라], 아들(율릴라 소생)
코르넬리아 술라, 딸(율릴라 소생)

폰토스

미트리다테스 6세 에우파토르, 폰토스 국왕
라오디케, 누이 겸 아내, 첫번째 폰토스 왕비(99년 사망)
니사, 아내, 두번째 폰토스 왕비(카파도키아의 고르디오스의 딸)
아리아라테스 7세 필로메토르, 조카, 카파도키아 국왕
아리아라테스 8세 에우세베스 필로파토르, 아들, 카파도키아 국왕
아리아라테스 10세, 아들, 카파도키아 국왕

카이사르

가이우스 율리우스 카이사르

아우렐리아, 아내(루틸리아의 딸, 푸블리우스 루틸리우스 루푸스의 조카딸)

가이우스 율리우스 카이사르 2세〔어린 카이사르〕, 아들

큰 율리아〔리아〕, 큰딸

작은 율리아〔유유〕, 작은딸

가이우스 율리우스 카이사르〔조부 카이사르〕, 아버지

율리아, 누이동생

율릴라, 누이동생

섹스투스 율리우스 카이사르, 형

클라우디아, 섹스투스의 아내

비티니아

니코메데스 2세, 비티니아 국왕

니코메데스 3세, 큰아들, 비티니아 국왕

소크라테스, 작은아들

드루수스

마르쿠스 리비우스 드루수스
세르빌리아 카이피오니스, 아내(카이피오의 누이동생)
마르쿠스 리비우스 드루수스 네로 클라우디아누스, 양자
코르넬리아 스키피오니스, 어머니
리비아 드루사, 누이동생(카이피오의 아내)
마메르쿠스 아이밀리우스 레피두스 리비아누스, 다른 가문에 양자로
　　간 친동생

카이피오

퀸투스 세르빌리우스 카이피오
리비아 드루사, 아내(마르쿠스 리비우스 드루수스의 누이동생)
퀸투스 세르빌리우스 카이피오 2세(어린 카이피오), 아들
큰 세르빌리아(세르빌리아), 큰딸
작은 세르빌리아(릴라), 작은딸
퀸투스 세르빌리우스 카이피오(106년 집정관), 아버지, 톨로사의 황금
　　으로 유명
세르빌리아 카이피오니스, 누이동생

메텔루스

퀸투스 카이킬리우스 메텔루스 피우스〔새끼 똥돼지〕

퀸투스 카이킬리우스 메텔루스 누미디쿠스〔똥돼지〕(109년 집정관, 102
  년 감찰관), 아버지

폼페이우스

나이우스 폼페이우스 스트라보

나이우스 폼페이우스〔젊은 폼페이우스〕, 아들

퀸투스 폼페이우스 루푸스, 먼 친척

루틸리우스 루푸스

푸블리우스 루틸리우스 루푸스(105년 집정관)

스카우루스

마르쿠스 아이밀리우스 스카우루스, 원로원 최고참 의원(115년 집정관,
  109년 감찰관)

카이킬리아 메텔라 달마티카, 후처

이탈리아

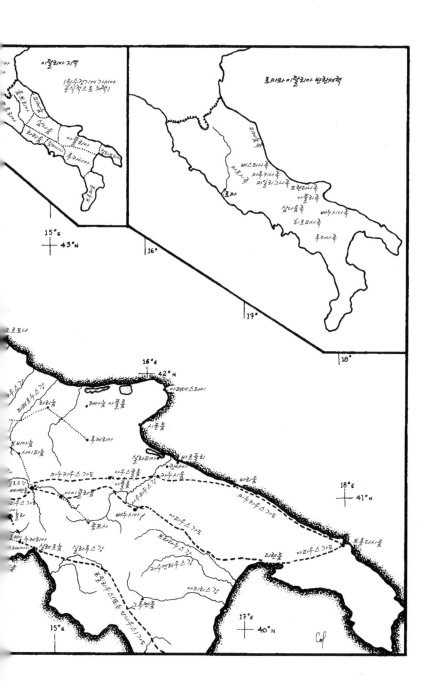

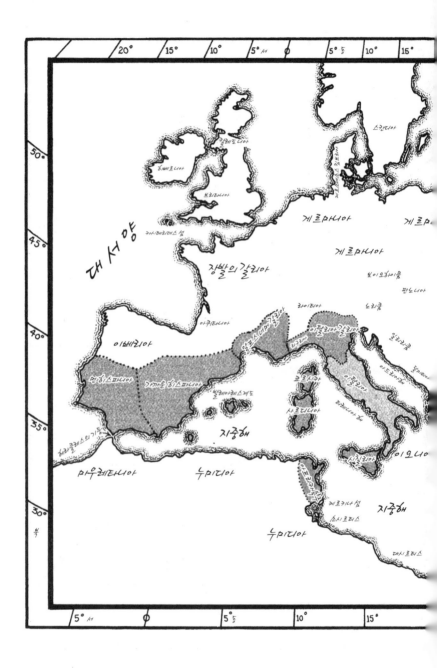

로마 통치 지역

The
Grass
Crown

제4장

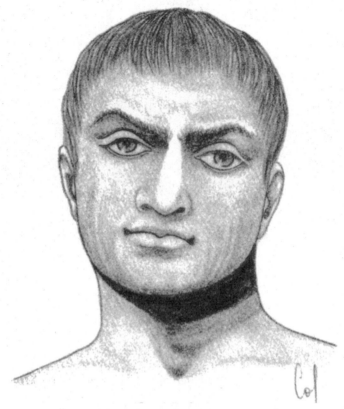

마르쿠스 리비우스 드루수스

루키우스 코르넬리우스 술라가 동방에 가 있던 동안, 마리우스와 푸블리우스 루틸리우스 루푸스는 리키니우스·무키우스법 특별 법정의 활동을 중단시키는 법률을 제정하는 데 성공했다. 마르쿠스 리비우스 드루수스는 용기를 얻었다.

"이제 된 것 같습니다." 법안이 통과된 직후 드루수스는 마리우스와 루푸스에게 말했다. "저는 연말에 호민관 선거에 출마할 생각입니다. 그리고 내년 초 평민회에서 이탈리아의 모든 남성들에게 시민권을 주는 법을 통과시킬 겁니다."

마리우스와 루푸스 둘 다 회의적인 표정을 지었지만 반박하지는 않았다. 노력한다고 손해볼 건 없으며 시간이 지난다고 로마가 더 관대해질 것도 아니라는 드루수스의 말이 옳았기 때문이었다. 특별 법정의 운영이 중단되어 이제 누군가의 등이 찢길 일도 없을 터이니, 로마의 몰인정함을 가시적으로 상기시킬 일도 더는 없을 터였다.

"마르쿠스 리비우스, 너는 조영관을 지냈으니 법무관에 출마할 수 있다." 루푸스가 말했다. "정말로 호민관이 되고 싶은 거냐? 퀸투스 세르빌리우스 카이피오는 법무관 선거에 나갈 거다. 다시 말해 너는 원로원에서 임페리움이 있는 적과 싸우게 될 거라는 뜻이야. 게다가 필리푸스는 또다시 집정관 선거에 나가는데, 그자가 당선되면—아마 당선될 거다. 유권자들은 해마다 토가 칸디다를 입은 그를 보는 일에 아주 신물이 났거든—집정관과 법무관으로 결탁한 필리푸스와 카이피오를 상대해야 해. 그들은 너의 호민관 생활을 아주 힘들게 만들 거다."

"압니다." 드루수스가 단호하게 말했다. "그러나 저는 호민관에 출마할 겁니다. 다만 아무한테도 말하지 말아주십시오. 선거에서 이길 특별한 계획이 있는데, 그 계획이 성공하려면 사람들은 제가 마지막 순간에 출마를 결심했다고 생각해야 하거든요."

9월 초 루푸스가 유죄판결을 받고 추방당한 일은 원로원에서 고모부의 지지가 매우 중요하다고 생각했던 드루수스에게 큰 타격이었다. 이제 그를 지지해줄 사람은 마리우스뿐이었는데, 드루수스에게 마리우스는 막역하게 지내는 사람도, 진심으로 존경하는 사람도 아니었다. 어쨌거나 피를 나눈 친척을 대신할 수는 없었다. 또한 이제 드루수스에게는 가족이라는 울타리 안에서 대화를 나눌 사람이 아무도 남지 않게되었다. 동생 마메르쿠스와 가까워지기는 했으나, 마메르쿠스의 정견은 카툴루스 카이사르나 새끼 똥돼지 쪽에 가까웠다. 드루수스는 동생과 이탈리아에 대한 시민권 부여라는 민감한 주제에 대해 대화한 적이 한 번도 없었으며 대화하고 싶지도 않았다. 카토 살로니아누스는 죽었다. 살인과 횡령, 사기와 고리대금까지 담당하는 바쁜 법무관 생활은 리비아가 죽은 후 카토를 지탱해주었다. 그러나 두 히스파니아가 들끓으며 불안정해져서 연초에 원로원이 알프스 너머 갈리아로 특별 총독을 파견하기로 결정했을 때, 카토는 계속 바쁘게 지내기 위해 특별 총독직에 자원했다. 그는 장모 코르넬리아 스키피오니스와 처남 드루수스에게 자식들을 맡기고 떠났다. 여름에 카토가 말에서 떨어져 머리를 다쳤다는 소식이 도착했는데, 당시에는 심각한 부상이 아닌 것 같았다. 하지만 그 부상은 간질 발작과 마비, 혼수상태로 이어졌고 카토는 결국 사망했다. 의식 없이 평화롭게 죽었다고 했다. 카토의 사망 소식은 드루수스에게 있어 문이 하나 닫힌 것과 같았다. 이제 누이가 드루수스에게 남긴 것은 조카들뿐이었다.

따라서 고모부가 추방된 후 드루수스가 퀸투스 포파이디우스 실로에게 로마로 와서 함께 지내자고 편지를 쓴 건 어쩌면 당연한 일이었다. 리키니우스·무키우스법의 특별 법정은 활동을 중단했고, 원로원은 암묵적 동의하에 안토니우스와 플라쿠스의 인구조사 때 이탈리아인들이 집단적으로 등록한 일은 다음번 인구조사 때까지 모르는 척하기로 결정했다. 따라서 실로가 로마에 오지 못할 이유가 없었던데다, 드루수스는 신뢰하는 사람에게 자신의 호민관 출마에 관해 얘기하고 싶은 마음이 간절했던 것이다.

두 사람은 보비아눔에서의 잊지 못할 만남 이후 3년 반 만에 만났다. "살아 있는 사람은 카이피오뿐이네." 드루수스는 실로에게 말했다. 그들은 저녁식사가 준비되기를 기다리며 드루수스의 서재에 앉아 있었다. "카이피오는 아직까지도 자신의 적출인 아이들을 보지 않고 있네. 카토 살로니아누스 혈통의 두 아이는 고아나 다름없고. 다행히도 이 애들은 엄마를 전혀 기억 못하고, 아버지조차 딸아이 포르키아만이 아주 희미하게 기억한다네. 폭풍우 치는 무시무시한 바다에 영원히 내던져진 그애들의 닻은 나의 어머니지. 물론 카토 살로니아누스는 남긴 재산이 없네. 투스쿨룸에 있는 부동산과 루카니아의 땅뿐이었지. 나는 때가 되면 카토의 아들을 원로원에 들여보내고 포르키아의 지참금을 적당히 챙겨줘야 하네. 포르키아의 고모, 즉 카토 살로니아누스의 누이와 결혼한 루키우스 도미티우스 아헤노바르부스가 우리집 포르키아를 그의 아들 루키우스의 짝으로 아주 진지하게 생각하고 있다고 들었어. 나는 유언장을 작성해놓았지. 카이피오도 작성하도록 조치했네. 그자가 좋든 싫든 간에, 퀸투스 포파이디우스, 자기 자식들한테서 상속권을 박탈할 수는 없네. 그애들을 보지 않는 것 외에 다른 식으로 의절할 수도 없고 말이야. 똥개 같은 놈!"

"어린것들이 불쌍하기도 하지." 그 자신도 아버지인 실로가 말했다. "아기 카토는 어머니와 아버지 둘 다 기억조차 못하겠구먼."

드루수스는 씁쓸하게 웃었다. "참 이상한 녀석이야! 막대기처럼 깡마른데다, 그렇게 어린 남자애한테서는 일찍이 본 적 없는 엄청나게 긴 목과 놀라운 매부리코를 하고 있거든. 보면 정말이지 털 뽑힌 독수리가 생각난다니까. 암만 애를 써도 녀석을 좋아할 수가 없어. 아직 두 살도 안 됐는데 목을 길게 빼고 그 코로—어쨌거나 코의 일부로!—땅바닥을 가리키면서 쿵쿵대며 집안을 돌아다니지. 소리를 지르면서 말이야! 아니, 우는 게 아닐세. 그냥 고함치는 거야. 정상적인 말투로는 아무 말도 할 수가 없나봐. 늘 고함을 지른다네. 인정사정없이 으르렁대지. 그애가 불쌍하긴 하네만, 난 그애가 오는 걸 보면 도망을 친다네!"

"염탐꾼 아이는 어떤가……. 세르빌리아였나?"

"아, 아주 조용해. 아주 독립적이고 아주 순종적이야. 하지만 무슨 일이 있어도 그앨 믿지 말게, 퀸투스 포파이디우스. 내가 싫어하는 또 한 명의 아이라네." 드루수스는 조금 슬프게 말했다.

실로는 노르스름한 눈동자로 드루수스를 예리하게 쳐다보았다. "자네가 좋아하는 아이가 있긴 한가?"

"내 아들, 드루수스 네로. 작고 어린 남자애라네. 사실 지금은 그렇게 어리지 않지만. 여덟 살이네. 유감스럽게도 그애의 지성은 착한 마음씨를 못 따라가지. 입양은 현명하지 못한 일이라고 아내를 설득하려 애썼네만, 아내가 아이를 너무 원하니 별도리가 없었네. 카이피오의 아들이라고는 믿을 수 없지만, 카이피오 2세도 무척 마음에 들어! 그앤 카토 살로니아누스의 판박이인데다 육아실에 있는 아기 카토와도 무척 닮았다네. 릴라는 괜찮아. 포르키아도 그렇고. 하지만 내게 여자애들은 그야말로 수수께끼라서."

"기운 내게, 마르쿠스 리비우스!" 실로가 웃으며 말했다. "언젠가 그애들은 다 자랄 거고, 그땐 적어도 잘잘못에 따라 그애들을 싫어해도 되네. 나한테 아이들을 보여주지 않겠나? 솔직히 털 뽑힌 독수리와 첩자 소녀가 궁금하구먼. 참 고약하지, 가장 불완전한 것이 가장 흥미로우니."

그 첫날의 나머지 시간은 사교 활동에 할애되었으므로, 드루수스와 실로는 다음날이 되어서야 이탈리아 이야기에 집중할 수 있었다.

"11월 초에 호민관 선거에 출마하려고 하네, 퀸투스 포파이디우스." 드루수스가 말했다.

실로는 눈을 껌벅였다. 마르시족 사람이 흔히 하지 않는 행동이었다. "조영관을 지낸 자네가? 법무관 선거에 출마해야지."

"법무관 선거에 나가도 되지." 드루수스가 차분하게 말했다.

"그런데 어째서? 호민관? 설마 자네 이탈리아인들에게 시민권을 주려고 시도할 생각은 아니겠지!"

"그게 바로 내가 생각하고 있는 일이야. 나는 지금껏 인내하며 기다렸네, 퀸투스 포파이디우스. 신들이 나의 증인들이네, 나는 인내했어! 적당한 때라는 것이 있다면 바로 지금이네. 모두가 리키니우스·무키우스법을 생생하게 기억하고 있는 지금 말이야. 호민관으로서 나만큼 존엄과 권위를 갖춘 적당한 나이의 원로원 의원이 있으면 말해보게. 난 자그마치 10년이나 원로원에 있었고 12년 가까이 내 집안의 가장 역할을 해왔네. 나의 명성은 흠집 하나 없고, 그동안 나의 유일한 기벽이라면 이탈리아인들에게 시민권을 줘야 한다고 주장한 것뿐이네. 난 평민 조영관 시절에 훌륭한 경기대회를 수차례 열었고, 막대한 재산과 수많은 피호민들이 있으며, 로마 전역에서 유명하고 존경을 받고 있네. 그러니 내가 법무관이 아니라 호민관 선거에 출마하면 모두들 분명 그만한 이유가 있을 거라 생각할 거야. 나는 예전에는 변호인으로 이름을 날렸고 지금은 웅변가로 이름을 날리고 있지. 그럼에도 난 10년 동안 원로원 의사당에서 침묵하고 있었네, 아직 발언권이 없으니까. 법정에서 내 이름이 불리면 구경꾼들이 우르르 몰려온다네. 진심으로 말하네만, 퀸투스 포파이디우스, 내가 호민관에 출마하기로 하면 신분의 고하를 막론하고 모든 로마인들은 내게 그럴 만큼 타당하고 가치 있는 이유가 있는 게 틀림없다고 생각할 것이야."

"물론 한바탕 소동은 일어나겠지." 실로가 양볼을 불룩하게 부풀리며 말했다. "하지만 자네가 성공할 가능성은 없다고 보네. 자네가 더 현명하게 시간을 활용하려면 법무관이 된 다음 2년 후에 집정관이 되어야 한다고 생각하네."

"집정관 의자에 앉아서는 성공할 수 없네." 드루수스가 강경하게 말했다. "이건 호민관이 공포해서 평민회에서 탄생해야만 하는 법이야. 내가 집정관이 되어 그 법을 통과시키려고 하면 곧바로 거부권 행사를 당할 것이네. 그러나 호민관으로서 그렇게 하면 집정관은 할 수 없는 방식으로 동료들을 통제할 수 있어. 그리고 거부권이라는 힘으로 집정관에게 대항할 수 있지. 필요하다면 그중 하나와 다른 하나를 맞바꿀 수 있고. 가이우스 그라쿠스는 그가 호민관 직을 똑똑하게 활용한다고 자신했었지. 하나 퀸투스 포파이디우스, 내게 필적할 사람은 아무도 없을 것이네! 내게는 연륜과 지혜, 피호민들과 영향력이 있어. 또한 나는 단순히 이탈리아 전체에 시민권을 주는 것보다 훨씬 더 나아간 법들도 제정할 계획이야. 난 로마 사회의 문제들을 뜯어고칠 생각이네."

"부디 빛을 전하는 위대한 뱀의 여신이 자네를 보호하고 이끌어주기를 바랄 뿐이네, 마르쿠스 리비우스."

드루수스는 흔들림 없는 눈으로, 자기 자신과 자신의 말을 믿고 있음을 보여주는 태도로 몸을 앞으로 내밀었다. "퀸투스 포파이디우스, 때가 왔어. 나는 로마와 이탈리아의 전쟁은 용납할 수 없네. 그리고 난 자네와 자네 친구들이 전쟁을 계획중이라고 생각해. 전쟁에 나서면 자네들은 지네. 로마도 마찬가지고. 비록 나는 로마가 이길 거라고 믿지만 말이야. 로마는 한 번도 전쟁에서 진 적이 없네, 친구. 전투들, 그래. 아마도 전쟁 초반에는 이탈리아가 로마를 압도할지도 모르지. 하지만 결국 로마가 이길 거야! 로마는 언제나 이기기 때문이네. 하지만 그건 아주 공허한 승리야! 경제적인 타격만 해도 엄청날 걸세. 자네도 이 오래된 격언을 알겠지. '자기 땅에서는 절대로 전쟁을 하지 마라, 남의 땅에서 하라.'"

드루수스는 책상 위로 손을 뻗어 실로의 팔을 잡았다. "부디 내 방식대로 하게 해주게, 퀸투스 포파이디우스! 그것이 평화적이고 논리적인 방식, 문제를 해결할 유일한 방식이네."

선선하게 고개를 끄덕이는 실로의 눈빛에는 의심하는 기색이 없었다. "친애하는 마르쿠스 리비우스, 온 마음을 다해 자네를 지지하겠네! 자네 방식대로 하게나! 내가 그 방식으로는 안 되리라고 생각한다는 건 중요하지 않네. 자네만큼 능력 있는 사람이 애쓰지 않는다면, 이탈리아인들에 대한 시민권 부여를 로마인들이 정확히 어느 정도나 반대하는지 이탈리아인들이 어떻게 알 수 있겠나? 늦었지만 이제 나는 인구조사 조작이 어리석은 짓이었다는 자네의 주장에 동의하네. 그것이 해결책이 될 거라고, 또는 될지도 모른다고 생각한 사람은 우리 중에 아무도 없었을 걸세. 그 일은 이탈리아인들이 얼마나 격앙되어 있는지 로마 원로원과 인민에게 보여주기 위한 방법에 더 가까웠어. 하지만 그 일로 이탈리아는 큰 대가를 치렀네. 로마도 마찬가지고. 그러니 뜻대로 하게! 자네를 돕기 위해서라면 이탈리아는 뭐든 하겠네. 내 자네한테 진지하게 약속하는 걸세."

"차라리 이탈리아인들을 모두 피호민으로 삼고 싶네." 드루수스는 쓸쓸하게 말하고는 웃었다. "내가 모든 이탈리아인들한테 투표권을 주는 데 성공하고 나서, 이탈리아인들이 스스로 내 피호민이라고 생각한다면 그들은 내가 원하는 방향으로 투표를 하겠지. 그러면 나는 뒤탈 없이 로마에 내 뜻을 관철할 수 있을 테고!"

"물론 가능한 일이네, 마르쿠스 리비우스." 실로가 말했다. "이탈리아인들 모두 자네의 피호민이 될 것이야."

드루수스는 떨듯이 기쁜 마음을 억누르려고 애쓰며 입술을 앙다물었다. "이론적으로는 그렇지. 하지만 실제로는…… 비현실적이야."

"아니, 쉬운 일이야!" 실로가 재빨리 소리쳤다. "나와 가이우스 파피우스 무틸루스를 비롯한 이탈리아 지도자들이 이탈리아 사람들한테 맹세하라고 하기만 하면 되네. 자네로 인해 시민권을 얻게 되면 앞으로 어떤 고난이 있어도 죽을 때까지 자네의 사람이 되겠다는 취지로 말이지."

드루수스는 놀라서 입을 벌리고 실로를 쳐다보았다. "맹세? 하지만 사람들이 맹세를 하려고 할까?"

"그럴 거야, 그들과 자네의 후손들한테는 적용되지 않는 맹세라면 말이네."

"후손들까지 포함할 필요는 없어." 드루수스가 천천히 말했다. "내게 필요한 건 시간과 전폭적인 지지뿐이야. 내 세대에서 끝날 일이네." 모든 이탈리아인이 피호민이라니! 지금까지 살았던 모든 로마 귀족들의 꿈, 군대를 편성할 수 있을 만큼의 피호민을 갖는 것. 정말로 모든 이탈리아인을 피호민으로 둔다면 내 사전에 불가능이란 없을 것이다.

"곧 맹세를 시키겠네, 마르쿠스 리비우스." 실로가 기운차게 말했다. "자네가 모든 이탈리아인을 피호민으로 원하는 건 이해할 만하지. 시민권 부여는 시작일 뿐이니까 말이야." 실로가 새된 소리로 웃었다. "얼마나 통쾌할까! 지금은 로마의 일에 아무런 영향력도 없는 사람들의 도움으로 누군가 로마의 일인자가—아니, 이탈리아의 일인자가!—된다면 말이야." 실로는 드루수스의 손에서 부드럽게 팔을 빼냈다. "이제 자네가 어떻게 할 생각인지 말해보게."

하지만 드루수스는 생각을 정리할 수가 없었다. 너무도 엄청난 암시에 압도당했기 때문이었다. 모든 이탈리아인들이 피호민이라니!

어떻게 해야 하지? 어떻게? 원로원의 유력자들 중에서는 마리우스만 드루수스를 지지할 터인데, 드루수스는 마리우스의 지지만으로는 부족하다는 걸 알았다. 그에게는 크라수스 오라토르, 스카이볼라, 안토니우스 오라토르, 그리고 원로원 최고참 의원 스카우루스가 필요했다. 호민관 선거가 다가오자 드루수스는 거의 절망한 상태였다. 적당한 때를 계속 기다렸지만 그 적당한 때는 결코 오지 않을 것 같았기 때문이다. 드루수스의 호민관 출마는 실로와 마리우스만 알고 있는 비밀이었으며, 드루수스가 목표물로 정한 유력인사들은 여전히 그의 사정권 밖에 있었다.

그러던 10월 말의 어느 날 새벽, 드루수스는 민회장에서 원로원 최고참 의원 스카우루스와 크라수스 오라토르, 스카이볼라, 안토니우스 오라토르, 최고신관 아헤노바르부스가 모여 있는 것을 보았다. 그들은 루푸스의 추방에 관해 얘기하고 있는 것이 분명했다.

"마르쿠스 리비우스, 자네도 이리 오게." 스카우루스가 원을 그리며 서 있는 사람들 사이에 공간을 만들면서 말했다. "기사계급한테서 법정을 빼앗아 올 방책을 의논하고 있었네. 푸블리우스 루틸리우스에게 유죄를 선고한 건 명백한 범죄행위야. 기사들은 로마의 법정 운영권을 스스로 버린 거나 다름없네."

"동의합니다." 드루수스가 대화에 동참하며 말했다. 그는 스카이볼라를 쳐다보았다. "물론 그들이 실제로 원한 건 당신이었습니다, 푸블리우스 루틸리우스가 아니라요."

"그러면 어째서 날 물고 늘어지지 않은 건가?" 여전히 분노에 차 있던 스카이볼라가 물었다.

"의원님께는 친구가 너무 많기 때문이죠, 퀸투스 무키우스."

"푸블리우스 루틸리우스에게는 그리 많지 않았지. 치욕스러운 일이네. 정말이지 우리한텐 푸블리우스 루틸리우스가 없으면 안 되는데!

그는 언제나 독립적인 사람이었어. 흔치 않은 자질이지." 스카우루스가 화난 목소리로 말했다.

"제 생각엔," 드루수스가 아주 조심스럽게 말했다. "기사들한테서 법정을 완전히 빼앗는 건 결코 성공할 수 없을 듯합니다. 집정관 카이피오의 법이 계속 서판에 쓰여 있지 못했다면—실제로 그러지 못했지요—법정을 원로원에 돌려주는 다른 어떤 법도 마찬가지일 겁니다. 기사계급은 법정 운영에 익숙해져 있습니다, 30년이 넘도록 해왔으니까요. 기사들은 법정 운영을 통해 원로원에 영향력을 행사하기를 좋아합니다. 뿐만 아니라 그들은 자기네가 법을 어기고 있다고 생각하지 않습니다. 가이우스 그라쿠스의 법은 기사들로 구성된 배심원단이 뇌물을 받아서는 안 된다고 명시하고 있지 않습니다. 기사들은 셈프로니우스 법에 따라, 배심원단으로 일할 때 뇌물을 받아도 기소될 수 없다고 주장하고 있습니다."

크라수스 오라토르는 놀란 눈으로 드루수스를 응시하며 소리쳤다. "마르쿠스 리비우스, 자네는 법무관 연령대의 사람들 중 단연 최고가 아닌가! 자네가 그렇게 말한다면 원로원에 무슨 희망이 있겠나?"

"전 원로원이 희망을 버려야 한다고 말하지 않았습니다, 루키우스 리키니우스." 드루수스가 말했다. "저는 단지 기사들이 법정을 내주지 않을 거라고 말했습니다. 하지만 그들이 법정을 원로원과 나눠가질 수밖에 없는 상황을 만든다면 어떨까요? 금권 정치가들은 아직까지 로마를 좌지우지하지 못하고 있고, 그들도 이 사실을 잘 알고 있습니다. 그러니 큰일의 전초가 될 실마리를 모색하는 게 어떨까요? 누군가 주요 법정의 관리 주체에 원로원과 기사계급이 절반씩 포함되게 하는 새로운 법을 제안하면 어떻습니까?"

스카이볼라가 숨을 들이쉬었다. "큰일의 전초가 될 실마리라! 기사들로서는 거절할 핑계를 찾기가 아주 힘들겠군. 그들에게는 원로원이 화해의 손길을 내미는 것처럼 보일 테니 말이오. 절반씩 포함하는 것보다 더 공정한 방법이 어디 있겠소? 원로원이 기사계급에게서 법정 운영권을 탈취하려 한다는 비난은 받을 수 없겠구먼, 그렇지 않소?"

"하, 하!" 크라수스 오라토르가 웃으며 말했다. "원로원은 폐쇄적인 집단이오, 퀸투스 무키우스. 하지만 우리 원로원 의원들이 다들 알고 있듯이, 모든 배심원단에는 원로원에 들어가겠다는 야심을 가진 기사들이 끼어 있기 마련이오. 배심원단이 기사들로만 채워져 있으면 원로원 의원들은 중요한 존재가 아니지만, 기사들이 배심원단의 절반만 구성하게 되면 원로원 의원들이 영향력을 갖게 되니. 대단하네, 마르쿠스 리비우스!"

"우리는 이렇게 주장할 수 있겠군요." 최고신관 아헤노바르부스가 말했다. "우리 원로원 의원들은 매우 귀중한 법적인 전문지식을 보유하고 있으니 우리로 인해 법정이 더 발전하게 될 거라고 말이오. 그리고 어쨌거나 우리는 400년 가까이 법정을 배타적으로 운영했었다고 말이오. 이제 그런 배타성을 허용할 수는 없지만, 원로원이 배제되는 것 역시 바람직하지 않다고 설득하는 거요." 최고신관 아헤노바르부스에게 이것은 합당한 주장이었다. 그는 리키니우스·무키우스법이 집행되던 기간에 알바 푸켄티아에서 재판관으로 복무한 이래 다소 부드러워졌던 것이다. 물론 크라수스 오라토르 때문에 최악의 모습을 보인 것은 사실이었다. 그러나 크라수스 오라토르와 아헤노바르부스는 지금 계급과 특권을 위해 나란히 서서 단결하고 있었다.

"좋은 생각이오." 안토니우스 오라토르가 희색만면하여 말했다.

"동의하네." 스카우루스가 말했다. 그는 드루수스를 똑바로 쳐다보았다. "자네가 법무관이 되어 이 일을 할 생각인가, 마르쿠스 리비우스? 아니면 다른 사람이 해야 한다고 생각하는가?"

"제가 직접 나설 것입니다, 원로원 최고참 의원님. 하지만 법무관으로서는 아닙니다." 드루수스가 대답했다. "저는 호민관 선거에 출마할 생각입니다."

모두들 숨을 헐떡였다. 다들 드루수스를 보려고 움직인 탓에 그들이 형성하고 있던 원이 흐트러졌다.

"자네 나이에?" 스카우루스가 물었다.

"제 나이는 뚜렷한 이점입니다." 드루수스가 차분하게 말했다. "저는 법무관이 될 만한 나이가 되었음에도 호민관이 되려고 합니다. 어리고 경험이 부족하다고, 욱하기 쉽고 군중의 비위를 맞춘다고, 그 외에 호민관 지망자를 비난하는 흔한 이유로 저를 비난할 수 있는 사람은 아무도 없을 겁니다."

"그럼 자네는 어째서 호민관이 되고 싶어하는가?" 크라수스 오라토르가 예리하게 물었다.

"공포하고 싶은 법이 몇 가지 있습니다." 드루수스가 여전히 차분하고 침착한 모습으로 대답했다.

"법무관이 되어 법을 공포할 수도 있잖나." 스카우루스가 말했다.

"네, 하지만 호민관으로서 그렇게 하는 편이 더 수월하고 잘 받아들여집니다. 공화국 수립 이래 법안을 통과시키는 일은 호민관의 직무가 되었습니다. 그리고 평민회는 법률을 제정하는 역할을 좋아합니다. 이런 현상황을 어째서 어지럽히겠습니까, 원로원 최고참 의원님?" 드루수스가 물었다.

"자네는 다른 법들도 염두에 두고 있겠군." 스카이볼라가 부드럽게 말했다.

"그렇습니다, 퀸투스 무키우스."

"어떤 법안을 상정할 생각인지 말해보게."

"저는 원로원의 규모를 두 배로 늘리고 싶습니다." 드루수스가 말했다.

또 한번 모두들 숨을 헐떡였다. 이번에는 다들 긴장하여 몸까지 굳어졌다.

"마르쿠스 리비우스, 자네의 말이 가이우스 그라쿠스의 말처럼 들리기 시작했네." 스카이볼라가 조심스럽게 말했다.

"그렇게 생각하시는 이유는 알 것 같습니다, 퀸투스 무키우스. 하지만 제가 원로원의 영향력을 강화하고자 한다는 사실에는 변함이 없으며, 저는 제 목표를 달성하는 데 도움이 된다면 가이우스 그라쿠스의 생각도 활용할 만큼 관대한 사람입니다."

"원로원을 기사들로 채우는 것이 어째서 원로원의 우위를 강화한다는 목표 달성에 도움이 된다는 말인가?" 크라수스 오라토르가 물었다.

"물론 그것은 가이우스 그라쿠스가 제안했던 것입니다." 드루수스가 말했다. "저의 제안은 약간 다릅니다. 이제 여러분께서는 원로원이 충분히 크지 않다는 사실을 반박하기 어려울 겁니다. 회의에 참석하는 의원들은 극소수라 정족수가 되지 못하는 경우가 허다합니다. 만약 우리가 배심원단에 포함된다면, 끊임없는 배심원 선임 때문에 늘 피곤함에 시달리는 의원들이 얼마나 많겠습니까? 인정하십시오, 루키우스 리키니우스, 우리가 법정을 독점 운영했던 시절에 의원들 가운데 반 이상은 배심원 임무를 거부했습니다. 가이우스 그라쿠스는 기사들로 원로원을 채우려고 했지만, 저는 우리 원로원 계급 사람들로 원로원을 채우고 싶습니다. 거기에 일부 기사들을 추가하여 그들을 기분좋게 해주는 겁니다. 우리 모두에게는 원로원에 들어오고 싶고 그럴 재력도 있지만 원로원 정원이 다 차 들어오지 못하는 숙부나 사촌, 심지어 동생들도 있습니다. 이런 사람들을 저는 기사들보다 우선적으로 받아들이려 합니다. 그리고 원로원에 적대적인 특정 기사들을 원로원 지지자로 바꾸어놓는 데 그들을 원로원에 입성시키는 것보다 더 나은 방법이 있겠습니까? 신입 의원을 뽑는 것은 감찰관들이고, 그들의 선택은 논란의 여지가 있을 수 없습니다." 드루수스는 목을 가다듬었다. "지금은 감찰관이 없다는 건 알고 있지만 내년이나 내후년 4월에 선출하면 됩니다."

"마음에 드는 의견이오." 안토니우스 오라토르가 말했다.

"또 어떤 법을 공포할 생각인가?" 최고신관 아헤노바르부스가 원래대로라면 지금도 감찰관이어야 할 자신과 크라수스 오라토르에 대한 드루수스의 언급을 무시하며 물었다.

그러나 돌연 드루수스는 모호한 표정을 지으며 이렇게 말할 뿐이었다. "아직은 저도 모릅니다, 나이우스 도미티우스."

최고신관은 코웃음을 쳤다. "내가 보기에도 그런 것 같군!"

드루수스는 천진하고 온화한 표정으로 웃음을 지었다. "어쩌면 알고 있을 수도 있지만, 나이우스 도미티우스, 이렇게 존귀한 분들 앞에서 말하고 싶을 만큼 충분히 알고 있지는 못합니다. 안심하십시오, 저는 제 법안들에 대해 여러분의 의견을 들을 자리를 마련할 거니까요."

"하." 최고신관 아헤노바르부스가 회의적인 표정으로 내뱉었다.

"마르쿠스 리비우스, 내가 알고 싶은 건 자네가 언제부터 호민관에 나갈 생각을 품고 있었느냐네." 원로원 최고참 의원 스카우루스가 물었다. "평민 조영관으로 선출되었던 자네가 어째서 원로원 의사당에서 발

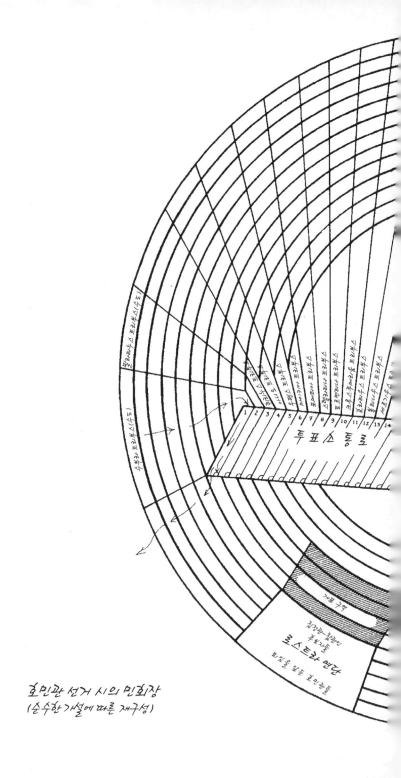

투표소 통로

가표 구역

김정관... 경향의
후보기들
로 스 트 라 연 단
편임을 앓는 호 민관들

호민관 선거 시의 민회장
(순수한 가설에 따른 재구성)

누부스

 트라부스

리우스 트라부스

우스 트라부스

 트라부스

 트라부스

스 트라부스

리우스 트라부스

사베데 트라부스

마르누스 트라부스

포필리우스 트라부스

스킵티아 트라부스

킬레토나 트라부스

테레스 트라부스

씰리나 트라부스

북

콜리나 트라부스(수도)

에스킬리누스 트라부스(수도)

(화살표(────▶)는 투표자의 이동경로를,
직선은 트라부스들을 나누는 빗줄을 나타낸다.

5   9
미터

0 3   30
피트

Cof

언하려 애쓰지 않는지 궁금했었네. 자네는 역시 첫 연설을 더 나은 것을 위해 아껴두고 있었던 게로구먼?"

드루수스는 눈을 크게 떴다. "마르쿠스 아이밀리우스, 어떻게 그런 말씀을 하실 수 있습니까? 조영관은 발언할 일이 없지 않습니까!"

"하." 스카우루스가 어깨를 으쓱했다. "나는 자네를 지지하겠네, 마르쿠스 리비우스. 자네의 방식이 마음에 드네."

"나도 지지하겠네." 크라수스 오라토르가 말했다.

나머지 사람들도 모두 드루수스를 지지하기로 했다.

드루수스는 호민관 선거일 아침이 되어서야 출마를 선언했다. 이는 통상적으로는 무모한 일이었지만 드루수스의 경우 영리한 책략이었다. 이렇게 하여 드루수스는 선거 유세 기간 동안 곤란한 질문에 대답하지 않아도 되었을 뿐 아니라, 마치 호민관 후보들의 자질을 보고 분개하여 후보의 수준을 높이려고 충동적으로 출마 선언을 한 것처럼 보였다. 다른 후보들 가운데 그나마 괜찮은 이름들은 세스티우스, 사우페이우스, 미니키우스 정도였으나, 훌륭한 건 둘째 치고 고상한 이름들조차 아니었다. 드루수스는 나머지 후보 스물두 명이 출마 선언을 한 뒤에야 후보로 나섰다.

투표율이 낮고 조용한 선거였다. 투표자들은 2천 명 정도 나왔는데, 유권자들 전체를 볼 때 얼마 되지 않는 숫자였다. 민회장은 그 두 배 정도의 인원도 거뜬히 수용할 수 있었으므로, 플라미니우스 경기장 같은 더 큰 장소로 투표장을 바꿀 필요가 없었다. 후보들은 각자의 포부를 밝혔고, 퇴임을 앞둔 호민관단 대표는 유권자들에게 트리부스별로 모이라고 외치는 것으로 투표의 시작을 알렸다. 평민 출신 집정관 마르쿠스 페르페르나는 투표 참관인의 역할을 맡아 매서운 눈으로 상황을 지켜보고 있었다. 투표율이 매우 저조한 관계로, 트리부스와 트리부스를 구분 짓는 밧줄을 든 공공노예들이 수용하지 못한 트리부스 사람들을 민회장 바깥에 밧줄 울타리를 두른 곳으로 보낼 필요가 없었다.

이것은 선거였기에, 서른다섯 개의 모든 트리부스들은 법안이나 재판소의 판결 통과 때처럼 한 트리부스씩 차례대로 투표하지 않고 동시에 투표했다. 기명식 투표용 밀랍 서판들이 쌓인 바구니들은 로스트라 연단 정면의 아래쪽에 임시로 설치한 단상 위에 놓여 있었다. 로스트라 연단의 뒤쪽은 퇴임을 앞둔 호민관들과 후보자들, 투표 참관인인 집정관의 영역이었다.

나무로 만든 임시 단상은 민회장 아래쪽 층계들의 윤곽을 따라 구부러지면서 그 층계들을 가리고 있었다. 좁은 통로 서른다섯 개가 민회장 바닥에서부터 가파르게 올라와 2미터쯤 더 높이 바구니들이 놓인 곳까지 이어져 있었다. 각 트리부스를 구분 짓는 밧줄이 로스트라 연단 맞은편에서 민회장 바닥을 가로질러 층계 위까지 죽 쳐 있는 모습은 마치 쐐기 모양으로 잘라놓은 파이 조각들 같았다. 각 투표자는 소속 트리부스의 오르막 통로 앞에 도착하여 관리인에게서 밀랍 서판을 받아 그 자리에 서서 자기가 가져온 골필로 서판에 기명한 후 두꺼운 판자로 만든 통로를 걸어올라가 소속 트리부스의 바구니 안으로 서판을 떨어뜨렸다. 투표를 마친 후에는 민회장의 위쪽 층계들을 따라 걸어 로스트라 연단의 양끝을 통해 투표장 밖으로 나갔다. 토가를 입고 투표장에 나타날 만큼 관심과 기운이 있는 사람들은 보통 개표가 끝날 때까지 집으로 돌아가지 않고, 투표를 마친 후 포룸 로마눔의 낮은 구역에서 수다를 떨거나 간식을 먹고 민회의 상황에 촉각을 곤두세운 채 어슬렁거렸다.

이 긴 과정이 끝날 때까지, 곧 물러나게 될 호민관들은 로스트라 연단의 뒤쪽에, 후보자들은 전임자들보다 앞쪽에 서 있었다. 그들의 아래쪽으로는 퇴임을 앞둔 호민관단 대표와 투표 참관인인 집정관이 실제로 투표가 이루어지는 곳에서 일어나는 일을 잘 볼 수 있도록 연단의 제일 앞쪽 벤치에 앉아 있었다.

이날 일부 트리부스들—특히 수도의 네 개 트리부스—에서는 수백 명의 투표자들이 왔지만 나머지 트리부스들에서는 훨씬 적은 투표자들이 왔다. 먼 시골 지역의 트리부스들 같은 경우에는 열 명이나 스무 명 정도밖에 오지 않았을 것이다. 그러나 모든 트리부스들은 트리부스별로 다수 의견에 따라 단 한 표씩만 행사할 수 있었다. 따라서 먼 시골 지역의 트리부스들이 비교도 안 되게 효율적이었다.

바구니에는 100개 정도의 서판만 들어갔으므로, 꽉 찬 바구니는 즉시 개표를 위해 옮겨졌고 그 자리에는 빈 바구니가 놓였다. 개표는 언제나 투표 참관인인 집정관이 잘 볼 수 있도록 집정관 바로 밑 층계에 놓인 커다란 탁자 위에서 실시되었다. 관리인 서른다섯 명과 조수들은 담당 트리부스의 숫자만큼 바쁘게 움직였다.

해가 지기 두 시간 전쯤 개표가 끝났다. 투표 참관인인 집정관은, 결과를 들으려고 주변에 머물렀다가 이제는 밧줄이 치워진 민회장으로 돌아온 투표자들에게 개표 결과를 읽어주었다. 또한 집정관은 양피지 한 장에 적어서 로스트라 연단의 뒤쪽(포룸 로마눔 쪽)에 붙일 개표 결과서를 승인했다. 이렇게 게시된 결과서는 며칠 동안 포룸 로마눔의 단골들이 보게 될 것이었다.

드루수스는 신임 호민관단의 대표가 되었다. 트리부스들 대다수가 그를 선택했다. 사실은 서른다섯 개 트리부스 전부가 드루수스를 선택했다. 매우 이례적인 만장일치였다. 미니키우스, 세스티우스, 사우페이우스도 당선되었으며, 그 밖에 지나치게 무명인데다 인상적이지도 않아서 기억하는 사람이 거의 없는 이름 여섯도 당선되었다. 그들은 12월의 열번째 날에 시작하여 이제 30일 정도 된 공직 생활 중에 아무 일도 하지 않았으므로, 그들을 기억하는 사람들이 없는 것이 당연했다. 물론 드루수스는 자신에게 위협적인 반대자가 없다는 사실에 기뻐했다.

호민관단 본부는 포르키우스 회당 지층에서 원로원 의사당과 가장 가까운 쪽 끝에 있었다. 아무것도 없는 바닥에 탁자와 등받이 없는 접의자 몇 개가 놓여 있고 수많은 큰 기둥들이 시야를 가리는 곳이었다. 포르키우스 회당은 가장 오래된 회당으로, 가장 서투르게 지어진 회당이기도 했다. 민회가 열리지 못하거나 회의가 소집되지 않는 날에 호민관들은 본부에 앉아서 문제와 불만, 제안거리들을 가지고 온 사람들의 말을 들었다.

드루수스는 이런 새로운 경험과 원로원에서 할 첫 연설을 기대하고 있었다. 원로원 내 고관들의 반대에 부딪힐 것은 분명했다. 필리푸스가 차석 집정관으로, 섹스투스 율리우스 카이사르가 수석 집정관으로—그는 율리우스 가문 사람으로는 400년 만에 처음 집정관 의자에 앉게 되었다—돌아왔기 때문이었다. 카이피오는 법무관으로 돌아왔는데, 통상적인 여섯 명이 아니라 여덟 명의 법무관 가운데 하나였다. 원로원은 때때로 법무관 여섯 명으로 부족하다고 생각되면 여덟 명을 선출할 것을 권고했는데, 올해도 그런 해였다.

드루수스는 동료 호민관들보다 먼저 입법 활동을 시작할 생각이었다. 하지만 신임 호민관단이 출범한 12월의 열번째 날, 상스럽기로 유명한 미니키우스가 출범식이 끝나자마자 황급히 앞으로 나가더니 시급한 새 법안을 논의하기 위해 자신의 첫 집회를 소집하겠다고 새된 목소리로 선언했다. 미니키우스는 외쳤다. 예전에, 로마 시민과 비로마 시민이 결혼하여 낳은 자녀들은 무조건 아버지의 지위를 물려받았습니다. 지나치게 쉽습니다! 잡종 로마인들이 지나치게 많습니다! 시민의 요새에 난 이 부적절한 구멍을 막기 위해, 나는 시민과 비시민 부부의 자녀들은 아버지가 로마인이라 해도 로마 시민권을 얻지 못하도록 하는 새 법을 공포하고자 합니다.

이 미니키우스 자녀법은 드루수스에게 실망과 놀라움을 안겨주었다. 이 법안은 민회에서 찬성의 함성 소리로 환영 받으면서, 트리부스 투표자들의 대다수가 여전히 열등하다고 여겨지는 자들, 즉 자신들 외의 다른 사람들에게 로마 시민권이 주어져서는 안 된다고 생각한다는 걸 증명해 보였기 때문이었다.

당연히 카이피오는 이 법안을 지지했지만, 그럼에도 불구하고 그 법이 공포되지 않았더라면 좋았을 거라고 생각했다. 최고신관 아헤노바르부스의 피호민이며 카이피오가 최근에 사귄 신입 원로원 의원 때문이었다. 아헤노바르부스가 감찰관이었을 때 원로원 명부에 올려놓은 사람이었다. 카이피오의 아주 부유한―동족 히스파니아 사람들을 희생시킨 덕을 크게 봤다―새 친구의 으리으리한 이름은 퀸투스 바리우스 세베루스 히브리다 수크로넨시스였다. 그러나 이해할 만하게도 그는 퀸투스 바리우스라고만 알려지기를 원했다. 세베루스는 그에게 없는 장중함이 아닌 잔인함 때문에 얻은 이름이었고, 히브리다는 부모 중 한 사람이 로마 시민이 아니라는 증거였으며, 수크로넨시스는 그가 가까운 히스파니아의 수크로라는 도시에서 나고 자랐다는 사실을 암시했기 때문이었다. 로마인이라고 하기 어려운, 이탈리아 동맹시민 그 누구보다도 이방인인 바리우스는 로마에서 가장 위대한 사람들 중 하나가 되겠다고 마음먹고 있었으며, 그처럼 고귀한 지위를 얻을 방법에 대해서는 까다롭게 굴지 않았다.

카이피오를 소개받은 바리우스는 바지선 바닥에 붙은 따개비보다도 더 찰싹 카이피오에게 들러붙어 능수능란하게 아부를 떨며 끝도 없이 친절과 소소한 봉사를 베풀었다. 그 결과는 상당히 성공적이었는데, 무엇보다 바리우스 자신은 몰랐지만 그런 행동이 예전에 카이피오가 드루수스를 올려놓았던 위치로 카이피오를 높여준 덕분이었다.

카이피오의 다른 친구들이 모두 바리우스를 환영한 것은 아니었다. 필리푸스는 바리우스를 환영했는데, 바리우스가 이 곤궁에 처한 집정관 지망자에게 약간의 재정 도움을 준 뒤 되돌려받는 것을 재빨리 포기했기 때문이었다. 반면 새끼 똥돼지 메텔루스 피우스는 바리우스를 만나자마자 혐오했다.

"퀸투스 세르빌리우스, 자네는 어떻게 저 역겨운 작자를 견딜 수 있나?" 새끼 똥돼지는 한마디도 더듬지 않고 카이피오에게 물었다. "정말이지, 내 아버지가 돌아가셨을 때 바리우스가 로마에 있었다면 나는 의사 아폴로도로스의 말을 믿었을 거고, 위대한 메텔루스 누미디쿠스의 독살범이 누군지도 알았을걸세!"

또 새끼 똥돼지는 최고신관 아헤노바르부스에게 이렇게 말했다. "어째서 최고신관님의 주요 피호민들은 하나같이 그렇게 똥덩어리 같습니까? 정말이지 똥덩어리들입니다! 이렇게 계속 조점관 가문의 평민 세르빌리우스 집안과 이 괴상한 바리우스 사이에 계시다가는 포주, 똥, 푸줏간 찌꺼기, 구더기의 보호자라는 명성을 얻으실 겁니다!"

이 말을 들은 최고신관 아헤노바르부스는 대답할 힘도 사라져 입만 벌리고 있었다.

모두가 새끼 똥돼지처럼 바리우스를 꿰뚫어보지는 못했다. 속기 쉽고 정보가 부족한 사람들의 눈에 바리우스는 훌륭한 사내로 비춰졌다. 우선 그는 굉장히 멋있고 남자다운 외모의 소유자였다. 키가 크고 체격이 좋았으며, 피부는 거무스름하지만 까맣지는 않았고, 불타는 듯한 두 눈과 보기 좋은 이목구비를 갖고 있었다. 말주변도 좋았다. 그러나 사적인 자리에서만 그러했다. 바리우스의 웅변은 허점투성이인데다 강한 히스파니아어 억양이 늘 망쳐놓았지만, 그는 카이피오의 충고에 따라 열심히 웅변 연습을 했다. 그러는 동안 바리우스가 정말로 어떤 사람인지에 대한 논란이 분분했다.

"드물게 분별 있는 사람이야." 카이피오는 말했다.

"기생충이자 포주지." 드루수스는 말했다.

"참으로 너그럽고 매력적인 사람이야." 필리푸스는 말했다.

"가래 덩어리처럼 미끄덩거리는 작자네." 새끼 똥돼지는 말했다.

"가치 있는 피호민이라네." 최고신관 아헤노바르부스는 말했다.

"그는 로마인이 아니네." 원로원 최고참 의원 스카우루스는 냉소적으로 말했다.

물론 이 매력적이고 합리적이고 가치 있는 바리우스는 미니키우스의 새 시민권법 때문에 불편해졌다. 그 법은 시민으로서 바리우스의 지위에 의문을 제기했기 때문이다. 불행하게도 그는 카이피오가 얼마나 둔감한 작자인지 그제야 깨달았다. 바리우스가 무슨 말을 해도 카이피오는 미니키우스의 법에 대한 지지를 철회하지 않던 것이다.

"걱정 말게, 퀸투스 바리우스." 카이피오는 말했다. "알겠지만, 그건 소급법이 아니지 않나."

이 법 때문에 가장 풀죽은 사람은 드루수스였다. 비록 아무도 드루수스가 풀죽었다는 사실을 몰랐지만, 그 사실에는 의심의 여지가 없었다. 그 법은—적어도 로마에서는—시민권을 내주는 것에 대해 여전히 저항감이 크다는 명백한 증거였다.

"내 입법 계획을 수정해야겠네." 드루수스는 그해가 끝나기 직전에 집으로 찾아온 실로에게 말했다. "시민권 확대는 내 호민관 임기 말기까지 보류해야 할 걸세. 그 일부터 시작하고 싶었지만 그럴 수 없을 것 같아."

"자네는 결코 성공하지 못할 걸세, 마르쿠스 리비우스." 실로가 고개를 저으며 말했다. "저들은 자네가 성공하게 놔두지 않을 거야."

"나는 해낼 거네. 그들도 날 막을 수 없을 테니까." 드루수스가 어느 때보다 단호하게 말했다.

"자네에게 약간의 위안거리를 줄 수 있을 것 같군." 실로가 기분좋은 웃음을 지으며 말했다. "다른 이탈리아 지도자들과 이야기해봤는데, 한 사람도 빠짐없이 내게 찬성했다네. 자네가 우리를 로마의 구성원으로 만들어줄 수 있다면, 자네 덕분에 선거권을 얻은 모든 이탈리아인들의 보호자가 될 자격이 있다고 말이야. 우리는 선서문을 작성했네. 내년 여름이 끝나기 전에 사람들에게 선서를 시킬 걸세. 그러니 어쩌면 자네가 시민권 확대법으로 호민관 업무를 시작하지 못하는 건 잘된 일일 수도 있어."

믿기 힘든 말에 드루수스의 얼굴이 붉어졌다. 일개 군대에 해당하는 피호민이 아닌, 여러 개의 나라에 해당하는 피호민이라니!

드루수스는 주요 법정을 원로원과 기사계급이 공유하도록 하는 법안을 공포하며 입법 활동을 시작한 다음, 원로원 규모를 확대하는 법안도 내놓았다. 그러나 그의 첫 청중은 평민회가 아니었다. 그는 법안들을 원로원에서 발표하며, 원로원의 승인 결의로 장식된 법안을 평민회로 가져가 비준할 수 있게 해달라고 요청했다.

"저는 선동 정치가가 아닙니다." 원로원 의사당에서 드루수스는 토가 차림으로 침묵을 지키며 층층이 앉아 있는 의원들을 향해 말했다. "여러분은 제게서 미래의 호민관을 보고 계십니다. 연륜과 경험이 풍부한 나이라서 오래된 방식이 진정으로 옳고 적절한 방식임을 아는 사람, 목숨이 다하는 순간까지 원로원의 권위를 수호할 사람 말입니다. 민회에서 제가 하는 일 중에 이곳 의사당의 여러분을 놀라게 할 것은 전혀 없을 겁니다. 저는 뭐든지 이곳에서 먼저 발표하여 여러분의 신임을 구할 것이기 때문입니다. 제가 여러분께 요청하는 어떤 일도 여러분을 부끄럽게 하지 않을 것이며, 제가 저 자신에게 요구하는 어떤 일도 저 자신을 부끄럽게 하지 않을 것입니다. 왜냐하면 저는 자신의 임무에 대해 고민한 호민관의 아들이자, 집정관과 감찰관을 지낸 사람의 아들이며, 마케도니아의 스코르디스키족을 완벽하게 격퇴하여 개선식을 허락받은 사람의 아들이기 때문입니다. 저는 아이밀리우스 파울루스, 스키피오 아프리카누스, 리비우스 살리나토르의 자손입니다. 또한 저는 현재 저의 관직보다 더 높은 자리에 어울리는 나이입니다.

원로원 의원 여러분, 이곳은, 이 건물은, 이 유구하고 영광스러운 이름들의 회합은 로마의 법과 정부, 행정부의 원천입니다. 저는 이 회합에서, 이 건물에서 가장 먼저 발표할 것입니다. 여러분께 제가 제안하는 모든 것에 논리와 합리, 필요가 있음을 알아볼 지혜와 선견지명이 있기를 바라면서 말입니다."

드루수스의 연설이 끝나자 의원들은 감사를 담은 박수갈채를 보냈다. 사투르니누스가 호민관이 되어 한 일을 직접 목도한 사람들만 체득할 수 있는 감사였다. 지금 이곳에 있는 호민관은 사투르니누스와 판이하게 달랐다. 먼저 원로원 의원이었고, 그다음에야 평민의 종복인 사람이었다.

집정관들은 물론 퇴임을 앞둔 한 쌍으로, 둘 다 사상과 이상이 상당히 진보적이었다. 퇴임을 앞둔 법무관들 역시 독립적으로 사고하는 사람들이었다. 따라서 드루수스는 별다른 저항 없이 자신의 두 법안을 지지하는 원로원의 신임을 얻어냈다. 집정관 내정자들 쪽은 그다지 기대하지 않았지만, 섹스투스 카이사르는 드루수스의 법안을 지지했고 필리푸스는 눈에 띄게 누그러져 있었다. 카이피오만 비난하는 발언을 했는데, 옛 처남에 대한 카이피오의 감정을 모르는 사람이 없었기에 아무도 그의 말에 귀를 기울이지 않았다. 드루수스는 기사들이 장악하고 있는 평민회에서 반대에 부딪힐 거라고 예상했지만 의외로 반대 의견이 거의 나오지 않았다. 드루수스는 그 이유가 자신이 같은 집회에서 두 법안을 모두 제출함으로써 일부 기사들이 두번째 법안에 매달려 있는 미끼를 볼 수 있었기 때문이 아닐까 생각했다. 정원이 적다는 이유를 들며 자신들을 거절했던 로마의 주요 통치 기관에 입성할 수 있는 기회는 기사 집단에게 강력한 유인이었다. 게다가 기사와 원로원 의원이 절반씩 배심원단에 포함된다는 것은 아주 공평해 보였다. 별도의 쉰한번째 배심원은 기사 집단이 차지하는 대신 재판장은 원로원 의원이 맡게 되니, 명예도 확실히 지켜지는 것이었다.

드루수스는 원로원 의원과 기사라는 대단한 두 계층 간의 화합을 위해 전력을 쏟았다. 그는 양측이 변화를 위해 협력해야 한다고 호소했

다. 동시에 두 계층을 인위적으로 갈라놓은 가이우스 셈프로니우스 그
라쿠스의 행위를 개탄했다.

"애초에 이 두 계층을 분리한 사람은 가이우스 그라쿠스였습니다.
아무리 좋게 봐도 이것은 인위적인 사회적 구분에 불과했습니다. 심지
어 지금도, 원로원 계급 가문이지만 원로원 의원이 아닌 사람은 죄다
기사이지 않습니까? 이런 사람에게 인구조사 때 기사 자격을 얻을 만
큼의 돈이 있으면 기사로 등록되는 겁니다. 그의 가문 사람들 중에 이
미 원로원에 들어간 사람들이 지나치게 많기 때문입니다. 기사와 원로
원 의원들은 똑같이 1계급입니다! 많은 양쪽 계급 사람들이 한 가문에
속해 있는데도, 우리는 가이우스 그라쿠스 때문에 인위적인 분리를 겪
고 있는 것입니다. 그들의 유일한 차이는 감찰관들이 어떻게 정하느냐
에 달려 있습니다. 원로원에 입성한 사람은 토지와 관련이 없는 상업
활동은 할 수 없습니다. 늘 그래왔듯이 말입니다." 드루수스는 평민회
에서 이렇게 말했다. 대다수의 원로원 의원들도 듣고 있었다.

"가이우스 그라쿠스 같은 사람들을 존경해서는 안 됩니다. 그들의
행위에 찬성해서도 안 됩니다." 드루수스는 말을 이었다. "그러나 제가
그의 갖가지 방책 중에서 훌륭하고 찬성할 만한 것을 취한다고 해도
전혀 문제될 게 없습니다! 원로원 규모를 확대해야 한다고 최초로 제
안한 것은 가이우스 그라쿠스입니다. 그러나 제 아버지도 반대하셨듯
이, 당시의 전반적인 분위기나 그라쿠스의 계획에서 다소 바람직하지
못한 측면들 때문에 아무런 성과도 나오지 못했습니다. 저는 제 아버지
의 아들이지만, 이제 그라쿠스의 제안을 되살리려 합니다. 이 법이 현
시대에 얼마나 유용하고 유익한지 알기 때문입니다! 로마가 팽창하면
서 공직자 각각에게 요구되는 공적 임무는 늘어나고 있는데, 공직자들

을 건져올리는 연못은 정체되고 응고되어 활기를 잃고 있습니다. 원로원과 기사계급 모두 연못에서 헤엄치는 새로운 사람들이 필요합니다. 저의 법안들은 두 계층, 다시 말해 연못 속의 물고기 두 종류 모두에게 도움이 되도록 고안되었습니다.”

드루수스의 법들은, 필리푸스가 차석 집정관이고 카이피오가 법무관임에도 불구하고 새해의 1월중에 통과되었다. 그리하여 드루수스는 느긋하게 앉아서 안도의 한숨을 쉴 수 있었다. 시작이 좋았다. 실제로 지금까지 그는 아무도 소외시키지 않았다! 이런 상태가 계속되기를 바라는 것은 지나친 기대겠지만, 그래도 그가 애초에 예상했던 것보다는 훨씬 좋은 출발이었다.

3월 초 드루수스는 원로원에서 공유지에 대해 연설했다. 자신의 가면이 분명히 벗겨질 거라고, 일부 극보수파 의원들은 그들 동료의 아들인 그가 얼마나 위험해지려고 하는지 갑자기 깨닫게 될 거라고 생각하면서. 그러나 드루수스는 앞서 원로원 최고참 의원 스카우루스와 크라수스 오라토르, 스카이볼라에게 자신의 생각을 털어놓고 그들의 동의를 얻는 데 성공했다. 그 일에 성공했다면 원로원 전체를 설득할 가능성도 있다는 것만큼은 분명했다.

드루수스는 발언하기 위해 일어섰다. 그의 몸가짐에 일어난 어떤 변화가 청중에게 뭔가 특별한 일이 일어나리라고 경고했다. 드루수스는 지금만큼 태도와 의상이 완벽하도록 빈틈없이 공을 들인 적이 없었다.

“우리 가운데에 악이 있습니다.” 드루수스가 말했다. 그는 커다란 청동문 밑에 있는 회의장 바닥의 중앙에 서 있었다. 문은 닫아달라고 미리 요청해둔 상태였다. 그는 잠시 말을 멈추고 회의장의 한쪽 끝에서 다른 쪽 끝까지 천천히 눈길을 주는 기술을 써서, 모든 사람이 드루수스가 자기만을 보며 말하고 있다고 생각하게 만들었다.

"우리 가운데에 악이 있습니다. 엄청난 악. 우리가 자초한 악입니다. 그 악은 우리가 만들었으니까요! 너무나 자주 그렇듯, 존경할 만하고 선하며 적절한 일을 하고 있다고 생각하면서 말입니다. 저는 이것을 알기에, 그리고 우리 조상들을 오직 존경할 뿐이기에 우리 가운데의 악을 창조한 분들을 비난하지 않으며, 일찍이 이 거룩한 건물에 계셨던 분들을 비방할 생각은 결코 없습니다. 하지만 우리 가운데의 악이란 무엇일까요?" 드루수스는 끝이 뾰족한 눈썹을 더 치켜올리고 목소리는 떨어뜨리면서 수사적으로 질문했다. "그것은 공유지입니다, 의원 여러분. 공유지. 우리 가운데의 악. 네, 그것은 악입니다! 우리는 이탈리아와 시칠리아, 외국의 적들에게서 가장 좋은 땅을 빼앗아 우리 것으로 만들고 로마의 공유지라고 불렀습니다. 그러면서 우리가 로마 공동의 부를 늘리고 있다고, 그토록 많은 좋은 땅에서, 그토록 많은 여분의 부동산에서 이익을 거둘 거라고 확신했지요. 그러나 결과는 달랐습니다, 그렇지 않습니까? 우리는 몰수한 땅을 원래대로 작은 구획들로 나누지 않고 더 큰 구역으로 나누어 임대했습니다. 로마 공노들의 작업 부하를 줄이고 로마 정부가 그리스식 관료정치에 빠지지 않게 하기 위해서였지요. 그럼으로써 우리는 원래 그 땅을 경작하던 농부들에게 공유지에 흥미를 잃게 만들었고, 임대 규모로 그들을 위압했으며, 엄청난 임대료로 그들이 땅을 계속 이용할 수 있다는 희망을 완전히 버리게 만들었습니다. 공유지는 부자들, 임대료를 감당하고 그 대규모 토지에 적합한 생산 활동을 할 수 있는 자들의 것이 되었습니다. 한때 이 땅은 이탈리아의 식량 공급처로서 큰 역할을 했지만 이제는 옷감만 생산할 뿐입니다.

한때 이 땅은 살기 좋은 정착지로서 적절하게 경작되었지만 이제는 거대하고 사람이 거의 살지 않는, 대부분 버려진 땅이 되고 말았습니다."

드루수스에게 보이는 얼굴들이 굳어지고 있었다. 드루수스의 심장은 느려지고 가슴속에서 겨우 뛰고 있는 것 같았다. 그는 호흡이 가빠지는 걸 느꼈고, 차분한 태도와 단호한 말투를 유지하기 위해 무던히 애써야 했다. 아무도 끼어들지 않았다. 그들은 아직 드루수스의 말을 충분히 듣지 못했던 것이다.

"하지만 의원 여러분, 그것은 악의 시작에 불과했습니다. 티베리우스 그라쿠스가 말을 타고 에트루리아의 라티푼디움들을 돌아다니며 이탈리아와 로마의 선한 사람들이 아닌 외국인 노예들이 농사를 짓고 있는 광경을 보고 깨달은 것이 바로 그것입니다. 10년 후에 가이우스 그라쿠스가 죽은 형의 임무를 계승했을 때 주목한 것도 그것입니다. 저 또한 그것을 주목하고 있습니다. 그러나 저는 셈프로니우스 그라쿠스가 아닙니다. 저는 그라쿠스 형제가 든 이유들이 모스 마이오룸, 즉 우리의 관습과 전통을 동요시킬 정도로 대단하다고 생각하지 않습니다. 그라쿠스 형제의 시대에 살았다면 저는 제 아버지의 편에 섰을 겁니다."

드루수스는 이제 눈길을 쓰는 기술을 멈추고, 있는 그대로의 진심을 뿜어내고 있었다. "정말입니다, 원로원 의원 여러분! 티베리우스 그라쿠스와 가이우스 그라쿠스의 시대였다면 저는 제 아버지의 편에 섰을 겁니다. 아버지께서 옳았기 때문입니다. 그러나 시대가 변했습니다. 로마의 상황은 공유지에 결부된 악을 더 크게 만들고 있습니다. 첫째, 아시아 속주의 문제들이 있습니다. 가이우스 그라쿠스가 아시아 속주의 십분의일세 및 세금을 개인 사업체들이 징수하도록 하는 법을 만들었을 때 촉발된 문제들입니다. 이탈리아의 세금이 훨씬 더 오래되긴 했지만, 그 정도로 중요했던 적은 한 번도 없었습니다. 그렇게 원로원이 의무를 게을리하고 정부 내 기사계급 파벌들의 역할이 커진 결과, 우리는 어느 모범적인 아시아 속주 행정부가 로비를 당하고 가혹하게 공격받는 것을 목격했으며, 급기야 우리가 존경하는 전직 집정관 푸블리우스 루틸리우스 루푸스의 재판에서 이 기사 파벌들은 우리, 로마 원로원의 구성원들이 감히 그들의 잔디밭에서 풀을 뜯으려고 해서는 안 된다는 걸 보여주었습니다. 저는 기사계급이 법정 지배권을 원로원과 똑같이 나누게 만들어 앞에서 말한 것과 같은 위협에 제동을 걸고, 원로원 규모를 늘려 기사들의 손실을 일시적으로 완화하였습니다. 그러나 악은 여전히 존재합니다."

얼굴들 가운데 일부는 별로 굳어 있지 않았다. 드루수스가 아끼는 고모부 루푸스를 언급한 것이 유리하게 작용했다. 또한 퀸투스 무키우스 스카이볼라의 아시아 속주 행정부를 모범적이라고 언급한 것도 같은 효과를 냈음을 드루수스는 깨달았다.

"원로원 의원 여러분, 그 악에 새로운 악이 더해졌습니다. 여러분들 가운데 이 새로운 악이 무엇인지 아시는 분이 얼마나 계십니까? 극소수일 거라고 저는 생각합니다. 새로운 악이란 가이우스 마리우스가 만들어낸 악입니다. 물론 여섯 번이나 집정관을 지낸 이 걸출한 분께서 당시에 앞으로 무슨 일이 벌어질지 아셨다고 생각하지는 않습니다. 문제는 이겁니다! 이 새로운 악은 시작될 당시에는 결코 악이 아니었습니다! 그것은 변화의 결과이자 필요에 따른 결과로, 우리의 정부 체계와 군대의 균형이 바뀐 결과였습니다. 당시 로마에는 남은 병사들이 없었습니다. 왜 로마에 남은 병사들이 없었을까요? 여러 이유가 있었지만, 공유지와 직결된 이유도 있었습니다. 공유지가 탄생하면서 땅을 포기할 수밖에 없게 된 소농들이 아들을 많이 낳아 기르지 못했기 때문에 병사들의 씨가 말라버린 것입니다. 가이우스 마리우스는 당시의 시점에서 과거를 돌아본 후, 할 수 있는 유일한 일을 했습니다, 최하층민을 군에 입대시킨 것입니다. 그는 군장을 살 돈이 없고 땅을 가진 가문 출신이 아닌, 사실상 맞부딪혀 짤랑거릴 2세스테르티우스조차 없는 최하층민들로 군대를 편성했습니다."

말을 잇는 드루수스의 목소리가 작아졌다. 모든 머리들이 앞쪽으로 기울어 있었다. 모든 귀들이 쫑긋 서 있었다.

"군대의 급여는 보잘것없습니다. 게르만족을 무찌르고 손에 넣은 노획물은 비참한 수준이었습니다. 가이우스 마리우스와, 그의 보좌관들을 포함한 후임들은 이미 최하층민 병사들에게 싸우는 법을, 검의 한쪽 끝과 다른 쪽 끝을 구별하는 법을, 가치 있고 위엄 있는 로마인이라고 느끼는 법을 가르쳤습니다. 저는 가이우스 마리우스의 의견에 동의합니다! 우리는 최하층민 병사들을 다시 비참한 도시의 뒷골목으로, 그들의 비참한 가축우리 같은 시골 방으로 던져넣어서는 안 됩니다. 그것은 전혀 새로운 종류의 악이 탄생함을 의미합니다. 지갑에 든 건 전혀 없고 수중에 시간은 많으며 원로원 계급 사람들의 처우에 대한 상처는 점점 커져가는, 고도로 훈련된 집단 말입니다. 가이우스 마리우스의 해법은—그것은 이미 그가 아프리카에서 유구르타 왕과 싸우고 있을 때 탄생했습니다—이 먹고살 길 없는 퇴역병사들을 외국에 있는 로마 공유지에 정착시키자는 것이었습니다. 그 해법을 아프리카 소(小)시르티스의 섬들에서 실행에 옮긴 것은 지난해의 수도 담당 법무관 가이우스 율리우스 카이사르의 위대한 장기 임무였지요. 동료 의원 여러분, 제가 하는 말을 오직 우리의 미래를 위한 안전장치로 받아들여주십시오! 저

는 가이우스 마리우스는 옳았으며, 우리는 그 최하층민 퇴역병사들을
외국의 로마 공유지에 계속해서 정착시켜야 한다고 생각합니다."

　드루수스는 연설 시작부터 줄곧 처음 서 있던 자리에서 조금도 움직
이지 않았다. 지금도 마찬가지였다. 가이우스 마리우스라는 이름을 언
급한 것만으로도 다시 얼굴이 굳어지는 사람들이 있었지만, 당사자인
마리우스는 위엄으로 가득한 인상적인 얼굴을 하고 전직 집정관들 가
운데 맨 앞의 의자에 앉아 있었다. 마리우스가 있는 가운데 쪽의 반대
편 중간 줄에는 킬리키아 총독의 임무를 마치고 돌아온 루키우스 코르
넬리우스 술라가 앉아 드루수스의 말을 경청하고 있었다.

　"그러나 이 모두는 가장 음울하고 가까이에 있는 악, 이탈리아와 시
칠리아의 로마 공유지 문제를 해결하지 못합니다. 뭔가 해야만 합니
다! 의원 여러분, 우리의 손에 이 악을 쥐고 있는 한 그것은 우리의 도
덕을, 우리의 윤리를, 적합성에 대한 우리의 감각을, 모스 마이오룸 그
자체를 좀먹을 것이기 때문입니다. 현재 이탈리아의 로마 공유지는 라
티푼디움 목초지에 관심이 있는 원로원 의원들과 1계급 기사들이 차지
하고 있습니다. 시칠리아의 로마 공유지는 일부 대규모 밀 재배업자들
이 차지하고 있는데, 그들 대다수는 이곳 로마에 거주하면서 시칠리아
의 농장은 감독인과 노예들에게 맡겨놓은 상황입니다. 안정적인 상황
이라고 생각하십니까? 그렇다면 이걸 한번 생각해보십시오! 그라쿠스
형제가 우리 머릿속에 그런 생각을 심어놓은 이래로, 이탈리아와 시칠
리아의 공유지는 그냥 거기 있으면서 누군가 이런저런 구실로 조각내
어 잡아채 가기만을 기다리고 있습니다. 미래의 장군들은 얼마나 고결
할까요? 그들은 가이우스 마리우스처럼 퇴역병사들을 외국 공유지에
정착시키는 걸로 만족할까요, 아니면 이탈리아의 땅을 약속하여 퇴역

병들의 환심을 살까요? 미래의 호민관들은 얼마나 고결할까요? 또 한 명의 사투르니누스가 나타나 에트루리아나 캄파니아, 움브리아나 시칠리아의 땅을 나눠주겠다고 약속하며 하층민들의 환심을 사려 하는 사태가 일어나지 말라는 법이 있습니까? 미래의 금권 정치가들은 얼마나 고결할까요? 국가에게서 공유지를 임대하며 스스로 국가를 운영하는 자들이 공유지를 자기들 마음대로 하기 위한 법을 만든다면, 공유지가 국가의 재산이라고 말해봤자 무슨 소용이겠습니까?"

드루수스는 숨을 크게 들이쉬고, 다리를 넓게 벌리고 서서 결론으로 들어갔다.

"그런 땅은 사라져야 합니다! 소위 이탈리아와 시칠리아의 공유지라고 하는 것을 없애버려야 합니다! 이 자리에서 용기를 내 해야만 하는 일을 합시다. 우리의 모든 공유지를 나눠서 가난한 자와 불우한 자, 퇴역병사, 원하는 모든 이들에게 기증하는 겁니다! 우리 중에 가장 부유하고 지체 높은 사람들부터 시작합시다. 오늘 저기 앉아 있는 모든 사람들에게 공유지를 10유게룸씩 주십시오. 저곳에 있는 모든 로마 시민들에게 10유게룸씩만 주십시오! 이것은 우리 가운데 몇몇한테는 침도 못 뱉을 만큼 적은 땅이지만, 다른 사람들한테는 그들이 가진 모든 것보다 귀중합니다. 줘버려야 합니다! 마지막 한 뙈기까지 줘버려야 합니다! 미래의 악당들이 우리를, 우리의 계급을, 우리의 부를 망가뜨릴 도구로 쓸 것을 아무것도 남겨놓지 마십시오. 하늘과 진창 말고는 그들이 갖고 놀 걸 아무것도 남겨놓지 마십시오! 저는 그렇게 하리라 맹세했습니다, 의원 여러분! 그리고 저는 그렇게 할 것입니다! 하늘 아래 있는 로마 공유지 가운데 쓸모없는 허공과 늪 말고는 아무것도 남겨놓지 않을 것입니다! 이것은 제가 가난하고 불우한 사람들을 염려해서가 아닙니다! 로마의 최하층민 퇴역병사들의 앞날을 걱정해서가 아닙니다! 임대용 공유지를 소유한, 이 의사당에 계신 여러분과 목가적인 기사들을 시기해서가 아닙니다! 제가 이렇게 하는 이유는 오직 한 가지입니다! 어느 장군이 병사들을 위한 연금으로 보는, 어느 선동적인 호민관이 로마의 일인자로 가는 입장권으로 보는, 두세 명의 금권 정치가들이 이탈리아나 시칠리아 전역을 차지하기 위한 지름길로 보는 로마의 공유지는 미래의 재앙을 뜻하기 때문입니다!"

원로원은 들었고, 생각에 잠겨 있었다. 적어도 이만큼은 드루수스가 해낸 것이다. 필리푸스는 아무 말도 하지 않았다. 카이피오가 질문을 하려 했지만, 섹스투스 카이사르가 이야기는 충분히 들었으며 회의는 내일 재개될 거라고 퉁명스럽게 말하며 막아섰다.

"잘했네, 마르쿠스 리비우스." 마리우스는 의사당에서 나가는 도중에 드루수스의 옆을 지나가며 말했다. "이런 기세로 자네의 계획을 계속 밀고 가게나. 그러면 자네는 원로원의 지지를 얻은 사상 최초의 호민관이 될 수도 있네."

그러나 드루수스로서는 대단히 놀랍게도, 바깥으로 나온 그에게 바짝 붙어서 더 많은 이야기를 해달라고 청한 사람은 루키우스 코르넬리우스 술라였다. 드루수스는 술라를 거의 알지도 못했다.

"나는 지금 막 동방에서 돌아왔소, 마르쿠스 리비우스. 그래서 모든 이야기를 상세히 듣고 싶소. 당신이 이미 통과시킨 두 가지 법에 대해서, 그리고 공유지에 대한 당신의 생각을 전부 다 들어봤으면 하오." 햇볕에 타서 동방으로 가기 전보다 얼굴이 좀 거칠어진 듯한 그 낯선 사람은 말했다.

술라는 정말로 관심이 있었다. 술라는 드루수스가 과격론자도, 진정한 개혁가도 아니며, 오히려 자기가 속한 계급의 권리와 특권을 수호하고 로마를 늘 그래왔던 대로 유지하는 것을 가장 우선시하는 강경한 보수주의자라는 걸 알 만큼 지성과 이해력이 뛰어난 극소수의 사람들 중 한 명이었기 때문이다. 그들은 민회장까지만 가서 겨울바람을 피했다. 술라는 열중하여 드루수스의 의견을 모두 들었다. 이따금씩 술라도 질문을 했지만 길게 얘기한 쪽은 드루수스였다. 대다수의 파트리키 코르넬리우스 가문 사람들이 배신이라고 생각한 것을 적어도 한 명의 파트리키 코르넬리우스는 들어줄 마음이 있다는 사실에 드루수스는 감사했다. 마침내 술라는 웃으면서 손을 내밀고 드루수스에게 진심으로 고마워했다.

"나는 평민회에서 당신에게 표를 던질 수 없지만, 원로원에서 당신에게 표를 던지겠소." 술라는 말했다.

두 사람은 같이 팔라티누스 언덕으로 돌아갔지만 함께 따뜻한 서재로 가서 포도주 한 병을 비울 생각은 전혀 하지 않았다. 둘 중 어느 쪽도 그런 초대를 할 종류의 호감은 갖고 있지 않았기 때문이다. 술라는 드루수스의 집 앞에서 그의 등을 두드린 후 곧장 클리부스 언덕길을 따라내려가 자신의 집이 있는 골목길로 들어서는 곳까지 갔다. 술라는 아들과 이야기하고 싶어서 안달이 났다. 그는 술라 2세의 조언을 점점 더 소중하게 여기고 있었다. 소년의 지혜에 성숙함이 없다는 건 술라도 잘 알고 있었지만, 술라 2세는 지지를 보내주는 공명판이었다. 피호민도 거의 없고 피호민들로 군대를 조직할 가능성도 희박한 사람에게 술라 2세는 값을 매길 수 없는 보석과 같았다.

그러나 귀가는 행복하지 못했다. 아일리아는 술라 2세가 심한 감기로 앓아누웠다고 말했다. 급히 전할 소식이 있으니 기다렸다가 술라를 만나겠다고 고집을 부리고 있는 피호민도 있었다. 하지만 술라 2세가 아프다는 말을 듣는 순간 술라의 머릿속에서 피호민 이야기는 잠시 사라져버렸다. 그는 서재가 아니라 아일리아가 귀한 아들을 눕혀놓은 안락한 응접실을 향해 서둘러 발걸음을 옮겼다. 아일리아는 갑갑하고 빛이 들지 않는 아이의 침실이 환자에게는 적당하지 않다고 생각했던 것이다. 아이는 열이 났고 목이 아팠으며 콧물을 줄줄 흘렸다. 아버지를 숭배하듯 바라보는 아이의 눈에서는 눈물이 찔끔찔끔 났다. 술라는 긴장을 풀고 아들에게 입을 맞추며 아이를 안심시키기 위해 말했다.

"아들아, 네가 이 병을 잘 다스린다면 장이 두 번 서는 동안 아플 거고, 병을 잘 다스리지 못하면 열엿새쯤 갈 거란다. 어머니의 보살핌을 받도록 하거라."

그런 다음 술라는 자신을 기다리고 있는 누군가가 있는 서재를 향해 얼굴을 찌푸리며 갔다. 그는 피호민에게 그다지 신경쓰는 사람이 아니었다. 술라는 관대한 사람이 아니었고 따라서 돈을 나눠주지도 않았다. 술라의 피호민들은 대부분 군인과 백인대장들, 어쩌다 술라와 만나게 되어 그의 도움을 받고 피호민으로 받아달라고 청한, 속주와 시골 출신의 이름 없는 사람들이었다. 몇 안 되는 그의 피호민 중에 로마 시에 사는 사람은 거의 없었다.

기다리고 있던 건 메트로비오스였다. 술라는 알아차렸어야 했으나 짐작조차 하지 못했다. 메트로비오스를 생각하지 않으려는 술라의 정신적인 분투가 얼마나 성공했는지 보여주는 증거였다. 그가 이제 몇 살이더라? 삼십대 초반, 아마 서른둘이나 서른셋일 거야. 그 세월이 다 어디로 갔지? 망각 속으로. 하지만 메트로비오스는 여전히 메트로비오스였다. 그리고 둘의 입맞춤은 술라에게 그가 여전히 자신의 것이라고 가르쳐주었다. 술라는 문득 몸을 떨었다. 지난번 메트로비오스가 방문했을 때 율릴라가 죽었다. 메트로비오스는 사랑이 행운을 대신할 수 있다고 여기는 사람이었지만, 행운을 불러오는 사람은 아니었다. 술라에게 있어 사랑은 아무것도 대신하지 못했다. 술라는 메트로비오스한테서 단호하게 몸을 떼고 책상 뒤에 있는 의자에 앉았다.

"너는 이곳에 오면 안 돼." 술라는 꽤나 퉁명스럽게 말했다.

메트로비오스는 한숨을 쉬고 피호민용 의자에 미끄러지듯 우아하게 앉더니 팔짱을 낀 두 팔을 책상에 올려놓았다. 아름답고 거무스름한 그의 눈은 슬퍼 보였다. "나도 알아요, 루키우스 코르넬리우스. 하지만 나는 당신의 피호민이에요! 당신은 제게 해방노예라는 딱지 없이 시민권을 갖게 해줬지요. 나는 합법적으로 코르넬리우스 트리부스의 루키우스 코르넬리우스 메트로비오스예요. 당신의 집사는 내가 이곳에 자주 오는 것보다 그 반대 상황을 더 걱정할걸요. 나는 당신의 소중한 평판을 위험에 빠뜨릴 행동이나 말은 전혀 하지 않아요! 극장의 내 친구와 동료들은 물론이고 내 애인들과 당신의 하인들 앞에서도요. 제발 나를 합당하게 대해주세요!"

술라의 눈에 눈물이 고였다. 그는 얼른 눈을 깜빡여 눈물을 없애버렸다. "알아, 메트로비오스. 정말 고마워하고 있어." 술라는 한숨을 쉬고 일어나서 포도주를 보관해둔 탁자 쪽으로 갔다. "한잔 할래?"

"고마워요."

술라는 은 술잔을 책상 위 메트로비오스 앞쪽에 내려놓은 다음, 메트로비오스의 뒤에 서서 그의 어깨를 감싸고 몸을 앞으로 기울여 그의 숱 많고 검은 머리카락에 볼을 갖다댔다. 그러나 메트로비오스가 두 손을 들어 자신의 팔을 만지자마자 다시 떨어져서 책상 의자에 앉았다.

"급한 일이라는 게 뭐지?" 술라가 물었다.

"켄소리누스라는 자를 아세요?"

"어느 켄소리누스? 비열한 젊은 가이우스 마르키우스 켄소리누스, 아니면 원로원에 들어가겠다는 야심 때문에 포룸 로마눔을 제집처럼 드나드는 돈 많은 켄소리누스?"

"두번째 놈이요. 당신이 동료 로마 시민들을 그렇게 잘 알고 있는지는 몰랐네요. 루키우스 코르넬리우스."

"지난번 마지막으로 너를 만난 후 난 수도 담당 법무관이 되었어. 그 일을 하면서 모르던 걸 많이 알게 됐지."

"그런 것 같네요."

"두번째 켄소리누스 놈이 왜?"

"그는 당신을 반역 법정에 고소하려고 해요. 당신이 동방에서 로마의 국익을 저버리는 대가로 파르티아인들한테 막대한 뇌물을 받았다면서요."

술라는 눈을 껌벅거렸다. "맙소사! 동방에서 내게 일어난 일을 그렇게 많이 아는 로마인이 있을 줄은 몰랐는데! 심지어 나의 모험담을 상세하게 들려달라는 원로원의 촉구도 없었다고. 켄소리누스? 그자는 에우프라테스 강 동쪽은 고사하고 포룸 로마눔의 동쪽에서 일어난 일도 모를 텐데? 그리고 넌 내가 다른 데서 귀띔도 받기 전에 그걸 어떻게 알아낸 거지?"

"켄소리누스는 연극광이고, 배우들이 으스대며 돌아다니는 파티를 여는 게 제일 큰 낙이에요. 특히 비극 배우를 더 좋아하죠. 그래서 난 그의 파티에 자주 가요." 메트로비오스는 켄소리누스에 대한 감탄이라곤 조금도 섞이지 않은 웃음을 지으며 말했다. "아뇨, 루키우스 코르넬리우스, 그 사람은 내 애인들 중 하나가 아니에요! 난 그를 경멸해요. 하지만 난 파티가 너무 좋아요. 아아, 옛날에 당신이 열던 파티만큼 좋은 건 없어요. 하지만 켄소리누스의 파티도 견딜 만해요. 그리고 거기 가면 늘 보는 패거리를 만날 수 있거든요. 내가 잘 알고 좋아하는 사람들 말이에요. 거기다 켄소리누스는 좋은 음식과 포도주를 내놔요." 메트로비오스는 붉은 입술을 꼭 다물고 곰곰이 생각에 잠겼다. "그런데 최근 몇 달 동안 켄소리누스는 파티에 이상한 사람들을 몇 명 불렀어요. 게다가 최근에는 티끌 한 점 없는 에메랄드로 만든 외알 안경을 쓰고 다녀요. 켄소리누스가 인구조사에서 원로원 의원으로 등록할 수 있을 만큼 돈이 많기는 해도 그런 보석을 살 형편은 절대로 못 되거든요. 그러니까, 그 에메랄드 외알 안경은 포룸 로마눔의 단골이 아니라 이집트의 프톨레마이오스 왕족한테나 어울리는 거라고요!"

술라는 포도주를 홀짝이며 천천히 웃음을 지었다. "멋진데! 켄소리누스와 친하게 지내야겠는걸. 내 재판이 끝난 뒤, 아니면 그전에라도 말이야. 넌 짚이는 거 있어?"

"내 생각에 그는 첩자이고 배후는…… 모르겠어요! 아마 파르티아나 다른 동방국 사람들이겠죠. 그의 특이한 파티 손님들은 분명 동방 사람들이에요. 번쩍이는 금실로 수를 놓은 가운을 입고 온몸에 보석을 휘감고, 열성적으로 손을 내미는 모든 로마인들의 손에 떨어뜨려줄 돈이 넘쳐나는 자들 말이죠."

"파르티아인들은 아니야." 술라가 확신하며 말했다. "그들은 에우프라테스 강 서쪽에서 벌어지는 일에 관심이 없어, 그것만큼은 사실이야. 미트리다테스야. 아니면 아르메니아의 티그라네스거나. 하지만 난 폰토스의 미트리다테스에 걸겠어."

"어떻게 할 거예요?" 메트로비오스가 걱정스럽게 물었다.

"아, 내 걱정은 하지 마." 술라가 쾌활하게 말한 뒤 일어서서 창문의 덧문 자락을 슬쩍 밀어 완전히 닫았다. "미리 경고를 받는 건 미리 무장을 하는 거지. 난 때를 기다릴 거야, 켄소리누스가 먼저 움직일 때까지. 그런 다음……."

"그런 다음……. 뭐죠?"

술라가 심술궂게 이를 드러냈다. "그가 태어나지 말았기를 바라도록 만들어줘야지." 술라는 아트리움 쪽의 문에 빗장을 채운 뒤 주랑정원과 연결된 문도 빗장을 채웠다. "그건 그렇고, 아들 다음으로 내가 사랑하는 그대, 어차피 넌 이곳에 와버렸으니 너를 안기 전에는 보내주지 않겠어."

"당신이 그러기 전엔 나도 가지 않을 거예요."

그들은 서로 어깨에 턱을 묻고 포옹하며 서 있었다.

"옛날에, 생각나요?" 메트로비오스가 눈을 감고 미소를 지으며 꿈꾸듯 물었다.

"네가 요상한 노란 치마를 입어 허벅지 안쪽으로 염료가 흘러내리던 날 말이야?" 술라도 미소를 짓고 있었다. 그는 한 손으로 메트로비오스의 곱슬곱슬한 머리카락을 빗어넘기고, 다른 손으로 청년의 곧고 단단한 등을 관능적으로 쓸어내렸다.

"당신은 살아 있는 뱀들로 만든 가발을 쓰고 있었잖아요."

"뭐, 나는 메두사였으니까!"

"정말이지 딱 어울렸어요."

"말이 너무 많군." 술라가 말했다.

한 시간이 지난 후 메트로비오스는 떠났다. 그의 방문에 관심을 갖는 사람은 아무도 없었지만, 술라는 언제나 따뜻하고 상냥한 아일리아에게 전했다. 자신이 곧 반역 법정에 고발당할 거라는 소식을 메트로비오스가 전해주러 왔다고.

아일리아는 입을 딱 벌리고 부들부들 떨었다. "오, 루키우스 코르넬리우스!"

"걱정 마시오, 부인." 술라가 쾌활하게 말했다. "아무 일도 없을 거요, 내 약속하지."

그녀는 걱정스러운 표정을 지었다. "괜찮으세요?"

"정말이지, 부인, 요 몇 년간 지금처럼 기분좋은 적도, 당신과 열정적으로 사랑을 나누고 싶은 적도 없었소." 술라는 이렇게 말하며 아내의 허리를 감싸안았다. "침대로 갑시다."

술라는 켄소리누스에 대해 더 알아보고 다닐 필요가 없었다. 다음날 켄소리누스가 공격을 개시했기 때문이다. 그는 피케눔 출신의 수도 담당 법무관 퀸투스 폼페이우스 루푸스의 재판소에 나타나, 로마를 배신하고 파르티아인들에게 뇌물을 받은 혐의로 루키우스 코르넬리우스 술라를 반역 법정에 기소해달라고 요구했다.

"증거가 있소?" 폼페이우스 루푸스가 엄한 목소리로 물었다.

"있습니다."

"그럼 간단히 말해보시오."

"안 됩니다, 퀸투스 폼페이우스. 필요한 모든 일은 법정에서 하겠습니다. 이것은 중죄입니다. 저는 벌금 부과 정도를 요청하는 게 아닙니다. 게다가 법에 따르면 저의 주장을 당신한테 알려줄 의무도 없습니다." 켄소리누스는 너무 귀중해서 집에 두기에는 위험하고 사람들이 많은 곳에서 하고 다니기에는 너무 눈에 띄기에 토가 자락 안에 넣어둔 보석을 만지작거리며 말했다.

"좋소." 폼페이우스 루푸스는 뻣뻣하게 말했다. "반역 법정 재판장에게 사흘 뒤 쿠르티우스 연못 근처에서 재판을 열라고 하겠소."

폼페이우스 루푸스는 켄소리누스가 포룸 로마눔의 낮은 구역을 거의 날듯이 가로질러 아르길레툼 쪽으로 가는 것을 지켜본 후, 그의 조수인 판니우스 가문 출신의 하급 원로원 의원에게 손가락으로 딱 소리를 냈다. "여기 좀 보고 있게." 그는 일어서며 말했다. "난 볼일이 있네."

폼페이우스 루푸스는 노바 가도의 선술집에서 술라를 찾아냈다. 생각보다 어렵지 않은 일이었다. 유능한 수도 담당 법무관답게, 그는 누구에게 물어보면 되는지 알고 있었기 때문이다. 술라의 술친구는 다름 아닌 원로원 최고참 의원 스카우루스였다. 그는 술라가 동방에서 이룬 업적에 관심이 있는 극소수의 의원들 중 하나였다. 두 사람은 선술집 구석자리의 작은 탁자에 있었다. 이 선술집은 원로원에 속할 만큼 위엄 있는 사람들에게 인기 있는 회합 장소였지만, 토가 프라이텍스타를 입은 세번째 사람이 들어오자 주인장의 눈이 튀어나왔다. 원로원 최고참 의원과 수도 담당 법무관 두 명이라니! 친구들한테 자랑해야겠군!

"포도주와 물을 주게, 클로아티우스." 폼페이우스 루푸스가 계산대를 지나가면서 짧게 말했다. "좋은 것으로!"

"포도주 말씀인가요, 물 말씀인가요?" 푸블리우스 클로아티우스가 천진난만하게 물었다.

"둘 다, 이 멍청한 친구야. 안 그러면 법정으로 끌고 갈 거네." 폼페이우스 루푸스가 싱긋 웃으며 말하고 다른 두 명과 동석했다.

"켄소리누스 때문이군." 술라가 폼페이우스 루푸스에게 말했다.

"그렇소." 수도 담당 법무관이 대답했다. "당신한테는 분명 나보다 나은 소식통이 있는가 보오. 맹세컨대 나는 그자의 말을 듣고 엄청나게 놀랐다오."

"좋은 소식통이 있는 건 사실이오." 술라가 웃음을 지으며 말했다. 그는 피케눔 출신의 이 사내를 좋아했다. "반역죄요?"

"반역죄요. 그는 증거가 있다고 말했소."

"푸블리우스 루틸리우스 루푸스에게 유죄를 선고한 사람들도 그렇게 말했소."

"하, 바르둘리의 길바닥을 황금으로 포장하는 날이 오면 켄소리누스의 말을 믿겠네." 스카우루스가 이탈리아에서 제일 가난한 도시를 들먹이며 말했다.

"동감입니다." 술라가 말했다.

"내가 도울 일이 없겠소?" 폼페이우스 루푸스가 술집 주인한테서 빈 잔을 받아 포도주와 물을 부으며 물었다. 그는 얼굴을 찡그리더니 고개를 들었다. "둘 다 형편없잖아!" 그는 소리를 질렀다. "벌레 같은 놈!"

"어디 노바 가도의 다른 술집에 가보십쇼, 이보다 더 좋은 게 있는지." 클로아티우스가 성난 기색 없이 말하고는, 아쉬운 표정을 띠며 세 사람의 대화가 들리지 않는 곳으로 물러갔다.

"내가 처리할 수 있소." 술라가 동요하는 기색 없이 말했다.

"앞으로 사흘 뒤에 쿠르티우스 연못 근처에서 심리가 열릴 것이오. 다행히 지금은 리비우스법이 적용되니 배심원단의 절반은 원로원 의원들일 거요. 배심원이 전부 기사인 것보단 훨씬 낫지. 기사들은 원로원 의원이 다른 사람들을 착취해서 부자가 되는 걸 어찌나 싫어하는지! 자기들이 그러는 건 괜찮고 말이야." 폼페이우스 루푸스가 분통을 터뜨리며 말했다.

"어째서 뇌물수수 법정이 아니라 반역 법정인가?" 스카우루스가 물었다. "그자 말대로 자네가 뇌물을 받았다면 그건 뇌물수수죄인데."

"켄소리누스는 그 뇌물이 동방에서 로마의 의도와 행보를 밀고한 대가로 받은 거라고 주장하고 있습니다." 수도 담당 법무관이 말했다.

"나는 조약을 체결하고 왔소." 술라가 폼페이우스 루푸스에게 말했다.

"그랬지! 아주 인상적인 업적이야." 스카우루스가 아주 따뜻한 목소리로 말했다.

"원로원이 그걸 인정해주는 날이 올까요?" 술라가 물었다.

"올 거네, 루키우스 코르넬리우스, 이 아이밀리우스 스카우루스가 약속하지."

"당신이 파르티아인들과 아르메니아의 왕을 모두 당신보다 낮은 곳에 앉혔다고 들었소." 수도 담당 법무관이 낄낄거렸다. "잘했소, 루키우스 코르넬리우스! 그 동방의 군주들은 창피를 좀 당해야 한다니까!"

"오, 나는 루키우스 코르넬리우스가 포필리우스 라이나스의 전철을 밟으려는 거라고 생각하네." 스카우루스가 웃음을 지으며 말했다. "다음번에 이 친구는 그들의 발치에 원을 그리고 있을 게야." 그는 얼굴을 찌푸렸다. "내가 알고 싶은 건, 켄소리누스가 에우프라테스 강 근처에서 일어난 일에 관한 정보를 어디서 얻었냐는 것이네."

술라는 불편한 듯 꼼지락거렸다. 스카우루스가 지금도 폰토스의 미트리다테스에 대해 위협이 아니라고 생각하는지 확신할 수 없었기 때문이었다. "저는 켄소리누스가 어느 동방의 왕의 첩자 노릇을 하고 있다고 생각합니다."

"폰토스의 미트리다테스." 스카우루스가 곧바로 말했다.

"이제 현실에 눈을 뜨셨습니까?" 술라가 씩 웃으며 말했다.

"나는 사람의 가장 좋은 면을 믿고 싶어한다네, 루키우스 코르넬리우스. 하지만 바보는 아니야." 스카우루스가 말하며 자리에서 일어났다. 그는 주인장에게 1데나리우스를 던졌고 주인장은 날쌔게 동전을 받았다. "두 사람에게 자네의 끝내주는 술을 더 갖다주게나, 클로아티우스!"

"그렇게 별로면 댁에서 키오스나 팔레르눔 포도주나 드시지 그러십니까?" 유머감각이라면 뒤지지 않는 클로아티우스는 나가는 스카우루스의 등뒤에 대고 외쳤다.

스카우루스는 대답 대신 손가락으로 허공을 찌르며 구멍을 뚫는 시늉을 했고, 이를 본 클로아티우스는 숨이 넘어가게 웃었다. "희한한 노인네 같으니!" 그는 포도주를 더 내오면서 말했다. "저분이 없으면 우리는 어떻게 될까요?"

술라와 폼페이우스 루푸스는 각자의 의자에 몸을 더 깊이 파묻었다.

"오늘은 재판소에 있는 날 아니오?" 술라가 물었다.

"판니우스한테 맡기고 나왔소. 소송하기 좋아하는 로마인들을 상대하는 건 그에게 좋은 경험이 될 거요." 폼페이우스 루푸스가 대답했다.

두 사람은 (다들 알았다시피 실제로는 그리 나쁘지 않은) 포도주를 홀짝이며 잠시 동안 침묵했다. 특별히 어색한 느낌은 들지 않았다. 스카우루스가 떠나고 난 자리는 조금씩은 어색해지기 마련이었지만.

마침내 폼페이우스 루푸스가 말했다. "올 연말에 집정관 선거에 나가고 싶소, 루키우스 코르넬리우스?"

"아니요." 술라가 진지한 표정으로 대답했다. "그러려고 했소, 파르티아의 왕과 로마에 매우 유리한 공식 조약을 체결하고 오면 로마에 파란이 일 거라고 생각하면서 말이오! 하지만 원로원의 똥물 구덩이는 고사하고 포룸 로마눔의 흙탕물 구덩이에도 잔물결 하나 일지 않더군요! 그냥 계속 로마에 있으면서 음탕한 춤이나 배울 걸 그랬소. 그러는 편이 사람들 입에 더 오르내렸을 텐데! 그래서 이제 문제는, 내가 유권자들에게 뇌물을 뿌리면 당선될 가능성이 있는가 하는 거요. 현재 내 생각은 그래봤자 돈만 낭비하게 되리라는 거지만. 루틸리우스 루푸스 같은 자들은 우리의 훌륭하신 유권자 나리들께 열 배나 더 많이 쓸 수 있으니."

"나는 집정관이 되고 싶소." 폼페이우스 루푸스가 술라만큼 진지하게 말했다. "하지만 피케눔 출신이라 승산이 없을 것 같소."

술라는 눈을 크게 떴다. "당신은 법무관 선거에서 가장 많은 표를 얻었소, 퀸투스 폼페이우스! 알겠지만, 그건 뜻하는 바가 크지요!"

"당신은 2년 전 같은 선거에서 가장 많은 표를 얻었소." 폼페이우스 루푸스가 말했다. "그런데도 당신은 가능성이 높지 않다고 생각하잖소? 수도 담당 법무관을 지낸 파트리키 코르넬리우스에게 가능성이 없다면, 엄밀히 말해 신진 세력은 아니지만 피케눔 출신인 사람에겐 가능성이 얼마나 있겠소?"

"내가 파트리키 코르넬리우스인 건 사실이오. 하지만 내 성은 스키피오가 아니고, 내 조부는 아이밀리우스 파울루스가 아니오. 나는 한번도 훌륭한 연설가였던 적이 없는데다, 수도 담당 법무관이 되기 전까지 포룸 로마눔의 단골들은 나와 마그나 마테르 신전의 사제도 구별하지 못했소. 나는 파르티아인들과 맺은 역사적인 조약에, 그리고 로마군을 이끌고 최초로 에우프라테스 강을 건넜다는 사실에 모든 희망을 걸었지만, 지금 포룸 로마눔은 드루수스의 활약에 더 열광하고 있소."

"그가 지금 출마한다면 집정관이 될 거요."

"지금 드루수스는 스키피오 아프리카누스나 스키피오 아이밀리아누스와 대적해도 이길 거요. 나조차도 그의 활동에 매료되었으니까."

"나도 그렇소, 루키우스 코르넬리우스."

"그가 옳다고 생각하시오?"

"그렇소."

"다행이군! 나도 그렇게 생각하오."

다시 한번 침묵이 흘렀다. 침묵을 깨는 것은 클로아티우스가 새 손님 네 명을 맞으면서 낸 소음뿐이었다. 그들은 구석자리에 있는 자주색 단을 댄 토가 차림의 두 사람을 경외에 찬 눈으로 쳐다보았다.

"이건 어떻소," 백랍 술잔을 두 손으로 천천히 돌리던 폼페이우스 루푸스가 그 속을 들여다보며 운을 뗐다. "이삼년 더 기다렸다가 나와 함께 출마하는 거요. 우린 둘 다 수도 담당 법무관이고, 군 경력도 좋고, 나이도 먹을 만큼 먹었고, 약간은 뇌물을 쓸 능력도 있소. 유권자들은 짝을 지어 출마하는 걸 좋아하오. 그해 집정관들은 사이가 좋을 거라고 기대할 수 있으니까 말이오. 내 생각에 우리가 함께 출마하면 각자 출마하는 것보다 승산이 있소. 어떻소, 루키우스 코르넬리우스?"

술라의 시선이 폼페이우스 루푸스의 혈색 좋은 얼굴과 짙푸른 눈동자, 균형 잡히고 약간 켈트족 느낌이 나는 이목구비, 곱슬곱슬한 빨간 머리카락에 머물렀다. 술라는 조심스럽게 말했다. "우린 탁월한 한 쌍이 될 것 같소! 출신이 완전히 다른 빨강머리 원로원 의원 둘이라, 인상적인 구경거리이자 잘 어울리는 한 쌍이지 않소! 알겠지만, 저 변덕스럽고 툭하면 말다툼하는 얼간이들은 우릴 좋아할 거요! 그들은 우스운 농담을 좋아하는데, 키와 몸집이 같으면서 전혀 다른 집단 출신인 빨강머리 집정관 두 명보다 우스운 농담이 있겠소?" 술라는 손을 내밀었다. "우린 해낼 거요, 친구! 다행히 우리 둘 중에 그런 효과를 떨어뜨리는, 그러니까 흰머리가 나거나 머리가 벗겨지고 있는 사람은 없잖소!"

기쁨을 표하고 싶은 마음이 역력했던 폼페이우스 루푸스는 술라의 손을 꽉 쥐고 활짝 웃었다. "약속한 거요, 루키우스 코르넬리우스!"

"약속한 거요, 퀸투스 폼페이우스!" 술라는 폼페이우스 루푸스의 막대한 부에 생각이 미치자 영감이 떠올라 눈을 깜박였다. "아들이 있소?" 술라가 물었다.

"있소."

"몇 살이오?"

"올해 스물하나요."

"약혼했소?"

"아니, 아직."

"나는 딸이 있소. 그애 어머니도 파트리키였소. 그앤 우리가 공동으로 집정관 선거에 출마한 후인 6월에 열여덟 살이 되오. 내 딸과 당신 아들을 지금으로부터 3년 뒤인 7월에 결혼시키는 것이 어떻소?"

"더할 나위 없이 좋소, 루키우스 코르넬리우스!"

"딸애는 지참금이 넉넉하오. 그애의 외조부께서 돌아가시기 전에 아이 생모의 재산을 그애한테 상속시켰는데, 은 40탈렌툼쯤 되오. 백만 세스테르티우스가 조금 넘소. 이만하면 되겠소?"

폼페이우스 루푸스는 흡족하여 고개를 끄덕였다. "지금 포룸 로마눔으로 가서 우리의 공동 출마에 대해 논의하는 게 어떻소?"

"좋은 생각이오! 유권자들이 우리에게 아주 익숙해지게 해서, 때가 왔을 때 그들이 자동적으로 우리를 뽑게 만듭시다."

"아하!" 문가에서 우렁찬 목소리가 들려왔다.

들어온 사람은 가이우스 마리우스였다. 그는 계산대 근처 탁자에서 입을 떡 벌린 술꾼들을 쳐다보지도 않고 재빨리 지나쳐서 다가왔다.

"우리 존경받는 원로원 최고참 의원께서 여기 오면 자네를 만날 거라고 하더군, 루키우스 코르넬리우스." 마리우스가 자리에 앉으며 말했다. 그는 근처에서 서성이는 클로아티우스를 향해 고개를 돌렸다. "늘 마시던 자네의 식초면 되네, 클로아티우스."

"그러실 줄 알았습죠." 탁자 위의 포도주병이 거의 빈 것을 발견한 클로아티우스가 말했다. "어쨌거나 이탈리아인이 포도주에 대해 뭘 알겠습니까요?"

마리우스가 씩 웃었다. "네끼, 오줌을 갈겨줄 놈 같으니라고! 행동거지와 혀 단속 좀 하게."

사교적인 인사말을 주고받은 후 마리우스는 폼페이우스 루푸스가 함께 있는 것에 기뻐하며 본론으로 들어갔다.

"자네들이 마르쿠스 리비우스의 새 법들에 대해 어떻게 생각하는지 알고 싶네." 마리우스가 말했다.

"우리 둘 다 같은 의견입니다." 술라가 말했다. 술라는 로마로 돌아온 후 마리우스의 집을 여러 차례 방문했지만, 그때마다 이 거물이 자리에 없다는 말만 들었다. 술라로서는 그런 대우가 고의적이라고 간주할 이유가 없었다. 상식적으로 볼 때 고의일 리가 없었고, 실제로 술라는 그저 때를 잘못 맞춘 것이었다. 그런데도 술라는 마지막으로 방문했을 때 다시는 마리우스의 집에 오지 않겠다고 결심해버렸다. 따라서 지금 술라는 동방에서 있었던 일을 마리우스에게 얘기하지 못한 상태였다.

"어떤 의견인가?" 자신 때문에 술라가 화가 났었다는 사실을 전혀 모르는 마리우스가 물었다.

"그가 옳습니다."

"좋아." 마리우스는 클로아티우스가 탁자 가까이 올 수 있도록 몸을 뒤로 젖혔다. "그는 토지법 통과를 위해 되도록 많은 지지자들이 필요하네. 나는 그 친구를 위해 지지자들을 모아보겠다고 약속했고."

"그에게 도움이 되실 겁니다." 술라는 이렇게 말한 다음 다른 할말을 찾지 못했다.

마리우스는 이번에는 폼페이우스 루푸스를 쳐다보았다. "자넨 유능한 수도 담당 법무관이네, 퀸투스 폼페이우스. 언제 집정관 선거에 나갈 생각인가?"

폼페이우스 루푸스는 들뜬 표정이었다. "안 그래도 루키우스 코르넬리우스와 그 얘기를 하고 있었습니다!" 그가 소리쳤다. "우리는 3년 후 함께 출마할 생각입니다."

"영리하군!" 즉시 요지를 파악한 마리우스가 감탄하며 말했다. "완벽한 한 쌍이야!" 그는 웃었다. "그 뜻을 끝까지 고수하게, 자네들의 협력 관계를 깨뜨려선 안 돼. 둘 다 무난하게 당선될 걸세."

"저희도 그렇게 생각합니다." 폼페이우스 루푸스가 만족스럽게 말했다. "사실, 우린 방금 사돈이 되기로 했습니다."

마리우스의 오른쪽 눈썹이 치켜올라갔다. "그래?"

"제 딸과 이 친구의 아들이요." 술라가 약간 방어적으로 말했다. 어째서 마리우스는 나를 안절부절못하게 만들 수 있는 걸까? 다른 누구한테도 그런 힘은 없는데. 이 남자의 성품 때문일까, 아니면 나 자신의 불안 때문일까?

깊은 안도의 한숨이 나왔다. "아, 굉장하군! 참 잘됐어!" 마리우스가 소리쳤다. "이것으로 집안의 난제가 멋지게 해결됐구먼! 율리아와 아일리아, 아우렐리아까지 모두 만족하겠군."

술라가 미간을 찡그렸다. "도대체 무슨 말씀이십니까?"

"내 아들과 자네 딸 말일세," 마리우스가 언제나처럼 우직하게 말했다. "그 둘이 서로 죽고 못 사는 사이 같거든. 하지만 돌아가신 카이사르께서 사촌끼리는 절대 결혼해서는 안 된다고 하셨지. 사실 나도 그분의 말씀에 동의하네. 하지만 내 아들과 자네의 여식은 아랑곳하지 않고 서로에게 온갖 터무니없는 약속을 하고 있더란 말이지."

술라는 충격을 받았다. 그는 두 아이가 그렇게 지낸다는 걸 꿈에도 몰랐다. 술라의 딸은 자신과 거의 대화를 하지 않는 아버지에게 마리우스 2세에 대해 말할 기회가 없었던 것이다. "이런! 제가 너무 오래 집을 떠나 있었나 봅니다, 가이우스 마리우스, 여러 해째 하고 있는 말입니다만."

폼페이우스 루푸스는 조금 실망스러운 기분으로 듣고 있다가 목을 가다듬었다. "루키우스 코르넬리우스, 혹시 곤란한 문제가 있다면 내 아들 걱정은 하지 않아도 되오." 그는 풀죽은 목소리로 말했다.

"곤란한 문제는 전혀 없소, 퀸투스 폼페이우스." 술라가 단호하게 말했다. "그애들은 사촌이라 어려서부터 같이 어울리며 자란 것뿐이오. 가이우스 마리우스께서도 말씀하셨듯이 우리 둘 다 그애들을 결혼시킬 생각은 전혀 없었소. 오늘 내가 당신과 한 약속 때문에 그럴 가능성도 완전히 없어졌고 말이오. 그렇지 않습니까, 가이우스 마리우스?"

"물론이네, 루키우스 코르넬리우스. 파트리키의 피가 지나치게 많이 섞이는데다 사촌지간 아닌가. 돌아가신 장인어른도 반대하셨고."

"마리우스 2세를 위해 점찍어둔 신붓감이 있습니까?" 술라가 궁금하여 물었다.

"그런 것 같네. 퀸투스 무키우스 스카이볼라의 딸이 사오 년 후에 성년이 된다네. 내가 운을 떼봤는데 그도 싫어하지 않더군." 마리우스가 참지 못하고 웃었다. "루키우스 코르넬리우스, 내가 그리스어도 못하는 이탈리아 촌놈이긴 해도, 마리우스 2세가 언젠가 물려받을 엄청난 재산을 거부할 수 있는 로마 귀족은 찾기 힘들 걸세!"

"지당하신 말씀입니다!" 술라도 마리우스만큼 크게 웃으며 말했다. "이제 저는 술라 2세의 신붓감만 찾으면 되겠군요. 아우렐리아의 딸들은 안 되는 거고요!"

"카이피오의 딸들은 어떤가?" 마리우스가 장난기 가득한 목소리로 물었다. "그 황금을 생각해 보게!"

"괜찮은 생각인데요, 가이우스 마리우스. 카이피오는 딸이 둘이지요? 둘 다 마르쿠스 리비우스와 살고 있고요."

"맞아. 율리아는 마리우스 2세의 신붓감으로 그 두 아이 중에 맏이를 눈여겨보고 있네만, 난 정치적 관점에서 볼 때 무키우스 가문 여자가 아들놈한테 훨씬 더 나을 거라고 생각하네." 마리우스가 평소와 달리 약간의 외교력을 발휘하며 말했다. "자넨 상황이 달라, 루키우스 코르넬리우스. 세르빌리우스 카이피오 가문이 나을 걸세."

"그럴 것 같군요. 생각해보겠습니다."

그러나 술라 2세의 신붓감 문제는, 술라가 딸에게 퀸투스 폼페이우스 루푸스의 아들과 결혼해야 한다고 말하자마자 그의 머릿속에서 사라져버렸다. 코르넬리아 술라가 끝도 없이 비명을 지르면서, 자신이 율릴라의 딸임을 너무도 분명하게 보여주었기 때문이다.

"마음껏 소리질러라." 술라는 차갑게 말했다. "그런다고 달라지는 건 아무것도 없다, 딸아. 넌 내가 시키는 대로 하게 될 거고 누구든 내가 정한 사람과 결혼하게 될 거다."

"나가세요, 루키우스 코르넬리우스!" 아일리아가 두 손을 쥐어짜며 소리쳤다. "아들이 당신을 찾아요. 코르넬리아는 제가 타일러볼게요, 부탁이에요!"

그리하여 술라는 화가 덜 풀린 채로 아들을 보러 갔다.

술라 2세의 감기는 나아지는 기미가 없었다. 소년은 여전히 병상에 누워서 통증과 고통에 시달렸고, 기침을 할 때마다 오물을 뱉어냈다.

"이제 일어나야지, 얘야." 술라가 침대 끝에 앉아 아들의 뜨거운 눈썹에 입을 맞추고 다정하게 말했다. "날씨는 추운데 이 방은 춥지 않구나."

"누가 소리를 지르고 있어요?" 술라 2세가 물었다. 아이가 숨쉴 때마다 귀에 거슬리는 소리가 났다.

"네 누이다, 모르몰리케(그리스 신화에서 아이들을 잡아먹는 귀신—옮긴이)가 잡아갈 것 같으니!"

"왜 그러는데요?" 코르넬리아 술라를 몹시 좋아하는 술라 2세가 물었다.

"방금 네 누이한테 퀸투스 폼페이우스 루푸스의 아들과 결혼하게 될 거라고 말해줬다. 그런데 그앤 사촌인 마리우스 2세와 결혼할 거라고 생각한 것 같구나."

"저런! 우린 다 누나가 마리우스 2세와 결혼하는 줄 알았어요!" 충격을 받은 술라의 아들이 소리쳤다.

"그런 혼인을 제안하거나 원한 사람은 아무도 없었다. 네 외조부이신 카이사르께서는 사촌끼리 결혼하는 것에 반대하셨어. 가이우스 마리우스도 같은 생각이고, 나 또한 그렇다." 술라가 얼굴을 찌푸렸다. "혹시 너도 두 율리아 가운데 한 명과 결혼할 생각이니?"

"네? 리아나 유유랑요?" 술라 2세는 재미있다는 듯 웃다가, 고약한 냄새가 나는 가래 덩어리를 뱉어낼 때까지 한바탕 기침을 했다. "아니에요, 아빠." 다시 말할 수 있게 되었을 때 소년이 대답했다. "그건 최악이에요! 전 누구랑 결혼하게 되나요?"

"모르겠구나, 아들아. 하지만 한 가지는 약속하마. 누구든 일단 네 마음에 드는지 물어보마." 술라가 말했다.

"코르넬리아 누나한테는 물어보지 않으셨잖아요."

술라가 어깨를 으쓱했다. "그앤 딸이잖니. 딸한테는 선택을 하거나 마음대로 할 기회를 주지 않는다. 딸은 시키는 대로 할 뿐이야. 가장이 딸에게 들어가는 비용을 감수하는 유일한 이유는 자신이나 아들의 경력에 유리하게 이용할 수 있기 때문이다. 그렇지 않다면 뭣하러 18년 동안 딸을 먹이고 입히겠느냐? 딸은 지참금을 많이 들려서 보내지만, 딸을 둔 아버지의 집안에는 돌아오는 것이 아무것도 없어. 아들아, 딸은 이용할 수 있을 때만 쓸모가 있다. 하지만 네 누이의 비명 소리를 들으니, 로마인들이 딸이 태어나면 티베리스 강에 던져버리던 시절로 돌아가는 게 낫겠다는 생각이 드는구나."

"그건 공정하지 않은 것 같아요, 아빠."

"어째서?" 아빠는 아들이 계속 바보 같은 소리를 하자 놀라서 말했다. "루키우스 코르넬리우스, 여자는 열등한 존재다. 여자들은 시간이라는 베틀이 아니라 천에다 자신의 무늬를 새기지. 여자들은 이 세상에서 전혀 중요하지 않아. 그들은 역사를 만들지도, 지배하지도 못한다. 우리가 여자들을 돌봐주는 건 그것이 우리의 의무이기 때문이다. 우리는 여자들을 걱정과 가난, 책임으로부터 보호해준다. 그래서 여자들은 아이를 낳다가 죽지 않는 한 우리 남자들보다 더 오래 사는 거다. 그 대가로 우리는 그들에게 복종과 존경을 요구하는 거고."

"알겠어요." 술라 2세는 아버지의 이 말을 단순히 사실을 설명해준 것으로 받아들이며 대답했다.

"이제 가봐야겠다. 할 일이 있어." 술라가 일어서며 말했다. "밥은 먹고 있니?"

"조금이요, 하지만 음식을 삼키는 게 힘들어요."

"나중에 다시 오마."

"꼭 오셔야 해요, 아빠. 안 자고 기다릴 거예요."

술라는 우선 관례대로 아일리아와 함께 폼페이우스 루푸스의 집으로 가서 저녁을 먹으며 친교를 맺게 되어 기뻐하고 있음을 보여줘야 했다. 다행히 술라는 코르넬리아를 데려가서 그 집 아들과 만나게 하겠다는 말은 하지 않았다. 아일리아는 코르넬리아가 이제 비명은 지르지 않지만 아무것도 먹지 않겠다고 선언하고 침대에 누워 있다며 몹시 당황한 표정으로 말했다.

가련한 코르넬리아 술라가 그 어떤 반항적인 행동을 생각해냈더라도, 단식 선언만큼 술라를 화나게 하지는 않았을 것이다. 아일리아를 쳐다보는 술라의 눈은 폭발하는 별, 불타는 얼음 같았다.

"그렇게는 안 돼!" 술라는 소리를 지르더니 아일리아가 말릴 새도 없이 딸의 침실로 갔다.

술라는 순식간에 코르넬리아의 침실로 들어가 좁은 침대에서 딸을 끌어내렸다. 공포에 질린 딸의 울음소리는 듣는 척도 하지 않고, 머리채를 잡아 딸을 일으켜세운 뒤 얼굴을 후려치고 또 후려쳤다. 코르넬리아는 비명도 지르지 못하고 너무 높아서 잘 들리지도 않는 새된 소리를 낼 뿐이었다. 소녀는 아버지의 폭력보다 표정이 더 무서웠다. 술라는 딸을 열두어 번 후려갈긴 뒤, 속을 채운 인형을 던지듯 내던져버렸다. 어찌나 화가 났는지, 자신의 폭력 때문에 딸이 죽었다 해도 꿈쩍도 하지 않았을 것이다.

"그러지 마라, 딸아." 술라는 아주 부드러운 목소리로 말했다. "굶어 죽겠다고 허세부리지 마! 네가 굶어죽는다 해도, 적어도 나는 속만 시원할 거다! 네 생모는 먹지 않고 버티다가 죽을 뻔했다. 하지만 잘 들어, 넌 나한테 그런 짓 못해! 네가 굶어죽지 않는다면, 네 목구멍에 농부가 거위한테 하는 것보다 더 가차 없이 음식을 욱여넣어서 죽여버릴 테다! 너는 퀸투스 폼페이우스 루푸스 2세와 결혼해야 해. 그것도 미소를 띠고 노래를 부르면서 말이야. 안 그러면 내가 널 죽일 거다. 알겠니? 널 죽일 거야, 코르넬리아."

코르넬리아 술라의 얼굴은 불에 타는 것 같았고 눈에서는 빛이 사라졌다. 찢어진 입술이 부어오르고 코피가 났다. 그러나 그녀는 마음속에서 더 큰 고통을 느꼈다. 그녀는 여태껏 이런 종류의 분노가 존재한다는 걸 알지 못했고, 아버지를 두려워하거나 자신의 안전을 걱정한 적이 없었다. "알겠어요, 아버지." 그녀는 기어들어가는 소리로 말했다.

문밖에서 눈물을 흘리며 지켜보고 있던 아일리아가 방으로 들어오자 술라는 아내의 팔을 난폭하게 잡고 방 밖으로 끌고 나갔다.

"제발, 루키우스 코르넬리우스, 제발!" 아일리아가 신음하듯 말했다. 아내로서의 그녀는 겁에 질렸고, 어머니로서의 그녀는 괴로워하고 있었다.

"저앨 혼자 둬." 술라가 말했다.

"제가 가봐야 해요! 제가 필요할 거예요!"

"저앤 방 밖으로 못 나와. 그리고 아무도 저앨 보러 가서는 안 돼."

"그럼 제가 집에 있게라도 해주세요!" 아일리아는 눈물을 참으려고 했지만, 더 격한 울음이 터져나올 뿐이었다.

치밀어오르던 술라의 화가 한풀 꺾였다. 그는 자기 심장이 뛰는 소리를 들을 수 있었다. 그도 눈물이 날 것 같았다. 슬픔의 눈물이 아니라 반사적으로 나오는 눈물이었다. "좋소, 집에 있으시오." 그는 냉정하게 말한 뒤 떨리는 숨을 들이쉬었다. "나 혼자 가서 이 혼인으로 인한 집안의 기쁨을 표하고 오겠소. 하지만 저애한테 가서는 안 되오, 아일리아. 그랬다가는 당신도 저애처럼 만들어주겠소."

그리하여 술라는 팔라티누스 언덕에 있지만 포룸 로마눔이 내려다보이는 폼페이우스 루푸스의 집으로 혼자 가서, 폼페이우스 루푸스 2세가 파트리키인 율리우스-코르넬리우스 가문과 혼인한다는 생각에 들뜬 그 집 여자들을 비롯해 기뻐하는 폼페이우스 루푸스 가족에게 좋은 인상을 심어주었다. 퀸투스 2세는 녹색 눈동자에 고동색 머리카락의 잘생긴 청년이었지만, 술라는 곧 청년의 지성이 아비의 반절밖에 되지 않는다는 걸 깨달았다. 그러나 괜찮았다. 아비가 집정관을 지냈다면 청년도 집정관이 될 것이고, 코르넬리아 술라와의 사이에 빨강머리 자식들을 낳을 것이며, 충실하고 사려 깊은 착한 남편이 될 것이다. 사실—술라는 속으로 쾌재를 부르며 생각했다—코르넬리아는 인정하려 들지 않겠지만, 폼페이우스 루푸스 2세는 가이우스 마리우스가 낳은 그 버릇없고 거만한 똥강아지보다 훨씬 자상하고 다루기 쉬운 남편이 될 터였다.

폼페이우스 루푸스 가문 사람들은 본질적으로 아직도 촌사람들이었기에, 계절상으로 한겨울이었는데도 저녁식사는 해가 지기 훨씬 전에 끝이 났다. 집으로 돌아가기 전에 할 일이 하나 더 남은 술라는, 노바 가도와 포룸 로마눔으로 내려가는 반지장이의 계단에 서서 얼굴을 찌푸리고 먼 곳을 바라보았다. 메트로비오스를 보러 가려면 너무 오래 걸어야 하는데다 너무 위험하다. 한 시간 정도 때울 수 있는 곳이 또 어디 있을까?

술라의 시선이 수부라 지구의 연기 자욱한 내리막길에 머무르는 순간 답은 나왔다. 그 답은 물론 아우렐리아였다. 가이우스 율리우스 카이사르는 다시 아시아 속주를 다스리러 떠난 뒤였다. 아우렐리아 옆에 적당한 입회인을 두는 한, 내가 그녀의 집에 가지 못할 이유가 뭔가? 술라는 자기 나이보다 훨씬 어린 남자처럼 경쾌하고 유연하게 계단을 뛰어내려가서, 수부라 미노르와 아우렐리아의 삼각형 인술라로 가는 가장 빠른 길인 오르비우스 언덕길 쪽으로 성큼성큼 걸었다.

에우티코스는 술라를 집안으로 들였지만 조금 망설이는 눈치였다. 아우렐리아의 태도도 비슷했다.

"아이들은 아직 안 자오?" 술라가 물었다.

아우렐리아는 비뚜름한 웃음을 지었다. "불행히도 그래요. 나는 종달새가 아니라 올빼미들을 낳은 것 같아요. 우리 애들은 잠자리에 드는 것도 싫어하고 아침에 일어나는 것도 싫어해요."

"그럼 애들이 기뻐할 일을 합시다." 술라는 속을 잘 채워 편안한 긴 의자에 앉으면서 말했다. "애들을 이리로 불러요, 아우렐리아. 아이들만큼 좋은 입회인들이 또 어디 있겠소."

아우렐리아의 표정이 밝아졌다. "좋은 생각이에요, 루키우스 코르넬리우스."

그리하여 아우렐리아는 자식들을 불러 한쪽 방구석에 있게 했다. 딸 두 명은 사춘기가 가까워지고 있었으므로 키가 컸고, 아들은 언제나 또래보다 훨씬 키가 클 운명이었기에 키가 컸다.

"다시 보니 기쁘구려." 술라는 집사가 팔꿈치 옆에 내려놓은 포도주를 무시하며 말했다.

"저도 기뻐요."

"지난번보다는 상황이 낫지 않소?"

그녀는 웃었다. "아, 그때! 저와 남편 사이에 심각한 문제가 있었어요, 루키우스 코르넬리우스."

"알고 있었소! 하지만 어째서요? 내가 잘 알지만, 세상에 당신보다 더 충실하고 정숙한 아내는 없잖소."

"아, 그이는 제가 충실하지 않거나 정숙하지 못하다고 생각하지 않았어요. 저와 가이우스 율리우스의 문제는 좀더…… 이론적인 거예요."

"이론적?" 술라가 빙긋 웃으며 물었다.

"그이는 우리 이웃들을 싫어해요. 제가 집주인으로서 일하는 것도 싫어하고, 루키우스 데쿠미우스도 싫어해요. 제가 아이들을 기르는 방식도 싫어하죠. 우리 애들은 팔라티누스 언덕에서 쓰는 라틴어뿐 아니라 이 동네의 은어도 할 줄 알죠. 또 세 지방의 그리스어, 아람어와 히브리어, 아르베르니아와 아이두이, 톨로사 지방의 갈리아어에 리키아어까지 할 줄 알아요."

"리키아어?"

"얼마 전 4층에 리키아인 가족이 이사를 왔거든요. 우리집 애들은 가고 싶은 곳은 어디든 가서, 당신이나 제가 해변에서 조약돌을 줍듯이 언어를 배워 와요. 전 리키아인들한테 독자적인 언어가 있는 줄 몰랐어요. 아주 오래된 언어더라고요. 피시디아어와 비슷해요."

"가이우스 율리우스와 아주 심하게 다퉜소?"

아우렐리아는 어깨를 으쓱하고는 입술을 앙다물었다. "꽤 심하게요."

"당신이 가장 숙녀나 로마 여인답지 않은 방식으로 자기주장을 했다는 사실 때문에 상황이 더 나빠졌군요." 술라가 다정하게 말했다. 그는 바로 그렇게 행동했다는 이유로 자신의 딸을 폭행하고 온 사람이었다. 하지만 아우렐리아는 아우렐리아였다. 그녀는 자신의 기준이 아닌 어떤 기준으로도 재단할 수 없는—그러면서도 많은 사람들이 말하듯 비난이 아니라 감탄의 대상이 되는—사람이었다. 그녀의 마법은 그 정도로 강력했다.

"제 주장을 하지 말 걸 그랬어요." 그녀는 말했지만 별로 후회하는 표정은 아니었다. "사실, 제가 자기주장을 너무 잘한 나머지 남편이 지고 말았죠." 별안간 그녀의 눈에 슬픈 기색이 어렸다. "그리고 그것이—당신은 이해할 거라고 확신해요, 루키우스 코르넬리우스—그이와 저의 의견 대립에서 최악인 부분이에요. 그이 같은 지위의 남자들 중에 아내와의 싸움에서 지는 걸 좋아할 사람은 아무도 없으니까요. 결국 그이는 냉담하고 무관심한 태도를 취하면서, 제가 아무리 옆에서 자극해도 다시 논쟁할 생각을 안 하더군요. 맙소사!"

"그가 당신을 사랑하지 않게 되었소?"

"그런 것 같지는 않아요. 차라리 그랬으면 좋겠어요! 그러면 그이가 이곳에 있을 때 훨씬 더 편하게 지낼 수 있을 텐데."

"그러니까 요즘은 당신이 토가를 입는 쪽인 셈이구려."

"유감스럽게도 그래요. 그것도 자주색 단을 댄 토가죠."

술라가 입술을 굳게 다물고 사려 깊게 고개를 끄덕였다. "당신은 남자로 태어났어야 하오, 아우렐리아. 이제야 든 생각이지만, 사실이오."

"당신 말이 맞아요, 루키우스 코르넬리우스."

그런 다음 술라는 동방 원정 이야기를 시작했고, 청중이 한 명 더 늘었다. 카이사르 2세가 어머니의 긴 의자로 기어올라와 귀를 쫑긋 세우고 술라가 미트리다테스와 티그라네스, 파르티아인 사절단을 만난 이야기를 들었던 것이다.

곧 아홉 살이 될 소년은 그 어느 때보다 아름다워서, 술라는 소년의 예쁜 얼굴에서 눈을 뗄 수가 없었다. 꼭 술라 2세 같군! 그러면서도 술라 2세와 전혀 달라. 소년은 질문을 하다가 다시 경청하기 시작했다. 아우렐리아에게 기대앉은 소년의 눈은 빛났고, 입술은 벌어져 있었으며, 표정은 생각을 반영하듯 끊임없이 변했지만 몸은 꼼짝하지 않았다.

이야기를 다 들은 소년은 질문을 했는데, 스카우루스보다 더 지적으로, 마리우스보다 더 잘 배운 사람처럼, 또한 스카우루스와 마리우스보다 더 큰 관심을 보이며 질문을 했다. 이 아이는 어떻게 이런 걸 다 아는 거지? 술라는 스카우루스와 마리우스를 상대할 때와 정확히 같은 수준의 대화를 여덟 살짜리 아이와 나누고 있음을 깨닫고 속으로 자문했다.

"앞으로 무슨 일이 벌어질 것 같으냐?" 술라가 물었다. 생색을 내기 위해서가 아니라 무슨 답이 나올지 궁금해서 하는 질문이었다.

"미트리다테스와 티그라네스와의 전쟁이요." 카이사르 2세가 대답했다.

"파르티아와의 전쟁은?"

"당분간은 없을 거예요. 하지만 우리가 미트리다테스와 티그라네스와 전쟁을 해서 이긴다면 폰토스와 아르메니아가 우리 것이 될 거고, 그러면 파르티아인들은 지금 미트리다테스와 티그라네스가 하는 식으로 로마에 대해 걱정하기 시작하겠죠."

술라는 고개를 끄덕였다. "맞다, 카이사르 2세."

한 시간 더 대화를 나눈 후 술라는 자리에서 일어나 카이사르 2세의 머리카락을 헝클어주며 작별인사를 했다. 아우렐리아는 술라를 따라 문까지 간 다음, 근처에서 서성이던 에우티코스에게 살짝 고갯짓을 하여 아이들을 침실로 데려가게 했다.

"다들 잘 지내나요?" 아우렐리아가 물었다. 술라는 문을 열었다. 문 밖의 파트리키 구는 해가 진 지 오래되었지만 여전히 사람들로 붐비고 있었다.

"술라 2세는 감기에 호되게 걸렸고 코르넬리아 술라는 얼굴이 매우 상했소." 술라는 무심하게 대답했다.

"술라 2세는 그렇다 치고, 당신 딸은 왜 그래요?"

"내가 두들겨 팼소."

"그랬군요! 무슨 잘못을 했는데요?"

"딸애와 마리우스 2세가 때가 되면 결혼하기로 결심한 것 같소. 하지만 난 오늘 그애를 퀸투스 폼페이우스 루푸스의 아들에게 주겠다고 약속했소. 딸애는 굶어죽는 것으로 독립심을 과시하기로 했고 말이오."

"저런! 그 불쌍한 아이는 자기 생모도 그렇게 했다는 걸 전혀 몰랐겠군요."

"그렇소."

"하지만 이제는 알겠네요."

"확실히 알 거요."

"제가 그 청년을 조금 아는데, 코르넬리아는 마리우스 2세보다는 그와 결혼해야 훨씬 더 행복할 거예요."

술라가 웃었다. "나도 그렇게 생각하오."

"가이우스 마리우스는 뭐라고 하세요?"

"아, 그분도 자기 아들과 내 딸이 맺어지기를 바라지 않았소." 술라의 윗입술이 말려올라가 이가 보였다. "그분은 스카이볼라의 딸을 눈여겨보고 있소."

"가이우스 마리우스는 큰 문제없이 그 집 딸을 며느리로 삼을 수 있을 거예요……. 어서 오세요, 투르필리아." 그녀의 마지막 말은 지나가다가 갑자기 걸음을 멈추고 서서 할말이 있는 듯한 표정을 지은 노파에게 한 말이었다.

술라는 떠났고, 아우렐리아는 문틀에 기대서서 진지한 표정으로 투르필리아의 이야기에 귀기울였다.

술라는 어두워진 수부라 지구를 돌아다니는 것이 전혀 두렵지 않았다. 아우렐리아도 술라가 밤거리 속으로 사라지는 모습을 보면서 걱정하지 않았다. 아무도 루키우스 코르넬리우스 술라에게 집적대지 않았다. 로마의 빈민굴로 들어서는 순간 술라는 온몸으로 그곳 사람의 분위기를 풍겼던 것이다. 아우렐리아가 알았을 경우 이상하게 생각했을 행동이라면, 술라가 포룸 로마눔과 팔라티누스 언덕 쪽으로 가지 않고 파트리키 구로 갔다는 사실이었다.

술라는 켄소리누스를 만날 생각이었다. 그의 집은 비미날리스 언덕의 위쪽, 석류나무로 향하는 길에 있었다. 기사가 사는 곳치고는 괜찮은 동네였지만, 에메랄드 외알 안경을 과시하는 기사의 집이 있을 만큼 으리으리한 동네는 결코 아니었다.

처음에 켄소리누스의 집사는 술라를 집에 들이지 않을 것처럼 보였지만, 술라는 언제나 그런 일을 처리할 수 있었다. 술라가 비열한 표정을 지어 보였을 뿐인데도, 집사의 마음속에서 경고음이 어찌나 크게 울렸던지 집사는 홀린 듯 문을 열어젖혔다. 술라는 계속해서 비열한 웃음을 지으며 앞문과 연결된 좁은 통로를 따라 인술라 1층에 있는 아파트의 응접실로 갔고, 집사는 술라가 응접실을 둘러보는 동안 집주인을 찾으러 후다닥 달려갔다.

아, 그래, 아주 멋지군! 응접실 벽의 프레스코화는 최신 화풍으로 새로 그린 것이었고, 짙은 붉은색 패널화는 피티아의 왕자 아킬레우스가 아가멤논에게 브리세이스를 넘겨주는 과정을 묘사하고 있었다. 패널화들은 아름답게 채색한 인조 마노석으로 테두리를 둘렀고, 마노석들은 짙은 녹색의 멋진 징두리판벽과 연결되었는데, 징두리판벽 역시 진짜가 아니라 채색한 것이었다. 바닥은 채색한 모자이크였고 휘장들은 자주색이었는데 매우 짙은 자주색인 걸 보니 틀림없이 티로스 자주였다. 긴 의자들은 금색과 자주색의 최고급 태피스트리로 덮여 있었다. 평범한 기사의 집치고는 나쁘지 않군, 하고 술라는 생각했다.

집사의 행동에 당황하여 성이 난 켄소리누스가 내실들과 이어진 통로에서 나타났다. 집사는 보이지 않았다.

"원하는 게 뭐요?" 켄소리누스가 물었다.

"당신의 에메랄드 외알 안경." 술라가 상냥하게 말했다.

"내 뭐라고?"

"알잖소, 켄소리누스, 미트리다테스 왕의 첩자들이 당신한테 준 거 말이오."

"미트리다테스 왕? 무슨 소린지 모르겠군! 나한테 에메랄드 외알 안경 같은 건 없소."

"거짓말, 분명 갖고 있소. 그걸 내놓으시오."

켄소리누스는 말문이 막혔다. 그의 안색이 자줏빛이 되었다가 창백해졌다.

"에메랄드 외알 안경을 내놓으시오, 켄소리누스!"

"내가 당신한테 줄 건 유죄판결과 추방뿐이오!"

켄소리누스가 움직이기도 전에 술라는 그에게 바짝 붙어 서 있었다. 누가 봤다면 익살스러운 포옹이라도 하려는 줄 알았을 것이다. 곧이어 술라의 두 손이 켄소리누스의 어깨에 얹혀 있었지만, 그것은 연인의 손이 아니었다. 아프게 파고드는, 쇠로 된 발톱 같은 손이었다.

"잘 들어, 이 비열한 구더기 같은 놈아, 난 너보다 훨씬 잘난 사람들도 죽였어." 술라는 매우 부드럽게 말했다. 요염하기까지 한 말투였다. "법정에는 얼씬도 하지 마, 아니면 넌 죽는다. 정말이야! 나를 겨냥한 이 말도 안 되는 고발을 취소해, 아니면 넌 죽는다. 헤르쿨레스 아틀라스라는 전설적인 장사처럼 죽어. 키르케이의 절벽 밑에 있는 목이 부러진 여자처럼 죽어. 천 명의 게르만족처럼 죽어. 나와 내 가족을 위협하는 모든 자들처럼 죽어. 내가 그를 죽여야 한다고 판단할 때 미트리다테스가 죽을 것처럼 죽어. 그자를 만나면 말해줘도 좋아. 그는 네 말을 믿을 거야! 내가 물러가라고 말했을 때 그자는 가랑이 사이에 꼬랑지를 말아넣고 카파도키아에서 도망쳤어. 그자는 알거든. 이제는 너도 알아, 그렇지?"

켄소리누스는 대답을 할 수도, 무자비한 손아귀에서 벗어나려 할 수도 없었다. 그는 얼어붙은 채 숨소리만 내면서, 코앞에 있는 술라의 얼굴을 마치 처음 보는 것처럼 쳐다보았다. 어떻게 해야 할지 알 수가 없었다.

술라는 한 손을 켄소리누스의 어깨에서 내려 그의 튜닉 안으로 넣었다. 이어 손끝으로 더듬거리며 튼튼한 가죽끈에 달린 뭔가를 찾아냈다.

술라는 다른 손을 켄소리누스의 어깨에서 미끄러지듯 아래로 내려 그의 음낭을 감싸쥐고 꽉 움켜쥐었다. 켄소리누스가 짐마차 바퀴에 깔린 개처럼 새된 비명을 지르는 동안, 술라는 튜닉 안에 넣었던 손으로 가죽끈을 마치 양모 끈처럼 쉽게 끊어버리고는 끈에 매달려 반짝거리는 녹색 물건을 토가 밖으로 꺼냈다. 누가 비명을 지르는지 보러 달려오는 사람은 아무도 없었다. 술라는 홱 돌아서서 서두르는 기색 없이 응접실을 떠났다.

"아, 한결 기분이 낫군!" 술라는 문을 열며 소리치고는 계속해서 웃었다. 그의 웃음소리는 문이 닫힌 뒤에야 켄소리누스의 귀에 들리지 않게 되었다.

코르넬리아 술라의 행동으로 인한 분노와 좌절감은 사라졌다. 술라는 아이처럼 경쾌한 발걸음과 행복하기 그지없는 얼굴로 집에 돌아갔지만, 그 행복은 순식간에 사라졌다. 자기 집 앞문을 열었을 때 술라를 맞은 것은 식구들이 자고 있는 집의 조용하고 어둑한 평화가 아니었다. 온 집안의 등불이 밝게 타오르고 있었고, 낯선 청년들이 어수선하게 떼지어 있었으며, 집사는 흘러나오는 눈물을 닦고 있었다.

"무슨 일인가?" 깜짝 놀란 술라가 숨가쁘게 물었다.

"루키우스 코르넬리우스, 도련님께서!" 집사가 소리쳤다.

술라는 더 듣지도 않고 주랑정원과 연결된 방으로 달려갔다. 아일리아가 감기에 걸린 아들을 눕혀 놓은 방이었다. 그녀는 숄을 두르고 방문 밖에 서 있었다.

"무슨 일이오?" 술라가 그녀를 움켜잡으며 다시 물었다.

"술라 2세가 많이 아파요." 그녀가 속삭였다. "두 시간 전에 의사들을 불렀어요."

술라는 의사들을 밀치고는 자애롭고 관대한 표정으로 아들의 침대
옆에 나타났다.

"이게 뭐냐, 아들아, 다들 너 때문에 겁이 잔뜩 났잖니?"

"아버지!" 술라 2세가 미소를 지으며 소리쳤다.

"뭐가 문제냐?"

"너무 추워요, 아버지! 낯선 사람들 앞이지만 아빠라고 불러도 될까
요?"

"되고말고."

"너무 아파요!"

"어디가 말이니, 아들아?"

"갈비뼈 뒤쪽이요, 아빠. 너무 추워요!"

아이는 한눈에 봐도 고통스럽게, 쌕쌕거리며 가쁜 숨을 쉬었다. 술라
의 눈에는 그 모습이 마치 똥돼지 메텔루스 누미디쿠스가 죽던 장면을
서툴게 흉내내는 것처럼 보였다. 아마도 그랬기 때문에, 술라는 이것이
죽음의 장면이라고 믿을 수가 없었다. 하지만 술라 2세는 꼭 죽어가는
것처럼 보였다. 그럴 리가 없어!

"말하지 말아라, 아들아. 누울 수 있겠니?" 의사들은 아이를 베개에
기대앉아 있게 해놓은 상태였다.

"누우면 숨을 쉴 수 없어요." 소년은 시커먼 멍 같은 테두리에 둘러싸
인 눈으로 아버지를 애처롭게 올려다보았다. "아빠, 가지 마세요, 그래
주실 거죠?"

"여기 있겠다, 루키우스. 한시도 떠나지 않으마."

하지만 곧 술라는 아들에게 목소리가 들리지 않을 곳으로 아폴로도

로스 시켈로스를 데리고 나가서 무엇이 문제인지 물었다.

"폐렴입니다, 루키우스 코르넬리우스. 항상 까다로운 병이지만 아드님의 경우 더 까다롭습니다."

"어째서?"

"유감스럽게도 심장에 영향을 미쳤습니다. 심장이 왜 중요한지는 잘 알려져 있지 않지만 저는 심장이 간을 보조한다고 믿고 있습니다. 루키우스 코르넬리우스 2세의 폐가 부어서, 체액 중 일부가 심장을 둘러싼 외피로 갔습니다. 그것이 심장을 짓누르고 있습니다." 아폴로도로스 시켈로스는 겁먹은 표정이었다. 그가 쌓은 명성의 대가는, 지체 높은 로마인에게 환자가 어떤 의사의 기술로도 손쓸 도리가 없다고 말해야만 하는 이런 때에 지불되는 것이었다. "예후가 심각합니다, 루키우스 코르넬리우스. 유감스럽게도 저를 비롯해 어떤 의사도 할 수 있는 일이 없습니다."

술라는 겉으로 보기에 의사의 말을 잘 받아들였다. 술라로서는 그가 아주 정직하다고 생각할 만한 이유가 있었다. 그는 할 수 있다면 치료를 할 것이다. 많은 의사들이 돌팔이였지만, 그는 유능한 의사였다. 그가 똥돼지의 죽음을 조사하던 방식을 보면 알 수 있었다. 하지만 모든 인간은 의사들이 세모날과 관장약, 찜질약과 물약, 마법의 약초를 동원해도 방법이 없다고 여길 정도로 사나운 폭풍우의 지배를 받았다. 중요한 건 행운이었다. 술라는 사랑하는 아들에게 행운이 없다는 걸 깨달았다. 운명의 여신은 그 아이를 보살피지 않았다.

술라는 아들의 침대로 돌아갔다. 베개 더미를 옆으로 치우고, 베개가 있던 자리에 앉아 아들을 품에 안았다.

"아, 아빠, 이렇게 하니까 훨씬 더 편해요! 가시면 안 돼요!"

"꼼짝하지 않을 거다, 아들아. 너를 온 세상보다 더 사랑한다."

술라는 아주 오랫동안 아들의 몸을 지탱하며 앉아 있었다. 아들의 축 늘어진 젖은 머리카락에 볼을 대고 아들의 거친 숨소리를 들었다. 짧게 끊어지는 헐떡임은 무자비한 통증의 증거였다. 소년은 이제 기침도 하지 못했다. 기침을 하면 고통이 너무 컸기 때문이다. 뭔가를 마실 수도 없었다. 소년의 입술은 열병 포진으로 뒤덮였고, 혀는 백태가 끼고 거무스름했다. 아이는 이따금씩 말을 했다. 상대는 늘 아버지였다. 아이의 목소리는 점점 약해져서 중얼거림과 비슷해졌고 말은 불분명해서 알아들을 수가 없었다. 이제 아이는 논리도 이성도 없는, 너무나 기이해서 이해할 수 없는 세상에서 헤매고 있었다.

서른 시간이 지난 뒤 소년은 감각이 없어진 아버지의 두 팔 안에서 죽었다. 술라는 그때까지 아들이 부탁할 때 말고는 한 번도 움직이지 않았다. 먹지도 마시지도 않았고 소변도 대변도 보지 않았지만 아무런 불편함도 느끼지 못했다. 아들의 곁에 있다는 것이 그에게는 그 정도로 중요했다. 죽음의 순간 아버지가 곁에 있다는 걸 술라 2세가 알았다면 아버지에게 위안이 되었겠지만, 술라 2세는 그가 누워 있는 방에서, 그를 안고 있는 두 팔에서 아주 먼 곳에 가 있었고 아버지의 존재를 모르는 채 죽었다.

모두들 루키우스 코르넬리우스 술라의 눈치를 보고 있었다. 네 명의 의사들은 숨이 막힐 듯한 두려움을 느끼며 술라의 팔을 숨을 거둔 아들에게서 떼어내고, 술라를 일으켜세워 부축했으며, 소년을 침대에 눕혔다. 하지만 술라는 그런 두려움을 자아낼 만한 행동이나 말은 전혀 하지 않았다. 그는 가장 멀쩡하고 훌륭한 사람처럼 행동했다. 술라는 쥐가 난 근육을 다시 쓸 수 있게 되자 사람들을 도와 아들을 씻기고 자주색 단을 댄 아동용 토가를 입혔다. 올해 12월, 유벤타스(로마 신화에서 젊음의 여신―옮긴이) 축제 때 소년은 성인이 될 예정이었다. 술라는 울고 있는 노예들이 침구를 갈 수 있도록 아들의 축 처진 회색 몸을 안아들고 있다가 깨끗한 새 이불 위에 내려놓았다. 아들의 두 팔을 옆구리와 나란하게 놓은 다음 눈을 뜨지 않도록 눈꺼풀 위에 동전을 올려놓고, 입속에는 최후의 외로운 항해를 위해 카론(그리스 신화에서 황천의 뱃사공―옮긴이)에게 줄 동전을 집어넣었다.

그 끔찍한 수 시간 동안 아일리아도 내내 문간을 떠나지 않았다. 그제야 술라는 아내의 두 어깨를 잡아 침대로 데려와 앉히고 그녀가 아기 때부터 친자식처럼 키운 소년을 볼 수 있게 해주었다. 코르넬리아 술라도 맞아서 엉망인 얼굴로 그곳에 있었다. 율리아와 가이우스 마리우스, 아우렐리아도 있었다.

술라는 멀쩡한 사람처럼 그들을 맞이하고 눈물 섞인 조의를 받아들였으며, 그들의 머뭇거리는 질문에 희미한 웃음까지 지어가며 단호하고 분명한 목소리로 대답했다.

그런 다음 술라는 말했다. "목욕을 하고 옷을 갈아입어야겠습니다. 오늘 저는 반역 법정에서 재판을 받아야 합니다. 아들이 죽었다고 하면 재판을 연기할 수 있겠지만, 켄소리누스에게 만족감을 주고 싶지 않습니다. 가이우스 마리우스, 제가 준비를 마치면 함께 법정에 가주시겠습니까?"

"물론이네, 루키우스 코르넬리우스." 마리우스가 눈가에서 눈물을 훔치며 무뚝뚝하게 말했다. 그는 지금처럼 술라에게 감탄한 적이 없었다.

그러나 술라는 먼저 수수한 변소로 갔다. 변소에는 노예와 자유인을 막론하고 아무도 없었다. 술라의 장은 마침내 비워졌다. 그는 네 개의 변좌(便座)가 있는 변소의 대리석 벤치에 혼자 앉아 아래로 흐르는 물줄기의 나지막한 소리를 들으며, 엉망으로 구겨진 토가 자락을 만지작거렸다. 그는 아들과의 마지막 철야에 들어가기 전에 미처 토가를 벗을 생각도 하지 못한 것이다. 손에 뭔가가 잡혔다. 술라는 그것을 꺼내어 점점 밝아져오는 햇빛에 비춰보았다. 그것은 마치 다른 삶에 속한 물건인 듯, 손을 앞으로 죽 뻗고 나서야 무엇인지 분간이 되었다. 켄소리누스의 에메랄드 외알 안경! 술라는 볼일을 다 보고 옷차림을 단정히 한 뒤 대리석 벤치 쪽을 향해 서서 그 값비싼 물건을 허공으로 떨어뜨렸다. 흐르는 물소리가 너무 커서 물건이 물속에 빠지는 소리는 들리지 않았다.

술라가 아트리움에서 기다리고 있던 마리우스와 함께 포룸 로마눔으로 걸어가는 동안, 어떤 이상한 힘이 술라에게 젊을 때의 아름다움을 고스란히 돌려주었다. 그에게서는 빛이 났으며, 그를 본 사람들은 모두 깜짝 놀라 숨이 막혔다.

술라와 마리우스는 아무 말도 하지 않고 쿠르티우스 연못까지 걸어갔다. 그곳에는 기사들 수백 명이 배심원의 의무를 다하기 위해 모여 있었고, 법정의 관리들은 제비뽑기용 단지를 준비하고 있었다. 여든한 명이 뽑히겠지만 그중에서 열다섯 명은 원고측의 요청으로 제외되고 열다섯 명은 피고측의 요청으로 제외되어 결국 쉰한 명, 기사 스물여섯 명과 원로원 의원 스물다섯 명이 남게 될 것이다. 기사가 한 명 더 많은 것은 원로원이 재판에 참여하기 위해 지불한 대가였다.

시간이 흘렀다. 배심원들이 선정되었다. 켄소리누스는 나타나지 않았다. 크라수스 오라토르와 스카이볼라가 이끄는 피고측이 배심원 중 열다섯 명을 제외했다. 그런데도 켄소리누스는 오지 않았다. 정오가 되자 법정에 있던 모든 사람들이 동요하기 시작했고, 피고가 방금 외아들이 죽었음에도 이곳에 왔다는 걸 알게 된 재판장은 켄소리누스의 집으로 전령을 보냈다. 한참 후에 돌아온 서기는 켄소리누스가 어제 짐을 챙겨 외국의 모처로 떠났다고 말했다.

"법정을 해산합니다." 재판장이 말했다. "루키우스 코르넬리우스, 본 법정을 대표하여 심심한 사과와 조의를 표하는 바요."

"같이 가세나, 루키우스 코르넬리우스." 마리우스가 말했다. "참 희한한 일이군! 그자한테 무슨 일이 생긴 거지?"

"감사합니다, 가이우스 마리우스. 하지만 혼자 있고 싶습니다." 술라가 차분하게 말했다. "켄소리누스는 아마 미트리다테스 왕에게 가서 보호를 요청할 겁니다." 술라는 소름 끼치는 미소를 지었다. "제가 그자와 얘기를 좀 했거든요."

술라는 포룸 로마눔에서 에스퀼리누스 성문 쪽으로 빠르게 걸었다. 세르비우스 성벽 밖의 에스퀼리누스 평원은 대부분 로마의 공동묘지였다. 진정한—몇몇은 초라하고 몇몇은 화려하며 대부분은 그 중간인—무덤들의 도시, 시민과 비시민, 노예와 자유인, 토박이와 외지인을 포함한 모든 로마 주민들의 유골 보관소였다.

세르비우스 성벽에서 수백 보 떨어져 있는 큰 교차로의 동쪽에는 베누스 리비티나의 신전이 있었다. 이 여신은 생명의 소멸을 관장했다. 거대한 사이프러스 숲으로 둘러싸인 신전 건물은 아름다웠다. 전체적으로 짙은 녹색을 칠했고 기둥들은 자주색이었으며, 금색과 빨간색이 오니아식 주두들이 돋보였고 주랑현관 지붕은 노란색이었다. 수많은 계단은 진분홍색 테라초로 포장했고 박공벽에는 지하세계의 신들과 여신들이 생생한 색채로 묘사되어 있었다. 신전의 지붕 꼭대기에는 금박을 입힌 멋진 베누스 리비티나 동상이 있었는데, 여신은 죽음의 전령인 쥐들이 끄는 전차를 타고 있었다.

장의사 조합은 이곳의 사이프러스 숲속에 노점을 설치하고 열심히 호객 행위를 했다. 슬프거나 애절하거나 가라앉은 분위기는 없었다. 그들은 잠재적 고객들을 붙잡고, 열변을 토하고, 구슬리고, 졸라대고, 아첨하고, 찌르고, 밀고 당겼다. 장의업도 여느 사업과 다를 것이 없었다. 이곳은 죽음의 시종들의 시장이었다. 술라는 유령처럼 노점들을 통과했다. 사람들을 쫓아버리는 그의 으스스한 분위기 때문에 가장 끈덕진 업자조차 그에게 접근할 수 없었다. 마침내 술라는 코르넬리우스 가문 사람들의 매장을 맡아 하는 업체에 들어가 예약을 했다.

내일 배우들이 술라의 집으로 가서 설명을 들을 것이고, 사흘째 되는 날에 열리는 장례식의 모든 준비가 차질 없이 이루어질 것이다. 코르넬리우스 가문의 전통에 따라 술라 2세도 화장하지 않고 매장할 것이다. 술라는 은행 어음으로 20탈렌툼 전액을 지불했다. 온 로마에 며칠 동안 회자될 만한 장례식 비용이었지만 술라는 상관하지 않았다. 평소의 그는 단 한 푼도 아주 신중하고 까다롭게 쓰는 사람이었다.

집에 돌아온 술라는 아들이 누워 있는 방에서 아일리아와 코르넬리아 술라를 내보내고, 아일리아가 앉아 있던 의자에 앉아 죽은 아들을 바라보았다. 술라는 자신이 무엇을 느끼는지, 어떻게 느끼는지 알지 못했다. 슬픔, 상실감, 종말의 감정이 모두 납덩어리처럼 술라 안에 자리를 잡고 있었다. 그는 그 짐더미를 간신히 감당할 수 있을 뿐, 자신의 감정을 탐구할 여력은 전혀 남아 있지 않았다. 여기 그의 앞에 그의 집의 폐허가 누워 있었다. 여기 그의 가장 소중한 친구, 노년의 말벗, 그의 이름과 재산과 명성과 공직 경력의 상속자가 누워 있었다. 그 모두가 서른 시간 만에 사라져버리다니, 이건 그 어떤 신의 결정도, 심지어 운명의 변덕도 아니었다. 감기가 악화되어 폐에 염증이 생겼고 심장은 활기를 잃었다. 모든 병에 공통된 이야기. 누구의 잘못도, 누구의 계략도 아닌 재난. 아무것도 알지 못하고 아무것도 느끼지 못하는 소년에게 그것은 그저 고생하다가 끝난 삶, 고통 끝에 얻은 결말이었다. 모든 것을 알고 모든 것을 느끼는, 뒤에 남은 사람들에게 있어 그것은 삶이 끝날 때까지 멈추지 않을, 삶의 한가운데에 있을 공허의 서막이었다. 그의 아들은 죽었다. 그의 친구는 영원히 사라졌다.

두 시간 뒤 아일리아가 돌아오자, 술라는 서재로 가서 메트로비오스에게 편지를 썼다.

아들이 죽었어. 지난번에 네가 내 집에 왔을 때는 아내가 죽었지. 네 직업으로 볼 때 너는 기쁨의 전조, 연극의 데우스 엑스 마키나(고대 연극에서 마지막에 갈등의 최종 해결사로서 기구를 이용해 등장하는 신—옮긴이)여야 마땅해. 하지만 너는 베일로 가려진 것, 슬픔의 전조야.

다시는 내 집에 오지 마. 이제 나는 나의 수호 여신 포르투나가 경쟁자를 허락하지 않는다는 걸 깨달았어. 나는 그녀가 자기만의 것이라고 여기는 내 마음속의 바로 그 공간으로 너를 사랑했기 때문이야. 내게 너는 완벽한 사랑의 체현이었어. 하지만 그녀는 그것이 자기여야 한다고 요구해. 그리고 그녀는 여자야. 여자는 남자의 시작이자 끝이지.

운명의 여신이 나한테 볼일이 없어지는 날이 오면 너를 부를게. 그때까지는, 아무것도 없어. 내 아들은 착한 아들, 모범적이고 바람직한 아들이었어. 로마인이었지. 이제 그애는 죽었고 나는 혼자야. 나는 너를 원하지 않아.

술라는 편지를 조심스럽게 봉한 뒤 집사를 불러 편지를 전할 곳을 일러주었다. 그러다가 벽을 쳐다보았는데—인생은 어찌나 기묘한지!—거기에는 상여 끝에 앉아서 파트로클로스를 안고 있는 아킬레우스가 그려져 있었다. 그 위대한 연극의 비극적인 가면들에서 영감을 받은 것이 분명한 작가는 아킬레우스의 얼굴을 고통에 겨워 입을 벌린 모습으로 표현했다. 이는 술라가 보기에 완전히 잘못된 것이었고, 어중이떠중이에게 절대 보여서는 안 되는 사적인 고통의 세계를 주제넘게 침해한 것이었다. 술라는 손뼉을 쳐서 집사를 다시 불러 말했다.

"내일 사람을 시켜서 저 그림을 없애버리게."

"루키우스 코르넬리우스, 장의사들이 와 있습니다. 아트리움에 상여가 설치되어 도련님을 모실 준비가 되었습니다." 집사가 울면서 말했다.

검은 천과 베개들을 올려놓은, 아름답게 조각되고 금박을 입힌 상여를 꼼꼼하게 살펴보고 술라는 되었다는 뜻으로 고개를 끄덕였다. 그는 죽음의 혹독함이 시작되는 것을 느끼며 아들을 직접 옮겼다. 베개를 쌓아 소년을 앉은 자세로 기대어놓고 양팔 밑에도 베개를 더 고였다. 소년은 검은 옷을 입은 상여꾼 여덟 명이 상여를 들어올려 장례행렬에서 운반할 때까지 이곳 아트리움에 있을 것이다. 상여의 앞쪽은 주랑정원으로 연결된 문을, 뒤쪽은 바깥문을 향해 있었고 옆면에는 사이프러스 나뭇가지들을 붙여놓았다.

사흘째 되던 날 술라 2세의 장례식이 거행되었다. 수도 담당 법무관을 지낸 유력 집정관 후보에 대한 예우로 포룸 로마눔에서의 공무가

중지되었다. 공무를 볼 예정이었던 사람들은 모두 애도를 표하는 검은색의 토가 풀라를 입고 장례행렬이 나타나기를 기다렸다. 전차들 때문에 장례행렬은 술라의 집에서 출발하여 빅토리아 언덕길을 거쳐 벨라브룸 구역으로 천천히 나아갔고, 투스쿠스 가로 들어선 뒤 카스토르·폴룩스 신전과 셈프로니우스 회당 사이에서 포룸 로마눔으로 들어갔다. 맨 앞에는 검은색 토가를 입은 장의사 두 명이 있었고, 그 뒤에서는 검은 옷을 입은 악사들이 일자형 군용 나팔과 곡선형 뿔피리, 전투에서 죽인 로마의 적들의 정강이뼈로 만든 플루트를 연주했다. 장송곡은 장엄했고 곡조나 꾸밈음이 거의 없었다. 악사들 옆에서는 전문 대곡(代哭)꾼 여자들이 검은 옷을 입고서 그들만의 장송곡을 부르고 가슴을 치면서 한 명도 빠짐없이 진짜 눈물을 흘렸다. 그 뒤에는 한 무리의 무용수들이 사이프러스 나뭇가지를 흔들며 몸을 비틀고 돌리면서 로마보다도 더 오래된 의례적 동작을 했다. 그다음으로는 술라의 조상 다섯 명의 밀랍 가면을 쓴 배우들이 각각 흑마 두 마리가 끄는 검은색 전차를 타고 갔다. 그 뒤에는 검은 옷을 입은 해방노예 여덟 명이 높이 쳐든 상여가 있었다. 이들은 한때 술라의 계모인 클리툼나의 노예들이었는데, 그녀가 유언장을 통해 해방시키면서 자동으로 술라의 피호민이 되었다. 술라는 상여 뒤에서 검은색 토가를 끌어올려 머리를 덮은 채 걸었다. 술라의 조카인 루키우스 노니우스, 가이우스 마리우스, 섹스투스 율리우스 카이사르, 퀸투스 루타티우스 카이사르와 그의 두 형제 루키우스 율리우스 카이사르와 가이우스 율리우스 카이사르 스트라보 역시 머리를 가리고 술라와 함께 걸었다. 여자들은 검은 옷은 입었으나 헝클어진 머리에 아무것도 쓰지 않고 남자들 뒤에서 걸었다.

로스트라 연단 앞에서 악사와 전문 대곡꾼, 무용수와 장례업자 들은 뒷벽 밑에 있는 포룸 로마눔에 모였다. 밀랍 가면을 쓴 배우들은 안내원들을 따라 계단을 올라가 로스트라 연단 위로 가서 상아 대좌에 앉았다. 그들은 술라의 조상들이 입었던 자주색 단을 댄 고관용 토가 차림이었고, 이전에 유피테르 대제관을 지냈던 조상 역할의 배우는 신관복을 입고 있었다. 상여는 연단 위에 놓였고, 문상객인 친지들도—루키우스 노니우스와 아일리아를 제외하면 모두 어떤 식으로든 율리우스 가문 쪽 사람들이었다—연단 위에 서서 추도 연설을 들었다. 술라가 직접 한 추도 연설은 매우 짧았다.

"오늘 저는 하나밖에 없는 아들을 묻습니다." 술라는 침묵을 지키며 모여 있는 사람들에게 말했다. "제 아들은 코르넬리우스 씨족의 일원이자 200년 넘게 집정관과 신관, 가장 존경받는 사람들을 배출한 분가의 일원이었습니다. 올 12월에는 제 아들도 코르넬리우스 가의 성인 남성이 될 예정이었습니다. 그러나 그런 날은 오지 않게 되었습니다. 아들은 열다섯 살이 되기 직전에 죽었습니다."

술라는 친척 조문객들을 향해 돌아섰다. 마리우스 2세는 성인용 토가를 입는 나이가 되었기에 검은 토가를 입고 머리를 가리고 있었다. 청년의 달라진 지위는, 다치고 부어오른 얼굴에 슬픈 눈빛으로 그를 바라보고 있는 코르넬리아 술라로부터 이제 그를 멀찍이 떨어뜨려놓았다. 아우렐리아와 율리아도 있었다. 율리아는 울면서 아일리아를 부축하고 있었고, 아우렐리아는 울지 않고 꼿꼿하게 서 있었다. 그녀는 슬프다기보다도 우울해 보였다.

"제 아들은 사랑과 보살핌을 제대로 받은 아름다운 소년이었습니다. 아들의 생모는 아이가 아주 어렸을 때 죽었지만 양어머니가 친어머니처럼 아이를 키웠습니다. 죽지 않았다면 제 아들은 고귀한 파트리키 집안의 진정한 후예임을 입증했을 것입니다. 교육을 받았고 지적이었으며 호기심이 강했고 용감했기 때문입니다. 제가 동방 원정을 떠나 폰토스와 아르메니아의 왕들과 대화할 때 제 아들은 저와 함께 있었고, 외국 여행에 수반하는 모든 위험들에도 살아남았습니다. 제 아들은 파르티아 사절단과 제가 회담하는 것을 지켜보았으며, 아들의 또래 중 논리적인 사람이 되어 장차 로마를 위해 그 외국인들을 상대하는 임무를 맡아 파견되었을 것입니다. 아들은 제 최고의 동반자이자 가장 충성스러운 추종자였습니다. 그 병이 로마로부터 제 아들을 앗아간 것은 그애의 운명이었습니다. 저와 모든 제 가족들이 많은 것을 잃었듯이 로마도 많은 것을 잃었습니다. 이제 저는 아들을 큰 사랑과 더 큰 슬픔과 함께 묻고, 여러분을 위해 검투사들의 장례 경기를 열겠습니다."

연단 위의 의식은 이것으로 끝났다. 사람들은 모두 일어섰고 장례행렬은 다시 모여서 카페나 성문을 향해 출발했다. 술라는 대다수의 코르넬리우스 가문 사람들이 안치되어 있는 아피우스 가도의 묘에 아들의 무덤을 마련해놓았기 때문이다. 무덤의 문 앞에 이르자 술라는 장례용 긴 의자에서 아들을 안아들어 굴대 위에 놓인 대리석 관석 안에 뉘였다. 소년의 상여를 지고 온 해방노예들이 지렛대로 뚜껑을 덮은 석관을 무덤 안으로 밀어넣고 난 후 굴대들은 치워졌다. 술라는 거대한 청동문을 닫았다. 그와 동시에 그의 마음속 일부도 닫았다. 그의 아들은 죽었다. 그 무엇도 결코 예전과 같을 수 없었다.

술라 2세가 영면에 든 지 수일이 지난 후 리비우스 토지법
이 통과되었다. 카이피오와 바리우스가 원로원 의사당에
서 열변을 토하며 반대했으나 결국 원로원의 승인 도장이 찍혀 평민회
로 간 법안은 뜻밖에 민회에서 격렬한 저항에 부딪혔다. 드루수스의 예
상과 달리 많은 이탈리아인들이 반기를 들었다. 문제의 토지가 그들의
것은 아니었지만, 이탈리아인들의 땅은 대부분 로마의 공유지와 접해
있었고 측량은 필요한 것보다 훨씬 부족하게 실시되고 있었다. 수많은
작은 흰색 경계석들이 슬그머니 옮겨졌고, 이탈리아인의 사유지들은
대부분 포함되지 않아야 할 땅을 포함하고 있었다. 공유지를 10유게룸
씩 나누기 위해 대대적인 재측량이 이뤄지면 자연히 오류들이 바로잡
힐 터였다. 에트루리아의 공유지들이 제일 영향을 많이 받을 듯했는데,
아마도 그 지역의 최대 라티푼디움 지주들 중 하나인 마리우스가 이탈
리아의 에트루리아인 이웃들이 로마의 공유지 가장자리를 조금 슬쩍
해도 크게 개의치 않았기 때문일 것이다. 움브리아도 반항적으로 굴었
지만, 캄파니아는 몸을 사리고 말을 삼갔다.

그러나 드루수스는 매우 흡족한 기분으로, 마루비움에 있는 실로에

게 모든 것이 잘되어간다고 편지를 쓸 수 있었다. 스카우루스와 마리우스, 심지어 카툴루스 카이사르까지 공유지에 대한 드루수스의 논리에 감화되어, 그들과 함께 있던 차석 집정관 필리푸스가 침묵하도록 설득하는 데 성공했다. 카이피오의 입을 닫게 만들 수 있는 사람은 아무도 없었지만 대부분의 사람들은 그의 말에 귀를 기울이지 않았다. 카이피오의 웅변 솜씨가 별로이기도 했고, 막대한 황금의 상속자들에 대해 은밀히 말을 퍼뜨리는 작전이 매우 주효했기 때문이기도 했다. 톨로사의 황금에 대해 세르빌리우스 카이피오 가문 사람들을 용서할 로마인은 아무도 없었다.

그러니 부탁하네, 퀸투스 포파이디우스. 에트루리아와 움브리아 사람들이 불평을 멈추도록 설득하기 위해 할 수 있는 일을 찾아보게. 내게 가장 불필요한 것은 내가 나눠주려고 노력중인 땅의 원래 주인들이 벌이는 소동일세.

실로의 답장은 희망적이지 않았다.

마르쿠스 리비우스, 유감스럽게도 나는 움브리아나 에트루리아에 영향력이 거의 없네. 자네도 알다시피 이 두 지역 사람들은 유별나서 자치권에 집착하고 마르시족을 경계한다네. 두 가지 사건에 대해 준비 태세를 갖추게. 첫번째 사건은 북쪽에서 꽤 공공연하게 소문이 나 있네. 두번째 사건에 대해서는 그야말로 우연히 엿들었는데, 앞의 사건보다 훨씬 우려스럽네.
우선 첫번째 사건이네. 다수의 에트루리아와 움브리아 지주들이 대표단을 구성하여 로마로 행진할 계획을 세우고 있네. 로마 공유지의 분할에 반대하기 위해서라네. 그들이 대는 핑계란(물론 자기들이 경계 지역의 땅에 손을 댔다고는 인정하지 않는다네!) 에트루리아와 움브리아에 있는 로마 공유지는 그 역사가 너무 오래되어서 그곳의 경제와 주민들을 둘 다 바꿔놓았다는 거야. 그들은 소규모 자작농들이 유입되면 에트루리아와 움브리아가 파멸할 거라고 주장하고 있네. 또한 현재 이 두 도시에는 소농들이 드나들 만한 상점과 시장이 없다는 거야. 라티푼디움의 소유주 및 관리자 들이 상점들을 대거 사들여서 창고로 바꿔버렸기 때문이지. 뿐만 아니라 그들은 라티푼디움 지주들이 결과는 생각하지 않고 노예 일꾼들을 해방시켜버릴 거라고 주장하네. 그렇게 되면 해방노예 수천 명이 배회하며 강도짓이나 약탈을 일으킬 거라고 말이지. 그들은 결국 에트루리아와 움브리아가 그 노예들을 고향으로 실어다줄 비용을 부담하게 될 거라고 주장한다네. 이 외에도 그자들의 핑계야 수도 없이 많지. 이 대표단을 맞을 준비를 하게!

두번째 사건은 잠재적으로 더 위험하네. 삼니움 출신의 일부 이탈리아인들은 시민권이나 평화적인 대(對)로마 관계에는 희망이 없다고 보고, 알바누스 산에서 열리는 유피테르 라티아리스 축제 때 자기네의 원한이 얼마나 깊은지 로마에 보여주기로 결심했네. 그들은 집정관 섹스투스 카이사르와 필리푸스를 살해할 계획이야. 계획을 아주 잘 짰어. 보빌라이에서 로마로 돌아올 때 집정관들을 습격한다고 하더군. 그 평화로운 길 위의 축제 참가자들을 모두 제압할 수 있는 숫자의 사람들을 동원해서 말이네.

자네는 움브리아와 에트루리아의 지주들을 진정시킬 수 있는 일을 하고 암살이 실제로 시도되기 전에 무력화해야 할걸세. 기운 나는 소식이 있다면, 내가 자네에게 충성 맹세를 시키려고 접근한 사람들이 모두 대단한 호의를 보이며 맹세를 했다는 것이네. 마르쿠스 리비우스 드루수스를 위한 미래의 피호민 집단은 유례없이 커지고 있다네.

그나마 이건 좋은 소식이군! 드루수스는 얼굴을 찌푸리며 실로의 편지에서 덜 매혹적인 내용으로 생각을 돌렸다. 에트루리아와 움브리아에서 올 이탈리아인들에 대해서는 그들이 포룸 로마눔에 나타나자마자 그가 멋진 연설을 하는 것 말고는 할 수 있는 일이 거의 없었고, 집정관 암살 계획은 집정관들에게 경고하는 수밖에 없었다. 집정관들은 드루수스에게 정보의 출처를 대라고 압박할 것이고, 그의 모호한 대답에 실망할 것이다. 특히 필리푸스는.

그래서 드루수스는 필리푸스가 아닌 섹스투스 카이사르를 만나 정보의 출처를 숨기지 않기로 결정했다.

"방금 마루비움 출신의 마르시족 친구 퀸투스 포파이디우스 실로에게서 편지를 받았습니다." 드루수스는 섹스투스 카이사르에게 말했다. "불만을 품은 삼니움족 무리 하나가, 이탈리아에 시민권을 주는 데 로마가 관심을 갖게 할 유일한 방법은 이탈리아인들의 결심이 얼마나 굳은지—폭력을 행사해서라도—보여주는 길밖에 없다고 판단한 것 같습니다. 다수의 무장한 삼니움족이 보빌라이와 로마 사이에서 라티움 축제를 끝내고 아피우스 가도로 돌아오는 집정관 두 분을 습격할 것입니다."

이날은 섹스투스 카이사르의 몸 상태가 좋지 않았다. 그는 씨근거리며 숨을 쉬고 있었고 입술과 귓불은 옅은 청색으로 변해 있었다. 그러나 그는 자신의 병에 익숙해 있었으며, 지병이 있음에도—그보다 앞서 법무관을 지낸 사촌 루키우스 카이사르보다 먼저—집정관이 된 사람이었다.

"원로원은 당신에게 감사 결의를 할 것이오, 마르쿠스 리비우스." 수석 집정관은 말했다. "또한 원로원 최고참 의원께서 원로원을 대표하여 퀸투스 포파이디우스 실로에게 감사 편지를 쓰시게 하겠소."

"섹스투스 율리우스, 그러시지 않는 편이 나을 듯합니다!" 드루수스가 재빨리 말했다. "장담하지만 이 일에 대해 누구에게도 말씀하지 않는 편이 낫습니다. 카푸아에서 실력 있는 보병대대를 여럿 고용하여 삼니움족 무리를 함정으로 몰아 체포하는 것이 어떻습니까? 그러지 않으면 그들은 계획이 발각된 걸 알고 암살 시도를 하지 않을 것이고, 차석 집정관 루키우스 마르키우스는 애초에 암살 시도가 없었다고 생각할 겁니다. 저의 평판을 위해, 저는 삼니움족 불만분자들이 현행범으로 잡히기를 바랍니다. 그러면 로마는 폭도들을 모조리 매질하고 처형하여 이탈리아에 교훈을 줄 수 있겠지요. 폭력으로는 아무것도 얻을 수 없다고 말입니다."

"무슨 말인지 알겠소, 마르쿠스 리비우스. 당신 말대로 하리다." 섹스투스 카이사르가 대답했다.

그리하여 드루수스는 성난 이탈리아인 지주들과 암살을 모의한 삼니움족들 사이에서 그의 일을 계속했다. 에트루리아 및 움브리아의 지주 대표단이 로마에 왔지만 다행히 그들은 매우 반항적이고 거만하여, 그러지 않았더라면 지지를 보냈을 사람들의 분노를 사는 바람에 비꼬는 말만 듣고 일말의 동정도 얻지 못한 채 고향으로 돌아가야만 했다.

암살 계획과 관련하여 섹스투스 카이사르는 드루수스가 요청한 대로 움직여서, 문제의 삼니움족은 보빌라이 외곽에서 평화로워 보이는 행렬을 습격했을 때 아피우스 가에서 먼 쪽에 있는 무덤들 뒤에 숨어 있던 보병대대에게 완패했다. 암살자들 가운데 일부는 싸우다가 죽었지만 대부분은 산 채로 잡혀서 매질을 당한 뒤 처형되었다.

드루수스가 걱정하는 것은 통과된 자신의 토지법이―그가 예측한 대로―모든 로마 시민이 공유지를 10유게룸씩 받도록 규정하고 있다는 사실이었다. 원로원 의원들과 그들을 제외한 1계급 시민들이 가장 먼저 받고 최하층민들이 제일 마지막으로 받게 될 터였다. 사람들은 모두 이탈리아에 수백만 유게룸의 공유지가 있다고 들었지만, 드루수스는 최하층민이 분배받는 순서가 되었을 때쯤에는 남은 땅이 별로 없을 거라고 생각했다. 그리고 다들 알고 있듯이, 최하층민들이 적개심을 품도록 하는 것은 현명하지 못했다. 그들은 땅 대신에 다른 보상을 받아야 한다. 가능한 보상은 딱 한 가지였다. 평상시는 물론이고 흉년일 때도 꾸준히 저렴한 가격으로 공공 곡물을 살 수 있게 하는 것. 아, 최하층민들이 언제나 싼 곡물을 공급받을 수 있게 하는 곡물법을 원로원에서 승인받으려면 얼마나 힘들게 싸워야 할지!

드루수스로서는 엎친 데 덮친 격으로, 필리푸스는 라티움 축제 기간의 암살 기도 사건으로 크게 놀라서 이탈리아 전역의 지인들에게 이것저것 캐묻기 시작했고, 5월에 원로원 회의석상에서 이탈리아가 반항적이며 일각에서는 로마와의 전쟁을 거론하고 있다고 발표했다. 필리푸스의 태도는 겁먹은 사람이 아니라 이탈리아인들에게 그들이 받아 마땅한 공포를 안겨줘야 한다고 생각하는 사람의 태도였다. 그는 로마 원로원과 인민을 대표하여 법무관 두 명을―한 명은 로마의 남쪽, 한 명은 로마의 북쪽으로—파견해서 무슨 일이 벌어지고 있는지 조사할 것을 제안했다.

아이세르니아에서 리키니우스·무키우스법의 특별 조사 법정 재판장으로 있을 때 몹시 고생했던 카툴루스 카이사르는 필리푸스의 제안이 훌륭하다고 생각했다. 그러자 카툴루스 카이사르가 찬성하지 않았다면 금방 감탄하지 않았을 원로원 의원들까지 필리푸스의 제안이 훌륭하다며 환호했다. 곧바로 법무관 세르비우스 술피키우스 갈바는 로마의 남쪽을 조사하고, 조점관 가문의 법무관 퀸투스 세르빌리우스는 로마의 북쪽을 조사하라는 명령이 내려졌다. 두 사람 모두에게 보좌관을 선택할 권한과 집정관급 임페리움은 물론, 품위 있게 여행할 경비와 심지어 전직 검투사들로 구성된 소규모 용병 부대까지 경호대로 주어졌다.

원로원이 법무관 두 명을 파견하여—카툴루스 카이사르가 고집하는 표현에 따르면—'이탈리아 문제'라는 것을 조사하게 했다는 소식은 실로를 조금도 기쁘게 하지 못했다. 아피우스 가도에서 용사들 200명이 매질을 당하고 처형된 일로 이미 성이 나 있던 삼니움의 무틸루스는 이 새로운 모욕이 전쟁 행위라고 말했다. 드루수스는 두 사람에게 미친듯이 편지를 쓰고 또 써서 자기한테 기회를 달라고, 조금만 기다려달라고 간청했다.

동시에 드루수스는 대결 태세를 단단히 갖추고, 저렴하게 곡물을 분배하는 법안에 대한 계획을 원로원에서 밝혔다. 공유지 분배와 마찬가지로, 저렴한 곡물 공급 역시 하층민에게만 국한시킬 수는 없었다. 미누키우스 주랑건물에 있는 조영관 사무소 앞에서 긴 줄을 설 의향이 있는 로마 시민이라면 누구나 국가로부터 밀 5모디우스를 받을 수 있는 전표를 얻어, 아벤티누스 언덕의 절벽 밑에 있는 공공 곡창으로 가서 전표를 제시하고 받은 곡물을 수레에 신고서 집으로 돌아갈 수 있었다. 실제로 아주 부유하고 지체 높은 사람들 중에서도 이러한 시민의 특권을 이용하는 자들이 있었는데, 절반은 지독한 구두쇠들이었고 절반은 원칙주의자들이었다. 하지만 집사의 손에 동전 몇 닢을 떨어뜨리며 투스쿠스 구를 따라 늘어선 민간 곡창에서 곡식을 사오라고 할 수 있는 사람들은 대부분 저렴한 곡물을 얻겠다고 직접 줄을 서서 전표를 받지 않으려 했다. 로마 시에서 생활하기 위한—언제나 천문학적으로 비싼 편인 집세 같은—다른 비용들과 비교하면, 한 사람이 한 달 동안 먹을 곡식을 민간 곡창에서 사는 데 필요한 50 내지 100세스테르티우스는 부담스러운 비용이 아니었다. 따라서 전표를 받으려고 줄을 서는 사람들은 대부분 빈곤한 5계급 시민과 최하층민이었다.

"모든 시민이 공유지를 받기란 불가능할 것입니다." 드루수스는 원로원 의사당에서 말했다. "하지만 우리는 결코 최하층민들을 잊어서도 안 되고, 그들이 다시 한번 외면당했다고 생각할 여지를 주어서도 안 됩니다. 의원 여러분, 로마의 여물통은 충분히 커서 모든 로마인을 먹일 수 있습니다! 최하층민들에게 땅을 줄 수 없다면 값싼 곡물이라도 줘야 합니다. 1년 내내, 흉작이든 풍작이든 관계없이 1모디우스당 5세스테르티우스에 줘야 합니다. 이렇게 하면 우리 국고의 재정 부담도 얼마간 덜어질 것입니다. 밀이 풍작일 때 밀 1모디우스를 2~4세스테르티우스에 사들여서 5세스테르티우스에 팔면 국고위원회는 약간의 이익을 내게 되어, 흉작이 들었을 때 국고 운영의 부담을 덜 수 있을 것입니다. 이러한 이유로 저는 국고위원회가 밀 구매에만 쓸 수 있는 별도의 계정을 마련할 것을 제안하는 바입니다. 우리는 이 법의 시행 비용을 마련하기 위해 일반 세입을 축내는 실수를 해서는 안 됩니다."

"그렇다면 마르쿠스 리비우스, 이토록 관대한 행위에 드는 비용을 어떻게 충당할 것이오?" 필리푸스가 느릿느릿한 말투로 물었다.

드루수스는 웃음을 지었다. "제가 방법을 생각해두었습니다, 루키우스 마르키우스. 저는 로마에서 통상적으로 발행되는 화폐 가운데 일부를 가치 절하하는 내용을 제 법에 포함시키고자 합니다."

모든 의원들이 동요하고 웅성거렸다. 원로원에서 '가치 절하'라는 말을 듣기 좋아하는 사람은 아무도 없었다. 대다수 의원들은 재정 문제에 있어 매우 보수적이었기 때문이다. 통화 가치를 절하하는 것은 로마의 정책이 아니라 그리스적인 책략이라고 폄하당했다. 통화 절하는 오직 1, 2차 포에니 전쟁중에만 시행되었는데, 그것도 대부분 주화의 무게를 표준화하기 위해서였다. 다른 사안들에 대해서는 급진적이었던 가이우스 그라쿠스도 은화의 가치를 절상한 바 있었다.

드루수스는 전혀 흔들림 없이 설명을 이어나갔다. "8데나리우스마다 1데나리우스는 납 한 방울을 섞은 청동으로 주조하여 은화와 같은 무게로 만든 다음 은도금을 하는 겁니다. 저는 최대한 신중한 방식으로 계산을 했습니다. 즉 풍년이 두 번 올 때 흉년이 다섯 번 온다고 가정했습니다. 모두 아시다시피 이는 매우 비관적인 추정이지요. 사실 흉년보다 풍년이 더 잦으니까요. 그러나 우리는 시칠리아 노예전쟁 후에 겪었던 것과 같은 기근이 다시 닥칠 가능성을 배제해서는 안 됩니다. 또한 동전에 은을 입히는 것은 순은으로 동전을 찍어내는 것보다 작업 과정이 더 많습니다. 따라서 저는 10데나리우스당 1데나리우스가 더 현실적임에도 불구하고 8데나리우스당 1데나리우스로 제 계획의 비용을 산출했습니다. 이렇게 하면 국고는 손실을 입을 리가 없으며, 어음으로 거래하는 사업가들이 지는 부담도 없을 겁니다. 대부분의 부담은 주화를 쓰는 사람들만 지게 될 것이며, 제 생각에 가장 중요한 점이기도 한데, 직접 과세로 인한 사람들의 불만도 피할 수 있습니다."

"여덟 번 발행할 때마다 한 번씩 주화를 모두 도금하여 발행하면 간단할 것을, 어째서 발행시마다 주화 여덟 개당 하나를 도금하는 겁니까?" 법무관 루키우스 루킬리우스가 물었다. 그는 (자기 가문의 모든 사람들처럼) 말은 매우 잘했지만 산수와 실용적인 일에는 이해가 매우 느렸다.

"왜냐하면," 드루수스는 참을성 있게 설명했다. "제 생각에, 주화를 이용하는 사람들 대다수가 도금한 은화와 진짜 은화를 구분하지 못하게 하는 것이 매우 중요하기 때문입니다. 특정 발행 회차의 주화가 모두 청동으로 만든 거라면 그 주화를 쓰고 싶어하는 사람은 아무도 없을 겁니다."

드루수스는 기적적으로 곡물법을 통과시켰다. (자체적으로 계산한 끝에 드루수스와 같은 답을 얻어 이러한 주화 가치 절하가 얼마나 수지맞는 장사인지 깨달은) 국고위원회의 로비 덕분에 원로원은 평민회에서의 법안 공포를 지지했다. 평민회의 가장 유력한 기사들은, 이 법이 현금이 필요 없는 모든 거래에서 자기들을 성가시게 할 일이 거의 없다는 사실을 재빨리 이해했다. 물론 이 법이 모든 사람들에게 영향을 미친다는 것을, 진짜 돈과 어음을 구분하는 것이 무의미함을 모르는 사람은 없었다. 그러나 실용주의자였던 그들은, 어떤 형태의 돈이든 그 진짜 가치는 그것을 사용하는 사람들의 신뢰임을 잘 알고 있었다.

드루수스의 곡물법은 6월 말에 서판에 새겨졌다. 이제부터 공공 곡물은 1모디우스당 5세스테르티우스에 판매하게 되었으며, 국고 소속 법무관들은 가치 절하 주화의 첫 발행을 준비하고 있었다. 실제적인 주화 발행 업무를 감독할 담당 관리들도 마찬가지였다. 물론 시간이 조금 필요하겠지만, 관련 정무관들은 9월쯤이면 8데나리우스 중 1데나리우스는 은도금 동전일 것이라고 예측했다. 불만의 소리도 들려왔다. 카이피오는 반대의 목소리를 낮추지 않았고, 기사들로서는 드루수스의 일 처리 방식이 전적으로 마음에 드는 것은 아니었으며, 로마의 하층민들은 통치자들이 비밀스러운 방식으로 자기들을 속이는 거라고 의심했다. 그러나 드루수스는 사투르니누스가 아니었고, 원로원은 그 사실에 감사했다. 평민회에서 집회를 소집할 때도 드루수스는 질서와 적법성을 엄격하게 추구했다. 그는 둘 중 하나라도 위태로워지면 즉시 회의를 중단시켰으며, 조점관들을 무시하거나 고압적으로 일을 처리하지도 않았다.

6월 말, 공식적인 여름철이 되어 원로원과 민회의 소집이 중단되자 드루수스의 입법 활동은 잠시 중단되었다. 드루수스도 휴식을 반가워하며—그는 일을 줄여나갔지만 갈수록 피곤해지고 있었다—로마를 떠났다. 어머니와 어머니가 돌보는 여섯 조카들을 미세눔의 해변에 있는 호화로운 빌라로 보내고, 그 자신은 실로와 무틸루스를 차례로 만나러 가서 두 사람과 함께 이탈리아 전역을 여행했다.

드루수스는 반도 중부의 이탈리아 국가들이 전시체제에 들어갈 태세를 갖추고 있음을 알아차릴 수밖에 없었다. 실로와 무틸루스와 함께 말을 타고 먼지투성이 길을 달리면서 무장을 잘 갖춘 여러 군단이 로마나 라티움 정착지에서 먼 곳에서 군사 훈련을 하는 것을 목격했던 것이다. 그러나 드루수스는 그 모든 군사행동이 앞으로 필요 없어질 거라고 마음속으로 믿으며 어떤 말이나 질문도 하지 않았다. 그는 전례

없이 활발한 입법 활동을 펼치면서 주요 법정들을 개혁해야 한다고 원로원과 평민회를 설득하고, 공유지와 곡물 배급을 개혁해야 한다고 원로원을 설득하는 데 성공한 사람이었다. 아무도―티베리우스 그라쿠스나 가이우스 그라쿠스, 가이우스 마리우스, 사투르니누스도―해내지 못한 일을, 그토록 논란의 여지가 많은 법안들을 폭력이나 원로원의 반대, 기사들의 저항 없이 드루수스는 해냈다. 사람들은 드루수스를 믿고 존경하고 신뢰했기 때문이다. 이제 드루수스는 앞으로 시민권을 이탈리아 전역으로 확대하자는 의견을 내놓았을 때, 사람들이 엄밀히 말해 그를 따르지는 않더라도 그가 자신들을 이끌도록 내버려두기는 할 것임을 확신했다. 나는 해낼 것이다! 그리고 그 결과 나, 마르쿠스 리비우스 드루수스는 로마 세계 인구의 4분의 1을 피호민으로 얻게 될 것이다. 이탈리아 반도의 한쪽 끝에서 반대쪽 끝까지, 심지어 움브리아와 에트루리아 사람들조차 나에게 충성 맹세를 했으니까.

9월의 칼렌다이에 원로원이 재소집되기 여드레 전, 드루수스는 가장 어려운 일을 시작하기 전에 짧은 휴식을 즐기러 미세눔에 있는 자신의 빌라로 갔다. 그는 어머니가 자신에게 위안과 큰 즐거움을 주는 사람임을 깨닫게 되었다. 어머니는 재치 있고 영리했으며, 다독가인데다 느긋하고 남자들의 세계를 거의 남자만큼이나 잘 이해하고 있었다. 그녀는 정치에 관심이 많았고 아들의 입법 활동을 뿌듯하고 기쁜 마음으로 지켜보고 있었다. 코르넬리우스 혈통의 진보적인 배경으로 인해 그녀에게는 어느 정도 급진주의 성향이 있었지만, 동시에 같은 혈통의 근본적으로 보수적인 배경으로 인해 그녀는 아들이 원로원과 인민의 현실을 능수능란하게 파악하고 있음을 인식했다. 완력이나 폭력도 없었고 공성망치질 같은 협박도 없었다. 무기라고는 금 같은 목소리와 은 같은 혀뿐이었다. 이것이 정치가다! 이것이 마르쿠스 리비우스 드루수스였다. 그녀는 아들이 그런 면을 고집불통에 뻣뻣하고 이해심 부족한 아버지에게서 물려받지 않았다는 사실에 내심 자부심을 느꼈다. 그것은 그녀가 물려준 것이었다.

"그 법과 토지, 하층민 문제를 훌륭하게 처리했더구나." 그녀는 명쾌하게 말했다. "다음엔 뭐니? 다음이 있다면 말이다."

드루수스는 숨을 들이쉬고 어머니를 똑바로, 진지하게 쳐다보았다. "전 이탈리아인에게 완전한 로마 시민권을 주는 법을 만들 겁니다."

어머니는 입고 있던 상앗빛 드레스보다 더 하얘진 얼굴로 소리쳤다. "오, 마르쿠스 리비우스! 지금까지는 너를 내버려둔 사람들도 그 문제에 대해서는 너를 막을 거다!"

"어째서요?" 드루수스가 놀라서 물었다. 요즘 그는 자기가 남들이 할 수 없는 일도 할 수 있다고 생각하는 데 상당히 익숙해져 있었다.

"시민권을 지키는 건 신들이 로마에게 부여한 임무가 되었다." 그녀는 여전히 창백한 얼굴로 말했다. "퀴리누스 신이 몸소 포룸 로마눔 한가운데 나타나 시민권을 모두에게 나눠주라고 해도 사람들은 화를 낼거다!" 그녀는 손을 뻗어 아들의 팔을 잡았다. "마르쿠스 리비우스, 마르쿠스 리비우스, 포기하거라! 하지 말거라!" 그녀는 떨고 있었다. "내가 이렇게 비마, 하지 말거라!"

"저는 그 일을 하겠다고 맹세했어요, 엄마. 그러니 해낼 겁니다!"

그녀는 한참 동안 아들의 검은 눈을, 그리고 그 속에 비친, 아들을 걱정하는 자신의 더 평범한 눈을 응시했다. 결국 그녀는 한숨을 쉬고 어깨를 으쓱했다. "내가 무슨 말을 해도 네 마음을 바꿀 수는 없겠구나.

네가 괜히 스키피오 아프리카누스의 종증손이겠니. 오, 아들아, 내 아들아. 그들은 널 죽일 거다!"

끝이 뾰족한 눈썹 한쪽이 올라갔다. "어째서요, 엄마? 저는 가이우스 그라쿠스도 아니고 사투르니누스도 아니에요. 저는 엄격하게 법의 테두리 안에서 일을 진행시키니만큼 그 누구도, 모스 마이오룸도 위태롭게 하지 않습니다."

너무 흥분해서 대화를 이어갈 수 없던 그녀는 얼른 자리에서 일어났다. "아이들을 보러 가자꾸나. 애들이 널 보고 싶어해."

그것은 그리 심한 과장은 아니었다. 드루수스는 그 집 아이들에게 꽤 인기가 있었다.

두 사람이 놀이방 가까이 다가가자 아이들이 말다툼하는 소리가 또렷이 들려왔다.

"죽여버릴 거야, 카토 2세!" 두 어른이 놀이방에 들어설 때 세르빌리아가 말했다.

"그만해라, 세르빌리아!" 소녀의 말투에서 심각한 낌새를 느낀 드루수스가 호통을 쳤다. "카토 2세는 네 이부동생이다. 동생을 해칠 수는 없어."

"나랑 둘만 오래 있으면 그렇지 않을 걸요." 세르빌리아가 불길하게 말했다.

"네가 얘랑 둘만 있을 일은 없을 걸, 혹부리코 씨!" 카이피오 2세가 카토 2세 앞을 막아서며 말했다.

"내 코는 혹부리코가 아니야!" 세르빌리아가 화가 나서 말했다.

"완전 혹부리코거든!" 카이피오 2세가 말했다. "끔찍한 혹이 달린 끔찍한 코야, 으윽, 웩!"

"시끄럽다!" 드루수스가 소리를 질렀다. "너희들은 싸우기만 하니?"

"아니요!" 카토 2세가 큰 소리로 대답했다. "말다툼도 해요!"

"저애가 여기 있는데 어떻게 안 싸워요?" 드루수스 네로가 물었다.

"닥쳐, 깜상 네로!" 카이피오 2세가 카토 2세를 편들면서 말했다.

"나는 깜상이 아니야!"

"맞아, 맞아, 맞아!" 카토 2세가 두 주먹을 꼭 쥐고 외쳤다.

"넌 세르빌리우스 카이피오가 아니야!" 세르빌리아가 카이피오 2세에게 말했다. "넌 빨강머리 갈리아인 노예의 후손이야, 우리 세르빌리우스 카이피오 가문이 억지로 떠맡은 거라고!"

"혹부리코, 혹부리코, 못생기고 끔찍한 혹부리코!"

"시끄럽다!" 드루수스가 소리를 질렀다.

"노예의 아들!" 세르빌리아가 야유했다.

"얼간이의 딸!" 포르키아가 외쳤다.

"주근깨투성이 돼지!" 릴라가 말했다.

"여기 앉거라, 아들아." 코르넬리아 스키피오니스가 이 육아실 소동에도 평정을 유지하며 말했다. "다 싸우고 나면 우리한테 관심을 보일 거다."

"늘 저렇게 혈통을 들먹입니까?" 드루수스가 고성과 외침 속에서 물었다.

"세르빌리아가 여기 있는데 당연하지." 아이들의 할머니가 말했다.

열세 살에 체형이 잡혔으며 매력 있고 내성적인 얼굴을 한 소녀 세르빌리아는 관례대로라면 2, 3년 전에 동생들과 떨어져서 따로 지내야 했지만 벌을 받느라고 그러지 못했다. 아이들이 싸우면서 하는 말 가운데 일부는 드루수스로 하여금 세르빌리아를 육아실에 계속 두기로 한 건 잘못한 일이 아닐까 생각하게 했다.

이제 막 열두 살이 된 세르빌릴라도 빠르게 성숙하는 중이었다. 세르빌리아보다 예쁘지만 매력은 덜한 릴라의 악동 같고 정직한 얼굴을 보면 누구나 그 아이가 어떤 사람인지 알 수 있었다. 큰 아이들 무리의 셋째로, 다른 큰 아이들과 똘똘 뭉쳐 작은 아이들 무리에 대적하는 아이는 드루수스가 입양한 아들 마르쿠스 리비우스 드루수스 네로 클라우디아누스였다. 이 소년은 아홉 살이었고, 거무스름하고 뚱한 클라우디우스 집안사람다우면서 잘생겼다. 안타깝게도 총명하지는 못했지만 쾌활하고 유순한 아이였다.

그리고 카토의 자식들이 있었다. 리비아의 완강한 주장에도 불구하고, 드루수스는 카이피오 2세가 카이피오의 자식이라고는 절대로 생각할 수가 없었다. 카이피오 2세는 카토와 너무나 닮았고—똑같이 날씬하고 근육질인데다 장차 키가 클 조짐이 보였고 머리와 귀 모양도 똑 닮았으며 목과 팔다리가 길었다—머리카락까지 밝은 빨간색이었다. 아이의 눈동자는 연한 갈색이었지만 카이피오를 닮진 않은 것이, 두 눈 사이가 먼데다 큰 눈은 안와 속으로 깊이 들어가 있었기 때문이다. 드루수스는 여섯 아이들 가운데 카이피오 2세를 가장 좋아했다. 그애한테는 어떤 힘이, 책임을 저야 한다는 각오 같은 것이 있었는데 드루수스는 그 점이 마음에 들었다. 몇 달 후면 여섯 살이 되는 카이피오 2세는 아주 현명한 노인처럼 드루수스와 대화를 나누곤 했다. 아이의 목소리는 매우 낮았고, 불그스름한 눈은 언제나 진지하고 사려 깊었다. 카이피오 2세는 동생 카토 2세가 자신을 기쁘게 하거나 감동시키는 행동을 할 때 말고는 거의 웃지 않았다. 남동생에 대한 소년의 애정은 어찌나 깊은지 흡사 아버지의 애정 같았다. 소년은 동생한테서 떨어지려고 하지 않았다.

포르켈라라고 불리는 포르키아는 곧 네 살이 되었다. 이 수수한 소녀는 온몸에 주근깨가 나기 시작했는데, 큰 얼룩 같은 갈색 주근깨 때문에 이부언니들에게 경멸어린 놀림을 받았다. 포르키아를 몹시 싫어하는 언니들은 가련한 포르키아를 늘 남몰래 교활하게 꼬집고 발로 차고 물어뜯고 할퀴고 손찌검했다. 카토 가문 특유의 매부리코는 포르키아에게 어울리지 않았지만, 소녀는 진회색 눈이 예뻤고 천성적으로 마음씨가 착했다.

몇 달 후 세 살이 되는 카토 2세는 겉도 속도 진정한 괴물이었다. 다른 부위보다 더 빨리 자라는 것 같은 아이의 코는 셈족의 갈고리 모양이 아니라 로마인 특유의 혹이 있는 매부리코였는데, 얼굴의 다른 부분과 조화가 되지 않았다. 아이의 얼굴은 놀랍도록 잘생겼다. 입은 우아했고 옅은 회색 눈은 커다랗고 사랑스럽게 빛이 났으며, 광대는 높고 턱도 보기 좋았다. 넓은 어깨를 보면 장차 체격이 커질 듯했지만 지금은 안쓰러울 정도로 말랐다. 카토 2세는 먹는 데 도통 관심이 없었기 때문이다. 카토 2세는 천성적으로 불쾌하고 거슬리는 구석이 있었고, 드루수스가 가장 혐오하는 성격의 소유자였다. 아이의 시끄럽고 성가신 질문에 명쾌하고 합리적으로 대답해주면 더 많은 질문이 돌아올 뿐이었는데, 이는 아이가 지나치게 아둔하거나 너무 외고집이라 자신과 다른 관점을 받아들이지 못한다는 뜻이었다. 카토 2세의 가장 사랑스러운 면은—이 아이에게도 사랑스러운 면은 있어야 했다!—형 카이피오 2세에 대한 무조건적인 헌신이었다. 아이는 낮이고 밤이고 형에게서 떨어지려고 하지 않았다. 카토 2세가 도가 지나치게 말썽을 피울 때는, 형한테서 떼어놓는다고 으름장만 놓으면 곧바로 온순해졌다.

실로가 마지막으로 드루수스의 집을 방문한 것은 카토 2세의 두번째 생일이 조금 지난 후였다. 그뒤로 오지 않은 것은, 이제 드루수스가 호민관으로 당선된 만큼 두 사람의 우정이 변함없다는 걸 로마인들에게 보여주는 일이 현명하지 못하다고 생각했기 때문이다. 그 자신도 아버지였던 실로는 드루수스의 집에 올 때마다 이 집 아이들을 만나고 싶어했다. 그래서 실로는 꼬마 첩자 세르빌리아에게 관심을 기울이고 치켜세워주었으며, 자신을 일개 이탈리아인이라고 멸시하는 세르빌리아를 보고도 웃어넘길 수 있었다. 그는 세르빌리아 아래의 어린아이들 넷을 무척 좋아하여 함께 놀고 농담을 했다. 하지만 그런 그조차도 카토 2세는 몹시 싫어했는데, 두 살배기 아이를 싫어하는 논리적인 이유를 드루수스에게 설명하기는 어려웠다.

"그애와 같이 있으면 내가 분별없는 짐승이 된 것 같은 느낌이 드네." 실로는 드루수스에게 말했다. "나의 분별력과 본능은 그애가 적이라고 말하고 있어."

스파르타인들의 인내심은 칭송의 대상이었지만, 카토 2세의 스파르타인 같은 인내심은 실로를 짜증나게 했다. 그 작은 꼬마가 몸을 크게 다치든 마음을 크게 다치든 울지도 않고 입을 앙다물고 있는 걸 보면 실로는 화가 벌컥 나는 것이었다. 내가 왜 이럴까? 그는 스스로에게 물었지만 한 번도 만족스러운 대답을 얻은 적이 없었다. 어쩌면 카토 2세가 하찮은 이탈리아인들에 대한 멸시를 절대 숨기지 않기 때문일 수도 있었다. 물론 세르빌리아에게 물들어서 그런 거였다. 실로는 세르빌리아가 그렇게 대하는 건 무시할 수 있었지만, 카토 2세는 무시해버릴 수 있는 부류의 사람이 아니라는 생각이 들었다.

어느 날 실로는 카토 2세가 드루수스에게 던지는 무자비하고 끈덕진 질문들에—그리고 드루수스의 참을성과 친절에도 고마워하지 않는 태도에—인내심이 바닥나서, 아이를 들어올려 뾰족한 돌들로 가득한 암석정원 쪽에 난 창문 밖으로 내밀었다.

"분별 있게 행동해라, 카토 2세. 안 그러면 떨어뜨릴 거야!" 실로가 말했다.

카토 2세는 매달린 채로 계속 입을 꽉 다물고 있었다. 아이는 늘 그랬듯이 반항적이었고 자신의 운명에 도전적이었다. 실로가 아이의 몸을 흔들고 떨어뜨리는 시늉을 하며 아무리 위협해도 아이의 혀나 결심은 움직이지 않았다. 결국 패배한 실로는 아이를 도로 내려놓은 다음 드루수스를 보고 고개를 절레절레 흔들었다.

"카토 2세가 어린애라는 게 정말 다행이네." 실로가 말했다. "저애가 어른이라면 이탈리아는 절대로 로마인들을 설득하지 못할 거야."

또 한번은 실로가 카토 2세에게 누구를 사랑하느냐고 물었다.

"제 형이요." 카토 2세가 대답했다.

"그럼 형 다음으로는?"

"제 형이요."

"아니, 네 형 다음으로 사랑하는 사람 말이야."

"제 형이요."

실로는 드루수스를 돌아보며 물었다. "앤 자기 형 말고는 아무도 사랑하지 않나? 자네도? 할머니도?"

드루수스는 어깨를 으쓱했다. "그래, 퀸투스 포파이디우스, 그앤 자기 형 말고는 아무도 사랑하지 않는다네."

카토 2세에 대한 실로의 반응은 대부분의 사람들의 반응과 비슷했다. 카토 2세는 분명 호감 가는 아이는 아니었다.

드루수스네 아이들은 언제나 두 편으로 갈라져 있었다. 연장자 무리와 카토 살로니아누스의 자식들이 대치하는 육아실에서는 고함 소리와 괴성이 늘 울려퍼졌다. 처음에는 세르빌리우스와 리비우스 쪽 아이들이 카토 쪽 아이들보다 더 크고 신분이나 체력 면에서 우세했지만, 카토 2세가 두 살이 되어 그 작은 몸으로 싸움에 가담하면서부터 카토 가문이 우위를 차지했다. 아무리 때리고 고함치고 논쟁해도 굴복하지 않는 카토 2세를 당해낼 사람은 아무도 없었다. 카토 2세는 정보를 습득하는 속도는 느릴지 몰라도 지칠 줄 모르고 끈질기며 트집쟁이에 시끄럽고 무자비하고 포악한, 그야말로 전형적인 천적이었다.

드루수스는 육아실에 대해 다음과 같이 총평했다. "엄마, 여긴 로마의 모든 약점들을 모아놓은 곳 같군요."

드루수스와 이탈리아의 지도자들만 그해 여름을 분주하게 보낸 것은 아니었다. 카이피오는 기사계급에 꾸준히 로비를 했고 바리우스와 힘을 합쳐 드루수스에 대한 민회의 저항을 강화하는 데 어렵사리 성공했다. 언제나 주머니 사정보다 취향이 앞서나가는 필리푸스는 재산의 대부분이 라티푼디움인 기사와 원로원 의원들에게 매수당했다.

앞으로 무슨 일이 벌어질지 아는 사람은 물론 아무도 없었지만, 원로원 의원들은 드루수스가 9월의 칼렌다이에 열리는 회의에서 발언하겠다고 신청했다는 것을 알고 호기심에 사로잡혀 있었다. 그해 상반기에 드루수스의 웅변술에 넋을 빼앗겼던 의원들 중 대다수는 이제 드루수스가 말을 덜 잘했더라면 좋았을걸, 하고 생각했다. 상반기 중 교화되어 지지를 보내던 의원들의 열의는 사그라들었다. 9월 초하루에 원로원 의사당에 모인 사람들은 드루수스의 주술에 귀를 닫기로 마음먹고 있었다.

의장은 섹스투스 카이사르였다. 9월은 그가 파스케스의 주인인 달이었고, 이는 예비 의식들이 꼼꼼하게 진행된다는 뜻이었다. 점괘가 해석되고 기도가 행해지고 희생 의식으로 인한 난장판이 치워지는 동안 원로원 의원들은 앉은 채 들썩이고 꼼지락댔다. 그리고 마침내 원로원이 일을 시작했을 때, 호민관 한 사람의 연설보다 앞 순서의 일들은 모두 극도로 빠르게 처리되었다.

때가 되었다. 드루수스는 집정관과 법무관, 조영관 들이 앉아 있는 단상 아래 호민관용 벤치에서 일어나 그가 늘 서는 자리, 커다란 청동 문 옆으로 걸어갔다. 문은 언제나처럼 드루수스의 요청에 따라 닫혀 있었다.

"존경하는 로마의 아버지들, 로마 원로원 의원 여러분," 드루수스는 부드럽게 시작했다. "몇 달 전 저는 이 의사당에서 우리 가운데의 커다란 악에 대해 말했습니다. 공유지라는 악이었지요. 오늘 저는 공유지보다 훨씬 더 큰 악에 대해 말씀드리고자 합니다. 타파하지 않으면 우리를, 로마를 파멸시킬 악입니다.

물론, 이 반도에서 우리와 함께 살아가고 있는 사람들 이야기입니다. 우리가 이탈리아인이라고 부르는 사람들 말입니다."

파도 같은 소리가 회의장 양쪽의 흰 줄들을 휩쓸었다. 사람의 목소리라기보다는 나무속에서 불어오는 바람, 혹은 멀리서 몰려오는 말벌 떼 같았다. 드루수스는 그 소리의 의미를 이해했지만 개의치 않고 말을 이었다.

"우리는 그들을, 이 수천수만 명의 사람들을 삼등 시민으로 취급합니다! 네, 그렇습니다! 일등 시민은 로마인, 이등 시민은 라티움 시민권자, 삼등 시민은 이탈리아인이지요. 이탈리아인은 우리 로마의 의회에 참여할 권리가 전무한, 무가치한 사람입니다. 세금을 내고, 태형을 받고, 벌금을 물고, 추방과 약탈, 착취를 당하는 사람입니다. 그의 아들도,

여자들도, 재산마저도 우리로부터 안전하지 않은 사람입니다. 로마의 전쟁에 나가 싸우고, 로마에 기증하는 군대에 몸소 자금을 대면서도 군대의 지휘관은 로마인이라는 조건에 동의해야 하는 사람입니다. 만일 우리가 약속을 이행했더라면, 그가 사는 곳에 로마 및 라티움 거류지가 있다는 사실을 견뎌낼 필요가 없었을 사람입니다. 우리는 이탈리아 동맹시민들에게 군대와 세금을 제공받는 대가로 완전한 자치권을 약속해놓고는 그들의 땅에 거류지를 설치하여 그들을 농락했고, 그렇게 그들의 가장 좋은 땅을 빼앗는 것은 당연시하면서 그들에게 우리의 땅을 주는 것은 미루고 있습니다."

소리는 점점 커지고 있었지만, 아직 드루수스가 무슨 말을 하려는지 확실하지 않았다. 폭풍우가 다가오고 있었다. 벌떼가 다가오고 있었다. 드루수스는 입이 말라 말을 멈추고 최대한 자연스럽게 입술을 핥고 침을 삼켜야 했다. 절대로 초조함을 드러내면 안 되었다. 그는 초조함을 억눌렀다.

"우리 로마에는 왕이 없습니다. 그런데 이탈리아 내에서 우리는 모두, 마지막 한 사람까지 왕처럼 행동합니다. 왜냐하면 우리는 그렇게 하면서 느끼는 기분을 좋아하고, 우리보다 열등한 사람들이 우리의 높은 콧대 밑에서 기어다니는 모습을 보는 걸 좋아하기 때문입니다. 우리는 왕 놀이를 하는 것을 좋아합니다! 이탈리아 사람들이 정말로 우리보다 열등하다고 하려면 무슨 평계라도 있어야 합니다. 하지만 사실 이탈리아인들이 우리보다 열등하다는 그 어떤 자연적인 근거도 없습니다. 그들에게는 우리와 같은 피가 흐르고 있습니다. 그러니 이 의사당의 누군가가 의사당의 다른 누군가를 '이탈리아인의 피'를 들먹이며 비방하지 않습니까? 저는 위대하고 영예로운 가이우스 마리우스를 이탈리아인이라고 부르는 소리를 들었습니다. 하지만 그는 게르만족을 물리쳤습니다! 저는 고귀한 루키우스 칼푸르니우스 피소를 인수브레스족이라고 부르는 소리를 들었습니다. 하지만 그의 부친은 부르디갈라에서 용맹하게 전사했습니다! 저는 위대한 마르쿠스 안토니우스 오라토르가 이탈리아인의 딸을 두번째 부인으로 들였다고 비난하는 소리를 들었습니다. 하지만 그는 해적을 소탕했고 감찰관을 지낸바 있습니다!"

"물론 그는 감찰관을 지냈소." 필리푸스가 말했다. "감찰관으로 있는 동안 이탈리아인 수천수만 명이 로마 시민으로 등록하게 용인했지!"

"루키우스 마르키우스, 내가 그들과 공모했다는 뜻이오?" 안토니우스 오라토르가 험악한 목소리로 물었다.

"그렇소, 마르쿠스 안토니우스!"

안토니우스 오라토르는 크고 건장한 몸을 벌떡 일으키고 소리쳤다. "필리푸스, 밖으로 나가서 한번 더 말해보시지!"

"질서를 지키십시오! 마르쿠스 리비우스가 발언중입니다!" 귀에 들릴 정도로 씨근덕거리며 숨을 쉬기 시작한 섹스투스 카이사르가 말했다. "루키우스 마르키우스와 마르쿠스 안토니우스, 여러분은 둘 다 질서를 어지럽히고 있습니다! 조용히 자리에 앉으십시오!"

드루수스는 연설을 재개했다. "반복합니다. 이탈리아인들에게는 우리와 같은 피가 흐르고 있습니다. 그들은 이탈리아 반도 안팎에서 우리가 거둔 성공에 만만치 않은 공헌을 했습니다. 그들은 만만치 않은 군인들이자 만만치 않은 농부들, 만만치 않은 사업가들입니다. 그들에겐 재산이 있습니다. 그들의 귀족은 우리의 귀족만큼 오래되었으며, 그들의 지도자들은 우리의 지도자들만큼 교육을 받았고, 그들의 여인들은 우리의 여인들만큼 세련되고 교양이 있습니다. 그들은 우리와 똑같은 집에 삽니다. 그들은 우리와 똑같은 음식을 먹습니다. 이탈리아의 포도주 애호가들은 로마의 포도주 애호가들만큼이나 많습니다. 그들은 우리와 비슷하게 생겼습니다."

"헛소리!" 카툴루스 카이사르가 조롱하듯 외치고는 피케눔 출신의 나이우스 폼페이우스 스트라보를 가리켰다. "저자가 보이시오? 들창코에 머리카락은 모래색이오! 로마인의 머리카락은 빨갛거나 노랗거나 희지 모래색이 아니오! 그는 로마인이 아니라 갈리아인이오! 내 마음대로 할 수 있다면, 저자를 비롯하여 우리가 사랑하는 원로원 의사당의 음지에서 자라고 있는 모든 비로마인 벼락출세자들을 뿌리째 뽑아서 밖으로 던져버릴 거요! 가이우스 마리우스, 루키우스 칼푸르니우스 피소, 퀸투스 바리우스, 신분에 걸맞지 않은 혼인을 한 마르쿠스 안토니우스, 지푸라기를 이에 물고 피케눔에서 내려온 모든 폼페이우스들, 캄파니아에서 온 모든 디디우스들, 캄파니아에서 온 모든 페디우스들, 모든 사우페이우스와 라비에누스와 아풀레이우스들, 전부 다 사라져야 하오!"

대소동이 벌어졌다. 카툴루스 카이사르에게 직접적이거나 간접적으로 지목당하여 모욕당한 사람들은 의원들 중 3분의 1은 족히 되었다. 하지만 나머지 3분의 2는 흐뭇한 기분으로 앉아 있었다. 카툴루스 카이사르가 그들에게 자기네의 우월함을 상기시켜주었기 때문이다. 카이피오만은 마냥 웃을 수 없었다. 카툴루스 카이사르가 퀸투스 바리우스를 지목했기 때문이었다.

"저는 끝까지 연설할 것입니다!" 드루수스가 소리쳤다. "여러분을 밤이 될 때까지 여기에 앉혀둬서라도 끝까지 연설할 것입니다!"

"난 안 듣겠소!" 필리푸스가 고함을 질렀다.

"나도!" 카이피오가 새된 소리로 외쳤다.

"마르쿠스 리비우스가 발언중입니다! 그의 연설을 듣지 않으려는 자들은 퇴장시키겠습니다!" 섹스투스 카이사르가 외쳤다. "서기, 나가서 내 릭토르단을 데려오게."

서기장은 허둥지둥 밖으로 나가더니 흰 토가를 입고 파스케스를 어깨에 걸친 릭토르들을 데리고 들어왔다.

"여기 고관석 뒤에 서 있게." 섹스투스 카이사르가 큰 소리로 말했다. "오늘 회의가 무질서해서, 몇 사람을 퇴장시켜달라고 부탁할 수도 있네." 그는 드루수스에게 고개를 끄덕여 보였다. "계속하십시오."

"저는 아르누스 강에서 레기움까지, 루비콘 강에서 베레이움까지, 티레니아 해에서 아드리아 해까지 모든 사람들에게 완전한 로마 시민권을 주는 법안을 평민회에 상정하려고 합니다!" 드루수스는 말했다. 그는 이제 자신의 말이 들리게 하려면 고함을 질러야 했다. "이제는 우리에게서 이 무서운 악을 없애야 할 때입니다! 이 악이란 이탈리아에 있는 어떤 사람이 다른 사람보다 더 낫다고 간주되는 것, 우리 로마인들을 계속해서 특권층으로 남겨두는 것입니다! 원로원 의원 여러분, 로마는 이탈리아입니다! 그리고 이탈리아는 로마입니다! 이제는 이 사실을 인정하고 이탈리아의 모든 사람들에게 동등한 자격을 줍시다!"

회의장은 광기에 휩싸였고 사람들은 소리쳤다. "안 돼, 안 돼, 안 돼!" 그들은 발로 땅을 쿵쿵 쳤고 분노에 찬 고함을 질렀으며 야유를 퍼부었다. 의자들이 날아와 드루수스 가까이의 바닥에 떨어져 박살이 났다. 양쪽에서 모든 층의 사람들이 드루수스를 향해 주먹을 휘둘렀다.

하지만 드루수스는 움직이지도 기죽지도 않고 서 있었다. "저는 그렇게 할 것입니다!" 그는 크게 소리쳤다. "저는, 그렇게, 할, 것입니다!"

"그전에 내 시체를 넘어가야 할 걸!" 카이피오가 단상에서 포효했다.

그제야 드루수스는 움직였다. 그는 카이피오를 향해 고개를 홱 돌렸다. "필요하다면 네 시체를 넘어갈 거다, 이 뚱보 백치야! 한 번이라도 이탈리아인들이 어떤 사람들인지 알기 위해 그들과 대화를 하거나 교제한 적이 있나?" 드루수스는 분노로 떨며 고함을 쳤다.

"네 집에서 그랬지, 드루수스, 네 집에서! 반란을 얘기하던 것들! 더러운 이탈리아인들의 소굴! 실로와 무틸루스, 에그나티우스, 비다킬리우스, 람포니우스, 두로니우스!"

"내 집에서 반란 얘기를 한 적은 한 번도 없어!"

카이피오는 안색이 자줏빛이 된 채 일어섰다. "넌 반역자야, 드루수스! 네 가문의 오점이자 아름다운 로마의 얼굴에 난 궤양이야! 이번 일로 너를 고소할 테다!"

"아니, 내가 널 고소할 거다, 이 고름 덩어리야! 톨로사에서 온 그 많은 황금은 어떻게 했지, 카이피오? 네 사업이 얼마나 규모가 크고 번창하고 있는지, 원로원 의원이 하기에 얼마나 부적절한 사업인지 이 의사당에서 말해보시지!" 드루수스가 소리쳤다.

"저자를 가만 놔둘 겁니까?" 카이피오가 두 손을 애원하듯이 앞으로 내밀고 회의장을 둘러보며 고함을 질렀다. "저자는 반역잡니다! 독사라고요!"

그러는 내내 섹스투스 카이사르와 원로원 최고참 의원 스카우루스는 질서를 지키라고 고함을 지르고 있었다. 결국 섹스투스 카이사르는 포기했다. 그는 릭토르단을 향해 손가락으로 딱 소리를 낸 다음, 토가를 고쳐 입고 뒤쪽에서 릭토르단의 경호를 받으며 앞만 보면서 회의장을 빠져나갔다. 법무관들 가운데 몇 명은 그의 뒤를 따라갔지만, 폼페이우스 루푸스는 단상에서 카툴루스 카이사르가 있는 쪽으로 뛰어내렸다. 바로 그때 폼페이우스 스트라보도 회의장 저쪽에서 카툴루스를 향해 오고 있었다. 두 사람 다 살기등등했다. 그러나 두 명의 폼페이우스가 조롱하듯 오만한 태도의 카툴루스 카이사르의 몸에 손을 대기 전에 마리우스가 끼어들었다. 마리우스는 늙은 머리를 세차게 흔들며 폼페이우스 스트라보의 양 팔목을 잡아 밑으로 내렸고, 크라수스 오라토르는 격노한 폼페이우스 루푸스를 저지했다. 두 폼페이우스는 회의장에서 질질 끌려나갔고, 마리우스는 드루수스를 데리고 밖으로 나갔다. 안토니우스 오라토르가 도와주었다. 카툴루스 카이사르는 자신의 의자 뒤에서 웃음을 지으며 서 있었다.

"청중이 그다지 잘 받아들이지 못했습니다." 드루수스가 여러 차례 숨을 깊게 들이마시며 말했다.

일행은 피난처를 찾아 민회장 바닥으로 가서 마음을 가라앉혔다. 잠시 후 성난 동지들 몇 명이 분통을 터트리며 그들과 합류했다.

"카툴루스 카이사르, 감히 우리 폼페이우스 가문을 모욕하다니!" 폼페이우스 스트라보가 큰 소리로 말했다. 그는 먼 친척인 폼페이우스 루푸스를 폭풍이 몰아치는 바다에서 돛대를 잡듯이 꽉 잡고 있었다. "나한테 그자의 머리카락 색깔을 물어본다면 모래색이라고 하겠네!"

"조용히들 하게!" 마리우스가 말했다. 그는 눈으로 술라를 찾아보았지만 허사였다. 지금까지 술라는 드루수스의 가장 열렬한 지지자였고 드루수스가 연설하는 회의에는 한 번도 빠짐없이 참석했었는데. 술라는 지금 어디에 있을까? 오늘 일 때문에 흥미를 잃어버린 걸까? 혹시 카툴루스 카이사르에게 굽실거리고 있는 걸까? 상식적으로 생각할 때 그럴 것 같지는 않았지만, 천하의 마리우스도 원로원에서 아까 같은 난리가 일어날 줄은 예측하지 못했었다. 원로원 최고참 의원 스카우루스는 또 어디에 있는 거지?

"방탕하고 배은망덕한 필리푸스, 감히 내가 인구조사를 조작했다고 하다니!" 안 그래도 불그레한 얼굴이 더 붉어진 안토니우스 오라토르가 말했다. "내가 밖에 나가서 다시 한번 말해보라고 했더니 얼른 물러서더군, 벌레 같은 놈!"

"마르쿠스 안토니우스, 그자는 당신을 비방하면서 나도 비방했소!" 평소에는 무기력한 루키우스 발레리우스 플라쿠스가 흥분해서 말했다. "그는 대가를 치를 것이오, 맹세컨대 그럴 거요!"

"청중이 그다지 잘 받아들이지 못했습니다." 드루수스가 말했다. 그는 아까부터 하던 생각에서 벗어나지 못하고 있었다.

"잘 받아들일 거라고 기대하지도 않았잖나, 마르쿠스 리비우스." 일행의 뒤쪽에서 스카우루스의 목소리가 들렸다.

"아직도 저를 지지하십니까, 최고참 의원님?" 드루수스가 무리의 한가운데로 밀치고 들어오는 스카우루스에게 물었다.

"그럼, 그럼!" 스카우루스가 두 손을 펄럭거리며 소리쳤다. "나는 이제 우리가 합리적인 일을 할 때라는 데 동의하네, 전쟁을 피할 수만 있다면 그래야지." 스카우루스가 말했다. "불행히도 대부분의 사람들은, 이탈리아인은 절대 로마에 대항해 전쟁을 일으킬 수 없다고 생각한다네."

"그들은 자기들이 틀렸다는 걸 알게 될 겁니다." 드루수스가 말했다.

"그럴 걸세." 마리우스가 말했다. 그는 또 주위를 둘러보았다. "루키우스 코르넬리우스 술라는 어디 간 거지?"

"혼자서 가버렸소." 스카우루스가 말했다.

"반대파에 붙은 것 아니오?"

"아니요, 혼자서 그냥 가버리더군." 스카우루스가 한숨을 쉬며 말했다. "참 안됐소. 그 가련한 어린 아들이 죽은 뒤로 그는 어떤 일에도 그다지 흥미를 못 느끼는 것 같소."

"그렇더군요." 마리우스가 안심하여 말했다. "하지만 오늘의 소동 때문에 그가 다시 의욕을 좀 보일지도 모른다고 생각했소."

"아니, 시간만이 약일 거요." 스카우루스가 말했다. 그는 여러 면에서 술라보다 더 고통스럽게 아들을 떠나보낸 적이 있었다.

"이제 어떻게 할 건가, 마르쿠스 리비우스?" 마리우스가 물었다.

"평민회로 갈 겁니다." 드루수스가 대답했다. "사흘 뒤에 집회를 소집할 거예요."

"거기선 훨씬 더 거센 반대에 부딪힐 거요." 크라수스 오라토르가 말했다.

"상관없습니다." 드루수스가 단호하게 말했다. "저는 이 법을 통과시키겠다고 맹세했습니다. 반드시 통과시킬 겁니다!"

"그동안, 마르쿠스 리비우스," 스카우루스가 달래듯이 말했다. "우리는 원로원에서 물밑 작업을 계속하겠네."

"적어도 카툴루스 카이사르가 모욕한 사람들은 설득하기가 좀 편하시겠군요." 드루수스가 희미하게 웃음을 지으며 말했다.

"유감스럽게도 그들 대다수는 가장 완고하게 반대할 거요." 폼페이우스 루푸스가 씩 웃으며 말했다. "그들은 이제껏 이탈리아인 숙모와 사촌들이 하나도 없는 것처럼 굴면서 살았는데, 시민권이 확대되면 그 친척들에게 다시 말을 걸어야 할 테니까 말이오."

"그렇게 모욕을 당해놓고도 괜찮은가 보구먼!" 확실히 괜찮지 않아 보이는 폼페이우스 스트라보가 쏘아붙였다.

"아니, 전혀 괜찮지 않네." 폼페이우스 루푸스가 여전히 웃으면서 대답했다. "그저 나를 모욕한 놈들한테 퍼붓기 위해 잠시 화를 눌러놓는 거지. 여기 계신 좋은 분들께 화풀이를 하는 건 무의미하니까."

드루수스는 9월 4일에 집회를 소집했다. 평민들은 열성적으로 모여들었다. 그들은 자극적인 회의를 기대하면서도, 위험할 거라고 생각하지는 않았다. 드루수스가 회의를 주재하는 한 폭력 사태는 없을 터였다. 그러나 드루수스가 개회사를 하자마자 필리푸스가 릭토르단의 호위를 받으며 젊은 기사들과 원로원 의원 자제들을 대거 이끌고 나타났다.

"이 모임은 불법이오! 따라서 해산할 것을 요구하오!" 필리푸스가 릭토르단을 앞세우고 군중을 밀어제치고 나아가며 소리쳤다. "다들 비키시오! 해산을 명하오!"

"집정관께는 합법적으로 소집한 평민회를 해산할 권한이 없습니다." 드루수스가 당황한 기색 없이 차분하게 말했다. "가서 본인의 업무나 보시지요, 차석 집정관."

"나도 평민이니 여기 있을 권리가 있소." 필리푸스가 말했다.

드루수스는 상냥하게 웃음을 지었다. "그렇다면, 루키우스 마르키우스, 집정관이 아니라 평민으로서 점잖게 처신하시오! 거기 서서 다른 평민들과 함께 들으시오."

"이 회의는 불법이오!" 필리푸스가 고집을 부렸다.

"징조들도 상서롭다고 나왔고, 나는 이 집회를 소집함에 있어 법을 엄격하게 준수했소. 그러니 당신은 지금 귀중한 집회 시간을 낭비하고 있을 뿐이오." 드루수스가 말하자 청중은 큰 소리로 환호했다. 개중에는 드루수스가 하고자 하는 말에 반대하러 온 청중도 있었겠지만, 그들도 필리푸스의 간섭에는 화가 났던 것이다.

청중의 환호를 기점으로, 필리푸스를 둘러싸고 있던 청년들이 군중을 밀어대면서 집으로 돌아가라고 명령했다. 그들은 토가 자락에서 곤봉까지 꺼내들었다.

곤봉을 보자마자 드루수스는 결정을 내렸다. "집회를 종결합니다!" 그는 로스트라 연단에서 외쳤다. "그 누구도 질서를 지켜야 할 회의를 난장판으로 만들어서는 안 되오!"

하지만 드루수스를 제외한 사람들은 모두 그 말이 마음에 들지 않았다. 몇 사람이 밀치락달치락하기 시작하자 누군가 곤봉을 휘둘렀고, 결국 드루수스는 연단에서 뛰어내려가 폭력이 일어나지 않도록 하고 모두 평화롭게 집으로 돌아가라고 설득했다.

그때 마리우스의 이탈리아인 피호민 한 명이 몹시 실망한 나머지 머리끝까지 화가 났다. 누가—차석 집정관의 심드렁한 릭토르들을 포함하여—미처 말리기도 전에, 그 이탈리아인은 곧장 필리푸스에게로 가서 그의 코를 후려치고는 사라졌다. 어찌나 빨리 사라졌는지 아무도 무슨 일이 일어났는지 눈치채지 못했다. 필리푸스는 보랏빛 코에서 눈처럼 흰 토가를 온통 적실만큼 분수처럼 솟구쳐나오는 피를 막으려고 애면글면했다.

"꼴좋군." 드루수스는 이렇게 말한 다음 싱긋 웃으며 그곳을 떠났다.

"잘했네, 마르쿠스 리비우스." 원로원 계단에서 지켜보고 있었던 원로원 최고참 의원 스카우루스가 말했다. "이제 어쩔 셈인가?"

"원로원으로 돌아갈 겁니다." 드루수스가 대답했다.

9월 7일에 원로원 의사당으로 돌아간 드루수스는 지난번보다 호의
적인 반응에 매우 놀랐다. 전직 집정관 동지들이 벌인 로비활동이 효과
를 톡톡히 본 것이었다.

"로마 원로원과 인민이 반드시 깨달아야 하는 것은," 드루수스는 크
고 단호하며 지극히 진지한 목소리로 말했다. "우리가 끝까지 이탈리아
인들에게 시민권을 주지 않는다면 전쟁이 일어날 거라는 사실입니다.
믿어주십시오, 저는 지금 이렇다 할 근거 없이 이런 말을 하는 것이 아
닙니다! 그리고 이탈리아인들이 만만찮은 적이 될 수 있다는 생각을
비웃으려는 분이 있다면, 그들이 400년 동안 우리와 함께 전쟁에 참여
했고 때로는 우리를 상대로 전쟁을 했다는 사실을 떠올려보시기 바랍
니다. 그들은 우리가 전쟁에서 어떤지 압니다. 그들은 우리가 전쟁을
하는 방식을 알며, 우리와 똑같은 방식으로 전쟁을 합니다. 과거 로마
는 하나 또는 두 개의 이탈리아 동맹시와 싸우다가 파멸 직전까지 가
기도 했습니다. 여기 계신 분들 중에 카우디움 협곡을 잊으신 분이 있
습니까? 그곳에서의 일은 로마가 단 한 개의 이탈리아 동맹시, 삼니움
에게 당한 참사입니다. 아라우시오 전투 이전까지 로마가 당한 최악의
참패들은 모두 삼니움족과 관련이 있습니다. 그러니 만약 지금 이탈리
아의 여러 동맹시들이 연대하여 우리와 전쟁을 하기로 결정한다면, 저
는 제 자신에게—그리고 여러분 모두에게!—이렇게 물을 수밖에 없
습니다. 과연 로마가 그들을 이길 수 있을까요?"

술렁임의 파도가, 드루수스가 서 있는 회의장 바닥 양쪽의 흰 줄들
을 깃털 같은 나무들 사이로 지나가는 바람처럼 관통했다. 바람 같은

한숨 소리와 함께.

"오늘 여기 앉아 계신 여러분 가운데 대다수는 전쟁은 절대 일어날 수 없다고 믿으신다는 걸 압니다. 두 가지 이유 때문이겠지요. 첫째, 여러분은 이탈리아 동맹시들이 연합하여 공동의 적에 대항할 만큼 공통점이 많진 않다고 생각합니다. 둘째, 여러분은 이탈리아 반도에서 전쟁 준비가 되어 있는 곳은 로마뿐이라고 생각합니다. 심지어 저를 적극적으로 지지하는 분들 중에서도 이탈리아 동맹시들이 전쟁 준비가 되어 있다는 걸 믿지 못하는 분들이 있습니다. 솔직히 말씀드리면, 저를 적극적으로 지지하는 분들 중에 이탈리아가 전쟁을 할 준비가 되어 있다고 믿는 분은 없다고 해도 틀린 말이 아닐 겁니다. 그분들은 묻습니다. 무기와 갑옷이 어디에 있소? 장비는 어디에 있고, 군인들은 어디에 있소? 그러면 저는 대답합니다, 있습니다! 준비된 상태로 대기하고 있습니다. 이탈리아는 준비가 되어 있습니다. 우리가 이탈리아에 시민권을 주지 않으면 이탈리아는 전쟁을 벌여 우리를 파멸시킬 것입니다."

드루수스는 말을 멈추고 두 팔을 앞으로 뻗었다. "원로원 의원 여러분, 물론 여러분께서는 로마와 이탈리아의 전쟁이 내전이라는 걸 아시겠지요? 형제간의 전쟁. 우리가 우리 것이라고 부르는 땅, 그리고 그들이 그들의 것이라고 부르는 땅 위에서의 전쟁 말입니다. 우리는 자손들에게 그들의 재산과 유산을 이곳에서 회의가 열릴 때마다 제가 듣는 박약한 근거들 때문에 파멸시켰다고 이야기하실 겁니까? 내전에는 승자가 없습니다. 전리품도 없습니다. 내다팔 노예들도 없지요. 제가 여러분께 부탁드리는 일에 대해, 부디 이번만큼은 그 어느 때보다 신중하고 공평하게 생각해주십시오! 이것은 감정적으로 대응할 문제가 아닙니다. 선입견을 갖거나 경솔하게 대응할 문제도 아닙니다. 저는 지금 진심으로, 제가 사랑하는 로마를 무시무시한 내전으로부터 구하려 애쓰고 있습니다."

이번에는 의원들도 귀를 기울였다. 드루수스는 희망을 품기 시작했다. 성난 표정으로 앉아서 이따금씩 낮은 목소리로 투덜거리던 필리푸스조차 말참견을 하지 않았다. 시끄럽고 악의에 찬 카이피오까지 잠자코 있었다. 물론 이것이 그들이 지난 엿새 동안 구상한 새로운 전략의 일환이 아니라면 말이지만. 혹은 카이피오가 가만히 있는 건 필리푸스처럼 거대하게 부풀어오르고 쓰라린 코를 원치 않아서일지도 몰랐다.

드루수스의 발언이 끝난 후, 원로원 최고참 의원 스카우루스부터 크라수스 오라토르, 안토니우스 오라토르, 스카이볼라까지 드루수스를 지지하는 연설을 했다. 의원들은 계속해서 경청했다.

그러나 마리우스가 연설을 하기 위해 일어섰을 때 평화는 깨졌다. 드루수스가 자신의 주장이 먹혀들고 있다고 생각한 바로 그 순간에. 나중에 드루수스는, 필리푸스와 카이피오가 그날 내내 계획대로 행동하고 있었다고 결론 내릴 수밖에 없었다.

필리푸스가 벌떡 일어섰다. "그만!" 그는 고관석 단상에서 뛰어내리면서 소리쳤다. "이제 그만하시오! 원로원 최고참 의원처럼 위대한 사람들의 사고와 원칙을 병들게 하다니 당신은 어떻게 된 사람이오? 저 이탈리아인 마리우스가 당신 편에 서는 건 어쩔 수 없다고 해도, 원로원의 수장을? 내 귀를 의심하겠군! 여러분은 오늘 우리 중 가장 존귀한 전직 집정관들 중 몇몇이 한 말이 믿어지시오?"

"당신 코나 의심하시오! 지금 당신 코에서 나는 냄새가 믿어지시오?" 안토니우스 오라토르가 조롱했다.

"시끄럽소, 이탈리아인의 정부 주제에!" 필리푸스가 소리를 질렀다.

"그 더러운 입 닥치고 이탈리아인을 밝히는 대가리나 집어넣으시지!"

이 마지막 말은 원로원에서 언급하기에 부적절한 남성의 신체부위를 가리키는 것이었으므로, 안토니우스 오라토르는 모욕을 듣자마자 자리를 박차고 일어섰다. 그러나 그가 필리푸스에게 달려들기 전에 안토니우스 오라토르의 양옆에 있던 마리우스와 크라수스 오라토르가 그를 붙잡았다.

"마저 말해야겠소!" 필리푸스가 고함을 쳤다. "정신 차리시오, 양떼처럼 겁 많은 양반들 같으니라고! 전쟁? 대체 어떻게 전쟁이 일어날 수 있단 말이오? 이탈리아인들은 무기도 없고 군사도 없소! 그들은 전쟁에 동원할 양떼도 없소. 당신들 같은 양떼조차 없단 말이오!"

섹스투스 카이사르와 원로원 최고참 의원 스카우루스는 필리푸스가 끼어든 이래 계속 목청 높여 질서를 지키라고 소리치고 있었다. 섹스투스 카이사르는 손짓으로 릭토르단을 불러 만일의 사태에 대비해 회의장 안에 있으라고 지시했다. 그러나 릭토르들이 회의장 바닥의 중앙에 선 필리푸스에게 다가가기도 전에, 필리푸스는 입고 있던 자주색 단을 댄 토가를 잡아 찢더니 스카우루스에게 집어던졌다.

"가지시오, 반역자 스카우루스! 가지시오, 당신들 전부 다! 나는 로마의 다른 정부를 찾아가겠소!"

"그리고 나는," 카이피오가 단상을 떠나며 외쳤다. "민회로 가서 파트리키와 평민을 막론한 모든 인민을 소집하겠소!"

원로원은 대혼란에 빠졌다. 뒷자리의 평의원들은 어쩔 줄 모른 채 우왕좌왕했고, 스카우루스와 섹스투스 카이사르는 질서를 지키라고 소리치고 또 소리쳤으며, 앞줄과 가운뎃줄의 의원들 대다수는 필리푸스와 카이피오를 따라 문밖으로 줄지어 나갔다.

포룸 로마눔의 낮은 구역은 원로원의 이번 회의 결과를 듣기 위해 기다리는 사람들로 가득했다. 카이피오는 곧장 로스트라 연단으로 가서, 모든 인민들은 트리부스별로 모이라고 소리쳤다. 그는 정식 절차라든가 원로원이 합법적으로 해산하기 전에는 어떤 민회도 소집될 수 없다는 사실 같은 건 개의치 않고, 자신을 따라 연단 위에 올라와 있는 드루수스를 강력하게 비난했다.

"이자, 이 반역자를 보시오!" 카이피오가 울부짖었다. "이자는 우리의 시민권을 이 반도에 사는 모든 더러운 이탈리아인들에게, 벼룩에 물리는 삼니움족 양치기들에게, 덜떨어진 피케눔의 시골뜨기들에게, 루카니아와 브루티움의 냄새나는 산적들에게 나눠주려고 동분서주하고 있소! 그리고 우리의 멍청한 원로원은 이 반역자가 마음대로 하게 내버려두려고 하오! 하지만 나는 그렇게 내버려두지 않을 것이오, 절대로!"

드루수스는 그를 따라 로스트라 연단 위에 올라온 동료 호민관 아홉 명을 쳐다보았다. 그들은 드루수스의 의견에 찬성하는지 여부와는 관계없이 파트리키인 카이피오가 주제넘게 행동하는 것에 기분이 상했다. 카이피오는 원로원이 해산되기도 전에 인민을 소집했고, 이는 가장 건방진 방식으로 호민관들의 영역을 침범한 것이었다. 미니키우스조차 화가 나 있었다.

"나는 이 광대극을 끝내야겠소." 드루수스가 강경하게 말했다. "모두 나와 함께하겠소?"

"우리는 당신과 함께하겠소." 드루수스와 같은 편인 사우페이우스가 말했다.

드루수스는 연단 앞쪽으로 나섰다. "이것은 불법적으로 소집된 회의요, 나는 이 회의가 진행되지 못하도록 거부권을 행사하는 바요!"

"내 회의에서 꺼져, 반역자야!" 카이피오가 소리쳤다.

드루수스는 카이피오의 말을 무시했다. "로마 인민 여러분, 집으로 돌아가십시오! 저는 이 불법 회의에 거부권을 행사합니다! 원로원은 아직 정식으로 해산되지 않았습니다!"

"반역자! 로마 인민 여러분, 여러분은 우리의 가장 소중한 소유물을 넘기려고 하는 사람의 명령을 들을 겁니까?" 카이피오가 날카로운 비명을 질렀다.

마침내 드루수스의 인내심이 바닥났다. "동료 호민관 여러분, 이 무지렁이를 체포하시오!" 그는 사우페이우스에게 몸짓을 하며 외쳤다.

남자들 아홉 명이 카이피오를 에워싸서 붙잡자, 카이피오의 저항은 손쉽게 진압되었다. 민회장 바닥에 서서 연단을 올려다보고 있던 필리푸스는 갑자기 다른 곳에서 급히 처리해야 할 일을 떠올리고 달아났다.

"참을 만큼 참았다, 퀸투스 세르빌리우스 카이피오!" 드루수스는 포룸 로마눔 낮은 구역 전체에 들릴 만큼 큰 목소리로 말했다. "넌 호민관인 나의 임무 수행을 방해했어! 경고는 이번 한 번뿐이니 조심해. 지금 당장 멈추지 않으면 타르페이아 바위에서 던져버릴 거다!"

민회장은 드루수스의 구역이었고, 카이피오는 드루수스의 눈을 보고 상황을 알아차렸다. 파트리키와 평민 간의 오랜 증오가 효과를 드러내고 있었다. 드루수스가 동료 호민관들에게 카이피오를 타르페이아 바위에서 던져버리라고 명령하면 그들은 정말로 그렇게 할 터였다.

"아직은 네가 이긴 게 아니야!" 카이피오는 자기를 붙잡고 있던 손들을 떨쳐내며 말하더니, 사라진 필리푸스를 쫓아서 뛰어가버렸다.

"필리푸스는," 드루수스는 카이피오의 꼴사나운 퇴장을 지켜보며 사우페이우스에게 말했다. "자기 집 객식구한테 아직 질리지 않은 모양이오?"

"난 저 둘 다한테 질렸소." 사우페이우스가 말하고는 한숨을 쉬었다. "마르쿠스 리비우스, 오늘 원로원 회의가 계속 진행되었다면 당신의 주장이 받아들여졌으리란 걸 알고 있지요?"

"물론이오. 왜 필리푸스가 갑자기 그렇게 미친듯이 성질을 부렸겠소? 그자의 연기는 어찌나 어색하던지!" 드루수스가 말하고는 웃었다. "토가를 집어던지다니! 다음번엔 뭘 하려나."

"실망하지 않았소?"

"죽도록 실망했소. 하지만 나를 막을 수는 없소. 내 숨이 붙어 있는 한."

원로원은 공식적으로 휴일인, 따라서 민회가 소집될 수 없는 날인 이두스에 심의를 재개했다. 카이피오에게 원로원 회의를 중단할 구실을 주지 않기 위해서였다.

섹스투스 카이사르는 지쳐 보였고 온 회의장에 들릴 만큼 씨근덕거리며 숨을 쉬었지만, 회의 초반 의식이 모두 끝날 때까지 지켜본 후 일어나서 말했다.

"더이상 수치스러운 행위는 용인하지 않겠습니다." 그는 맑고 명료한 목소리로 말했다. "파행의 주 진원지가 고관석이라는 점은 특히나 부끄러운 일이라고 생각합니다. 루키우스 마르키우스와 퀸투스 세르빌리우스 카이피오, 직책에 걸맞게 처신을 똑바로 하십시오. 여러분은 둘 다 자신의 직책을 빛내기는커녕 그 품위를 떨어뜨리고 있습니다! 계속해서 불법적이고 모독적인 행위를 한다면 나는 파스케스를 베누스 리비티나 신전으로 보내고 백인조회 선거인단에게 사안을 넘길 것입니다." 섹스투스 카이사르는 필리푸스를 향해 고개를 끄덕였다. "발언하십시오, 루키우스 마르키우스. 하지만 조심하십시오! 나는 참을 만큼 참았습니다. 원로원 최고참 의원께서도 마찬가지고요."

"감사하다고는 못 하겠군요, 섹스투스 율리우스. 원로원 최고참 의원과, 애국자 행세를 하고 있는 다른 의원들께도 마찬가지고요." 필리푸스가 반항적으로 말했다. "로마의 애국자라는 사람이 어떻게 우리의 시민권을 넘겨주려고 할 수 있습니까? 사람은 말과 행동이 달라서는 안 됩니다! 로마 시민권은 로마인의 것입니다. 로마 시민권은 가문이나 혈통, 법문서로 부여받은 권리가 없는 사람에게는 절대로 주어져서는 안 됩니다. 우리는 퀴리누스의 후예지만 이탈리아인들은 그렇지 않습니다. 제가 하고 싶은 말은 이게 답니다, 수석 집정관님. 더이상 할말 없습니다."

"더 해야 할 말은 훨씬 더 많습니다!" 드루수스가 반박했다. "우리가 퀴리누스의 후예라는 것은 논란의 여지가 없습니다. 하지만 퀴리누스는 로마의 신이 아닙니다! 사비니족의 신이지요. 그래서 이 신이 과거 사비니족의 도시가 있던 퀴리날리스 언덕에 사는 거고요. 다시 말해, 루키우스 마르키우스, 퀴리누스는 이탈리아의 신입니다! 로물루스가 퀴리누스를 우리의 일원으로 삼았고, 로물루스가 퀴리누스를 로마의 신으로 만들었습니다. 하지만 퀴리누스는 이탈리아인들의 신이기도 합니다. 그러니 이탈리아를 더 강하게 만드는 일이 어찌 로마를 배신하는 것이겠습니까? 왜냐하면 그것이야말로 우리가 모든 이탈리아인들에게 시민권을 부여하면 하게 되는 일이니까요. 로마는 이탈리아가 될 것이고 강력해질 것입니다. 이탈리아는 로마가 될 것이고 강력해질 것입니다. 로물루스의 자손인 우리가 얻는 것은 영원히, 오직 우리만의 것이 될 겁니다. 그것은 결코 다른 누군가의 것이 될 수 없습니다. 하지만 로물루스가 우리에게 준 것은 시민권이 아닙니다! 우리는 그것을 이미 로물루스의 후예라고, 로마 토박이라고 주장할 수 없는 다수의 사람들에게 주었습니다. 로마인다움이 문제라면, 어째서 퀸투스 바리우스 세베루스 히브리다 수크로넨시스가 이 신성한 집단에 앉아 있는 것입니까? 퀸투스 세르빌리우스 카이피오, 당신과 루키우스 마르키우스가 이 의사당의 특정 구성원들의 로마인다움에 이의를 제기하려고 할 때마다 당신은 그의 이름을 언급하길 꺼렸습니다! 하지만 퀸투스 바리우스는 진정한 로마인이 아닙니다! 그는 이십대가 되기 전까지는 이 도시를 본 적도 없고 통상적인 의회에서 라틴어로 말해본 적도 없습니다! 하지만 그는 퀴리누스의 은총으로 이곳 로마 원로원에 앉아 있습니다. 사고방식이나 연설, 외모에 있어 어떤 이탈리아인보다도 훨씬 더 로마인답지 않은 사람인데도 말입니다! 만일 우리가 루키우스 마르키우스 필리푸스가 원하는 대로 하려면, 그리하여 로마 시민권을 가문이나 혈통, 법문서로 주장할 수 있는 사람들에게만 준다면, 이 의사당과 로마를 가장 먼저 떠나야 할 사람은 퀸투스 바리우스 세베루스 히브리다가 될 것입니다! 그는 외국인입니다!"

물론 이 말을 들은 바리우스는 발언권이 없는 평의원임에도 불구하고 일어나서 욕을 했다.

섹스투스 카이사르는 있는 힘을 다해 숨을 들이마신 후 질서를 지키라고 호통을 쳤다. 그 소리가 어찌나 컸던지 질서가 회복되었다. "원로원의 수장이신 마르쿠스 아이밀리우스, 하실 말씀이 있는 것 같군요. 발언하십시오."

스카우루스는 성이 났다. "나는 이 원로원이 투계장으로 전락하는 걸 좌시하지 않겠소! 길거리의 토사물을 치우는 데도 못 쓸 고관들 때문에 우리의 명예가 실추되고 있기 때문이오! 또한 이 신성한 집단에 앉아 있는 그 어떤 사람의 권리에 대해서도 언급하지 않겠소! 내가 하고 싶은 말은 이 원로원이 살아남으려면—그리고 로마가 살아남으려면—오늘 이곳에 앉아 있는 특정 인사들에게 우리가 그랬던 것처럼, 로마 시민권 문제에 있어 이탈리아인들에게 진보적으로 대해야만 한다는 것뿐이오."

그러나 필리푸스가 일어섰다. "섹스투스 율리우스, 집정관께서는 원로원 수장의 발언을 허락하면서, 내가 말하고 싶어한다는 사실은 인정하지 않으셨소. 나는 집정관이므로 먼저 발언할 권리가 있소."

섹스투스 카이사르는 눈을 깜박거렸다. "발언이 끝난 줄 알았소, 루키우스 마르키우스. 하실 말씀이 남으셨소?"

"그렇소."

"그렇다면, 무슨 말씀을 하시든 간에, 이제 마무리를 지어주시겠소? 원로원 최고참 의원님, 차석 집정관의 발언이 끝날 때까지 기다려주시겠습니까?"

"그리하겠소." 스카우루스는 사근사근하게 대답한 다음 자리에 앉았다.

"제안합니다." 필리푸스는 진지하게 말했다. "원로원은 마르쿠스 리비우스 드루수스가 만든 모든 법을 서판에서 지워야 합니다. 그 법들 중에 합법적으로 통과된 것은 없기 때문입니다."

"말도 안 되는 소리!" 스카우루스가 분개하여 말했다. "원로원 역사상 그 어떤 호민관도 마르쿠스 리비우스 드루수스만큼 입법 절차에 신중을 기한 사람은 없소!"

"하지만 그의 법들은 효력이 없습니다." 필리푸스가 말했다. 그는 코가 많이 욱신거리는지 숨을 헐떡이며, 얼굴 한가운데 붙은 볼품없는 덩어리의 언저리를 손가락으로 만지작거리기 시작했다. "신들께서 불쾌함을 표하셨기 때문입니다."

"저의 모든 회의는 신들의 승인도 받았습니다." 드루수스가 단호하게 말했다.

"당신의 회의들은 신성을 모독했소, 지난 열 달간 이탈리아 전역의 사건들이 분명하게 증명하고 있듯이 말이오." 필리푸스가 말했다. "온 이탈리아는 신성한 분노의 표출로 갈가리 찢겼소!"

"오, 그렇소, 루키우스 마르키우스! 이탈리아는 늘 신성한 분노의 표출로 갈가리 찢긴다오." 스카우루스가 지친 듯이 말했다.

"올해처럼은 아니지요!" 필리푸스가 숨을 들이쉬었다. "나는 오늘 원로원이 마르쿠스 리비우스 드루수스의 법들을 폐기하라고 트리부스회에 권고해야 한다고 주장합니다. 신들께서 불쾌함을 극명하게 표하셨기 때문입니다. 그리고 섹스투스 율리우스, 나는 지금 당장 표결을 실시하겠소."

스카우루스와 마리우스는 얼굴을 찌푸렸다. 뭔가가 숨겨져 있는데 그것이 무엇인지 알 수 없었기 때문이다. 필리푸스가 패배할 것은 분명했다. 그런데 어째서 그토록 짧고 별 볼 일 없는 연설 후 표결을 실시하겠다는 걸까?

표결은 진행되었다. 필리푸스는 큰 차이로 패배했다. 그러자 그는 평정을 잃고 침이 튀도록 소리를 지르고 폭언을 했다. 단상 위에서 필리푸스 근처에 있던 수도 담당 법무관 폼페이우스 루푸스는 쏟아지는 침을 피하기 위해 여봐란 듯이 토가를 머리 위로 뒤집어썼다.

"탐욕스럽고 배은망덕한 놈들! 무지막지한 멍청이들! 양떼들! 벌레들! 쓰레기! 푸줏간 찌꺼기! 구더기들! 남색가들! 거시기나 빨 놈들! 어린 계집애를 강간할 놈들! 썩은 살덩이들! 탐욕의 소용돌이!" 이것은 필리푸스가 동료 의원들에게 퍼부은 말의 일부에 불과했다.

섹스투스 카이사르는 필리푸스가 실컷 비방하도록 내버려둔 후, 수석 릭토르에게 서까래가 울릴 때까지 파스케스 묶음으로 바닥을 치라고 시켰다.

"그만!" 섹스투스 카이사르는 소리쳤다. "그만하고 앉으십시오, 루키우스 마르키우스. 안 그러면 이 회의에서 퇴장시키겠습니다!"

필리푸스는 앉았다. 그의 가슴은 벌렁거렸고 코에서는 지푸라기 빛깔의 액체가 흘러나오기 시작했다. "신성모독이야!" 그는 으스스하게 내뱉더니 그다음부터는 조용히 앉아 있었다.

"무슨 꿍꿍이일까?" 스카우루스가 마리우스에게 속삭였다.

"모르겠소. 알았으면 좋겠는데!" 마리우스가 으르렁거렸다.

크라수스 오라토르가 일어섰다. "발언해도 되겠소, 섹스투스 율리우스?"

"발언하십시오, 루키우스 리키니우스."

"저는 이탈리아인들이나 우리의 소중한 로마 시민권, 마르쿠스 리비우스의 법들에 대해 이야기하고 싶지 않습니다." 크라수스 오라토르는 특유의 아름답고 감미로운 목소리로 말했다. "저는 집정관 직에 관해서 이야기하고자 하며, 우선 제가 목격한 일에 대해 말씀드릴 것입니다. 저는 이 의사당에 몸담은 이래 최근 며칠 동안 루키우스 마르키우스 필리푸스의 행위만큼 집정관 직을 남용하고 부끄럽게 만들고 격을 떨어뜨리는 행위를 본 적이 없습니다. 이 지상 최고의 자리에서 루키우스 마르키우스 필리푸스처럼 행동하는 사람은 계속 그 자리에 있으면 안됩니다! 그러나 유권자들이 관직에 앉힌 사람은 자신의 지성과 예의범절, 모스 마이오룸이 제공하는 여러 예시들 외에는 그 어떤 규칙에도 구애되지 않습니다.

로마의 집정관이 된다는 것은 신들보다 아주 조금 낮고 그 어떤 왕보다도 훨씬 높은 자리에 올라가는 것입니다. 집정관 직은 자유롭게 주어지며 위협이나 보복의 힘에 좌우되지 않습니다. 1년이라는 기간 동안 집정관은 가장 높은 사람입니다. 그의 임페리움은 모든 총독의 임페리움을 능가합니다. 집정관은 로마 군대의 최고사령관이며 로마 정부의 지도자이자 국고위원회의 수장입니다. 따라서 집정관은 로마 공화정이 의미하는 모든 것의 상징적인 인물입니다! 파트리키이든 신진 세력이든, 엄청나게 부유하든 상대적으로 가난하든 관계없이 그는 집정관입니다. 오직 한 사람만이 그와 대등한데, 바로 동료 집정관입니다. 이 두 사람의 이름은 집정관 명부에 새겨져 영원히 그곳에서 빛납니다.

저는 집정관을 지냈습니다. 아마 오늘 여기 계신 분들 중에 서른 명은 집정관을 지내셨을 것이고, 그중 일부는 감찰관까지 지내셨을 겁니다. 저는 그분들께 지금 기분이 어떠시냐고 묻고 싶습니다. 전직 집정관 여러분, 이달 초부터 루키우스 마르키우스 필리푸스의 말을 듣고 난 지금 기분이 어떠십니까? 저와 같은 기분이신가요? 더럽습니까? 수치스럽습니까? 모욕감이 드십니까? 운좋게도 세번째로 집정관이 된 저 사람이 비난받지 않고 넘어가는 게 옳다고 생각하십니까? 아니라고요? 다행이군요! 저도 같은 생각입니다, 전직 집정관 여러분!"

앞줄에 앉아 있던 크라수스 오라토르는 몸을 돌려 고관석 단상 위의 필리푸스를 무섭게 노려보았다. "루키우스 마르키우스 필리푸스, 당신은 이제껏 내가 본 최악의 집정관이오! 만일 내가 지금 섹스투스 율리우스의 자리에 앉아 있다면 그의 10분의 1만큼도 인내심을 발휘하지 않을 거요! 당신은 어떻게 감히 스스로 집정관이라 칭하면서 릭토르 열두 명을 호위대로 앞세우고 우리가 사랑하는 이 도시를 활보하고 다니는 거요? 당신은 집정관이 아니오! 집정관의 장화를 핥을 자격도 없소! 사실, 우리 지도자의 말을 빌리자면, 당신은 길거리의 토사물을 치우는 데도 못 쓰오! 당신은 이 집단의 신참들에게, 그리고 저 밖의 포룸 로마눔에 있는 자들에게 모범적인 행동을 보이기는커녕 허구한 날 로스트라 연단에서 지껄이는 최악의 선동 정치가처럼, 모든 포룸 로마눔 군중의 뒤에 서 있는 가장 입이 건 방해꾼처럼 굴고 있소! 당신은 어떻게 감히 관직을 이용해서 이 의사당의 구성원들에게 독설을 퍼붓는 거요? 어떻게 감히 다른 사람들이 불법적으로 행동했다는 식으로 말할 수 있는 거요?" 그는 손가락으로 필리푸스를 가리키고 숨을 들이마신 다음 포효했다. "나는 당신을 충분히 오래 견뎠소, 루키우스 마르키우스 필리푸스! 집정관답게 행동하든지, 집에 틀어박혀 있든지 하시오!"

크라수스 오라토르가 자기 자리로 돌아갈 때 의원들은 우레와 같은 박수갈채를 보냈다. 필리푸스는 아무에게도 자신의 얼굴이 보이지 않는 각도로 고개를 돌린 채 땅을 쳐다보며 앉아 있었고, 카이피오는 성난 표정으로 크라수스 오라토르를 노려보았다.

섹스투스 카이사르가 목을 가다듬었다. "루키우스 리키니우스, 저와 이 관직을 지낸 모든 분들께 집정관이 누구이고 무엇인지 상기시켜주셔서 감사합니다. 전직 집정관의 말씀을 루키우스 마르키우스도 저만큼 새겨들었기를 바랍니다. 그리고 지금 이 분위기에서 점잖게 처신할 수 있는 사람은 아무도 없는 것 같으므로 오늘 회의는 종결하겠습니다.

원로원은 여드레 후에 다시 소집될 것입니다. 지금은 로마 경기대회 기간이고, 저는 우리가 로마와 로물루스에게 경의를 표하기 위해 신랄하고 무례한 원로원 회의보다 더 나은 방법을 찾을 필요가 있다고 생각합니다. 휴일 잘 보내시고 경기대회를 즐기십시오, 원로원 의원 여러분."

원로원 최고참 의원 스카우루스와 드루수스, 크라수스 오라토르, 스카이볼라, 안토니우스 오라토르, 폼페이우스 루푸스는 마리우스의 집으로 가서 포도주를 마시며 그날의 일에 대해 이야기했다.

"오, 루키우스 리키니우스, 필리푸스를 멋지게 찌그러뜨렸네!" 스카우루스는 기분좋게 말하고는 목이 타는 듯 포도주를 벌컥벌컥 들이켰다.

"인상적이었소." 안토니우스 오라토르가 말했다.

"저도 감사드립니다, 루키우스 리키니우스." 드루수스가 싱긋 웃으며 말했다.

크라수스 오라토르는 이 모든 칭찬을 겸손하게 받아들이며 이렇게만 말했다. "네, 뭐, 그가 자초한 거지요, 멍청한 작자 같으니!"

로마는 여전히 더웠기 때문에 마리우스의 집에 들어서면서 그들은 모두 토가를 벗었고, 시원하고 상쾌한 공기를 찾아 정원으로 가서 축 늘어졌다.

"내가 알고 싶은 건 필리푸스의 꿍꿍이속이오." 마리우스가 주랑정원 연못의 갓돌에 앉아 말했다.

"나도 그렇소." 스카우루스가 말했다.

"그자한테 꿍꿍이랄 게 뭐가 있겠습니까?" 폼페이우스 루푸스가 물었다. "그는 무례한 무지렁이일 뿐입니다. 언제나 그랬듯이 말이죠."

"아니, 그의 지저분한 머릿속 깊숙한 곳에서 뭔가가 진행되고 있소." 마리우스가 말했다. "오늘 원로원에서 순간 그것이 뭔지 알아냈다고 생각했는데 금세 잊어버렸고, 이제는 기억이 나질 않소."

스카우루스가 한숨을 쉬었다. "가이우스 마리우스, 한 가지는 확실하오. 우리는 그게 뭔지 알게 될 게요! 아마도 다음 회의 때 말이오."

"흥미롭겠군요." 크라수스 오라토르가 말하고는 얼굴을 찌푸리며 왼쪽 어깨를 주물렀다. "아, 요즘 왜 이렇게 피곤하고 온몸이 쑤시는 걸까요? 오늘 연설을 그렇게 오래 한 것도 아닌데 말입니다. 물론 화가 났던 건 사실이지만요."

그날 밤 크라수스 오라토르는 자신의 연설로 인해 너무나 비싼 대가를 치렀다. 누가 미리 물었더라면 결코 그렇게 하진 않았을 것이다. 그의 아내, 조점관 스카이볼라의 작은딸 무키아는 새벽녘에 쌀쌀한 한기를 느끼며 잠에서 깼다. 온기를 찾아 남편의 품을 파고든 그녀는 남편의 몸이 무섭도록 차갑다는 걸 깨달았다. 크라수스 오라토르는 이미 몇 시간 전에 죽었다. 그의 경력이 한창이고 명성이 정점을 찍었을 때.

드루수스와 마리우스, 스카우루스, 스카이볼라, 그리고 비슷한 생각을 가진 사람들에게 크라수스 오라토르의 죽음은 재앙이었지만, 필리푸스와 카이피오에게는 자신들을 옹호하는 심판이었다. 열의를 회복한 필리푸스와 카이피오는 원로원 평의원들을 찾아다니며 얘기하고 설득하고 구슬렸다. 그리고 로마 경기대회가 끝난 후 원로원이 재소집되었을 때 두 사람은 자신감에 차 있었다.

"저는 마르쿠스 리비우스 드루수스의 법들을 서판에 계속 새겨두어야 하는지 표결에 부칠 것을 재차 요청하는 바입니다." 필리푸스는 감미로운 목소리로 말했다. 그는 모범적인 집정관처럼 행동하기로 마음먹은 것 같았다. "많은 분들께서 제가 마르쿠스 리비우스의 법들에 이토록 끈질기게 반대하는 데 분명 진저리가 났으리라는 것도 알고, 여러분 중 대다수가 마르쿠스 리비우스의 법들이 절대적으로 합법적이라고 확신한다는 것도 압니다. 이제 저는 종교적인 길조가 보이지 않았다고, 민회에서 합법적인 절차를 밟지 않았다고, 민회에서 어떤 행동이 일어나기 전에 원로원의 합의가 도출되지 않았다고 주장하지 않겠습니다."

필리푸스는 단상의 앞쪽 끝으로 와서 더 큰 목소리로 말했다.

"그러나 종교적 장애물은 분명 존재합니다! 너무나 크고 불길하여 우리가 양심상 도저히 무시할 수 없는 종교적 장애물 말입니다. 왜 신들께서 그런 농간을 부리시는지 전문가가 아닌 저로서는 알 수 없습니다. 하지만 마르쿠스 리비우스가 주재한 모든 평민회 회의 전의 조짐과 징조들이 우호적으로 해석되었음에도 불구하고, 신들께서 격노하셨다는 계시가 이탈리아 전역에서 있었다는 사실에는 변함이 없습니다. 의원 여러분, 저는 조점관입니다. 조점관인 제가 보기에 신성이 모독되었다는 사실은 아주 분명합니다."

필리푸스는 한 손을 내밀더니 서기가 건네준 두루마리를 받아 펼쳤다.

"1월의 칼렌다이 열나흘 전—마르쿠스 리비우스가 법정 규제법과 원로원 규모 확대법을 공포한 날—공공노예들은 다음날에 있을 축제 행사 준비를 위해 사투르누스 신전으로 갔습니다. 다음날은, 기억하시는지 모르겠습니다만, 농신제가 시작되는 날이었습니다. 그런데 거기서 노예들은 목조 사투르누스 신상을 감싼 양모 끈들이 기름에 절어 있고 바닥에는 기름 웅덩이가 생겼으며, 신상의 내부가 말라 있는 것을 발견했습니다. 의심할 바 없이 갓 누출된 기름이었습니다. 당시 모든 사람들은 사투르누스께서 뭔가에 노하신 거라고 입을 모았습니다!

마르쿠스 리비우스 드루수스가 평민회에서 여러 법정과 원로원 규모에 관한 법을 통과시키던 날, 네모렌시스의 노예 신관이 다른 노예에 의해 살해되었습니다. 그리고 그곳의 관습에 따라 그 노예는 신임 노예 신관이 되었습니다. 그러나 신성한 네모렌시스 호수의 수위가 갑자기 한 손 너비만큼 낮아졌으며, 신임 노예 신관은 싸움이 일어나지도 않았는데 죽었습니다. 이는 끔찍한 징조입니다.

마르쿠스 리비우스 드루수스가 원로원에서 공유지를 처분하는 법을 공포했을 때, 캄파니아 땅에 핏빛 비가 내렸으며 에트루리아의 공유지에는 별안간 엄청난 개구리떼가 출몰했습니다.

리비우스 토지법이 평민회에서 통과된 날, 라누비움의 신관들은 쥐들이 신성한 방패들을 갉아먹은 것을 발견했습니다. 이는 최고로 불길한 징조로, 방패들은 즉시 로마의 대신관단에 맡겨졌습니다.

이탈리아와 시칠리아에 있는 공유지를 분할하기 위해 호민관 사우페이우스가 5인 위원회를 소집하던 날, 플라미니우스 경기장 근처의 마르스 평원에 있는 피에타스 신전이 벼락을 맞아 심각하게 훼손되었습니다.

마르쿠스 리비우스 드루수스의 곡물법이 평민회에서 통과되던 날에는 앙게로나 여신상이 다량의 땀을 흘리고 있는 모습이 목격되었습니다. 여신의 입을 봉했던 붕대가 목 언저리까지 미끄러져 내려가 있었고, 여신이 드디어 말할 수 있게 되었음을 기뻐하며 로마의 숨겨진 이름을 속삭이는 것을 분명히 들었다는 사람들이 있습니다.

9월 칼렌다이는 마르쿠스 리비우스 드루수스가 이 의사당에서 이탈리아인들에게 우리의 소중한 시민권을 주자고 제안하는 법안을 상정했던 날입니다. 이날, 무서운 지진이 발생하여 이탈리아 갈리아의 무티나 시가 완전히 파괴되었습니다. 예언자 푸블리우스 코르넬리우스 쿨레올루스는 이 징조를 이탈리아 갈리아 전역이 그곳에는 시민권이 주어지지 않을 거라는 사실에 분노한다는 뜻이라고 해석했습니다. 원로원 의원 여러분, 이는 만일 우리가 이탈리아 반도에 시민권을 부여한다면 로마의 다른 모든 영지들에서도 시민권을 바라게 될 거라는 사실을 보여줍니다.

저명한 전직 집정관 루키우스 리키니우스 크라수스 오라토르는 이 의사당에서 저를 공개적으로 질책했던 날, 알 수 없는 이유로 수면중에 사망하여 다음날 아침엔 얼음처럼 차게 식어 있었습니다. 징조들은 아주 많습니다, 원로원 의원 여러분."

필리푸스는 목소리를 높일 필요가 거의 없었다. 의사당 안이 너무나 고요했기 때문이다. "지금까지 저는 마르쿠스 리비우스 드루수스의 법안이 공포되거나 비준된 날에 발생한 일들만 말씀드렸지만, 그 외에도 많은 일들이 있었습니다.

알바누스 산 위에 있는 유피테르 라티아리스 상이 벼락을 맞아 부서졌습니다. 무서운 징조입니다. 로마 경기대회의 마지막 날이 저물었을 때, 오직 퀴리누스 신전 위에만 핏빛 비가 내렸습니다. 이것이 신들이 노하셨다는 표시가 아니고 무엇이겠습니까! 마르스의 신성한 창들이 움직였습니다. 땅이 흔들려서 카푸아의 마르스 신전이 무너졌습니다. 앙코나에 있는 헤르쿨레스의 신성한 샘이 기록 이래 최초로 말랐습니다, 가뭄이 든 것도 아닌데 말입니다. 푸테올리의 어느 거리에서 거대한 불의 협곡이 열렸습니다. 폼페이 시의 성벽에 있는 모든 성문이 이유 없이 별안간 열렸다가 쾅 닫혔습니다.

이게 끝이 아닙니다, 원로원 의원 여러분, 한참 남았습니다! 저는 모든 내용이 적힌 목록을 로스트라 연단에 붙여서, 신들이 마르쿠스 리비우스 드루수스의 법들을 얼마나 강력하게 비난하고 있는지 로마의 모든 사람들이 직접 볼 수 있게 할 것입니다! 신들은 정말로 비난하고 있습니다! 주로 언급된 신들을 보십시오! 충실과 가족에 대한 의무를 관장하는 피에타스, 로마 시민 집회의 신 퀴리누스, 라티움인의 유피테르인 유피테르 라티아리스, 로마군의 힘의 수호자이자 로마인 장성들의 보호자인 헤르쿨레스. 전쟁의 신 마르스. 이탈리아 반도 밑에 있는 불웅덩이들을 관장하는 불카누스, 로마의 숨겨진 이름을 아는 앙게로나 여신…… 그 이름이 발설되면 로마가 파멸할 수도 있다고 하지요, 로마의 부를 안전하게 지켜주고 우리의 시간을 다스리는 사투르누스."

"아니," 원로원 최고참 의원 스카우루스는 느릿느릿 말했다. "그 모든 징조들은, 마르쿠스 리비우스 드루수스의 법들이 계속 서판에 새겨져 있지 않을 경우 이탈리아와 로마에 얼마나 끔찍한 일들이 발생할지를 보여주는 것일 수도 있네."

필리푸스는 스카우루스의 말을 무시하고 두루마리를 서기에게 다시 넘겨주며 말했다. "지금 당장 이것을 로스트라 연단에 붙이게." 그는 고관석 단상에서 내려와 호민관들이 앉아 있는 벤치 앞에 섰다. "표결을 실시하겠습니다. 마르쿠스 리비우스 드루수스의 법들이 무효라고 선언하는 데 찬성하시는 분들은 제 오른편에 서주시고, 마르쿠스 리비우스 드루수스의 법들이 계속 서판에 새겨져 있어야 한다는 데 찬성하시는 분들은 제 왼편에 서주십시오. 부탁드립니다."

"내가 앞장서겠소, 루키우스 마르키우스." 최고신관 아헤노바르부스가 자리에서 일어나며 말했다. "최고신관인 나는 당신의 말을 듣고 완전히 확신하게 되었소."

회의장은 침묵으로 뒤덮였고, 수많은 얼굴들이 그 아래의 토가만큼이나 하얗게 질렸다. 몇 명을 제외한 모든 의원들이 필리푸스의 오른쪽에 섰다. 그들의 시선은 바닥에 고정되어 있었다.

"표결이 종결되었습니다." 섹스투스 카이사르가 말했다. "본 의사당은 호민관 마르쿠스 리비우스 드루수스의 법들을 기록 보관소에서 제거하고 서판을 파기하기로 결정했습니다. 사흘 뒤에 이러한 취지로 트리부스회가 소집될 것입니다."

드루수스는 의사당 바닥을 마지막으로 떠난 사람이었다. 필리푸스의 왼편에서 자기 자리인 호민관 벤치 끝까지의 짧은 거리를 걸어가는 내내 그는 고개를 치켜들고 있었다.

"당신은 물론 거부권을 행사할 권리가 있소, 마르쿠스 리비우스." 필리푸스는 드루수스가 자신의 앞을 지나갈 때 관대한 말투로 말했다. 자리로 돌아가던 의원들은 모두 발걸음을 멈췄다.

드루수스는 무표정한 얼굴로 필리푸스를 쳐다보았다. "아닙니다, 루키우스 마르키우스, 그럴 수는 없지요." 그는 점잖게 말했다. "저는 선동 정치가가 아닙니다! 저는 언제나 이곳 원로원의 동의를 얻어 호민관의 임무를 실행합니다. 여기 계신 동료 의원들께서 제 법이 무효라고 결정하셨으니, 지금 저의 임무는 동료분들의 결정에 따르는 것입니다."

"그 덕에 오히려," 회의가 끝난 후 스카우루스는 스카이볼라에게 자랑스럽게 말했다. "우리의 친애하는 마르쿠스 리비우스가 승자가 되었어!"

"정말 그렇습니다." 스카이볼라가 말한 뒤, 불안한 듯 어깨를 실룩거렸다. "그 징조들에 대해 솔직히 어떻게 생각하십니까?"

"두 가지 생각이 드네. 첫째, 이렇게 열심히 고의적으로 자연재해 사례를 수집한 사람은 지금껏 아무도 없었네. 둘째, 만약 그 징조들이 정말로 뭔가를 의미한다면, 나는 그것이 마르쿠스 리비우스의 법들이 관철되지 않으면 이탈리아와 전쟁을 하게 된다는 뜻이라고 생각하네."

물론 스카이볼라는 표결에서 스카우루스를 비롯한 드루수스의 지지자들 편에 섰다. 그렇게 하지 않으면 벗들과의 관계를 유지할 수 없기 때문이었다. 하지만 그는 확실히 심란해 보였고, 주저하며 말을 꺼냈다. "네, 하지만……."

"퀸투스 무키우스, 필리푸스의 말을 믿는 거로군!" 마리우스가 믿을 수 없다는 듯이 말했다.

"아니, 아니요, 그런 뜻이 아닙니다!" 스카이볼라가 시무룩한 표정으로 말했다. 그의 안에서 상식과 로마인 특유의 미신적인 생각이 싸우고 있었다. "그렇지만…… 앙게로나 여신이 땀을 흘리고 여신의 재갈이 풀어진 일은 어떻게 설명합니까?" 그의 눈에 눈물이 차올랐다. "제 사촌이자 절친한 벗인 크라수스의 죽음은 어떻고요?"

"퀸투스 무키우스," 무리를 따라잡은 드루수스가 말했다. "마르쿠스 아이밀리우스 최고참 의원께서 말씀하신 대로입니다. 그 징조들은 모두 나의 법이 무효화되면 무슨 일이 벌어질지 보여주는 겁니다."

"퀸투스 무키우스, 자네는 대신관단의 일원이잖은가." 원로원 최고참 의원 스카우루스가 참을성 있게 말했다. "모든 것은 그저 있을 법한 현상에서 시작되었네, 목조 사투르누스 신상에서 기름이 나온 것 말이야. 하지만 우리는 오랫동안 그런 일이 있을 거라고 예측해왔네! 애초에 그래서 그 신상을 붕대로 감아놓은 거고! 앙게로나 여신에 대해 말하자면, 그 작은 신전에 숨어들어가 여신의 재갈을 끌어내리고 눈물처럼 뚝뚝 흘러내릴 물질을 신상에 붓는 것보다 쉬운 일이 어디 있겠나? 다들 알다시피 벼락은 주변에서 가장 높은 지점에 떨어지기 마련이고, 피에타스 신전은 크기는 아주 작지만 아주 높은 곳에 있지! 지진과 화재와 핏빛 비와 개구리떼 얘기는…… 하! 입에 올리기도 창피하네! 루키우스 리키니우스는 자다가 죽었네. 그건 모든 사람들이 바라는 평안한 죽음이잖나!"

"네, 하지만……." 여전히 확신하지 못한 스카이볼라가 항변했다.

"이 사람 좀 보게!" 스카우루스는 마리우스와 드루수스에게 소리쳤다. "이 사람도 속아 넘어가는 마당에, 미신을 신봉하는 나머지 다른 의원들을 어찌 비난할 수 있겠나?"

"신들의 존재를 믿지 않으십니까, 마르쿠스 아이밀리우스?" 두려워진 스카이볼라가 물었다.

"믿네, 믿어, 당연히 믿는다네! 내가 믿지 않는 건, 퀸투스 무키우스, 신들의 이름으로 행동한다고 주장하는 자들의 모략과 해석이야! 나는 정반대인 두 가지 뜻으로 해석할 수 없는 징조나 예언은 한 번도 본 적이 없네! 그리고 필리푸스의 말을 어째서 믿어야 하나? 그자가 조점관이라서? 그는 진짜 징조에 발이 걸려 넘어져도 그것이 뭔지 모를 걸세, 징조가 일어나 앉아 그자의 으깨진 코를 물어도 말이야! 늙은 푸블리우스 코르넬리우스 쿨레올루스에 대해 말하자면, 그자는 그냥 자기 이름대로 불알처럼 굴고 있을 뿐이네! 퀸투스 무키우스, 나는 어느 영리한 자가 사투르니누스의 두번째 호민관 임기에 일어난 자연재해와 소위 비자연적인 사건들을 추적한다 해도 필리푸스의 목록만큼이나 인상적인 목록을 작성할 수 있을 거라 장담하네! 철 좀 들게! 부탁이니,

법정에서 자네가 보여주는 건강한 회의론을 이 상황에 조금이라도 적용해보게나!"

"필리푸스가 나를 놀라게 했다고 인정할 수밖에 없구려." 마리우스가 침울하게 말했다. "나는 그자를 매수했던 적이 있소. 하지만 이렇게 교활한 놈인 줄은 꿈에도 몰랐소."

"아, 그자는 영리합니다." 스카우루스가 자신의 약점에서 다른 것으로 생각을 돌리게 만들고 싶어 안달이 난 스카이볼라가 열성적으로 말했다. "그는 이번 일을 계획한 지 꽤 되었을 겁니다." 스카이볼라는 웃음을 터뜨렸다. "한 가지 확실한 건, 오늘 일이 카이피오의 머리에서 나온 발상은 아니라는 거죠!"

"기분이 어떤가, 마르쿠스 리비우스?" 마리우스가 물었다.

"기분이 어떠냐고요?" 드루수스는 입을 꽉 다물고 있었고 매우 피곤해 보였다. "오, 가이우스 마리우스, 솔직히 이제 더는 모르겠습니다. 그가 영리하게 한 건 했다는 생각밖에 들지 않는군요."

"거부권을 행사하게." 마리우스가 말했다.

"의원께서 저와 같은 상황이었다면 그렇게 하셨겠지요. 그리고 저는 그런 의원님을 비난하지 않았을 것입니다." 드루수스가 말했다. "하지만 제가 호민관 직을 시작하면서 한 말을 어길 수가 없음을 이해해주십시오. 그때 저는 동료 원로원 의원들이 바라는 바에 귀를 기울이겠다고 약속했습니다."

"시민권 확대는 이제 물건너갔군." 스카우루스가 말했다.

"어째서요?" 드루수스가 진심으로 놀라서 물었다.

"마르쿠스 리비우스, 그들은 자네의 모든 법들을 무효로 만들었네! 또는 무효로 만들 거야!"

"그렇다고 뭐가 달라지겠습니까? 시민권 확대 건은 아직 평민회로 가지 않았습니다. 제가 원로원에 제안했을 뿐이지요. 원로원은 이 건을 평민회에 권고하지 않기로 했고요. 하지만 저는 원로원이 권고하지 않은 법을 평민회에 가져가지 않겠다고 약속한 적은 없습니다. 원로원의 신임을 먼저 구하겠다고 말했을 뿐이지요. 저는 그 약속을 지켰습니다. 하지만 원로원이 거부했다는 이유만으로 여기서 멈출 순 없습니다. 일은 아직 끝나지 않았습니다. 평민회가 거부해야 끝나는 것이죠. 저는 평민회가 찬성하도록 열심히 설득할 것입니다." 드루수스가 웃음을 지으며 말했다.

"맙소사, 마르쿠스 리비우스, 자네는 승자가 될 자격이 있군!" 스카우루스가 말했다.

"저도 그렇게 생각합니다." 드루수스가 말했다. "먼저 실례해도 되겠습니까? 이탈리아 친구들에게 편지를 좀 써야 해서요. 아직 싸움이 끝나지 않았으니 전쟁을 일으키지 말아달라고 그들을 설득해야 합니다."

"말도 안 돼, 전쟁은 불가능하오!" 스카이볼라가 외쳤다. "이탈리아인들이 정말로 전쟁을 하려는 거라면 우리는 그들에게 시민권을 주어서는 안 되오. 마르쿠스 리비우스, 나는 당신도 이 점에는 동의할 거라고 믿소. 그렇지 않았다면 나는 필리푸스의 오른쪽에 섰을 것이오. 이탈리아인들이 전쟁을 준비하려면 몇 년은 걸릴 거요!"

"퀸투스 무키우스, 그 점에 관해서라면 의원께서 틀렸습니다. 그들은 이미 전시 체제에 돌입해 있습니다. 로마보다 전쟁 준비가 더 잘되어 있어요."

며칠 후 로마 원로원과 인민은, 최소한 마르시족은 전쟁 준비가 되어 있음을 통감하게 되었다. 퀸투스 포파이디우스 실로가 제대로 된 무기와 군장을 갖춘 2개의 완전편성 군단을 이끌고 발레리우스 가도를 따라 로마로 오고 있다는 전갈이 도착했기 때문이다. 깜짝 놀란 원로원 최고참 의원은 긴급 원로원 회의를 소집했지만 출석한 의원들은 몇 명밖에 되지 않았다. 필리푸스와 카이피오는 출석하지 않았고, 왜 출석하지 않는지 설명하는 전갈도 보내지 않았다. 드루수스 역시 출석을 거부했지만, 동료 의원들이 자신의 오랜 벗인 실로로 인한 전쟁 위협과 씨름하는 곳에 자신이 있어서는 안 될 것 같다는 전언을 보냈다.

"토끼 같은 놈들!" 스카우루스는 텅 빈 의원석을 바라보며 마리우스에게 말했다. "토끼 굴로 뛰어들어갔구먼. 굴 안에 숨어 있으면 그 고약한 마르시족들이 가버릴 거라고 생각하는 건지."

그러나 스카우루스는 마르시족이 전쟁을 원한다고 생각하지는 않았고, 몇 안 되는 청중에게 이번 '침략'을 처리하는 최선책은 평화적인 수단이라고 간신히 설득할 수 있었다.

"나이우스 도미티우스," 스카우루스는 최고신관 아헤노바르부스에게 말했다. "당신은 명망 있는 전직 집정관이자 감찰관을 지낸 바 있으며 현재는 최고신관이오. 포필리우스 라이나스가 했던 것처럼 릭토르단만 데리고 가서 그 군대를 만나주시겠소? 당신은 몇 해 전에 알바 푸켄티아에 설치된 리키니우스·무키우스법 특별 법정의 재판장이었으니 마르시족이 당신을 알 것이오. 그들은 관대한 처분을 내렸던 당신을 몹시 존경한다고 들었소. 그 군대가 행군하는 이유와 마르시족이 우리에게 원하는 것이 무엇인지를 알아보시오."

"좋습니다, 원로원 최고참 의원님, 제가 제2의 포필리우스 라이나스가 되어보겠습니다." 아헤노바르부스는 말했다. "다만 제게 집정관급 임페리움을 주십시오. 그렇지 않으면 저는 앞으로의 상황에 따라 필요한 말이나 행동을 할 수 없을 것입니다. 또한 저의 파스케스에 도끼를 끼워주십시오."

"그렇게 하겠소." 스카우루스가 말했다.

"마르시족은 내일 로마 외곽에 도착할 것이오." 마리우스가 얼굴을 찡그리며 말했다. "내일이 무슨 날인지 아시오?"

"알고 있소." 아헤노바르부스가 말했다. "10월의 노나이 전날. 마르시족이 군단 하나를 통째로 잃은 아라우시오 전투 기념일이오."

"그들은 의도적으로 이 시기를 고른 겁니다." 섹스투스 카이사르가 말했다. 우울한 회의 분위기에도 불구하고 그는 이 회의를 상당히 즐기고 있었다. 필리푸스도 카이피오도 없는데다, 그가 생각하기에 애국자인 의원들만 출석해 있었기 때문이다.

"의원 여러분, 바로 그렇기 때문에 나는 마르시족이 지금 전쟁을 하러 온 것이 아니라고 생각하오." 스카우루스가 말했다.

"서기, 가서 30개 쿠리아의 릭토르단을 소집하게." 섹스투스 카이사르가 말했다. "나이우스 도미티우스, 의원께서는 30개 쿠리아의 릭토르단이 이곳에 도착하는 대로 집정관급 임페리움을 갖게 될 것입니다. 내일모레 열릴 특별 회의에 오셔서 보고해주시겠습니까?"

"노나이 날에 말이오?" 아헤노바르부스가 미심쩍은 얼굴로 물었다.

"나이우스 도미티우스, 지금은 비상 상황이니 노나이에 회의를 열겠습니다." 섹스투스 카이사르가 단호하게 말했다. "그날 회의 때는 출석 인원이 지금보다 많기를 바랍니다! 이토록 심각한 비상사태를 걱정하는 사람이 몇 명밖에 안 되다니, 로마가 어떻게 되려고 이러는 겁니까?"

"나는 사람들이 오지 않은 이유를 아오, 섹스투스 율리우스." 마리우스가 말했다. "그들이 소집 명령을 믿지 않았기 때문이오. 그들은 모두 이번 사태가 꾸며낸 위기 상황이라고 판단했소."

10월의 노나이에 열린 회의에는 의원들이 더 많이 참석했지만 전원 참석과는 거리가 멀었다. 드루수스는 나왔지만 필리푸스와 카이피오는 나오지 않았다. 두 사람은 부재를 통해 자기들이 이번 '침략'을 어떻게 생각하는지 보여주기로 결심했던 것이다.

"무슨 일이 있었는지 말씀해주십시오, 나이우스 도미티우스." 유일하게 출석한 집정관인 섹스투스 카이사르가 말했다.

"저는 콜리나 성문에서 멀지 않은 곳에서 퀸투스 포파이디우스 실로를 만났습니다." 최고신관 아헤노바르부스는 말했다. "그자는 군대를 이끌고 행진하고 있었습니다. 대략 2개 군단으로 보였습니다. 전투원은 최소 만 명이었고 비전투원들의 수도 충분했으며 훌륭한 포가 여덟

문에 1개 기병대대까지 있었습니다. 실로와 군관들은 걷고 있었습니다. 물자 수송대는 보이지 않았고, 따라서 그는 부하들을 경군장으로 데려온 것 같습니다." 아헤노바르부스는 한숨을 쉬었다. "그들은 최상의 군대였습니다, 의원 여러분! 군복을 잘 차려입고 몸 상태도 좋았으며 잘 훈련받은 군인들이었습니다. 그들은 실로와 제가 대화하는 동안 땡볕 아래에서 대열을 흩트리는 자 하나 없이 차려 자세로 조용히 서 있었습니다."

"최고신관님, 그들의 쇠사슬 갑옷과 기타 군장이 새것인지 알아보실 수 있었습니까?" 드루수스가 걱정스럽게 물었다.

"그렇소, 마르쿠스 리비우스, 쉽게 알아보았소. 모든 것이 새것인데다 품질도 최고급이었소." 아헤노바르부스가 대답했다.

"감사합니다."

"계속하십시오, 나이우스 도미티우스." 섹스투스 카이사르가 말했다.

"양쪽 모두는—즉 저와 릭토르단, 그리고 실로와 그의 군대는—손짓하여 부를 수 있을 만큼 가까운 거리에서 멈춰 섰습니다. 그러고서 실로와 저만 다른 사람들이 들을 수 없는 곳으로 걸어가서 대화를 나누었습니다.

'이 군사 원정의 이유가 무엇이오, 퀸투스 포파이디우스?' 저는 매우 정중하고 차분하게 물었습니다.

'호민관들이 우리를 소집했기에 로마로 가는 것이오.' 실로가 똑같이 정중하게 대답했습니다.

'호민관들이라고 했소?' 제가 물었습니다. '한 호민관이 아니라? 마르쿠스 리비우스 드루수스가 아니라?'

'호민관들이오.' 실로가 말했습니다.

'호민관들 전원을 말하는 것이오?' 확실히 해두고 싶어서 제가 물었습니다.

'호민관들 전원이오.' 실로가 대답했습니다.

'호민관들이 어째서 당신들을 소집한단 말이오?' 제가 물었습니다.

'로마 시민권을 얻기 위해, 모든 이탈리아인이 로마 시민권을 받기 위해서요.' 그가 대답했습니다.

나는 약간 뒤로 물러나서 눈썹을 추켜세우고 실로의 뒤에 있는 군대를 쳐다보며 물었습니다. '무력을 행사해서 말이오?'

'필요하다면.' 그가 대답했습니다.

그리하여 저는 집정관급 임페리움을 사용하여 성명을 했습니다. 요즘 원로원의 행보로 볼 때 저한테 집정관급 임페리움이 없었다면 하지 못했을 성명, 제가 현상황에 필요하다고 판단한 성명이었습니다, 의원 여러분. 저는 실로에게 말했습니다. '무력행사는 필요하지 않을 것이오, 퀸투스 포파이디우스.'

그는 냉소적으로 웃으면서 대답했습니다. '하, 나이우스 도미티우스! 내가 그 말을 믿을 것 같소? 우리 이탈리아는 말 그대로 수세대 동안이나 무기를 들지 않고 시민권을 기다려왔지만, 우리가 시민권을 받을 가능성은 갈수록 희박해지고 있을 뿐이오! 이제 우리는 시민권을 얻을 유일한 방법은 무력이라는 걸 깨달았소.'

물론 저는 그 말을 듣고 매우 화가 났습니다, 의원 여러분. 저는 두 손을 맞잡고 소리쳤습니다. '퀸투스 포파이디우스, 퀸투스 포파이디우스, 내 장담컨대 아주 조금만 더 기다리면 되오! 제발 부탁이니 이 군대를 해산하시오. 검을 버리고 마르시족의 고향으로 돌아가시오! 내가 굳게 약속하겠소, 로마 원로원과 인민은 모든 이탈리아인에게 로마 시

민권을 줄 것이오.'

그는 오랫동안 말없이 나를 바라보다가 말했습니다. '좋소, 나이우스 도미티우스, 군대와 함께 떠나겠소. 하지만 당신의 말이 진짜인지 확인할 수 있을 정도의 거리와 시간만큼만 떠날 것이오. 솔직하고 당당하게 말하겠소, 최고신관. 만일 로마 원로원과 인민이 이번 호민관단의 임기 내로 이탈리아에 완전한 로마 시민권을 부여하지 않는다면 나는 다시 로마로 행군할 것이오. 그때는 이탈리아 전체가 나와 함께할 것이오. 명심하시오! 이탈리아 전체가 합심하여 로마를 파멸시킬 것이오.'

그런 다음 그는 돌아서서 가버렸습니다. 그의 병사들은 마치 얼마나 훈련이 잘되어 있는지 보여주는 것처럼 뒤로돌아를 한 다음 행진을 시작했습니다. 저는 로마로 돌아왔습니다. 그리고 밤새도록 생각했습니다, 의원 여러분. 여러분은 저를 오랫동안 알고 지내셨지요. 저는 인내심이 강하다거나 이해심이 많다는 평판은 얻은 적이 없습니다. 하지만 저는 무와 황소는 구별할 줄 압니다! 그런 제가 분명히 말씀드리겠습니다. 의원 여러분, 어제 제가 본 것은 황소였습니다. 뿔에 건초가 감겨 있고 콧구멍에서 불을 뿜고 있는 황소였습니다! 제가 퀸투스 포파이디우스에게 한 약속은 거짓이 아닙니다! 저는 로마 원로원과 인민이 모든 이탈리아인에게 시민권을 주도록 제가 할 수 있는 모든 일을 할 것입니다."

회의장 안은 윙윙거리는 소리로 가득 찼다. 대다수 의원들이 최고신관 아헤노바르부스를 응시했다. 그들은 고집 세고 완고하기로 유명한 그의 태도가 완전히 달라진 것에 주목했다.

"내일 다시 모이도록 하겠습니다." 섹스투스 카이사르가 흡족한 표정으로 말했다. "이 문제에 대해 우리가 답을 모색해야 하는 시기가 다시 한번 찾아왔습니다. 루키우스 마르키우스의 선동으로 이탈리아에 파견되었던 법무관 두 명은"—섹스투스 카이사르는 비어 있는 필리푸스의 자리를 향해 엄하게 고개를 끄덕였다—"지금까지 아무런 답도 내놓지 않았습니다. 우리는 이 문제를 다시 논의해야만 합니다. 하지만 먼저 지금까지 귀를 기울이지 않으셨던 분들, 특히 저의 동료 집정관과 법무관 퀸투스 세르빌리우스 카이피오는 귀를 기울여주시기 바랍니다."

다음날, 섹스투스 카이사르가 지목한 두 사람은 아헤노바르부스가 보고한 내용을 속속들이 아는 상태로 회의에 출석했다. 하지만 두 사람이 주장을 굽히기를 간절히 원하는 드루수스와 원로원 최고참 의원 스카우루스 일행이 보기에 그들은 이번 사태를 걱정하기는커녕 관심조차 두지 않는 것 같았다. 이상하게 마음이 무거워진 마리우스는 출석한 두 사람의 얼굴을 이리저리 뜯어보았다. 술라는 드루수스가 호민관이 된 후 한 차례도 빠짐없이 회의에 나왔지만 큰 도움은 되지 못했다. 그는 아들이 죽고 난 후 누구와도, 심지어 나중에 함께 집정관에 출마하기로 한 폼페이우스 루푸스와도 교제하지 않았다. 술라는 무표정한 얼굴로 앉아서 듣고 있다가 회의가 끝나자마자 자리를 떴다. 그는 아예 세상에서 사라지고 싶어하는 것 같았다. 그래도 술라는 지난 표결에서 드루수스의 법들을 유지하자는 쪽에 섰기에, 마리우스는 술라가 아직은 같은 진영에 있다고 생각했다. 그러나 술라와 얘기한 사람은 아무도 없었다. 카툴루스 카이사르는 조금 불편한 기색이었는데, 지금까지 자신의 든든한 동지였던 최고신관 아헤노바르부스가 태도를 바꾸었기 때문인 듯했다.

동요가 일었다. 마리우스는 다시 회의장으로 주의를 돌렸다. 10월의 파스케스 주인은 필리푸스였으므로 오늘 회의의 의장은 섹스투스 카이사르가 아니라 필리푸스였다. 필리푸스는 또 서류를 가져왔는데, 이번에는 서기에게 맡기지 않았다. 형식상의 절차가 끝나자 그는 일어나서 최초로 발언했다.

"마르쿠스 리비우스 드루수스," 필리푸스는 분명하고 차가운 목소리로 말했다. "저는 당신의 절친한 벗인 퀸투스 포파이디우스 실로의 유사 침략 행위보다 훨씬 더 중요한 내용을 이 의사당에서 공개하고자 합니다. 하지만 먼저 모든 의원들 앞에서 당신이 오늘 출석했으며, 내가 읽을 내용을 듣겠다고 말해주기 바랍니다."

"루키우스 무키우스, 저는 오늘 출석했으며, 당신이 읽을 내용을 들을 것입니다." 드루수스가 필리푸스만큼 분명하고 차가운 목소리로 말했다.

마리우스는 드루수스가 말도 못하게 피곤해 보인다고 생각했다. 마치 오래전에 체력을 다 써버린 뒤 순전히 의지력으로 버티고 있는 사람 같았다. 최근 몇 주 동안 드루수스는 살이 많이 빠졌고 두 뺨은 푹 꺼졌으며 쑥 들어간 눈 주위에는 짙은 회색 그늘이 생겼다.

마리우스는 생각했다. 왜 이렇게 디딜방아를 밟아야 하는 노예와 같은 기분이 들까? 왜 이처럼 절박하게 걱정스럽고 불안해서 안절부절못하게 되는 걸까? 드루수스는 나만큼의 힘도, 자신이 옳다는 확고한 믿음도 없다. 그는 지나치게 공정하고 지나치게 이성적인데다 양쪽을 다 헤아리려는 성향이 지나치게 강하다. 사람들은 그를 죽일 것이다, 신체적으로, 아니면 정신적으로라도. 어째서 나는 필리푸스가 이토록 위험한 자임을 알지 못했을까? 어째서 나는 그가 이토록 똑똑하다는 걸 알지 못했을까?

필리푸스는 두루마리를 펼쳐들고서 팔을 앞으로 쭉 내밀었다. "원로원 의원 여러분, 저는 아무런 서론도 달지 않을 것입니다. 여기 쓰여 있는 대로 읽기만 하겠으니 판단은 각자 하십시오. 지금부터 읽겠습니다.

'나는 유피테르 옵티무스 막시무스 앞에서, 베스타와 마르스, 솔 인디게스 앞에서, 테라와 텔루스 앞에서, 우리 이탈리아인들의 시초이자 고난을 겪는 우리를 도와주신 신들과 영웅들 앞에서, 마르쿠스 리비우스 드루수스의 친구와 적을 나의 친구와 적으로 삼겠다고 맹세합니다. 나의 목숨과 자식들, 나의 부모, 나의 재산을 희생해서라도 마르쿠스 리비우스 드루수스 및 이 맹세를 하는 모든 이들의 안녕과 이익을 위해 행동하겠다고 맹세합니다. 마르쿠스 리비우스 드루수스의 법 덕분에 로마 시민이 되면 로마를 나의 유일한 조국으로 숭배하고 마르쿠스 리비우스 드루수스의 피호민이 되겠다고 맹세합니다. 이 맹세를 최대한 많은 다른 이탈리아인들에게 전파할 것을 맹세합니다. 나의 충심으로 정당한 보상을 받게 될 것이라는 사실을 믿으면서 충심으로 맹세합니다. 나의 맹세가 거짓이라면 나의 목숨과 자식들, 나의 부모와 나의 재산을 잃게 될 것입니다. 이렇게 나는 맹세합니다.'"

원로원 의사당은 지금처럼 고요한 적이 없었다. 필리푸스는 입을 떡 벌린 스카우루스부터 사납게 웃고 있는 마리우스까지, 입을 꽉 다문 스카이볼라부터 두 뺨이 자줏빛으로 변한 아헤노바르부스까지, 카툴루스 카이사르의 공포부터 섹스투스 카이사르의 비통함까지, 새끼 똥돼지 메텔루스 피우스의 실망과 놀라움부터 카이피오의 노골적인 기쁨까지 보았다.

그런 다음 필리푸스는 왼손에서 두루마리를 놓아버렸다. 두루마리가 바닥에 부딪히며 쿵 소리를 내자 의원들 절반 정도는 놀라서 움찔했다.

"의원 여러분, 이것은 지난해 수천수만 명의 이탈리아인들이 한 맹세입니다. 그리고 이것이 마르쿠스 리비우스 드루수스가 이토록 열심히, 끈덕지게, 열성적으로 자신의 이탈리아 친구들에게 우리의 소중한 로마 시민권을 선물하려고 하는 이유입니다!" 필리푸스는 지친 듯이 고개를 흔들었다. "그가 저 더러운 이탈리아인들을 조금이라도 좋아해서가 아닙니다! 정의를, 그토록 비뚤어진 정의조차 신봉해서가 아닙니다! 역사서에 기록될 만큼 눈부신 업적을 꿈꾸어서도 아닙니다! 원로원 의원 여러분, 그는 거의 모든 이탈리아인들이 피호민이 되겠다는 맹세를 받았기 때문에 움직이고 있는 겁니다! 우리가 이탈리아에 시민권을 주면, 이탈리아는 마르쿠스 리비우스 드루수스의 것이 됩니다! 상상해보십시오! 아르누스 강에서 레기움까지, 티레니아 해에서 아드리아 해까지 아우르는 피호민을요! 진심으로 축하합니다, 마르쿠스 리비우스! 참 대단한 보상이군요! 그렇게 끈덕지게 애쓸 만합니다! 백 개의 군대보다 거대한 피호민 집단이라니!"

필리푸스는 돌아서서 고관석 단상에서 내려오더니 침착한 걸음걸이로 단상 모서리를 돌아 호민관용 나무 벤치 끝에 앉아 있는 드루수스에게 다가왔다.

"마르쿠스 리비우스 드루수스, 이탈리아 전역에서 이러한 맹세를 했다는 것이 사실입니까?" 필리푸스가 물었다. "이러한 맹세의 대가로 당신은 이탈리아 전역에 시민권을 보장하겠다고 맹세한 것이 사실입니까?"

안색이 토가보다 더 하얘진 드루수스는 비틀거리며 자리에서 일어나더니, 애원을 하는 것인지 방어를 하는 것인지 모르게 한 손을 앞으로 뻗었다. 그러더니 뭐라고 대답을 하기도 전에 바둑판무늬 바닥을 이루는 오래된 검정색과 흰색 판석들 위에 큰 대자로 쓰러져버렸다. 필리푸스는 뒤로 물러나더니 깔끔을 떨듯 그 자리를 벗어났지만, 마리우스와 스카우루스는 드루수스가 쓰러지자마자 달려와서 그의 옆에 무릎을 꿇고 앉았다.

"죽었소?" 스카우루스는 필리푸스가 회의를 내일로 연기하는 소리를 들으며 물었다.

마리우스는 드루수스의 가슴에 귀를 대고 있다가 고개를 저었다. "극도로 쇠약한 상태지만 죽은 것은 아니오." 마리우스는 고개를 들고 앉아서 안도의 한숨을 쉬었다.

실신 상태가 지나치게 오래 계속되자 드루수스의 얼굴에 반점이 생기고 낯빛이 회색으로 변하기 시작했다. 그는 소름 끼치는 소리를 냈고, 그의 사지가 여러 차례 격렬하게 움찔거렸다.

"발작을 일으켰소!" 스카우루스가 소리쳤다.

"아니, 발작이 아니오." 군대 생활을 오래한 마리우스가 말했다. 그는 전쟁터에서 거의 모든 일을 한 번쯤은 목격한 사람이었다. "너무 오랫동안 기절해 있던 사람은 경련하기 시작하는 경우가 많은데, 좀 있으면 깨어나오. 드루수스는 곧 괜찮아질 거요."

필리푸스는 회의장에서 나가다가, 드루수스가 구토를 해도 튀지 않을 정도로 멀리 떨어진 곳에서 멈춰 서서 내려다보았다. "그 똥개를 여기서 끌어내시오!" 그는 경멸조로 말했다. "그가 죽어가고 있다면, 신성하지 못한 땅에서 죽게 하시오."

마리우스가 고개를 들고 모든 사람들에게 다 들릴 만큼 큰 소리로 필리푸스를 향해 고함쳤다. "자지에 똥을 갈겨줄 놈!"

필리푸스는 좀더 빨라진 걸음으로 가버렸다. 이 세상에 필리푸스가 두려워하는 사람이 있다면 바로 가이우스 마리우스였다.

떠나지 않을 만큼 드루수스를 걱정했던 사람들은 그가 정신을 차릴 때까지 한참 동안 기다렸다. 마리우스로서는 무척 기쁘게도, 그중에는 루키우스 코르넬리우스 술라도 있었다.

마침내 의식을 되찾은 드루수스는 자신이 어디에 있는지, 무슨 일이 있었는지 모르는 것 같았다.

"율리아의 가마를 가져오라고 했소." 마리우스가 스카우루스에게 말했다. "가마가 올 때까지 드루수스를 여기 눕혀놓읍시다." 마리우스는 토가를 입고 있지 않았다. 드루수스의 머리를 받치고 차가운 사지를 덮을 담요로 썼기 때문이었다.

"정말이지 당황했소!" 스카우루스는 고관석 단상 끝에 걸터앉았는데, 키가 무척 작아서 발이 땅에 닿지 않았다. "솔직히, 다른 누구도 아닌 이 사람이 그런 짓을 했을 줄이야!"

마리우스는 조소하는 듯한 소리를 냈다. "허튼소리 마시오, 마르쿠스 아이밀리우스! 로마인 귀족은 그런 짓을 하지 않는다는 거요? 그렇게 하지 않는 게 더 놀랄 일이지! 맙소사, 당신네들은 어찌나 스스로를 기만하는지!"

두 개의 밝은 녹색 눈동자가 마구 흔들렸다. "맙소사, 이 이탈리아인 시골뜨기 양반, 잘도 우리의 약점을 콕콕 찌르는군!" 스카우루스가 어깨를 들썩이며 말했다.

"누군가 그렇게 해주는 걸 다행으로 아시오, 이 늙은 말라깽이 양반." 마리우스가 스카우루스 옆에 앉으면서 부드럽게 말했다. 이제 남은 사람은 세 명뿐이었다. 스카이볼라, 안토니우스 오라토르, 술라. "자, 신사 여러분." 마리우스가 다리를 흔들면서 말했다. "이제 어떻게 해야겠소?"

"뭘 더 합니까." 스카이볼라가 퉁명스럽게 대꾸했다.

"오, 퀸투스 무키우스, 퀸투스 무키우스, 가련하게 늘어져 있는 우리 호민관의 그야말로 로마인다운 약점을 용서해주게나!" 마리우스가 이제 스카우루스만큼 큰 소리로 웃으면서 소리쳤다.

스카이볼라는 성이 나서 쏘아붙였다. "가이우스 마리우스, 그것이 로마인의 약점일지는 몰라도 저의 약점은 아닙니다!"

"그래, 그렇겠지. 그렇기에 자네는 결코 그의 상대가 되지 못할 걸세." 마리우스가 바닥에 누워 있는 드루수스를 한 발로 가리키며 말했다.

스카이볼라는 혐오감에 휩싸여 얼굴을 찡그렸다. "아시겠지만, 가이우스 마리우스, 의원께서는 정말이지 구제불능이십니다! 그리고 최고참 의원님, 이건 그렇게 웃으실 일이 아닙니다!"

"아직 아무도 가이우스 마리우스의 질문에 대답을 하지 않았습니다." 안토니우스 오라토르가 온화한 목소리로 말했다. "이제 어떻게 하죠?"

"그건 우리가 결정할 일이 아닙니다." 술라가 처음으로 입을 열었다. "드루수스가 결정할 일이지요."

"그렇지, 루키우스 코르넬리우스!" 마리우스가 외치면서 일어났다. 아내의 가마꾼이 청동문 옆으로 소심하게 얼굴을 들이밀었기 때문이다. "갑시다, 고결하신 동지들이여, 이 불쌍한 친구를 집에 데려다줘야죠."

그 불쌍한 친구는 어머니에게 인계되어 보살핌을 받게 되었지만, 여전히 혼미한 정신으로 기이한 세계를 헤매고 있었다. 그의 모친은 매우 합리적이게도 의사들을 부르지 않기로 했다.

"의사들은 아들의 피를 뽑고 하제를 쓸 뿐일 거예요. 불필요한 조치죠." 그녀는 단호하게 말했다. "한동안 제대로 먹지를 못해서 그런 것뿐이에요. 충격에서 벗어난 후 꿀을 탄 뜨거운 포도주를 먹고 나면 괜찮아질 겁니다. 그런 다음 한숨 푹 자고 나면 더 괜찮아지겠죠."

코르넬리아 스키피오니스는 아들을 침대에 눕히고 약속한 대로 꿀을 탄 뜨거운 포도주를 먹였다.

"필리푸스!" 드루수스는 일어나 앉으려고 애쓰며 소리쳤다.

"기운을 차리기 전에는 그 벌레 같은 자에게 신경쓰지 말거라."

드루수스는 한번 더 포도주를 마신 다음 겨우 일어나 앉아 짧고 검은 머리카락을 손가락으로 움켜쥐었다. "아, 엄마! 큰일났어요! 필리푸스가 맹세에 대해 알아버렸어요."

스카우루스에게 상황을 들어 알고 있었던 그녀는 아들에게 질문을 할 필요가 없었다. 그녀는 그저 사려 깊게 고개를 끄덕였다. "필리푸스나, 아니면 다른 누구라도 그 일에 대해 전혀 묻지 않으리라고 생각한 건 아니겠지?"

"저는 너무 오랫동안 그놈의 맹세에 대해 잊어버리고 있었어요!"

"마르쿠스 리비우스, 맹세는 중요하지 않아." 그녀는 자신이 앉아 있던 의자를 침대 가까이로 끌어당겨 아들의 손을 잡았다. "무엇을 하느냐가 왜 하느냐보다 훨씬 더 중요하다. 이건 분명한 사실이야! 왜 하느냐는 순전히 자기 자신을 위한 위안일 뿐, 일의 결과에 영향을 미치지 않는단다. 중요한 건 무엇을 하느냐뿐이고, 나는 무엇을 제대로 해내는 최선의 길은 건전하고 건강한 자존감이라고 확신한다. 그러니 기운 내거라, 아들아! 네 동생이 왔다. 너를 많이 걱정하고 있어. 기운 내렴!"

"사람들은 이번 일로 저를 미워할 겁니다."

"그래, 어떤 사람들은 그렇겠지. 질투가 나서 그러는 거야. 하지만 나머지 사람들은 크게 감탄할 거다. 분명한 건, 너를 집까지 데려온 네 친구들은 그 사실에 개의치 않는다는 거야."

"누가 있었습니까?" 드루수스가 열성적으로 물었다.

"마르쿠스 아이밀리우스, 마르쿠스 안토니우스, 퀸투스 무키우스, 가이우스 마리우스. 아, 그리고 그 매력적인 남자, 루키우스 코르넬리우스 술라! 내가 조금만 더 젊었더라면……"

드루수스는 이제 어머니를 잘 알게 되었기에 그런 말을 들어도 화가 나지 않았고, 어머니의 엉뚱한 말에 웃음 지을 수 있었다. "그 사람이 마음에 드신다니 이상하군요! 그가 제 의견에 관심이 많은 것 같기는 합니다만."

"그렇다고 들었다. 연초에 그 사람 외아들이 죽었지?"

"네."

"표가 나더구나." 코르넬리아 스키피오니스는 자리에서 일어났다. "마르쿠스 리비우스, 이제 네 동생을 들여보내마. 이제부터는 꼭 음식을 먹도록 해라. 지금 네게 좋은 음식으로 고칠 수 없을 문제는 아무것도 없다. 나는 이제 나가서 부엌 하인들에게 맛있고 영양가 많은 걸 만들라고 시킬 거다. 그리고 네 동생과 같이 여기 앉아서 네가 먹을 때까지 지켜볼 거야."

그리하여 날이 어두워지고 나서야 드루수스는 혼자가 되어 생각을 할 수 있었다. 몸은 실제로 많이 나아졌지만 무시무시한 피로는 사라지지 않았다. 식사를 하고 심지어 꿀을 타서 데운 포도주를 그렇게 많이 마셨는데도 더는 잠이 올 것 같지 않았다. 내가 마지막으로 깊이, 만족스럽게 잠을 잔 게 언제지? 몇 달 전이군.

필리푸스가 알아버렸다. 어차피 누군가는 알아낼 일이었고, 누가 알아냈든 나나 필리푸스에게 말해줬을 것이다. 혹은 카이피오에게. 필리푸스가 절친한 친구 카이피오에게 미리 말해주지 않았다니 재미있군! 만약 필리푸스가 미리 귀뜸을 해줬다면 카이피오는 이번 폭로에 끼어들려고 했을 것이다. 필리푸스 혼자서 주목을 받는 게 싫을 테니까. 물론 바로 그렇기 때문에 필리푸스는 혼자만 알고 있었을 테고. 오늘밤 필리푸스의 집은 그리 화목하지 못하겠군! 드루수스는 이렇게 생각하자 웃음을 참을 수가 없었다.

이제 드루수스는 맹세가 드러났다는 사실에 생각이 미쳐도 침착할 수 있었다. 어머니의 말이 옳았다. 맹세에 대해 알려진다고 해서 그가 하고 있는 일이 달라질 것은 없었다. 다만 그의 자존심에 영향을 미칠 뿐이었다. 내가 그 많은 피호민들 때문에 움직이고 있다고 사람들이 믿기로 한들 그것이 그렇게 중요한가? 내가 순전히 이타적인 동기에서 일하고 있다고 사람들이 믿기를 바라야 하는 이유가 뭔가? 개인적인 이익을 추구하지 않는다면 로마인이 아니다. 나는 로마인이다! 이제 드루수스는 분명히 알 수 있었다. 다른 어떤 경우에든 어떤 사람이 수십만 명에게 시민권을 주려 한다면, 그가 대가로 피호민들을 얻게 되리라는 건 동료 의원들도, 평민회 지도자들도, 그리고 아마 대다수의 로마 하층민들까지도 암묵적으로 눈치를 챌 것이다. 그런데 필리푸스가 실제로 맹세의 내용을 읽을 때까지 아무도 그런 생각을 못했다는 것은 이번 사안이 얼마나 감정적인지, 얼마나 비논리적인지 보여주는 것이다. 이번 일이 엄청나게 거센 감정의 폭풍우를 일으킨 나머지, 모든 현실적인 면들이 가려졌다. 사람들이 지나치게 감정에 치우쳐 이번 일이 암시하는 보호자-피호민 관계를 보지도 못하는 마당에, 나는 어째서 그들이 내가 하고자 하는 일의 논리를 알 거라고 기대했던가? 사람들이 피호민 문제를 이해하지 못한다면 그들이 나의 논리를 이해할 희망도 없다. 이것만은 확실하다.

드루수스는 눈꺼풀이 무거워지는 것을 느끼다가 잠이 들었다. 깊고 만족스러운 잠이었다.

다음날 아침 일찍 원로원 의사당으로 나간 드루수스는 자신이 완전히 회복되었으며, 필리푸스와 카이피오 같은 자들을 상대할 수 있다고 느꼈다.

의장 필리푸스는 마르시족의 행군을 비롯한 다른 사안들은 모두 무시하고 곧장 드루수스와 이탈리아인들의 맹세 문제로 넘어갔다.

"어제 제가 읽어드린 내용이 정확합니까, 마르쿠스 리비우스?" 필리푸스가 물었다.

"제가 아는 한 그렇습니다, 루키우스 마르키우스. 하지만 저는 지금까지 한 번도 누가 맹세하는 걸 들어본 적도, 맹세의 내용이 적힌 것을 본 적도 없습니다."

"하지만 맹세에 대해 알고 있었지 않습니까."

드루수스는 깜짝 놀랐다는 표정으로 눈을 껌뻑였다. "물론 알고 있었지요, 차석 집정관님! 어떤 사람이 자신과 로마에게 그토록 득이 되는 일에 대해 모를 수가 있겠습니까? 만약 집정관께서 모든 이탈리아인들에게 시민권을 주려고 하셨다면 그런 일을 모르셨겠습니까?"

맹공격이었다. 허를 찔린 필리푸스는 멈칫했다.

"제가 이탈리아인들한테 줄 건 혹독한 태형밖에 없습니다!" 필리푸스는 거만하게 말했다.

"그것참 애석하군요!" 드루수스가 외쳤다. "의원 여러분, 여기 어느 모로 보나 할 만한 가치가 있는 일이 있습니다! 수세대 동안 지속된 불의를 바로잡고, 온 나라를 바람직하고 진정한 패권국으로 만들며, 계급이 다른 사람들 사이를 가로막는 지독한 장벽의 일부를 깨부수고, 임박한 전쟁의 위협을 제거하며—경고하건대, 정말로 임박한 전쟁입니다!—이 새로운 로마 시민들 모두가 로마와 로마인 중의 로마인에게 맹세로써 구속되게 하는 일입니다! 특히 마지막 것이 아주 중요합니다! 이는 새로운 시민들이 모두 적절하게 로마의 방식으로 인도된다는 뜻이며, 어떻게 투표하고 누구에게 투표해야 하는지를 알게 된다는 뜻이고, 이탈리아 동맹시 출신이 아닌 진짜 로마인을 뽑게 될 거라는 뜻입니다!"

고려해볼 만한 말이었다. 드루수스는 경청하는 사람들의 얼굴에서 그들이 숙고하고 있음을 알 수 있었으며, 경청하지 않는 사람은 아무도 없었다. 드루수스는 동료 의원들 모두가 가장 두려워하는 것이 무엇인지 잘 알고 있었다. 압도적인 수의 신규 로마 시민들이 서른다섯 개 트리부스 전체로 골고루 퍼져들어가면 유권자들 중 로마인의 비중이 현저하게 감소할 것이다. 로마인은 집정관·법무관·조영관·호민관·재무관 자리를 두고 이탈리아인과 경쟁하게 될 것이며, 원로원 지배권을 로마인에게서 빼앗아 이탈리아인의 손에 넘기려고 굳게 결심한 이탈리아인이 대거 원로원에 들어오게 될 터였다. 말할 것도 없이 민회도 크게 변할 것이다. 그러나 만약 이 신규 로마인들이 맹세에 의해—그것은 굉장한 맹세였다—로마에, 그리고 로마인 중의 로마인에게 속박된다면, 그들은 다른 모든 피호민 집단처럼 명예를 위해 지시받은 대로 투표해야만 한다.

"이탈리아인들은 우리와 마찬가지로 명예를 존중합니다." 드루수스가 말했다. "이런 맹세를 한 것만 봐도 알 수 있는 사실입니다! 우리의 시민권을 선물받는 대가로 그들은 진짜 로마인들이 바라는 대로 행동할 것입니다, 진짜 로마인 말입니다!"

"자네가 바라는 대로 행동하는 거겠지!" 카이피오가 악의에 찬 목소리로 말했다. "우리들 나머지, 진짜 로마인들은 비공식적인 독재관을 얻게 될 뿐이고!"

"말도 안 되네, 퀸투스 세르빌리우스! 내가 호민관 임무를 수행하면서 원로원의 뜻을 조금이라도 거스른 적이 있었나? 내가 원로원의 안녕보다 나 자신의 안녕을 더 신경쓴 적이 있었나? 계급을 막론하고 로마 인민의 요구에 무심한 적이 있었나? 내 아버지의 아들이자 로마인 중의 로마인이며 매우 신중하고 본질적으로 보수적인 사람인 나보다 이탈리아의 보호자로서 적격인 사람이 있는가?"

드루수스는 두 손을 앞으로 뻗고 회의장 안을 좌우로 죽 둘러보았다. "의원 여러분, 그 수많은 신규 시민들의 보호자로 누가 더 낫다고 보십니까? 마르쿠스 리비우스 드루수스입니까, 루키우스 마르키우스 필리푸스입니까? 마르쿠스 리비우스 드루수스입니까, 퀸투스 세르빌리우스 카이피오입니까? 마르쿠스 리비우스 드루수스입니까, 바리우스 세베루스 히브리다 수크로넨시스입니까? 의원 여러분, 마음을 정하시는 게 좋을 겁니다. 이탈리아 사람들은 시민권을 얻게 될 거니까요! 저는 그들에게 시민권을 주겠다고 맹세했습니다. 그리고 저는 반드시 줄 것입니다! 여러분은 제 법들을 서판에서 지우고 제 호민관 직의 목표와 업적을 없애버렸습니다. 그러나 제 임기는 아직 끝나지 않았고, 저는 명예롭게 처신하며 여러분을 대해왔습니다! 모레 저는 이탈리아

시민권 문제를 평민회로 가져갈 것입니다, 집회를 열고 또 열어 논의할 것입니다. 언제나 종교적인 절차를 준수하고, 언제나 법률에 따라 진행할 것이며, 언제나 평화와 질서를 지킬 것입니다. 왜냐하면, 다른 맹세는 차치하더라도, 여러분 모두 앞에서 맹세컨대 저는 서판에 리비우스 법 하나가 새겨지지 않은 채로 호민관 직을 마치진 않을 것이기 때문입니다. 아르누스 강에서 레기움까지, 루비콘 강에서 베레이움까지, 티레니아 해에서 아드리아 해까지의 모든 사람들이 완전한 로마 시민이라고 하는 법 말입니다! 이탈리아 사람들이 제게 한 가지 맹세를 했다면, 저 역시 그들에게 한 가지 맹세를 했습니다. 제가 임기를 마치기 전에 그들이 로마 시민권을 얻는 것을 보겠다는 맹세입니다. 저는 그렇게 할 것입니다! 진심으로 말씀드리지만, 그렇게 할 것입니다!"

그날의 승자는 드루수스였다. 모두가 그것을 알고 있었다.

"가장 영리한 부분은," 안토니우스 오라토르는 말했다. "그는 이제 의원들로 하여금 시민권 확대가 불가피하다고 생각하게 만들었다는 겁니다. 의원들은 자신들이 꺾이는 게 아니라 남들이 꺾이는 걸 보는 데 익숙하지요. 하지만 드루수스는 그들을 꺾었습니다, 최고참 의원님, 정말로 그랬습니다!"

"동의하네." 스카우루스가 환해진 표정으로 말했다. "마르쿠스 안토니우스, 자네도 알겠지만 나는 로마 정부에서 나를 놀라게 할 수 있는 건 아무것도 없다고 생각해왔네. 일어날 일은 과거에 다 일어났다고, 그것도 지금보다 나은 방식으로 일어났다고 말이야. 하지만 마르쿠스 리비우스는 독특해. 이제껏 로마에 그 같은 사람은 없었네. 내 생각엔 앞으로도 없을 게야."

드루수스는 자신의 말을 실천했다. 그는 이탈리아로의 시민권 확대 건을 평민회로 가져갔다. 평민회에 출석한 모든 사람들은, 불굴의 의지를 내뿜는 후광으로 둘러싸인 드루수스를 보고 감탄할 수밖에 없었다. 드루수스의 명성은 크고 자자해졌다. 그는 모든 계층 사람들의 입에 오르내렸다. 그 견고한 보수주의, 적절하고 합법적으로 일을 처리하는 강철 같은 의지는 드루수스를 새로운 종류의 영웅으로 만들었다. 최하층민을 포함하여 모두가 본질적으로 보수적인 로마인들은, 사투르니누스 같은 사람을 지지할 수는 있었지만 사투르니누스 같은 사람을 위해 더 나은 사람을 죽이려고 하지는 않았다. 모스 마이오룸, 수백 년의 세월 동안 쌓인 모든 전통과 관습은 언제나, 심지어 최하층민에게도 중요했던 것이다. 그리고 여기 마침내, 정의만큼이나 모스 마이오룸을 중시하는 사람이 있었다. 마르쿠스 리비우스 드루수스는 신인(神人)의 아우라를 띠기 시작했고, 사람들은 그가 원하는 것은 모두 무조건 옳다고 믿기 시작했다.

필리푸스, 카이피오, 카툴루스 카이사르와 그 추종자들은 우유부단하게 주변을 맴도는 새끼 똥돼지 메텔루스 피우스와 함께, 드루수스가 10월 하순에서 11월까지 연이어 집회를 여는 것을 속수무책으로 바라볼 수밖에 없었다. 초반 집회들은 분위기가 심상치 않았지만 드루수스는 멋지게 해냈다. 그는 모든 사람들에게 발언할 기회를 주었고, 한덩어리가 된 모든 목소리들까지 허용하면서도 군중의 횡포나 유혹에는 절대 굴복하지 않았다. 분위기가 과열되면 즉시 사람들을 해산시켰다. 초반에 카이피오는 여러 차례 집회를 폭력으로 무산시키려고 했지만, 민회에서 공식적으로 여러 차례 검증된 그 수법도 드루수스에게는 통하지 않았다. 언제쯤 폭력 사태가 벌어질 것인지 알아내는 데 천부적인 재능이 있는 것 같은 그가 폭력이 발생하기 전에 집회를 종결시켜버렸기 때문이다.

6차, 7차, 8차……. 집회장은 회가 거듭될수록 조용해졌고, 청중은 갈수록 이번 법안의 불가피성을 받아들였다. 드루수스는 바위 위를 흐르는 물처럼 한결같은 우아함과 위엄으로, 감탄스러운 인품과 부단한 합리성으로 반대자들을 지치게 만들었다. 그는 자신의 적들이 무신경하고 무례하고 우둔해 보이게 만들었다.

"이것이 유일한 방법입니다." 드루수스는 8차 집회가 끝난 후에 원로원 최고참 의원 스카우루스에게 말했다. 두 사람은 스카우루스가 집회를 지켜보고 있던 전망 좋은 지점인 원로원 의사당 계단 위에 서 있었다. "로마의 정치인들은 인내심이 부족합니다. 다행스럽게도 저는 인내심이 아주 강하죠. 저는 들으러 오는 모든 사람들을 상대해주고, 그들은 기뻐합니다. 그들은 저를 좋아합니다! 그들은 인내심을 갖고 자기들을 대하는 저를 점차 신뢰하게 되었습니다."

"자넨 가이우스 마리우스 이후 처음으로 그들이 정말로 좋아하는 사람이야." 스카우루스는 지난날을 돌아보며 말했다.

"그럴 만한 이유가 있습니다. 가이우스 마리우스는 그들이 신뢰할 수 있다고 느끼는 또다른 사람입니다. 그들에게 있어 가이우스 마리우스의 매력은 그의 무척이나 멋지고 직설적인 태도와 강인함, 로마 귀족이라기보다 그들과 같은 사람 같은 분위기 때문이지요. 저는 그와 같은 타고난 매력은 없습니다. 저는 본질적으로 로마 귀족일 수밖에 없으니까요. 하지만 인내심은 승리했습니다, 마르쿠스 아이밀리우스. 그들은 저를 신뢰하게 되었습니다."

"이제 정말로 투표를 할 때가 되었다고 생각하나?"

"그렇습니다."

"다른 사람들도 불러볼까? 우리집에서 저녁이나 같이 먹지."

"오늘만큼은 모두들 저희 집에서 저녁을 드셔야 할 것 같습니다." 드루수스가 말했다. "내일은 어느 쪽으로든 제 운명이 결정될 테니까요."

스카우루스는 서둘러 마리우스와 스카이볼라, 안토니우스 오라토르를 찾으러 갔다. 술라를 발견한 그는 술라에게도 손을 흔들었다. "마르쿠스 리비우스를 대신해 사람들을 초대하고 있다네. 그의 집에서 저녁을 먹지 않겠나, 루키우스 코르넬리우스?" 스카우루스는 술라의 얼굴에 비사교적인 망설임이 어리는 것을 보고 얼른 덧붙였다. "그러지 말고 가세나! 꼬치꼬치 캐묻는 사람은 부르지 않을 걸세, 루키우스 코르넬리우스!"

망설이는 표정이 사라졌다. 술라는 이제 웃음까지 지었다. "그렇다면 좋습니다, 마르쿠스 아이밀리우스, 가겠습니다."

9월 초였다면 여섯 사람은 자기들끼리 걸어갔을 것이다. 드루수스에게는 피호민이 많았지만, 피호민들이 포룸 로마눔에서의 일이 끝난 뒤에 보호자의 집까지 따라가는 것은 통상적인 관례가 아니었기 때문이다. 피호민들은 이른 새벽에 보호자의 집에 모였다. 그러나 이날 민회의 8차 집회에서 드루수스의 추종자들은 너무나 많아져서, 드루수스와 그의 귀족 동료 다섯 명은 흥분한 군중 200여 명에 에워싸여 걸었다. 그 호위대는 중요하거나 부유한 사람들로 구성되지 않았다. 3계급과 4계급 사람들, 심지어 최하층민들까지 섞여 있는 군중은 그에게 찬사를 바치기 위해, 그 견실하고 꿋꿋하고 완전한 사람에게 경의를 표하고 싶어서 왔다. 드루수스의 2차 집회 이후 그들은 무리를 이루어 드루수스를 집까지 호위했는데, 사람들의 숫자는 점점 늘어났다. 그들은 이날 특히 더 드루수스를 호위하고 싶어했다. 내일은 투표가 있을 것이기 때문이었다.

"이건 내일을 위해서군요." 술라는 걸어가는 도중에 드루수스에게 말했다.

"그렇습니다, 루키우스 코르넬리우스. 저들은 저를 알고 신뢰하게 되었습니다. 평민회에서 영향력이 있는 기사들부터 지금 우리를 둘러싼 이 모든 평범한 사람들까지요. 투표를 더이상 미루는 것은 무의미한 것 같습니다. 일종의 버팀대가 형성되었으니까요. 만일 제가 성공할 수 있다면, 내일 성공할 겁니다."

"자네는 반드시 성공할 거네, 마르쿠스 리비우스." 마리우스가 흐뭇하게 말했다. "나부터도 자네에게 표를 던질 거고."

집까지는 아주 짧은 거리였다. 포룸 로마눔 낮은 구역을 가로질러 베스타 계단을 오른 뒤 오른쪽으로 돌아 빅토리아 언덕길로 가면, 그곳에 드루수스의 집이 있었다.

"어서 들어오십시오, 동지 여러분!" 드루수스는 쾌활한 목소리로 군중을 향해 말했다. "아트리움으로 가십시다, 거기서 여러분께 작별인사를 하겠습니다." 그는 스카우루스에게 조용히 속삭였다. "다른 분들과 제 서재에서 기다리십시오. 오래 걸리지는 않을 것입니다만, 대화를 좀 나눈 뒤에 사람들을 해산시키는 것이 예의일 듯합니다."

스카우루스를 포함한 다섯 명의 귀족들이 서둘러 서재로 가는 동안, 드루수스는 이리저리 흩어져서 이동하는 호위대를 이끌고 넓은 주랑 정원을 가로질러 정원 저쪽 끝에 있는 주랑 뒷벽에 붙은 두 짝의 커다란 문으로 갔다. 그 문 너머에 있는 아트리움은 색채가 생생한 멋진 공간이었으나 지금은 해가 져서 어두침침했다. 드루수스는 잠시 동안 찬

양자들 사이에 서서 농담하고, 웃고, 내일 바람직한 방향으로 투표해달라고 간청했다. 사람들은 작은 무리들로 나뉘어 드루수스를 떠나기 시작했고, 드루수스 주위에 있는 사람들의 수는 점차 줄어들어 몇 명만 남아 있었다. 짧은 어스름이 스러지고 있었고 등불이 켜지기 직전의 그림자들은 기둥들 뒤쪽과 벽감들 안을 암흑으로 물들였다.

아, 잘됐군! 마지막 남은 몇 명도 돌아서서 가려고 하고 있었다. 그들 가운데 한 사람이 어둠 속에서 드루수스를 거칠게 스치고 지나갔다. 드루수스의 토가 주름이 홱 잡아당겨 내려졌고, 그는 오른쪽 사타구니에서 예리하고 타는 듯한 통증을 느꼈다. 소리를 지를 뻔했지만 꾹 참았다. 그의 추종자들이기는 하지만 어쨌거나 낯선 사람들 앞이었기 때문이다. 이제 그들은 순식간에 어두워진 것에 놀라는 감탄사를 내뱉으며, 밤이 로마의 골목들을 위험으로 들끓게 만들기 전에 귀가하기를 바라면서 서두르고 있었다.

고통으로 눈이 반쯤 멀어버린 드루수스는 정원을 둘러보며 출입구에 서서 여러 겹의 토가 자락이 거치적거리는 왼팔을 들었다. 그는 주랑정원의 저쪽 끝에서 문지기가 사람들을 거리로 내보낼 때까지 지켜본 다음, 친구들이 기다리는 서재로 가기 위해 몸을 돌렸다. 그러나 그가 움직이는 순간, 불가해하고 아찔한 고통이 광포하게 폭발했다. 드루수스는 참지 못하고 비명을 질렀다. 비명은 하르피이아처럼 무자비하게 그를 찢고 나왔다. 순간 그의 오른쪽 다리에서 따뜻한 액체가 흘러내렸다. 끔찍하군!

스카우루스와 다른 동료들이 서재에서 달려나왔을 때 드루수스는 이미 다리에 힘이 풀린 채 한 손으로 오른쪽 둔부를 움켜쥐고 있었다. 그는 손을 떼어 들여다보고 경악했다. 손은 피투성이였다. 그의 피였다. 그는 무릎을 꿇고 앉았다가 아래쪽에 공기가 갇힌 펄럭이는 자루처럼 천천히 땅바닥으로 무너졌고, 눈을 부릅뜬 채 점점 커지는 고통 속에서 숨을 헐떡이며 드러누웠다.

상황을 주도한 것은 스카우루스가 아닌 마리우스였다. 마리우스는 드루수스의 토가 자락을 헤치고 오른쪽 둔부를 드러냈다. 수수께끼의 답, 드루수스의 사타구니 위쪽에 튀어나온 칼자루가 보였다.

"루키우스 코르넬리우스, 퀸투스 무키우스, 마르쿠스 안토니우스, 각자 다른 의사를 부르러 가게." 마리우스가 딱딱한 목소리로 말했다. "원로원 최고참 의원, 지금 당장 집안의 모든 등불을 켜라고 하시오!"

드루수스는 별안간 또 비명을 질렀다. 무시무시한 비명 소리는 아트리움 천장에 그려진 별이 총총한 하늘로 올라가, 들보에서 들보로 시끄럽게 날아다니는 박쥐처럼 그곳에 머물렀다. 집사 크라티포스가 스카우루스를 도와 등불을 켰다. 코르넬리아 스키피오니스는 뒤쪽에 아이들 여섯을 모두 달고 아트리움으로 달려와 아들의 옆, 피로 뒤덮인 바닥에 무릎을 꿇고 앉았다.

"암살 시도입니다." 마리우스가 간결하게 말했다.

"드루수스의 동생을 불러야겠어요." 어머니가 말했다. 일어선 그녀의 치마는 피에 젖어 있었다.

돌볼 사람 없이 남겨진 여섯 아이들은 슬금슬금 마리우스 뒤로 다가가서 바닥 위에 펼쳐진 광경을 입을 벌린 채 바라보았다. 휘둥그레진 눈들에 넓게 퍼져나가는 피가, 외삼촌의 끔찍하게 일그러진 얼굴이, 외삼촌의 아랫배에서 불거져나오는 지저분하고 뭉툭한 것이 담겼다. 드루수스는 이제 계속해서 비명을 지르고 있었다, 내출혈이 다리로 이어진 큰 신경간을 누르면서 고통이 점점 커졌다. 고통스러운 비명이 터져나올 때마다 아이들은 펄쩍 뛰고 움찔거리고 흐느껴 울었다. 그러다가 정신을 차린 카이피오는 말라깽이 남동생 카토를 껴안고 동생의 떨리는 머리를 가슴에 품어 카토의 튀어나온 눈을 가렸다.

코르넬리아 스키피오니스가 돌아오고 나서야 아이들은 발견되었고, 울면서 몸을 떠는 육아실 하녀의 호위 아래 아트리움에서 쫓겨났다. 드루수스의 어머니는 마리우스의 반대쪽에 다시 무릎을 꿇고 앉았다. 두 사람 다 속수무책이었다.

그때 술라가 아폴로도로스 시켈로스를 문자 그대로 메다시피 하고 오더니 마리우스 옆에 내동댕이쳤다. "이 인정머리 없고 비열한 놈이 저녁식사 자리를 떠나지 않으려고 하더군요."

"침대로 옮긴 후에 진찰해야 합니다." 술라의 습격 때문에 아직도 숨을 헐떡거리면서 시칠리아 출신 그리스인 의사가 말했다.

그리하여 마리우스와 술라, 크라티포스와 하인 두 명은 비명을 지르는 드루수스를 바닥에서 들어올렸다. 드루수스의 축축한 토가 자락이 그들 뒤로 선홍색 피의 넓은 자취를 남겼다. 드루수스는 그의 큰 침대로 옮겨졌다. 드루수스와 세르빌리아 카이피오니스가 그토록 오랫동안 자식을 만들기 위해 헛되이 애썼던 침대였다. 작은 침실은 등불로 가득차서, 드루수스를 침대에 내려놓은 사람들에게는 낮처럼 밝아보였다.

다른 의사들이 도착하고 있었다. 마리우스와 술라는 드루수스를 의사들에게 맡겨두고 다른 사람들이 있는 아트리움으로 갔다. 드루수스가 끝도 없이 비명을 지르는 소리는 아트리움까지도 들려왔다. 마메르쿠스가 뛰어들어왔을 때 마리우스는 집주인의 침실 쪽을 가리켰을 뿐 마메르쿠스를 따라가지는 않았다.

"우리는 떠날 수 없소." 매우 늙어 보이는 스카우루스가 말했다.

"그렇소, 떠날 수 없소." 마리우스가 매우 늙은 기분으로 말했다.

"그럼 다시 서재로 가시죠. 그편이 저들에게 방해가 덜 될 겁니다." 술라가 말했다. 그는 충격과, 내키지 않아하는 의사를 저녁식사용 긴 의자에서 여기까지 끌고 온 노고 때문에 몸을 떨고 있었다.

"맙소사, 믿을 수가 없군!" 안토니우스 오라토르가 소리쳤다.

"카이피오일까요?" 스카이볼라가 몸을 떨며 물었다.

"내 생각엔 그 히스파니아 똥개 바리우스 같소." 술라가 이를 드러내며 말했다.

지시를 내리는 데 익숙한 사람들이었던 그들은 쓸모없고 무력한 기분으로 서재에 자리를 잡았다. 그들의 귀는 여전히 침실에서 들려오는 끔찍한 비명의 공격을 받고 있었다. 하지만 그들은 서재로 온 지 얼마 지나지 않아 코르넬리아 스키피오니스가 그 대단한 가문의 진정한 일원임을 깨달았다. 그녀는 시련 속에서도 짬을 내어 그들에게 포도주와 음식을 챙겨 보냈고 노예 한 명을 보내어 그들의 시중을 들게 했다.

의사들은 간신히 칼을 제거해냈다. 칼은 의도한 목적에 이상적인 것으로 판명되었다. 작지만 날이 넓적하고 곡선인 구두장이의 칼이었다.

"칼은 상처 속에서 비틀린 뒤 완전히 한 바퀴를 돌았습니다." 아폴로도로스 시켈로스는 드루수스의 무자비한 비명 속에서 마메르쿠스에게 말했다.

"그게 무슨 뜻이오?" 마메르쿠스가 수많은 작은 혀 같은 등불의 불꽃이 뿜는 열기 속에서 땀을 흘리며 물었다. 그는 의사의 말이 암시하는 바는 고사하고 아무것도 이해할 수가 없었다.

"모두 다 손쓸 수 없을 지경으로 손상되었습니다, 마메르쿠스 아이밀리우스. 혈관, 신경, 방광, 그리고 제 생각엔 대장까지요."

"고통을 줄일 수 있는 뭔가를 처방할 수 없소?"

"이미 양귀비 진액을 썼지만 더 쓰겠습니다. 유감스럽지만 그런다고 도움이 되지는 않을 겁니다."

"그럼 무엇이 도움이 되겠소?"

"아무것도 없습니다."

"내 아들이 죽을 거란 말이오?" 코르넬리아 스키피오니스가 믿을 수 없다는 듯이 물었다.

"그렇습니다, 마님." 의사가 위엄 있게 말했다. "마르쿠스 리비우스는 안팎으로 피를 흘리고 있는데, 우리로서는 둘 다 멈추게 할 기술이 없습니다. 환자분은 돌아가실 겁니다."

"저렇게 고통을 겪으면서 말이오? 고통을 줄여줄 방법이 전혀 없소?"

"우리의 약전에는 아나톨리아산 양귀비 진액보다 더 효과적인 것은 없습니다, 마님. 그것이 도움이 안 되면 다른 어떤 것도 도움이 안 될 겁니다."

그 기나긴 밤 내내 드루수스는 침대에 누워서 비명을 지르고 또 질렀다. 그가 울부짖는 소리는 그 멋진 저택의 모든 구석까지 가닿았고, 함께 있으면서 위안을 얻기 위해 육아실에서 서로를 껴안고 있던 여섯 아이들의 귀에도 들어갔다. 카토 2세의 머리는 아직도 형의 품속에 묻혀 있었다. 아이들은 모두 울며 칭얼거렸다. 땅바닥에 누워 있던 마르쿠스 외삼촌의 모습은 아이들의 마음 깊이 새겨졌으며, 이미 수많은 비극으로 망가진 아이들의 삶을 또다시 망가뜨리고 있었다.

그러나 카이피오 2세는 동생 카토를 꼭 끌어안고 그의 머리카락에 입을 맞췄다. "형이 여기 있잖아! 아무것도 널 다치게 할 수 없어!"

사람들은 계속해서 빅토리아 언덕길에 모여들었고, 결국에는 사방으로 3백 보 거리까지 인파가 생겨났다. 거기서도 드루수스의 비명 소리가 들렸다. 그 소리는 한숨들과 흐느낌들, 더 작지만 덜하진 않은 고통의 나직한 외침들로 반향되었다.

저택 안에서는 원로원 의원들이 아트리움에 모여 있었다. 카이피오도 필리푸스도 오지 않았다. 분별 있는 결정이었다. 퀸투스 바리우스도 서재 문에 머리를 들이밀지 않는다는 것을 술라는 알아차렸다. 로지아로 가는 출구 근처의 웅덩이 같은 어둠 속에서 뭔가가 움직였다. 술라는 조용히 빠져나가서 그것을 보았다. 열서너 살쯤 되어 보이는 가무잡잡하고 예쁜 소녀였다.

"무슨 일이냐?" 술라는 소녀의 앞에 갑자기 나타나며 물었다. 등불이 그의 바로 뒤에 있었다.

소녀는 숨을 헐떡이며 붉은 황금빛 머리카락의 강렬한 후광을 올려다보았고, 잠시 동안 자신이 죽은 카토 살로니아누스를 보고 있다고 생각했다. 소녀의 눈은 증오로 번쩍이다가 스러졌다. "내게 그렇게 묻는 당신은 누구죠?" 소녀는 매우 거만하게 딱딱거렸다.

"루키우스 코르넬리우스 술라. 너는?"

"세르빌리아예요."

"침대로 돌아가렴, 꼬마 아가씨. 여기는 네가 있을 곳이 아니야."

"난 아버지를 찾고 있어요."

"퀸투스 세르빌리우스 카이피오 말이냐?"

"네, 맞아요, 제 아버지요!"

술라는 소녀의 기분을 배려할 만큼 신경을 쓰지 않으면서 웃었다.

"어리석은 아이야, 그 사람이 왜 여기 있겠니. 세상의 절반이 그가 마르쿠스 리비우스를 살해했다고 의심하고 있는데?"

소녀의 눈이 다시 번쩍였다. 이번에는 기쁨으로. "그 사람이 정말로 죽어요? 정말로요?"

"그래."

"잘됐네요!" 소녀는 잔인하게 말하더니 문을 열고 사라졌다.

술라는 어깨를 으쓱한 뒤 서재로 돌아갔다.

동이 튼 직후 크라티포스가 나타났다. "마르쿠스 아이밀리우스, 가이우스 마리우스, 마르쿠스 안토니우스, 루키우스 코르넬리우스, 퀸투스 무키우스, 주인님께서 뵙기를 청하십니다."

비명은 산발적이고 꾸르르 목을 울리는 신음으로 잦아들어 있었다. 서재에 있던 사람들은 그 말의 의미를 이해하고 서둘러 집사를 뒤따라, 아트리움에서 기다리고 있던 원로원 의원들을 헤치고 나아갔다.

누워 있는 드루수스의 피부는 이불처럼 새하얬다. 그의 얼굴은 사악한 누군가가 번쩍이고 생기 있고 아름다운, 크고 거무스름한 두 눈을 끼워넣은 가면에 지나지 않았다. 드루수스의 한쪽 옆에는 코르넬리아 스키피오니스가 눈물 없이 굳은 표정으로 서 있었고, 다른 쪽 옆에는 마메르쿠스 아이밀리우스 레피두스 리비아누스가 눈물 없이 굳은 표정으로 서 있었다. 의사들은 모두 가고 없었다.

"친구들, 저는 떠나야 합니다." 드루수스가 말했다.

"우리는 이해하네." 스카우루스가 다정하게 말했다.

"제 일은 이제 완성되지 못할 겁니다."

"그래, 그렇겠지." 마리우스가 말했다.

"그들은 나를 저지하기 위해 이래야만 했습니다." 드루수스는 고통에 비명을 질렀지만, 그 소리는 나직하고 기진맥진해 있었다.

"누구였소?" 술라가 물었다.

"일곱 명 중 한 명. 모르는 자들이었습니다. 평범한 사람들. 아마 3계급일 겁니다. 최하층민은 아니에요."

"협박을 받은 적이 있소?" 스카이볼라가 물었다.

"없습니다." 드루수스는 다시 신음했다.

"암살자를 찾아내겠소." 안토니우스 오라토르가 말했다.

"혹은 암살자를 고용한 사람을." 술라가 말했다.

그런 다음 그들은 침묵 속에서 침대 발치에 서 있었다. 드루수스에게 남은 미약한 생명력을 더는 낭비하고 싶지 않았기 때문이다. 그러나 제일 마지막에, 숨을 쉬려고 애를 쓰며 헐떡이는 와중에 고통이 견딜 만해졌을 때 드루수스는 흐려지는 눈으로 그들을 바라보며 일어나 앉으려고 애썼다.

"Ecquandone(누가)?" 그가 크고 강한 목소리로 물었다. "Ecquandone similem mei civem habebit res publica(누가 나처럼 우리 공화국을 구할 수 있을 것인가)?"

그의 아름다운 두 눈 위로 번져가던 흐린 막이 완전히 펼쳐졌다. 두 눈은 불투명한 황금빛으로 흐릿해졌다. 드루수스는 죽었다.

"아무도 없소, 마르쿠스 리비우스." 술라가 말했다. "아무도."

The
Grass
Crown

제5장

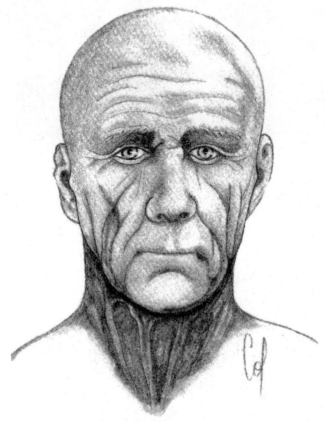

마르쿠스 아이밀리우스 스카우루스

퀸투스 포파이디우스 실로는 코르넬리아 스키피오니스의 편지를 통해 드루수스가 죽었다는 소식을 접했다. 그 편지는 드루수스가 죽은 지 이틀이 지나기도 전에 마루비움에 당도했으며, 이는 드루수스의 모친이 지닌 놀라운 용기와 침착함을 증명했다. 그녀는 아들의 죽음을 실로에게 맨 먼저 알리겠노라고 아들과 약속했고, 그것을 잊지 않았다.

실로는 눈물을 흘렸지만 크게 놀라거나 충격을 받지는 않았다. 한바탕 울고 나니 마음이 한결 가벼워졌고 새로운 목적의식이 샘솟았다. 마침내 기다림과 의문의 시간은 끝났다. 마르쿠스 리비우스 드루수스의 죽음으로 인해, 이탈리아인들이 평화적인 방법으로 참정권을 획득할 수 있다는 희망은 완전히 사라졌다.

삼니움족의 가이우스 파피우스 무틸루스, 마루키니족의 헤리우스 아시니우스, 파일리그니족의 푸블리우스 프라이센테이우스, 피케눔족의 가이우스 비다킬리우스, 프렌타니족의 가이우스 폰티디우스, 베스티니족의 티투스 라프레니우스, 그리고 법무관이 자주 바뀌기로 유명한 히르피니족의 지도자에게 편지가 전달되었다. 남은 문제는 회담 장

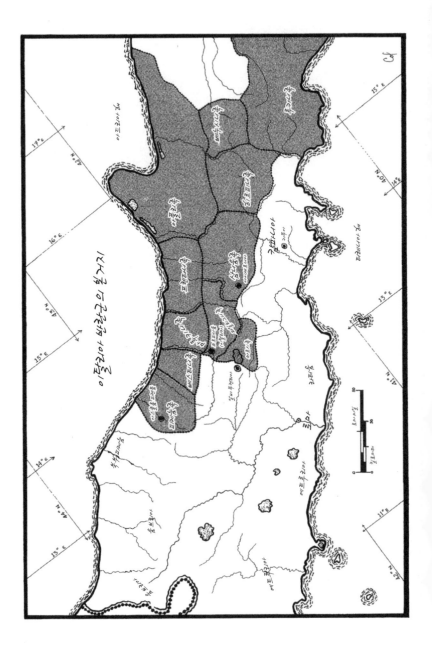

소를 정하는 것뿐이었다. 이탈리아 지도자들은 로마 법무관 두 명이 이른바 '이탈리아 문제'를 조사한답시고 반도를 휘젓고 다니는 중이며, 로마 시민권 혹은 라티움 시민권이 있는 지역은 의심받고 있음을 이미 알고 있었다. 대다수의 이탈리아 부족들이 쉽게 접근할 수 있되 로마인들은 잘 이용하지 않는 길—그러면서도 상태는 훌륭한 도로, 즉 로마의 도로에 위치한 지역이어야 했다. 실로에게는 곧 답이 떠올랐다. 바위가 많아 접근하기 어렵고 견고한 벽으로 둘러싸여 있으며 아펜니누스 산맥 중앙에 자리한 사시사철 물이 마르지 않는 곳. 발레리우스 가도와 아테르누스 강과 맞닿아 있고 마루키니족의 땅과 인접한 파일리그니족의 도시, 코르피니움이었다.

드루수스가 죽은 지 며칠 지나지 않아 이탈리아의 여덟 개 부족 지도자들과 그 추종자들이 코르피니움에 집결했다. 그들은 마르시족, 삼니움족, 마루키니족, 베스티니족, 파일리그니족, 프렌타니족, 피케눔족, 히르피니족 출신이었으며, 다들 흥분과 결의로 가득차 있었다.

"전쟁입니다." 회의에서 무틸루스가 제일 먼저 꺼낸 말이었다. "반드시 전쟁이 벌어질 것입니다, 이탈리아인 여러분! 로마는 우리가 행동과 능력을 통해 얻은 권위와 지위를 인정하지 않고 있습니다. 이제 우리는 로마나 로마인과 무관한 독립국을 건설하고, 우리 영토에 세워진 로마와 라티움 시민권자 거류지를 되찾고, 우리의 인력과 자본으로 운명을 개척할 것입니다!"

이 호전적인 선포에 군중이 발을 구르며 환호하자 무틸루스는 신이 났고 실로는 용기를 얻었다. 한 사람은 로마에 대한 증오에 사로잡혀 있었고, 다른 한 사람은 로마에 대한 신뢰를 완전히 상실한 탓이었다.

"이제 로마에 세금을 납부하지 맙시다! 병사를 제공하지 맙시다! 땅을 내놓지 맙시다! 로마의 채찍 아래 등을 내놓는 이탈리아인이 없도록 합시다! 채무 노예가 없도록 합시다! 로마인에게 고개 숙이고 경의를 표하고 굽실거리고 비굴하게 구는 일이 없도록 합시다!" 무틸루스가 소리쳤다. "우리는 스스로 강대국이 될 것입니다! 로마의 자리를 차지할 것입니다! 이탈리아인 여러분, 로마는 잿더미로 변할 것입니다!"

코르피니움에는 2천 명을 수용할 만한 건물이나 광장이 없어 회의는 장터에서 열렸다. 무틸루스의 짧은 연설중 후반부에 대한 환호가 거대한 소리의 파도로 바뀌어 바람을 타고 성벽을 넘어가자 새들은 놀랐고 주민들은 경외심을 느꼈다.

환호를 들으며 실로는 이제 됐어, 모든 것이 결정됐어, 하고 생각했다.

하지만 아직 결정되지 않은 부분도 많았다. 우선 신생국을 위한 새 이름이 필요했다.

"이탈리아!" 무틸루스가 큰 소리로 외쳤다.

다음으로 이제까지는 코르피니움이라 불렸던 이곳, 새로운 이탈리아 수도의 명칭을 정해야 했다.

"이탈리카!" 무틸루스가 외쳤다.

그다음 결정사항은 정부의 구성이었다.

"이탈리아에 동참하는 모든 부족에서 똑같은 수의 의원을 뽑아 총 500명으로 구성된 의회를 설립합시다." 실로가 말했다. 무틸루스는 그에게 기꺼이 연단을 양보했다. 무틸루스가 이탈리아의 심장이라면 실로는 이탈리아의 두뇌였다. "헌법을 비롯한 모든 민법은 이탈리아 의회에서 제정되고 실행될 것이며, 의회는 새로운 수도인 이곳 이탈리카에 영구적으로 위치하게 될 것입니다. 하지만 여러분도 알다시피 이탈리아가 실제로 존재하기 위해서는 먼저 로마와 전쟁을 치러야 합니다. 물론 로마와의 전쟁은 우리의 승리로 끝날 테지만, 전쟁이 성공적으로 마무리되기 전까지 이탈리아에는 법무관 열두 명과 집정관 두 명으로 구성된 내각, 다시 말해 전시 내각이 필요합니다. 이는 전부 로마식 직위명이지만 편의상 일단 그렇게 부르기로 합시다. 이 전시 내각은 이탈리아 의회에 보고를 전달하고 동의를 구하는 동시에 로마와의 전쟁을 책임지게 될 것입니다."

"로마인들은 믿지 않을 겁니다!" 베스티니족의 라프레니우스가 소리쳤다. "고작 이름 두 개! 우리가 가진 건 그것뿐이잖습니까! 실존하지도 않는 나라의 이름과 기존 도시에 붙인 새 이름!"

"로마인들은 믿을 겁니다." 실로는 침착하게 말했다. "우리가 화폐를 발행하고, 건축가를 불러 으리으리한 도시 중심가를 설계하기 시작한다면 말이죠! 새로 발행할 동전의 한쪽 면에는 여덟 개 부족을 상징하는 검을 든 여덟 사나이가 로마를 상징하는 돼지를 제물로 바치는 장면이 새겨질 것이며, 반대쪽에는 국가로서의 이탈리아를 상징하는 새로운 여신, 이탈리아의 얼굴이 새겨질 것입니다! 또한 삼니움족의 황소를 이탈리아를 상징하는 동물로 삼을 것입니다. 우리의 보호신은 자유의 아버지 리베르 파테르이며, 그분은 검은 표범을 줄에 묶어 끌고 다닐 것입니다. 우리가 로마를 그런 식으로 길들일 테니까요! 앞으로 1년 안에 새로운 수도 이탈리카에는 로마의 포룸 로마눔처럼 커다란 광장과 500명을 수용할 수 있는 거대한 의회 건물, 로마의 케레스 신전보다 장엄하고 유피테르 옵티무스 막시무스 신전보다 빼어난 이탈리아 신전이 들어설 것입니다! 로마의 도움 따윈 필요하지 않을 것이며, 로마도 곧 그 사실을 알게 될 것입니다!"

다시 한번 환호가 터져나왔다. 실로는 사나운 미소를 지으며 환호가 잦아들 때까지 연단에서 기다렸다.

"로마는 우리에게서 분열된 모습을 결코 발견하지 못할 것입니다! 이곳에 있는 모든 분들께, 자유로운 이탈리아의 모든 분들께 그것 하나만큼은 맹세할 수 있습니다. 인력과 자금, 식량과 물품 등 우리가 가진 자원을 총동원할 것입니다! 이탈리아의 이름으로 로마와 맞서는 지휘관들은 역사상 그 어떤 전쟁의 지휘관들보다 더 긴밀하게 공조할 것입니다! 우리 병사들은 이탈리아 전역에서 군대 소집을 기다리고 있습니다! 단 며칠 안에 10만 대군이 준비될 것이고, 그보다 훨씬 많은 병사들이 추후 그 대열에 합류할 것입니다!" 그는 잠시 멈추더니 큰 소리로 웃었다. "이탈리아 동포 여러분, 단언컨대 2년 후에는 로마인들이 우리에게 이탈리아 시민권을 허락해달라고 빌게 될 것입니다!"

그들의 대의명분은 정당한 가치를 지닌 동시에 모두의 요구와 염원을 담고 있었으므로 직위 분배에 대한 불만이나 내분은 전혀 없었다. 500명으로 구성된 이탈리아 의회는 당장 그날부터 본격적인 업무에 착수했고, 전시 내각은 전쟁 준비에 관한 논의를 진행했다.

그리스식의 간단한 거수를 통해 전시 내각 구성원들을 선출했고, 아직 이탈리아에 동참하지 않은 부족에서도 법무관을 두 명 뽑았다. 루카니족과 베누시니족도 조만간 합류할 것이라는 확신이 있었기 때문이다.

삼니움족의 가이우스 파피우스 무틸루스와 마르시족의 퀸투스 포파이디우스 실로가 두 명의 집정관으로 선출되었다. 법무관으로는 마루키니족의 헤리우스 아시니우스, 마르시족의 푸블리우스 베티우스 스카토, 파일리그니족의 푸블리우스 프라이센테이우스, 피케눔족의 가이우스 비다킬리우스, 삼니움족의 마리우스 에그나티우스, 베스티니족의 티투스 라프레니우스, 피케눔족의 티투스 헤렌니우스, 프렌타니족의 가이우스 폰티디우스, 베누시니족의 루키우스 아프라니우스, 루카니족의 마르쿠스 람포니우스가 뽑혔다.

전시 내각의 구성원들은 이탈리카라는 새 이름을 얻게 된 수도 코르피니움의 작은 회의장에서 본격적인 논의에 착수했다.

"반드시 에트루리아와 움브리아의 동참을 이끌어내야 합니다." 무틸루스가 말했다. "그들을 우리 편으로 끌어들이지 못하면 절대 로마를 북쪽으로부터 고립시킬 수 없소. 로마를 북쪽으로부터 고립시키지 못하면 계속해서 이탈리아 갈리아의 자원을 조달받게 될 거요."

"에트루리아인과 움브리아인은 참 이상한 족속들입니다." 마르시족의 스카토가 말했다. "우리와 달리 스스로를 이탈리아인이라 여기지 않으니 말이죠. 로마인들도 그 사람들을 이탈리아인이라 여기는데. 멍청한 족속들!"

"그들이 공유지 분배법에 반대하는 시위를 했다고 들었소." 마루키니족의 아시니우스가 말했다. "그건 곧 우리 편에 설 것이라는 뜻 아닐까요?"

"그 반대라고 생각합니다." 실로가 얼굴을 찡그리며 말했다. "이탈리아의 모든 부족 중에서 에트루리아인은 로마와 가장 밀접한 관계를 맺고 있고, 움브리아인은 그저 맹목적으로 에트루리아인을 따르고 있어요. 그들 중 우리가 이름이라도 아는 사람이 있습니까? 한 명도 없지! 동쪽으로는 아펜니누스 산맥이 그들과 우리를 가로막고 있고, 북쪽으로는 이탈리아 갈리아가 놓여 있고, 남쪽으로는 로마와 라티움이 버티고 있으니까요. 그들은 다른 이탈리아 부족이 아니라 로마인에게 소나무와 돼지를 팔고 있어요."

"소나무는 이해가 되는데, 돼지 몇 마리가 무슨 상관이요?" 피케눔족의 비다킬리우스가 물었다.

실로는 미소를 지었다. "돼지도 돼지 나름이오, 가이우스 비다킬리우스! 어떤 돼지는 꿀꿀대기나 하지만, 또 어떤 돼지는 훌륭한 쇠사슬 갑옷을 만들기도 한다지요."

"피사이와 포풀로니아 말이군요! 무슨 말씀인지 알겠소."

"에트루리아와 움브리아 문제는 차차 논의하도록 합시다." 삼니움족의 에그나티우스가 말했다. "500명 중에서 가장 언변이 좋은 의원들을 파견해 그들의 지도자를 설득하도록 하고, 우리는 우리에게 가장 어울리는 일을 논의하는 게 좋겠소. 바로 전쟁 말입니다. 어떻게 전쟁을 시작하는 게 좋겠습니까?"

"퀸투스 포파이디우스, 좋은 의견 없소?" 무틸루스가 물었다.

"우선 병사들에게 무장 명령을 내려야 합니다. 동시에 원로원에 대표단을 파견해 시민권 허락을 요구함으로써 로마를 조금 안심시키는 게 좋겠죠."

에그나티우스는 코웃음을 쳤다. "그리스인들이 미소년을 희롱하듯 로마인들이 그 시민권을 제멋대로 가지고 놀게 내버려둡시다!"

"오, 물론이지요." 실로는 유쾌하게 말했다. "하지만 우리가 군사를 이끌고 떡하니 나타나기 전에 그들에게 미리 알려줄 필요는 없지 않겠소. 물론 거의 준비가 되어 있지만 병력을 총동원하려면 한 달은 족히 걸릴 겁니다. 로마인들은 우리가 진군을 하려면 몇 년을 더 준비해야 한다고 생각하고 있소. 그러니 그들이 계속 착각에 빠져 있도록 두는 게 좋지 않겠소? 대표단을 재차 파견한 것을 보면 그들은 자기네 예상이 적중했다고 생각할 겁니다."

"나도 동의하오, 퀸투스 포파이디우스." 무틸루스가 말했다.

"좋습니다. 그렇다면 500명 중에 언변이 좋은 의원들을 더 뽑아 로마로 파견할 것을 제안하고 싶소. 그 대표단에는 전시 내각의 구성원이 한 명 이상은 포함되어야 한다고 생각합니다."

"한 가지는 분명합니다." 비다킬리우스가 말했다. "이 전쟁에서 이기려면 반드시 재빨리 움직여야 합니다. 강력하고 신속하게, 다양한 방향에서 동시다발적으로 로마를 공격해야 하죠. 우리에게는 잘 훈련받은 군대가 있고 군수물자도 넉넉합니다. 또한 출중한 백인대장들이 있지요." 그는 잠시 멈추더니 침울한 표정을 지었다. "하지만 우리에게는 장군이 전혀 없단 말이지."

"그 말에는 동의할 수 없소!" 실로가 강하게 반발했다. "우리에게 가이우스 마리우스 같은 장군이 없다는 뜻이면 틀린 말이 아니죠. 하지만 그는 이미 늙은 몸이고, 그 사람 말고 로마에 또 누가 있단 말이오? 카툴루스 카이사르는 본인이 이탈리아 갈리아에서 킴브리계 게르만족을 물리쳤다고 떠들어대는데, 다들 아시다시피 그건 가이우스 마리우스의 업적 아닙니까? 물론 티투스 디디우스도 있지만 그도 마리우스와 비교할 바가 아닙니다. 그보다는 전원 퇴역병사로 구성된 그의 4개 군단이 지금 카푸아에 머물고 있다는 사실이 중요하죠. 현재 전투에 투입중인 최고의 장군은 마케도니아에 가 있는 센티우스와 브루티우스 수라 정도인데, 그들을 불러들일 수는 없을 거요. 지금도 너무 바쁘니까요."

"로마는 속주를 모두 내팽개치는 한이 있더라도 자국 군대를 모두 불러들여 우리에게 정복당하는 사태를 막으려고 할 거요. 그러니 우리는 서둘러 승리를 거머쥐어야 합니다!" 무틸루스가 비장하게 말했다.

"장군 문제에 관해서 한 가지 더 짚고 넘어가고 싶소." 실로가 참을성 있는 태도로 말했다. "정말 중요한 것은 로마에 어떤 장군이 있느냐가 아닙니다. 어차피 로마는 로마의 방식대로 움직일 테니까, 결국 그해의 집정관이 전장을 지휘할 겁니다. 섹스투스 율리우스 카이사르와 루키우스 마르키우스 필리푸스는 임기가 거의 끝났으니 분명 그들은 아닐 테지요. 누가 내년의 집정관이 될지는 모르겠소. 하지만 지금쯤이면 분명 누군가를 뽑아두었을 겁니다. 그렇기 때문에 나는 가이우스 비다킬리우스의 말에 동의할 수 없고, 가이우스 파피우스의 말에도 동의할 수 없습니다. 이 회의장에 모인 사람들은 로마의 어느 집정관 후보보다도 더 많은 군대 경험을 가지고 있습니다. 나만 해도 중요한 전투에 여러 번 참여했고, 로마가 아라우시오 전투에서 대패하는 꼴을 지켜보는 특권을 누리기도 했소! 우리의 법무관 스카토와 가이우스 비다킬리우스, 가이우스 파피우스, 헤리우스 아시니우스, 마리우스 에그나티우스만 해도, 아니지, 이 회의장에 모인 사람들 모두는 여섯 번 이상 복무 경험이 있소. 로마에서 어떤 사령관과 보좌관을 내놓든 간에, 우리는 그들의 지휘체계를 그들 이상으로 훤히 알고 있습니다."

"우리에게는 다른 큰 이점이 있습니다." 프라이센테이우스가 말했다. "우리는 로마인들보다 이 지역을 잘 알고 있어요. 벌써 몇 년째 이탈리아 곳곳에서 군사 훈련을 했으니까요. 로마는 이제껏 이탈리아가 아니라 늘 해외에서 전쟁을 치러왔소. 로마 병사들은 카푸아에서 훈련을 마치면 바로 해외로 파견됩니다. 티투스 디디우스의 군대가 아직 배를 타고 떠나지 않은 것은 우리로서 아쉬운 일이지만, 퇴역병사로 구성된 그 4개 군단이 로마가 동원할 수 있는 병력의 전부요. 해외 병력을 국내로 불러들이지 않는 한."

"푸블리우스 크라수스가 개선행진을 할 때 먼 히스파니아의 군대를 데려오지 않았소?" 아시니우스가 물었다.

"물론 그랬지요. 하지만 늘 그렇듯 히스파니아에서 또 폭동이 일어나서 다시 배에 태워 보냈소." 카푸아 사정을 가장 빠삭하게 알고 있는 무틸루스가 말했다. "티투스 디디우스의 4개 군단은 비상시에 아시아 속주와 마케도니아에 파견하기 위해 남겨두었고요."

그때 급사 한 명이 광장에 모인 의원들이 보낸 공문을 들고 나타났다. 무틸루스는 그것을 받아 혼자 여러 번 중얼거리며 읽더니 걸걸한 웃음소리를 냈다.

"전시 내각의 사령관 여러분, 지금 광장에 있는 동지들은 우리만큼이나 이 일을 확실히 매듭짓고 싶은 모양입니다! 이 공문에 따르면, 이탈리아 의회의 구성원 모두는 비슷한 규모의 이탈리아 주요 도시를 둘씩 짝지어 인질을 교환하기로 합의했다는군요. 다양한 계급의 어린이를 각각 50명씩 말이죠!"

"그건 불신의 증거 같군요." 실로가 말했다.

"그럴지도 모르죠. 하지만 헌신과 단호한 결심의 실질적인 증거이기도 합니다. 나로서는 오히려 믿음을 기반에 둔 행동이라 생각합니다. 이탈리아의 모든 마을은 기꺼이 어린이 50명의 목숨을 걸고자 하는 겁니다." 무틸루스가 말했다. "내가 사는 보비아눔의 어린이 50명은 마루비움으로 가고, 마루비움의 어린이 50명은 보비아눔으로 올 것이오. 다른 지역도 이미 짝이 정해졌습니다. 아스쿨룸 피켄툼과 술모, 테아테와 사이피눔. 잘됐군!"

실로와 무틸루스는 이탈리아 의회와 이 문제를 논의하려고 잠시 회의장 밖으로 나갔다. 시간이 조금 흐른 뒤 그들이 돌아왔을 때 전시 내각의 다른 구성원들은 벌써 전략을 논의중이었다.

"우선 로마로 진군해야 합니다." 라프레니우스가 말했다.

"그렇소. 하지만 모든 병력을 투입할 수는 없어요." 무틸루스가 자리에 앉으며 말했다. "에트루리아와 움브리아가 합류하지 않는 상황도 반드시 고려해야 합니다. 그럴 경우 당분간 로마 북쪽에는 손을 쓸 수가 없소. 게다가 북부 피케눔은 로마인인 폼페이우스가 꽉 잡고 있으니 우리 편으로 끌어들일 수 없어요. 내 말이 틀렸습니까, 가이우스 비다킬리우스, 티투스 헤렌니우스?"

"틀리지 않습니다." 비다킬리우스가 무겁게 말했다. "북부 피케눔은 사실상 로마 땅이나 다름없어요. 그곳 땅의 절반은 폼페이우스 스트라보가 소유하고 있고, 나머지는 폼페이우스 루푸스가 소유하고 있으니까요. 우리가 넘볼 수 있는 지역은 센티눔과 카메리눔 사이의 좁은 땅뿐이오."

"알겠습니다. 그렇다면 북부 지역을 거의 다 포기해야겠군요." 무틸루스가 말했다. "대신 로마의 동쪽으로는 아펜니누스 산맥이 버티고 있어 상황이 훨씬 낫소. 이탈리아 반도 남쪽의 경우, 로마를 타렌툼과 브룬디시움으로부터 완전히 차단할 가능성이 아주 높소. 마르쿠스 람포니우스는 분명 루카니아를 이탈리아에 합류시킬 텐데, 그렇게만 된다면 로마를 레기움으로부터 고립시킬 수 있을 겁니다." 그는 잠시 말을 멈추고 얼굴을 찡그렸다. "하지만 삼니움을 지나 아풀리아 쪽의 아드리아 해로 이어지는 캄파니아의 저지대가 남아 있소. 이 지역에서 가장 강하게 로마를 압박해야 하는데, 여러 가지 이유 때문이오. 무엇보다 로마는 이제 캄파니아가 힘을 잃었고 완전히 로마의 땅이 되었다고 생각합니다. 하지만 그건 사실이 아니죠! 로마인들은 카푸아나 푸테올리를 끝까지 놓지 않을지도 모릅니다. 하지만 캄파니아의 나머지 지역은 로마로부터 충분히 빼앗을 수 있을 겁니다! 그렇게만 된다면 로마 근처의 훌륭한 항구를 점령해 남쪽의 중요한 대형 항구도시로부터 로마를 차단하고 그곳의 기름진 경작지를 빼앗아 카푸아를 고립시킬 수 있을 테죠. 일단 로마를 수세로 몰아넣으면 에트루리아와 움브리아도 우리 편으로 넘어올 겁니다. 우리는 로마의 동쪽과 남쪽으로 이어지는 모든 도로를 빼앗고, 플라미니우스 가도와 카시우스 가도를 점령하기 위한 작업을 진행해야 합니다. 에트루리아만 끌어들이면 로마의 모든 도로는 우리 차지가 될 겁니다. 그때부터는 여차하면 로마를 굶겨 죽일 수도 있겠죠."

"가이우스 비다킬리우스, 이제 알겠소?" 실로가 의기양양하게 물었다. "누가 우리에게 장군이 없다 그랬소?"

비다킬리우스는 졌다는 듯이 양손을 들어올렸다. "무슨 말인지 알겠소, 퀸투스 포파이디우스! 가이우스 파피우스를 보니 우리에겐 장군이 있군요."

"이 방에만 해도 벌써 훌륭한 장군이 열두 명이나 있지 않소." 무틸루스가 말했다.

신생국 이탈리아가 설립되고 이탈리아의 저명 인물들이 새로운 수도 이탈리카에 모여 회의를 하던 바로 그날, 조점관 가문의 법무관 퀸투스 세르빌리우스는 항구도시 피르뭄 피케눔을 떠나 살라리아 가도를 따라서 마침내 로마로 향하고 있었다. 그는 6월부터 에트루리아의 비옥한 언덕부터 아르누스 강에 이르는 로마 북부 지역을 순찰했다. 그곳은 이탈리아 갈리아와의 경계이기도 했다. 이후 동쪽의 움브리아로 향했고 그다음에는 남쪽의 피케눔, 다시 아드리아 해안 방향으로 이동했다. 그는 자신이 할 만큼 했다고 생각했다. 그가 이탈리아를 샅샅이 뒤졌음에도 은밀한 음모를 발견하지 못한 이유는 애초에 그런 음모가 없었기 때문이라 확신했다.

퀸투스 세르빌리우스의 행차는 이름만 안 그랬지 왕의 행차나 다름없었다. 집정관급 임페리움을 받은 그는 릭토르 열두 명으로부터 호사스러운 호위를 받았다. 릭토르들은 진홍색 의복에 검은색과 황동색 허리띠를 두르고 막대기 다발에 도끼를 끼운 파스케스를 들고 있었다. 자주색 튜닉 위에 은도금 갑옷을 입고 눈처럼 새하얀 승용마에 올라앉은 퀸투스 세르빌리우스는 자기도 모르는 사이 아르메니아의 왕 티그라네스를 흉내내고 있었다. 노예가 햇빛을 가려줄 수 있도록 곁에서 양산을 들고 걷도록 했던 것이다. 술라가 그 모습을 봤다면 아마 포복절도 했으리라. 그런 다음 퀸투스 세르빌리우스를 얌전한 승용마에서 끌어내려 얼굴을 흙바닥에 문대주었을지도 모른다.

퀸투스 세르빌리우스의 노예들은 매일 주인보다 한발 앞서 현지 거물이나 정무관의 빌라 등 최고의 숙소를 물색하러 다녔다. 그는 다른 일행들의 안위 따위는 관심도 없었다. 릭토르와 수많은 노예들 외에도 중무장을 하고 우아하게 말에 올라탄 기병 스무 명이 그를 호위했다. 또한 이 느긋한 행차에서 무료함을 달래줄 보좌관으로 폰테이우스라는 사람이 선택되었다. 폰테이우스는 일곱 살 난 딸 폰테이아를 막대한 지참금과 함께 베스타 신전의 신녀로 바침으로써 작은 영광을 거머쥔, 돈만 많고 보잘것없는 인물이었다.

퀸투스 세르빌리우스는 원로원이 공연히 야단을 피운 것이라 생각했다. 하지만 덕분에 생각지도 못했던 이탈리아 구경을 실컷 할 수 있었고, 그 과정이 너무 달콤했기에 딱히 불만은 없었다. 그가 가는 곳마다 흥겨운 축제와 잔치가 펼쳐졌다. 그를 접대하는 사람들의 넉넉한 씀씀이와 집정관급 임페리움이라는 강력한 권력의 조합으로 그의 돈궤는 이미 절반 이상 차 있었다. 이는 국가에서 대는 비용으로 마음껏 즐기고도 지갑을 두둑이 채워 법무관 임기를 마칠 수 있게 되었다는 뜻이었다.

살라리아 가도는 옛날의 소금길이었다. 왕정 시대 이전, 오스티아 염전의 소금은 라티움인 상인과 군인에 의해 이 길을 따라 다른 지역으로 퍼졌고 덕분에 로마는 최초의 번영을 누리게 되었다. 하지만 근래에 들어 살라리아 가도는 중요성을 상실했고, 무심한 정부는 망가진 노반

(路盤)을 방치하는 수준에 이르렀다. 퀸투스 세르빌리우스는 피르뭄 피케눔을 떠난 지 얼마 지나지 않아 그 사실을 알게 되었다. 몇 킬로미터 지점마다 홍수로 유실된 구간이 나타나 그를 괴롭혔고, 도로 바닥의 둥근 돌은 성한 곳이 없었다. 설상가상으로 꽤나 중요하다고 알려진 마을인 아스쿨룸 피켄툼으로 이어지는 도로 구간은 산사태로 인해 완전히 차단되어 있었다. 그의 부하들은 꼬박 하루 반나절 동안 도로를 정비했고, 가엾은 퀸투스 세르빌리우스는 산사태 현장에서 지극히 불편한 상태로 기다리고 있어야 했다.

해안에서부터의 여행길은 가파른 오르막이었다. 동부의 연안 지역은 폭이 좁았고 아펜니누스 산맥의 등줄기가 가까이에 우뚝 솟아 있어 서였다. 내륙인 아스쿨룸 피켄툼은 남부 피케눔에서도 가장 크고 중요한 지역으로, 무시무시한 산봉우리와 그 산봉우리를 닮은 높은 석벽이 도시를 에워싸고 있었다. 근처에는 트루엔티우스 강이 흘렀지만 매년 이맘때쯤이면 겨우 물웅덩이 수준으로 변했다. 하지만 똑똑한 아스쿨룸 피켄툼 주민들은 강바닥 아래의 자갈층에서 물을 끌어다 썼다.

마침내 아스쿨룸 피켄툼에 도착했을 때, 퀸투스 세르빌리우스는 앞서 떠난 노예들이 일을 잘 처리해두었음을 알게 되었다. 그곳에서 그는 그리스어 대신 라틴어를 구사하며 언뜻 봐도 아주 부유해 보이는 상인들의 환대를 받았다. 그들은 모두 로마 시민임을 나타내는 토가를 입고 있었다.

퀸투스 세르빌리우스는 새하얀 승용마에서 내렸다. 자주색 망토를 왼쪽 어깨에 두른 채 우아하고도 다소 거들먹거리는 태도로, 환영 나온 무리에게 다가갔다.

"이곳은 로마나 라티움 시민권자 거류지가 아니겠지요?" 그는 애매하게 물었다. 이탈리아를 여행하는 로마 법무관으로서 마땅히 알아야 할 것들이었지만, 그 방면으로는 지식이 부족했다.

"아닙니다, 퀸투스 세르빌리우스. 하지만 로마 사업가 백여 명이 이곳에 살고 있습니다." 환영단 대표인 푸블리우스 파브리키우스라는 사람이 말했다.

"그렇다면 피케눔 지도자들은 어디 있소?" 퀸투스 세르빌리우스는 못마땅하다는 듯 물었다. "현지인들도 나와 있을 줄 알았는데!"

파브리키우스는 송구스러운 표정이었다. "피케눔 주민들은 벌써 몇 달째 우리 로마인들을 슬슬 피하고 있습니다, 퀸투스 세르빌리우스. 이유는 저도 모르겠습니다! 무슨 악감정을 품고 있는 것 같습니다. 게다가 오늘은 피쿠스를 기리는 축일인데도 말이죠."

"피쿠스?" 퀸투스 세르빌리우스는 눈을 껌뻑거렸다. "딱따구리를 기리는 축제를 연단 말이오?"

그들은 성문을 지나, 가을꽃으로 만든 화환들을 내걸고 자갈 바닥에 장미 꽃잎과 작은 데이지를 뿌려놓은 조그마한 광장으로 들어섰다.

"이 지역에서 피쿠스는 피케눔의 군신 마르스로 통합니다." 파브리키우스가 말했다. "주민들에 따르면 그는 옛 이탈리아의 왕으로, 사비니족의 영토에서 피케눔족을 이끌고 나와 산을 넘어 오늘날 피케눔이라 불리는 땅으로 왔다고 합니다. 이곳에 도착하자 피쿠스는 딱따구리로 변했고 나무에 구멍을 뚫어 피케눔족 땅의 경계를 표시했다고 하지요."

"아." 퀸투스 세르빌리우스가 심드렁하게 대꾸했다.

파브리키우스는 퀸투스 세르빌리우스와 그의 보좌관 폰테이우스를 시내에서 가장 높은 곳에 위치한 자신의 화려한 저택으로 안내했다. 릭토르와 기병들에게는 적당히 편안한 근처의 숙소를 제공했고, 노예들은 자신의 노예 숙소에서 함께 머물도록 조치했다. 퀸투스 세르빌리우스는 이토록 공손하고 호화로운 대접에 기분이 좋아졌다. 그는 심지어 이 저택에서 가장 좋은 방에 묵게 되었다.

날은 더웠고 태양은 여전히 정수리 위에 있었다. 두 로마인은 목욕을 마친 뒤 도시 전체와 장엄한 성벽, 그 너머로 더욱 장엄한 산이 내려다보이는 로지아에 집주인과 함께 자리를 잡았다. 이 도시에서 이보다 멋진 전망을 자랑하는 집은 없으리라.

"어떠실지 모르겠습니다만," 손님들이 등장하자 파브리키우스가 입을 열었다. "오늘 오후에 같이 극장에 가시겠습니까, 퀸투스 세르빌리우스? 플라우투스의 〈바키데스〉가 상연될 예정이거든요."

"아주 재미있겠군." 퀸투스 세르빌리우스는 그늘에 마련된 푹신한 의자에 앉으며 말했다. "로마를 떠난 후로 연극을 한 편도 못 봤소. 딱따구리 축제 때문에 연극 공연을 하는 것이오?"

파브리키우스는 얼굴을 찡그렸다. "아닙니다. 이탈리아인들이 새로 도입한 웬 이상한 정책과 관련이 있는 공연이죠. 아스쿨룸 피켄툼에 사는 어린아이 50명을 오늘 새벽에 술모로 보냈습니다. 모두 이탈리아인 아이들이죠. 그리고 이쪽에서는 술모의 어린아이 50명이 도착하기를 기다리고 있습니다."

"참 이상한 일이군! 뭘 모르는 사람이라면 인질 교환으로 착각하기 딱 좋겠소." 퀸투스 세르빌리우스는 편안한 목소리로 말했다. "설마 피켄눔족이 마루키니족을 상대로 전쟁을 하려는 거요? 모양새가 꼭 그렇지 않소?"

"전쟁은 금시초문입니다." 파브리키우스가 말했다.

"아스쿨룸 피켄툼의 어린아이 50명을 마루키니족의 마을로 보냈고, 대신 마루키니족 어린아이 50명이 도착하기를 기다린다고 했으니, 필시 피케눔족과 마루키니족의 불편한 관계를 보여주는 일 아니겠소?" 퀸투스 세르빌리우스는 낄낄거렸다. "오, 그놈들끼리 싸워댄다면 참 우습지 않겠소? 그러다보면 로마 시민권을 얻어야 된다는 생각도 깡그리 잊어버리겠군. 안 그렇소?" 그는 포도주를 조금 들이켜더니 화들짝 놀라 고개를 들었다. "푸블리우스 파브리키우스! 차갑게 식힌 포도주가 아닙니까?"

"제법 괜찮지 않습니까?" 파브리키우스가 물었다. 그는 세르빌리우스처럼 유서 깊고 명망 높은 파트리키 가문의 이름을 가진 로마 법무관을 놀라게 할 수 있었다는 데 크나큰 기쁨을 느꼈다. "이틀에 한 번씩 사람을 시켜 눈을 퍼온 다음, 여름철과 가을철 내내 그 눈으로 포도주를 차갑게 식히곤 하죠."

"아주 맛있군." 퀸투스 세르빌리우스는 의자에 등을 기대며 말했다. "당신은 어떤 일을 하고 있소?" 그가 난데없이 질문을 던졌다.

"이 지역의 과수원 주인들과 독점 계약을 맺고 있습니다." 파브리키우스가 말했다. "저는 그들의 사과와 배, 모과를 전부 사들입니다. 최상급 열매는 싱싱한 상태로 로마에 보내 판매하고, 나머지는 작은 공장에서 잼으로 가공한 뒤 로마로 보냅니다. 또한 병아리콩에 대한 계약도 맺고 있지요."

"오, 아주 훌륭하군!"

"네, 제가 노력한 덕분이죠." 파브리키우스는 자축하는 듯한 목소리로 말했다. "이탈리아인들은 로마 시민권자가 본인들보다 잘살면 독점이네, 불공정 거래네 트집을 잡고 게으름뱅이들이나 하는 헛소리를 늘어놓습니다. 하지만 사실 일이 하기 싫고 사업을 할 만한 머리가 없는 것뿐이죠! 이탈리아인들에게 맡겨놓으면 과일과 농작물을 제때 수확하지 않고 바닥에 떨어져 썩도록 둘 겁니다. 저는 그들의 사업을 가로채려고 이 춥고 황량한 땅을 찾아온 게 아니에요. 직접 제 사업을 일구려고 이곳에 온 것이죠! 처음에 일을 시작했을 때 이곳 사람들은 고마워서 어쩔 줄을 모르더군요. 하지만 이제는 아스쿨룸 피켄툼의 모든 주민들에게 불청객 취급을 받고 있어요. 다른 로마인 친구들도 다 같은 처지랍니다, 퀸투스 세르빌리우스."

"사투르니아부터 아리미눔에 이르기까지 비슷한 사연을 많이 접했소." 일명 '이탈리아 문제'를 조사하기 위해 파견된 법무관이 말했다.

해가 서쪽으로 3분의 1쯤 떨어지고 서늘한 산 공기에 한낮의 열기가 식어갈 무렵, 파브리키우스와 그의 대단한 손님들은 극장으로 이동했다. 극장은 성벽에 기대어 설치된 목조 가건물로, 연극이 공연될 무대에는 해가 비치지만 객석은 그늘져 있었다. 대략 5천 명의 피케눔인이 자리를 잡고 있었지만 반원형 건물의 제일 앞쪽 두 줄은 비어 있었다. 그곳은 로마인을 위한 좌석이었다.

파브리키우스는 맨 앞줄 가운데 자리에 덮개를 씌운 쾌적한 연단을 설치해두었다. 연단 위 공간은 퀸투스 세르빌리우스의 상아 대좌를 비롯해 보좌관 폰테이우스와 파브리키우스의 의자를 놓기에 충분했다. 파브리키우스는 연단이 뒷좌석 사람들의 시야를 가린다는 것을 전혀 신경쓰지 않았다. 그의 손님은 집정관급 임페리움을 지닌 로마 법무관이며, 이탈리아인 무리보다 훨씬 중요한 인물인 까닭이었다.

일행은 곡선을 이룬 객석 아래의 터널을 통해 극장으로 들어갔고, 연단에서 열두 줄 정도 떨어진 곳의 통로로 나왔다. 연단은 객석과 무대 사이의 텅 빈 반원형 공간에 위치한 악단과 마주하고 있었다. 제일 먼저 도끼가 포함된 파스케스를 어깨에 둘러멘 릭토르들이 나왔고, 다음으로 만면에 웃음을 띠고 있는 파브리키우스와 함께 법무관과 그의 보좌관이 등장했으며, 그 뒤로는 기병 스무 명이 나타났다. 파브리키우스의 아내는 로마인 귀빈들을 소개받지 못한 채 친구들과 함께 연단 오른쪽 둘째 줄에 착석했다. 첫째 줄은 로마 시민권을 가진 남자만을 위한 자리였다.

일행이 등장하자 피케눔 주민들은 목을 길게 빼고 몸을 내밀며 웅성거렸다. 그 웅성거림은 비난과 야유가 섞인 함성, 아우성, 울부짖음으로 변해갔다. 퀸투스 세르빌리우스는 이토록 적대적인 반응에 내심 당황하고 실망했지만, 오만한 걸음으로 성큼성큼 연단으로 올라가 제왕처럼 당당히 상아 대좌에 앉았다. 그는 진짜 파트리키도 아니었으나 세상없는 파트리키 가문의 세르빌리우스처럼 보였다. 폰테이우스와 파브리키우스가 그의 뒤를 따랐고, 릭토르와 기병들은 연단 양옆의 첫째 줄과 둘째 줄에 착석하고 창과 파스케스를 무릎 사이에 끼워넣었다.

공연이 시작되었다. 플라우투스의 연극 중에도 가장 뛰어나고 재미있는 희극으로, 음악 또한 아주 듣기 좋았다. 배우들은 유랑극단 출신이지만 썩 훌륭했고 로마인, 라티움인, 이탈리아인이 적절히 섞여 있었다. 이 극단은 라틴어 희극만 전문으로 상연하기 때문에 그리스인 배우는 한 명도 없었다. 매년 아스쿨룸 피켄툼의 피쿠스 축제에서 공연을 해왔지만 올해는 분위기가 사뭇 달랐다. 로마에 대한 이처럼 강한 반감은 이전까지 피케눔 주민들에게서 찾아볼 수 없었다. 그래서 배우들은 평소보다 두 배는 열심히 연기에 임했고, 우스운 부분에서는 발걸음이나 몸짓을 한껏 과장했다. 심기가 불편해 보이는 피케눔 관객들을 어떻게든 공연중에 웃기고 말겠다고 작정한 것이었다.

　하지만 안타깝게도 배우들 사이에도 분열이 존재했다. 로마인 배우 두 명은 대놓고 연단에 앉은 사람들을 위해 연기하는 반면, 라티움인과 이탈리아인 배우들은 아스쿨룸 피켄툼 주민들에게 더 신경을 썼다. 도입부 이후 줄거리가 전개되었고, 주요 등장인물들은 아주 우스운 대사를 주고받았으며, 예쁜 한 쌍이 나와 피리 선율에 맞춰 노래를 불렀다. 그 다음은 첫번째 칸티쿰, 즉 중후한 목소리의 테너가 리라 반주에 맞춰 부르는 노래가 있었다. 가수는 삼니움 출신의 이탈리아인으로, 뛰어난 목소리만큼이나 가사를 슬쩍 자기 식대로 바꾸어 부르는 재주로 유명했다. 그는 무대 앞쪽으로 나와 귀빈들이 앉은 연단에 대놓고 노래를 시작했다.

모두 그대에게 외치네, 로마 법무관이여!
모두 그대에게 외치네, 집으로 꺼지라고!
어인 일로 이곳 피칼리아에 나타나
휘황찬란함으로 우리 눈을 멀게 하는가?
거만하게 높은 의자에 올라앉아
저만 잘난 척 눈도 깜빡 안 하는구나!
아스쿨룸 주민들아, 억울하지도 않소
저런 놈을 우리 극장에 앉혀놓다니!
모두 와서 저 인간을 던져버립시다!
더럽고 막돼먹은 저놈을 끌어내립시다!
상아 대좌에 고고하게 앉아 있지만
실은 반쪽 불알에 썩은 고기일 뿐!

저 로마 얼간이를 발로 차버립시다!

제대로 뜨거운 맛을 한번 보여줍시다!

그가 즉흥적으로 지어낸 노래는 여기까지였다. 자리에 앉아 있던 퀸투스 세르빌리우스의 호위병 하나가 무릎 사이에 끼고 있던 창을 던진 것이었다. 삼니움족 테너는 그 자리에서 즉사했다. 창은 그의 가슴팍을 관통했고, 그의 얼굴에는 혐오에 찬 표정이 남아 있었다.

무거운 침묵이 내려앉았다. 피케눔 관객들은 눈앞에서 벌어진 일을 믿을 수 없어 어찌할 바를 몰랐다. 그들이 돌처럼 굳어 있는 동안, 관객들이 가장 좋아하는 라티움인 배우 사우니오가 무대 끝에서 몹시 흥분한 상태로 입을 열었다. 그사이에 다른 배우 네 명은 시신을 무대 밖으로 옮겼고 로마인 배우 두 명은 황급히 자리를 피했다.

"피케눔 주민 여러분, 저는 로마인이 아닙니다!" 그는 원숭이처럼 기둥 하나를 붙들고 연신 위아래로 몸을 흔들며 소리쳤다. 그의 가면은 한쪽 손에 매달려 있었다. "제발 부탁인데, 저 사람들과 저를 한통속으로 보지 마십시오!" 그는 손으로 연단을 가리켰다. "피케눔 주민 여러분, 저는 그저 라티움인일 뿐입니다. 저도 우리가 사랑하는 이탈리아를 휘젓고 다니는 파스케스를 든 무리 때문에 고통받고 있습니다. 저 역시 저 교만한 로마 약탈자들을 개탄합니다!"

바로 그때 퀸투스 세르빌리우스가 상아 대좌에서 일어나 연단 아래로 내려가더니 악단이 있는 공간을 가로질러 무대로 올라갔다.

"배우 양반, 가슴팍에 창이 꽂히기 싫다면 그만 닥치시지!" 퀸투스 세르빌리우스는 사우니오에게 말했다. "내 평생 이런 모욕은 처음이군! 내가 부하들을 시켜 너를 안 죽인 것을 행운으로 알아, 이 쓰레기 같은 이탈리아놈!"

사우니오를 향하고 있던 그가 객석으로 몸을 돌렸다. 음향 시설이 워낙 훌륭해서, 평소 목소리로 말해도 객석 꼭대기까지 소리가 전해졌다. "오늘 이곳에서 들은 말은 절대 잊지 않겠다!" 그가 날카롭게 말했다. "로마의 권위는 치명적으로 훼손되었다! 단언컨대, 이 똥 무더기 같은 이탈리아 마을의 주민들은 처절한 대가를 치를 것이다!"

이윽고 벌어진 일은 너무 순식간이었기에, 현장에 있던 사람들조차도 뭐가 어떻게 된 것인지 도저히 이해할 수가 없었다. 객석에 있던 피케눔 주민 5천 명은 일제히 함성을 내지르며 로마인들이 앉아 있는 앞줄로 달려 내려갔고, 반원형 악단석으로 뛰어들어 기병, 릭토르, 토가를 입은 로마 시민들을 포위했다. 주민들은 꿈틀거리는 몸과 쥐어뜯고 당기고 꼬집는 손으로 이루어진 견고한 벽과도 같았다. 감히 창이나 칼을 들거나 막대 다발로 된 파스케스에서 도끼를 꺼내는 로마인은 아무도 없었다. 기병과 릭토르, 토가를 입은 남자들과 화려하게 치장한 그들의 여자들은 말 그대로 갈가리 찢겼다. 극장 앞쪽은 피바다로 변했고, 악단석 곳곳에는 찢긴 신체 일부분들이 공처럼 아무렇게나 내던져졌다. 군중은 날카로운 비명을 내지르고 환희와 증오의 눈물을 흘리며 로마인 관리 40명, 로마인 상인 200명과 그들의 여자들을 피로 물든 고깃덩이로 바꿔놓았다. 폰테이우스와 파브리키우스가 제일 먼저 목숨을 잃었다.

퀸투스 세르빌리우스도 현장을 탈출하지 못했다. 미처 도망갈 생각을 하기도 전에 일부 군중이 무대로 올라와 그의 귀를 쥐어뜯고, 코를 비틀어 뜯어내고, 눈알을 뽑고, 반지로 꽉 죄인 손가락을 부러뜨렸다. 그가 비명을 내지르는 가운데, 군중은 그의 양손과 양발, 머리를 사방으로 잡아당겨 몸을 여섯 토막으로 찢어놓았다.

　이 모든 일이 끝나자 아스쿨룸 피켄툼 주민들은 춤을 추며 환호했고, 극장에서 살해당한 로마인의 시신을 광장에 쌓아놓은 다음, 극장에 오지 않은 로마인들을 찾아내 거리에서 질질 끌고 다녔다. 해 질 무렵이 되자 아스쿨룸 피켄툼의 로마 시민과 그들에게 편승하는 사람들은 모조리 목숨을 잃었다. 주민들은 거대한 성문을 잠그고 앞으로 어떻게 식량을 구해 살아남을 것인지를 논의했다. 이 광란을 후회하는 사람은 단 한 명도 없었다. 이러한 행동은 그들 속에서 곪고 있던 증오라는 종기를 칼로 도려낸 것이나 다름없었다. 이제야 비로소 그 증오를 즐길 수 있게 된 것이다. 더는 로마의 만행을 참아내지 않으리라 굳게 다짐하며.

아스쿨룸 피켄툼에서 사건이 발생한 지 나흘 후, 그 소식이 로마에 전해졌다. 무대에서 빠져나온 로마인 배우 두명은 숨어서 두려움에 떨며 극장 안에서의 무시무시한 살육을 지켜보다가, 이윽고 성문이 닫히기 직전에 도시를 탈출했다. 로마까지는 나흘이 걸렸는데, 걷기도 하고 노새가 끄는 수레나 말의 뒷자리에 얹어 타기도 했다. 겁에 질린 두 사람은 안전한 곳에 도착할 때까지 아스쿨룸 피켄툼에 대해 일언반구도 꺼내지 않았다. 둘은 배우인지라 이야기를 참으로 실감나게 전했다. 상상을 초월하는 공포에 모든 로마인의 몸이 움츠러들었다. 원로원에서는 사망한 법무관을 위해 상복을 입었고, 베스타 신전에서는 가장 최근에 들어온 어린 신녀의 아버지 폰테이우스를 위해 제물을 바쳤다.

이 학살에서 그나마 다행이라고 말할 만한 요소가 있다면, 이미 선거가 끝났기 때문에 원로원은 마침내 필리푸스의 만행을 참고 견디는 고역에서 벗어났다는 점이었다. 신임 집정관으로는 루키우스 율리우스 카이사르와 푸블리우스 루틸리우스 루푸스가 당선되었다. 카이사르 가문의 훌륭한 인물이 순전히 경제적인 이유로 루푸스 가문의 돈만 많고 거만하고 무능력한 인물과 한 쌍으로 묶인 것이다. 그해는 법무관을 여덟 명 선출했는데, 평소처럼 파트리키 귀족과 평민, 유능한 인물과 무능한 인물이 적절히 섞여 있었다. 신임 집정관 루키우스 카이사르의 동생인 사팔뜨기 카이사르 스트라보는 고등 조영관으로 뽑혔다. 히스파니아에서 풀잎관을 얻어 정계 진출이 가능해진 퀸투스 세르토리우스는 재무관이 되었다. 세르토리우스의 어머니와 친척지간인 마리우스는 세르토리우스가 원로원 의석을 차지할 수 있도록 미리 손을 써두었다. 신임 감찰관이 선출되는 즉시 세르토리우스는 원로원 의원이 될 것이 분명했다. 그는 법정 활동을 거의 하지 않았지만 아직 젊은 인물치고 아주 유명했다. 게다가 그에게는 마리우스와 마찬가지로 대중에게서 호감을 이끌어내는 마법 같은 힘이 있었다.

호민관단의 구성은 평년보다 훨씬 훌륭했지만, 그 속에는 무시무시한 이름이 하나 끼어 있었다. 바로 퀸투스 바리우스 세베루스 히브리다 수크로넨시스였다. 그는 호민관 임기가 시작되는 즉시, 신분 고하를 막론하고 이탈리아인에 대한 시민권 허용을 지지했던 사람들에게 대가를 치르게 하겠노라 맹세했다. 때마침 전해진 아스쿨룸 피켄툼의 학살 소식은 바리우스에게 대단한 힘을 실어주었다. 아직 임기가 시작되지도 않았으나 그는 기사와 포룸 로마눔을 드나드는 사람들을 상대로 자신의 보복 계획에 대한 지지를 호소하고 다녔다. 원로원 의원들은 필리푸스와 카이피오의 지긋지긋한 비난에 완전히 지쳐, 남은 해가 얼른 지나가기만을 기도했다.

아스쿨룸 피켄툼의 소식에 잇따라, 새로운 수도 이탈리카에서 파견한 이탈리아 귀족 스무 명으로 구성된 대표단이 도착했다. 물론 그들은 이탈리카나 이탈리아에 대해서는 전혀 언급하지 않았다. 대신 원로원 의원과의 만남을 청하면서, 아르누스 강과 루비콘 강이 아니라 이탈리아 갈리아의 파두스 강 이남의 모든 남자들에게 참정권을 허용해달라고 요구했다! 이 새로운 경계는 원로원 의원부터 최하층민까지 모든 로마인들을 적으로 돌리기 위한 계략이었다. 이제 신생국 이탈리아의 지도자들이 원하는 것은 참정권이 아니었다. 그들이 원하는 것은 전쟁이었다.

콩코르드 신전 근처의 작은 원로원 의원 집회장에서 대표단과 마주한 스카우루스 최고참 의원은 이 무례하고 몰염치한 일행에게 따끔한 충고를 했다. 스카우루스는 드루수스의 충직한 지지자였지만, 그의 죽음 이후로는 참정권 허용을 밀어붙일 만한 이유를 찾을 수 없었다. 그는 목숨을 건지고 싶었던 것이다.

"아스쿨룸 피켄툼 사태에 대한 철저한 보복 조치가 마무리되기 전까지는 어떤 협상도 진행할 수 없다고 당신네 주인들에게 전하시오." 스카우루스는 무시하는 태도로 말했다. "원로원에서는 당신들을 만나줄 수 없소."

"아스쿨룸 피켄툼 사태는 모든 이탈리아인들의 반감이 얼마나 심각한지를 보여주는 하나의 사례에 불과합니다." 대표단의 우두머리인 마르시족의 스카토가 말했다. "우리에게는 아스쿨룸 피켄툼에 무언가를 요구할 권한이 없습니다. 그 결정은 피케눔족의 몫입니다."

"그 결정은 로마의 몫이오." 스카우루스가 거칠게 맞받아쳤다.

"다시 한번 원로원과의 면담을 요청합니다." 스카토가 말했다.

"원로원에서는 그대들을 만나줄 수 없소." 스카우루스는 고집을 꺾지 않았다.

그 결과 스무 명으로 구성된 대표단은 로마를 떠나게 되었다. 하지만 스카우루스가 보기에 그들은 전혀 실망하는 눈치가 아니었다. 스카토는 일행 중 마지막으로 떠나면서 스카우루스의 손에 문서 하나를 쥐여주었다. "마르쿠스 아이밀리우스, 마르시족을 위해 이것을 받아주십시오."

스카우루스는 집에 도착할 때까지 그 문서를 펼쳐보지 않았다. 자신의 필경사에게 맡겨두었다가 집에 가서야 돌려받은 까닭이었다. 문서를 까맣게 잊고 있었다는 사실에 살짝 짜증이 났던 스카우루스는, 그 내용을 해독할수록 점점 더 큰 충격에 휩싸였다.

그는 새벽녘에 원로원 회의를 소집했다. 급히 모이라고 했기 때문에 참석률이 저조했다. 늘 그랬듯이 필리푸스와 카이피오는 나타나지 않았다. 하지만 섹스투스 카이사르, 취임을 앞둔 집정관과 법무관, 퇴임을 앞둔 호민관은 전원 참석했다. 신임 호민관도 대부분 참석했지만 바리우스만은 보이지 않았다. 전직 집정관들도 자리에 나왔다. 섹스투스 카이사르는 머릿수를 세어보고는 정족수를 채웠다는 사실에 안도했다.

"여기 이것을 보십시오." 스카우루스 최고참 의원이 말했다. "이것은 마르시족의 세 사람이 서명한 문서입니다. 바로 집정관을 자처하는 퀸투스 포파이디우스 실로, 법무관을 자처하는 푸블리우스 베티우스 스카토, 의원을 자처하는 루키우스 프라우쿠스입니다. 여러분께 내용을 읽어드리겠습니다."

로마 원로원과 인민들에게. 우리, 마르시 국(國)의 선출직 대표들은 우리 국민들을 위하여 로마와의 동맹에서 탈퇴함을 선언한다. 우리는 로마가 요구하는 어떠한 세금, 십분의일세, 의무, 회비에도 응하지 않을 것이다. 우리는 로마에 군대를 제공하지 않을 것이다. 우

리는 로마로부터 알바 푸켄티아와 그 밖의 모든 땅을 되찾을 것이
다. 이것을 선전포고로 받아들이기 바란다.

원로원은 웅성대기 시작했다. 마리우스가 손을 내밀자 스카우루스
는 문서를 넘겨주었다. 의사당에 모인 사람들은 그 문서를 차례대로
돌려보았고 마침내 그것이 거짓이 아님을, 명백한 사실임을 깨닫게 되
었다.
"곧 전쟁이 벌어질 것 같군요." 마리우스가 말했다.
"마르시족과 말이오?" 최고신관 아헤노바르부스가 물었다. "콜리나
성문 밖에서 실로를 만났을 때 그는 전쟁이 벌어질 것이라 했소. 하지
만 마르시족은 우리를 이길 수 없어요! 그들에게는 로마와 전쟁을 치
를 만한 병력이 없지 않소! 실로가 이끌고 온 2개 군단이 마르시족의
총 병력이나 다름없으니 말이오."
"참으로 이상한 일입니다." 스카우루스가 순순히 인정하며 말했다.
"다만 다른 이탈리아 부족들이 동참한다면 상황은 달라지겠지요."
섹스투스 카이사르가 말했다.
하지만 마리우스를 포함해 아무도 그러한 가능성을 믿지 않았다. 회
의는 당분간 이탈리아를 유심히 지켜보자는 것 이외에 뾰족한 대책도
없이 마무리되었다. 우선 조사차 떠난 나머지 법무관 한 명의 귀환을
기다려야만 했다! '이탈리아 문제'를 조사하기 위해 로마 남쪽으로 파
견된 세르비우스 술피키우스 갈바는 이제 로마로 돌아가는 중이라는
편지를 보내왔다. 원로원에서는 그가 도착한 이후에야 추후 움직임에
대한 올바른 결정을 내릴 수 있으리라 판단했다. 이탈리아와의 전쟁?
충분히 가능한 일이었다. 하지만 아직은 시기상조였다.

"마르쿠스 리비우스 생전에는 이탈리아와의 전쟁이 임박했다고 굳게 믿었소." 회의가 끝난 후 마리우스가 스카우루스에게 말했다. "하지만 그가 사라지고 나니 도무지 그것을 믿을 수가 없어요! 어쩌면 전부 그의 설득력 있는 말 때문이 아니었을까 자문해보곤 합니다. 솔직히 지금은…… 잘 모르겠소. 마르시족의 단독 행동일까요? 물론 그렇겠지! 하지만 내가 알기로…… 퀸투스 포파이디우스 실로는 멍청한 사람이 아니란 말이오."

"나도 똑같은 생각이오, 가이우스 마리우스." 스카우루스는 동조했다. "왜 스카토가 로마에 있을 때 이걸 안 읽어봤나 몰라! 신들이 우리를 가지고 노는 것 같소. 그런 기분이 뼛속까지 느껴진단 말이지."

물론, 매년 이맘때는 아무리 심각하고 수수께끼 같은 일이라도 로마 외부의 사안이 원로원의 관심을 끌기 힘든 시기였다. 기존 집정관 두 명의 임기는 얼마 남지 않았고, 신임 집정관은 아직 원로원 내의 친분 관계를 다 파악하지 못한 상태라 누구도 섣불리 어떤 결정을 내리려 하지 않았다.

따라서 12월 한 달 동안 원로원과 포룸 로마눔은 내부적인 문제에 사로잡혀 있었다. 아주 사소한 사건들이었지만, 가장 시급한 동시에 로마의 본질과 가까운 사안이었기에 마르시족의 선전포고를 가볍게 눌러버렸다. 이 사소한 사건들 중에는 드루수스의 죽음으로 인해 발생한 대신관단의 공석이 포함되어 있었다. 몇 년의 세월이 흐르긴 했지만, 최고신관 아헤노바르부스는 여전히 드루수스에게 주어진 대신관 직이 자신에게 주어졌어야 마땅하다고 생각했다. 그래서 그는 자신의 장남이자, 최근 파트리키인 루키우스 코르넬리우스 킨나의 장녀 코르넬리아 킨나와 약혼한 나이우스를 재빨리 대신관 후보 명단에 올렸다. 드루수스는 평민이었으므로 이 대신관 직은 당연히 평민에게 돌아가야 했다. 후보 등록이 끝날 무렵, 후보자 명단은 평민 우등생들의 명단처럼 보였다. 후보로 나선 새끼 똥돼지 메텔루스 피우스는 자기 아버지의 대신관 직이 선거로 가이우스 아우렐리우스 코타에게 넘어간 데 대해 강한 불만을 품고 있었다. 그런데 등록 마감 직전, 스카우루스 최고참 의원이 파트리키 귀족의 이름을 후보 명단에 올려 모두를 깜짝 놀라게 했다. 그 후보자는 바로 드루수스의 친동생인 마메르쿠스 아이밀리우스 레피두스 리비아누스였다.

"이것은 두 가지 면에 있어 불법이오!" 최고신관 아헤노바르부스는 으르렁대며 말했다. "첫째, 이 사람은 파트리키 귀족이오. 둘째, 그는 아이밀리우스 씨족 출신이오. 마르쿠스 아이밀리우스 당신이 이미 대신관 직을 맡고 있으니 아이밀리우스 씨족 출신이 또 대신관이 될 수는 없소."

"헛소리!" 스카우루스는 신랄하게 말했다. "내가 그를 추천하는 이유는 아이밀리우스 가문으로 입양된 사람이라서가 아니라, 죽은 대신관의 친동생이기 때문이오. 그는 리비우스 드루수스 가문 사람이니 반드시 후보 명단에 올라야 한다고 생각하오."

대신관단은 이러한 경우 마메르쿠스가 리비우스 드루수스 가문 출신으로 간주될 수 있다고 동의하면서 그를 후보로 인정했다. 드루수스를 아끼는 사람들의 마음이 투표를 통해 명백히 드러났다. 열일곱 개 트리부스는 만장일치로 마메르쿠스에게 죽은 친형의 대신관 직을 넘겨주었다.

이보다 더 심각해 보이는 일도 있었으니, 바로 퀸투스 바리우스 세베루스 히브리다 수크로넨시스의 행동이었다. 12월의 열번째 날 신임 호민관의 취임식이 끝나자마자, 바리우스는 이탈리아인의 참정권 허용을 지지했다고 알려진 모든 사람을 반역 혐의로 기소하는 법안을 제출했다. 나머지 호민관 아홉 명은 논의 단계에서 이미 전원 거부권을 행사했다. 하지만 바리우스는 사투르니누스가 그랬던 것처럼, 얼뜨기들과 돈만 쥐여주면 뭐든 하는 깡패들로 민회장을 가득 채워 동료 호민관들이 거부권을 철회하도록 위협했다. 또한 그는 다른 반대 세력들도 위협하는 데 성공했고, 그 결과 새해가 밝을 무렵 이른바 '바리우스 특별위원회'가 개설되었다. 이탈리아인의 참정권 허용을 지지한 사람만을 기소하기 위한 법정이었다. 하지만 그 기준이 너무 모호하고 유동적이라 거의 누구든 기소될 수 있었으며, 배심원은 전원 기사들로 구성되었다.

"그자는 이 법을 악용해 자신의 적들을, 그리고 필리푸스와 카이피오의 적들을 공격할 것이오." 스카우루스 최고참 의원은 다 들으라는 듯이 말했다. "두고보시오! 이것은 우리가 본 중에 가장 불명예스러운 법이 될 테니!"

바리우스가 선택한 첫번째 희생양을 통해 스카우루스의 말이 옳았음이 입증되었다. 그 희생양은 5년 전 법무관을 역임했으며 뻣뻣하고 형식을 중시하는 극보수주의자 루키우스 아우렐리우스 코타였다. 그는 아우렐리아의 이복형제이기도 했다. 코타는 이탈리아인의 참정권 허용을 열렬히 지지하는 입장은 아니었지만, 드루수스가 원로원에서 적극적인 주장을 펼칠 당시 여느 의원들처럼 그쪽으로 많이 기운 바 있었다. 코타의 마음이 드루수스에게 기운 가장 큰 이유는 필리푸스와 카이피오에 대한 혐오 때문이었다. 게다가 그는 바리우스를 외면하는 실수까지 범했다.

코타 가문에서 장손에 해당하는 그는 바리우스 특별위원회의 첫 희생양으로 안성맞춤이었다. 전직 집정관처럼 너무 높은 지위도 아니었고 평의원처럼 너무 낮은 지위도 아니었다. 코타를 상대로 유죄판결을 받아낸다면 바리우스의 법정은 원로원을 위협할 수단이 될 수 있었다. 재판 첫날 루키우스 코타는 자신의 운명을 쉽게 예측할 수 있었다. 배심원석은 온통 원로원을 증오하는 사람들로 채워졌고, 막강한 권력을 지닌 기사이자 금권 정치가인 재판장 티투스 폼포니우스는 배심원 선정에 대한 피고측의 이의마저 기각한 까닭이었다.

"우리 아버지는 지금 실수하시는 거야." 재판장의 아들인 티투스 폼포니우스 2세가 말했다. 그는 바리우스 특별위원회의 재판을 구경하려고 모인 군중 틈에 끼어 있었다.

이 말을 듣는 상대는 그와 함께 조점관 스카이볼라의 법률 조수로 일하고 있던 마르쿠스 툴리우스 키케로였다. 키케로는 폼포니우스보다 네 살 아래였지만, 상식까지는 몰라도 적어도 지식 면에서는 폼포니우스를 마흔 살 정도 앞서고 있었다.

"무슨 뜻이에요?" 키케로가 물었다. 그는 술라의 아들이 죽은 이후로 티투스 폼포니우스 2세와 부쩍 가깝게 지냈다. 술라 2세의 죽음은 키케로의 삶에서 일어난 첫번째 비극이었다. 여러 달이 지난 지금까지도 키케로는 사랑하는 친구의 죽음을 슬퍼하고 그를 그리워하는 자신을 발견하곤 했다.

"반드시 원로원에 들어가야 한다는 우리 아버지의 집착 말이지." 티투스 폼포니우스 2세가 침통한 목소리로 말했다. "그 집착이 아버지를 갉아먹고 있어, 마르쿠스 툴리우스! 아버지가 하는 행동은 모두 원로원을 향한 것이야. 이 법정의 재판장을 맡아달라는 퀸투스 바리우스의 달콤한 미끼를 덥석 문 것도 전부 그 이유에서지. 드루수스의 법이 무효가 되는 바람에 확실하던 원로원 자리가 날아갔는데, 퀸투스 바리우스는 그걸 이용해 아버지를 유혹했어. 아버지에게 시키는 대로만 하면 신임 감찰관이 선출되는 즉시 원로원 의원으로 만들어주겠다고 했거든."

"하지만 아버님께서는 사업을 하시잖아요." 키케로가 이의를 제기했다. "원로원 의원이 되려면 소유한 토지 이외의 모든 것을 포기해야 할 텐데요."

"오, 그건 걱정할 거 없어. 다 포기하실 거야!" 티투스 폼포니우스 2세는 신랄하게 말했다. "내가 있으니까. 난 스무 살도 안 됐는데 이미 회사일을 거의 도맡아 하고 있어. 그러면서도 고맙다는 말은 전혀 못 듣지! 아버지는 사실 사업 자체를 수치스럽게 여기셔!"

"그런데 이 모든 것이 아버님의 실수와 무슨 상관이라는 건가요?" 키케로가 물었다.

"상관이 있지, 이 멍청아! 아버지께서는 원로원에 들어가려고 하셔! 그것부터가 잘못된 일이야. 아버지는 기사고, 그것도 로마에서 열 손가락 안에 드는 기사란 말이야. 로마에서 열 손가락 안에 드는 기사로 사는 게 뭐 어때서 그러시는지 모르겠어. 언젠가 내게 물려주시겠지만 아버지께는 공마도 있고, 모든 사람들이 아버지께 조언을 구하고, 민회장에서도 큰 영향력을 발휘하고, 국고위원회 자문까지 맡고 계셔. 그런데 기껏 뭘 바라고 저러시는 거지? 겨우 원로원 의원이야! 명연설 기회는 커녕 발언권도 없이 뒷자리만 지키는 멍청이 중 하나가 되려는 거잖아!"

"아버님은 사회적인 신분 상승을 원하시는 거예요. 그건 전혀 잘못된 일이 아니죠. 나도 신분 상승을 원하거든요."

"우리 아버지는 이미 사회적으로 가장 높은 위치에 계셔, 마르쿠스 툴리우스! 훌륭한 가문 출신에 재산까지 많으니까. 폼포니우스 가문은 수세대에 걸쳐 카이킬리우스 씨족의 필리우스 분가와 밀접한 관계를 맺고 있어. 파트리키가 아닌 다음에야 이보다 더 나은 혈통도 없어." 기사계급 중에도 가장 고귀한 가문에서 태어난 티투스 폼포니우스 2세는 자신의 말이 키케로에게 얼마나 큰 상처가 되는지 깨닫지 못한 채 말을 이어갔다. "네가 사회적인 신분 상승을 꿈꾸는 건 당연해, 마르쿠스 툴리우스. 네가 원로원 의원이 되면 신진 세력이 되는 거고, 집정관 자리까지 오른다면 너희 집안을 귀족 가문으로 만들 수 있을 테니까. 그러니 넌 평민이든 파트리키든 모든 유명인들과 친분을 쌓아야만 하겠지. 하지만 우리 아버지가 평의원이 된다는 것은 퇴보를 의미하는 것이나 다름없어."

"원로원 의원이 되는 것은 결코 퇴보가 아니에요!" 기분이 상한 키케로가 말했다. 티투스 폼포니우스 2세가 요즘 들어 내뱉는 말에는 가시가 잔뜩 박혀 있었다. 키케로는 자신이 아르피눔 출신임을 밝히는 순간, 가장 유명한 아르피눔 출신인 가이우스 마리우스에게 따라다니는 오명을 함께 뒤집어쓰게 된다는 사실을 알고 있었다. 가이우스 마리우스는 그리스어도 못하는 이탈리아인이라던데, 마르쿠스 툴리우스 키케로라고 해서 교육을 좀더 받은 가이우스 마리우스가 아니고 무엇이란 말인가? 가끔 혼인으로 맺어지는 경우가 있긴 했지만, 툴리우스 키케로 가문은 본래 마리우스 가문을 곱게 보지 않았다. 그러나 로마에 도착한 이후로 어린 마르쿠스 툴리우스 키케로는 가이우스 마리우스를 혐오하게 되었다. 또한 자신의 고향도 혐오하게 되었다.

"어쨌든 말이야." 티투스 폼포니우스 2세가 말했다. "내가 가장이 되면 난 기사로서의 삶에 온전히 만족할 거야. 감찰관이 내 앞에서 무릎을 꿇고 빌어도 소용없을걸! 마르쿠스 툴리우스, 너한테 맹세하지. 난 무슨 일이 있어도 절대, 절대, 절대 원로원에 들어가지 않을 거야!"

그사이 루키우스 코타의 패배는 점점 더 확실해졌다. 그렇기 때문에 다음날 다시 열린 법정에서, 루키우스 아우렐리우스 코타가 거의 확정이나 다름없는 유죄판결을 기다리지 않고 스스로 추방을 선택했다는 사실이 알려졌을 때 아무도 놀라지 않았다. 자진 추방을 선택하면 적어도 재산을 처분하고 돈을 챙겨 추방지로 떠날 수 있었다. 반면 유죄판결을 받을 때까지 기다리면 재산을 압류당할 것이고, 돈이 없어 추방지에서의 삶이 더욱 고달파질 게 분명했다.

자산을 현금화하기에 좋은 시기는 아니었다. 원로원은 도무지 현실을 받아들이지 못해 갈팡질팡했고, 민회장에서는 바리우스의 활동에 주목했으며, 기업들은 불길한 냄새를 맡고 적절한 조치를 취했다. 돈은 순식간에 말라버렸고 주식은 비틀거렸으며 작은 회사들은 비상 회의를 열었다. 사치품 제조업체와 수입업체 들은 전쟁이 발발해 엄격한 사치금지법이 도입될 가능성을 염두에 두고 사업 품목을 군수품으로 전환하는 계획을 내놓았다.

마르시족의 선전포고가 진심이라는 것을 원로원에 보여줄 만한 사건은 전혀 없었다. 적의 진군에 대한 소문도 없었고, 어느 이탈리아 부족이 전쟁 준비에 돌입했다는 소식도 없었다. 다만 이탈리아 반도 남부를 조사차 파견된 법무관 세르비우스 술피키우스 갈바가 여태껏 로마에 돌아오지 않은 사실이 걱정스러웠다. 그의 소식은 갑자기 뚝 끊겼다.

바리우스 특별위원회는 탄력을 받고 있었다. 루키우스 칼푸르니우스 베스티아도 유죄판결을 받아 추방되었고 그의 재산은 압수되었다. 루키우스 멤미우스도 유죄판결을 받아 델로스로 떠났다. 1월 중순 무렵 안토니우스 오라토르가 기소되었지만, 그가 멋들어진 연설로 포룸 로마눔의 군중에게서 큰 환호를 받자 배심원들은 몸을 사리며 무죄를 선고했다. 이런 변덕스러운 조치에 분개한 바리우스는 스카우루스 최고참 의원을 반역죄로 기소함으로써 복수를 꾀했다.

스카우루스는 기소에 응하여 아무도 대동하지 않고 혼자 나타났다. 토가 프라이텍스타 차림이었고, 특유의 존엄과 권위의 기운을 강하게 발산하고 있었다. 스카우루스는 이탈리아인들과 관련하여 그가 저지른 잘못에 대한 바리우스의 일장연설을 냉담한 태도로 듣고 있었다. 바리우스는 모든 기소를 직접 진행하곤 했다. 마침내 바리우스가 말을 마쳤을 때, 스카우루스는 코웃음을 쳤다. 그는 배심원단이 아니라 군중을 향해 몸을 돌렸다.

"퀴리테스 여러분, 들었습니까?" 그가 우레와 같은 소리로 말했다. "히스파니아 수크로 출신의 벼락출세한 잡종이 감히 이 스카우루스를, 원로원 최고참 의원을 반역죄로 기소했습니다! 여러분은 누구를 믿으십니까?"

"스카우루스, 스카우루스, 스카우루스!" 군중이 소리쳤다. 배심원들도 이 환호에 동참했고, 마침내 자리에서 일어나 스카우루스를 어깨에 태운 채 포룸 로마눔 낮은 구역 일대를 돌며 승리의 행진을 했다.

"멍청한 놈 같으니라고!" 마리우스가 나중에 스카우루스에게 말했다. "그놈은 정말 자기가 당신에게 반역죄를 씌울 수 있다고 생각했답니까? 기사들도 그렇게 생각했단 말이오?"

"기사들은 불쌍한 푸블리우스 루틸리우스에게도 유죄판결을 내렸으니 기회만 주어진다면 누구든 유죄로 만들 수 있다고 생각한 모양이오." 스카우루스는 행진을 하느라 흐트러진 토가의 옷매무새를 다듬으며 말했다.

"유명한 전직 집정관을 공격하기로 작정했다면, 바리우스는 당신이 아니라 나부터 공략해야 했소." 마리우스가 말했다. "마르쿠스 안토니우스가 그의 덫에서 빠져나왔다는 건 강력한 메시지를 내포하고 있었소. 그 메시지는 이제 확실히 전해졌을 거요! 바리우스는 앞으로 몇 주간 활동을 중단했다가 다시 움직일 것 같소. 하지만 덜 위협적인 사람을 희생양으로 고르겠지. 베스티아는 어차피 상관없소. 그가 늑대 같은 작자라는 건 다 아는 사실이니까. 하지만 불쌍한 루키우스 코타는 영향력이 부족해 당하고 말았소. 오, 아우렐리우스 코타 가문은 막강하지만 그들은 루키우스를 싫어하지요. 그의 삼촌 마르쿠스 코타는 루틸리아에게서 얻은 아이들만 좋아하니 말이오." 마리우스는 잠시 말을 멈췄다. 그의 눈썹이 거칠게 들썩였다. "물론 바리우스의 가장 큰 약점은 그가 로마인이 아니라는 거요. 당신과 나는 로마인이지만 그는 아니지요. 그 작자는 그걸 이해하지 못하는 모양이오."

스카우루스는 이 미끼를 물지 않았다. "필리푸스나 카이피오도 그걸 이해하지 못하고 있소." 그는 멸시가 담긴 목소리로 말했다.

실로와 무틸루스가 군대를 동원하는 데 필요한 시간은 한 달이면 충분했다. 하지만 한 달이 지난 후 진군에 나서는 이탈리아 군대는 하나도 없었다. 이유는 두 가지였다. 첫번째 이유는 무틸루스도 충분히 납득할 만했지만, 두번째 이유는 그를 절망으로 몰아넣었다. 우선 에트루리아와 움브리아의 지도자를 설득하는 작업은 달팽이가 기는 듯한 속도로 진행되었고, 전시 내각과 이탈리아 의회에서는 어느 정도 성과가 있기 전까지 공격에 나서지 않으려 했다. 그 부분에 대해서라면 무틸루스도 이해할 수 있었다. 그러나 이상할 정도로 먼저 진군하기를 꺼리는 분위기가 팽배했는데, 두려움 때문이라기보다는 수세기에 걸쳐 형성된 로마에 대한 뿌리깊은 경외심 탓이었다. 무틸루스는 이 점에 대해 한탄했다.

"로마가 먼저 움직일 때까지 기다립시다." 전시 내각의 실로가 말했다.

"로마가 먼저 움직일 때까지 기다립시다." 이탈리아 의회의 프라우쿠스가 말했다.

마르시족이 원로원에 선전포고를 전달했음을 알았을 때, 무틸루스는 로마가 즉각 군대를 동원하리라 예상하며 크게 분노했다. 하지만 실로는 뉘우치는 기색이 없었다.

"그렇게 하는 게 옳소." 실로는 자신의 주장을 펼쳤다. "인간의 모든 행동을 규제하는 법이 있듯이, 전쟁에도 법도가 있어요. 로마인들은 이제 사전 경고를 못 받았다는 말을 하지 못할 겁니다."

게다가 무틸루스가 무슨 말을 하고 어떤 행동을 해도, 동료 이탈리아 지도자들은 공격을 시작하는 쪽이 반드시 로마여야 한다는 본인들의 뜻을 굽히지 않았다.

"지금 진군하면 그들을 다 죽일 수 있단 말이오!" 무틸루스는 전시 내각에서 크게 소리쳤고, 같은 부족 출신 의원인 트레바티우스도 이탈리아 의회에서 똑같은 주장을 펼쳤다. "시간을 끌수록 로마의 준비 시간은 늘어나고 우리가 이 전쟁에서 이길 가능성은 줄어든다는 것을 알잖습니까. 로마인들이 우리 움직임을 모른다는 것은 우리에게 아주 큰 이점입니다! 반드시 먼저 진군해야 합니다! 내일 당장 진군해야 합니다! 더이상 지체하면 우리는 패배할 것입니다!"

하지만 무틸루스와 같은 삼니움족 출신인 에그나티우스를 제외한 전시 내각의 구성원들은 모두 고개를 가로저었다. 실로는 무틸루스의 주장이 타당하다고 여기면서도 그의 제안을 거절했다.

"그것은 옳지 않은 일입니다." 삼니움족 대표들이 아무리 노력해도 그들에게 돌아오는 대답은 이것뿐이었다.

아스쿨룸 피켄툼의 대학살도 별다른 영향을 주지 못했다. 피케눔족의 비다킬리우스는 로마의 보복에 대비해 그곳에 주둔군을 파견하는 것을 거절했다. 그의 말에 따르면 로마의 보복은 시간이 오래 걸리고, 어쩌면 아예 보복 조치가 없을지도 모르기 때문이라 했다.

"진군해야 합니다!" 무틸루스는 탄식하며 같은 말을 반복했다. "농부들 말로는 올겨울이 그다지 춥지도 않을 것이라 하는데, 그렇다면 봄까지 진군을 미룰 이유도 없잖소! 반드시 진군을 해야만 합니다!"

하지만 아무도 진군을 원하지 않았고, 행동에 나서는 사람도 없었다.

이렇다보니, 최초의 반란 움직임은 삼니움족 사이에서 포착되었다. 로마인이든 이탈리아인이든 아스쿨룸 피켄툼 사건을 반란으로 보는 쪽은 없었다. 그 도시는 단순히 인내심을 시험받다가 우발적인 보복에 나선 것에 불과했다. 반면 캄파니아에서 로마인, 라티움인과 밀접한 관계를 맺으며 생활해온 수많은 삼니움족 사람들은 수세대에 걸쳐 서서히 열을 받다가 마침내 부글부글 끓는 상태에 도달했다.

세르비우스 술피키우스 갈바는 그 현장 소식을 처음으로 로마에 전달했다. 그는 2월 중순에 엉망이 된 꼴로 호위대도 없이 로마에 도착했다.

신임 수석 집정관 루키우스 율리우스 카이사르는 즉시 원로원을 소집해 갈바의 보고를 청했다.

"저는 6주간 놀라에 감금되어 있었습니다." 갈바는 조용한 원로원에서 입을 열었다. "놀라에 도착할 무렵, 지금 로마로 돌아가는 길이라는 서신을 원로원에 보냈습니다. 원래는 놀라를 방문할 생각이 아니었는데, 마침 근처이기도 하고 그곳에 삼니움족이 많이 살고 있어서 막판에 마음을 바꾸었습니다. 저는 제 어머니와 아주 친한 노부인의 집에 머물렀습니다. 물론 로마인이죠. 그분은 저에게 요즘 놀라에서 이상한 일이 벌어지고 있다고 했습니다. 언제부터인가 로마인과 라티움인은 시장에서 일할 사람을 구할 수도 없고 물건은커녕 식량도 구할 수 없다는 겁니다! 그래서 그분은 하인을 시켜 아케라이에서 식량을 사오게 한다더군요. 제가 릭토르와 기병을 대동하고 마을을 돌아다니면 어디선가 계속 야유가 들렸습니다. 하지만 범인을 찾아내는 것은 절대 불가능했죠."

갈바는 자신의 모험담이 그리 고무적이지 못하다는 사실을 인식하며 침울하게 말을 이어나갔다. "제가 놀라에 도착한 첫날밤, 삼니움족들은 성문을 잠그고 마을을 완전히 장악했습니다. 모든 로마인과 라티움인은 자택에 감금되었습니다. 제 릭토르와 기병, 사무원도 마찬가지였죠. 삼니움족 경비가 정문과 후문을 지키는 가운데, 저는 잠시 머물던 집에 그대로 갇혔습니다. 사흘 전까지 그곳에 갇혀 있었는데, 집주인이 후문을 지키던 경비의 주의를 끌어준 덕분에 몰래 빠져나올 수 있었습니다. 저는 삼니움족 상인으로 변장했고 본격적인 추격이 시작되기 전에 성문으로 탈출했습니다."

스카우루스는 앞으로 몸을 내밀었다. "감금되어 있는 동안 지위가 높은 사람을 만나보았소, 세르비우스 술피키우스?"

"한 명도 못 봤습니다." 갈바가 말했다. "정문을 지키던 경비들과 몇 마디 나눈 것이 전부입니다."

"뭐라고 하던가요?"

"삼니움족이 반란을 일으켰다는 말만 했습니다, 마르쿠스 아이밀리우스. 그 말이 사실인지 확인할 길이 없었습니다. 그래서 탈출 이후 멀리서 삼니움족처럼 보이는 사람이 나타나면 재빨리 몸을 숨기느라 하루를 허비했습니다. 카푸아에 도착하고 나서야 아무도 이 반란에 대해 모른다는 걸 알았습니다. 적어도 캄파니아의 그쪽 지역에서는 놀라에서 벌어지는 일을 아는 사람은 한 명도 없는 듯했습니다! 놀라에 사는 삼니움족들은 낮에는 성문 하나를 열어놓고 아무 일도 없는 것처럼 행동했습니다. 그래서인지 제가 카푸아 사람들에게 사실을 털어놓자 그들은 적잖이 놀랐습니다. 아주 기겁을 했죠! 카푸아의 두움비리는 원로원의 명령을 자기들에게 전달해달라고 부탁까지 하더군요."

"감금 당시에 식사는 제대로 했소? 집주인은 어떻게 됐소? 집주인이 아케라이에서 장을 보는 것은 허락해주었소?" 스카우루스가 물었다.

"식량이 턱없이 부족했습니다. 집주인은 놀라에서 장을 볼 수 있도록 허락받았지만 제한된 물품만 살 수 있었고 가격도 터무니없이 비쌌습니다. 라티움인과 로마인에게는 마을 밖으로 나가는 것이 허용되지 않았지요." 갈바가 말했다.

원로원은 만석이었다. 바리우스 법정의 만행은 로마 원로원 의원들을 단결하도록 만들었다. 또한 원로원은 어느 때보다 바리우스 특별위원회로부터 대중의 관심을 빼앗아올 만한 극적인 사건을 원했다.

"제가 발언해도 되겠습니까?" 마리우스가 물었다.

"더 지위가 높은 분이 먼저 나서지 않는다면 발언하시죠." 차석 집정관 푸블리우스 루틸리우스 루푸스는 차갑게 말했다. 2월 한 달 동안 파스케스를 들게 된 그는 결코 마리우스의 편이 아니었다.

마리우스보다 먼저 발언하겠다고 나서는 사람은 없었다.

"놀라에서 로마와 라티움 시민들이 식량이 부족한 상태로 감금되었다면, 그것은 한 가지 뜻으로밖에 해석될 수 없습니다. 놀라는 로마에 맞서 반란을 일으킨 것입니다. 한번 생각해보십시오. 작년 6월, 원로원은 존경하는 전직 집정관 퀸투스 루타티우스가 '이탈리아 문제'라 명명했던 사안을 조사하기 위해 법무관 두 명을 파견했습니다. 그런데 거의 석 달 전, 법무관 퀸투스 세르빌리우스는 아스쿨룸 피켄툼에서 그곳의 모든 로마 시민들과 함께 살해당했습니다. 또한 거의 두 달 전, 법무관 세르비우스 술피키우스는 놀라에서 그곳의 모든 로마 시민들과 함께 포로로 잡혀 감금당했습니다.

각각 북부와 남부로 파견된 두 법무관, 북부와 남부에서 벌어진 극악무도한 두 사건. 모든 이탈리아 사람들은, 심지어 시골 촌구석 사람들까지도 로마 법무관의 위대함과 중요함을 잘 알고 있습니다. 그럼에도 불구하고, 원로원 의원 여러분, 한쪽에서는 살인사건이 벌어졌고 다른 쪽에서는 장기간의 억류사건이 벌어졌습니다. 세르비우스 술피키우스가 운좋게 탈출했기 망정이지, 계속 억류되어 있었더라면 무슨 일이 벌어졌을지 모릅니다. 어쩌면 살해당했을지도 모릅니다. 집정관급 임페리움을 지닌 두 로마 법무관! 이들이 공격당했고 그 상대는 보복을 두려워하지 않는 듯 보입니다. 이것이 무엇을 의미할까요? 답은 하나뿐입니다, 원로원 의원 여러분! 아스쿨룸 피켄툼과 놀라는 보복에 대한 두려움 없이 이런 만행을 저지를 만큼 대범해진 것입니다! 다시 말해, 아스쿨룸 피켄툼과 놀라는 로마가 보복에 나서기도 전에 로마와 이탈리아의 그 지역이 전쟁 상태에 돌입하리라 예상하고 있는 것입니다."

원로원 의원들은 허리를 곧추세우고 마리우스의 한 마디 한 마디에 집중했다. 마리우스는 잠시 멈추더니 의원들의 얼굴을 훑어보았다. 눈을 반짝이는 술라의 얼굴이 보였고, 호기심과 경외심이 담긴 카툴루스 카이사르의 얼굴이 보였다.

"원로원 의원 여러분, 저는 여러분과 똑같은 죄를 지었습니다. 마르쿠스 리비우스 드루수스가 죽은 후, 아무도 제게 전쟁의 가능성에 대해 말하지 않았습니다. 저조차도 슬슬 그가 틀렸던 것이라 믿기 시작했죠. 마르시족의 실로가 로마로 진군한 뒤 아무 일도 벌어지지 않자, 저는 그 진군 역시 시민권을 얻기 위한 책략일 뿐이라 생각했습니다. 마르시족 대표단이 원로원 최고참 의원에게 선전포고를 전달했을 때, 그것은 이탈리아의 한 부족이 보내온 선전포고였기 때문에 가볍게 무시당했습니다. 대표단에는 여덟 개 부족의 대표들이 포함되어 있었는데도 말입니다. 솔직하게 인정하겠습니다! 저는 지금까지 어떤 이탈리아 부족도 우리와 맞서 전쟁을 벌이려 하진 않으리라 믿었습니다."

그는 한참 걷다가, 닫혀 있는 문 앞에 멈췄다. 의원들 전체가 잘 보이는 위치였다. "하지만 오늘 세르비우스 술피키우스가 우리에게 전해준 소식 때문에 모든 상황이 달라졌고, 아스쿨룸 피켄툼 사건도 새로운 각도에서 조명할 수 있게 되었습니다. 아스쿨룸 피켄툼은 피케눔족의 도시고, 놀라는 캄파니아 내의 삼니움족 도시입니다. 이 두 곳은 로마나 라티움 시민권자 거류지가 아닙니다. 그렇다면 마르시족, 피케눔족, 삼니움족이 동맹을 맺고 로마에 대항하고 있다고 가정할 수밖에 없습니다. 어쩌면 전에 대표단을 보냈던 여덟 개 부족 모두가 그 동맹에 가입되어 있을지도 모릅니다. 제 생각에 마르시족은 원로원 최고참 의원에게 공식적인 선전포고를 전달함으로써 우리에게 사전 경고를 한 것 같습니다. 반면 나머지 일곱 개 부족은 사전 경고가 불필요하다고 생각했던 겁니다. 마르쿠스 리비우스 드루수스는 이탈리아 부족들과의 전쟁이 임박했다고 누누이 말했습니다. 저는 이제야 그를 믿게 되었습니다. 아니, 이탈리아 부족들과의 전쟁은 이미 시작되었다고 봅니다."

"진심으로 전쟁이 시작되었다고 믿소?" 최고신관 아헤노바르부스가 물었다.

"그렇소, 나이우스 도미티우스."

"계속해보시오, 가이우스 마리우스." 스카우루스가 말했다. "내 발언을 시작하기 전에 당신 말을 끝까지 들어보고 싶군요."

"할말이 그리 많지는 않습니다, 마르쿠스 아이밀리우스. 다만, 우리는 군대를 동원해야만 합니다. 그것도 매우 서둘러서 말이죠. 또 우리에게 저항하는 동맹군의 규모를 파악해야 합니다. 우리의 무장 병력을 총동원해 캄파니아로 통하는 도로와 교통편을 보호해야 합니다. 우리에 대한 라티움인들의 감정을 파악하고, 전쟁이 발발할 경우 적의 지역에 위치한 거류지 마을들이 잘 버틸 수 있을지 알아내야 합니다. 다들 아시겠지만 저는 에트루리아에 아주 많은 토지를 소유하고 있습니다. 퀸투스 카이킬리우스 메텔루스 피우스나, 카이킬리우스 씨족의 다른 가문 출신들도 마찬가지죠. 퀸투스 세르빌리우스 카이피오는 움브리아의 토지를 아주 많이 소유하고 있습니다. 나이우스 폼페이우스 스트라보와 퀸투스 폼페이우스 루푸스는 북부 피케눔의 땅을 거의 다 가지고 있습니다. 그런 연유에서 에트루리아, 움브리아, 북부 피케눔은 우리 편으로 끌어들일 수 있다고 생각합니다. 어디까지나 우리가 당장 현지 지도자들과의 협상에 착수한다면 말이죠. 그런데 북부 피케눔의 경우, 현지 지도자들이 이미 이 원로원 의사당에 출석해 있습니다."

마리우스는 스카우루스 최고참 의원을 향해 고개를 끄덕였다. "굳이 말할 필요도 없겠지만 저는 로마의 지시를 따르겠습니다."

스카우루스는 자리에서 일어났다. "원로원 의원 여러분, 저는 가이우스 마리우스가 한 말에 전부 동의합니다. 시간을 허비할 때가 아닙니다. 지금이 2월 중순이기는 하지만 차석 집정관에게 주어진 파스케스를 수석 집정관에게 돌려줬으면 합니다. 이렇게 중요한 사안을 다룰 때에는 수석 집정관의 지도력이 필요합니다."

루틸리우스 루푸스는 분개하며 벌떡 일어났지만 원로원 내에서 그의 인기는 형편없었다. 그는 공식 표결을 주장했지만, 압도적 다수가 그에게 반대하는 입장임이 드러났다. 그는 씩씩거리며 수석 집정관 루키우스 율리우스 카이사르에게 상석을 넘겨줄 수밖에 없었다. 루틸리우스 루푸스의 친구인 카이피오는 회의에 참석했지만, 다른 친구인 필리푸스와 바리우스는 불참했다.

루키우스 카이사르는 기뻐했으며, 원로원 최고참 의원의 신임이 틀리지 않았음을 곧 증명했다. 그날이 끝나기 전에 그는 중요 사안에 대한 결정을 내렸다. 두 집정관은 전쟁에 출전하고 그사이 수도 담당 법무관 루키우스 코르넬리우스 킨나가 로마 통치를 맡기로 했다. 일단 속주 문제를 정리해야 했는데, 새로운 위기가 닥친 만큼 기존의 결정사항도 변경될 수밖에 없었다. 애초 계획대로 센티우스는 마케도니아에 머물도록 하고, 히스파니아 총독들도 그 자리를 지키도록 했다. 루키우스 루킬리우스는 아시아 속주를 통치하게 되었다. 또한 로마가 내부 소동에 휘말려 있는 동안 호시탐탐 기회를 노릴 미트리다테스 왕을 견제하기 위해, 푸블리우스 세르빌리우스 바티아를 킬리키아로 파견하여 그쪽 아나톨리아 땅을 잠잠하게 만들기로 했다. 그리고 가장 중요한 결정 사항이 있었으니, 전직 집정관 가이우스 코일리우스 칼두스에게 특별 총독직을 부여해 알프스 너머 갈리아와 이탈리아 갈리아를 통합적으로 통치하게 한 것이었다.

"제안을 하나 하고 싶습니다." 마리우스가 우렁찬 소리로 말했다. "재무관 퀸투스 세르토리우스가 가이우스 코일리우스와 함께 떠났으면 합니다. 올해 그의 직책은 재무관이고 그는 아직 원로원 의원도 아닙니다. 하지만 여기 계신 분들은 다 아시듯이, 퀸투스 세르토리우스는 진정한 무관입니다. 그가 무관의 방식으로 재무 경험을 쌓을 수 있도록 해줍시다."

"좋습니다." 루키우스 카이사르는 즉각 동의했다.

물론 어마어마한 재정 문제도 기다리고 있었다. 국고위원회는 지급 능력을 갖추고 있었고 일정 수준 이상의 재원을 충분히 내놓을 수 있었다. 그러나……

"예상보다 전쟁이 크게 번질 경우, 혹은 장기전으로 치달을 경우, 지금 가진 것보다 더 많은 돈이 필요할 것입니다." 루키우스 카이사르가 말했다. "이 문제는 미룰 것이 아니라 당장 다루어야 합니다. 그래서 저는 모든 로마 시민과 라티움 시민에 대한 직접세 부과를 제안하고 싶습니다."

너무도 당연히, 원로원 곳곳에서 거센 반대의 목소리가 들려왔다. 하지만 안토니우스 오라토르의 명연설에 이어 스카우루스 최고참 의원까지 합세하자 그 제안은 결국 받아들여졌다. 로마인과 라티움인에 대한 세금은 지속적으로 부과되는 것이 아니라 필요할 경우에만 부과되었다. 위대한 아이밀리우스 파울루스가 마케도니아의 페르세우스를 정복한 이후, 기존의 조세제도는 폐지되고 대신 비로마인에게만 부과되는 형태로 바뀌었다.

"6개 군단 이상을 출정시킬 경우, 해외에서 거둬들이는 세금만으로는 부족합니다." 수석 국고 담당관이 말했다. "나머지 군단을 위한 무기, 식량, 급여, 주둔 비용은 모두 로마인과 로마 국고위원회의 몫이 될 것입니다."

"이탈리아 동맹은 이제 없으니 말이오!" 카툴루스 카이사르가 사납게 말했다.

"대략 10개에서 15개 군단을 출정시킨다고 가정할 때, 세금은 얼마 정도가 적당하겠습니까?" 루키우스 카이사르가 물었다. 그도 이런 문제를 다루는 것이 내키지는 않았다.

수석 국고 담당관은 사무원들과 둥글게 모여 한동안 논의를 했다.

"인구조사 때 등록된 재산의 1퍼센트입니다." 이것이 그의 답이었다.

"늘 그랬듯 최하층민은 제외되겠지!" 카이피오가 큰 소리로 말했다.

"전쟁을 실제로 도맡아 하는 사람은 최하층민이오, 퀸투스 세르빌리우스!" 마리우스는 비꼬는 말투로 말했다.

루키우스 카이사르는 두 사람 사이에 오가는 말을 못 들은 척하며 말을 이어나갔다. "마침 재정 문제를 논의하는 자리니 고위급 의원 몇 분께 군수품 공급 관리를 부탁하고 싶습니다. 특히 갑옷이나 무기 공급을 말이죠. 이것은 원래 공병대장의 일이지만 지금으로서는 군단의 배치나 규모 등 모든 것이 불투명합니다. 그렇기 때문에 적어도 당분간은 원로원에서 군수품 공급을 맡는 것이 좋겠다고 생각합니다. 지금 카푸아에는 전투 경험이 풍부한 4개 군단이 무장한 상태로 기다리고 있고, 추가로 모집된 2개 군단이 훈련을 받고 있습니다. 모두 속주로 떠날 예정이었지만 이제 그럴 수 없게 되었습니다. 속주는 현재 주둔중인 군대만으로도 충분할 것입니다."

"루키우스 율리우스." 카이피오가 말했다. "이건 정말 터무니없는 짓입니다! 두 도시에서 일어난 두 가지 사건 외에는 아무 증거도 없는데, 우리는 지금 여기서 로마인과 라티움인에게 세금을 부과하고, 15개 군단의 출정을 논의하고, 원로원 의원에게 쇠사슬 갑옷과 검과 기타 물품들 수천 개의 구입을 맡기고, 공식 속주도 아닌 곳을 관리하도록 사람을 보내고 있소. 이러다 곧 서른다섯 살 이하의 로마인과 라티움인 남성을 전원 소집하자고 하겠구려!"

"그럴 생각이었습니다." 루키우스 카이사르는 친근하게 대답했다.

"친애하는 퀸투스 세르빌리우스, 하지만 당신은 걱정할 필요가 없습니다. 서른다섯 살이 훨씬 넘었으니까요." 그는 잠시 멈추더니 덧붙였다. "적어도 살아온 햇수로는 그렇지요."

"퀸투스 세르빌리우스의 말도 어쩌면, 어디까지나 어쩌면, 일리가 있는 것 같소." 카툴루스 카이사르가 오만하게 말했다. "현재 가진 병력으로 싸우다가, 추가적인 준비는 차차 하는 편이 좋겠습니다. 대규모 반란에 대한 증거가 더 나오는지 봐서 말이죠."

"퀸투스 루타티우스, 군대가 필요한 시점이 되었을 때 병사들은 전장에서 싸울 수 있을 만큼 훈련을 받고 장비도 갖춘 상태여야 하오!" 스카우루스는 짜증스럽게 말했다. "그전에 훈련을 마쳐야 한다는 말이오." 그는 자기 오른쪽에 앉은 사내에게 고개를 돌렸다. "가이우스 마리우스, 신병을 훌륭한 병사로 바꿔놓으려면 얼마나 걸립니까?"

"전투 투입이 가능할 정도로 훈련을 받으려면……. 한 백 일쯤 걸리죠. 그렇다고 해서 바로 훌륭한 병사가 되는 것은 아닙니다, 마르쿠스 아이밀리우스. 훌륭한 병사가 되려면 첫 전투를 무사히 마쳐야 하니까요." 마리우스가 답했다.

"백 일보다 더 빨리 훈련을 마칠 수는 없소?"

"가능합니다. 자질이 훌륭한 신병과 출중한 훈련 담당 백인대장만 있다면."

"그렇다면 출중한 훈련 담당 백인대장을 찾아야겠군요." 스카우루스는 침울하게 말했다.

"아직 조직되지 않은 군단의 무기와 장비를 책임질 원로원 출신 공병대장에 대한 논의로 돌아갔으면 합니다. 제 생각에는 여러 후보 중에서 먼저 총책임자를 선출하고, 그 총책임자가 나머지 임원들을 선택하는 방식이 좋을 것 같습니다. 원로원 의원 중에서 말이죠. 여러 이유를 감안해서, 전장에서 싸울 수 없는 사람이 공병대장 후보가 되어야 한다고 생각합니다. 후보로 추천할 사람이 있습니까?"

결국 그 임무는 부르디갈라에서 게르만족의 매복 작전중 죽은 루키우스 카시우스의 선임 보좌관의 아들, 루키우스 칼푸르니우스 피소 카이소니누스에게로 돌아갔다. 피소는 여름철 아이들 사이에 도는 기이한 전염병을 앓은 뒤 왼쪽 다리가 심하게 망가져 군복무를 면제받았다. 현재 스미르나로 추방된 루푸스의 딸과 결혼한 피소는 영특했고, 젊은 나이에 아버지를 잃은 까닭에 극심한 금전적 고통을 겪고 있었다. 군수품 구입을 담당하는 것은 물론 직접 임원을 선택할 수 있다는 말에 그의 눈이 반짝였다. 이 기회에 로마를 위해 열심히 일하면서 본인의 빈 주머니도 두둑이 채우지 못한다면, 이대로 무명으로 사라지는 것이 마땅하리라! 하지만 그는 두 가지 일을 모두 잘해낼 수 있다고 자신하며 조용히 미소를 지었다.

"이제 지휘권과 배치를 논의할 차례입니다." 루키우스 카이사르가 말했다. 슬슬 피곤함이 몰려왔지만, 이 마지막 주제를 다루지 않고는 회의를 마무리할 수 없었다.

"어떻게 조직하면 좋겠습니까?" 그가 물었다.

이것은 당연히 마리우스에게 직접 던졌어야 마땅한 질문이었다. 하지만 그는 마리우스의 추종자가 아니었고, 뇌졸중과 고령 탓에 마리우스도 예전의 그 인물이 아니라 생각했다. 게다가 마리우스에게 맨 먼저 발언권을 주기도 했으니 하고 싶은 말은 충분히 했을 것이다. 루키우스 카이사르는 회의장 양쪽으로 층층이 앉아 있는 사람들의 얼굴을 하나씩 살피며 누가 좋을까 고민했다. 이미 군사 조직에 관한 질문을 던져놓은 상태였지만, 그는 마리우스에게 끼어들 틈을 주지 않으려고 곧장 두번째 말을 덧붙였다.

"코그노멘이 술라인 루키우스 코르넬리우스, 의원님의 의견을 듣고 싶습니다." 수석 집정관은 또박또박 신경써서 이름을 말했다. 킨나라는 코그노멘을 가진 수도 담당 법무관 역시 루키우스 코르넬리우스였기 때문이었다.

갑자기 호명을 당해 놀라긴 했지만, 술라는 질문에 답할 준비가 되어 있었다. "만약 대표단을 보낸 여덟 개 부족이 모두 우리의 적이라면 두 방향에서 공격을 받게 될 가능성이 높습니다. 하나는 살라리아 가도와 발레리우스 가도로 이어지는 동쪽이고, 다른 하나는 삼니움족의 영향력이 아드리아 해부터 티레니아 해의 크라테르 만까지 이어지는 남쪽입니다. 우선 남부의 경우 아풀리족, 루카니족, 베누시니족이 삼니움족, 히르피니족, 프렌타니족과 합세한다면 그 자체만으로 아주 불길한 전장이 될 것입니다. 두번째 전쟁 무대는 로마의 북부와 동부에 위치한 지역으로, 북부 전장 혹은 중앙 전장이라는 두 가지 이름으로 불릴 수 있습니다. 마르시족, 파일리그니족, 마루키니족, 베스티니족, 피케눔족이 이 중앙 전장 혹은 북부 전장에서 활동하는 부족이죠. 다들 눈치채셨겠지만 저는 에트루리아, 움브리아, 북부 피케눔을 언급하지 않았습니다."

술라는 숨을 고르더니, 머릿속에서 수정처럼 반짝이는 생각들이 사라질세라 서둘러 말을 이어나갔다. "남부 전장의 적들은 우리를 브룬디시움, 타렌툼, 레기움으로부터 차단하려고 안간힘을 쓸 것입니다. 북부 혹은 중앙 전장에서는 우리를 이탈리아 갈리아로부터 차단하려고 할 것입니다. 이때 분명 플라미니우스 가도를 이용할 것이고, 카시우스 가도를 이용할 가능성도 있습니다. 만약 적들이 성공한다면, 이탈리아 갈리아로 통하는 유일한 길은 아우렐리우스 가도와 아이밀리우스 스카우루스 가도로 해서 데르토나를 지나 플라켄티아로 향하는 것이 되겠죠."

루키우스 카이사르가 끼어들었다. "앞으로 나오십시오, 코그노멘이 술라인 루키우스 코르넬리우스."

앞으로 나간 술라는 마리우스에게 보일 듯 말 듯 눈짓을 했다. 늙은 대가의 분석을 훔치는 것은 그리 유쾌한 일이 아니었다. 하지만 그렇게 할 수밖에 없었던 데는 복잡한 이유가 있었다. 마리우스의 아들은 아직 살아 있다는 사실에 대한 쓰라린 적개심, 킬리키아에서 돌아왔을 때 마리우스를 비롯해 원로원의 그 누구도 동방에서의 활동에 대한 종합적인 보고를 청하지 않은 데 대한 분노, 이 기회에 훌륭한 발언을 하면 앞으로 출세가도를 달릴 수 있으리라는 섬광과 같은 깨달음이 복잡하게 뒤섞여 있었다. 안됐군, 가이우스 마리우스, 하고 술라는 생각했다. 당신을 다치게 하고 싶진 않지만, 그래도 난 기회가 생길 때마다 그렇게 할 거야.

"제 생각을 말씀드리자면, 루키우스 율리우스께서 제안하신 것처럼 두 집정관 모두 전장에 나가야 할 것 같습니다." 술라는 앞으로 나가 발언을 이어나갔다. "집정관 한 명은 남부를 지켜야 하는데, 너무도 중요한 카푸아가 그곳에 있기 때문입니다. 카푸아를 빼앗긴다면 최고의 군사 훈련 시설은 물론, 훈련과 병참 분야에서 최고의 경험을 갖춘 도시를 잃게 됩니다. 그러니 남부 전장을 진두지휘하는 집정관 외에도, 훈련과 모병을 담당할 전직 집정관급 책임자를 카푸아에 따로 파견해야 합니다. 남부 전장에서 싸우게 될 집정관은 삼니움족과 그 동맹들의 맹공에 맞설 준비를 해야 합니다. 삼니움족은 아마도 아케라이와 놀라 근처의 오랜 근거지를 이용해 크라테르 만의 남쪽에 위치한 항구도시를 공격할 겁니다. 스타비아이, 살레르눔, 수렌툼, 폼페이, 헤르쿨라네움 같은 도시들 말이죠. 그들이 이런 항구도시를 전부, 혹은 하나라도 손에 넣는다면 브룬디시움 이북에 위치한 아드리아 해의 그 어떤 항구보다도 훨씬 나은 시설을 갖춘 티레니아 해의 항구를 얻게 됩니다. 동시에 우리를 더 먼 남쪽으로부터 완전히 차단할 수 있겠죠."

술라는 최소한의 수사학 교육만 받았고 원로원 입성 이후에도 거의 전쟁터에서 살았기 때문에 절대 명연설가가 아니었다. 하지만 지금 중요한 것은 웅변술이 아니었다. 담백하고 명확하게 뜻을 전달하는 것이 중요했다.

"북부 혹은 중앙 전장은 좀더 까다롭습니다. 아펜니누스 산맥의 산악지대를 포함해 북부 피케눔과 아풀리아 사이에 있는 모든 땅을 적지로 간주해야 합니다. 그런데 이곳에서는 아펜니누스 산맥이 가장 큰 장애물입니다. 에트루리아와 움브리아를 잃지 않으려면 전쟁 초반부터 로마인들이 이탈리아인들에게 이기는 모습을 보여줘야 합니다. 안 그러면 에트루리아와 움브리아는 적에게 넘어갈 것이고, 우리는 도로와 이탈리아 갈리아를 잃게 될 것입니다. 그러니 집정관 한 명은 반드시 이 전장에서 싸워야 합니다."

"그래도 전체를 책임지는 총사령관이 한 사람 있어야 하지 않겠소." 스카우루스가 말했다.

"그럴 수 없습니다, 최고참 의원님. 설명드린 것처럼 지형 자체가 전장을 두 개로 양분하고 있습니다." 술라는 단호하게 말했다. "라티움은 길쭉하고 북부 캄파니아와 닿아 있습니다. 이 북부 캄파니아는 우리에게 충성할 가능성이 높습니다. 하지만 삼니움족과 히르피니족이 많이 사는 남부 캄파니아의 경우, 반란군이 교전에서 한두 차례 승리하기라도 하면 곧장 우리를 등질 것 같습니다. 놀라에서 일어난 일을 보십시오. 라티움 동부에는 험준한 아펜니누스 산맥이 자리잡고 있습니다. 게다가 포메티아 늪지도 있죠. 총사령관이 한 명이라면 지형적으로 완전히 분리된 두 전장을 힘겹게 오가야 할 것이고, 양쪽을 동시에 예의 주시하면서 재빨리 작전 명령을 내리기도 쉽지 않을 겁니다. 우리는 틀림없이 두 개의 분리된 전장에서 싸우게 될 것입니다! 아니, 어쩌면 세 개가 될지도 모르죠. 삼니움, 아풀리아, 캄파니아가 만나는 지점에서는 아펜니누스 산맥이 아주 완만하기 때문에 남부 전장은 한 명이 충분히 통솔할 수 있을 겁니다. 하지만 북부 전장 혹은 중앙 전장의 경우 아예 북부 전장과 중앙 전장, 이렇게 두 개로 나뉠 가능성이 다분합니다. 그 지역에서는 아펜니누스 산맥이 특히 더 험준하기 때문이죠. 마르시족, 파일리그니족, 마루키니족의 땅은 피케눔족, 베스티니족의 땅과 분리된 개별적인 전장으로 바뀔 수 있습니다. 과연 이 모든 이탈리아인들을 중앙으로 몰아넣고 전쟁을 치를 수 있을지 모르겠습니다. 어쩌면 피케눔 일부 지역의 반란을 진압하기 위해 북부 피케눔과 움브리아를 통해서 아드리아 해 방면의 아펜니누스 산맥으로 군대를 파견해야 할지도 모릅니다. 그사이에 우리는 로마 동쪽으로 해서 마르시족과 파일리그니족의 땅을 쳐들어가야 합니다."

술라는 잠시 멈췄다. 자신의 나약함이 싫었지만 어쩔 수 없었다. 가이우스 마리우스가 어떻게 생각할까? 만약 그가 술라의 의견에 동의하지 않는다면, 지금이야말로 그 말을 꺼낼 기회였다. 마침내 마리우스가 입을 열었다. 술라는 바싹 긴장했다.

"계속하시오, 루키우스 코르넬리우스." 늙은 대가가 말했다. "내가 해도 그 정도는 못 할 것 같소."

엷은 빛깔을 띤 술라의 눈이 반짝였고, 입꼬리에 희미한 미소가 번지더니 곧 사라졌다. 그는 어깨를 으쓱했다. "할말은 거의 다 했습니다. 다만 이는 적어도 여덟 개 부족이 반란에 가담했을 경우를 근거로 한 이야기임을 기억해주십시오. 누구를 어디로 보내는지는 제 소관이 아닙니다. 하지만 북부 혹은 중앙 전장의 경우, 현지에 피호민이 많은 인물을 배치해야 한다고 생각합니다. 예를 들어, 나이우스 폼페이우스 스트라보가 피케눔에서 싸우게 된다면 그는 현지 권력기반과 지지층을 확보한 상태에서 전쟁을 시작할 수 있을 것입니다. 물론 정도야 덜하겠지만 이는 퀸투스 폼페이우스 루푸스에게도 적용됩니다. 에트루리아에서는 가이우스 마리우스가 많은 토지를 소유하고 있고 현지 피호민이 수천 명이나 됩니다. 카이킬리우스 메텔루스 가문도 마찬가지죠. 움브리아에서는 퀸투스 세르빌리우스 카이피오가 큰 영향력을 지니고 있습니다. 이런 분들을 북부 혹은 중앙 전장으로 보낸다면 분명 큰 도움이 될 것입니다."

술라는 자리에 앉아 있는 루키우스 카이사르에게 묵례를 하고 자리로 돌아갔다. 웅성거리는 소리가 들렸다. 이는 술라가 짐작하기에 감탄에 찬 웅성거림이었다. 그는 원로원의 그 누구보다도 먼저 의견 개진을 요청받았고, 이것은 대단한 존재로의 급격한 도약을 의미했다. 믿을 수 없어! 오, 드디어 출셋길이 열린 것인가?

"루키우스 코르넬리우스 술라의 명쾌하고 친절한 설명에 우리 모두 감사드려야 마땅합니다." 루키우스 카이사르는 술라에게 마치 앞날을 기약하는 듯한 미소를 보내며 말했다. "개인적으로 그의 말에 동의합니다. 하지만 다른 분들은 어떠신지요? 뭔가 다른 의견을 가진 분이 계십니까?"

아무도 없는 것 같았다.

스카우루스 최고참 의원은 걸걸하게 헛기침을 했다. "이제 역할을 분담해야 하오, 루키우스 율리우스. 원로원 의원 여러분들만 괜찮으시다면 나는 로마에 남아 있는 쪽을 택하겠소."

"두 집정관이 모두 출정할 테니 로마는 최고참 의원님을 꼭 필요로 할 것입니다." 루키우스 카이사르가 우아하게 웃으며 말했다. "최고참 의원님은 훌륭한 수도 담당 법무관이자 킨나라는 코그노멘을 가진 루키우스 코르넬리우스에게 아주 큰 도움이 되실 테니까요." 그는 옆에 있는 동료 집정관 루틸리우스 루푸스를 슬쩍 쳐다봤다. "푸블리우스 루틸리우스, 로마의 북부와 중앙을 지휘하는 짐을 짊어져주겠소?" 그가 물었다. "수석 집정관인 나는 반드시 카푸아가 포함된 전장에서 싸워야 할 것 같습니다."

루틸리우스 루푸스는 가슴이 벅차 얼굴이 상기되었다. "아주 기쁜 마음으로 그 짐을 지겠소, 루키우스 율리우스."

"원로원에서 별다른 반대가 없다면 저는 캄파니아를 지휘하겠습니다. 저의 수석 보좌관으로는 코그노멘이 술라인 루키우스 코르넬리우스를 지명하겠습니다. 카푸아를 지휘하고 그곳의 활동을 감독할 인물로는 전직 집정관 퀸투스 루타티우스 카툴루스 카이사르를 임명하겠습니다. 선임 보좌관으로는 푸블리우스 리키니우스 크라수스, 티투스 디디우스, 세르비우스 술피키우스 갈바를 임명합니다." 루키우스 카이사르가 말했다. "푸블리우스 루틸리우스 루푸스, 당신은 누구를 임명하고 싶소?"

"나이우스 폼페이우스 스트라보, 섹스투스 율리우스 카이사르, 퀸투스 세르빌리우스 카이피오, 그리고 루키우스 포르키우스 카토 리키니아누스요." 루틸리우스 루푸스가 크게 말했다.

갑자기 침묵이 내리더니, 아주 긴 시간 동안 깨지지 않고 이어졌다. '누군가 이 침묵을 깨야만 해!'라고 술라는 생각했다. 그는 자기도 모르게, 별 계획도 없이 입을 열었다.

"그럼 가이우스 마리우스는요?" 단도직입적인 질문이었다.

"나는 그를 원하지 않소!" 루틸리우스 루푸스가 말했다. "나에게 떠맡길 생각일랑 마시오! 그는 다른 늙은이와 병자들처럼 로마에 머물러야 합니다. 전쟁터에 나가기엔 너무 늙고 병들었잖소."

그때 섹스투스 카이사르가 벌떡 일어났다. "수석 집정관님, 발언해도 되겠습니까?" 그가 물었다.

"발언하십시오, 섹스투스 율리우스."

"저는 늙지 않았습니다." 섹스투스 카이사르가 쉰 목소리로 말했다. "하지만 다들 아시다시피 저에게는 병이 있습니다. 숨을 쉴 때마다 쌕쌕거리는 병이죠. 저는 젊은 시절에 충분히 많은 군대 경험을 쌓았습니다. 가이우스 마리우스를 따라 아프리카에서 복무하고 갈리아에서 게르만족과 싸웠습니다. 아라우시오 전투에도 참여했는데, 그곳에서는 제 지병 덕분에 목숨을 건졌습니다. 하지만 이제 겨울이 다가오고 있으니 아펜니누스 산맥의 전투에서 저는 거의 쓸모없는 존재가 될 것입니다. 예전보다 나이를 먹었고 호흡기도 약해졌습니다. 물론 저는 의무를 다할 것입니다. 위대한 가문 출신의 로마인이니까요. 그런데 아직 아무도 기병대를 언급하지 않았습니다. 우리에게는 기병대가 필요합니다. 원로원에서는 산악지역의 지휘관으로 활동하는 의무를 저에게서 면제해주셨으면 합니다. 대신 추운 계절 동안 수송선을 모으고 누미디아, 알프스 너머 갈리아, 트라키아에서 기병을 모집하는 일을 맡겨주십시오. 해외에 거주하는 로마 시민을 대상으로 보병을 모집하는 일을 할 수도 있겠죠. 이것이 저에게 맞는 역할이라 생각합니다. 그 일을 마치고 돌아온 후, 그때도 여러분이 원하신다면 기꺼이 전장 지휘 임무를 맡겠습니다." 그는 헛기침을 하더니 약하게 쌕쌕거리는 소리를 냈다. "그러니 원로원에서는 제 보좌관 직을 가이우스 마리우스에게 넘겨주었으면 합니다."

"허! 처남 매부 지간이라 이거지!" 루틸리우스 루푸스가 벌떡 일어나 소리쳤다. "그렇게는 안 되오, 섹스투스 율리우스, 안 된단 말이오! 몇 년 동안이나 지켜봤는데 당신의 지병이야말로 세상에서 가장 편리한 병 같소! 필요에 따라 도졌다가 사라지니까! 그건 나도 하겠소. 들어보시오!" 루틸리우스 루푸스는 시끄럽게 숨을 들이쉬기 시작했다.

"내가 쌕쌕대는 소리에 짜증만 낼 줄 알았지, 제대로 들은 적은 없는 모양이오, 푸블리우스 루틸리우스." 섹스투스 카이사르가 친절하게 말했다. "나는 들이쉴 때 소리를 내지 않소. 내쉴 때 소리를 내지."

"그 지긋지긋한 소리가 언제 나는 건지 관심 없소!" 루틸리우스 루푸스가 소리쳤다. "당신은 이 임무를 피할 수 없고, 난 당신 자리를 가이우스 마리우스에게 넘길 생각이 없소!"

"잠깐만!" 스카우루스 최고참 의원이 자리에서 일어났다. "이 문제에 관해 할말이 있습니다." 그는 바리우스에게 반역 혐의로 기소당했을 때와 같은 표정으로, 연단에 있는 루틸리우스 루푸스를 쳐다보았다. "나는 당신을 그리 좋아하지 않소, 푸블리우스 루틸리우스! 아니, 오히려 당신이 나의 친애하는 친구이자 코그노멘이 루푸스인 푸블리우스 루틸리우스와 같은 이름이라는 사실이 고통스러울 지경이오. 두 사람은 인척일지 몰라도 공통점이 전혀 없소! 빨강머리 루푸스(Rufus, 붉은 머리를 뜻하는 코그노멘―옮긴이)는 원로원의 보물이자 모두가 애타게 그리워하는 존재인 반면, 늑대 루푸스(Lupus, 늑대를 뜻하는 코그노멘―옮긴이)는 원로원에서 가장 해로운 궤양이자 그저 한심한 존재일 뿐이지!"

"나를 모욕하다니!" 루틸리우스 루푸스는 숨이 턱 막혔다. "어떻게 감히! 나는 집정관이오!"

"나는 원로원 최고참 의원이오, 늑대인간 푸블리우스. 나는 이 나이를 먹을 때까지 뭐든 내 마음대로 해도 괜찮다는 것을 확실히 증명했소. 그건 말이오, 늑대인간 푸블리우스, 내가 하는 일이 전부 훌륭한 동기에서 비롯된 것이고 내게는 진심으로 로마를 위하는 마음이 있기 때문이오! 이제 그만 자리에 앉아 어깨나 움츠리고 있으시오, 이 작고 못난 기생충 양반아! 허튼수작은 때려치우란 말이오! 본인이 잘났다고 생각하시오? 당신은 선거인단을 돈으로 매수해 지금 그 자리에 올랐잖소!"

화가 나서 얼굴이 보랏빛으로 변한 루틸리우스 루푸스가 입을 열려고 했다.

"당장 그 입 닫으시오, 루푸스!" 스카우루스가 으르렁거렸다. "입 닫고 조용히 앉아 있으란 말이오!"

그런 다음 스카우루스는 마리우스를 향해 몸을 돌렸다. 그는 등받이가 없는 의자에 허리를 곧게 펴고 앉아 있었다. 마리우스가 자신의 이름이 빠진 데 대해 어떻게 느끼는지 회의장 내의 사람들은 알 수 없었다. "여기 아주 위대한 사나이가 있습니다." 스카우루스가 말했다. "이제까지 제가 얼마나 그를 저주했는지 오직 신들만 알고 있습니다! 그가 아예 없어졌으면 좋겠다고 얼마나 기도했는지 오직 신들만 알고 있습니다! 우리가 얼마나 심각한 앙숙이었는지 오직 신들만 알고 있습니다! 세월의 흐름은 더 빨라지고 있고, 제가 노쇠해질수록 애정 어린 마음으로 기억하는 사람들은 줄어들고 있습니다. 죽음이 다가오기 때문만은 아닐 테지요. 애정 어린 마음으로 기억할 만한 사람이나 그럴 가치가 없는 사람이 누구인지 알려주는 것은 축적된 경험이기 때문입니다. 한때 가장 사랑했으나 지금은 제게 아무 감정도 불러일으키지 못하는 사람이 있는가 하면, 한때 가장 증오했으나 지금은 제게 모든 감정을 불러일으키는 사람도 있습니다."

스카우루스는 지금 마리우스의 반짝이는 눈이 자신을 향해 있다는 걸 알았기에 뒤를 돌아보지 않으려 했다. 고개를 돌리면 금방이라도 웃음보가 터질 것이 뻔한데, 이 연설에는 그의 영혼과 진심이 담겨 있기 때문이었다. 여기에 유머가 섞이면 그릇된 인상을 심어줄 위험이 있었다!

"마리우스와 저는 함께 온갖 풍파를 다 겪었습니다." 그는 몹시 화가 난 루틸리우스 루푸스를 보며 말했다. "늑대인간, 그대가 성인용 토가를 입고 지낸 기간보다 더 오랜 세월 동안 마리우스와 나는 원로원에 나란히 앉아 서로를 노려보고 있었소! 우리는 늘 싸우고 다투고 서로를 잡아당기거나 밀쳤소. 하지만 공화정의 적들에 대항해 의기투합하기도 했소. 로마를 무너뜨렸을지도 모를 적들의 시신을 밟고 함께 아래를 내려다보았소. 어깨를 나란히 하고, 함께 웃고 함께 울었소. 다시 한번 말하겠습니다! 여기 아주 위대한 사나이가 있습니다. 그는 아주 위대한 로마인이기도 합니다!"

스카우루스는 회의장을 가로질러 문 앞으로 가더니 거기 멈췄다. "가이우스 마리우스, 루키우스 율리우스, 루키우스 코르넬리우스 술라와 마찬가지로 저도 오늘 끔찍한 전쟁이 임박했다는 확신을 갖게 되었습니다. 어제까지는 확신이 없었습니다. 왜 갑자기 생각이 바뀌었냐고요? 그거야 신들만 알지, 누가 알겠습니까? '오래전부터 늘 그래왔으니 항상 그런 식일 수밖에 없다'는 생각은 쉽게 바뀌지 않습니다. 게다가 감정은 지성의 눈을 가리죠. 하지만 갑자기 우리의 눈을 가린 덮개가 사라지고 시야가 또렷해지는 순간이 찾아옵니다. 오늘 제게 그런 일이 벌어졌습니다. 가이우스 마리우스에게도 벌어졌습니다. 아마 이 회의장에 계신 대부분의 의원 여러분께도 그런 일이 벌어졌을 것입니다. 어제까지는 보이지 않던 천 개의 작은 신호들이 갑자기 선명하게 보이기 시작한 겁니다.

제가 로마에 남겠다고 한 이유는, 저는 정치 조직 내에서 가장 유용한 사람이기 때문입니다. 하지만 가이우스 마리우스는 다릅니다. 저처럼 그의 의견에 찬성하기보단 반대하는 경우가 많았던 사람이든, 섹스투스 카이사르처럼 개인적인 친분이나 혼인관계로 얽힌 사람이든 간에, 여러분은 모두 인정해야 합니다. 가이우스 마리우스는 최고의 군사적 재능을 지닌 인재이며, 우리의 경험을 모두 합친 것보다 더 다양한 전쟁을 경험했습니다. 저는 가이우스 마리우스가 지금 아흔 살에 뇌졸중으로 세 번이나 쓰러졌다고 해도 상관하지 않을 겁니다! 원로원 의원 여러분, 편협함을 버리십시오! 가이우스 마리우스는 저와 동갑으로 이제 겨우 예순여섯 살이고 뇌졸중으로 쓰러진 것은 딱 한 번, 벌써 10년 전 일입니다. 저는 원로원 최고참 의원으로서, 가이우스 마리우스의 다재다능함을 십분 활용하기 위해 그를 푸블리우스 루틸리우스의 수석 보좌관으로 임명할 것을 강력하게 주장합니다.”

입을 여는 사람은 없었다. 그 누구의 숨소리도, 심지어 섹스투스 카이사르의 숨소리도 들리지 않았다. 스카우루스는 마리우스와 카툴루스 카이사르 사이의 좌석에 앉았다. 루키우스 카이사르는 세 사람을 쳐다보았고, 이어 술라가 앉아 있는 위쪽으로 시선을 옮겼다. 그와 술라는 눈이 마주쳤다. 루키우스 카이사르는 심장박동이 빨라지는 것을 느꼈다. 술라의 눈은 무슨 말을 하는 것일까? 너무 많은 말을 하고 있어 쉽게 이해할 수 없었다.

“푸블리우스 루틸리우스, 당신에게 자발적으로 가이우스 마리우스를 수석 보좌관으로 임명할 기회를 주겠습니다. 만약 거절한다면 그에 대한 표결에 들어가겠습니다.”

“알겠습니다, 알겠다고요!” 루틸리우스 루푸스는 큰 소리로 말했다. “하지만 단독 수석 보좌관은 안 됩니다! 퀸투스 세르빌리우스 카이피오와 함께 공동 수석 보좌관으로 임명하겠습니다!”

마리우스는 고개를 뒤로 젖히며 호탕하게 웃었다. “그렇게 합시다!” 그는 크게 소리쳤다. “시월의 말이 시시한 조랑말과 한 쌍으로 묶여버렸군!”

율리아는 여느 정치인의 헌신적인 아내처럼 초조한 마음으로 마리우스를 기다리고 있었다. 원로원에서 중대한 사안을 논의할 때면 율리아는 직감적으로 그것을 알아챘는데, 마리우스로서는 그저 신기할 따름이었다. 솔직히 그는 원로원 의사당으로 들어가기 전까지 오늘 일을 전혀 짐작도 못했다. 하지만 아내는 알고 있었던 것이다!

“전쟁인가요?” 그녀가 물었다.

"그렇소."

"상황이 아주 안 좋나요? 마르시족만 반란을 일으켰어요? 아니면 다른 부족들도?"

"이탈리아 동맹 중 절반, 혹은 그 이상이 반란에 가담한 것 같소. 진작 눈치챘어야 했는데! 하지만 스카우루스 말이 맞소. 감정이 사실을 가리는 법이지. 드루수스는 알고 있었소. 오, 율리아, 그가 살아 있었더라면 얼마나 좋겠소! 그랬다면 이탈리아인들은 진작 시민권을 얻었을 텐데. 그럼 전쟁도 일어나지 않았을 테고."

"마르쿠스 리비우스가 죽은 건, 무슨 일이 있더라도 이탈리아인에게 참정권을 주지 않으려는 사람들이 있기 때문이죠."

"그렇지, 그 말이 맞소. 물론 당신 말이 맞아요." 그는 주제를 바꿨다. "내일 한 무리의 손님들을 위해 성대한 만찬을 준비해달라고 말하면 우리 요리사가 졸도할 것 같소?"

"너무 기뻐 호들갑을 떨 것 같은데요. 요리사는 우리가 충분히 즐기지 않는다고 늘 불평이에요."

"잘됐소! 내일 저녁에 한 무리를 초청했거든."

"무슨 일이죠, 가이우스 마리우스?"

그는 얼굴을 찡그리며 고개를 저었다. "어쩌면 많은 사람에게 이런 기회가 마지막이 될지도 모른다는 이상한 기분 탓이지. 사랑하오, 율리아."

"나도요." 그녀가 잔잔하게 말했다. "그런데 만찬에는 누가 오나요?"

"우리 아들의 장인이 되었으면 하는 퀸투스 무키우스 스카이볼라, 마르쿠스 아이밀리우스 스카우루스, 루키우스 코르넬리우스 술라, 섹스투스 율리우스 카이사르, 가이우스 율리우스 카이사르, 마지막으로 루키우스 율리우스 카이사르."

율리아는 당황스러운 표정을 지었다. "부인들도요?"

"물론 부인들도 초대했소."

"오, 세상에!"

"왜 그러시오?"

"스카우루스의 아내 달마티카 때문이죠. 루키우스 코르넬리우스도 올 텐데!"

"오, 벌써 몇 년 전 일이잖소." 마리우스는 들은 체도 하지 않았다. "남자들은 철저히 서열에 따라 앉히고, 여자들은 당신이 알아서 가장 무난한 방식으로 배치하면 되겠군. 어떻겠소?"

"네, 알겠어요." 율리아는 여전히 걱정스러운 표정이었다. "달마티카와 아우렐리아는 루키우스와 섹스투스 율리우스와 마주보게 앉히고, 아일리아와 리키니아는 가운데 자리 반대편에 앉혀야겠어요. 클라우디아와 저는 가이우스 율리우스와 루키우스 코르넬리우스 방향으로 앉으면 되겠네요." 그녀는 키득거렸다. "루키우스 코르넬리우스가 설마 클라우디아와 자지는 않았을 테니까요!"

마리우스의 눈썹이 사납게 요동쳤다. "그렇다면 그가 결국 아우렐리아와 잤단 말이오?"

"아니에요! 정말이지, 가이우스 마리우스, 당신은 가끔씩 사람을 지치게 해요!"

"당신도 가끔 그럴 때가 있소." 마리우스가 응수했다. "그런데 우리 아들은 어디에 앉힐 생각이오? 그 아이도 이제 열아홉 살인데!"

율리아는 젊은 마리우스를 오른쪽 의자의 제일 끝자리에 앉혔다. 서열이 가장 낮은 남자가 앉는 자리였지만 젊은 마리우스는 이의를 제기하지 않았다. 자신 다음으로 서열이 낮은 사람은 전직 수도 담당 법무관이자 외삼촌인 가이우스 카이사르였고, 그다음 서열 역시 전직 수도 담당 법무관이자 이모부인 술라였다. 나머지 남자들은 모두 집정관 출신이었고, 자신의 아버지는 손님들의 집정관 직을 모두 합친 것보다 두 번이나 더 많이 집정관을 역임했다. 젊은 마리우스는 그 사실에 기분이 좋아졌다. 하지만 그는 과연 아버지의 기록을 넘어설 수 있을까? 유일한 방법은, 스키피오 아프리카누스나 스키피오 아이밀리아누스보다 더 젊은 나이에 집정관으로 당선되는 것뿐이었다.

젊은 마리우스는 스카이볼라의 딸과 자신 사이에 혼담이 오간다는 것을 알고 있었다. 무키아는 아직 만찬에 초대될 나이가 아니라 직접 보지는 못했지만 아주 예쁘다는 소문을 들은 적이 있었다. 놀랄 일도 아니었다. 그녀의 어머니인 리키니아는 지금도 빼어난 미모를 자랑하는 여성이기 때문이었다. 리키니아는 메텔루스 발레아리쿠스의 아들 메텔루스 켈레르와 간통한 끝에 재혼했다. 무키아에게는 이제 자신의 생모와 메텔루스 켈레르 사이에서 난 남동생이 두 명 있었다. 스카이볼라는 전처의 동생과 결혼했는데, 전처보다는 미모가 덜했다. 만찬에 초대된 것은 이 두번째 리키니아였으며 그녀는 아주 즐거운 시간을 보냈다.

그럼에도 불구하고, 술라는 스미르나에 있는 루푸스에게 보내는 편지를 이렇게 시작했다.

끔찍한 만찬이었습니다. 그나마 재앙을 피할 수 있었던 건 율리아가 남자들을 철저히 서열에 따라 앉히고, 문제가 안 생기도록 나머지 여자들을 적절히 배치한 덕분이었죠. 그 결과 저는 내내 아우렐리아와 스카우루스의 아내 달마티카의 등만 보고 있었습니다.

스카우루스도 지금쯤 편지를 쓰고 있을 텐데, 제 편지와 같은 전령 편에 전해질 예정입니다. 그러니 저는 이탈리아인들과의 임박한 전쟁 소식이나 스카우루스가 원로원에서 마리우스를 칭찬하면서 했던 연설은 굳이 언급하지 않겠습니다. 스카우루스는 분명 사본을 동봉할 테니까요! 한마디만 하자면 저는 루틸리우스 루푸스의 행동이 너무 민망했고, 그가 우리의 늙은 대가를 지명하지 않자 도저히 가만있을 수 없었습니다. 루틸리우스 루푸스 같은 당나귀(그자는 늑대까지도 못 됩니다!)가 전장 하나를 지휘하는데 가이우스 마리우스는 하찮은 일이나 맡아야 한다니, 정말 분한 노릇이죠. 가장 이상했던 건, 카이피오와 공동으로 수석 보좌관 직을 맡게 되었을 때 마리우스가 보인 유쾌한 반응이었습니다. 아르피눔의 여우는 대체 그 당나귀를 어떻게 요리할 작정일까요? 뭔가 고약한 계획이 있지 않을까 합니다.

만찬 이야기에서 잠깐 벗어났는데, 다시 그 주제로 돌아가야겠군요. 스카우루스와 저는 첫째로 긴 편지를 쓸 것, 둘째로 주제를 각각 나누어 쓸 것을 약속했습니다. 결국 저는 가벼운 소문을 맡기로 했는데, 공정한 처사는 아니라고 생각되는군요. 제가 알기로 스카우루스는 당신 다음으로 제일가는 수다쟁이니까 말입니다. 스카이볼라도 만찬에 초대되었습니다. 마리우스가 그의 아들과 스카이볼라가 첫번째 리키니아로부터 얻은 딸의 결혼을 추진중이라서요. 무키아(조점관 스카이볼라의 딸들인 손위의 두 무키아와 구별하려고 무키아 테르티아라고도 부르죠)는 이제 열세 살이라고 해요. 그 아이를 생각하면 참 안쓰러워요. 저는 젊은 마리우스를 그다지 좋아하지 않거든요. 오만하고 교만하고 야심만 넘치는 애송이죠. 훗날 누가 그를 다루게 될지 몰라도 고생깨나 할 겁니다. 죽은 제 아들과는 완전히 딴판이죠.

푸블리우스 루틸리우스, 어릴 때나 커서나 가정생활 경험이 부족했던 저에게 아들은 너무도 소중한 존재였습니다. 아기 때 육아실에서 발가벗고 웃는 모습을 처음 본 순간부터 저는 온 마음을 다해 그 아이를 사랑했지요. 아들은 저에게 완벽한 친구였습니다. 제가 무엇을 하든 아들은 그것을 경이롭게 받아들였지요. 함께 동방 여행을 떠났을 때, 그 아이는 여정에 새로운 흥미와 활기를 불어넣어주었습니다. 아들이 제 또래의 성인처럼 성숙한 의견을 내고 조언을 해줄 수 없다는 건 중요하지 않았어요. 그애는 늘 이해하고 공감했습니다. 그런데 그 아이가 죽었어요. 너무 갑자기, 아무 예고도 없이! 시간이 더 있었더라면, 혼자 이런 말을 되뇌곤 한답니다. 준비할 시간이 더 있었더라면……. 하지만 어떤 아비가 아들의 죽음에 준비되어 있을 수 있겠습니까?

오랜 친구여, 아들이 죽은 후 세상은 잿빛으로 변해버렸습니다. 예전처럼 매사에 관심을 가질 수가 없게 되었죠. 이제 거의 1년이 지났고, 어떤 면에서는 아들의 빈자리를 견디는 법을 배운 것도 같습니다. 하지만 그 빈자리는 절대 채워지지 않겠죠. 제 가슴에 구멍이 하나 생겼고 그 공허함은 영원히 채워질 수 없을 겁니다. 이제 누구에게도 그 아이에 대한 이야기를 할 수가 없어요. 아예 이 세상에 없었던 것처럼 아들의 이름을 숨기곤 합니다. 너무 견디기 힘든 고통이니까요. 지금도 이 편지를 쓰면서 울고 있습니다.

아들 이야기를 하려고 이 편지를 시작한 건 아닙니다. 지금 펜으로 써내려가야 할 내용은 그 진절머리 나는 만찬이죠! 갑자기 아들 생각이 난 이유는(물론 그 아이는 늘 제 마음속에 있지만) 그 자리에 그녀가 있었기 때문이 아닐까 해요. 스카우루스의 아내 카이킬리아 메텔라 달마티카 말입니다. 제가 알기로는 이제 스물여덟 살쯤 되었을 겁니다. 열일곱 살에 스카우루스와 결혼했는데, 제가 킴브리족을 무찌르기 시작한 해의 초반으로 기억합니다. 그녀에겐 열 살 난 딸과 다섯 살 난 아들이 있더군요. 둘 다 의심할 여지 없이 스카우루스의 아이들이었어요. 가엾게도 딱 보니 알겠더군요. 감찰관 카토의 시골 농장 건물처럼 못생겨서 말입니다. 스카우루스는 벌써부터 딸아이를 조점관 스카이볼라의 절친한 친구 마니우스 아킬리우스 글라브리오의 아들에게 시집보내겠다고 말하더군요. 그 집안은 벌써 집정관을 여럿 배출해서 신진 세력이라는 오명에서 벗어나긴 했지만, 그들의 진짜 매력은 혈통이 아닌 것 같습니다. 세르빌리우스 카이피오 집안과 맞먹는 재산이겠죠. 제가 보기엔 나쁘지 않은 집안이라고 생각됩니다. 마니우스 아킬리우스 글라브리오의 조부는 가이우스 그라쿠스 편에 섰던 사람이긴 하지만요. 가이우스 그라쿠스의 다른 지지자들과 마찬가지로 그의 조부 역시 그로 인해 목숨을 잃었지요! 어떻습니까? 제법 흥미진진한 일화 아닌가요? 아니라고요? 그렇다면 라미아(머리와 가슴은 여자, 하반신은 뱀인 괴물—옮긴이)에게나 콱 물려가십쇼!

달마티카, 그녀는 참 아름다워요. 제가 법무관에 처음 출마했을 때 그녀에게 얼마나 괴롭힘을 당했는지! 기억하시나요? 그게 거의 10년 전 일이라니 정말 놀랍군요. 푸블리우스 루틸리우스, 전 이제 쉰 살이나 되었는데, 집정관으로 가는 길은 수부라에 살던 시절만큼이나 아직도 요원해 보입니다. 9년 전에 어리석은 짓을 저질렀던 달마티카에게 스카우루스가 어떤 조치를 내렸는지 궁금하지만, 그녀는 내색을 안 하더군요. 저와 식당에서 마주쳤을 때 차가운 인사와 딱딱한 미소가 전부였습니다. 눈도 마주치지 않았어요. 그녀를 비난할 수는 없는 일이죠. 스카우루스에게 책잡힐 행동을 해서 벌을 받게 될까 두려워하는 듯했습니다. 스카우루스도 전혀 트집을 잡을 수 없었을 겁니다. 잠깐 인사만 나누었을 뿐, 그녀는 저에게서 등을 돌리고 앉아 단 한 번도 뒤돌아보지 않았으니까요. 그에 반해 사랑스럽고 애교 넘치는 아우렐리아는 몸을 비틀어 뒤를 돌아보며 모두의 혼을 빼놓았죠. 그녀는 조만간 가이우스 율리우스가 먼길을 떠난다는 사실에 들떠 있었어요. 형인 섹스투스 율리우스와 함께 아프리카와 저멀리 갈리아에서 로마 기병을 모집하는 임무를 맡게 되었거든요.

저는 못된 심보로 유명하고, 그건 아주 근거 없는 소문도 아닙니다. 하지만 이건 못된 심보에서 하는 이야기가 아니에요. 우리 둘 다 아우렐리아를 잘 알고 있고, 제가 아는 이야기 중에 당신이 모르시는 건 없잖습니까. 아우렐리아와 그녀의 남편은 서로 깊이 사랑하지만, 행복하고 편안한 사랑은 아닙니다. 그는 아우렐리아를 억누르려 하고 그녀는 그 사실에 분개하죠. 어젯밤 아우렐리아는 남편이 몇 달 이상 집을 비울 예정이라는 걸 알고 평소의 지루한 모습은 완전히 벗어버린 채 생기발랄하게 깔깔댔습니다. 제 옆에 앉아 있던 가이우스 율리우스도 그걸 못 느끼진 않았겠죠! 그건 말이죠, 푸블리우스 루틸리우스, 생기발랄한 아우렐리아는 모든 남자를 꼼짝 못하게 만들기 때문이에요. 트로이아의 헬레네도 아우렐리아에 비할 바는 아닐 겁니다. 원로원 최고참 의원조차 사춘기 소년처럼 어찌나 철없이 굴던지! 스카이볼라는 물론이고 가이우스 마리우스도 별 수 없더군요. 아우렐리아의 매력은 그 정도랍니다. 그 자리에 모인 다른 여성들의 미모가 별로였던 것도 아니에요. 그들 중 몇 명은 눈에 띄는 미인이었죠. 하지만 율리아와 달마티카도 아우렐리아의 상대는 되지 못했고, 가이우스 율리우스도 그 사실을 빨리 알아차렸죠. 아마 집에 돌아가서 두 사람이 부부싸움을 했을 거예요.

정말이지 이상하고 어색한 만찬이었어요. 그나저나, 갑자기 웬 만찬이냐고요? 저도 잘은 모르겠지만, 가이우스 마리우스의 어떤 예감 때문이 아닐까 합니다. 그곳의 모든 사람들이 비슷한 상황에서 다시 모일 일은 없으리라는 예감 말이죠. 가이우스 마리우스는 당신을 언급하면서, 당신이 없기에 그 모임이 완전할 수 없다고 말했습니다. 그는 자기 자신과 스카우루스에 대해 슬픈 이야기를 꺼냈어요. 아주 놀랍게도, 심지어 젊은 마리우스에 대해서도 그런 이야기를 했죠! 왠지 마리우스의 슬픔이 저에게도 전염된 것 같습니다. 율릴라가 죽은 후 조금씩 멀어지긴 했지만, 솔직히 마리우스가 잘 이해되지 않아요. 아주 힘겨운 전쟁을 앞두고 있으니 우리는 예전처럼 힘을 모으게 될 텐데 말입니다. 아무리 논리적으로 생각을 해봐도 마리우스는 지금 두려워하고 있다는 결론밖에 나오지 않더군요. 본인이 이 전쟁에서 살아남지 못할지도 모른다는 두려움. 본인이 든든한 기둥이 되어주지 못해서 우리가 고통에 빠지게 될지도 모른다는 두려움.

스카우루스와 약속한 것처럼, 임박한 전쟁에 대해서는 언급하지 않을 겁니다. 하지만 스카우루스에게서는 듣지 못할 소식을 하나 전해드리죠. 일전에 루키우스 칼푸르니우스 피소 카이소니누스가 저를 찾아왔습니다. 새로 조직될 군단에 무기와 보급품을 공급하는 임무를 맡은 사람이죠. 혹시 그가 당신 딸과 결혼한 사람 아닙니까? 맞아요, 곰곰이 생각해보니 그 사람이 맞는 것 같군요. 어쨌든 그는 저에게 이상한 이야기를 들려주었습니다. 아펜니누스 산맥 때문에 우리와 이탈리아 갈리아가, 특히 아드리아 해 방향으로는 완전히 분리되어 있어 참 애석하군요. 이제 이탈리아 갈리아를 정식 속주로 지정해 정기적으로 총독을 파견하고 알프스 너머 갈리아에도 따로 총독을 파견해야 할 때가 됐어요. 하지만 이번 전쟁으로 인해 한 사람을 두 갈리아의 총독 자리에 앉혔고, 그가 이탈리아 갈리아에 머무르게 되었습니다. 바로 전직 집정관 가이우스 코일리우스 칼두스지요. 퀸투스 세르토리우스가 그의 재무관으로 따라갔는데, 덕분에 아주 안심이 됩니다. 마리우스 집안에는 분명 놀라운 군인의 피가 흐르는 것 같아요. 세르토리우스도 어머니로부터 마리우스 집안의 피를 물려받았으니까요. 물론 사비니족의 피도 섞였고요.

또 이야기가 다른 곳으로 흘러갔군요. 어쨌든 피소는 로마군의 무기와 갑옷을 주문하려고 북쪽으로 떠났습니다. 먼저 가장 일반적인 행선지인 포풀로니아와 피사이를 찾아갔지요. 그런데 그곳에서 플라켄티아의 한 회사가 운영하는 주물공장촌에 대한 소식을 듣게 됐습니다. 그래서 그는 플라켄티아로 갔습니다. 한데 아무 수확도 없었습니다! 오, 물론 문제의 회사는 발견했어요. 하지만 관계자들은 더할 나위 없이 입이 무겁고 은밀한 사람들이었지요. 결국 그는 동쪽의 파타비움과 아퀼레이아를 찾아갔는데, 그 지역은 새로 생겨난 주물공장촌으로 가득했다고 합니다. 또한 이 마을들은 이탈리아 동맹시들과 거의 10년간 독점 계약을 맺고 있다는 사실을 발견했지요! 피소는 충분히 가능한 일이라고 생각했어요. 대장장이들은 독점 계약을 제안받은 뒤 즉시 돈을 받고 제품 생산에 들어간 겁니다! 제철소와 공장은 모두 개인 소유였지만, 그 마을 자체는 사업체를 제외하고 모든 것을 소유한 지주에 의해 세워졌다고 합니다. 그런데 현지인들의 말에 따르면 그 지주가 로마 원로원 의원이라는 겁니다! 게다가 더 수상쩍은 점이 있었어요. 그곳 대장장이들은 자기네가 로마군의 무기를 제작하는 중이며 계약을 맺은 상대는 로마 공병대장이라고 생각하고 있었던 겁니다! 피소가 대장장이들에게 그 의문의 공병대장을 설명해보라고 했더니 마르시족의 퀸투스 포파이디우스 실로를 닮은 사람을 그렸다고 해요!

동부의 주물공장촌에 대해서는 로마인들조차 까맣게 몰랐는데, 실로는 어떻게 알아낸 것일까요? 갑자기 이상한 답이 떠오르더군요. 하지만 그것을 증명하기는 어려울 것 같아서 피소에게는 말하지 않았습니다. 퀸투스 세르빌리우스 카이피오는 수년 동안 마르쿠스 리비우스 드루수스의 저택에 살았고, 그의 아내가 마르쿠스 카토 살로니아누스와 눈이 맞은 후에야 그 집을 떠났어요. 제가 처음 법무관 직에 도전할 무렵, 카이피오는 로마를 벗어나 긴 여행을 떠났습니다. 이전 편지에서 이제 스미르나에는 톨로사의 황금이 없으며, 카이피오가 그 시기에 스미르나에 나타나 황금을 챙겨가는 바람에 현지 은행들이 상당히 안타까워했다고 하셨지요? 사실 실로는 드루수스의 집에 자주 드나들었어요. 게다가 실로와 드루수스의 관계는 카이피오와 드루수스의 관계보다 훨씬 돈독했습니다. 그렇다면 실로는 카이피오가 그 돈의 일부를 이탈리아 갈리아 동쪽의 주물공장촌을 건설하는 데 투자하리라는 것도 알고 있었던 게 아닐까요? 덕분에 그는 로마보다 한발 앞서, 그 주물공장촌에 대한 소문이 퍼지기 전에 이탈리아군의 무기와 갑옷만 생산하도록 그 마을과 독점 계약을 맺을 수 있었던 겁니다.

저는 그 지주라는 로마 원로원 의원이 카이피오고, 플라켄티아에 위치한 회사도 그의 소유라 생각합니다. 어쨌든 피소는 현지 강철 제조업자들에게 압력을 가해 이탈리아군의 무기와 갑옷 생산을 중단하도록 했어요. 대신 그들은 우리를 위해 일하게 되었지요.

로마는 전쟁 준비로 한창입니다. 하지만 이번 전쟁의 적은 남다르니만큼 불편한 기운이 감돌고 있어요. 이탈리아 내에서 전쟁을 치르는 것을 좋아하는 사람은 아무도 없는데다, 그건 우리의 적도 마찬가지일 겁니다. 제 정보통에 의하면 적들은 이미 3개월 전에 진군 준비를 마쳤다고 해요. 참, 지금 저는 정보망을 구축하느라 바쁘다는 말을 안 하고 넘어갔군요. 다른 건 몰라도, 적군의 움직임에 대한 우리 정보가 우리의 움직임에 대한 적군 정보보다는 훨씬 정확할 겁니다.

여기부터는 앞부분보다 며칠 뒤에 작성한 내용입니다. 스카우루스의 심부름꾼이 아직 떠나지 않았거든요.

현재로는 에트루리아와 움브리아는 우리 편입니다. 그곳에서도 약간의 소란이 있긴 하지만 로마로부터의 분리로 이어질 만큼 강력하지는 않았어요. 그곳의 경제가 라티푼디움을 중심으로 돌아가기 때문이기도 하겠지요. 가이우스 마리우스는 백방으로 병사를 모집하고 현지인을 달래고 있습니다. 카이피오도 움브리아에서 적극적으로 움직이고 있으니, 그것만큼은 인정해줘야겠지요.

훈련과 무장을 마친 이탈리아 군단이 20개에 달한다는 제 정보통의 보고를 전달했더니 원로원은 늘 그렇듯 아주 난장판으로 변했습니다. 그 주장의 근거가 워낙 탄탄해 의원들도 믿을 수밖에 없었지요. 그런데 우리가 가진 건 겨우 6개 군단입니다! 그나마 다행인 점이 있다면, 우리가 고용한 사람들이 죽은 아군과 적군의 무기와 갑옷을 열심히 회수한 덕분에 적어도 10개 군단을 무장할 만한 무기와 갑옷이 준비되어 있다는 겁니다. 적군 포로에게서 압수한 것들도 있고요. 그 무기와 갑옷 들은 카푸아의 수많은 창고에 보관중입니다. 어느 세월에 신병을 뽑아 훈련까지 마칠 수 있을지 모르겠지만 말이지요.

2월 말에 원로원에서는 아스쿨룸 피켄툼을 누만티아처럼 본보기로 만들어야 한다고 결단을 내렸습니다. 그래서 중앙 전장은 물론 북부 전장도 생기게 되었지요. 북부 전장의 지휘권은 폼페이우스 스트라보에게 넘어갔습니다. 그의 목적지는 아스쿨룸 피켄툼이며, 3월까지 진군 준비를 마치라는 명령을 받았지요. 계절로 따지면 아직 한참 이른 봄이지만, 그래도 늘 꾸물대던 최고신관이 올해에는 2월 끄트머리에 20일의 윤달을 끼워넣더군요. 이 편지의 후반부가 계속 3월인 것은 그 이유 때문이죠. 그나저나 이번에는 저 혼자만 편지를 쓰고 있습니다. 스카우루스는 시간이 없다고 하더군요! 누구는 시간이 남아도는 줄 아는 건지! 푸블리우스 루틸리우스, 그렇다고 해서 편지를 쓰는 일이 짐처럼 느껴진다는 뜻은 아닙니다. 제가 로마를 떠나 있을 때 보내주신 편지들 덕분에 참 즐거웠어요. 그러니 이제 그 보답을 하는 것뿐입니다.

루틸리우스 루푸스는 체면이 깎일 만한 일은 절대 안 하는 사령관입니다. 그와 루키우스 카이사르가 티투스 디디우스의 노련한 4개 군단을 둘씩 나눠 갖고, 참전 경험이 없는 2개 군단을 하나씩 나눠가지기로 합의했습니다. 그런데 그는 카르세올리(중앙 전장의 본부가 위치한 곳이죠)에서 카푸아로 직접 가서 자신의 군대를 데려오는 시시한 일을 직접 할 마음이 전혀 없었어요. 그래서 폼페이우스 스트라보를 대신 보냈습니다. 그는 폼페이우스 스트라보를 안 좋아하거든요. 뭐, 솔직히 그를 좋아하는 사람이 있을까요?

그런데 폼페이우스 스트라보가 기어코 복수를 한 겁니다! 그는 일단 노련한 2개 군단과 신병으로 구성된 1개 군단을 카푸아에서 로마까지 이끌고 갔어요. 애초에 루틸리우스 루푸스는 폼페이우스 스트라보에게 신병으로 구성된 1개 군단을 피케눔으로 데려가되, 노련한 2개 군단은 자신이 있는 카르세올리로 데려오라는 명령을 내렸습니다. 그런데 이 폼페이우스 스트라보가 한 짓 때문에 스카우루스는 일주일 동안이나 웃어댔죠. 그는 가이우스 페르페르나에게 시켜 1개 신병 군단을 카르세올리의 루틸리우스 루푸스에게 보낸 뒤, 노련한 2개 군단을 이끌고 플라미니우스 가도를 따라 북쪽으로 가버렸어요! 그게 끝이 아닙니다. 카푸아의 방어를 맡은 카툴루스 카이사르는 그곳에 도착한 뒤, 폼페이우스 스트라보가 창고에 쌓아둔 무기와 갑옷을 훔쳐갔음을 알게 되었어요. 4개 군단을 무장시킬 만큼 말이지요! 스카우루스는 아직도 웃느라 정신을 못 차립니다. 하지만 전 그럴 수가 없군요. 이 사태에 대해 우리가 취할 수 있는 조치가 있을까요? 아무것도 없겠지요! 폼페이우스 스트라보는 요주의 인물입니다. 갈리아인 기질이 너무 강하거든요.

루틸리우스 루푸스는 자신이 감쪽같이 당했다는 걸 알고 루키우스 카이사르에게 그가 가진 노련한 2개 군단 중 하나를 달라고 요구했어요! 루키우스 카이사르는 당연히 안 된다고 했죠. 본인의 보좌관도 제대로 관리하지 못하면서 수석 집정관에게 불평하면 안 된다고 말입니다. 루틸리우스 루푸스는 안타깝게도 마리우스와 카이피오에게 분풀이를 하고 있어요. 모병과 군사 훈련에 지금보다 두 배는 더 힘을 쏟으라고 채찍질을 하고 있죠. 그러면서 본인은 부루퉁한 얼굴로 카르세올리에서 꼼짝도 않고 있답니다.

이탈리아 갈리아의 코일리우스와 세르토리우스는 무기, 갑옷, 병사 들의 이송에 총력을 기울이고 있고, 로마 영토 내의 모든 제강소와 주물공장 들은 혼자서 호송대 전체를 약탈하는 사르디니아인보다 더 분주하게 움직이고 있습니다. 그러니 지난 세월 동안 카이피오의 마을들이 이탈리아군을 위해 일했다는 것은 별로 중요하지 않다고 생각되는군요. 어차피 우리가 그들에게 일감을 마련해주지도 못했을 테니까요. 또 이제는 우리를 위해 일하게 되었으니 그것으로 만족할 수밖에 없지요.

무슨 수를 써서라도 5월 전에는 16개 군단을 준비해야 합니다. 다시 말하자면 현재 상태에서 추가로 10개 군단을 마련해야 한다는 뜻이죠. 우린 해낼 겁니다! 로마가 한 가지 잘하는 일이 있다면, 바로 역경에 맞서 힘든 일을 해내는 것이죠. 다양한 지역과 계급에서 지원병들이 쏟아지고 있고, 라티움 시민권자들도 우리에게 충성하는 모습을 보이고 있습니다. 너무 서두르다보니 라티움 지원병과 로마 지원병을 분리하지 못해 어느새 주도권의 변화도 나타나고 있어요. 그러니까 제가 하려는 말은, 이번 전쟁에는 보조군이 따로 없다는 뜻입니다. 전부 로마군으로 분류되고 계산될 예정이니까요.

루키우스 카이사르와 저는 4월 초순, 그러니까 여드레 후쯤 캄파니아로 떠날 겁니다. 카툴루스 카이사르는 이미 카푸아 사령관으로

부임했는데, 그라면 그 일을 잘해낼 것 같군요. 그가 군대를 이끌지 않는 것이 얼마나 다행인지 모르겠습니다. 우리가 가진 신병 군단 1개는 각각 5개 보병대대로 구성된 두 조직으로 나뉠 거예요. 루키우스 카이사르와 저는 놀라와 아이세르니아 양쪽에 주둔군을 파견해야 한다고 봅니다. 대단한 능력을 요하는 임무가 아니니 이 신병들만으로도 충분할 겁니다. 물론 아이세르니아는 적진 깊숙한 곳에 위치한 전초기지입니다만, 아직 로마에 충성하는 태도를 보이고 있지요. 스키피오 아시아게네스와 루키우스 아킬리우스는 보병대대 5개를 이끌고 곧장 아이세르니아로 떠날 겁니다. 두 사람은 하급 보좌관인데, 자질이 썩 훌륭하지는 않습니다. 법무관 루키우스 포스투미우스는 나머지 보병대대 5개를 이끌고 놀라로 떠날 예정이고요. 포스투미우스 가문 사람치고 그는 아주 침착합니다. 그 점이 마음에 들어요. 알비누스 분가가 아니라서 그런 걸까요?

친애하는 푸블리우스 루틸리우스, 오늘 전할 소식은 여기까집니다. 스카우루스의 심부름꾼이 마침 방문을 두드리는군요. 기회가 오면 또 편지를 쓰겠지만, 정기적인 소식은 여성으로부터 듣는 것이 좋을 듯합니다. 율리아가 자주 편지를 드리겠다고 약속했거든요.

술라는 한숨을 쉬며 펜을 내려놓았다. 아주 긴 편지였지만 마음이 정화되는 기분이었다. 잠을 줄이면서까지 쓴 보람이 있었다. 수취인이 누구인지 한순간도 잊은 적은 없었지만, 루푸스의 얼굴을 보고는 차마 할 수 없을 개인적인 이야기까지 다 털어놓았다. 아주 먼 곳에 있는 루푸스는 아무런 해도 끼칠 수 없으리라는 생각 때문인지도 몰랐다.

하지만 술라는 루키우스 카이사르 덕분에 원로원에서 본인의 지위가 갑자기 격상되었다는 말은 꺼내지 않았다. 그것은 아주 새롭고 미묘한 문제라, 괜히 기정사실인 것처럼 떠들었다가 운명의 여신에게 미움을 살 위험이 있었다. 술라는 그 일이 단순한 우연에서 시작되었음을 알았다. 마리우스를 싫어하는 루키우스 카이사르는 질문을 던질 만한 다른 대상을 찾고 있었다. 그는 원칙적으로 티투스 디디우스나 푸블리우스 크라수스 같은 개선장군에게 먼저 질문을 했어야 했다. 하지만 때마침 그의 눈이 술라에게서 멈췄고 그래서 그냥 술라에게 물어보기로 한 것이다. 물론 그는 술라가 그렇게까지 사태를 정확히 꿰뚫고 있을 줄은 꿈에도 몰랐다. 하지만 마침 그런 사람이 나타났으니 딱히 놀라울 것도 없는 결정을 내렸다. 술라를 자신의 전속 자문으로 지명한 것이다. 집정관 입장에서 마리우스나 크라수스에게 자문을 구하면 마치 매번 대가로부터 도움을 받아야 하는 초보처럼 비칠 것이 뻔했다. 하지만 술라처럼 비교적 무명인 인물에게 자문을 구하는 것은 집정관의 탁월한 능력처럼 보일 수 있었다. 루키우스 카이사르가 술라를 '발굴'해냈다고 주장할 수 있기 때문이었다. 또한 술라에게 기대는 것은 일종의 보호자-피호민 관계처럼 비칠 수 있었다.

지금 당장으로서는 술라도 그 상태로 만족했다. 그가 루키우스 카이사르에게 친절하고 공손하게 대하기만 한다면, 언젠가 루키우스 카이사르를 능가하는 데 필요한 지휘권과 직위를 얻을 수 있으리라. 술라는 루키우스 카이사르에게서 지독한 비관주의자 기질을 발견했고, 첫인상과 달리 그리 유능한 인물이 아님을 이내 알아차렸다. 두 사람이 4월 초 캄파니아로 떠날 당시 술라는 군사 결정과 배치를 전부 루키우스 카이사르에게 맡겼고, 자신은 모병과 신병 훈련에만 칭찬받아 마땅할 정도의 에너지와 열정을 쏟아부었다. 카푸아에 머물고 있던 노련한 2

개 군단의 백인대장 중에는 술라 밑에서 복무한 사람들이 상당히 많았고, 제대했다가 신병 훈련을 위해 재고용된 백인대장 중에서는 그런 사람들이 훨씬 더 많았다. 그들 사이에서 소문이 돌면서 술라의 명성은 나날이 커졌다. 이제 술라에게 필요한 것은 루키우스 카이사르가 몇 가지 실수를 저지르거나, 앞으로의 전투중에 그에게 꼼짝할 수 없는 상황이 발생해 자신에게 통제권이 넘어오는 순간이었다. 그런 상황에 대해 술라는 단단히 준비되어 있었다. 기회가 찾아오기만 한다면 절대 실수하지 않을 작정이었다!

다른 사령관들보다 준비가 잘되어 있던 폼페이우스 스트라보는, 자신이 소유한 북부 피케눔의 거대한 땅에 사는 주민들로 2개의 신규 군단을 조직했다. 그가 훔쳐온 2개 군단의 참전 경험이 있는 백인대장들이 훈련을 도운 덕분에, 신병들은 단 50일 만에 훌륭한 모습을 갖추게 되었다. 4월 둘째 주에 그는 4개 군단을 이끌고 킹굴룸을 출발했다. 퇴역병사 2개 군단과 신병 2개 군단으로 구성된 군대는 나쁘지 않은 조합이었다. 폼페이우스 스트라보의 군복무 경력은 출중함과는 거리가 멀었다. 하지만 그는 지휘와 관련한 필수적인 경험을 충분히 쌓았고, 호락호락하지 않은 사람이라는 명성까지 갖추고 있었다.

사르디니아 재무관을 역임했던 서른 살 때의 경험으로 인해 그는 동료 원로원 의원들을 혐오했고 항상 그들과 거리를 두려고 했다. 당시 사르디니아에 있던 폼페이우스 스트라보는 원로원에 서신을 보내 자신의 상관인 티투스 안니우스 알부키우스 총독을 탄핵할 수 있도록, 또 알부키우스가 로마로 돌아오는 즉시 기소할 수 있도록 허락해줄 것을 요청했다. 하지만 스카우루스를 위시한 원로원 의원들은 법무관 가이우스 멤미우스를 통해 신랄하기 그지없는 답변을 보내왔다. 멤미우스는 스카우루스가 원로원에서 했던 연설의 사본을 동봉했는데, 거기에는 독버섯부터 무신경하고 미련하고 버릇없고 상스럽고 건방지고 멍청한 놈이라는 말까지 온갖 욕이 다 적혀 있었다. 폼페이우스 스트라보의 입장에서 상관에 대한 기소를 요청하는 것은 옳은 일이었다. 하지만 스카우루스와 여타 원로원 지도자들의 입장에서 당시 폼페이우스 스트라보가 한 짓은 절대 용납할 수 없는 행위였다. 누구라도 상관을 고발할 수는 없었다! 설령 고발한다 할지라도 직접 기소까지 하겠다고 나서서는 안 되는 법이었다! 그때 루키우스 마르키우스 필리푸스는 다른 사팔뜨기에게 알부키우스의 기소를 맡겨야 한다며 카이사르 스트라보를 기소인으로 지명함으로써, 그 자리에 없던 폼페이우스 스트라보까지 웃음거리로 만들었다.

폼페이우스 스트라보는 자신이 순수 로마 혈통이라 주장했지만 사실 그에게는 켈트족 왕의 피가 많이 흐르고 있었다. 그가 로마인임을 주장할 때 내세우는 주된 근거는 자신이 티베리스 강 동쪽의 주민들로 구성된 꽤 오래된 지방 트리부스인 크루스투메리움 출신이라는 점이었다. 하지만 거의 대부분의 로마 주요 인사들은 로마가 피케눔을 점령하기 훨씬 이전부터 폼페이우스 집안사람들이 피케눔에 거주했을 것이라 믿었다. 새로운 피케눔 주민들을 위해 만들어진 트리부스는 벨리나였고, 북부 피케눔과 동부 움브리아에 있는 폼페이우스 씨족의 땅에 살던 사람들은 대부분 벨리나 소속이었다. 로마 주요 인사들의 해석에 따르면 폼페이우스 씨족은 원래 피케눔족으로, 로마가 그 지역으로 진출하기 훨씬 전부터 봉신들을 소유하고 있었으며 돈을 주고 벨리나보다 더 나은 트리부스로 들어간 것이라고 했다. 300년 전 첫번째 브렌누스 왕이 로마와 중앙 이탈리아 침략에 실패한 뒤, 수많은 갈리아인들이 그 지역에 정착했다. 그런데 폼페이우스 집안사람들은 켈트족과 외모가 아주 흡사했으므로 로마의 주요 인사들은 그들을 갈리아인으로 여기기도 했다.

어찌되었든 약 70여 년 전, 폼페이우스 씨족의 한 사람은 플라미니우스 가도를 따라 로마로 왔다. 그는 뻔뻔스러울 정도로 아주 대놓고 선거인단을 매수해 20년 만에 집정관으로 당선되었다. 이 첫번째 폼페이우스는(혈통을 따졌을 때 폼페이우스 스트라보보다는 퀸투스 폼페이우스 루푸스와 가까웠다) 위대한 메텔루스 마케도니쿠스와 잦은 마찰을 빚었으나, 둘은 나란히 감찰관을 지내기도 했다. 이 모든 사건은 폼페이우스 씨족이 점점 로마화되는 과정을 잘 보여준다.

폼페이우스 씨족의 스트라보 분가에서 처음 남쪽으로 내려온 인물은 폼페이우스 스트라보의 아버지였다. 그는 곧 원로원에 입성했고, 유명한 라틴어 풍자시인 가이우스 루킬리우스의 누이와 결혼했다. 루킬리우스 가문은 캄파니아 출신으로 수세대 전부터 로마 시민으로 인정받았다. 꽤 부유하고 집정관을 여럿 배출한 집안이기도 했다. 하지만 그런 집안이 일시적인 자금 부족을 겪으면서 폼페이우스 스트라보의 아버지가 훌륭한 남편감으로 떠올랐다. 또한 루킬리우스 집안에서는 신부인 루킬리아의 형편없는 외모도 감안해야만 했다. 안타깝게도 스트라보의 아버지는 고위 정무관 직에 오르지 못하고 세상을 떠났다. 하지만 그가 죽기 전에 루킬리아는 사팔뜨기 아들 나이우스 폼페이우스를 낳았고 아들에게 사팔뜨기를 의미하는 '스트라보'라는 코그노멘을 붙여주었다. 그녀는 이후 차남 섹스투스를 낳았지만, 그는 장남 폼페이우스 스트라보보다는 자질이 떨어졌다. 그렇다보니 폼페이우스 스트라보는 가문을 빛내줄 희망으로 떠올랐다.

폼페이우스 스트라보는 천성적으로 학자는커녕 성실한 학생 축에도 들지 못했다. 물론 그는 로마에서 훌륭한 가정교사들의 가르침을 받았지만 실상 배운 것은 거의 없었다. 어린 시절 폼페이우스 스트라보는 위대한 그리스 사상과 이상을 처음 접하고는 그것을 나태하고 현실성이 없는 헛소리로 치부했다. 그는 로마 역사에 흔히 등장하는 장군과 전 세계의 간섭꾼들을 좋아했다. 다양한 사령관 수하에서 일하던 수습 군관 시절, 폼페이우스 스트라보는 루키우스 카이사르, 섹스투스 카이사르, 그의 참견꾼 친척 폼페이우스 루푸스, 카토 리키니아누스, 루키우스 코르넬리우스 킨나 같은 동료들 사이에서 인기가 없었다. 그들은 폼페이우스를 놀려댔다. 그의 지독한 사팔눈 탓이기도 했고, 아무리 로마식으로 치장하려 해도 감출 수 없는 타고난 투박함 탓이기도 했다. 젊은 시절 그의 군 생활은 지독히 끔찍했고, 군무관 재임 시절도 별반 나을 것이 없었다. 아무도 폼페이우스 스트라보를 좋아하지 않았다!

훗날 그는 자신의 열렬한 지지자인 아들에게 이 모든 이야기를 들려주었다. 현재 열다섯 살인 그의 아들, 그리고 딸 폼페이아는 루킬리우스 씨족과의 혼인을 통해 얻은 자식들이었다. 아버지의 전례를 따라 폼페이우스 스트라보는 못생긴 루킬리아를 선택했는데, 유명한 풍자시인의 형인 가이우스 루킬리우스 히루스의 딸이었다. 다행히도 폼페이우스 혈통은 루킬리우스 혈통의 못생긴 외모를 극복할 수 있었고, 덕분에 스트라보의 사팔눈만 제외한다면 그나 그의 아들은 절대 못생긴 축에 속하지 않았다. 폼페이우스 씨족의 이전 세대들처럼 폼페이우스 부자는 얼굴이 하얗고 파란 눈에 짧은 코였다. 폼페이우스 씨족에서도 루푸스 분가는 머리카락이 붉은빛이었고, 스트라보 분가는 금빛이었다.

4개 군단을 이끌고 피케눔을 통과해 남진할 당시, 스트라보는 교육을 위해 아들과 아내를 로마에 남겨두었다. 하지만 그의 아들 역시 아버지를 닮아 지적인 성향이 아니었다. 그래서 아들은 짐을 싸서 북부 피케눔의 집으로 돌아갔고, 그곳에서 폼페이우스 가문의 피호민들을 군인으로 훈련시키는 백인대장들 틈에서 놀았다. 어린 폼페이우스는 만인의 사랑을 받았는데, 그 점에 있어서는 아버지와 천지 차이였다. 그는 자신을 코그노멘 없이 그냥 나이우스 폼페이우스라 불러달라고 했다. 집안에서 사팔뜨기는 어린 폼페이우스의 아버지 한 사람뿐이었고, 어린 폼페이우스는 사팔눈이 아니라서 스트라보라는 코그노멘을 물려받을 수 없었다. 어린 폼페이우스의 눈은 아주 커다랗고 새파란 빛깔로 완벽에 가까웠다. 아들을 애지중지하는 어머니에 따르면, 그것은 시인의 눈이었다.

어린 폼페이우스가 집에서 뛰어다니는 동안 폼페이우스 스트라보는 계속 남진했다. 그는 팔레르눔 근처의 틴나 강을 건너려다 비다킬리우스가 이끄는 피케눔족 6개 군단으로부터 기습 공격을 받았다. 물에 흠뻑 젖은 채 수세에 몰려 싸우느라 운신의 폭이 좁았다. 설상가상으로 라프레니우스가 베스티니족 2개 군단을, 스카토가 마르시족 2개 군단을 이끌고 나타났다! 모든 이탈리아인들은 첫 전투에 참여하고 싶어 안달이었다.

그 전투는 누구의 승리도 아닌 것으로 끝났다. 폼페이우스 스트라보는 엄청난 수적 열세에도 불구하고 아무런 부상 없이 강을 빠져나와, 소중한 군대를 이끌고 해안 도시 피르뭄 피케눔으로 후퇴했다. 그는 그곳에서 성문을 걸어 잠그고 장기 포위전에 대비했다. 이탈리아인들은 완승을 거두었어야 마땅했지만, 로마군의 한결같은 강점이 속도임을 미처 깨닫지 못하고 있었다. 이는 이후 전투에도 중요한 영향을 미쳤다. 그런 면에 있어서 이 전투는 언뜻 이탈리아인의 승리처럼 보였지만 실은 폼페이우스 스트라보의 승리였다.

비다킬리우스는 로마군을 피르뭄 피케눔의 성벽 안에 가둬두는 임무를 라프레니우스에게 맡기고, 자신은 다른 전투에 참여하기 위해 스카토와 함께 떠났다. 폼페이우스 스트라보는 이탈리아 갈리아의 코일리우스에게 최대한 빨리 지원군을 파견해달라는 서신을 보냈다. 그가 처한 상황은 그리 절박하지 않았다. 바다로 통하는 길은 열려 있었고, 다들 까맣게 잊고 있었지만 아드리아 해에는 로마의 소규모 함대가 있었다. 또한 피르뭄 피케눔은 라티움 시민권자 거류지로 로마에 충성을 다했다.

폼페이우스 스트라보의 진격 소식이 이탈리아인들에게 전해짐으로써 명분은 충족되었다. 이제 로마는 침략자였다. 무틸루스와 실로는 이탈리아 의회로부터 전폭적인 지원을 받을 수 있게 되었다. 실로는 이탈리카에 남기로 하고, 비다킬리우스, 라프레니우스, 스카토를 북쪽으로 보내 폼페이우스 스트라보를 처리하도록 했다. 한편 무틸루스는 6개 군단을 이끌고 아이세르니아로 갔다. 이탈리아의 자치 지역 내에 라티움 시민권자 거류지라는 오점을 남겨놓을 수는 없었다! 아이세르니아는 반드시 함락되어야 했다.

루키우스 카이사르의 두 하급 보좌관이 가진 역량은 창피할 정도로 단박에 드러났다. 스키피오 아시아게네스와 루키우스 아킬리우스는 삼니움족이 도착하기도 전에 노예로 변장하고 도시 밖으로 달아난 것이다. 두 사람의 도주에 아이세르니아는 당황하지 않았다. 튼튼한 요새와 넉넉한 식량을 가진 그 도시는 성문을 닫고, 두 하급 보좌관이 두고 떠난 5개 보병대대의 신병들을 성곽에 배치시켰다. 무틸루스는 이 포위전이 장기전으로 치달을 것임을 바로 알아차리고 2개 군단에게 맹공격을 지시한 뒤, 나머지 4개 군단을 이끌고 캄파니아를 동서로 양분하는 볼투르누스 강으로 향했다.

삼니움족의 진격 소식이 들려오자 루키우스 카이사르는 루키우스 포스투미우스의 5개 보병대대가 이미 반란을 진압해놓은 놀라로 이동했다.

"무틸루스의 계획을 파악하기 전까지는 우리의 퇴역병사 군단을 놀라에 주둔시키는 것이 상책인 것 같군." 그는 카푸아를 떠날 채비를 하면서 술라에게 말했다. "계속 모병과 훈련에 힘쓰시오. 우리는 수적으로 엄청난 열세에 몰려 있으니 말이오. 또 준비가 되는 대로 군대를 마르켈루스와 함께 베나프룸에 보내시오."

"이미 보냈습니다." 술라가 짤막하게 답했다. "캄파니아는 퇴역병사들이 많이 정착하는 지역이라 그런 사람들이 모여들고 있습니다. 그들에게 필요한 것은 머리에 쓸 투구와 쇠사슬 갑옷, 허리춤에 찰 검과 방패뿐이죠. 저는 그들을 무장시키고 백인대장이 될 만한 가장 노련한 병사를 선발하는 즉시 사령관님께서 수비를 요청한 지역으로 파견하고 있습니다. 푸블리우스 크라수스는 그의 장남, 차남과 함께 퇴역병사로 조직된 1개 군단을 이끌고 어제 루카니아로 떠났습니다."

"미리 말을 해줬어야지!" 루키우스 카이사르가 살짝 짜증을 냈다.

"아니요, 루키우스 율리우스, 그럴 수는 없습니다." 술라는 냉정을 유지하며 단호하게 말했다. "저는 사령관님의 계획을 실행에 옮기려고 이 자리에 있어요. 사령관님이 누구를 무엇과 함께 어디로 보내라고 하시면 그것이 수행되도록 하는 것이 저의 역할입니다. 제가 사령관님께 말할 필요가 없는 것처럼, 사령관님도 저에게 청할 필요가 없는 것이지요."

"그런데 내가 베네벤툼에 누구를 보냈었지?" 루키우스 카이사르는 자신의 약점이 드러나기 시작했음을 인지하며 질문을 던졌다. 사령관의 역할이란 너무도 광범위했다.

물론 술라에게는 그리 광범위한 일이 아니었지만, 그는 자신의 만족감을 내보이지 않았다. 조만간 루키우스 카이사르로서는 감당할 수 없는 상황이 되면 술라에게 차례가 돌아올 것이 분명했다. 그는 놀라로 향하는 것이 임시방편이고 무의미한 짓임을 알면서도 루키우스 카이사르를 말리지 않았다. 아니나다를까, 아이세르니아의 포위 소식이 전해지자 루키우스 카이사르는 카푸아로 돌아왔고 아이세르니아를 구하러 떠나는 것이 최선이라는 결정을 내렸다. 하지만 볼투르누스 강 부근의 중앙 캄파니아 지역에는 반란이 들끓고 있었고, 곳곳에 삼니움족 군대가 있었으며, 무틸루스가 직접 베네벤툼 쪽으로 떠났다는 소문까지 돌았다.

북부 캄파니아는 여전히 안전했고 로마에 충성하는 태도를 보였다. 루키우스 카이사르는 아군의 영토를 통해 아이세르니아에 접근하기 위해 참전용사 군단 2개를 이끌고 테아눔 시디키눔과 인테람나로 갔다. 하지만 그가 몰랐던 사실이 있었다. 마르시족의 스카토도 피르뭄 피케눔에서 폼페이우스 스트라보를 포위하고 있는 무리에서 떨어져나와 푸키누스 호수의 서쪽 기슭을 돌아 아이세르니아로 향하고 있었던 것이다. 그는 리리스 강의 분수령을 따라 내려와 소라를 지나 아티나와 카시눔의 중간 지점에서 루키우스 카이사르와 맞닥뜨렸다.

양쪽 모두 예상치 못한 상황이었다. 협곡이라는 열악한 환경에서 돌발적인 교전이 벌어졌고, 루키우스 카이사르가 패배하고 말았다. 그는 전투 경험이 있는 소중한 병사들 2천 명의 시신을 전장에 남겨두고 테아눔 시디키눔으로 퇴각했다. 스카토는 아무런 저지도 받지 않고 아이

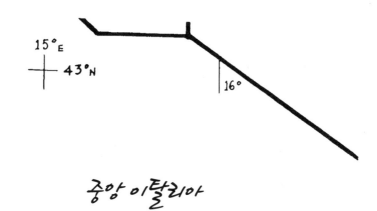

15°E

43°N

16°

중앙 이탈리아

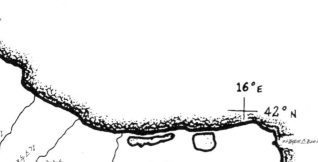

16°E

42°N

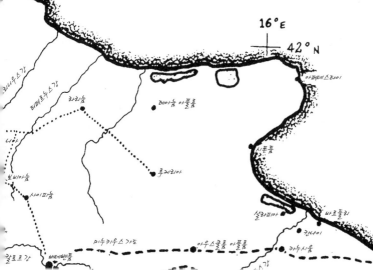

세르니아로 향했다. 이번에야말로 이탈리아인들은 완벽한 승리를 주장할 수 있게 되었고, 실제로도 그렇게 떠들고 다녔다.

로마의 지배에 진심으로 순응한 적이 없었던 놀라와 베나프룸을 비롯하여 남부 캄파니아 도시들은 너 나 할 것 없이 이탈리아 편으로 돌아섰다. 마르쿠스 클라우디우스 마르켈루스는 삼니움족 군대가 도착하기 전에 자신의 군대를 베나프룸에서 탈출시켰다. 하지만 마르켈루스와 그의 부하들은 카푸아처럼 로마인이 지배하는 안전한 땅으로 가는 대신 아이세르니아로 향했다. 그들은 아이세르니아를 포위중인 이탈리아군을 발견했다. 한쪽에는 스카토와 마르시족 군대가, 다른 쪽에는 삼니움족 군대가 있었다. 하지만 이탈리아군 보초는 허술했고, 마르켈루스는 그 기회를 놓치지 않았다. 로마군 모두는 한밤중에 도시 안으로 잠입할 수 있었다. 아이세르니아는 이제 용감하고 능력 있는 지휘관과 10개 로마 보병대대에게 넘어갔다.

늙은 개처럼 부루퉁하게 첫 교전에서 입은 패배의 상처를 핥으며 우울과 좌절에 빠져 있던 루키우스 카이사르에게, 나쁜 소식이 차례차례 전해졌다. 베나프룸의 함락, 철저히 포위된 아이세르니아, 놀라에서 포로로 붙잡힌 법무관 루키우스 포스투미우스와 로마 병사 2천 명, 유능한 람포니우스의 지휘하에 봉기중인 루카니족에게 밀려 그루멘툼에 갇혀버린 푸블리우스 크라수스와 그의 두 아들. 설상가상으로 술라의 정보통은 아풀리족과 베누시니족도 이탈리아 쪽으로 돌아서려 한다는 소식을 전해왔다.

하지만 이 모든 참사도 로마 동쪽의 푸블리우스 루틸리우스 루푸스가 겪고 있는 역경에는 비할 바가 아니었다. 가이우스 페르페르나가 2

월 윤달에 퇴역병사 2개 군단이 아니라 신병 1개 군단을 이끌고 나타났을 때부터 문제는 시작되었다. 이후 상황은 악화일로였다. 마리우스와 카이피오가 모병과 신병 무장에 힘쓰는 동안, 루틸리우스 루푸스는 로마 원로원에 맞서 펜으로 싸우는 데만 골몰했다. 아군들 사이에서, 심지어 내 보좌관들 사이에서 반란의 조짐이 보이는데 원로원은 이를 어떻게 할 것인가? 그는 분노에 차서 편지를 갈겨썼다. 부하들조차도 내게 적대적인 태도를 보이는 마당에 어떻게 전쟁을 제대로 지휘할 수 있겠는가? 로마는 알바 푸켄티아를 지키고 싶은 것인가, 지키기 싫은 것인가? 경험 있는 병사가 한 명도 없는데 어떻게 그 일을 해내란 말인가? 언제쯤 폼페이우스 스트라보를 소환하기 위한 조치를 취할 것인가? 언제쯤 누군가 나서서 폼페이우스 스트라보를 반역죄로 기소할 것인가? 언제쯤 원로원에서는 퇴역병사 2개 군단을 폼페이우스 스트라보로부터 빼앗아서 돌려줄 것인가? 언제쯤 도저히 견딜 수 없는 저 벌레, 가이우스 마리우스로부터 나를 해방시켜줄 것인가?

루틸리우스 루푸스와 마리우스는 발레리우스 가도 근처 카르세올리 외곽에 단단하게 쌓아올린 진지에 머무르고 있었다. 마리우스가 그곳에 미리 도착해 신병들에게 땅을 파라고 시킨 덕분이었다. 신병 훈련은 안 시키고 땅만 파게 한다고 루틸리우스 루푸스가 불평할 때마다 마리우스는 천연덕스럽게 근력을 키우는 중이라고 답했다. 카이피오는 한 걸음 떨어져 발레리우스 가도 근처 바리아 외곽에 진지를 구축했다. 어떻게 보면 루틸리우스 루푸스의 주장은 틀린 말이 아니었다. 다만 아무도 상대방의 관점을 이해하지 못하고 있었던 것이다. 카이피오는 카르세올리와 그의 사령관으로부터 늘 거리를 두었는데, 그의 말에 따르면 사령부 막사의 험악한 분위기를 도저히 견딜 수 없어서였다. 한편 마리우스는 그의 사령관이 병사를 충분히 모으는 즉시 마르시족을 향해 진격할 것임을 뻔히 알고 있었기에 트집 잡기를 멈추지 않았다. 마리우스는 병사들이 절망적일 정도로 경험 부족이라 싸움다운 싸움을 하려면 최소 백 일은 훈련받아야 한다, 수준 이하의 장비가 너무 많다, 폼페이우스 스트라보와 빼앗긴 퇴역병사에 집착하는 대신 현실을 있는 그대로 받아들여야 한다, 라고 루틸리우스 루푸스에게 말했다.

루키우스 카이사르는 우유부단해서 문제였지만, 루틸리우스 루푸스는 누가 봐도 무능했다. 그는 군사적인 경험이 턱없이 부족한데다 적군이 로마 군단을 보는 순간 전투는 로마의 승리로 끝난다고 믿는, 실전 경험도 없이 아는 체만 하는 류의 장군이었다. 그는 이탈리아인을 혐오했으며 죄다 촌뜨기 파렴치한이라고 여겼다. 또한 마리우스가 4개 군단을 모집해 무장을 마치는 즉시 진격할 수 있다고 믿었다. 하지만 그것은 마리우스를 계산에 넣지 않은 판단이었다. 마리우스는 집요할 정도로 자기주장을 굽히지 않았다. 훈련을 마치기 전에는 병사들을 전투에 투입할 수 없다는 것이었다. 한번은 루틸리우스 루푸스가 알바 푸켄티아로 진군하라는 명령을 직접 내리기도 했는데, 마리우스는 단박에 거절했다. 마리우스가 거절하자 다른 하급 보좌관들도 줄줄이 그를 따랐다.

이에 루틸리우스 루푸스는 또다시 로마로 서신을 띄웠다. 이번에는 자신의 보좌관들에게 불복종이 아닌 반란 혐의를 씌웠다. 문제의 핵심은 역시 가이우스 마리우스, 언제나 가이우스 마리우스였다.

이리하여 루틸리우스 루푸스는 5월 말이 되어서야 움직이기 시작했다. 그는 대책 회의를 소집했고, 가이우스 페르페르나에게 카푸아의 신병 군단과 그다음으로 우수한 신병 군단을 이끌고 발레리우스 가도를 따라 서쪽 산길을 통과해 마르시족 영토로 진입하도록 지시했다. 그의 목표는 알바 푸켄티아였다. 마르시족이 그곳을 포위중이라면 포위를 풀고, 그렇지 않다면 마르시족의 공격에 대비해 그곳을 수비하라고 명령했다. 이번에도 마리우스가 반대하고 나섰지만 그의 의견은 묵살되었다. 루틸리우스 루푸스는 이제 신병들이 충분한 훈련을 받았다고 주장했다. 페르페르나와 그의 2개 군단은 발레리우스 가도로 향했다.

서쪽 산길은 해발 1200미터에 위치한 험준한 바위 협곡을 따라 이어져 있었으며 아직 겨울눈이 다 녹지 않은 상태였다. 병사들이 추위를 불평한 탓에 페르페르나는 지대가 높은 곳에 파수병을 충분히 배치하지 않았다. 모두를 살리기보다는 모두를 기쁘게 하는 데 더 치중한 것이었다. 페르페르나의 병사들이 전부 협곡 안으로 들어가자, 프라이센테이우스는 승리에 굶주린 파일리그니족 4개 군단을 이끌고 공격을 개시했다. 그들은 마침내 달콤하면서도 완전한 승리를 거두었다. 페르페르나의 병사 중 4천 명은 교전중에 사망했고 프라이센테이우스에게 무기와 갑옷을 빼앗겼다. 또한 파일리그니족은 생존한 로마 병사 6천 명의 갑옷도 손에 넣었다. 병사들이 신속한 도주를 위해 벗어놓은 것들이었다. 페르페르나는 누구보다도 재빨리 전장에서 달아난 사람 중 하나였다.

카르세올리에서 루틸리우스 루푸스는 페르페르나의 계급을 박탈하고 그를 치욕 속에 로마로 송환했다.

"다 멍청해서 그런 거요, 루푸스." 마리우스가 말했다. 그는 총사령관에게 예의를 갖춰 '푸블리우스 루틸리우스'라고 부르는 것을 진작에 그만뒀다. 이리도 가치 없는 사람을 사랑하는 친구와 같은 이름으로 부르기가 너무 고통스러웠기 때문이다. "모든 것을 페르페르나 탓으로 돌릴 수는 없소. 그는 아마추어였으니까. 이건 다른 누구도 아닌 당신 잘못이오. 그 병사들은 아직 준비가 덜 됐다고 내가 말했잖소. 또한 애초에 신병을 잘 이해하는 사람이 그들을 이끌어야만 했소. 나처럼 말이지."

"당신 일이나 제대로 하시오!" 루틸리우스 루푸스가 매몰차게 말했다. "당신의 주요 임무는 나에게 그저 '네'라고 대답하는 것임을 기억하란 말이오!"

"당신이 벌거벗은 궁둥짝을 내 앞에 들이밀면 절대 '네'라고 말할 수가 없소." 마리우스의 양쪽 눈썹이 미간으로 모였고, 그 때문에 두 배는 더 화난 듯 보였다. "무능하기 짝이 없는 멍청이 같으니!"

"당신을 로마로 돌려보내겠소!" 루틸리우스 루푸스가 크게 소리쳤다.

"당신은 당신 할머니도 채 열 걸음을 돌려보내지 못할 인간이요." 마리우스가 빈정대며 말했다. "훌륭한 병사가 될 수 있었던 4천 명이 목숨을 잃고, 생존자 6천 명은 벌거벗은 채 고통에 시달리게 되다니! 가이우스 페르페르나를 탓하지 말고 본인을 탓해야지!" 그는 고개를 절레절레 흔들더니 축 늘어진 자신의 왼쪽 뺨을 쳤다. "오, 20년 전으로 돌아간 기분이군! 멀쩡한 병사들을 죽이다니. 당신은 원로원의 다른 머저리들과 똑같은 행동을 하고 있소!"

루틸리우스 루푸스는 그리 위압적이지도 않은 몸을 잔뜩 일으켜세웠다. "나는 집정관일 뿐 아니라 이 전장의 총사령관이오." 그는 거만하게 말했다. "오늘은 6월의 칼렌다이니, 정확히 여드레 후에 당신과 나는 네르사이로 이동해 북쪽으로부터 마르시족 영토에 진입할 것이오. 우리는 둘로 나뉘어 각각 2개 군단을 이끌고 따로 벨리누스 강을 건널 것이오. 이곳과 레아테 사이에는 다리가 두 개밖에 없는데, 둘 다 여덟 명이 나란히 걸을 수 없을 정도로 폭이 좁소. 그래서 둘로 나뉘어 움직이는 거지. 안 그러면 시간이 너무 오래 걸릴 테니까. 나는 카르세올리에 가까운 다리를 이용할 테니, 당신은 클리테르나에 가까운 다리를 이용하시오. 우리는 네르사이 건너편의 히멜라 강가에서 다시 합류한 후 안티눔에 닿기 직전에 발레리우스 가도로 진입할 것이오. 알아들었소, 마리우스?"

"알아들었소." 마리우스가 말했다. "멍청한 계획이오! 하지만 어쨌든 알아들었소. 아직 뭘 모르나 본데, 루푸스, 마르시족의 영토 서쪽에 이탈리아군이 있을 가능성이 아주 높소."

"마르시족의 영토 서쪽에는 이탈리아군이 없소." 루틸리우스 루푸스가 말했다. "페르페르나를 습격했던 파일리그니족은 다시 동쪽으로 갔으니까."

마리우스는 어깨를 으쓱했다. "마음대로 하시오. 하지만 내가 미리 경고하지 않았다고 말하지는 마시오."

그들은 8일 후에 출발했다. 루틸리우스 루푸스는 2개 군단을 이끌고 앞장섰고 마리우스는 그 뒤를 따라갔다. 마리우스는 루틸리우스 루푸스가 얼음장처럼 차갑고 유속이 빠르며 눈이 녹아 물이 불어난 벨리누스 강을 건너기 위해 가까운 다리를 이용하도록 놔둔 채, 다른 다리를 이용하려고 더 북쪽으로 이동했다. 루틸리우스 루푸스의 병사들이 시야에서 사라지자마자 마리우스는 자신의 군대를 근처 숲으로 이끌고 가더니, 진지를 만들되 연기는 내지 말라고 지시했다.

"우리는 벨리누스 강을 따라 레아테로 향할 것인데, 강 반대편에는 대단히 높은 지대가 많네." 그는 그의 선임 보좌관 아울루스 플로티우스에게 말했다. "내가 만약 전쟁에서 로마를 이기고자 하는 약삭빠른 이탈리아인이라면, 또 로마군의 한심한 꼴을 이미 한번 경험한 상황이라면, 가장 시력이 좋은 부하를 저 산마루에 배치해놓고 강 반대편의 움직임을 살필 것이네. 이탈리아인들은 루푸스가 몇 달째 카르세올리에 머물고 있었단 걸 알고 있네. 그렇다면 곧 어디론가 움직일 것이라 예상하고 주의깊게 관찰하지 않겠나? 지난번에 루푸스가 나섰을 때도 그들은 그를 박살내고 말았어. 루푸스의 다음 움직임을 주시하고 있단 말이지. 그러니 우리는 어두워질 때까지 숲에 머무르다가 내일 해가 뜨기 전까지 이동하고 또다른 숲에 숨을 거라네. 재빨리 다리를 건너기 전까지 내 병사들을 적에게 노출시키지 않을 작정이야."

플로티우스는 아직 젊었지만, 이탈리아 갈리아에서 킴브리족을 물리칠 때 하급 군관으로 복무한 경험이 있었다. 원래는 카툴루스 카이사르에게 소속된 군관이었으나, (그 전쟁에 참여한 다른 모든 이들과 마찬가지로) 진정한 공로자는 따로 있음을 알고 있었다. 그는 마리우스의 말을 경청하며 루틸리우스 루푸스가 아니라 마리우스의 수하로 배정받은 행운에 감사했다. 심지어 카르세올리를 떠나기 전, 루틸리우스 루푸스의 보좌관이자 역시나 마리우스와 함께 행군하기를 원했던 마르쿠스 발레리우스 메살라에게 장난처럼 동정의 말을 건네기도 했다.

마리우스는 6월의 열두번째 날 그가 건너야 할 다리에 도착했다. 밤에 달이 뜨지 않고 제대로 된 도로가 없어 행군 속도는 지독히 느렸다. 구불구불한 길이 있긴 했지만 마리우스는 그 길을 이용하지 않았다. 매사에 신중을 기하는 것은 물론, 정찰병을 보내 반대편 산마루에서 지켜보는 사람이 없다는 확신이 들 때에만 병사들을 이동시켰다. 그의 2개 군단은 활기가 넘쳤고 마리우스의 명령이라면 무엇이든 따를 기세였다. 그들은 페르페르나를 따라서 서쪽 산길을 행군하며 추위를 불평하고 우울해하던 병사들과 다를 바 없는 사람들이었다. 같은 땅, 같은 마을 출신들이었다. 하지만 마리우스의 병사들은 자신감이 넘쳤고, 전투를 비롯해 모든 상황에 준비되어 있었으며, 작은 다리를 건너면서도 상관의 명령이라면 토씨 하나 빠뜨리지 않고 모두 따랐다. 플로티우스는 이 모든 것이 마리우스의 병사들이기에 가능한 일이라 생각했다. 비록 그것이 마리우스의 노새를 의미한다 할지라도. 마리우스는 언제나처럼 가벼운 상태로 행군했다. 반면 루틸리우스 루푸스는 정식 물자 수송대를 고집했다.

플로티우스는 다리의 남쪽에서 강가로 내려갔다. 건장한 병사들이 지나가면서 다리의 목재 기둥이 흔들거리는 장면을 좋은 위치에서 구경하기 위해서였다. 강물이 불어나 급류를 이루고 있었지만, 그가 강 안쪽으로 뻗은 땅으로 나간 덕분에 소용돌이와 시체로 가득한 남쪽의 작은 만이 보였다. 그는 처음엔 그것이 무엇인지 못 알아보고 멍하게 있다가 이내 공포에 질렸다. 병사들의 시신이었다! 20여 명, 혹은 30여 명은 되어 보였다! 게다가 투구에 달린 깃털 장식을 보니 로마군이었다.

그는 당장 마리우스를 불러왔고, 마리우스는 한눈에 상황을 파악했다.

"루푸스." 그가 침통하게 말했다. "그가 저쪽 다리 너머에서 교전에 휘말린 모양이네. 여기, 나 좀 도와주게."

플로티우스는 마리우스를 뒤따라 강으로 내려갔고, 그를 도와 시체 하나를 물 밖으로 끌어냈다. 마리우스는 시체를 뒤집어 백악처럼 하얗게 질린 얼굴을 내려다보았다.

"어제 일어난 일이군." 그는 이렇게 말하며 시체에서 손을 뗐다. "길을 멈추고 이 불쌍한 사람들을 묻어주고 싶지만 시간이 없네, 아울루스 플로티우스. 병사들을 다리 반대편에 전투 행진 대형으로 정렬시키게. 준비되는 대로 내가 연설을 하겠네. 서두르게! 이탈리아인들은 우리가 여기 있는 줄 모를 거야. 그러니 이 일에 대해 작게나마 복수할 기회가 있을지도 모르지."

마르시족 2개 군단을 이끄는 스카토는 한 달 전 아이세르니아 근방을 떠났다. 그는 알바 푸켄티아를 포위중인 실로를 만나기 위해 그곳으로 향했다. 알바 푸켄티아는 라티움 시민권자 거류지였고, 단단한 성벽과 강력한 저항 의지로 무장하고 있었다. 실로는 전쟁 수행능력을 극대화하기 위해 마르시족 영토 내에 머무르고자 했는데, 로마인들이 카르세올리와 바리아에서 신병을 훈련중이라는 보고가 오래전부터 들어오고 있었다.

"한번 가서 살펴보시오." 그는 스카토에게 말했다.

스카토는 안티눔 근처에서 프라이센테이우스와 파일리그니족 병사들을 만나 서쪽 산길에서 있었던 페르페르나의 완패 소식을 자세히 전해 들었다. 프라이센테이우스는 그의 전리품을 파일리그니족 신병들에게 넘겨주려고 동쪽으로 가던 길이었다. 스카토는 서쪽으로 향하면서, 마리우스가 예상했던 것처럼 약삭빠른 이탈리아인이라면 할 법한 일을 했다. 그는 시력이 좋은 부하를 벨리누스 강 오른편의 산마루에 배치시켰다. 또한 두 다리의 중간 지점에 해당하는 동쪽 강둑에 진지를 구축했다. 그가 조금 더 카르세올리 쪽으로 이동해야 하지 않을까 고민하던 찰나에, 전령이 나타나 로마군이 남쪽 다리를 건너고 있다는 소식을 전했다.

스카토는 믿기 힘들 정도의 기쁨 속에서, 루틸리우스 루푸스가 병사들을 강 한쪽에서 다른 쪽으로 이동시키면서 실수란 실수를 다 저지르는 것을 지켜보았다. 다리에 접근하기 전부터 로마군의 대열은 무너져 있었고, 다리를 건넌 후에도 무질서하게 흐트러져 있었다. 루틸리우스 루푸스의 관심은 온통 물자 수송대에 쏠려 있었다. 그가 튜닉만 걸치고 다리 위에 서 있을 때, 스카토와 마르시족 병사들이 로마군을 덮쳤다. 로마 병사 8천 명이 그곳에서 죽었고, 사망자 중에는 푸블리우스 루틸리우스 루푸스와 그의 보좌관 마르쿠스 발레리우스 메살라도 포함되어 있었다. 2천 명 정도는 다리 아래로 수레를 던져버리고 쇠사슬 갑옷과 칼과 투구를 버린 채 카르세올리로 달아났다. 이때가 6월의 열한번째 날이었다.

이 전투는—전투라고 할 수 있다면 말이지만—늦은 오후에 벌어졌다. 스카토는 병사들을 진지로 돌려보내지 않고 전장에서 밤을 보내기로 했다. 다음날 날이 밝으면 시신을 수습하고, 벌거벗은 시체를 쌓아 태우고, 황소와 노새가 끄는 버려진 수레를 동쪽 강둑으로 옮길 작정이었다. 수레에는 밀을 비롯한 식량이 들어 있을 것이 분명했다. 또한 빼앗은 무기를 운반할 때도 수레가 필요했다. 이 얼마나 대단한 수확인가! 로마를 물리치는 것은 갓난쟁이를 때리는 것만큼이나 쉽다고, 스카토는 안일하게 생각했다. 전투작전중에 적지에서 스스로를 방어하는 법도 모르다니! 하지만 참 이상한 일이군. 그렇다면 그들은 어떻게 세상의 절반을 정복하고, 나머지 절반은 늘 두려움에 떨도록 할 수 있었지?

그 질문에 대한 답이 곧 드러날 예정이었다. 마리우스가 움직이고 있었고, 이번에는 스카토의 병사들이 완전히 무질서한 상태에서 공격당할 차례였다.

마리우스는 먼저 텅 비어 있는 마르시족의 진지를 발견했다. 그는 식량과 현금 등 그 안에 있던 것들을 재빨리 챙겼다. 이 과정은 절대 무질서하지 않았다. 물건을 모아 분류할 수 있도록 대부분의 비전투원을 그곳에 남겨두고, 마리우스는 병사들과 함께 이동했다. 정오 무렵, 어제의 전장에 도착해 시신들의 갑옷을 벗기고 있는 마르시족 병사들을 발견했다.

"오, 아주 잘됐군!" 그는 플로티우스에게 큰 소리로 말했다. "내 병사들은 가장 훌륭한 방식으로 손에 피를 묻히겠어. 적의 참패라니! 병사들은 이제 넘치는 자신감을 얻게 될 거야! 미처 깨닫기도 전에 노련한 병사가 되어 있을 테지!"

완전한 참패였다. 스카토는 그가 가진 모든 것과 마르시족 병사 2천 명의 시신을 남겨두고 산으로 도주했다. 하지만 영광은 이탈리아의 몫일 수밖에 없다고, 마리우스는 침통하게 인정했다. 전사자 수를 따졌을 때 이탈리아군이 월등히 적었던 것이다. 수개월에 걸친 모병과 훈련은 허사로 돌아갔다. 8천 명의 훌륭한 병사들이 목숨을 잃은 이유는(어쩌면 필연적인 결말이긴 했지만) 멍청이를 지휘관으로 두었기 때문이었다.

그들은 다리 옆에서 루틸리우스 루푸스와 메살라의 시신을 발견했다.

"마르쿠스 발레리우스가 죽은 건 유감이네. 아주 훌륭한 군인이 될 수도 있었을 텐데." 마리우스가 플로티우스에게 말했다. "하지만 운명의 여신이 루푸스에게서 고개를 돌린 것에 대해서는 한없이 기쁘다네! 그가 살아 있었더라면 우리는 더 많은 사람을 잃었을 걸세."

이 말에 대한 대답은 없었다. 플로티우스는 입을 다물고 있었다.

마리우스는 그의 유일한 기병대를 시켜 집정관과 그 보좌관의 시신을 로마로 운반하도록 했고, 상황을 설명하는 편지를 장례행렬에 딸려 보냈다. 이제 로마가 섬뜩한 공포를 맛볼 시간이라고, 마리우스는 씁쓸하게 생각했다. 그렇게 하지 않으면 로마 사람들은 아무도 이탈리아에서 실제로 전쟁이 벌어지고 있음을, 또 이탈리아인들이 막강한 상대임을 인정하지 않을 것이 분명했다.

스카우루스 최고참 의원은 두 가지 답변을 보내왔다. 하나는 원로원 대표 자격으로 보낸 것이고, 다른 하나는 개인 자격으로 보낸 것이었다.

공식 문서에 적힌 내용에 대해서는 진심으로 사과하겠소, 가이우스 마리우스. 내가 결정한 내용이 아님을 알아주었으면 하오. 하지만 문제는 내게 300명으로 구성된 조직을 한 손으로 휘두를 만한 힘이 없다는 사실입니다. 20년 전 유구르타 문제를 논의하는 자리에서는 물론 힘이 있었소. 하지만 그건 어디까지나 20년 전 일이오. 요즘에는 원로원 의원이 300명씩 나오지도 않소. 한 100명쯤 될까. 서른다섯 살 이하의 의원들은 모두 복무중이고, 가이우스 마리우스라는 친구를 비롯해 다 늙은 의원도 몇 명은 전장에 나가 있으니 말이오.

당신의 소규모 장례행렬은 로마에 도착하자마자 파장을 일으켰소. 모든 로마인들이 비명을 내지르고 자기 머리털을 한 움큼씩 쥐어뜯고 가슴을 내리쳤지. 갑자기 전쟁이 현실로 다가오기 시작했으니 말이오. 다른 어떤 방법도 그들에게 그런 교훈을 주지는 못했을 거요. 사기는 바닥으로 추락했소. 번개가 내리치는 것보다 더 짧은 순간에 말이오. 집정관의 시신이 포룸 로마눔에 도착하기 전까지 모든 로마인들은 (심지어 원로원 의원과 기사들조차도!) 이 전쟁을 형식적인 것으로 치부했소. 그런데 로마에서 몇 킬로미터 떨어지지도 않은 전장에서 이탈리아인에게 살해당한 루푸스가 돌처럼 굳어 돌아온 거지. 모두들 원로원 의사당 밖으로 나와 입을 떡 벌리고 루푸스와 메살라를 쳐다보던 그 순간의 공포란! 혹시 당신이 호위대에게 포룸 로마눔에 도착하기 전에 덮개를 걷으라고 명령했소? 아마 그랬겠지!

어쨌든 로마는 지금 애도 기간이라 어디를 가든 어둡고 우울한 옷밖에 보이지 않소. 원로원에 남은 사람들은 토가 대신 사굼을 입고, 넓은 띠 대신 기사들처럼 좁은 띠를 댄 튜닉을 걸치고 다닌다오. 정무관들은 관복을 벗고, 원로원 의사당이나 재판소에서조차 평범한 나무의자를 이용하고 있소. 자주색, 후추, 화려한 차림을 금하는 사치금지법이 도입될 조짐도 있소. 로마는 철저히 무관심한 상태에서 정반대 상태로 바뀌었소. 어디를 가든, 우리가 결국 패전하게 될지 모른다는 웅성거림이 들린다오.

곧 알게 되겠지만 공식 답변은 두 가지 문제를 다루고 있소. 첫번째에 대해서는 개인적으로 개탄스럽게 생각하지만, '국가 비상사태'라는 미명하에 나는 말도 못 꺼내게 하더군. 정확히 설명하자면, 앞으로는 최하급자부터 사령관에 이르기까지 모든 전사자의 장례의식을 전장에서 치러야 한다는 내용이오. 사기 추락의 우려가 있으니 전사자를 절대 로마로 보내면 안 된다는 말이지. 쓰레기, 쓰레기, 쓰레기 같은 소리! 하지만 다들 그걸 원한다고 하더군.

두번째는 더 끔찍하다오, 가이우스 마리우스. 당신은 분명 공식 서한보다 이 편지를 먼저 읽을 거요. 그러니 거두절미하고 알려주겠소. 원로원에서는 당신에게 총지휘권을 주는 것을 거부했소. 의원들은 엄밀한 의미에서 당신에게 총지휘권을 주지 않은 셈인데, 그럴 용기가 없는 사람들이라 그렇겠지. 대신 당신과 카이피오를 공동 총사령관으로 임명했소. 이보다 더 터무니없고 멍청하고 무의미한 결정은 없을 거요. 차라리 카이피오에게 단독으로 총지휘권을 넘겨주는 게 나을 뻔했소. 하지만 나는 당신이 누구도 흉내낼 수 없는 방식으로 이 문제를 잘 해결할 것이라 믿소.

오, 어찌나 화가 나던지! 문제는 지금 원로원에 양의 똥구멍에 말라붙은 똥 찌꺼기 같은 인물들만 남아 있다는 거요. 훌륭한 양들은 전장에 나가 있고, 나 같은 사람들이 로마에 몇몇 남아 있긴 하지만 똥 찌꺼기들에 비하면 너무 수적으로 열세란 말이지. 게다가 요즘 나는 스스로가 불필요한 존재처럼 느껴진다오. 필리푸스가 주도권을 장악하고 있는 탓이오. 상상이나 할 수 있겠소? 마르쿠스 리비우스의 살인사건이 발생할 당시 집정관을 역임하던 그를 상대하는 것만으로도 충분히 고통스러웠는데, 지금 그는 더 끔찍한 짓을 하고 있소. 민회장의 기사들은 그의 기름진 손바닥을 핥고 있다오. 루키우스 율리우스에게 로마로 돌아와 루푸스를 대신할 보결 집정관을 뽑아달라고 편지를 보냈더니, 자기는 캄파니아를 단 하루도 비울 수 없을 만큼 바쁘니 지금 상태로 견뎌달라고 답장을 하더군. 나도 최선을 다하겠지만 솔직히 말해, 가이우스 마리우스, 나는 아주 많이 늙었소.

물론 카이피오는 이 소식을 들으면 아주 재수없게 굴 거요. 그래서 전령을 각각 따로 보내서 당신이 그보다 먼저 이 소식을 접하도록 했소. 그가 당신 앞에서 공작새처럼 잘난 체할 때 어떻게 대처할지 미리 생각해볼 수 있도록 말이지. 한 가지만 조언하고 싶소. 당신

방식대로 처리하시오.

하지만 이 일을 직접 처리한 것은 운명의 여신이었다. 그것도 아주 멋지게, 결정적으로, 또 아이러니하게. 카이피오는 과한 자신감을 내보이며 공동 총사령관 직을 수락했다. 마리우스가 벨리누스 강가에서 스카토를 공격하는 동안 카이피오는 바리아를 급습한 마르시족 군단을 물리쳤던 것이다. 그는 자신의 작은 성공을 마리우스의 승리와 같은 선상에 놓고, 원로원에 자신이 이번 전쟁에서 첫번째 승리를 거두었다고 전했다. 그가 마르시족을 물리친 것은 6월의 열번째 날이었던 반면, 마리우스의 승리는 그보다 이틀 뒤였기 때문이다. 물론 그 이틀 사이에 로마는 처참한 패배를 겪었지만, 카이피오는 그 일에 대해 루틸리우스 루푸스가 아닌 마리우스를 비난했다.

카이피오 입장에서는 속 터지게도, 마리우스는 공치사라든지 카이피오가 바리아에서 얻고자 하는 것에 전혀 무관심해 보였다. 카이피오는 마리우스에게 카르세올리로 돌아가라고 명령했지만 마리우스는 그 명령을 무시했다. 마리우스는 스카토의 진지를 차지하고 그곳을 더 튼튼하게 방비한 후 자신이 가진 모든 병력을 집어넣고 훈련에 훈련을 거듭했다. 그렇게 시간이 계속 흘렀고, 카이피오는 마르시족의 땅을 침략할 수 있는 기회를 놓쳤다며 짜증을 부렸다. 마리우스는 루틸리우스 루푸스의 병사 중에 목숨을 건진 5개 보병대대는 물론, 서쪽 산길에서 프라이센테이우스로부터 도망친 로마 병사 6천 명 중 3분의 2에 해당하는 병력을 흡수했다. 그는 병사들을 재무장시켰고, 덕분에 3개 군단이 조금 넘는 병력을 얻었다. 병사들의 수준이, 선봉과 좌우익도 구분 못하는 어느 머저리의 기준이 아니라 자신의 기준에서 합격선을 넘지 않는 한 절대 움직일 수 없다고 그는 편지로 전했다.

카이피오는 그가 가진 1.5개 군단 규모의 병력을 조금 부족한 2개 군단으로 재편성했다. 하지만 먼저 나설 만큼의 자신감은 없었다. 그래서 마리우스가 북동쪽으로 몇 킬로미터 떨어진 곳에서 병사들을 혹독하게 훈련시키는 동안, 카이피오는 바리아에 눌러앉아 씩씩대고만 있었다. 6월이 7월로 바뀌고 나서도 마리우스는 여전히 훈련에 전념했고, 카이피오는 여전히 바리아에서 씩씩댔다. 카이피오는 전임자인 루틸리우스 루푸스처럼 원로원에 불만 편지를 보내는 데 대부분의 시간을 허비했다. 한편 원로원에서 스카우루스, 최고신관 아헤노바르부스, 퀸투스 무키우스 스카이볼라와 같은 소수의 충직한 일꾼들은 필리푸스가 군침을 질질 흘리며 마리우스에게서 사령관 직을 박탈해야 한다고 건의할 때마다 그를 저지하기 바빴다.

7월 중순 무렵, 카이피오에게 방문자가 찾아왔다. 다름아닌 마르시 족의 퀸투스 포파이디우스 실로였다.

실로는 잔뜩 겁을 먹은 노예 두 명, 무거운 짐을 짊어진 당나귀 한 마리, 쌍둥이로 짐작되는 두 아기를 데리고 카이피오의 진지에 도착했다. 소식을 들은 카이피오가 진지의 광장으로 나왔을 때, 그곳에는 완전 무장을 한 실로가 있었고 그 뒤로 소규모 수행단이 보였다. 여자 노예가 안고 있는 두 아기는 금실로 수를 놓은 자주색 담요에 싸여 있었다.

카이피오를 보자 실로의 얼굴이 밝아졌다. "퀸투스 세르빌리우스, 정말 반갑소!" 그는 오른손을 내밀며 앞으로 걸어갔다.

카이피오는 주변 시선을 의식하며 거만하게 몸을 세우고 실로의 손을 무시했다.

"원하는 게 뭐요?" 그는 경멸 어린 말투로 물었다.

실로는 민망한 상황을 모면하려고, 악수를 청하려던 게 아니었다는 듯 손을 떨어뜨렸다. "피난처와 로마의 보호를 요청하러 왔소." 실로가 말했다. "마르쿠스 리비우스 드루수스의 기억도 있고 해서, 가이우스 마리우스가 아니라 당신에게 투항하기로 결심했소."

이런 대답에 화가 누그러지고 호기심이 생긴 카이피오는 망설였다. "왜 로마의 보호가 필요하지?" 카이피오가 물었다. 그의 시선은 실로에서 자주색 담요에 싸인 아기들로, 이윽고 남자 노예와 그가 붙들고 있는 짐이 가득 실린 당나귀에게로 옮겨갔다.

"당신도 알다시피, 퀸투스 세르빌리우스, 마르시족은 로마에 선전포고를 전달했소. 하지만 당신이 모르는 사실이 있소. 그 선전포고 이후 이탈리아 부족들이 오랫동안 공격을 미룬 이유는 전부 마르시족 때문이었다는 거요. 이제 이탈리카라고 불리는 코르피니움의 의회와 전시 내각에서 나는 조금만 더 기다려달라고 부탁했고, 내심 전쟁이 일어나지 않기를 기도했소. 이 전쟁은 무의미하고 끔찍한 소모전일 뿐이니까. 이탈리아는 로마를 이길 수 없소! 그러자 이탈리아 의회에서는 내가 로마에 동조적인 태도를 보인다고 비난하기 시작했고, 나는 그 혐의를 부인했소. 그때 우리 부족의 법무관이기도 한 푸블리우스 베티우스 스카토가 루틸리우스 루푸스와의 교전, 그리고 이윽고 발생한 가이우스 마리우스와의 교전을 마치고 코르피니움으로 돌아왔소. 그때부터 모든 상황이 극으로 치달았지. 스카토는 내가 가이우스 마리우스와 공모했다고 주장했고, 다들 그를 믿었소. 나는 어느새 버림받은 신세가 된 거요. 내가 코르피니움에서 사형당하지 않은 이유는 순전히 배심원단의 규모 덕분이었소. 배심원단은 이탈리아 의원 500명으로 구성되어 있었거든. 나는 그들이 심의를 하는 동안 그곳을 빠져나와 나의 도시

마루비움으로 달아났소. 체포되지 않고 마루비움에 도착하긴 했지만, 스카토가 추격대를 이끌고 오는 중이니 마루비움에서도 안전할 수 없겠다는 확신이 들었소. 그래서 내 쌍둥이 아들 이탈리쿠스와 마르시쿠스를 데리고 로마의 보호를 요청하러 왔소."

"어째서 내가 당신을 보호해줄 것이라고 생각하지?" 카이피오가 코를 벌름거리며 물었다. 이 묘한 냄새는 뭘까? "당신은 로마를 위해 아무것도 하지 않았는데."

"오, 내가 한 일이 있소, 퀸투스 세르빌리우스!" 실로는 이렇게 말하고 당나귀를 손으로 가리켰다. "나는 마르시족의 보물을 훔쳐 로마에 바칠 거요. 저 당나귀에 실린 보물은 그중 일부요. 극히 일부일 뿐이지! 여기서 몇 킬로미터만 더 가면, 언덕 너머 비밀스러운 골짜기에 저런 당나귀가 서른 마리 넘게 더 있소. 모든 당나귀에 적어도 이 정도의 보물이 실려 있단 말이지."

황금! 카이피오가 맡은 냄새는 바로 그것이었다! 황금에는 냄새가 없다고들 하지만 카이피오의 생각은 달랐다. 그의 아버지의 생각이 남들과 달랐던 것처럼. 퀸투스 세르빌리우스 카이피오라는 이름으로 태어난 사람들은 모두 황금 냄새를 맡을 수 있었다.

"한번 보겠소." 그는 퉁명스럽게 말하며 당나귀 쪽으로 걸어갔다.

실로가 덮개를 걷자 잘 감추어두었던 짐바구니가 드러났다. 그 안에 정말 황금이 있었다. 양쪽 바구니에 각각 다섯 개씩, 둥글고 표면이 거친 금 덩어리가 햇빛에 반짝거렸다. 금덩어리마다 마르시족의 뱀 문양이 새겨져 있었다.

"3탈렌툼 정도 될 거요." 실로는 이 말을 하며 행여 누가 볼세라 불안한 표정으로 짐바구니를 다시 덮었다. 실로는 덮개에 달린 끈을 단단히 여민 다음, 그 비범한 황록색 눈으로 카이피오를 응시했다. 그 눈동자 속에서 작은 불꽃이 이는 듯한 느낌에 카이피오는 잠시 현혹되었다. "이 당나귀는 이제 당신 것이오." 실로가 말했다. "당신이 나에게 로마의 보호와 더불어 개인적인 보호를 약속한다면 이런 당나귀를 두세 마리 더 주겠소."

"약속하겠소." 카이피오가 탐욕스러운 미소를 지으며 즉시 답했다. "하지만 나는 다섯 마리를 더 받겠소."

"그렇게 하시오, 퀸투스 세르빌리우스." 실로는 긴 한숨을 내쉬었다. "오, 정말 피곤하군! 사흘간 내내 달렸더니."

"그렇다면 좀 쉬시오. 그리고 내일 그 비밀스러운 골짜기로 나를 안내해주시오. 황금을 전부 보고 싶군!"

"당신 군대를 데려가는 게 좋을 거요." 두 사람이 사령부 막사로 향할 때 실로가 말했다. 여자 노예는 아기들을 안고 뒤따라왔다. 순한 아이들이라 울거나 꼼지락거리지 않았다. "지금쯤 내가 한 짓이 다 드러났을 텐데, 나를 잡으려고 군대를 보낼지 누가 알겠소? 그들은 내가 로마에 망명을 요청했다고 짐작할 거요."

"마음대로 짐작하라지!" 카이피오가 고소해하며 말했다. "나의 2개 군단은 마르시족을 물리칠 수 있을 거요!" 그는 막사 출입구를 열어젖히고 투항자보다 앞서 안으로 들어갔다. "아, 그리고 말인데, 우리가 나갈 때 당신 아들들은 이곳에 남겨둬야만 해."

"알겠소." 실로가 위엄을 갖추고 말했다.

"당신을 닮았군." 카이피오가 말했다. 그때 여자 노예가 아기들을 긴 의자에 눕히더니 기저귀를 갈려고 했다. 카이피오는 몸을 부르르 떨며 여자 노예에게 말했다. "거기, 멈춰! 여기서 똥냄새를 풍기면 안 돼! 네

주인의 숙소를 마련해줄 테니 그때까지 기다렸다가 갈든지 해."

다음날 아침 카이피오는 두 보좌관을 이끌고 진지 밖으로 나갔고 실로의 여자 노예는 귀한 쌍둥이와 함께 진지에 남았다. 물론 당나귀의 등에 실려 있던 황금도 카이피오의 막사에 안전하게 숨겨놓았다.

"퀸투스 세르빌리우스, 가이우스 마리우스는 지금 피케눔족, 파일리그니족, 마루키니족의 10개 군단에게 포위당해 있다는 사실을 아시오?" 실로가 물었다.

"몰랐소!" 카이피오가 놀란 듯 답했다. 그는 실로와 나란히 말을 타고 그의 군대를 앞장서고 있었다. "10개 군단? 그가 이길 수 있겠소?"

"가이우스 마리우스는 항상 이기잖소." 실로는 차분하게 말했다.

"흥." 카이피오가 말했다.

그들은 발레리우스 가도를 벗어나자마자 아니오 강을 따라 수블라퀘움이 있는 남서쪽으로 해가 중천에 뜰 때까지 말을 타고 달렸다. 실로는 보병들이 따라올 수 있도록 속도를 낮추어야 한다고 주장했고, 카이피오는 얼른 황금을 보고 싶은 나머지 보병들이 너무 꾸물댄다며 화를 냈다.

"황금은 안전한 곳에 있소. 아무데도 가지 않는다는 말이지." 실로는 달래는 말투로 말했다. "당신의 군대와 함께 이동하되 그곳에 도착하면 숨소리도 안 내는 것이 좋겠소, 퀸투스 세르빌리우스. 우리 둘 모두를 위해서."

그 지역은 바위투성이였지만 충분히 다닐 만했다. 몇 킬로미터를 더 달리다가, 수블라퀘움이 멀지 않은 곳에서 실로가 멈췄다.

"저기요!" 그는 멀리 아니오 강 반대편의 언덕을 가리켰다. "저 뒤에 비밀스러운 골짜기가 있소. 여기서 가까운 곳에 튼튼한 다리가 있으니 안전하게 건널 수 있을 거요."

그곳에는 돌로 만들어진 넓고 튼튼한 다리가 있었다. 카이피오는 병사들에게 행군을 명령하고 자신이 앞장섰다. 이 도로는 라티나 가도의 아나그니아에서 시작되어 수블라퀘움으로 이어지다가 이 지점에서 아니오 강을 지나 카르세올리에서 끝났다. 다리를 건너자 널찍한 도로가 나타나 병사들은 소풍을 나온 것처럼 편하게 걸을 수 있었다. 카이피오의 분위기로 봐서 이것은 군사 작전이 아니라 가벼운 유람임을 짐작할 수 있었다. 그래서 병사들은 방패를 등에 지고 쇠사슬 갑옷을 창에 꽂아 무게를 줄였다. 시간이 지체되어 그날 밤은 식량도 없이 야영을 해야 할지도 몰랐지만, 무거운 짐이 없어 힘들지 않았고 장군의 태도로 보아 모종의 보상이 따를 것 같았다.

도로가 북동쪽으로 꺾이는 언덕 아래에 2개 군단이 길게 늘어선 가운데, 실로는 말을 돌려 카이피오에게 말했다.

"모든 것이 괜찮은지 확인하기 위해 내가 먼저 가겠소, 퀸투스 세르빌리우스. 어느 누구도 갑자기 겁을 집어먹고 달아나는 건 원치 않으니 말이오."

카이피오는 속도를 늦추었고, 실로가 박차를 가해 앞으로 달려가더니 점점 작아지는 것을 지켜보았다. 몇백 걸음 앞쪽에서 실로는 방향을 틀어 작은 벼랑 뒤로 사라졌다.

그때 길게 늘어선 카이피오의 병사들을 마르시족이 사방에서 공격했다. 실로가 사라진 전방은 물론 후방에서, 도로 양쪽의 모든 바위와 돌과 둑 뒤에서 공격이 쏟아졌다. 누구도 피할 수 없었다. 로마군이 방패를 꺼내 들기도 전에, 칼을 제대로 들고 투구를 착용하기도 전에, 마르시족 4개 군단은 한바탕 군사 훈련이라도 벌이는 것처럼 공격을 퍼부었다. 카이피오의 군대는 몰살당했지만 단 한 명, 카이피오만은 목숨을 건졌다. 그는 공격 초반에 포로로 잡혀 자신의 병사들이 몰살당하는 모습을 지켜보고 있어야 했다.

공격이 끝나고 도로와 그 주변에 있던 모든 로마 병사가 죽자, 말을 타고 돌아오는 퀸투스 포파이디우스 실로가 카이피오의 눈에 들어왔다. 그는 스카토와 프라우쿠스를 비롯한 보좌관들에게 둘러싸여 환한 미소를 짓고 있었다.

"퀸투스 세르빌리우스, 하고 싶은 말이 있나?"

카이피오는 하얗게 질려 덜덜 떨면서도 남은 힘을 짜냈다. "잠깐 잊었나본데, 퀸투스 포파이디우스, 당신 아이들이 내 포로로 잡혀 있어."

실로는 웃음을 터뜨렸다. "내 아이들? 설마! 그애들은 당신이 데리고 있는 그 노예 부부의 아기들이네. 하지만 난 그들과 내 당나귀를 다시 데려올 거야. 당신 진지에 나를 막을 자들은 남아 있지 않으니까." 섬뜩한 눈동자가 차갑게, 금빛으로 반짝였다. "대신 당나귀에 실려 있던 짐은 그냥 둬야지. 그건 당신이 가지든지 해."

"그건 황금이잖소!" 카이피오가 기막히다는 듯이 말했다.

"아니, 퀸투스 세르빌리우스, 황금이 아니오. 최대한 얇게 금을 씌운 납덩이일 뿐이지. 손톱으로 긁어봤다면 속임수라는 걸 알아챘을 텐데. 하지만 내가 카이피오라는 사람을 모르는바 아니지! 당신은 목숨이 걸려 있다 해도 감히 금덩이에 흠집을 내지 않을 사람이야. 진짜 목숨이 걸린 일이었는데 말이지." 그는 칼을 꺼내더니 말에서 내려와 카이피오에게 다가왔다.

프라우쿠스와 스카토는 카이피오의 말 쪽으로 다가와 그를 안장에서 끌어내렸다. 그들은 한마디 말도 없이 카이피오의 판갑과 단단한 가

죽옷을 벗겼다. 상황을 파악한 카이피오는 처량하게 울기 시작했다.

"당신이 목숨을 구걸하는 꼴을 보고 싶군, 퀸투스 세르빌리우스 카이피오." 실로는 칼을 내리치기에 적당한 거리까지 다가가며 말했다.

하지만 카이피오는 차마 그럴 수 없었다. 그는 아라우시오 전투에서 달아난 이후 진정 목숨이 위태로운 상황에 놓인 적이 단 한 번도 없었다. 얼마 전 마르시족에게 진지를 습격당했을 때도 목숨이 위험하지는 않았다. 이제야 그 급습의 이유를 알 것만 같았다. 마르시족 입장에서는 병사 몇 명을 잃었지만 그만한 가치가 있는 손실이라 생각했으리라. 실로는 그 기회에 그곳 지형을 살피고 그에 따라 작전을 세운 것이다. 카이피오가 지금의 시련에 대해 미리 고민을 해봤다면 목숨을 구걸하는 쪽을 택했을지도 모른다. 하지만 시련이 실제로 일어난 지금, 그는 차마 그럴 수 없는 자신을 발견했다. 비록 퀸투스 세르빌리우스 카이피오 집안사람이 로마에서 가장 용감하지는 않겠지만, 그럼에도 불구하고 그는 로마인이었다. 그것도 고귀한 파트리키 로마인이었다. 퀸투스 세르빌리우스 카이피오 집안사람은 충분히 울 수 있다. 그가 곧 끊어질 자신의 목숨을 생각하며, 이제는 사라진 사랑스러운 황금을 생각하며 얼마나 울었는지 아는 사람이 있을까? 하지만 퀸투스 세르빌리우스 카이피오 집안사람이 구걸을 할 수는 없는 일이었다.

카이피오는 턱을 들고 초점 흐린 눈으로 허공을 바라보았다.

"이건 드루수스를 위해서다." 실로가 말했다. "네가 그를 죽였어."

"내가 안 죽였어." 카이피오는 정신을 놓은 듯한 목소리였다. "내가 죽일 수도 있었지. 하지만 그럴 필요가 없었어. 퀸투스 바리우스가 알아서 다 계획했으니까. 어차피 잘된 일이야. 드루수스가 안 죽었다면 당신과 당신의 더러운 친구들은 죄다 로마 시민이 되었을 테니까. 하지만 그렇게 되지는 않을 거야. 그럴 일은 절대 없어. 로마에는 나와 같은 생각을 가진 사람이 많거든."

실로는 어깨보다 좀더 높이 칼자루를 들어올렸다. "이건 드루수스를 위해서다." 칼날은 카이피오의 목이 어깨와 곡선으로 이어지는 지점에 내려앉았다. 커다란 뼛조각이 날아와 프라우쿠스의 뺨에 상처를 남겼다. 하지만 실로가 만들어놓은 깊은 상처와는 비교할 바가 아니었다. 그는 카이피오의 흉골 바로 위까지 칼을 넣어 정맥과 동맥과 신경을 다 끊어놓았다. 사방으로 피가 튀었다. 하지만 실로는 이대로 끝낼 수 없었고, 카이피오는 여전히 버티고 있었다. 실로는 살짝 움직이더니 두번째로 칼을 들어 카이피오의 반대편 목을 힘껏 내리쳤다. 카이피오는 실로의 세번째 공격에 땅바닥으로 쓰러졌고, 그 공격으로 카이피오의 목이 절단되었다. 스카토는 떨어진 목을 들어 식도에 아무렇게나 창을 꽂았다. 실로가 다시 말에 오르자 스카토는 그 창을 내밀었다. 마르시족 군대는 그 도로를 벗어나 발레리우스 가도를 향했고, 이제는 아무것도 보지 못하는 카이피오의 머리가 그들을 앞장섰다.

마르시족은 머리가 떨어진 카이피오의 몸을 다른 시체들과 함께 버려두었다. 로마의 영토이니 로마인들이 알아서 치우리라. 마리우스가 알아차리기 전에 자리를 뜨는 것이 급선무였다. 카이피오에게 10개 군단이 마리우스를 포위중이라고 했던 실로의 말은 물론 거짓이었다. 실로는 단순히 카이피오의 반응이 궁금했을 뿐이었다. 실로는 바리아 외곽의 텅 빈 진지에 사람을 보내 그의 노예와 담요에 싸인 쌍둥이를 데려오게 했다. 물론 당나귀도 데려왔다. 하지만 황금은 남겨두었다. 나중에 카이피오의 막사가 파헤쳐졌을 때, 사람들은 그것이 톨로사의 황금 중 일부라 생각하며 나머지는 어디에 숨겨져 있을까 궁금해했다. 그러다 마메르쿠스가 황금의 표면을 긁어 그것이 실은 납이라는 것을 보여줌으로써, 그가 들려주는 이상한 이야기가 진실임을 증명했다.

실로는 누군가에게 사건의 내막을 알려주어야만 했다. 자신을 위해서가 아니라 드루수스를 위해서였다. 그래서 그는 드루수스의 친동생 마메르쿠스에게 편지를 썼다.

퀸투스 세르빌리우스 카이피오가 죽었소. 어제 나는 카르세올리와 수블라퀘움 사이에 위치한 도로에서 그와 그의 군대를 함정에 몰아넣었소. 내가 마르시족을 버리고 마르시족의 재산을 훔쳐 달아났다는 허무맹랑한 거짓말로 그를 바리아 밖으로 꾀어냈소. 나는 당나귀 한 마리를 데려갔는데, 그 당나귀에는 얇게 금을 씌운 납이 잔뜩 실려 있었소. 세르빌리우스 카이피오 집안의 약점은 당신도 잘 알고 있겠지! 코 밑에 금을 달아놓으면 그들은 다른 것은 죄다 잊어버린다오.

카이피오에게 소속된 로마 병사들은 모두 전사했소. 하지만 카이피오는 살려두었다가 내 손으로 직접 처리했지. 그의 머리를 베어 창에 꽂고 선봉에서 달렸소. 드루수스를 위해. 드루수스를 위해서였소, 마메르쿠스 아이밀리우스. 또 카이피오의 아이들을 위해서였소. 이제 그 아이들은 톨로사의 황금을 물려받게 될 테고, 대부분은 카이피오의 둥지에서 태어난 빨강머리 뻐꾸기에게 돌아가겠지. 정의가 실현된 것이오. 아이들이 성인이 될 때까지 카이피오가 살아 있었더라면 그는 아이들에게서 상속권을 박탈할 방법을 찾아냈을 거요. 하지만 이제 아이들이 모든 것을 상속받게 되었소. 드루수스가 알면 분명 대단히 기뻐했을 거요. 나는 드루수스를 위해 이런 일을 할 수 있어 기쁘다오. 드루수스가 로마인과 이탈리아인을 막론하고 모든 선한 사람들의 기억 속에 오래 머물 수 있기를.

그 불쌍한 집안에서는 무슨 일이든 자비롭게, 충격이 덜한 방식으로 넘어가는 경우가 없는 모양이었다. 실로의 편지는 코르넬리아 스키피오니스가 쓰러져 죽은 지 불과 몇 시간 뒤에 도착함으로써 마메르쿠스가 당면해 있던 끔찍한 문제를 더 복잡하게 만들었다. 코르넬리아 스키피오니스와 카이피오의 죽음으로 인해, 드루수스 저택에 사는 여섯 아이들의 안정을 위한 마지막 끈이 끊어졌다. 그 아이들은 이제 생존한 부모도 조부모도 없는 완벽한 고아가 되었다. 마메르쿠스 삼촌이 유일하게 살아 있는 친척이었다.

그렇기 때문에 원칙적으로는 그가 아이들을 자기 집으로 데려와 성인이 될 때까지 양육해야만 했다. 그 아이들은 이제 막 기기 시작한 그의 딸 아이밀리아 레피다와 형제자매처럼 지낼 수 있으리라. 드루수스가 죽고 몇 달이 지나면서 마메르쿠스는 심지어 무시무시한 어린 카토도 비롯하여 모든 아이들을 아끼게 되었다. 그는 타협을 모르는 어린 카토의 성격을 안쓰럽게 여겼고, 카토가 형인 어린 카이피오를 아끼는 모습에 가슴이 찡해져 눈물을 흘렸다. 그래서 아이들을 자신의 집으로 데려가지 않는 상황은 단 한 번도 고려해본 적이 없었다. 적어도 어머니의 장례식 준비를 점검하고 집으로 돌아가 아내에게 이 이야기를 꺼내기 전까지는. 이 부부는 결혼한 지 5년 정도 되었고, 마메르쿠스는 아내를 무척이나 사랑했다. 돈을 보고 결혼할 필요가 없었던 그는 자신이 사랑하는 신부를 선택했고, 아내도 자신처럼 사랑을 좇아 결혼했다는 달콤한 환상에 빠져 있었다. 클라우디우스 씨족 중에서도 형편이 어려워 가난하고 절박했던 마메르쿠스의 아내는 그를 꽉 움켜잡았다. 하지만 그녀는 남편을 사랑하지 않았고, 또한 아이들도 좋아하지 않았다. 심지어 자기 딸에게도 애착이 없어 늘 보모의 손에 맡겼기 때문에 아이밀리아 레피다는 규율을 모르고 버릇이 없었다.

"그애들을 여기 데려올 순 없어요!" 남편의 이야기가 끝나기도 전에 클라우디아가 쏘듯이 말했다.

"하지만 데려올 수밖에 없소! 달리 갈 곳이 없단 말이오!" 그는 아직 어머니의 죽음으로 인한 충격에서 벗어나기도 전에 새로운 충격을 느꼈다.

"걔들에겐 으리으리하고 멋진 집이 있잖아요. 그러니 우리에겐 얼마나 다행이에요! 걔들은 다 쓰지도 못할 만큼 돈이 넘치니까요. 아이들을 위해 보모와 가정교사를 잔뜩 고용하고 그 집에 살도록 내버려두세요." 그녀가 입을 꽉 다물자 입꼬리가 아래로 떨어졌다. "꿈도 꾸지 마요, 마메르쿠스! 그 아이들은 절대 데려올 수 없어요!"

마메르쿠스의 환상에 처음으로 금이 간 순간이었지만 그녀는 그것을 몰랐다. 마메르쿠스는 놀란 눈으로 입을 다물고 아내를 바라보며 서 있었다. "난 데려와야겠소." 그가 말했다.

그녀의 눈썹이 치켜올라갔다. "물이 포도주로 바뀔 때까지 고집을 부려보시죠! 그래봐야 바뀌는 건 없을 테니. 그애들은 절대 여기 데려올 수 없어요! 이렇게 정리하죠. 걔들이 오면 내가 나갈 거예요."

"클라우디아, 동정심을 좀 가져요! 걔들은 돌봐줄 사람이 없단 말이오!"

"내가 왜 그 아이들을 동정해야 하죠? 굶어죽거나 교육을 못 받을 일도 없을 텐데. 게다가 어차피 그애들 중에 부모와 함께 사는 게 어떤지 아는 애는 하나도 없어요." 클라우디아가 말했다. "두 세르빌리아는 심술쟁이에 속물이고, 드루수스 네로는 미련하기 그지없고, 나머지 애들은 노예의 후손이에요. 걔들은 그냥 그대로 내버려둬요."

"그 아이들에겐 제대로 된 가정이 필요하오." 마메르쿠스가 말했다.

"이미 제대로 된 집이 있잖아요."

마메르쿠스가 결국 항복한 이유는 나약해서가 아니라 현실적이라서였다. 그는 클라우디아를 꺾는 것이 현명하지 못함을 알고 있었다. 이렇게 선전포고를 하고 아이들을 데려온다 한들 아이들의 불행은 더 심해지리라. 마메르쿠스가 종일 집을 지킬 수도 없는 노릇이었고, 클라우디아의 반응으로 미루어 짐작건대 그녀는 기회가 생길 때마다 아이들에게 분풀이를 할 것이 분명했다.

그는 아이밀리우스 레피두스 가문 출신은 아니지만 아이밀리우스 씨족 전체의 큰 어르신인 마르쿠스 아이밀리우스 스카우루스 최고참의원을 찾아갔다. 더구나 스카우루스는 드루수스의 유언장 공동 집행인이었고, 카이피오의 유언장 단독 집행인이었다. 그렇기 때문에 이 아이들을 돌보는 것은 스카우루스의 책임이기도 했다. 마메르쿠스는 비참한 심정이었다. 어머니의 죽음은 그에게 엄청난 충격을 안겨주었다. 그는 늘 어머니와 가까이 지냈고, 어머니가 드루수스의 집으로 가기 전까지 함께 살았다. 어머니는 그가 클라우디아와 결혼해 그녀를 집으로 데려온 직후 드루수스의 집으로 떠났다! 물론 어머니는 단 한 번도 며느리 흉을 보지 않았다. 하지만 돌이켜 생각해보면, 그 집을 벗어날 수 있는 완벽한 핑곗거리가 생겨 코르넬리아 스키피오니스는 얼마나 기뻤을까.

스카우루스의 저택에 도착할 무렵 아내에 대한 마메르쿠스의 마음은 식어버렸고, 더 친근하고 편안한 애정으로 절대 대체될 수 없을 냉담한 상태가 되어버렸다. 이 순간까지 그는 그토록 빨리, 그토록 싸늘하게 사랑이 식는 것은 불가능하다고 믿어왔다. 하지만 지금 스카우루스의 문을 노크하는 마메르쿠스는 어머니를 잃은 슬픔과 싸늘하게 식어버린 아내에 대한 사랑 탓에 황폐해져 있었다.

그래서인지 마메르쿠스는 스카우루스에게 가장 절망적인 언어로 자신의 곤경을 설명할 수 있었다.

"제가 어떻게 해야 할까요, 마르쿠스 아이밀리우스?"

스카우루스 최고참 의원은 의자에 등을 기댔다. 그의 투명한 녹색 눈동자는 리비우스 가문 특유의 매부리코와 검은 눈, 광대뼈가 도드라진 얼굴에 고정되어 있었다. 마메르쿠스는 양쪽 집안을 통틀어 마지막으로 남은 인물이었다. 그에게는 최대한 많은 도움과 배려가 필요했다.

"나는 자네가 아내의 뜻을 따라야 한다고 생각하네, 마메르쿠스. 다시 말해 아이들은 마르쿠스 리비우스의 저택에 둬야 한다는 뜻이지. 그렇게 하려면 아이들과 함께 지낼 귀족 신분의 누군가를 찾아내야 할 걸세."

"누구 말씀이죠?"

"나에게 맡겨주게, 마메르쿠스." 스카우루스가 씩씩하게 말했다. "적임자를 생각해볼 테니."

이틀 뒤 스카우루스는 정말 적임자를 생각해냈다. 그는 아주 기뻐하며 마메르쿠스를 불렀다.

"우리 가문의 걸출한 인물인 아이밀리우스 파울루스가 피드나에서 마케도니아의 페르세우스와 싸우기 2년 전에 집정관을 지낸 퀸투스 세르빌리우스 카이피오를 기억하나?" 스카우루스가 물었다.

마메르쿠스는 활짝 웃었다. "개인적으로 뵌 적은 없습니다, 마르쿠스 아이밀리우스! 하지만 누구를 말씀하시는지 알고 있습니다."

"좋아." 스카우루스는 활짝 웃으며 말을 이어나갔다. "그 퀸투스 세르빌리우스 카이피오에게는 세 아들이 있었다네. 장남은 파비우스 막시무스 가문으로 입양되었는데 결과는 끔찍했지. 에부르누스와 그의 불행한 아들 말일세." 스카우루스는 이 순간을 즐기고 있었다. 그는 로마 최고의 족보학 전문가로 모든 주요 인물들의 가계도를 꿰고 있었다. "셋 중 막내인 퀸투스는 훗날 톨로사의 황금을 훔치고 아라우시오 전투에서 패배한 집정관 카이피오를 낳았다네. 그에게는 딸 세르빌리아도 있었는데, 그녀는 우리의 존경하는 전직 집정관 퀸투스 루타티우스 카툴루스 카이사르와 결혼했네. 집정관 카이피오에게서 태어난 아들은 며칠 전에 마르시족의 실로에게 살해당했고, 그에게서 난 딸은 자네의 형인 드루수스와 결혼했지."

"차남을 빼놓으셨군요." 마메르쿠스가 말했다.

"일부러 그랬다네, 마메르쿠스, 일부러! 오늘 내가 집중적으로 다룰 사람이 바로 그 사람이거든. 그의 이름은 나이우스일세. 하지만 그가 막냇동생인 퀸투스보다 결혼을 훨씬 늦게 하는 바람에, 그의 아들 나이우스는 사촌인 퀸투스가 집정관이 되어 아라우시오 전투에서 패배하느라 바쁠 때 겨우 재무관을 지낼 나이였다네. 젊은 나이우스는 아시아 속주의 재무관이 되었어. 그는 포르키아 리키니아나와 결혼했는데, 지참금이 많은 처녀는 아니었지만 나이우스에게 그건 중요하지 않았어. 세르빌리우스 카이피오 집안사람인 그는 이미 큰 부자였으니까. 아시아 속주로 떠날 무렵 그에게는 아이가 하나 생겼지. 딸이었는데, 다른 세르빌리아들과 구분하기 위해 세르빌리아 나이아라고 부르겠네. 가장 큰 불행은, 그와 포르키아 리키니아나 사이에서 난 세르빌리아 나이아의 성별이었다네."

한숨 돌리기 위해 잠시 멈춘 스카우루스의 얼굴이 환하게 빛났다. "정말 경이롭지 않나, 마메르쿠스? 우리 가문들이 이렇게까지 복잡하게 얽혀 있다는 사실이?"

"저로서는 그저 벅차게 느껴지네요." 마메르쿠스가 말했다.

"두 살 난 딸아이 세르빌리아 나이아의 이야기로 돌아가겠네." 스카우루스는 의자에 편안하게 기대앉으며 말했다. "내가 '불행'이라는 단어를 쓴 데는 다 이유가 있다네. 나이우스 카이피오는 재무관 직을 수행하려고 아시아 속주로 떠나기 전에 유언장을 신중히 정리했어. 하지만 그 유언장이 진짜 실행되리라 예상하지는 못했을 걸세. 보코니우스 여성상속법에 따라 딸아이인 세르빌리아 나이아는 유산을 상속받을 수 없었네. 그래서 그는 자신의 막대한 재산을, 아라우시오 전투에서 패하고 톨로사의 황금을 훔쳤던 사촌 카이피오에게 남긴다는 유언을 남겼지."

"마르쿠스 아이밀리우스, 톨로사의 황금의 행방에 대해 전혀 거리낌 없이 말씀하시는군요." 마메르쿠스가 말했다. "카이피오가 황금을 훔쳤다는 건 다 아는 사실이지만, 어르신처럼 권위 있는 분의 입에서 그런 말이 나오는 것은 처음 봅니다."

스카우루스는 못 견디겠다는 듯 손을 내저었다. "오, 마메르쿠스, 다들 알고 있는 사실인데 말을 못할 이유가 어디 있나? 게다가 자네가 수다쟁이란 인상은 받은 적이 없으니, 이런 말을 해도 안전하다고 생각한 거지."

"네, 안전합니다."

"원래대로라면, 아라우시오 전투의 패배자이자 톨로사의 황금을 약탈한 카이피오는 물려받은 유산을 세르빌리아 나이아에게 돌려줘야만 했지. 물론 나이우스 카이피오는 여성상속법하에서 딸에게 허락된 최대 금액의 유산을 남겼네. 하지만 그의 어마어마한 재산에 비하면 보잘것없는 액수였지. 그는 재무관으로 일하기 위해 아시아 속주로 떠났네. 그러나 로마로 귀환하는 길에 배가 난파되었고 그는 익사했어. 아라우시오 전투와 톨로사의 황금의 주인공 카이피오는 그 유산을 물려받았네. 하지만 그것을 조카딸에게 돌려주지 않았어. 돈이 궁하지도 않으면서, 그 유산을 자신이 가진 이미 천문학적인 재산에 보태버렸지. 그렇게 세월이 흘러, 가여운 세르빌리아 나이아의 유산은 며칠 전 실로에게 살해당한 카이피오에게로 넘어갔다네."

"아주 역겨운 이야기네요." 마메르쿠스는 얼굴을 찌푸렸다.

"동감이네. 하지만 이게 또 인생이지." 스카우루스가 말했다.

"세르빌리아 나이아는 어떻게 됐나요? 그녀의 어머니는 또 어떻게 됐죠?"

"오, 물론 그 모녀는 아직 살아 있다네. 나이우스 카이피오의 저택에서 아주 검소하게 생활하고 있지. 집정관 카이피오와 이후 그의 아들 카이피오는 두 여성이 그 집에 머물도록 허락해주었네. 법적으로 집을 양도한 것은 아니고 그냥 거주만 허락한 셈이지. 지금 나는 최근 사망한 카이피오의 유언장을 검인하는 중인데, 그 저택도 처리해야만 한다네. 자네도 알다시피, 카이피오가 가진 재산 중 두 딸을 위한 넉넉한 지참금 외에 모든 것들은 아직 어린 빨강머리 카이피오의 몫이지, 하하! 아주 놀랍게도 내가 단독 유언 집행인으로 지명되었어! 필리푸스 같은 사람이 지명될 줄 알았는데, 미처 생각하지 못한 게 있더군. 카이피오 집안사람치고 재산 관리에 소홀한 사람은 없다네. 최근에 죽은 카이피오는 필리푸스나 바리우스에게 유언 집행을 맡기면 분명 너무 많은 돈을 착복할 것이라 판단했을 테지. 현명한 판단 아닌가! 필리푸스는 도토리에 둘러싸인 돼지처럼 굴었을 거야."

"아주 흥미진진하군요, 마르쿠스 아이밀리우스." 마메르쿠스는 족보학에 살짝 흥미를 느꼈다. "하지만 저는 아직 무슨 소리인지 모르겠습니다."

"인내심을 가지게, 인내심을, 마메르쿠스. 이제 거의 다 왔다네!" 스카우루스가 말했다.

"그런데 제 생각에는 말입니다." 마메르쿠스는 형 드루수스가 했던 말을 떠올리며 말했다. "어르신이 카이피오의 유언 집행인이 된 데는 드루수스 형님의 영향도 있었을 겁니다. 드루수스는 뭔가 카이피오에 대한 정보를 가지고 있는 듯했는데, 유언장에서 아이들에게 충분한 유산을 남겨주지 않으면 그 정보를 공개하겠다고 카이피오를 협박했거든요. 유언 집행인을 정한 것은 드루수스였을지도 모릅니다. 드루수스가 가진 정보가 뭔지는 몰라도 카이피오는 아주 두려워하고 있었어요."

"그것도 톨로사의 황금이겠지." 스카우루스가 자신 있게 말했다. "그거밖에 더 있겠나? 아직 며칠 되지는 않았지만 카이피오에 대한 나의 조사 결과는 아주 흥미롭다네. 엄청난 돈이야! 그의 두 딸은 각각 지참금 200탈렌툼을 받게 될 텐데, 보코니우스 여성상속법에 따라 물려받을 수 있는 금액의 상한선에도 한참 못 미치지. 이제 어린 빨강머리 카이피오는 로마에서 제일가는 부자라네."

"제발, 마르쿠스 아이밀리우스! 이야기를 마무리해주세요!"

"오, 알겠네, 알겠어! 젊은이의 조급함이란 정말! 우리 법에 따라 지금처럼 유산 상속인이 미성년인 경우, 이제 열일곱 살이 된 세르빌리아 나이아와 그 모친 포르키아 리키니아나가 현재 거주중인 저택을 비롯해 여러 사소한 문제를 내가 직접 정리해야 한다네. 지금으로서는 어린 빨강머리 카이피오가 커서 어떤 사람이 될지 모르겠네만, 나는 내 아들에게 유산과 관련된 골칫거리들을 떠넘길 마음이 없네. 어린 카이피오가 성년이 된 후에, 왜 내가 세르빌리아 나이아와 그 모친에게 집세도 안 받고 그 저택에 살도록 허락했었는지 따지고 드는 것도 충분히 있을 법한 일이지. 그 아이가 다 자랄 때쯤에는 시간이 너무 흘러 원래 소유권에 대해서 전혀 모를 수 있네. 법적으로는 그의 저택이니 말이지."

"무슨 이야기를 하시려는 건지 알 것 같습니다, 마르쿠스 아이밀리우스." 마메르쿠스가 말했다. "계속 말씀하세요! 더 듣고 싶습니다."

스카우루스는 몸을 앞으로 기울였다. "내 제안은 이렇다네, 마메르쿠스. 자네는 세르빌리아 나이아의 모친이 아니라 그녀에게 직접 일자리를 제안해야 하네. 그 불쌍한 아이에게는 지참금이 한푼도 없어. 그나마 얼마 안 되는 유산은 아버지가 죽은 후 지난 15년 동안 모녀가 편안한 생활을 유지하는 데 다 썼다네. 게다가 포르키우스 리키니아누스 집안에서도 도와줄 수 있는 형편이 아니네. 형편이 돼도 안 도와주는 거겠지만, 어차피 같은 말 아니겠나. 우리가 처음 대화를 나눈 후, 나는 카이피오의 유언을 집행한다는 명목으로 세르빌리아 나이아와 포르키아 리키니아나를 방문했다네. 나의 난처한 입장을 설명하자 두 모녀는 앞날에 대한 걱정으로 몹시 불안해했지. 나는 지난 15년간 발생한 임대 수익의 부족분이 장부에 나타나지 않도록 그 저택을 팔아야 한다고 설명했어."

"이렇게 기발하고 교묘하다니, 어르신은 이집트 프톨레마이오스 왕의 시종장이 되어도 손색이 없을 것 같습니다." 마메르쿠스는 웃으며 말했다.

"맞는 말이야!" 스카우루스는 이 말을 하고 숨을 내쉬었다. "세르빌리아 나이아는 말했다시피 이제 열일곱 살이네. 다시 말해 한 해 정도만 지나면 결혼 적령기라는 뜻이지. 하지만 안타깝게도 그 아이는 미인이 아니라네. 솔직히 말하면, 가엾게도 정말로 못생겼어. 게다가 결혼 지참금도 없으니 자신과 조금이라도 비슷한 계급의 남편감은 절대 구하지 못하겠지. 그녀의 모친은 진정한 카토 리키니아누스 가문 사람이라, 돈 많고 천박한 기사나 돈 많은 촌뜨기 농부에게 딸을 허락하지는 않을 거야. 하지만 지참금이 없으니 어디 입맛대로 할 수 있는 노릇인가!"

어쩜 저렇게 살살 돌려가며 말을 잘하는지! 마메르쿠스는 이런 생각을 하며 더욱 귀를 쫑긋 세웠다.

"내가 자네에게 제안하는 건 이거라네, 마메르쿠스. 내가 한 차례 방문해서 걱정을 키워놓았으니 이제 그 모녀는 자네 이야기를 경청할 걸세. 자네는 가서 세르빌리아 나이아와 그 모친에게 마르쿠스 리비우스 드루수스의 여섯 아이를 돌봐주면 대가를 지불하겠다고 제안하게. 어머니는 딸의 손님 자격이어야 하며, 둘은 드루수스의 저택에서 지내야 한다고 말이야. 양육비, 생활비, 유지비도 넉넉히 주겠다고 하게. 단, 세르빌리아 나이아는 가장 어린 아이가 무사히 성년이 될 때까지 미혼으로 남아 있어야 한다는 조건을 덧붙이게. 가장 어린 아이는 이제 세 살이 된 카토지. 세 살배기가 열여섯 살이 되려면 13년이군. 그러니 세르빌리아 나이아는 앞으로 13년에서 14년 동안 미혼으로 남아 있어야 할 거야. 자네와의 계약이 만료될 무렵 그녀는 서른 살쯤 되겠지. 그 정도면 결혼이 불가능한 나이도 아니라네! 이 임무를 마칠 때 자네가 그녀에게, 그녀가 돌보게 될 친척 어동생들과 같은 금액의 지참금을 시급한다면 결혼이 훨씬 수월해질 거야. 카이피오의 재산은 그녀에게 200탈렌툼을 떼어준다 해도 여전히 넘칠 만큼 많다네, 마메르쿠스. 나도 이제 젊지 않으니 모든 것을 확실하게 해두기 위해 지금 200탈렌툼을 따로 떼어서 세르빌리아 나이아의 이름으로 예금해둘 생각이네. 그녀가 서른한번째 생일을 맞을 때까지 그 돈을 묻어두는 거지. 그리고 그녀가 자네와 나의 합격선을 넘는다면 그 돈을 지급할 생각이라네."

짓궂은 미소가 스카우루스의 얼굴에 번졌다. "그녀는 미인이 아니라네, 마메르쿠스. 하나 내 장담하는데, 세르빌리아 나이아는 서른한 살이 되었을 때 같은 계급의 남자 10여 명 중에서 마음대로 남편을 고를 수 있을 거야. 200탈렌툼은 거부하기 힘든 유혹이지!" 그는 잠시 펜을 만지작거리다가 아름다운 두 눈동자에 근엄한 표정을 담아 마메르쿠스의 눈을 처다보았다. "나는 이제 젊지 않다네. 게다가 아이밀리우스 씨족에 유일하게 남은 스카우루스 분가 사람일세. 내겐 젊은 아내가 있고, 이제 막 열한 살이 된 딸과 다섯 살 난 아들이 있어. 나는 로마 최고의 개인 재산 단독 집행인이기도 하네. 하지만 아들이 장성하기 전에 내게 무슨 일이라도 생긴다면, 사랑하는 가족의 재산과 세르빌리우스 가문 세 아이들의 재산을 누구에게 믿고 맡길 수 있겠나? 자네와 나는 드루수스가 가진 재산의 공동 집행인이니 포르키우스 가문의 세 아이를 돌보는 일은 이미 함께하고 있는 셈이지. 그래서 말인데, 혹시 내가 죽은 후에 나와 내 가족을 위한 신탁 관리자 겸 유언 집행자가 되어줄 수 있겠나? 자네는 태생적으로는 리비우스 씨족이지만 입양을 통해 아이밀리우스 씨족이 되었네. 마메르쿠스, 자네가 승낙해준다면 안심할 수 있을 것 같아. 정직한 사람이 뒤를 봐주고 있다는 확신이 필요하다네."

마메르쿠스는 망설이지 않았다. "그렇게 하겠습니다, 마르쿠스 아이밀리우스."

이로써 둘의 대화는 마무리되었다. 마메르쿠스는 스카우루스의 저택에서 나오자마자 세르빌리아 나이아 모녀를 찾아갔다. 그들은 팔라티누스 언덕에서도 대경기장 방면의 좋은 지역에 살고 있었다. 하지만 마메르쿠스는 카이피오가 이 모녀에게 저택에 머무는 것을 허락했을 뿐 건물 유지비는 넉넉히 주지 않았다는 사실을 알아챌 수 있었다. 치장 벽토 위의 칠은 많이 벗겨져 있었고, 아트리움 천장에는 군데군데 습기와 곰팡이 자국이 큼직하게 남아 있었다. 한쪽 구석은 물이 너무 많이 새서 벽토가 떨어져나가고 그 속에 붙여둔 목판이 훤히 드러나 있었다. 한때 아주 아름다웠을 법한 벽화는 오랜 세월 방치해둔 탓에 퇴색되고 희미해졌다. 하지만 마메르쿠스는 주랑정원에서 모녀를 기다리면서 두 사람이 절대 게으르지 않음을 확인할 수 있었다. 주랑정원은 잡초 없이 꽃으로 가득했고 깔끔하게 정리되어 있었던 것이다.

그는 모녀를 다 만나보고 싶다고 말했고, 그래서 두 여인은 함께 나타났다. 포르키아는 대체 무슨 일인지 궁금해 죽겠다는 눈치였다. 물론 그녀는 마메르쿠스가 유부남임을 알고 있었다. 남편감이 필요한 딸을 가진 로마 귀족 출신 어머니치고 젊은 귀족 남성을 샅샅이 조사하지 않는 사람은 없었다.

모녀는 둘 다 피부색이 짙은 편이었지만 세르빌리아 나이아가 어머니보다 조금 더 까무잡잡했다. 어머니는 카토 집안 출신답게 큼직한 매부리코였다. 딸은 어머니보다 코가 작았음에도 불구하고 매력은 덜했다. 무엇보다 여드름 흉터가 아주 심했다. 눈은 가운데로 심하게 몰려 있어 얼핏 돼지 눈을 닮았으며 입은 지나치게 크고 입술은 얇았다. 어머니는 자존심이 아주 강하고 거만한 여성처럼 보였다. 딸은 그저 뚱해 보였다. 마메르쿠스는 용기가 없는 사람이 아닌데도 불구하고, 그녀의 지루하고 재미없는 성격은 그보다 훨씬 더 용기 있는 남자의 기를 꺾어놓기에도 충분해 보였다.

"우리는 친척지간이에요, 마르쿠스 마메르쿠스." 어머니가 우아하게 말했다. "저의 할머니는 파울루스의 딸, 아이밀리아 테르티아였어요."

"물론 그렇지요." 마메르쿠스는 안내받은 자리에 앉으며 말했다.

"리비우스 씨족을 통해서도 친척이에요." 그녀는 마메르쿠스 맞은편 긴 의자에 앉으며 말했고 그녀의 딸은 말없이 어머니 곁에 앉았다.

"알고 있습니다." 마메르쿠스가 말했다. 이렇게 찾아온 이유를 모녀에게 잘 설명할 방법이 떠오르지 않았다.

"그런데 무슨 일로 오셨죠?" 포르키아는 단도직입적인 질문을 던짐으로써 마메르쿠스를 곤경에서 구해주었다.

마메르쿠스는 똑같이 단도직입적으로 사정을 털어놓았다. 모계 쪽이 코르넬리우스 씨족의 스키피오 가문임에도 불구하고 그는 말을 술술 하는 사람이 아니었다. 포르키아와 세르빌리아 나이아는 앉아서 마메르쿠스의 말을 경청하면서도 본인들의 생각은 드러내지 않았다.

"그러니까 우리더러 앞으로 13년 내지 14년 동안 마르쿠스 리비우스 드루수스의 저택에서 살아달라는 거군요, 맞지요?" 설명이 끝나자 포르키아가 물었다.

"네."

"그후에 제 딸아이는 200탈렌툼을 지참금으로 받아 결혼할 수 있다는 건가요?"

"네."

"그럼 저는요?"

마메르쿠스는 눈을 껌뻑거렸다. 그는 어머니들이 평생 가장의 집에서 산다고만 생각해왔다. 하지만 이 경우 가장의 집이란 스카우루스가 매각할 예정인 이 저택을 의미했다. 이런 장모까지 모시고 살 마음으로 청혼을 하려면 남자에게 엄청난 용기가 필요하겠지! 마메르쿠스는 속으로 웃으며 생각했다.

"미세눔이나 쿠마이의 바닷가 빌라에서 평생 살게 해드리고, 은퇴한 노부인에게 필요한 모든 것을 마련하기에 충분한 돈을 드리면 어떻겠습니까?" 그가 물었다.

"제안을 받아들이겠어요." 포르키아는 즉시 답했다.

"이 모든 내용을 합법적이고 구속력을 갖춘 계약서로 작성한 다음, 이제 두 분이 아이들을 돌봐줄 것으로 생각해도 되겠습니까?"

"그럼요." 포르키아는 자신의 놀라운 코를 내려다보았다. "아이들을 위한 가정교사가 있나요?"

"없습니다. 가장 나이 많은 아이가 이제 겨우 열 살이고, 지금까지는 학교에 다녔어요. 어린 카이피오는 아직 일곱 살도 안 됐고, 어린 카토는 겨우 세 살입니다." 마메르쿠스가 말했다.

"아무리 그래도 말이죠, 마메르쿠스 아이밀리우스, 저는 여섯 아이를 모두 가르칠 훌륭한 입주 가정교사를 구하는 것이 시급하다고 생각해요." 포르키아가 말했다. "그 집에는 남자가 하나도 없을 테니까요. 남자가 없다고 해서 물리적으로 위험하다는 뜻은 아니에요. 다만 여섯 아이를 위해서라도 노예 신분이 아닌 권위 있는 남성이 반드시 한 명은 집에 있어야 한다고 생각해요. 그게 가정교사라면 이상적이겠죠."

"정말 옳은 말씀입니다, 포르키아. 당장 그 문제를 해결하겠습니다." 마메르쿠스는 자리에서 일어나며 말했다.

"내일 그 집으로 들어가겠어요." 포르키아는 마메르쿠스를 배웅하며 말했다.

"그렇게 빨리요? 저야 너무 기쁘지만 할 일이라든지 준비할 것들이 많을 텐데요."

"저와 제 딸에게는 옷 몇 벌을 제외하면 아무것도 없어요, 마메르쿠스 아이밀리우스. 이곳 하인들도 모두 퀸투스 세르빌리우스 카이피오의 소유랍니다." 그녀는 문을 열어주었다. "좋은 하루 보내세요. 그리고 고마워요, 마메르쿠스 아이밀리우스. 당신은 우리를 지독한 궁핍에서 구해주었어요."

마메르쿠스는 판매중인 가정교사를 알아보기 위해 셈프로니우스 회당 쪽으로 발걸음을 재촉하면서 생각했다. 내가 그 불쌍한 여섯 아이 중 한 명이 아니라 천만다행이야! 그래도 그애들에겐 내 아내 클라우디아와 한집에 사는 것보다는 이쪽이 더 낫겠지!

"장부를 보니 적당한 사람이 몇 명 보이네요, 마메르쿠스 아이밀리우스." 로마 최고의 가정교사 공급업체 두 곳 중 하나의 소유주인 루키우스 두로니우스 포스투무스가 말했다.

"요즘에는 훌륭한 가정교사 가격으로 얼마를 받소?" 생전 이런 일을 알아볼 기회가 없었던 마메르쿠스가 물었다.

두로니우스는 입술을 오므렸다. "10만에서 30만 세스테르티우스 사이입니다. 최상급 상품이라면 그보다 훨씬 더 많이 받기도 하죠."

"휴!" 마메르쿠스는 휘파람을 불었다. "감찰관 카토가 들었으면 펄쩍 뛰었겠군!"

"감찰관 카토는 아주 쩨쩨한 영감탱이였어요." 두로니우스가 말했다. "그 시절에도 훌륭한 가정교사는 그 하찮은 6천 세스테르티우스를 훨씬 웃돌았을 겁니다."

"하지만 나는 감찰관 카토의 직계후손 세 명을 위한 가정교사를 구하려는 거요!"

"이 금액을 내시든지, 아니면 그냥 가시지요." 두로니우스는 따분한 듯이 말했다.

마메르쿠스는 한숨이 절로 나는 것을 억지로 참았다. 여섯 아이를 돌보기란 생각보다 훨씬 돈이 많이 드는 일이었다! "오, 알겠소, 알겠어. 그냥 돈을 내겠소. 언제쯤 후보들을 만나볼 수 있소?"

"당장 팔 수 있는 노예들은 모두 로마 내에 두고 있으니 내일 아침에 댁으로 보내드리지요. 그런데 진짜 상한가는 얼마인가요?"

"모르지! 몇십만 세스테르티우스를 더 내는 게 대수겠소?" 마메르쿠스는 양손을 허공에 치켜들며 큰 소리로 말했다. "어디 당신 마음껏 해보시오, 두로니우스! 하지만 지진아나 미치광이를 보냈다가는 내 아주 기쁜 마음으로 당신을 거세해버릴 거요!"

그는 노예를 구입해 해방시킬 계획이라는 말은 두로니우스에게 하지 않았다. 그랬다가는 괜히 값만 더 올라갈 테니까. 누가 됐든 노예를 개인적으로 해방시켜 마메르쿠스 자신의 피호민으로 만들 작정이었다. 노예 상태로 있을 때보다 해방노예가 되었을 때 자신을 산 사람으로부터 더 자유로워지기 힘들었다. 해방노예는 옛 주인의 피호민으로 남기 때문이었다.

결국 적당한 사람은 딱 한 명 있었고, 당연하게도 그가 가장 값이 많이 나갔다. 두로니우스는 장사를 할 줄 아는 사람이었다. 두 성인 여성이 그들을 감시할 가장도 없이 저택을 지켜야 하니, 가정교사는 도덕적으로 무결한 동시에 상냥하고 이해심 많은 사람이어야만 했다. 이렇게 남은 적임자의 이름은 사르페돈으로, 아시아 속주의 남쪽에 위치한 리키아 출신이었다. 다른 사람들과 마찬가지로 그도 자발적으로 노예가 되었다. 로마 귀족 집안에서 몇 년간 가정교사로 일하면 늙어서 훨씬 편히 먹고 살 수 있으리라는 판단 때문이었다. 돈을 모아 자유를 살 수도 있고, 아니면 보살핌을 받을 수 있으리라. 그래서 그는 두로니우스의 스미르나 지부 사무실을 찾아가 등록을 허락받았다. 이번이 그에게는 첫 직장이었고, 다시 말해 처음으로 팔려가는 기회였다. 그는 스물다섯 살 청년으로 그리스어와 라틴어로 된 책을 다양하게 섭렵했다. 그의 그리스어는 가장 순수한 아티케 억양이었고, 라틴어는 너무도 유창해서 진짜 로마인으로 보일 정도였다. 하지만 그가 일자리를 얻게 된 것은 이러한 장점 덕분이 아니었다. 진짜 이유는 지독하게 못생긴 외모 덕분이었다. 키가 너무 작아 마메르쿠스의 가슴팍에 닿을 정도였고, 볼품없이 삐쩍 말랐으며, 어릴 때 겪은 사고로 심한 화상 흉터까지 남아 있었다. 하지만 그는 목소리가 아름다웠고, 흉이 진 얼굴에는 사랑스럽고 상냥한 두 눈동자가 반짝거렸다. 그는 즉시 노예 신분에서 해방될 것이며 마메르쿠스 아이밀리우스 사르페돈이라는 이름을 얻게 될 것이라는 말을 듣고 자신이 세상에서 제일가는 행운아라고 생각했다. 그는 아주 높은 임금과 로마 시민권을 얻게 되었다. 은퇴 후에는 고향인 크산토스로 돌아가 왕과 같은 삶을 살 수 있으리라.

"아주 값비싼 작업이었어요." 마메르쿠스는 스카우루스의 책상에 두루마리를 내려놓으며 말했다. "미리 경고하지만, 카이피오의 단독 유언 집행인으로서의 작업이 저와 공동으로 드루수스의 집행인 노릇을 하는 것보다 절대 수월하지는 않을 겁니다. 이건 지금까지 작성한 명세서예요. 양쪽 집안의 유산으로 절반씩 부담하는 게 좋겠어요."

스카우루스는 두루마리를 들어 펼쳤다. "가정교사……. 40만 세스테르티우스?"

"직접 가서 두로니우스에게 얘기를 해보시죠!" 마메르쿠스가 재빨리 받아쳤다. "제가 모든 일을 처리하고 어르신은 명령만 내리셨잖아요! 그 집에서 지내게 될 두 로마 여성의 순결이 보장되려면 미남 교사를 들일 수는 없었어요. 새로 뽑힌 가정교사는 지독한 추남이랍니다."

스카우루스가 낄낄거렸다. "알겠네, 알겠어, 자네 말을 믿겠네! 세상에, 오늘 하루 동안 대체 돈을 얼마나 쓴 건지!" 그는 찬찬히 명세서를 살폈다. "세르빌리아 나이아의 지참금, 200탈렌툼. 이건 내가 직접 제안한 것이니 토를 달아서는 안 되겠지? 유지 및 보수비를 제외한 연간 주택 관리비, 10만 세스테르티우스……. 이 정도면 괜찮아 보이는군. 그리고 어디 보자……. 미세눔이나 쿠마이의 빌라? 이건 대체 왜?"

"세르빌리아 나이아가 결혼할 무렵 포르키아를 위해서죠."

"오, 맙소사! 그건 미처 생각을 못했군! 세르빌리아 나이아 같은 추녀와 결혼하면서 장모까지 모실 남자는 없을 테니……. 그래, 그래, 아주 잘했군! 그럼 정확히 절반씩 부담하기로 하지."

두 사람은 마주보며 환히 웃었다. 스카우루스가 자리에서 일어났다. "포도주를 한 잔씩 하는 게 좋겠네, 마메르쿠스! 자네 아내가 협조를 원하지 않는다니 참으로 애석해! 안 그랬으면 자네나 나나 유언 집행인으로서 많은 돈을 절약할 수 있었을 텐데."

"우리 지갑에서 나오는 돈도 아니고 그 비용을 감당하고도 남을 만큼의 유산이 있는데 걱정할 이유가 있을까요, 마르쿠스 아이밀리우스? 가정의 평화는 값으로 따질 수 없지요." 그는 포도주를 받았다. "어쨌든 저는 로마를 떠날 겁니다. 이제 제가 국방의 의무를 다할 때가 왔어요."

"이해하네." 스카우루스는 다시 자리에 앉으며 말했다.

"어머니께서 돌아가시기 전에는 어머니를 도와 로마에서 조카들을 돌보는 것이 저의 주된 임무라고 생각했어요. 어머니께서는 드루수스 형님이 죽은 이후로 건강이 안 좋으셨거든요. 마음의 상처 탓이었죠. 하지만 이제 아이들이 보살핌을 받을 수 있도록 해뒀으니, 제게는 핑곗거리가 없어졌어요. 그러니 떠날 겁니다."

"누구에게로?"

"루키우스 코르넬리우스 술라에게로요."

"훌륭한 선택이야." 스카우루스는 고개를 끄덕이며 말했다. "그는 앞으로 성공할 인물이네."

"그렇게 생각하십니까? 나이가 좀 많지 않나요?"

"가이우스 마리우스도 나이가 많았네. 마메르쿠스, 솔직한 말로 지금 다른 사람이 누가 있나? 로마에는 인재가 너무 없네. 가이우스 마리우스가 아니었더라면 우리는 아직 단 한 번의 승리도 거두지 못했을 거야. 게다가 그가 보고서에서 지적했다시피 그 승리에는 너무 큰 희생이 따랐네. 물론 그는 이겼지. 하지만 바로 전날 루푸스가 훨씬 더 심각한 참패를 당했다네."

"물론 그렇죠. 어쨌든 루키우스 율리우스에게는 개인적으로 실망했습니다. 저는 그에게 위대한 일을 해낼 능력이 있다고 봤거든요."

"그는 지나치게 예민하다네, 마메르쿠스."

"원로원에서는 이번 전쟁을 '마르시 전쟁'으로 명명했다고 들었어요."

"그렇지, 아마 역사서에는 마르시 전쟁으로 기록될 것 같네." 스카우루스는 장난스러운 표정을 지었다. "이것을 '이탈리아 전쟁'이라고 할 수는 없는 노릇 아닌가! 그랬다가는 모든 로마인들이 극심한 공황 상태에 빠지게 되겠지. 이탈리아 전역에서 전쟁이 벌어지고 있는 것처럼 들리니까! 게다가 우리에게 공식적인 선전포고를 전달한 것은 마르시 족이네. 이 전쟁을 마르시 전쟁이라고 명명함으로써 더 사소하고 덜 중요해 보이는 효과를 얻을 수 있지."

마메르쿠스는 놀란 표정으로 스카우루스를 응시했다. "대체 누구 생각이죠?"

"당연히 필리푸스지."

"오, 전장으로 떠나게 되어 기쁘군요!" 마메르쿠스는 자리에서 일어서며 말했다. "괜히 로마에 있다가 누가 알겠어요? 원로원으로 끌려갈지도 모를 일이죠!"

"그러고 보니 자네도 이제 재무관으로 입후보할 나이군."

"그렇습니다. 하지만 후보로 나서지 않을 거예요. 감찰관이 찾아올 때까지 기다릴 겁니다." 마메르쿠스 아이밀리우스 레피두스 리비아누스가 말했다.

루키우스 카이사르가 테아눔 시디키눔에서 패배의 상처를 핥고 있는 동안, 무틸루스는 볼투르누스 강과 칼로르 강을 건넜다. 놀라에 도착한 무틸루스는 열렬한 환호를 받았다. 놀라 주민들은 루키우스 카이사르가 떠나자마자 주둔군 2천 명을 타도했고, 막 도착한 무틸루스에게 로마 병사들을 가둬둔 임시 감옥을 자랑스럽게 선보였다. 임시 감옥은 양과 돼지를 도살 전에 가두어놓던, 성벽 안에 있는 작은 우리였다. 그곳에 아주 높은 석벽을 쌓아올리고 깨진 그릇 조각을 꼭대기에 꽂아둔 채 안에 갇힌 로마 병사들을 수시로 감시했다. 놀라 주민들의 말에 따르면 로마인들을 고분고분하게 만들기 위해 음식은 8일에 한 번, 물은 3일에 한 번만 준다고 했다.

"잘했소." 무틸루스는 기뻐하며 말했다. "내가 그들에게 직접 한마디 하겠소."

그는 놀라 주민들이 진창에 갇힌 포로들에게 빵과 물을 던져줄 때 이용하는 나무 연단에 올라가 연설을 시작했다. "내 이름은 가이우스 파피우스 무틸루스다!" 그는 큰 소리로 외쳤다. "나는 삼니움족이다. 그리고 올해 말쯤에는 내가 로마를 포함해서 이탈리아 전역을 통치하게 될 것이다! 네놈들은 절대 우리를 막을 수 없다. 너희는 나약하고 몹시 지쳤고 기운이 다 빠졌다. 그러니 마을 사람들에게 당하고 말았지. 네놈들은 지금 이곳, 한때 가축을 가두어두던 바로 이곳에, 원래 있던 가축보다 훨씬 북적거리는 상태로 갇혀 있다. 돼지 200마리를 가둬놓던 우리에 네놈들 2천 명을 가두었으니 말이다. 몹시 불편하겠지, 안 그래? 다들 아프고 배고프고 목이 탈 것이다. 내가 여기 온 이유는 앞으로는 더 끔찍해질 것이라는 말을 전하기 위해서다. 이제부터는 음식을 전혀 주지 않을 것이고, 물도 5일에 한 번씩만 줄 것이다. 하지만 대안이 하나 있다. 이탈리아군에 입대하는 것이다. 잘 생각해보기 바란다."

"생각할 가치도 없어!" 주둔군 사령관인 루키우스 포스투미우스가 말했다. "우리는 꼼짝도 하지 않겠다!"

무틸루스는 웃으며 아래로 내려왔다. "저들에게 기한을 16일 주겠소. 분명 항복할 것이오."

상황은 이탈리아에 아주 유리하게 돌아갔다. 비다킬리우스는 아풀리아를 침공하면서 손에 피 한 방울도 묻히지 않았다. 라리눔, 테아눔 아풀룸, 루케리아, 아우스쿨룸은 모두 이탈리아의 대의명분에 동조했고 현지 주민들은 이탈리아군에 대거 입대했다. 무틸루스가 크라테르만에 도착했을 때, 해항(海港)인 스타비아이, 살레르눔, 수렌툼은 물론 하항(河港)인 폼페이도 이탈리아 편임을 선언했다.

4개 함대에 달하는 함선을 얻게 된 무틸루스는 네아폴리스를 공격함으로써 해전을 시작하기로 마음먹었다. 하지만 해전에 있어서는 로마가 훨씬 경험이 많았다. 로마 해군 사령관인 오타킬리우스는 이탈리아군 함선들을 격퇴하고 이탈리아 항구로 돌려보냈다. 네아폴리스 주민들은 결코 항복하지 않으리라 다짐하며, 무틸루스가 기름에 적셔 불을 붙인 포탄으로 해변의 창고들을 공격할 때마다 침착하게 화재를 진압했다.

이탈리아 동맹에 가담한 모든 도시에서는 이탈리아 주민들이 앞장서 로마 주민들을 죽였다. 놀라도 그런 도시 중 하나였다. 세르비우스 술피키우스 갈바에게 숙식을 제공했던 용감한 노부인은 다른 로마인들과 함께 살해되었다. 놀라의 주둔군 포로들은 이런 사실을 알고 있었음에도 불구하고 끝까지 투항하지 않았다. 그러다 마침내 포스투미우스가 회의를 소집했다. 실은 소집이라고 할 것도 없었다. 돼지 200마리를 가두려고 설계된 우리에 2천 명이 함께 있다보니 다리를 뻗고 눕기도 어려울 만큼 서로 다닥다닥 붙어 있었기 때문이다.

"사병들은 모두 항복해야 할 것 같소." 포스투미우스는 피곤한 눈으로 피곤한 얼굴들을 바라보며 말했다. "이탈리아인들은 우리를 죽일 것이오. 그건 확실합니다. 나는 죽을 때까지 저들에게 저항해야 하오. 지휘관이기 때문이지. 그것이 내 의무요. 반면 사병들에게는 로마에 대한 다른 종류의 의무가 있소. 당신들은 다른 전쟁에서, 외국과의 전쟁에서 싸우기 위해 살아남아야만 하오. 부탁하건대 이탈리아군에 입대하시오! 입대한 다음 탈출할 기회가 생긴다면 그렇게 하시오. 무슨 수를 써서라도 목숨을 부지해야 합니다. 로마를 위해 살아남으시오." 그는 잠시 말을 멈췄다. "백인대장들도 항복해야 합니다. 백인대장들이 없으면 로마는 지고 말 테니까. 내 개인 참모들의 경우, 항복을 선택하더라도 그 뜻을 존중하고 불복을 선택하더라도 그 뜻을 존중하겠소."

포스투미우스는 오랜 시간 노력한 끝에야 사병들에게 자신의 뜻을 관철시킬 수 있었다. 모두들 진정한 로마인은 이탈리아인의 위협에 굴복하지 않는다는 것을 보여주기 위해서라도 차라리 죽음을 택하려 했다. 하지만 결국은 포스투미우스가 이겼고, 로마 병사들은 투항했다. 하지만 포스투미우스가 아무리 노력하고 온갖 방법으로 설득해도 백인대장들은 말을 듣지 않았다. 군무관 네 명 역시 항복하지 않으려 했다. 결국 백인대장들, 군무관들, 루키우스 포스투미우스는 모두 죽었다.

놀라의 돼지우리에서 마지막 포로가 죽기 전, 헤르쿨라네움이 이탈리아의 대의명분을 따르겠다고 발표하며 그곳에 거주하던 로마 시민들을 살해했다. 이제 승리감과 자신감에 도취한 무틸루스는 해전의 수위를 한 단계 끌어올렸다. 두번째로 네아폴리스를 기습한 데 이어 푸테올리, 쿠마이, 타라키나를 공격했다. 이로써 라티움 연안이 교전지역으로 변했고, 라티움에 거주하는 로마인, 라티움인, 이탈리아인 사이에 이전부터 존재했던 악감정은 더욱 빠른 속도로 악화되었다. 해군 사령관 오타킬리우스는 끈질긴 반격을 통해 이탈리아인들이 헤르쿨라네움 너머의 항구를 차지하지 못하도록 저지했다. 물론 그 과정에서 해변의 여러 건물이 화재로 소실되었고 많은 사람들이 목숨을 잃었다.

북부 캄파니아 이남의 모든 지역이 이탈리아 영토로 바뀌자, 루키우스 율리우스 카이사르는 선임 보좌관인 루키우스 코르넬리우스 술라와 이 문제를 논의했다.

"이제 우리는 브룬디시움, 타렌툼, 레기움으로부터 완전히 고립되었소. 그것 하나는 분명하지." 루키우스 카이사르가 침울하게 말했다.

"그것이 사실이라면 그 지역은 당장 잊어버려야지요." 술라는 명랑하게 말했다. "지금은 북부 캄파니아에 집중하는 게 나을 겁니다. 무틸루스는 아케라이를 포위했는데, 그것은 카푸아로 가고 있다는 뜻입니다. 아케라이가 항복하면 카푸아도 적의 손에 넘어갈 거예요. 그곳은 생활 기반을 로마에 두고 있지만 마음은 이탈리아 편이니까요."

루키우스 카이사르는 분개하며 꼿꼿이 몸을 세웠다. "무틸루스나 비다킬리우스가 파죽지세로 덤비는데 어떻게 그렇게 명랑할 수 있소?" 그가 추궁했다.

"우리가 이길 테니까요." 술라는 강하게 말했다. "제 말을 믿으십시오, 루키우스 율리우스. 우리는 이길 겁니다! 아시겠지만 이건 선거가 아니에요. 선거에서는 초반의 투표 상황이 결과를 반영하죠. 하지만 전쟁에서는 포기하지 않는 쪽이 마지막에 승리를 차지합니다. 이탈리아인들은 자유를 위해 싸운다고들 하죠. 언뜻 보면 가장 훌륭한 동기처럼 보이기도 해요. 하지만 실은 그렇지 않습니다. 자유는 손에 잡히지 않아요. 그저 개념일 뿐 그 이상도 이하도 아닙니다, 루키우스 율리우스. 반면 로마는 삶을 위해 싸우고 있어요. 그렇기 때문에 로마가 이길 겁니다. 이탈리아인들은 로마인들과 같이 삶을 위해 싸우는 게 아닙니다. 그들에게는 이미 수세대에 걸쳐 이어져온, 그들에게 익숙한 삶의 방식이 있습니다. 그 삶의 방식은 이상적이지 않고 그들이 원하는 것과 다를 수도 있어요. 하지만 그것은 손으로 만져질 수 있죠. 기다리기만 하십시오, 루키우스 율리우스! 이탈리아인들이 꿈을 위해 싸우는 데 지쳐버리면 균형추는 로마로 기울 겁니다. 그들은 하나의 독립적인 존재가 아닙니다. 그들에게는 우리와 같은 역사와 전통이 없습니다. 모스 마이오룸이 없단 말이죠! 로마는 실재하지만 이탈리아는 그렇지 않아요."

루키우스 카이사르는 귀가 멀쩡했지만, 그의 마음은 귀머거리 상태였다. "이탈리아인들을 라티움에서 몰아낼 수 없다면 우리는 끝장이오. 그런데 라티움에서 몰아낼 수 있을 것 같지 않단 말이지."

"우리는 그들을 라티움에서 몰아낼 겁니다!" 술라는 자신감 넘치는 태도로 고집스럽게 말했다.

"대체 어떻게?" 총사령관 의자에 앉은 음울한 남자가 물었다.

"한 가지 근거를 들자면, 루키우스 율리우스, 저에게는 희소식이 있기 때문이죠. 당신의 사촌형제들인 섹스투스 율리우스와 가이우스 율리우스가 푸테올리에 도착했습니다. 그들은 누미디아인 기병 2천 명과 보병 2만 명을 이끌고 왔지요. 게다가 보병들은 대부분 퇴역병사입니다. 아프리카에서는 가이우스 마리우스의 예전 군대에서 수천 명을 내주었어요. 관자놀이 주변이 희끗하긴 하지만 조국을 위해 싸우려는 의지가 강한 사람들이죠. 지금쯤 그들은 카푸아에서 무장하고 재훈련을 받고 있을 겁니다. 퀸투스 루타티우스는 병력이 부족한 5개 군단 대신 조금 넘치는 4개 군단으로 그들을 나누려고 하는데, 제 생각에도 그게 나을 듯합니다. 사령관님이 허락하신다면 2개 군단은 북쪽 전장의 총사령관을 맡게 된 가이우스 마리우스에게 보내고, 나머지 2개 군단은 이곳 캄파니아에 두고 싶습니다." 술라는 숨을 내쉬고 의기양양한 웃음을 지었다.

"4개 군단을 모두 캄파니아에 두는 것이 나을 텐데." 루키우스 카이사르가 말했다.

"그럴 수는 없다고 생각합니다." 술라가 부드럽고도 아주 단호하게 말했다. "북쪽에서는 우리보다 훨씬 많은 병력을 잃었고, 전쟁 경험이 있는 2개 군단은 폼페이우스 스트라보와 함께 피르뭄 피케눔에 발이 묶여 있으니까요."

"자네 말이 맞는 것 같군." 루키우스 카이사르는 실망감을 억누르며 말했다. "개인적으로 가이우스 마리우스가 몹시 싫지만, 그래도 그가

총사령관 직을 맡았다니 마음이 놓이는군. 어쩌면 북쪽의 상황이 나아
질지도 모르겠소."

"이곳 상황도 나아질 것입니다!" 술라는 실망이 아니라 분노를 억누
르며 밝게 말했다. 세상에, 이렇게 비관적인 사령관을 상대해야 하는
보좌관이 어디 또 있을까? 그는 루키우스 카이사르의 책상 위로 몸을
기울이며 갑자기 근엄한 표정을 지었다. "새로운 병사들이 훈련을 마칠
때까지 무틸루스를 아케라이에서 철수시켜야 합니다. 저에게 계획이
다 있어요."

"어떤 계획 말이오?"

"제가 우리의 병력 중 가장 훌륭한 2개 군단을 이끌고 아이세르니아
로 진군하도록 허락해주십시오."

"자신 있소?"

"저만 믿으십시오, 루키우스 율리우스, 저만!"

"그렇다면……."

"우리는 반드시 무틸루스를 아케라이에서 철수시켜야 합니다! 속임
수로 아이세르니아를 치는 것이 최고의 전략이에요. 믿어주십시오, 루
키우스 율리우스! 저는 그 일을 해낼 것이고 병사들을 잃지도 않을 겁
니다."

"어떻게 갈 생각이오?" 루키우스 카이사르가 물었다. 아티나 근처 골
짜기에서 스카토에게 대패했던 기억이 떠올라서였다.

"사령관님과 똑같은 길로 갈 겁니다. 라티나 가도를 타고 아퀴눔으
로 간 다음 멜파 협곡으로 들어가는 거죠."

"매복 공격을 당할 거요."

"걱정 마십시오. 전 준비되어 있을 테니까요." 술라는 쾌활하게 말했

다. 그는 루키우스 카이사르의 우울함이 깊어질수록 점점 유쾌해지는 자기 자신을 발견했다.

하지만 삼니움족 지도자인 두일리우스가 보기에, 아퀴눔 방면의 도로에서 나타난 다소 빈약한 로마의 2개 군단은 매복 공격에 전혀 준비되지 않은 듯했다. 늦은 오후, 길게 늘어선 로마군의 머리 부분이 협곡 입구를 향해 경쾌하게 다가왔다. 두일리우스는 멀리서 로마 백인대장과 군관 들이 병사들에게 해가 지기 전에 모두 협곡으로 들어가 진을 쳐야 한다, 안 그러면 전부 벌을 받게 될 것이다, 하고 외치는 소리를 들었다.

두일리우스는 벼랑 꼭대기에서 얼굴을 찡그리고 무의식중에 손톱을 물어뜯으며 아래를 내려다보았다. 이처럼 경솔한 행동은 단순히 로마인의 명청함 때문일까, 아니면 대단한 계략일까? 로마군의 머리 부분이 선명하게 보일 때쯤, 그들을 지휘하는 사람이 (그것도 걸어서 지휘하는 사람이) 누구인지 알 수 있었다. 하늘거리는 큼직한 모자를 보니 루키우스 코르넬리우스 술라가 분명했다. 지금까지 이 전쟁에서 술라의 활동은 미미했지만, 그는 명청하다고 알려진 인물이 절대 아니었다. 병사들의 분주한 움직임을 보니 술라는 아주 튼튼한 진지를 마련할 작정인 듯했고, 그것은 그가 멜파 협곡에 눌러앉아 삼니움족 주둔군을 물리칠 계획임을 의미했다.

"성공하지 못할 텐데." 두일리우스는 여전히 인상을 찡그린 채 입을 뗐다. "어쨌든 우리는 오늘밤 해야 할 일을 해둬야겠네. 오늘은 너무 늦었지만, 내일 공격을 개시할 때 그가 퇴각하지 못하도록 해둬야지. 군관, 1개 군단을 로마군의 후방에 배치하되 조용히 작업을 마치게. 알겠나?"

술라는 자신의 보좌관과 함께 협곡 바닥에서 바쁘게 움직이는 병사들을 유심히 살펴보고 있었다.

"이 작전이 통했으면 좋겠어요." 그의 보좌관인 새끼 똥돼지 퀸투스 카이킬리우스 메텔루스 피우스가 말했다.

아버지인 똥돼지 누미디쿠스의 죽음 이후, 술라에 대한 새끼 똥돼지의 애정은 줄어들기는커녕 오히려 더 커졌다. 그는 전쟁 초반에 남쪽으로 내려갔고, 카툴루스 카이사르를 도와 카푸아를 전시체제로 바꿔놓는 일을 했다. 술라를 보필하는 이 자리는 게르만족과의 전쟁 이후 그에게 주어진, 진정한 의미에서의 첫번째 전쟁 임무였다. 그는 어떻게든 자신의 유능함을 증명하고 싶었고, 동시에 술라에게 책잡힐 만한 행동은 절대 하지 않으리라 결심했다. 어떤 명령이든 간에 토씨 하나 빼놓지 않고 따를 작정이었다.

요즘에는 스티비움으로 칠하지 않아 옅은 빛깔을 띤 술라의 눈썹이 치켜올라갔다. "통할 거야." 그는 차분하게 말했다.

"그냥 여기에 눌러앉아 삼니움족을 협곡에서 몰아내는 게 낫지 않을까요? 그렇게 하면 우리에게는 동쪽으로 통하는 영구적인 통로가 생길 텐데요." 새끼 똥돼지는 열의를 내보이며 말했다.

"그건 통하지 않을 걸세, 퀸투스 카이킬리우스. 물론 우리가 협곡을 차지할 수는 있겠지. 하지만 우리에게는 영구적인 통로를 지키기 위한 2개 군단의 추가 병력이 없네. 다시 말해 삼니움족은 우리가 이곳을 떠나는 즉시 여기로 돌아올 거야. 그들에게는 여분의 병력이 있으니까. 그러니 지금 더 중요한 것은, 그들에게 난공불락처럼 보이는 장소도 실제로는 그렇지 않음을 보여주는 것이지." 술라는 만족스러운 듯이 낮은 소리를 냈다. "좋아, 충분히 어두워졌군. 이제 횃불을 밝히게. 아주 그럴

듯해 보이게 꾸며야 하네."

메텔루스 피우스는 아주 그럴듯해 보이게 꾸몄다. 높은 곳에서 지켜보면 병사들이 밤늦은 시간까지 분주하게 진지를 구축하는 듯했다.

"저들은 협곡에서 우리를 몰아내기로 작심한 모양이군. 그건 분명해." 두일리우스가 말했다. "멍청하긴! 자기들이 이곳에 내내 갇혀 있을 줄도 모르고." 그의 목소리도 만족스러운 듯했다.

하지만 아침해가 떠오르자 그것이 두일리우스의 착각이었음이 드러났다. 협곡 양쪽에 쌓아둔 거대한 바위와 흙더미 너머로는 단 한 명의 병사도 보이지 않았다. 로마의 늑대는 삼니움의 황소에게 미끼를 던져두고 몰래 달아난 것이다. 그것도 서쪽이 아니라 동쪽으로. 고지대에 있던 두일리우스는 길게 늘어선 로마군의 꼬리 부분이 아이세르니아 방면 도로에서 먼지를 날리며 사라져가는 모습을 볼 수 있었다. 하지만 그는 아무런 조치도 취할 수 없었다. 그에게 내려진 명령은 명백했다. 숨을 곳도 없는 평원까지 적군을 추격하는 것이 아니라 멜파 협곡을 지키라는 명령이었다. 이 상황에서 그가 내릴 수 있는 최선의 선택은 아이세르니아에 경고의 메시지를 보내는 것이었다.

하지만 그마저도 소용없었다. 술라는 인명 피해도 거의 없이 포위군을 뚫고 시내 진입에 성공했다.

"그는 너무 출중합니다." 이것은 그 다음에 전달된 이탈리아군의 메시지로, 가이우스 트레바티우스가 아케라이를 공격중이던 무틸루스에게 보낸 것이었다. "아이세르니아는 너무 넓게 퍼져 있어서 내가 가진 병력으로는 도시 전체를 봉쇄할 수 없었소. 그의 침입을 막을 만큼 우리 병력을 넓게 배치할 수도 없었고, 그가 병사들을 넓게 배치하는 것을 막을 만큼 우리 병력을 집약적으로 배치할 수도 없었소. 또한 그가 다시 밖으로 빠져나가기로 작정한다면 막을 수 있을 것 같지도 않소."

술라는 아이세르니아가 포위 속에서도 활기찬 상태이며 고통에 시달리고 있지 않음을 알게 되었다. 그 도시에는 훌륭한 병사로 구성된 보병대대 10개가 있었다. 스키피오 아시아게네스와 아킬리우스가 버리고 간 병사들, 그리고 이후 베나프룸과 베네벤툼을 빠져나온 사람들이었다. 또한 아이세르니아에는 마르쿠스 클라우디우스 마르켈루스라는 유능한 지휘관이 있었다.

"보급품과 여분의 무기를 가져다줘서 정말 감사하오." 마르켈루스가 말했다. "이곳에서 앞으로 여러 날을 버틸 수 있을 거요."

"그렇다면 이곳에 머물 계획이오?"

마르켈루스는 사나운 미소를 지으며 고개를 끄덕였다. "물론이지! 베나프룸에서는 쫓겨났으나, 라티움 시민권자 거류지인 아이세르니아에서는 꼼짝도 하지 않을 작정이오." 그의 웃음이 희미해졌다. "베나프룸과 베네벤툼의 모든 로마인들은 주민들 손에 죽었소. 우리에 대한 이탈리아인들의 증오심이란! 특히 삼니움족이 심하지요."

"그들에게도 나름의 이유는 있습니다, 마르쿠스 클라우디우스." 술라가 어깨를 으쓱했다. "하지만 그건 과거와 미래에 속한 일이오. 지금 우리에게 중요한 것은 당장 전장에서 승리를 거두는 것이고, 이탈리아인의 바다 속에서 저항중인 로마의 전초기지 도시들을 빼앗기지 않는 것이니까." 그는 앞으로 몸을 기울였다. "이것은 정신력 싸움이기도 해요. 로마와 로마인을 함부로 건드릴 수 없다는 것을 이탈리아인들에게 가르쳐줘야 합니다. 나는 이곳으로 오면서 멜파 협곡과 아이세르니아 사이에 위치한 모든 마을을 약탈했소. 작은 집 몇 채뿐인 마을까지도. 왜냐고요? 이탈리아인들에게 로마는 적진 깊숙한 곳에서도 활동할 수 있고, 이탈리아 땅에서 난 열매들로 아이세르니아 같은 지역에 식량을 공급할 수 있음을 보여주기 위해서요. 마르쿠스 클라우디우스, 당신이 이곳에서 단단히 버틴다면 당신 역시 이탈리아인들에게 교훈을 줄 수 있을 것이오."

"무슨 일이 있더라도 아이세르니아를 지킬 것이오." 마르켈루스는 진심을 담아 말했다.

덕분에 술라는 차분한 자신감을 안고 그 도시를 떠날 수 있었다. 아이세르니아는 포위 공격을 계속 견딜 수 있으리라. 그는 삼니움족과 피케눔족 군대가 어디에 있을지도 모르면서 자신의 행운을, 운명의 여신과의 그 신비로운 유대를 믿으며 탁 트인 이탈리아 영토를 가로질러갔다. 베나프룸 같은 도시를 지날 때조차 그에게는 운이 따랐다. 그는 병사들을 시켜 베나프룸 성벽의 구경꾼들에게 모욕적인 언행을 하도록 부추기기까지 했다. 그의 군대는 카푸아 성문을 지나면서 노래를 불렀고, 카푸아 전체가 그들을 환대했다.

술라는 루키우스 카이사르가 아케라이로 진군했다는 소식을 전해 들었다. 로마군이 아이세르니아의 포위망을 뚫으려고 군사를 전면 배치했다고 생각한 무틸루스가 일부 병력을 아이세르니아로 보낸 틈을 타서 공격에 나선 것이다. 하지만 공교롭게도 무틸루스 자신은 아케라이에 남아 있었다. 술라는 병사들이 힘들게 얻은 휴식을 즐길 수 있도록 카툴루스 카이사르에게 맡겨둔 채, 노새를 타고 총사령관을 찾으러 떠났다.

총사령관은 심기가 불편해 보였다. 그는 섹스투스 카이사르가 바다 건너 멀리서 데려온 누미디아인 기병대를 잃은 상태였다.

"무틸루스가 무슨 짓을 했는지 아시오?" 루키우스 카이사르는 술라와 눈이 마주치자마자 말을 꺼냈다.

"모릅니다." 술라가 답했다. 그는 압수한 적군의 창을 모아 만든 기둥에 기대며 본격적으로 쏟아질 장황한 불평에 대비했다.

"베누시아가 항복하고 베누시니족이 이탈리아에 합류할 당시, 피케눔족의 가이우스 비다킬리우스는 베누시아에 살고 있던 인질 한 명을 발견했소. 나는 그 인질의 존재를 까맣게 잊고 있었는데, 다른 사람들도 다 마찬가지였을 거요. 누미디아 유구르타 왕의 두 아들 중 한 명인 옥신타스 말이오. 비다킬리우스는 그 누미디아 왕자를 이곳 아케라이로 보냈소. 나는 아케라이를 공격할 당시 누미디아 기병대를 선발대로 삼았소. 그런데 무틸루스가 무슨 짓을 했는지 아시오? 옥신타스에게 자주색 예복을 입히고 왕관을 씌워서 행진을 시킨 거요! 그랬더니 기병 2천 명은 로마의 적들 앞에서 바로 무릎을 꿇더군!" 루키우스 카이사르는 손으로 허공을 움켜잡았다. "그들을 여기까지 데려오는 데 든 비용을 생각해보시오! 다 허튼짓이었어, 허튼짓!"

"그래서 어떻게 하셨나요?"

"그들을 모아 푸테올리로 끌고 간 후 누미디아로 보내버렸소. 그들의 왕이 알아서 하겠지!"

술라는 허리를 곧게 폈다. "잘 생각하셨습니다, 루키우스 율리우스." 그는 진심으로 이렇게 말하며 몸을 돌려 압수한 창으로 만든 기둥을 쓰다듬었다. "자, 옥신타스가 나타났음에도 불구하고 대패는 면하지 않았잖습니까! 게다가 이곳에서 승리를 거두었고요."

루키우스 카이사르의 타고난 비관주의가 슬슬 녹기 시작했지만, 미소를 지을 정도는 아니었다. "그래, 전투에서 이겼소. 그게 도움이 될지는 모르겠지만. 무틸루스가 사흘 전에 공격을 감행했는데, 당신이 아이세르니아의 포위군을 뚫었다는 소식을 접한 직후 같소. 나는 병사들을 진지 후문으로 내보내는 속임수를 썼고, 우리 병사들은 삼니움족 6천 명을 죽였소."

"무틸루스는요?"

"즉시 도망갔지. 지금으로서 카푸아는 안전하오."

"아주 잘하셨습니다, 루키우스 율리우스!"

"나도 그렇게 생각할 수 있으면 참 좋겠소만." 루키우스 카이사르는 슬픈 목소리로 말했다.

술라는 한숨을 억누르며 물었다. "다른 일은 없었습니까?"

"푸블리우스 크라수스는 그루멘툼에서 장남을 잃고 그곳에 오랫동안 갇혀 있었소. 루카니족은 변덕스러운데다 규율도 모르는데, 푸블리우스 크라수스와 그의 차남으로서는 다행스러운 일이었지. 람포니우스가 병사들을 이끌고 자리를 비운 틈을 타 푸블리우스와 루키우스 크라수스는 그곳을 빠져나올 수 있었소." 총사령관은 어마어마한 한숨을 내쉬었다. "로마의 머저리들은 나더러 이곳 일을 모두 접고 로마로 돌아와, 다음 선거 전까지 죽은 루틸리우스 루푸스를 대신할 보결 집정관을 뽑는 선거를 감독해달라더군. 그래서 그들에게 그 문제는 수도 담당 법무관과 상의하라고 했소. 로마에 킨나가 처리하지 못할 일은 없을 테니." 그는 다시 한숨을 쉬고 코를 훌쩍거리며 다른 소식을 생각해냈다. "이탈리아 갈리아의 가이우스 코일리우스는 푸블리우스 술피키우스가 지휘하는 멋진 부대를 보내왔소. 폼페이우스 스트라보가 이제 그만 피르뭄 피케눔에서 그 건방진 궁둥짝을 떼고 움직일 수 있도록 돕기 위해서지. 푸블리우스 술피키우스가 부디 야만인이나 다름없는 그 사팔뜨기를 잘 요리했으면 좋겠소! 그나저나 당신과 가이우스 마리우스가 젊은 퀸투스 세르토리우스에 대해 했던 말은 전부 사실인 모양이오. 그는 지금 이탈리아 갈리아를 혼자 통치하고 있는데, 가이우스 코일리우스보다 더 낫다더군. 코일리우스는 급히 알프스 너머 갈리아로 떠났소."

"거기에 무슨 일이라도 있나요?"

"살루비족이 흥청망청 사람 사냥을 한다더군." 루키우스 카이사르는 얼굴을 찡그렸다. "수백 년 동안 그리스인과 로마인을 지켜보고도 바뀌지 않는 미개인들을 어떻게 문명화할 수 있겠소? 우리가 잠시라도 한눈을 팔면 오래된 야만인의 습성이 되살아나지. 사람 사냥 말이오! 가이우스 코일리우스에게 인정사정 봐주지 말라는 서신을 보냈소. 이 시점에 알프스 너머 갈리아에서 큰 반란이라도 일어나면 곤란하니까."

"그래서 젊은 퀸투스 세르토리우스가 이탈리아 갈리아를 대신 통치하고 있군요." 술라가 말했다. 그의 얼굴에는 피곤함, 초조함, 비통함이 뒤섞인 묘한 표정이 내려앉았다. "뭐, 당연한 일 아닐까요? 서른 살이 되기도 전에 풀잎관을 받은 사람이니."

"질투하는 거요?" 루키우스 카이사르가 음흉하게 물었다.

술라는 움찔했다. "아니, 질투가 아닙니다! 그에게 더 큰 행운과 번영이 따르기를 바랍니다. 저는 그 청년을 좋아합니다. 그가 아프리카에서 마리우스의 수습군관으로 복무할 때부터 알고 지냈으니까요."

루키우스 카이사르는 알아들을 수 없는 소리를 내더니 다시 특유의 우울함 속으로 빠져들었다.

"또다른 일은 없었습니까?" 술라가 재촉했다.

"섹스투스 율리우스 카이사르는 해외에서 데려온 군대 중 절반을 이끌고 아피우스 가도를 따라 로마로 갔소. 그곳에서 겨울을 날 모양이지." 루키우스 카이사르는 그의 사촌을 그리 좋아하지 않았다. "그는 여느 때처럼 아프다오. 다행히도 그의 동생 가이우스가 함께 떠났소. 두 사람을 합치면 그나마 한 사람 몫은 거뜬히 하겠지."

"아! 그렇다면 제 친구 아우렐리아는 당분간 남편과 함께 지내게 되겠군요." 술라는 부드러운 미소를 띠었다.

"루키우스 코르넬리우스, 당신은 참 괴짜요! 그게 대체 뭔 상관이란 말이오?"

"아무 상관도 없지요. 하지만 사령관님 말씀이 맞습니다, 루키우스 율리우스. 저는 괴짜예요!"

루키우스 카이사르는 술라의 얼굴에서 무언가를 발견하고는 얼른 대화 주제를 바꿨다. "당신과 나는 조만간 이곳을 떠날 거요."

"우리 둘 다요? 무슨 일이죠? 어디로 갑니까?"

"아이세르니아에서 당신의 움직임을 보며 그곳이 남부 전장의 요충지라는 확신이 섰소. 무틸루스도 여기서 패배한 후 그곳으로 떠났소. 적어도 당신의 정보망에 따르면 말이오. 우리도 아이세르니아로 가야 할 것 같소. 그곳이 함락되어서는 안 되니까."

"오, 루키우스 율리우스!" 술라가 절망에 빠져 소리쳤다. "아이세르니아는 이탈리아인들의 발에 박힌 상징적인 가시 정도에 불과합니다! 그곳이 함락되지 않는 한, 이탈리아인들은 자기네 능력을 의심하며 이 전쟁에서 승리할 수 없을지도 모른다고 생각하겠죠. 하지만 그것만 빼면 아이세르니아는 전혀 중요하지 않습니다! 게다가 그곳에는 넉넉한 식량이 있고, 마르쿠스 클라우디우스 마르켈루스라는 출중함과 결단력을 갖춘 지휘관이 있어요. 걱정하지 말고 로마 주둔군이 이탈리아 포위군을 맘껏 조롱하도록 두십시오! 무틸루스가 내륙으로 이동했다면, 그곳으로 통하는 유일한 통로는 멜파 협곡입니다. 왜 우리 소중한 병사들을 그 덫에 빠뜨리는 위험을 감수한단 말입니까?"

루키우스 카이사르의 얼굴이 붉어졌다. "당신은 무사히 통과했잖소!"

"네, 그랬죠. 속임수를 썼으니까요. 하지만 두 번은 안 통할 겁니다."

"나는 무사히 통과할 것이오." 루키우스 카이사르가 고집스럽게 말했다.

"몇 개 군단이나 이끌고 가실 겁니까?"

"우리가 가진 병력을 다 데려갈 거요. 8개 군단이지."

"오, 루키우스 율리우스, 이 계획은 포기하십시오!" 술라가 사정했다. "서부 캄파니아에서 삼니움족을 영원히 몰아내는 데 집중하는 것이 더 현명해요! 8개 군단이 일사불란하게 움직이면 무틸루스에게서 모든 항구를 탈환하고, 아케라이를 보강하고, 놀라를 장악할 수 있어요. 이탈리아인에게 있어 놀라는, 우리에게 있어 아이세르니아보다 훨씬 더 중요합니다!"

장군은 불쾌하다는 듯 입술을 얇게 꼭 다물었다. "총사령관은 바로 나요. 코르넬리우스 술라, 당신이 아니라! 그리고 내가 아이세르니아 진군을 명령했소."

술라는 그만 포기하며 어깨를 으쓱했다. "그렇다면 물론 명령을 따라야겠지요."

7일 뒤 루키우스 율리우스 카이사르와 루키우스 코르넬리우스 술라는 남부 전장의 총 병력인 8개 군단을 이끌고 테아눔 시디키눔을 빠져나왔다. 술라가 아는 모든 미신의 신호들이 시끄러운 경고를 보냈지만, 그는 상관의 명령을 따를 수밖에 없었다. 총사령관은 루키우스 카이사르였던 것이다. 안타까운 일이군, 하고 술라는 생각했다. 그는 이전에 함께 아이세르니아로 진군했던 2개 군단의 선봉에서 걸으며, 자기 앞쪽으로 거대한 뱀처럼 길게 늘어선 병사들이 낮은 언덕 위아래로 이어져 있는 것을 보았다. 루키우스 카이사르는 술라를 이 행군의 꼬리 부분에 배치시킴으로써 자신과 같은 야영지에 머물거나 대화를 나눌 수 없도록 했다. 대신 새끼 똥돼지 메텔루스 피우스는 루키우스 카이사르와 야영지를 함께 쓰고 대화할 수 있는 지위로 승격되었다. 하지만 정작 본인에게는 달갑지 않은 승진이었다. 그는 술라의 곁에 머무르고 싶었던 것이다.

아퀴눔에서 총사령관은 술라를 불러 경멸 섞인 태도로 편지를 던졌다. 높은 지위에서 한순간에 바닥으로 떨어지다니! 술라는 생각했다. 이 모든 일이 시작될 무렵 루키우스 카이사르가 로마에서 조언을 구하던 사람도, 루키우스 카이사르의 '전문가'로 임명되었던 사람도 자신이었다. 하지만 이제 루키우스 카이사르는 스스로를 전문가로 여기고 있었다.

"읽어보시오." 루키우스 카이사르는 퉁명스럽게 말했다. "가이우스 마리우스한테서 온 편지요."

일반적으로 편지를 받은 사람이 나중에 함께 보는 사람에게 읽어주는 것이 예의였다. 그 사실을 알고 있는 술라는 자조적인 미소를 지으며 마리우스의 편지를 힘겹게 읽어내려갔다.

루키우스 율리우스, 북부 전장의 총사령관으로서 당신에게 내 계획을 알려줄 때가 왔다고 생각하오. 레아테 근처 진지에서 8월의 칼렌다이에 이 편지를 작성하고 있소.

나는 마르시족의 영토를 침략할 계획이오. 내 군대는 마침내 최고의 상태에 도달했고, 이제 이들은 과거의 내 군대처럼 아주 훌륭하게 임무를 수행할 수 있다고 자신하오. 로마를 위해서, 그리고 그들의 장군을 위해서.

오호! 술라는 일순 흥분했다. 이 늙은이가 스스로를 이렇게 칭하는 것은 한 번도 들은 적이 없는데! "로마를 위해서, 그리고 그들의 장군을 위해서." 대체 그의 머릿속에는 무슨 생각이 들어 있는 거지? 왜 자기 자신을 로마와 연관시키는 걸까? 내 군대! 로마의 군대가 아니라 내 군대! 흔한 말이라 눈치채지 못할 뻔했지만, 그는 자기 자신을 '그들의 장군'이라고 했어. 이 서신은 전쟁 공문서로 보관될 것이다. 그런 문서에서 가이우스 마리우스는 자기 자신을 로마와 같은 선상에 올려놓았어!

술라는 고개를 들어 루키우스 카이사르를 흘깃 쳐다보았다. 만약 남부 전장의 총사령관인 그가 이 표현을 눈치챘다면, 지금 아무것도 못 알아챈 척 연기를 하고 있는 것이리라. 하지만 술라는 루키우스 카이사르에게 그 정도 수준의 교묘함은 없다는 결론에 도달했다. 그는 다시 마리우스의 편지를 해독하기 시작했다.

루키우스 율리우스, 북부 전장에서는 승리가(그것도 완전하고 결정적인 승리가) 필요하다는 생각에 당신도 동의할 거라 믿소. 로마는 이탈리아인과의 이번 전쟁을 '마르시 전쟁'이라 명명했소. 그러니 우리는 마르시족을 격퇴해야만 하고, 가능하다면 회복이 불가능한 상태로 만들어야 하오.

친애하는 루키우스 율리우스, 물론 내가 그 일을 해낼 테지만, 그러기 위해서는 나의 오랜 친구이자 동료인 루키우스 코르넬리우스 술라와 2개 군단의 도움이 필요하오. 지금 당신은 2개 군단은 물론, 루키우스 코르넬리우스를 내주기 힘든 상황임을 잘 알고 있소. 하지만 꼭 필요한 부탁이 아니었다면 애초에 말을 꺼내지도 않았을 거요. 또한 이번 인사이동은 영구적인 조치가 아님을 맹세하오. 증여가 아니라 대여라고 칩시다. 딱 두 달간만 말이오.

내 청을 들어준다면, 당신의 친절함 덕분에 로마의 상황은 분명 더 나아질 것이오. 내 청을 들어줄 수 없다면 그때는 레아테에 머물며 다른 방도를 생각해보겠소.

술라는 고개를 들어 루키우스 카이사르를 쳐다보았다. 그의 눈썹이 위로 올라갔다. "어떻게 할까요?" 그는 루키우스 카이사르의 책상에 조심스럽게 편지를 내려놓으며 물었다.

"당장 그에게 가시오, 루키우스 코르넬리우스." 루키우스 카이사르가 냉담하게 말했다. "아이세르니아는 당신 없이 나 혼자서도 거뜬하니까. 가이우스 마리우스 말이 맞소. 우리는 마르시족과의 전투에서 결정적인 승리를 거둬야만 하오. 이곳 남부 전장은 어차피 난장판이오. 삼니움족과 그들의 동맹들을 봉쇄하거나 한곳에 몰아넣고 결정적인 패배를 안겨주는 것은 불가능에 가깝소. 이곳에서 할 수 있는 일이라고는 로마의 힘과 끈기를 보여주는 것뿐이지. 남부 전장에서는 전쟁의 향방을 결정짓는 전투가 벌어지지 않을 거요, 절대. 그런 전투가 벌어져야 할 무대는 북부요."

술라는 다시금 분노에 휩싸였다. 두 사령관 중 하나는 한 문장 내에서 자기 자신과 로마를 동등한 존재로 언급하고, 다른 하나는 허구한 날 절망의 구렁텅이에 빠져 동쪽이나 서쪽이나 남쪽의 빛을 전혀 못 보고 있었다. 그나마 북쪽에서 반짝이는 작은 빛을 보게 되었으니 다행이랄까! 루키우스 카이사르 같은 인물이 총사령관 자리에 앉아 있는데 어떻게 로마가 캄파니아에서 승리한단 말인가? 술라는 스스로에게 질문을 던졌다. 맙소사, 나는 왜 높은 지위에 오르지 못하는 것일까? 나는 분명 루키우스 카이사르보다 낫다! 아니, 어쩌면 가이우스 마리우스보다 나을지도 모른다! 원로원에 입성한 뒤로 나는 나보다 못난 사람들 밑에서 시간을 허비했다. 가이우스 마리우스는 코르넬리우스 가문 출신의 파트리키가 아니니 그조차도 나보다는 못난 사람이다. 똥돼지 메텔루스, 가이우스 마리우스, 카툴루스 카이사르, 티투스 디디우스, 그리고 만성 우울증에 시달리는 이 오래된 집안의 자손까지! 조금씩 세력을 키워가다가 풀잎관까지 수여받고, 서른이라는 나이에 속주 하나를 통째로 통치하게 된 그놈은 누구더라? 퀸투스 세르토리우스. 사비니족 출신의 보잘것없는 놈. 마리우스의 종질!

"루키우스 카이사르, 우리는 승리할 겁니다!" 술라는 아주 진지하게 말했다. "사방에서 승리의 여신의 날갯짓 소리가 들려오고 있습니다! 우리는 이탈리아인들을 아주 가루로 만들어버릴 겁니다. 이탈리아인들이 우리를 상대로 전투에서 한두 번 이길 수 있을지 몰라도, 전쟁에서 우리를 꺾을 수는 없습니다! 누구도 그럴 수 없지요! 로마는 어디까지나 로마이며 강대하고 영원합니다. 저는 로마를 믿습니다!"

"오, 나도 마찬가지요, 루키우스 코르넬리우스, 나도 마찬가지라고!" 루키우스 카이사르는 짜증스럽게 말했다. "이제 가보시오! 당신은 어

차피 내게 쓸모없으니, 가이우스 마리우스에게는 쓸모 있는 사람이 되
시오."

술라는 자리에서 일어나, 루키우스 카이사르가 징발하여 머무르고
있는 저택의 출입구까지 갔다가 다시 뒤를 돌아보았다. 마리우스의 편
지에만 집중한 나머지 루키우스 카이사르의 모습은 미처 눈에 들어오
지 않았던 것이다. 이제 새로운 두려움이 그를 덮쳤다. 총사령관은 혈
색이 나쁘고 기운이 없고 땀을 흘리며 떨고 있었다.

"루키우스 율리우스, 괜찮으십니까?" 술라가 추궁하듯 물었다.

"그래, 괜찮소!"

술라는 다시 자리에 앉았다. "안 괜찮다는 거 아시잖습니까."

"이만하면 괜찮소, 루키우스 코르넬리우스."

"의사에게 진찰을 받으십시오!"

"이런 마을에서? 보나마나 더러운 노파가 돼지 똥을 달인 약을 먹으
라고 하고, 거미를 빻아 찜질을 하겠지."

"저는 곧 로마를 지나갈 테니 시칠리아인 의사를 보내겠습니다."

"그렇다면 아이세르니아로 보내시오, 루키우스 코르넬리우스. 난 그
곳에 있을 테니까." 루키우스 카이사르의 이마는 땀으로 번들거렸다.
"그만 가보시오."

술라는 어깨를 으쓱하고는 자리에서 일어났다. "잘 생각하십시오. 학
질에 걸리신 것 같으니까요."

이걸로 끝이다, 라고 술라는 생각했다. 이번에는 뒤돌아보지 않고 출
입구를 지나 거리로 나섰다. 루키우스 카이사르는 추수 감사제의 춤 공
연도 준비하기 힘든 몸 상태로 멜파 협곡에 들어가려고 한다. 그는 매
복 공격을 당할 것이고, 다시 테아눔 시디키눔으로 후퇴해 두번째 패배

의 상처를 핥게 될 것이다. 소중한 병사들이 그 위험한 골짜기에서 얼마나 많이 죽게 될까. 오, 어쩌면 저토록 하나같이 황소고집에 머리가 안 돌아가는 것일까?

술라는 거리를 나선 지 얼마 되지 않아 자신과 똑같이 우울한 표정인 새끼 똥돼지와 마주쳤다.

"저기 저 안에 환자가 있던걸." 술라는 저택으로 고갯짓을 하며 말했다.

"염장 지르지 마세요!" 메텔루스 피우스가 크게 소리쳤다. "상태가 좋을 때도 가뜩이나 기운 낼 줄을 모르시는 분인데, 이제 학질까지 겹쳤으니 절망적입니다! 무슨 일이 있었기에 총사령관님으로부터 이렇게까지 무시를 당하시는 겁니까?"

"아이세르니아는 잊어버리고 서부 캄파니아에서 삼니움족을 몰아내는 데 집중하자고 했네."

"네, 그래서 우리 총사령관님께서 지금 저러시는 거군요." 새끼 똥돼지는 그제야 웃음을 보이며 말했다.

새끼 똥돼지가 말을 더듬는 것을 늘 재밌어했던 술라가 말을 꺼냈다. "요즘에는 말을 더듬지 않는군."

"오, 왜 갑자기 그, 그, 그런 말을 하시는 겁니까, 루키우스 코르넬리우스? 말 더듬는 것에 대해 생각하지만 않으면 무, 무, 문제없는데요. 정말 지, 지, 짓궂으십니다!"

"그런가? 정말 흥미롭군. 그 사건 이전에는 말을 더듬지 않았지. 그게 언제더라? 아라우시오 전투였나?"

"네, 정말이지 고, 고, 골치 아픕니다!" 메텔루스 피우스는 심호흡을 하며 말 더듬는 것에 대한 생각을 의식에서 지우려 애썼다. "지금은 미, 미, 미움을 받고 계시니, 로마로 돌아간 이후 총사령관님의 계획을 드,

드, 듣지 못하셨겠네요."

"그렇다네. 무슨 일을 계획하고 있다던가?"

"우리에게 대항하지 않은 모든 이탈리아인에게 시민권을 주시겠다던데요."

"농담이겠지!"

"농담이 아니에요, 루키우스 코르넬리우스! 총사령관님 옆에 있으면서 농담이 나올까요? 농담이 뭔지도 다 까먹었어요. 이건 사실입니다, 맹세코. 언제나처럼 가을이 깊어지면 전쟁도 잠잠해질 텐데, 그 즉시 장군의 의복을 벗고 자주색 단을 두른 토, 토, 토가를 입으실 거라더군요. 집정관으로서의 마지막 조치는 우리에게 대항하지 않은 모든 이탈리아인에게 시민권을 허락하는 일이라고 하셨습니다."

"하지만 그건 반역이야! 그렇다면 저 인간을 비롯한 사령부의 무능한 머저리들은 밀어붙일 자신도 없는 일 때문에 병사들 수천 명이 죽도록 만든 셈 아닌가?" 술라는 몸을 떨었다. "그런데도 6개 군단을 멜파 협곡으로 이끌고 간다는 건가? 그 과정에 누군가는 무의미하게 목숨을 잃게 될 텐데? 정작 자신은 이 반도의 모든 이탈리아인에게 로마의 뒷문을 열어줄 작정이면서? 분명 그렇게 되고 말 거야, 분명해. 실로와 무틸루스부터 실로와 무틸루스에게 예속된 마지막 해방노예까지 죄다 참정권을 얻게 될 거라고! 아니, 감히 그럴 수는 없어!"

"저한테 소리쳐봐야 소용없습니다, 루키우스 코르넬리우스! 저는 참정권 허용에 반대해 끝까지 싸울 사람 중 하나니까요."

"싸울 기회조차 오지 않을 거야, 퀸투스 카이킬리우스. 자네는 원로원이 아니라 전장에 있을 테니까. 스카우루스가 혼자 반대하고 나서겠지만 그는 너무 늦었어." 술라는 입술을 꾹 다물며 분주한 거리를 멍하니 바라보았다. "필리푸스와 다른 버러지 같은 놈들이 투표에 참여하겠지. 그들은 찬성표를 던질 거야. 민회도 마찬가지고."

"당신도 전장에 있을 테지요, 루키우스 코르넬리우스." 새끼 똥돼지가 침울하게 말했다. "가이우스 마리우스, 그 늙고 뚱뚱한 이탈리아 촌놈 밑으로 가게 되셨다고 드, 드, 들었습니다! 그는 루키우스 율리우스의 법안에 반대하지 않겠죠. 분명합니다!"

"글쎄, 잘 모르겠군." 술라가 이 말을 하고 한숨을 내쉬었다. "가이우스 마리우스에 대해 인정해야 할 부분이 하나 있네, 퀸투스 카이킬리우스. 그는 하나부터 열까지 초지일관 최고의 군인이라네. 그가 전장에 있는 한, 마르시족들은 시민권을 신청하기도 전에 죽음을 맞게 될 것이란 뜻이지."

"그렇게 되면 좋겠군요, 루키우스 코르넬리우스. 가이우스 마리우스가 절반이 이탈리아인으로 채워진 원로원 의사당에 들어서는 날이면 그는 다시 로마의 일인자가 될 테니까요. 일곱번째 집정관 직에 오르게 되겠죠."

"내가 손을 쓸 수 있는 한 그렇겐 안 돼." 술라가 말했다.

다음날 술라는 자신의 2개 군단을 이끌고, 멜파 강으로 이어지는 도로로 직진하는 루키우스 카이사르의 종대에서 떨어져나왔다. 그는 라티나 가도를 따라가다가 멜파 강을 건너 폐허가 된 옛 마을인 프레겔라이에 도착했다. 35년 전 반란을 일으킨 이 마을은 루키우스 오피미우스에 의해 돌무더기로 변했다. 술라의 군단은 프레겔라이의 무너진 성벽과 탑이 만들어낸, 기이할 정도로 평온하고 꽃으로 가득한 골짜기 바깥에서 멈췄다. 술라는 진지 구축과 같은 기본적인 업무로 군관과 백인대장을 감시할 기분이 아니었기에 버려진 마을 속으로 혼자 걸어들어갔다.

이곳에는 우리가 지금 싸우는 이유가 다 담겨 있어, 하고 술라는 생각했다. 원로원의 멍청이들이 이탈리아 전역에서 발생한 이번 반란을 진압한 다음의 모습일 것이라고 장담했던 장면들이 이곳에 다 있어. 우리는 시간, 세금, 심지어 목숨을 바쳐 이탈리아를 하나의 거대한 프레겔라이로 만들려고 노력했지. 모든 이탈리아인의 목숨을 빼앗을 것이라 했고, 이탈리아인의 피로 물든 땅에 핏빛 양귀비가 자랄 것이라 했어. 이탈리아인의 해골은 저 백장미처럼 하얗게 변할 것이며, 해골의 뻥 뚫린 눈구멍 틈으로 자라난 노란 눈의 데이지는 하염없이 태양을 바라보게 될 것이라 했지. 그런데 이 모든 게 부질없는 짓이라면 우리는 지금 뭘 하고 있는 거지? 다 부질없는 짓이라면 우리는 왜 죽어갔고 지금도 죽어가고 있는 거지? 그는 움브리아와 에트루리아의 애매한 반란자들에게도 시민권을 허락하겠지. 그러고 나면 거기서 멈출 수 없을 거야. 아니면 누군가 그가 떨어뜨린 임페리움의 지팡이를 주워들겠지. 이탈리아인들은 그들의 손에 묻은 우리의 붉은 피가 채 마르기도 전에 시민권을 얻게 될 거야. 다 부질없는 짓이라면 우리는 뭘 하고 있는 거지? 우리는, 트로이아인의 후예인 우리는, 성문 안 반역자들의 기분을 누구보다도 잘 알고 있어. 우리는 로마인이야, 이탈리아인이 아니라. 그런데 그는 그들을 로마인으로 만들려고 한다. 그는, 그리고 그와 비슷한 인간들은 로마를 대표하는 모든 가치를 파괴하고 말 것이다. 그들의 로마는 더는 그들 조상의 로마가 아닐 것이며, 나의 로마도 아닐 테지. 프레겔라이에 있는, 이제 폐허가 된 이 이탈리아 정원이 나의 로마, 내 조상의 로마야. 반란이 일어난 거리에 꽃이 자라도록 하고 잉잉대는 꿀벌과 쩍쩍거리는 새들에게 이곳을 내줄 정도로 강하고 확신에 찬 로마.

눈앞에 일렁이는 흐린 빛이, 어디까지 슬픔으로 인한 것이고 어디까지 발밑의 뜨거운 자갈돌로 인한 것인지 알 수 없었다. 하지만 그는 공기 중의 아지랑이 사이로 파랗고 거대한 무언가가 다가오는 것을 감지했다. 로마 장군에게 걸어오는 또다른 로마 장군이었다. 그것은 파란색보다는 까만색에 가깝게 변했고, 이윽고 판갑과 투구가 빛을 받아 반짝거렸다. 가이우스 마리우스! 이탈리아인 가이우스 마리우스.

술라가 들이쉰 숨은 흐느낌으로 변했고, 심장이 멎을 듯 먹먹했다. 그는 발걸음을 멈추고 마리우스를 기다렸다.

"루키우스 코르넬리우스."

"가이우스 마리우스."

두 사람 중 누구도 상대방을 얼싸안지 않았다. 대신 마리우스는 몸을 돌려 술라와 나란히 섰고 둘은 무덤처럼 조용히 걷기 시작했다. 마침내 헛기침을 한 사람은 그 침묵을 도저히 견딜 수 없었던 마리우스였다.

그가 말했다. "루키우스 율리우스가 아이세르니아로 간다고 했던가?"

"네."

"크라테르 만에 머물면서 폼페이와 스타비아이를 탈환하는 편이 나을 텐데. 오타킬리우스가 이제 지원병을 얻어 훌륭한 소규모 해군을 조직하고 있다더군. 원로원은 늘 해군을 제일 마지막으로 챙긴단 말이지. 그래도 원로원에서는 조만간 로마의 모든 건장한 해방노예로 북부 캄파니아와 남부 라티움의 해안을 지킬 특수부대를 편성할 거라고 하더군. 그러면 오타킬리우스는 해안 민병대 전체를 그의 해군으로 편입시킬 수 있겠지."

술라가 툴툴거렸다. "허! 원로원 의원들은 대체 언제쯤 포고를 내릴 생각이랍니까?"

"누가 알겠나? 적어도 논의는 시작했다더군."

"참 놀랍고도 놀라운 일이군요!"

"뭔가 영 못마땅한 모양이군. 루키우스 율리우스가 자네 신경을 건드렸나? 별로 놀랍지도 않지만."

"네, 가이우스 마리우스, 정말 못마땅합니다." 술라는 차분하게 말했다. "저는 이 아름다운 길을 걸으면서 프레겔라이의 운명에 대해, 그리고 현재 우리의 적인 이탈리아인들의 운명에 대해 생각해봤어요. 루키우스 율리우스는 평화를 유지하며 로마 편에 선 모든 이탈리아인에게 로마 시민권을 허용하는 법을 제정하려고 한다더군요. 대단하지 않습니까?"

마리우스는 잠시 멈추더니, 한결 묵직해진 걸음으로 다시 움직였다. "지금 당장 말인가? 언제 그럴 생각이지? 아이세르니아의 바위성으로 돌격하기 이전에? 아니면 이후?"

"이후입니다."

"그렇다면 자네는 이 싸움이 대체 무슨 의미냐고 신들에게 한탄하고 있겠군, 안 그런가?" 마리우스가 물었다. 그는 자기도 모르는 사이 술라의 생각을 그대로 읊고 있었다. 큰 웃음소리가 터져나왔다. "그래도 말일세, 난 군인 노릇이 좋다네. 엄연한 사실이지. 원로원과 로마 인민들이 고집을 꺾기 전에 한두 차례 전투를 더 치렀으면 좋겠군! 대단한 반전 아닌가! 이로써 죽은 마르쿠스 리비우스 드루수스를 무덤에서 살려낼 수 있겠군. 애초에 모두 피할 수 있었던 일이야. 그랬다면 국고가 백치의 머릿속처럼 텅 비는 일도 없었을 테고, 이탈리아 반도에서는 합법적인 로마인들이 평화롭고 행복하고 만족스러운 삶을 이어나갈 수 있었을 테지."

"네."

두 사람은 침묵하며 프레겔라이의 광장이 있던 자리로 걸어갔다. 잔해처럼 남은 기둥과 계단 들은 어디로도 이어지지 않은 채, 잔디와 꽃 위에 서 있었다.

"자네가 해줄 일이 있네." 마리우스는 큰 돌덩이에 앉으며 말했다. "이보게, 그늘로 들어오거나 내 옆에 앉게나, 루키우스 코르넬리우스, 어서! 그리고 자네 눈을 볼 수 있도록 그 지긋지긋한 모자 좀 벗게."

술라는 순순히 그늘로 들어가 모자를 벗었지만 자리에 앉거나 입을 열지는 않았다.

"레아테에서 가만히 기다리지 않고 프레겔라이까지 자네를 만나러 온 이유가 궁금할 테지."

"제가 레아테로 가는 것을 원치 않으시기 때문이 아닐까 합니다."

우렁찬 웃음이 터졌다. "늘 내 생각을 읽고 있군, 루키우스 코르넬리우스, 안 그런가? 바로 그거야. 난 자네가 레아테로 오는 것을 원하지 않아." 얼굴에 남아 있던 미소가 사라졌다. "하지만 그 편지에서 내 계획을 공개하고 싶지는 않았다네. 계획이란 건 아는 사람이 적으면 적을수록 좋으니까. 루키우스 율리우스의 사령부 막사에 첩자가 있다고 의심할 만한 사건은 전혀 없었지만, 그저 신중을 기한 것이네."

"비밀을 지키는 유일한 방법은 아무에게도 말하지 않는 것이죠."

"그래, 그렇지." 마리우스가 숨을 깊이 들이쉬자 그의 판갑에 달린 끈과 잠금장치에서 삐걱대는 소리가 났다. "루키우스 코르넬리우스, 자네는 이곳에서 라티나 가도를 벗어나게. 대신 리리스 강을 따라 소라 방면으로 가서 방향을 틀어 리리스 강의 수원으로 가게나. 다시 말해 자네는 발레리우스 가도에서 몇 킬로미터 떨어진, 리리스 강의 수원 남쪽으로 가야 하네."

"제 역할은 잘 알겠습니다. 그렇다면 사령관님께서는 어떻게 하실 건가요?"

"자네가 리리스 강을 따라 움직이는 동안, 나는 레아테에서 발레리우스 가도의 서쪽 산길을 향해 진군할 걸세. 카르세올리를 지나 그 길로 들어설 계획이네. 그 마을은 황폐해졌고 적군이 주둔중이지. 내 정찰병에 따르면 헤리우스 아시니우스가 직접 지휘하는 마루키니족 군대라고 하더군. 가능하다면 서쪽 산길로 들어가기 전에 그들과 교전을 벌여 발레리우스 가도를 손에 넣고 싶네. 이때쯤 자네도 합세해야 하네. 하지만 어디까지나 수원의 남쪽에서 말이지."

"수원의 남쪽에서, 적들에게 들키지 않고 말인가요?" 술라가 말했다. 그는 냉정함을 잃어가고 있었다.

"바로 그거야. 그러니 자네는 눈에 보이는 사람은 다 죽여야만 해. 내가 발레리우스 가도의 북쪽을 지휘한다는 것은 너무 잘 알려진 사실이니, 마루키니족이나 마르시족이 남쪽에서 군대가 나타나리라는 예상은 못하기를 바란다네. 나는 그들이 내 쪽의 움직임에만 주목하도록 유도하겠네." 마리우스가 웃었다. "물론 자네는 루키우스 율리우스를 따라 아이세르니아로 향하는 중이라 생각하겠지."

"장군으로서의 재능을 하나도 잃지 않으셨군요, 가이우스 마리우스."

갈색 눈동자 두 개가 매섭게 번득였다. "그러면 곤란하지! 그 이유를 말해주겠네, 루키우스 코르넬리우스. 내가 장군으로서의 재능을 잃어버리면 이 혼란스러운 전란중에 내 자리를 대신할 사람이 아무도 없기 때문이야. 결국 전장에서 우리에게 무기를 겨눈 적들한테 시민권을 바치는 신세로 전락하겠지."

술라는 시민권 문제를 짚고 넘어가고 싶었지만, 다른 문제를 거론하고 싶은 마음이 더 컸다. "저는 어떻습니까?" 그가 불쑥 말을 내뱉었다. "저에게도 장군의 자질이 있습니다."

"그래, 그래, 물론 자네에게도 있지." 마리우스는 달래는 투로 말했다. "그걸 부정하는 것은 아니야. 하지만 자네는 장군의 자질을 타고나지 않았다네, 루키우스 코르넬리우스."

"장군의 자질은 후천적으로 습득할 수도 있잖습니까." 술라는 고집스럽게 말했다.

"물론 후천적으로 습득할 수도 있지. 자네가 그랬던 것처럼. 하지만 말일세, 루키우스 코르넬리우스, 장군의 자질이란 타고나지 않는다면 절대 그럭저럭 괜찮은 수준을 넘어설 수 없다네." 마리우스는 자신의 말이 실은 모욕이라는 사실을 전혀 깨닫지 못했다. "그런데 가끔은 그럭저럭 괜찮은 장군으로는 부족할 때가 있네. 탁월한 직관을 타고난 장군이 필요하기 때문이지. 그런 능력은 타고나든지, 아예 없든지 둘 중 하나라네."

"언젠가는," 술라는 깊은 생각에 잠겨 말했다. "로마가 사령관님을 잃는 날이 올 겁니다, 가이우스 마리우스. 그때가 되면……. 어디, 두고 보세요! 제가 총사령관이 되어 있을 테니까요."

마리우스는 여전히 그것이 무슨 말인지, 술라가 무슨 생각을 하는지 간파하지 못했다. 대신 그는 유쾌하게 껄껄거렸다. "그래, 루키우스 코르넬리우스, 언젠가 그런 날이 왔을 때 로마가 그럭저럭 괜찮은 장군만으로도 충분한 상황이기를 기대하는 수밖에. 안 그렇겠나?"

"그렇다고 할 수 있겠지요." 루키우스 코르넬리우스 술라가 말했다.

가장 짜증나는 부분은(아주 당연한 일이겠지만!) 마리우스의 계획
이 아주 완벽하다는 점이었다. 술라와 그의 2개 군단은 단 한 명의 적
도 마주치지 않고 소라까지 진군하다가, 그곳에서 소규모 접전을 통해
티투스 헤렌니우스가 이끄는 작은 피케눔족 부대를 물리쳤다. 소라에
서 리리스 강의 수원으로 가는 길에서 그가 만난 사람이라고는 라티움
과 사비니의 농부들이 전부였다. 농부들은 너무도 허심탄회하게 술라
를 반겼기 때문에, 그는 모든 사람을 죽이라는 마리우스의 명령을 듣지
않았다. 소라를 빠져나간 피케눔족 병사들은 술라가 나타났다고 상부
에 보고할 것이 뻔했지만, 술라는 자신이 루키우스 카이사르의 명령을
받아 소라에 왔으며 곧 멜파 협곡 동쪽의 루키우스 카이사르에게 합류
할 것이라는 인상을 심어주었다. 헤렌니우스 수하의 피케눔족 잔당과
파일리그니족은 엉뚱한 곳에 숨어 술라를 기다리게 되리라.

술라는 지속적인 교신을 통해 마리우스가 예정대로 카르세올리를
지나 발레리우스 가도로 들어섰음을 전해 들었다. 마리우스의 군대는
도로에서 아시니우스와 그의 마루키니족 병사들을 마주쳤는데, 일단
그곳에서 싸우지 않을 것처럼 적을 속인 뒤 완패를 안겨주었다. 아시니
우스는 물론 그의 병사들 대부분이 사망했다. 덕분에 마리우스는 아무
런 위협 없이 서쪽 산길로 진입했고, 그의 4개 군단은 승리를 확신하며
알바 푸켄티아로 향했다. 아르피눔의 늙은 여우가 지휘하는 군대가 어
떻게 패배할 수 있단 말인가? 그들은 피로 젖어 있었고, 그것도 아주
훌륭한 방식으로 젖어 있었다.

술라와 그의 2개 군단은 발레리우스 가도를 따라 그림자처럼 마리우스를 뒤쫓다가, 마침내 수원지가 평평해지면서 푸키누스 호수 주변으로 마르시족의 고원 분지가 펼쳐진 지역에 도착했다. 하지만 그때까지도 술라는 마리우스로부터 족히 15킬로미터의 거리를 유지하고 있었다. 술라는 너무도 손쉽게 몸을 숨길 수 있었다. 그 점에 관해서라면, 지형적 악조건에도 불구하고 포도주를 직접 담그는 마르시족의 열정에 감사해야 했다. 발레리우스 가도 남쪽의 시골 지역은 온통 포도밭이었다. 포도덩굴에 여린 꽃이 맺히고 벌레들이 가루받이를 하려면 공기가 잔잔해야 했다. 하지만 이맘때면 산 너머에서 매서운 바람이 불어들었기 때문에 끝없이 펼쳐진 포도밭은 높은 담으로 둘러싸여 있었다. 이때부터 술라는 마주치는 모든 사람들을 죽였다. 대부분은 여자와 아이였다. 호숫가의 작은 마을과 농장에 살던 남자들은 늙은이만 빼고 다 전쟁에 나가고 없었다.

그는 마리우스가 마르시족과 교전을 시작한 순간이 언제인지 정확히 알 수 있었다. 그날은 마침 북풍이 불고 있었다. 담장에 둘러싸인 포도밭으로 그 소리가 얼마나 생생하게 전해지는지, 술라의 부하들은 당장 포도밭에서 전투가 벌어졌다고 착각할 정도였다. 새벽녘에 도착한 전령은 오늘 전투가 있을 것이라 미리 전해주었다. 그래서 술라는 자신의 병사들을 포도밭의 3미터 담장 아래에 여덟 줄로 정렬시키고 적을 기다렸다.

아니나다를까, 전투가 시작된 지 대략 네 시간 후 전장에서 달아난 마르시족 병사들이 석벽을 넘어 굴러떨어지기 시작했다. 그들이 떨어진 바로 그 자리에는 승리에 굶주린 술라의 병사들이 칼을 겨누고 있었다. 상대가 워낙 절박한 상태라 곳곳에서 격전이 벌어지기도 했지만,

술라의 군대가 위험에 처할 정도는 아니었다.

나는 이번에도 가이우스 마리우스의 유능한 종복일 뿐이구나. 술라는 고지대에서 아래를 내려다보며 생각했다. 전략이 나온 곳은 그의 머리고, 전술을 지시한 것은 그의 손이며, 전투를 성공으로 이끈 것은 그의 의지다. 그리고 지금 나는 이 끔찍한 담장의 반대편에서 굶주린 사람처럼 그가 남긴 찌꺼기를 주워먹고 있구나. 그는 얼마나 자신을 잘 아는가! 그리고 얼마나 나를 잘 아는가!

이번 승리를 자축할 마음이 없었던 술라는 자기 몫의 전투가 끝나자 노새를 타고 먼길을 돌아 발레리우스 가도의 마리우스를 찾아갔다. 그는 모든 것이 정확히 계획대로 되었노라고, 전투에 참여한 마르시족은 전멸했노라고 전했다.

"내가 직접 실로와 맞닥뜨리지 않았겠나!" 마리우스는 소중한 보좌관의 어깨에 손을 두르고 그를 사령부 막사로 이끌면서 전투 후에 늘 그렇듯 아주 우렁찬 목소리로 말했다. "그들은 한참 낮잠을 자고 있더군." 마리우스는 유쾌하게 말했다. "아마도 그들의 땅이기 때문이겠지. 나는 전광석화처럼 그들 앞에 나타났네, 루키우스 코르넬리우스! 아시니우스가 패배할 줄은 꿈에도 몰랐던 모양이야! 알려준 사람도 전혀 없었지. 그들이 아는 것이라고는 내가 마침내 레아테에서 움직였기 때문에 아시니우스도 따라 움직였다는 것뿐이었어. 그런 상황에 난데없이 내가 그들의 눈앞에 나타난 거야. 그들은 아시니우스를 지원하려고 이동중이었어. 나는 전투를 펼치기에는 조금 멀다 싶은 곳에 네모꼴로 진을 쳤다네. 공격보다는 수비를 준비하는 것처럼 보이도록 말이지.

'가이우스 마리우스, 당신이 그렇게 훌륭한 장군이라면 나와 한번 겨뤄봅시다!' 실로가 말에 앉아 말했다네.

'퀸투스 포파이디우스, 자네가 그렇게 훌륭한 장군이라면 내가 싸우도록 만들어보게!' 내가 큰 소리로 외쳤네.

그다음에 실로가 무슨 말을 하려고 했는지는 영원히 알 수 없을 걸세. 왜냐하면 그가 명령을 내리지도 않았는데 그의 부하들이 이를 악물고 달려들었거든. 뭐, 덕분에 나는 편해졌지. 난 어떻게 해야 할지 다 알고 있었어, 루키우스 코르넬리우스. 하지만 실로는 몰랐지. 내가 이렇게 말하는 이유는 그가 상처 하나 없이 도망쳤기 때문이네. 그는 부하들이 공황 상태에 빠져 있을 때 말을 돌려 달아났어. 아마 무틸루스에게 닿기 전까지 멈추지 않을 거야. 어쨌든 나는 도주하는 마르시족을 한 방향으로만 몰았네. 바로 포도밭 쪽이지. 자네가 그 반대편에서 그들을 아주 끝장내리라는 것을 알고 있었으니까. 전부 그렇게 된 거라네."

"아주 훌륭하십니다, 가이우스 마리우스." 술라는 진심을 담아 말했다.

마리우스와 술라, 그들의 부하들은 승리의 축연을 벌였다. 수습군관으로 복무중인, 아버지에 대한 자부심으로 얼굴이 상기된 젊은 마리우스도 그 자리에 참석했다. 오, 저기 주의해서 지켜봐야 할 강아지가 한 마리 있군! 술라는 이렇게 생각하면서도 그에게 눈길을 주지 않았다.

그날 전투는 이야기를 통해 처음부터 끝까지, 원래 전투 시간보다 훨씬 더 긴 시간에 걸쳐 되풀이되었다. 하지만 암포라에 든 포도주가 줄어들면서 대화의 방향은 자연스럽게 정치로 넘어갔다. 루키우스 카이사르가 계획하고 있는 법안이 주제로 떠오르자 마리우스의 군관들은 충격에 빠졌다. 마리우스는 프레겔라이에서 술라에게 들은 이야기를 그들에게 미처 전해주지 않은 것이다. 반응은 제각각이었지만, 대체로 이와 같은 큰 양보에 반대하는 분위기였다. 그들은 군인 신분으로 지난 6개월간 전투에 참여하며 동료 수천 명의 죽음을 목격해왔다. 게다가 그들은 로마의 늙은이와 겁쟁이들이 그들에게 본격적으로 싸울 기회, 승리를 거둘 기회조차 주지 않았다고 생각했다. 로마에 안전하게 있는 사람들은 베스타 신전의 늙고 비쩍 마른 신녀에 빗대어졌다. 그들 중에서도 필리푸스가 가장 심한 욕을 들었고 루키우스 카이사르도 만만치 않은 비난을 받았다.

"율리우스 카이사르 가문 출신들은 하나같이 지나치게 신경이 예민해." 마리우스는 보랏빛과 붉은빛이 뒤섞인 얼굴로 말했다. "전란중에 율리우스 카이사르 집안사람이 수석 집정관이라니 참 안타까운 일이네. 그가 무너질 줄 알았어."

"가이우스 마리우스, 마치 이탈리아인들에게 아무것도 내주지 않기를 바라는 것처럼 말씀하시는군요." 술라가 말했다.

"차라리 내주지 않는 쪽이 낫겠지." 마리우스가 말했다. "물론 전쟁이 터지기 전에는 달랐네. 하지만 어떤 민족이든 로마를 그들의 적으로 돌리는 순간, 그들 역시 내 적이 된다네. 그것도 영원히."

"제 생각도 같습니다. 하지만 루키우스 율리우스가 원로원과 인민들을 설득해서 이 법을 통과시킨다면 에트루리아와 움브리아가 적의 손에 넘어갈 가능성은 줄어들겠죠. 두 지역에서 새로이 소란이 일고 있다는 소문이 들리더군요."

"그렇다더군. 그래서 루키우스 카토 리키니아누스와 아울루스 플로티우스가 섹스투스 율리우스의 병사들을 빼앗아 떠난 것이겠지. 플로티우스는 움브리아로, 카토 리키니아누스는 에트루리아로 말일세."

"그렇다면 섹스투스 율리우스는 뭘 하고 있나요?"

젊은 마리우스가 지나치게 큰 목소리로 답했다. "로마에서 요양중이십니다. 어머니께서 가장 최근 보내신 편지에 따르면 '지독한 호흡기 통증'에 시달리고 계신다더군요."

술라의 표정은 젊은 마리우스를 끽소리 못하게 짓이겨버릴 정도였지만, 실제로 그리되지는 않았다. 아무리 아버지가 총사령관이라 해도 일개 수습군관이 이런 대화에 불쑥 끼어들다니!

"이번 에트루리아 원정은 카토 리키니아누스의 내년 집정관 선거에 큰 도움이 되겠군요." 술라가 말했다. "그가 일을 잘해낸다면 말입니다. 잘하리라 생각해요."

"내 생각도 같다네." 마리우스가 트림을 하며 말했다. "아주 콩알만한 임무이긴 하지만……. 카토 리키니아누스 같은 콩알에게는 잘 어울린다 할 수 있지."

술라가 씩 웃었다. "가이우스 마리우스, 당신에게는 그가 별로 인상적이지 않은가보죠?"

마리우스가 눈을 깜빡였다. "자네는 어떤가?"

"인상적일 게 뭐 있겠습니까." 그는 포도주를 과음한 것 같았다. 술라는 포도주를 치우고 물로 바꾸어 마셨다. "그동안 우리는 뭘 해야 하나요? 9월도 벌써 장날이 한 번 지났으니 조만간 저는 캄파니아로 돌아가야 합니다. 그전까지 저에게 남은 시간을 최대한 활용하고 싶습니다."

"루키우스 율리우스가 멜파 협곡에서 에그나티우스의 속임수에 넘어가다니, 정말이지 믿을 수가 없어요!" 젊은 마리우스가 끼어들었다.

"아들아, 아직 너는 인간의 어리석음에 대해 이해할 수 있는 나이가 아니란다." 마리우스는 아들이 끼어들었다는 사실을 못마땅하게 여기기보다도 그의 말에 동의하는 태도로 말했다. 이윽고 그는 술라에게로 고개를 돌렸다. "루키우스 율리우스는 병력의 4분의 1을 잃고 벌써 두 번째로 테아눔 시디키눔에 처박혀 아무것도 못하는 상황이라네. 그런데 굳이 서둘러 돌아가야만 하겠나, 루키우스 코르넬리우스? 루키우스 율리우스의 손이라도 잡아주려고? 그런 일을 해줄 사람이라면 충분히 많을 거야. 나는 우리가 함께 알바 푸켄티아로 갔으면 하네." 그는 이 말을 끝으로 웃음과 헛구역질이 뒤섞인 이상한 소리를 냈다.

술라의 몸이 뻣뻣하게 굳었다. "괜찮으십니까?" 그가 재빨리 물었다.

잠깐 동안 마리우스의 혈색은 시뻘건 빛에서 잿빛으로 바뀌었다. 그러다가 그의 상태가 안정되었고, 비로소 웃음소리가 웃음소리처럼 들렸다. "이렇게 훌륭한 하루를 보냈으니 괜찮다못해 완벽하지, 루키우스 코르넬리우스! 내가 말했다시피 일단 알바 푸켄티아를 해방시키고, 그다음에는 글쎄, 삼니움으로 내려가는 게 좋지 않겠나? 우리가 삼니움의 황소를 잡는 동안 섹스투스 율리우스에게 아스쿨룸 피켄툼의 포위를 맡기는 거지. 포위전은 따분하고 내 취향도 아니니까." 그는 술에 취해 껄껄거렸다. "아이세르니아를 자네의 토가 자락에 품고 테아눔 시디키눔에 나타나 루키우스 율리우스에게 선물처럼 안겨준다면 얼마나 유쾌하겠나? 그가 얼마나 고마워할지 생각해보게!"

"한없이 고마워하겠죠, 가이우스 마리우스."

축연은 끝이 났다. 술라와 젊은 마리우스는 마리우스를 침상까지 부축했고, 큰힘을 들이지 않고 그를 자리에 눕혔다. 그런 다음 젊은 마리우스는 술라에게 앙심이 담긴 눈빛을 던지고는 그곳을 빠져나갔다. 술라는 좀더 남아서 침상에 늘어져 있는 산덩이를 세심하게 살폈다.

"루키우스 코르넬리우스." 마리우스는 불분명한 발음으로 말했다.

"내일 아침에 자네 혼자 날 깨우러 오게, 알겠나? 단둘이 할 이야기가 있어. 오늘밤은 힘들어. 오, 그놈의 포도주!"

"안녕히 주무십시오, 가이우스 마리우스. 그럼 아침에 뵙겠습니다."

하지만 다음날 아침, 술라는 마리우스와 얘기를 나눌 수 없었다. 그는 사령부 막사의 뒤편으로 갔고(그도 별로 몸이 좋지 않았다) 침상의 산덩이가 어제와 정확히 똑같은 형태로 놓여 있는 것을 발견했다. 그는 얼굴을 찡그리며 급히 다가갔다. 끔찍한 예감에 털이 쭈뼛 서는 듯했다. 아니, 마리우스의 죽음에 대한 두려움은 아니었다. 마리우스의 숨소리는 막사의 앞쪽에서도 다 들렸던 것이다. 술라가 아래를 내려다보니 마리우스의 오른손은 힘없이 이불을 잡고 있었다. 부릅뜬 그의 눈에는 너무도 깊은 공포가 담겨 있어 마치 광인의 눈 같았다. 푹 꺼진 볼부터 축 늘어진 다리에 이르기까지 그의 좌반신은 미동도 없이 정지되어 있었다. 숲의 거인은 보이지도 느껴지지도 않는 공격을 무력하게 온몸으로 받아들이며 아무런 소리도 없이 누워 있었다.

"뇌졸중." 마리우스가 힘겹게 중얼거렸다.

자기도 모르는 사이 술라는 땀에 젖은 마리우스의 머리를 쓰다듬고 있었다. 이제야 그를 사랑할 수 있게 되었다. 이제야 그는 아무것도 아닌 존재가 되었다. "오, 가여운 노장군님!" 술라는 마리우스에게 뺨을 맞대고 그의 흐르는 눈물에 입을 맞추었다. "불쌍한 노장군님! 이렇게 끝나시는군요."

곧바로, 끔찍하리만큼 일그러진 소리였지만 얼굴을 맞댄 상태에서는 충분히 알아들을 만한 단어들이 튀어나왔다.

"아직…… 아니야…… 아직은…… 일곱…… 번이야."

술라는 마리우스가 침상에서 벌떡 일어나 한 대 치기라도 한 것처럼 뒤로 물러섰다. 그러다 손바닥으로 뺨에 흐른 자신의 눈물을 닦으며 날카롭고 발작적인 웃음을 터뜨렸다. 그 웃음은 시작만큼이나 느닷없이 뚝 끊겼다. "제가 보기에는 말입니다, 가이우스 마리우스, 당신은 이미 끝났습니다!"

"아직…… 안 끝났어." 마리우스가 말했다. 그의 침착하고 총명한 눈동자에는 이제 두려움이 담겨 있지 않았다. 대신 분노가 담겨 있었다. "일곱…… 번이야."

술라는 단숨에 막사의 앞쪽과 뒤쪽을 분리하는 칸막이를 지나, 머리가 여럿 달린 하데스의 개가 달려드는 것처럼 도움을 청했다.

모든 군의관이 한 차례씩 방문하고 마리우스가 안정을 되찾은 다음에야 술라는 막사 밖에 몰려들어 있던 사람들을 소집하여 회의를 열었다. 젊은 마리우스는 서럽게 울며 막사 입구에서 계속 사람들을 막아서고 있었다.

술라는 진지의 광장에서 회의를 열었다. 사병들에게 현재 상황을 알려주는 것이 현명하다고 판단한 까닭이었다. 마리우스의 불운에 관한 소식은 삽시간에 퍼졌고, 눈물을 흘리는 사람은 젊은 마리우스뿐만이 아니었다.

"내가 지휘를 맡겠소." 술라는 주변에 모인 10여 명에게 담담하게 말했다.

이의를 제기하는 사람은 없었다.

"이 소식이 실로나 무틸루스에게 전해지기 전에 우리는 라티움으로 돌아갈 것이오."

그러자 코르누투스라는 코그노멘을 가진 마르쿠스 카이킬리우스가 이의를 제기하고 나섰다. "말도 안 됩니다!" 그는 분개하며 말했다. "이곳에서 알바 푸켄티아는 겨우 30킬로미터 거리인데, 지금 돌아간단 말입니까?"

술라는 입을 꾹 다물더니 팔을 번쩍 들어, 현장에 서서 흐느끼고 있는 수많은 병사들을 가리켰다. "저들을 좀 보시오, 이 멍청한 작자야!" 그가 매섭게 쏘아붙였다. "저런 사람들을 이끌고 적진의 심장부로 들어가자는 소리요? 저들은 이미 그럴 용기를 잃었소! 우리는 안전한 우리 영토로 돌아갈 때까지 저들을 달래야만 하오, 코르누투스. 그런 다음 저들이 마리우스의 10분의 1만큼이라도 믿고 따를 수 있는 장군을 찾아야 하오!"

코르누투스는 뭔가 다른 말을 꺼내려다 이내 입을 닫고 어쩔 수 없다는 듯 어깨를 으쓱했다.

"누구 또 할말이 있소?" 술라가 물었다.

아무도 없는 것 같았다.

"좋소. 서둘러 진지를 정리하시오. 포도밭 반대편에 있는 내 병사들에게는 이미 말을 전해두었소. 그들은 저쪽에서 기다리고 있을 거요."

"가이우스 마리우스는 어떻게 합니까?" 아직 소년인 리키니우스가 물었다. "지금 움직이면 목숨이 위험할지도 모르잖습니까."

술라가 한바탕 웃음을 터뜨리자, 다들 경악하여 얼굴이 굳어졌다. "가이우스 마리우스가? 이봐 애송이, 그분은 희생제물을 내리치는 도끼로도 죽일 수 없을 거야!" 술라는 주변 반응을 보더니 말을 이어가기 전에 자신의 감정 표현을 조심스럽게 통제했다. "여러분, 절대 걱정하지 마시오. 가이우스 마리우스는 겨우 두 시간 전, 자신이 끝나려면 아직 한참 멀었다는 말을 내게 하셨소. 나는 그 말을 믿소! 그러니 우리는 그분을 모시고 갈 것이오. 그분의 가마를 들겠다고 자청하는 사람들은 부족하지 않을 것이오."

"우리 모두 로마로 돌아가는 겁니까?" 리키니우스가 소심하게 물었다.

술라는 자신이 모든 것을 통제하는 상황이 오자 비로소 다들 얼마나 겁에 질려 갈피를 못 잡고 있는지 알 수 있었다. 하지만 그들은 로마 귀족들이었고, 그것은 그들이 각자의 위치에서 모든 것을 물어보고 저울질하는 사람들임을 의미했다. 술라는 그들을 갓 태어난 아기고양이처럼 살살 다뤄야 마땅했다.

"아니, 우리 모두가 로마로 가는 건 아니오." 술라는 섬세함이라곤 느껴지지 않는 어조와 태도로 말했다. "카르세올리에 도착하면 마르쿠스 카이킬리우스 코르누투스 당신에게 이 군대의 지휘권을 넘기겠소. 가이우스 마리우스는 그의 아들과 내가 로마로 모시고 갈 것이고, 5개 보병대대가 호위를 맡을 것이오."

"좋습니다, 루키우스 코르넬리우스. 그것이 당신의 뜻이라면 그렇게 해야 하겠지요." 코르누투스가 말했다.

그는 술라의 기이하고도 옅은 빛깔의 눈동자와 마주치자 마치 턱 안에서 구더기 수천 마리가 꿈틀대는 듯한 기분을 느꼈다.

"바로 그겁니다, 마르쿠스 카이킬리우스. 반드시 내 뜻대로 되어야만 하오." 술라는 애정이 담긴 목소리로 부드럽게 말했다. "모든 것이 정확히 내 뜻대로 되지 않는다면 당신에게는 소원이 하나 생길 것이오. 아예 태어나지 않았더라면 하는 소원 말이오! 알아들었소? 좋소! 이제 가보시오."

The
Grass
Crown

제6장

젊은 폼페이우스

루키우스 카이사르가 아케라이에서 무틸루스를 무찌른 소식이 로마에 전해지자 원로원의 사기는 일시적으로 고양되었다. 로마 시민은 더이상 사굼을 입지 않아도 된다는 성명서가 발표되기도 했다. 그러다가 루키우스 카이사르가 멜파 협곡에서 두번째로 패전했으며 아군 사상자는 아케라이의 적군 사상자와 거의 맞먹는다는 소식이 전해지자 원로원에서는 누구도 감히 성명서를 취소하자는 말을 꺼내지 못했다. 그러면 새로운 패배를 강조하게 될 것이 분명했다.

"헛된 짓입니다." 스카우루스 최고참 의원은 이 문제를 논의하는 자리에 나타난 몇 안 되는 의원들에게 말했다. 그는 떨리는 입술에 단호하게 힘을 주었다. "우리는 훨씬 더 심각한 사실을 받아들여야만 합니다. 우리는 전쟁에서 지고 있습니다."

필리푸스는 회의에 참석하지 않았기에 반대 의견을 제기할 수 없었다. 퀸투스 바리우스도 불참했는데, 여전히 별로 중요하지도 않은 인물들을 반역 혐의로 기소하고 다니느라 정신이 없었다. 안토니우스 오라토르와 스카우루스 최고참 의원 같은 거물들을 포기했어도 그의 특별 법정에 세울 사람들은 차고 넘쳤다.

반대 세력이라는 자극제가 없어서인지 스카우루스는 도무지 일을 추진할 의지가 생기지 않았다. 그는 등받이 없는 의자에 털썩 주저앉고 말았다. 나는 너무 늙었어, 하고 그는 생각했다. 나와 동갑인 마리우스가 어떻게 전장 하나를 책임질 수 있단 말인가?

그 질문에 대한 답은 8월 말에 나왔다. 전령이 도착하여 마리우스와 그의 군대가 아시니우스와의 전투에서 승리했고 마루키니족 사망자가 7천 명에 달하며 아시니우스도 전사했다는 소식을 전한 것이다. 하지만 극도의 우울에 빠진 로마는 승리를 자축할 기력도 없었다. 대신 이후로 며칠 동안 이번 희소식에 필적할 만큼 나쁜 소식이 전해지기만을 기다렸다. 아니나다를까, 며칠 뒤 다른 전령이 원로원에 도착했다. 원로원 의원들은 돌처럼 굳은 얼굴로 허리를 곧게 세우고 나쁜 소식을 들을 준비를 했다. 집정관급 의원 중에 참석자는 스카우루스 한 명뿐이었다.

나 가이우스 마리우스는 오늘 로마 원로원과 인민들에게 나와 내 군대가 퀸투스 포파이디우스 실로 및 마르시족 병사들에게 참패를 안겨주었다는 희소식을 전합니다. 마르시족 병사 만 5천 명이 사망했고 5천 명 이상이 포로로 잡혔습니다.

나 가이우스 마리우스는 이번 전투에 큰 공헌을 한 루키우스 코르넬리우스 술라를 치하하는 바이며, 더 자세한 내용 보고는 알바 푸켄티아를 해방시킨 이후로 미룰 수 있도록 원로원과 로마 인민들에게 양해를 구하는 바입니다. 로마 만세!

처음에는 아무도 그 내용을 믿지 않았다. 너무도 듬성듬성 흰색으로 채워져 위엄이라고는 느껴지지 않는 원로원 안에서 웅성대는 소리가 들렸다. 스카우루스는 떨리는 목소리로 편지를 다시 읽었다. 그제야 환호가 터져나왔다. 한 시간이 채 지나지 않아 로마 전체가 환호했다. 가이우스 마리우스가 해냈다! 가이우스 마리우스가 로마의 운명을 뒤집었다! 가이우스 마리우스, 가이우스 마리우스, 가이우스 마리우스!

"그는 또다시 모든 이의 영웅이 됐소." 스카우루스는 유피테르 대제관인 루키우스 코르넬리우스 메룰라에게 말했다. 유피테르 대제관에게는 수많은 금기사항이 있음에도 불구하고 그는 전쟁 발발 이후 원로원 회의에 한 차례도 빠지지 않고 참석했다. 다른 제관과는 달리 유피테르 대제관은 절대 토가를 입을 수 없었다. 대신 원형으로 재단한 두 겹의 두꺼운 모직 망토인 라이나를 걸쳐야 했다. 머리에는 유피테르의 상징물로 장식된, 꼭 맞는 상아 모자 아펙스를 썼다. 모자 정수리에는 딱딱한 모직 원판이 붙어 있고 그 중앙에 상아색 못이 박혀 있었다. 여느 유피테르 대제관과 달리, 그는 뼛조각이나 청동으로 이발과 면도를 하는 고통을 참는 대신 머리카락을 등허리까지, 턱수염을 가슴까지 길게 기르고 다니는 쪽을 택했다. 유피테르 대제관의 몸에는 어떤 종류의 철도 닿을 수 없었던 것이다. 그러니 당연히 전쟁에도 나갈 수 없었다. 이렇게 국방의 의무에서 제외된 메룰라는 누구보다도 성실히 원로원 회의에 출석했다.

메룰라는 한숨을 내쉬었다. "마르쿠스 아이밀리우스, 우리가 파트리키이긴 하지만 이제는 우리 혈통이 너무 희석되어 대중적인 영웅을 배출하기 힘들다는 사실을 인정할 때가 된 것 같군요."

"말도 안 되는 소리!" 스카우루스가 날카롭게 대꾸했다. "가이우스 마리우스는 별종일 뿐이오!"

"그가 아니었더라면 지금쯤 우리가 어디에 있겠습니까?"

"로마에 있겠지. 진정한 로마인으로서!"

"그의 승리를 인정하지 않는 겁니까?"

"물론 인정하오! 다만 그 편지 하단에 루키우스 코르넬리우스 술라의 이름이 적혀 있었더라면 더 좋았겠지!"

"그가 훌륭한 수도 담당 법무관이었다는 건 알고 있지만, 전장에서 마리우스와 같은 역할을 해냈다는 소리는 못 들어봤어요." 메룰라가 말했다.

"가이우스 마리우스가 전장에서 은퇴하지 않고서야 어찌 알겠소? 그가 가이우스 마리우스와 함께하기 시작한 것은…… 오, 유구르타 전쟁 때부터였지. 그때부터 그는 매번 마리우스의 승전에 큰 공헌을 했소. 하지만 마리우스가 전부 공을 차지했지."

"좀 공정해지세요, 마르쿠스 아이밀리우스! 가이우스 마리우스는 편지에서 특별히 루키우스 코르넬리우스 술라를 언급했어요! 그 칭찬은 분명 가슴에서 우러나오는 것이었고요. 마침내 제 기도에 응답해준 사람을 그런 식으로 폄하하는 말은 듣고 있을 수가 없군요." 메룰라가 말했다.

"지금 당신의 기도에 응답해준 사람이라 했소, 유피테르 대제관? 그것참 이상한 표현이군요."

"신들은 우리에게 직접적으로 응답하지 않습니다, 최고참 의원님. 화가 나면 어떤 현상을 통해 우리 앞에 나타나고, 무언가를 행할 때는 인간이라는 매개체를 이용하죠."

"그 점에 대해서라면 나도 당신만큼이나 잘 알고 있소!" 스카우루스는 발끈하여 소리쳤다. "나는 가이우스 마리우스를 미워하는 만큼이나 그를 좋아한단 말이오. 하지만 편지 하단에 적힌 것이 다른 이름이었으면 하고 바라는 마음이야 어쩔 수 없지 않소!"

원로원 서기 하나가 회의장으로 들어왔다. 의원들은 이미 다 떠나고 그곳에는 스카우루스와 메룰라밖에 없었다.

"최고참 의원님, 지금 막 루키우스 코르넬리우스 술라로부터 급한 편지가 도착했습니다."

메룰라는 낄낄거렸다. "드디어 최고참 의원님의 기도에 대한 응답이 도착했군요! 루키우스 술라의 이름이 하단에 적힌 편지잖아요!"

스카우루스는 메룰라를 조용히 한번 째려보았다. 그는 작은 두루마리를 받아 양손으로 펼쳤다. 그를 충격에 빠뜨린 그 편지의 내용은 단 두 줄이었다. 정성스럽게 쓴 큼직한 글씨 사이사이에는 점이 찍혀 있었다. 술라는 내용이 잘못 전달되는 것을 원하지 않았던 것이다.

가이우스. 마리우스가. 뇌졸중으로. 쓰러짐. 군대는. 레아테로. 이동중. 본인은. 마리우스를. 모시고. 로마로. 귀환중. 술라.

할말을 잃은 스카우루스 최고참 의원은 메룰라에게 두루마리를 넘기고 비틀거리며 바닥에 주저앉았다.

"세상에!" 메룰라도 주저앉았다. "오, 이번 전쟁은 제대로 풀리는 일이 하나도 없는 건가? 마리우스가 죽었을까요? 루키우스 코르넬리우스 술라의 말이 그 뜻일까요?"

"내 생각에는 살아 있기는 하나 지휘를 할 수는 없는 상태고, 그의 군대도 그 사실을 아는 것 같소." 스카우루스가 말했다. 그는 숨을 들이쉬고 우렁차게 소리쳤다. "서기!"

출입구 주변을 맴돌던 서기는 한달음에 스카우루스에게 달려왔다. 그는 편지 내용이 궁금해 죽을 지경이었다.

"포고관을 부르게. 마리우스가 뇌졸중으로 쓰러졌으며 보좌관 루키우스 코르넬리우스 술라가 그를 로마로 데려오는 중이라는 소식을 발표하도록 하게나."

서기는 헉 소리를 내더니 창백해진 얼굴로 서둘러 자리를 떠났다.

"이게 현명한 조치라고 생각하십니까, 마르쿠스 아이밀리우스?" 메룰라가 물었다.

"오로지 위대한 신만이 답을 알겠지요, 유피테르 대제관. 나는 모르겠소. 확실한 건 단 하나뿐이오. 원로원을 소집해 이 문제를 논의하려고 한다면, 의원들은 이 소식을 은폐하기 위한 투표를 진행할 거요. 그것만은 용납할 수 없소." 스카우루스가 강력하게 말했다. 그는 자리에서 일어섰다. "나와 함께 좀 걸읍시다. 포고관이 로스트라 연단에서 고함을 지르기 전에 율리아에게 먼저 소식을 전해야 하오."

마리우스의 가마를 호위하는 5개 보병대대가 사이프러스 가지로 창을 덮고 검과 단도를 거꾸로 들고 콜리나 성문을 통과할 때, 시장은 화환으로 장식되어 있었고 고요한 인파로 가득했다. 마치 축제와 장례가 동시에 펼쳐지는 것 같았다. 포룸 로마눔에서도 마찬가지였다. 사방에 꽃이 걸려 있었지만 군중은 미동도 없이 조용했다. 마리우스의 대승을 축하하기 위해 꽃이 내걸렸으나, 병환에 대한 그의 패배는 침묵을 야기했다.

커튼을 둘러친 가마가 병사들 뒤편으로 나타나자 웅성거리는 소리가 퍼졌다.

"그분은 분명 살아계실 거야! 분명 살아계실 거야!"

술라와 보병대대는 포룸 로마눔 낮은 구역의 로스트라 연단 옆에 멈췄고, 마리우스는 아르겐타리우스 언덕길을 따라 자택으로 옮겨졌다. 스카우루스 최고참 의원은 홀로 연단에 올라갔다.

"로마 제3의 건국자는 살아 있습니다, 퀴리테스 여러분!" 스카우루스는 우레 같은 소리로 외쳤다. "늘 그랬듯이 그는 전쟁의 흐름을 로마에 유리하게 바꾸어놓았고, 로마는 그에게 더할 나위 없이 감사하고 있습니다. 어쩌면 이제 가이우스 마리우스는 우리를 떠날 때가 된 것인지도 모릅니다. 하지만 부디 그의 쾌유를 위해 제물을 바치십시오. 그는 위중한 상태입니다. 그러나 그의 공헌으로 인해 우리의 상황은 더없이 나아졌습니다."

환호하는 사람은 없었다. 흐느끼는 사람도 없었다. 눈물은 그의 장례식을 위해, 모든 희망이 사라지는 그 순간을 위해 아껴두었다. 스카우루스는 연단에서 내려왔고 군중은 하나둘씩 흩어졌다.

"돌아가시지 않을 겁니다." 몹시 피곤해 보이는 술라가 말했다.

스카우루스는 콧방귀를 꼈다. "그럴 거라고 생각한 적 없네. 아직 일곱번째 집정관 직에 당선되지 않았으니 자신이 죽도록 내버려둘 수도 없을 테지."

"그분도 정확히 그렇게 말씀하셨지요."

"뭐, 아직도 말을 할 수 있다는 얘기인가?"

"조금씩 하십니다. 문장을 만드는 능력은 여전하신데, 입 밖으로 내뱉는 것이 어눌할 뿐이죠. 우리 군의관에 따르면 우반신이 아니라 좌반신이 마비된 까닭이라고 합니다. 그게 어째서 그런 것인지는 저도 모르겠어요. 군의관도 잘 설명하지 못했죠. 다만 머리에 부상을 입으면 일반적으로 나타나는 패턴이라고 했습니다. 우반신이 마비되면 언어능력이 사라지고 좌반신이 마비되면 언어능력이 유지된다는 것이죠."

"정말 놀랍군그래! 왜 로마 내의 의사들에게서는 그런 소리를 한 번도 못 들어봤지?" 스카우루스가 물었다.

"부서진 머리를 볼 기회가 부족해서겠죠."

"그렇군." 스카우루스는 한쪽 팔로 술라를 따뜻하게 이끌었다. "나와 함께 가세, 루키우스 코르넬리우스. 포도주를 한잔 나누며 지금까지의 일을 모두 들려주게. 난 자네가 루키우스 율리우스와 함께 캄파니아에 있는 줄 알았네."

술라는 아무리 노력해도 불편한 마음을 완전히 숨길 수 없었다. "저희 집으로 가는 것이 낫겠습니다, 마르쿠스 아이밀리우스. 아직 갑옷차림이라 그런지 덥군요."

스카우루스는 한숨을 내쉬었다. "우리 둘 다 오래전에 있었던 일은 덮을 때가 된 것 같네." 그는 진심을 담아 말했다. "내 아내도 나이를 먹어 예전보다 성숙해졌고 아이들 키우는 일로 바쁘다네."

"그렇다면 최고참 의원님 댁으로 가지요."

그녀는 여느 로마인들처럼 마리우스의 상태를 걱정하며 아트리움에서 두 사람을 맞았다. 스물여덟 살이 된 그녀는 시들기는커녕 더욱 만개한 아름다움의 축복을 누리고 있었다. 피부는 모피처럼 부드러운 다갈색이었고, 술라를 바라보는 눈동자는 흐린 날의 바다를 닮은 회색이었다.

술라는 스카우루스가 아내에게 무조건적이고 진심 어린 애정을 쏟고 있음에도 그녀는 남편의 마음을 모른 채 그저 두려워하고 있음을 알아차렸다.

"환영합니다, 루키우스 코르넬리우스." 그녀는 뻣뻣하게 말했다.

"고맙습니다, 카이킬리아 달마티카."

"서재에 다과를 준비해두었어요." 그녀는 스카우루스에게 뻣뻣하게 말했다. "가이우스 마리우스는 곧 돌아가시는 건가요?"

긴장된 첫 순간이 무사히 지나가자 술라는 한결 편안하게 웃으며 그녀에게 답했다. 마리우스 저택의 만찬에서 마주쳤던 순간과는 전혀 다른 느낌이었다. "아닙니다, 카이킬리아 달마티카. 가이우스 마리우스의 끝을 보려면 아직 멀었어요. 그것 하나만큼은 자신 있게 말씀드릴 수 있죠."

그녀는 안도의 한숨을 내쉬었다. "그러면 저는 자리를 비켜드릴게요."

두 남자는 그녀가 사라질 때까지 아트리움에 서 있었다. 마침내 스카우루스가 술라를 서재로 안내했다.

"자네는 마르시족 전장의 지휘권을 얻고 싶나?" 스카우루스는 술라에게 포도주를 내밀며 물었다.

"원로원에서 저에게 그 지휘권을 허락하지 않을 것 같습니다, 최고참 의원님."

"솔직히 내 생각도 그렇다네. 하지만 자네 마음은 어떤가?"

"아니요, 원하지 않습니다. 가이우스 마리우스와 함께한 이번 특별 작전을 제외하면 저는 올해 내내 캄파니아에서 전쟁을 치렀습니다. 저에게 익숙한 전장에 머무는 것이 나을 듯합니다. 루키우스 율리우스도 제가 돌아오기를 원할 테고요." 술라가 말했다. 그에게는 신임 집정관의 취임 이후를 대비한 계획이 따로 있었지만, 스카우루스를 거기에 끌어들일 마음은 없었다.

"마리우스의 호위를 맡은 것은 자네의 보병대대인가?"

"네. 15개 보병대대는 바로 캄파니아로 돌려보냈습니다. 나머지는 내일 제가 이끌고 떠날 예정이죠."

"오, 자네가 집정관에 출마했으면 하는데!" 스카우루스가 말했다. "수십 년을 통틀어 이번 후보들이 최악이라네!"

"저는 내년 말에 퀸투스 폼페이우스 루푸스와 함께 출마하기로 했습니다." 술라는 단호하게 말했다.

"그렇다고 들었네. 안타까운 일이야."

"이번 선거에서는 어차피 당선될 수도 없을 거예요, 마르쿠스 아이밀리우스."

"당선될 수 있네. 내가 자네를 지지한다면."

술라는 씁쓸한 미소를 지었다. "너무 늦은 제안 같군요. 전 캄파니아에서 싸우느라 바빠 토가 칸디다를 입지도 못할 테니까요. 게다가 동료 집정관이 누가 될지도 모르잖습니까. 그에 반해 퀸투스 폼페이우스는 저와 의기투합해서 일할 수 있을 겁니다. 게다가 제 딸은 그 집 아들과 혼인을 약속한 사이죠."

"그렇다면 내 제안을 철회하겠네. 자네 말이 맞아. 로마는 내년까지 어떻게든 견딜 수 있을 거야. 이듬해에 사돈이 나란히 집정관으로 선출된다면 아주 기쁘겠군. 자네는 퀸투스 폼페이우스를 손쉽게 지배할 것이고, 그도 순순히 자네의 지배를 받아들이겠지."

"저도 그렇게 생각합니다, 최고참 의원님. 루키우스 율리우스가 저를 놓아줄 수 있는 기간은 선거 때뿐이에요. 그 역시 지금 적들을 눌러두고 그때에 맞춰 로마로 돌아올 작정이죠. 올해 12월에 제 딸을 퀸투스 폼페이우스의 아들에게 시집보낼 생각입니다. 그때도 아직 열여덟 살 생일 전이겠지만요. 딸아이도 이 혼인을 무척 기대하고 있답니다." 술라는 아무렇지 않게 거짓말을 했다. 딸은 필사적으로 이 결혼에 반발했지만, 그는 운명의 여신이 자기편임을 믿었던 것이다.

두 시간 뒤 집으로 돌아온 그는 코르넬리아 술라의 반발이 자신이 생각했던 것 이상임을 알게 되었다. 아일리아는 남편을 맞으며 코르넬리아 술라의 가출 시도 소식을 전했다.

"다행히 그 아이의 하녀가 잔뜩 겁을 먹고 저에게 언질을 주었어요." 아일리아는 슬픈 목소리로 말끝을 흐렸다. 그녀는 의붓딸을 진심으로 사랑했으며 딸의 행복을 위해서라도 그 아이가 사랑하는 사람과, 그러니까 마리우스 2세와 결혼하기를 원했다.

"무슨 생각으로 그런 짓을 한 거지? 전쟁으로 폐허가 된 시골을 돌아다닐 작정이었단 거요?" 술라가 물었다.

"저도 모르겠어요, 루키우스 코르넬리우스. 그애도 애초에 별 계획이 없었던 것 같아요. 충동적인 행동이 아니었을까 해요."

"그렇다면 퀸투스 폼페이우스 2세에게 빨리 시집보내는 게 낫겠군." 술라는 침울하게 말했다. "당장 그 아이를 만나보겠소."

"여기서요? 서재에서?"

"그렇소, 아일리아. 여기 서재에서 말이오."

남편이 아내인 자신은 물론, 코르넬리아 술라에 대한 자신의 연민도 이해하지 못한다는 사실을 잘 알고 있던 아일리아는 두려움과 안타까움이 섞인 눈빛이었다. "제발, 루키우스 코르넬리우스. 그 아이를 너무 가혹하게 다루지 마세요!"

술라는 등을 돌리며 그녀의 청원을 무시했다.

코르넬리아 술라는 두 남자 노예에게 양팔을 붙들린 채 죄수처럼 술라 앞에 대령되었다.

"나가봐." 그는 노예들에게 퉁명스럽게 말하고는 반항심 어린 딸의 얼굴을 차가운 눈으로 쳐다보았다. 아버지의 피부색과 어머니의 미모가 어우러진 아름다운 얼굴이었다. 하지만 아주 큼직하고 새파란 눈만은 부모로부터 물려받지 않은 그녀 고유의 것이었다.

"그래, 무슨 할말이 있느냐?"

"전 준비되어 있어요, 아버지. 제가 죽을 때까지 때리세요. 상관 안 해요! 전 퀸투스 폼페이우스와 결혼하지 않을 테고, 아버지도 절 억지로 결혼시킬 수는 없어요!"

"너를 묶어 약을 먹인다면 퀸투스 폼페이우스와 결혼할 수밖에 없을 텐데." 술라는 극단적인 폭력을 예고하는 특유의 부드러운 목소리로 말했다.

눈물과 짜증이 많은 성격에도 불구하고, 코르넬리아 술라는 율릴라의 딸이라기보다는 술라의 딸에 가까웠다. 그녀는 마치 무시무시한 공격에 대비하는 것처럼 발에 힘을 주었고 눈을 청옥처럼 빛냈다. "퀸투스 폼페이우스와는 절대 결혼하지 않겠어요."

"신에게 맹세컨대, 코르넬리아, 너는 결혼하게 될 거다!"

"절대 안 해요!"

평소의 술라라면 이런 반항에 걷잡을 수 없을 정도로 화가 나야 마땅했다. 하지만 이번에는, 어쩌면 딸의 얼굴에서 죽은 아들을 보아서인지는 몰라도, 진심으로 화를 낼 수가 없었다. 그는 거칠게 코로 숨을 몰아쉬었다. "딸아, 피에타스가 누구인지 아느냐?" 그가 물었다.

"물론 알고 있어요." 코르넬리아 술라가 경계하며 말했다. "의무지요."

"더 자세하게 설명해보거라, 코르넬리아."

"의무의 여신이에요."

"어떤 종류의 의무?"

"모든 종류지요."

"부모에 대한 자녀의 의무도 포함되어 있지, 그렇지 않니?" 술라가 부드럽게 물었다.

"네." 코르넬리아 술라가 말했다.

"가장을 거역하는 것은 끔찍한 짓이다, 코르넬리아. 피에타스의 분노를 사는 짓이지. 너는 반드시 법도에 따라 집안의 가장에게 복종해야 해. 그리고 내가 바로 그 가장이다." 술라는 근엄하게 말했다.

"저의 첫번째 의무는 저 자신에 대한 의무예요." 그녀는 용감하게 말했다.

술라의 입술이 떨리기 시작했다. "그렇지 않단다, 딸아. 너의 첫번째 의무는 나에 대한 의무야. 너는 내 손안에 있으니까."

"손안에 있든 바깥에 있든, 아버지, 저는 제 자신을 배신할 수 없어요!"

입술의 떨림이 멈추더니 입이 열렸다. 술라는 미친듯이 웃어댔다. "아, 꺼져버려!" 그는 이렇게 내뱉고는 여전히 웃어대며 딸에게 소리쳤다. "네가 의무를 다하지 않으면 노예로 팔아버리겠어! 그 무엇도 날 막을 순 없을 거야!"

"전 이미 노예예요." 그녀가 응수했다.

저 아이는 군인이 되면 제격이었겠어! 술라는 웃음기가 가시기 전에 자리에 앉아, 스미르나에서 그리스 시민이 된 푸블리우스 루틸리우스 루푸스에게 편지를 썼다.

　그런 일이 있었습니다, 푸블리우스 루틸리우스. 그 버릇없는 계집
애가 저를 데굴데굴 구르게 만들었죠! 제가 할 수 있는 일이라고는
딸아이를 계속 협박하는 것뿐입니다. 한데 그건 퀸투스 폼페이우스
와 함께 집정관에 당선되고자 하는 제 계획에 도움이 되지 않아요.
시체로 만들거나 노예로 팔아버리든가 해야지, 정말 제겐 쓸모없는
아이입니다. 줄로 묶어 약을 먹여 결혼식장에 데려가야 할 정도라면
퀸투스 폼페이우스 2세에게도 쓸모없겠지요! 어떻게 해야 할까요?
전 지금 아주 진지하고 절박하게 여쭤보는 겁니다. 어떻게 해야 할
까요? 마르쿠스 아우렐리우스 코타가 딸아이인 아우렐리아의 신랑
감을 두고 고민할 때 당신이 문제를 해결해주셨다는 걸 기억하고 있
습니다. 오, 존경하고 사랑하는 조언자여, 이 혼인 문제에 대해서도
조언을 부탁드립니다.
　딸아이를 원하는 집안으로 보내지 못하는 제 무능의 소치가 아니
었더라면 편지를 쓸 엄두도 내지 못했을 만큼 이곳 상황은 급박합니
다. 하지만 일단 편지를 시작했으니 (당신이 제 고민을 해결해주실
것이라 가정하고!) 이곳에서의 일을 전해드리겠습니다.
　제가 떠날 무렵 우리의 최고참 의원께서 당신께 편지를 쓰기 시작
하더군요. 그러니 가이우스 마리우스에게 일어난 끔찍한 재앙에 대
해서는 따로 언급하지 않겠습니다. 저는 미래에 대한 희망과 우려에
대해서만 집중적으로 이야기하지요. 제가 집정관이 될 무렵에는 토
가 프라이텍스타를 입고 상아 대좌에 앉게 되리라는 희망이 생겼습
니다. 원로원에서는 실로와 마르시족 병사를 상대로 한 가이우스 마

리우스와 저의 승리 이후, 모든 정무관에게 다시 기존 예복을 갖추어 입으라고 지시했거든요. 이로써 어리석고 공허한 불안과 애도의 몸짓은 다 끝냈으면 합니다.

　내년 집정관 당선인으로는 루키우스 포르키우스 카토 리키니아누스와 (생각만 해도 무시무시한!) 나이우스 폼페이우스 스트라보가 유력합니다. 참으로 끔찍한 한 쌍 아닌가요! 고양이의 주름진 똥구멍 같은 작자와 자기 콧등밖에 안 보이는 오만한 야만인이죠. 누가 어떤 연유에서 집정관에 당선되는 것인지 솔직히 잘 모르겠어요. 수도 담당 법무관이나 외인 담당 법무관 역할을 잘 수행하는 것만으로는 부족한 듯 보입니다. 프톨레마이오스 왕의 계보에 버금가는 찬란하고 오랜 전쟁 경력만으로도 부족하고요. 결국 가장 중요한 요소는 기사계급과의 결탁이 아닐까 해요. 푸블리우스 루틸리우스, 기사들에게 미움을 받으면 제아무리 로물루스라 해도 집정관 선거에서 떨어질 겁니다. 가이우스 마리우스는 기사들 덕분에 여섯 번이나 집정관에 올랐고, 그것도 세 번은 부재중 선거였어요. 게다가 그들은 여전히 그를 좋아해요! 그는 사업에 밝으니까요. 오, 물론 그들도 출신은 따지죠. 하지만 제아무리 출신이 좋아도, 돈주머니를 활짝 연다거나 저리자금을 빌려준다거나 원로원 정책에 관한 내부정보를 슬쩍 흘리지 않으면 표를 주지 않아요.

　저는 벌써 몇 년 전에 집정관에 당선되었어야 합니다. 제가 오래전에 법무관을 지냈다면 좋았겠죠. 네, 물론 그때 저를 좌절시킨 것은 원로원 최고참 의원이었습니다. 최고참 의원은 어린 양떼처럼 메에 하고 울며 그분을 맹목적으로 따르는 기사들을 이용해 그 뜻을 이루었지요. 그렇다보니 저는 점점 더 기사들을 싫어하게 되었어요.

그들을 제멋대로 주무를 수 있는 위치에 오른다면 얼마나 좋을까, 혼자 상상해보곤 합니다. 그들에게 고통을 주고 싶어요, 푸블리우스 루틸리우스! 당신을 위해서라도 말입니다.

폼페이우스 스트라보 이야기가 나와서 말인데, 그는 모든 로마인에게 자신이 피케눔에서 영예로운 승리를 거두었다고 떠벌리기 바쁩니다. 제 생각에 그다지 보잘것없는 그 승리의 진짜 주역은 푸블리우스 술피키우스인데 말이지요. 그는 스트라보에게 이탈리아 갈리아의 병사들을 데려다주었고, 폼페이우스 스트라보와 직접 만나기도 전에 피케눔족과 파일리그니족 연합 세력에게 참패를 안겨주었어요. 반면 우리의 사팔뜨기 친구는 피르뭄 피케눔에 갇혀 아주 편안한 여름을 보냈습니다. 어쨌든 이제야 여름 거처 밖으로 나온 폼페이우스 스트라보는 죽은 티투스 라프레니우스와 그 부하들에 대한 승리를 모두 자기 공으로 돌리고 있지요. 실제로 그곳에서 대부분의 일을 도맡아 한 푸블리우스 술피키우스에 대해선 일언반구도 없었고요. 설상가상으로 로마에 있는 폼페이우스 스트라보의 하수인들은 스트라보의 승리를, 마루키니족과 마르시족을 물리친 가이우스 마리우스의 승리보다 더 화려하게 포장하고 다닙니다.

전쟁의 흐름이 바뀌려고 합니다. 전 본능적으로 알 수 있어요.

루키우스 율리우스 카이사르가 올 12월 발표할 예정인 새로운 시민권법에 대해서는 구체적으로 언급하지 않겠습니다. 스카우루스 최고참 의원이 편지로 다 설명해줄 테니까요. 저는 불과 몇 시간 전, 최고참 의원께서 심히 분노하리라 예상하며 그 법에 대한 소식을 그분께 전부 전해드렸습니다. 하지만 그분은 오히려 반기시더군요. 무기를 들고 우리와 싸운 사람들을 철저히 배제할 수 있다면, 시민권 제안에 이점이 많다고 했어요. 에트루리아와 움브리아 때문이겠죠. 최고참 의원께서는 모든 에트루리아인과 움브리아인에게 시민권을 제공하면 그곳의 문제가 다 해결되리라 믿고 계십니다. 제가 아무리 노력해도, 루키우스 율리우스의 법안은 시작에 불과하다는 것을 설득시킬 수 없었죠. 이러다가는 조만간에 모든 이탈리아인들이 로마 시민으로 바뀔 겁니다. 엊그제까지 수많은 로마인의 피를 자신의 칼에 묻힌 사람조차 말이죠. 한번 묻고 싶습니다, 푸블리우스 루틸리우스. 우리는 대체 무엇을 위해 이제껏 싸운 것일까요?

딸아이 문제에 대한 해결책을 즉시 알려주시길 바랍니다.

술라가 루푸스에게 쓴 편지는 스카우루스 최고참 의원이 스미르나로 보내는 특별 전령에게 전달되었다. 루푸스는 한 달 안에 편지를 받아볼 것이고, 동일한 전령이 답장을 받아오기까지 또 비슷한 기간이 걸릴 예정이었다.

술라는 11월 말에 답장을 받았다. 캄파니아에 머물며 요양중인 루키우스 카이사르를 돕고 있을 무렵이었다. 루키우스 카이사르는 아첨꾼으로 가득한 원로원으로부터 아케라이에서 무틸루스를 무찌른 공을 인정받아 개선식을 허락받았다. 원로원은 아케라이로 돌아온 2개의 이탈리아 동맹측 군대나, 개선식이 선포될 무렵 시작된 새로운 싸움에 대해서는 애써 외면했다. 다른 승리가 아니라 특별히 이 승리에 대한 개선식을 허락한 이유는, 루키우스 카이사르의 군대가 전장에서 그에게 '임페라토르'라는 환호를 보냈기 때문이라 설명했다. 이 소식이 폼페이우스 스트라보에게 전해지자 그의 하수인들은 난리를 피웠고, 마침내 원로원은 폼페이우스 스트라보에게도 개선식을 허락했다. 다들 어디까지 추락할 셈이지? 술라는 속으로 생각했다. 이탈리아인에 대한 승리는 승리도 아닌 것을.

이 형식적인 영예는 루키우스 카이사르에게 전혀 기쁨이 되지 않았다. 술라가 개선식 준비에 대해 묻자 그는 놀란 표정을 지었다.

"전리품이 없으니 따로 준비할 것도 없을 거요. 내가 군대를 이끌고 로마로 가겠소. 그거면 됐어."

겨울이 시작되자 전쟁은 소강상태로 접어들었다. 아케라이는 두 대규모 군대에 포위당해 있었지만 크게 불편해 보이진 않았다. 루키우스 카이사르가 시민권법 초안 작성에 골몰하는 사이, 카푸아로 떠난 술라는 카툴루스 카이사르와 새끼 똥돼지 메텔루스 피우스가 멜파 협곡에서의 두번째 패배로 큰 타격을 입은 군단을 재정비하는 작업을 거들었다. 루푸스의 편지가 도착한 것은 술라가 카푸아에 있을 때였다.

친애하는 루키우스 코르넬리우스, 어째서 아버지란 사람들은 하나같이 딸을 다루는 방법을 제대로 모르는 걸까? 참으로 절망스러운 일이야! 그렇다고 나와 내 딸아이 사이에 문제가 있었던 것은 아니라네. 내가 루키우스 칼푸르니우스 피소에게 딸아이를 시집보냈을 때 그앤 아주 기뻐했어. 미모가 뛰어나지도 않고 지참금도 부족한 아이라서 그랬겠지. 그 아이의 가장 큰 걱정은 내가 신랑감을 아예 못 찾으면 어쩌나 하는 거였어. 물론 섹스투스 페르퀴티에누스의 혐오스러운 아들을 데려왔더라면 딸은 아마 기절했을 거야. 하지만 나는 루키우스 칼푸르니우스를 염두에 두고 있었지. 딸아이는 그 사람을 신이 보낸 선물이라 여겼고 지금까지도 내게 감사한다네. 두 사람의 결혼생활이 어찌나 행복한지, 다음 세대들을 위해서 또 비슷한 계획을 세워둔 상태라네. 때가 되면 내 아들의 딸과 내 딸의 아들을 혼인시키자는 것이지. 그래, 그래, 돌아가신 가이우스 율리우스 카이사르께서 뭐라고 하실지 안 들어도 알겠네. 그래도 이건 양쪽 집안에서 처음으로 사촌끼리 결혼하는 거 아닌가. 그 아이들은 아주 훌륭한 후손들을 남길 거야.

자네의 고민에 대한 해결책은 말이지, 루키우스 코르넬리우스, 사실 우스울 정도로 간단하다네. 필요한 것은 아일리아의 도움뿐이야. 자네는 전혀 모르는 일처럼 행동하는 게 좋을 거야. 아일리아를 통해 자네가 이 결혼에 대해 고민하고 있으며 다른 신랑감을 물색중이라고 딸아이에게 은근히 알려주게나. 이때 아일리아가 이름을 몇 개 들먹여야만 하네. 섹스투스 페르퀴티에누스의 아들처럼 아주 구역질나는 청년들로 말이야. 그러면 그 아이는 아마 죽어도 싫다고 할 거야.

이 경우에 한해서라면 가이우스 마리우스의 끔찍한 건강 상태는 오히려 행운이라 할 수 있지. 가장이 병을 앓는 마당에 마리우스 2세가 결혼을 할 수는 없을 테니까. 코르넬리아 술라에게 마리우스 2세와 단둘이 만날 기회를 만들어주는 것이 중요해. 퀸투스 폼페이우스 2세보다 훨씬 못난 청년이 자기 남편이 될 수도 있다는 사실을 그애가 알게 된 다음에 말이지. 아일리아를 시켜 마리우스 2세가 집에 있을 시간에 딸아이와 함께 율리아를 방문하도록 하고, 두 젊은이가 방해받지 않고 이야기를 나누도록 해주게. 율리아에게도 이 계획을 미리 알리는 것이 좋겠지!

마리우스 2세는 아주 버릇없고 자기중심적인 젊은이야. 나를 한번 믿어보게, 루키우스 코르넬리우스. 그는 상사병에 걸린 자네 딸에게 환심을 살 만한 말이나 행동을 전혀 하지 않을 거야. 아버지의 병환 말고 지금 마리우스에게 가장 중요한 문제는 그를 수습군관으로 거둘 영광이 누구에게 돌아갈지에 관한 것이지. 어떤 상관이 됐든 간에 자기 아버지가 보였던 인내심의 10분의 1도 보이지 않으리라는 것을 알 만큼 똑똑한 친구라네. 하지만 지휘관 중에도 더 관대한 사람이 있고 덜 관대한 사람이 있을 테지. 마리우스 2세를 원하는 지휘관이나 개인적으로 요청한 사람이 없어서 수습군관 위원회의 결정에 따라 그의 운명이 정해질 예정이라는 소식을 스카우루스의 편지로 전해 들었네. 내가 아는 몇 안 되는 정보원에 따르면 마리우스 2세는 여색과 술을 밝힌다더군. 어느 쪽을 더 좋아하는지는 모르겠지만. 어쨌든 그런 이유에서라도 마리우스는 어린 시절의 추억인 코르넬리아 술라를 보며 황홀해하지는 않을 거야. 그는 열다섯이나 열여섯 무렵 자네 딸에게 따뜻한 애정을 느꼈을 테고, 자네 딸이 눈치채지 못하게 코르넬리아의 선한 천성을 이용했을지도 몰라. 하지만 지금의 그는 그때와 많이 다르다네. 차이가 있다면 그는 자신의 변화를 알지만 코르넬리아는 그의 변화를 모른다는 거지. 나를 한번 믿어보게, 루키우스 코르넬리우스. 그는 실수란 실수는 다 저지를 것이고, 심지어 코르넬리아에게도 짜증을 낼 거야.

코르넬리아와 마리우스의 만남이 끝난 다음, 자네가 폼페이우스 루푸스 집안과의 혼인을 취소할 계획이며 대신 자네를 뒷받침해줄 부유한 기사를 신랑감으로 물색중이라고 아일리아를 통해 딸에게 전해주게.

자네에게 여자에 관한 중대한 비밀 하나를 알려주지, 루키우스 코르넬리우스. 한 여인이 어떤 구혼자를 절대 받아주지 않는 상황을 떠올려보게. 그런데 그 구혼자가 그녀의 퇴짜가 아닌 다른 이유에서 구혼을 멈춘다면, 여자 입장에서는 갑자기 자신에게서 멀어지는 그 물고기를 한번 자세히 살펴보고 싶어지는 법이라네. 따지고 보면 자네 딸은 아직 그 물고기를 제대로 본 적도 없지 않나! 아일리아는 아주 그럴듯한 핑곗거리를 만들어 코르넬리아 술라가 퀸투스 폼페이우스 루푸스의 만찬에 참석하도록 해야만 하네. 그의 아버지가 휴가를 받아 로마에 왔다든지, 어머니가 편찮으시다든지, 뭐 많겠지. 과연 사랑스러운 코르넬리아 술라가 잠시 반감을 접어두고 그토록 미워하던 물고기 앞에서 식사를 하려고 들까? 루키우스 코르넬리우스, 장담하건대 자네 딸아이는 동의할 걸세. 그리고 내가 그 물고기를 봐서 아는데, 자네 딸은 분명 마음을 바꿀 거야. 그 청년은 자네 딸이 아주 좋아할 타입이거든. 자네 딸은 늘 그 청년의 머리 꼭대기에 올라앉아 있을 테고, 집안의 우두머리 자리를 꿰찰 수 있을 거야. 얼마나 구미가 당기는 일인가! 그 아이는 자네를 많이 닮았다네. 어떤 면에서는 말이지.

술라는 현기증을 느끼며 편지를 내려놓았다. 이게 간단하다고? 어떻게 루푸스는 이리 복잡한 계획에 뻔뻔스럽게도 '간단하다'란 말을 붙일 수 있지? 군사 작전도 이보다는 덜 복잡하리라! 하지만 시도해볼 가치는 충분했다. 사실 뭐든 시도해볼 수밖에 없는 형편이었다. 그는 처음보다는 조금 가벼워진 마음으로 루푸스의 나머지 편지 내용을 읽어나갔다.

이 넓은 세상의 한구석, 지금 내가 살고 있는 이곳은 사정이 좋지 않다네. 요즘 로마에서는 소아시아에서 벌어지는 일 따위에 시간과 관심을 쏟을 여력이 없겠지. 하지만 원로원 사무실 어디쯤에는 분명 보고서가 놓여 있을 것이며, 최고참 의원도 그걸 확인했을 거라 믿네. 또한 특별 전령 편에 이 편지와 함께 보낸 서신을 통해서도 다시 소식을 접하게 되겠지.

비티니아의 왕좌에는 폰토스의 꼭두각시가 앉아 있어. 그래, 로마가 잠시 등을 보인 사이 미트리다테스 왕이 비티니아를 침략한 것이지! 표면적으로 이 침략의 지도자는 니코메데스 3세의 동생인 소크라테스라네. 니코메데스 왕을 소크라테스 왕으로 교체한 것뿐이니 비티니아는 아직 자유국임을 자처하고 있다네. 왕의 이름이 소크라테스라니 어쩐지 모순처럼 느껴지지 않나? 아테네의 소크라테스는 과연 자신이 왕위에 오르는 것을 허락했을까? 어쨌든 아시아 속주에서 비티니아가 '자유롭다'는 거짓말을 곧이곧대로 믿는 사람은 하나도 없어. 이름만 다르다뿐이지, 비티니아는 이제 폰토스 국왕 미트라다테스의 봉토나 다름없으니까. 그는 지금 소크라테스 왕의 미적거리는 태도에 분개하고 있다네! 소크라테스 왕은 니코메데스 왕이 도망치도록 뒀거든. 니코메데스 왕은 고령임에도 불구하고 염소처럼 민첩하게 헬레스폰트 해협을 빠져나갔지. 스미르나에서는 그가 로마로 향하는 길이라는 소문이 돌고 있어. 로마 원로원과 인민들이 그에게 자비롭게 허락한 왕좌를 빼앗겼다고 불평하기 위해서지. 올해가 끝나기 전에 로마에서 그를 만날 수 있을 거야. 그는 비티니아 국고에서 엄청난 금액을 빼내 무겁게 짊어지고 떠났다네.

하나로는 도저히 성에 안 차는지, 카파도키아 왕좌마저 폰토스의 꼭두각시가 차지하게 됐어. 미트리다테스와 티그라네스는 손을 잡고 에우세베이아 마자카로 가서 미트리다테스의 아들을 왕좌에 앉혔어. 아들의 이름은 아리아라테스인데, 가이우스 마리우스가 만났던 아리아라테스와는 다른 사람인 듯싶네. 그런데 아리오바르자네스 왕도 비티니아의 니코메데스 왕 못지않게 민첩했지. 그 역시 니코메데스 왕에 이어 탄원서를 들고 로마에 나타날 거야. 하지만 슬프게도 그는 니코메데스 왕보다 훨씬 가난하다네!

루키우스 코르넬리우스, 아시아 속주의 문제가 점점 더 심각해짐을 느낀다네. 이곳에는 징세청부업자들이 활개치던 시절을 기억하는 사람도 많고, '로마'라는 이름 자체를 혐오하는 사람도 많아. 그러니 일부 지역에서는 미트리다테스 왕이 열렬한 지지를 받고 있지. 내가 가장 두려워하는 것은 만약에라도 (만약으로 끝나지 않을 가능성이 다분하지만) 그가 아시아 속주를 훔치려고 나섰을 때 이곳 주민들이 두 팔 벌려 환영하는 상황이라네.

그건 자네가 신경쓸 문제가 아니라는 걸 알고 있어. 스카우루스가 다룰 문제지. 그런데 그는 요즘 몸이 안 좋다고 하더군.

지금쯤 자네는 캄파니아에서 전쟁을 치르고 있겠지. 전쟁의 흐름이 바뀌고 있다는 자네 말에 동의하네. 가엾고도 불쌍한 이탈리아인들! 시민권을 얻든 얻지 못하든 그들은 앞으로 오랜 세월 동안 용서받지 못하겠지.

자네 딸 문제가 어떻게 해결되었는지 추후에 알려주게. 아마도 사랑이 알아서 자기 자리를 찾아갈 것이라 믿네.

술라는 루푸스의 계획을 아내에게 설명하는 대신, 편지의 그 부분을 로마에 있는 아일리아에게 보내면서 루푸스의 지시를 따르라고 전했다. 물론 그녀가 지시사항을 잘 이해할 수 있는 경우에 한해서라는 조건을 붙였다.

아일리아는 별 어려움 없이 지시사항을 다 이해한 듯했다. 술라가 루키우스 카이사르와 함께 로마에 도착해보니 그의 집은 화목함의 향기로 가득했고, 딸아이는 만면에 웃음을 띠고 있었으며, 결혼 계획까지 잡혀 있었다.

"모두 푸블리우스 루틸리우스의 계획대로 되었어요." 아일리아가 기쁘게 말했다. "젊은 마리우스는 우리 딸에게 정말 못되게 굴었어요. 불쌍한 코르넬리아! 그애는 사랑과 연민을 가득 품고 저와 함께 가이우스 마리우스의 집을 방문했고, 마리우스가 자신의 품에 안겨 엉엉 울 거라고 확신했어요. 하지만 마리우스는 몹시 화가 난 상태였죠. 수습군관 위원회에서 그에게 지금 위치에 그대로 남아 있으라고 했거든요. 가이우스 마리우스를 대신할 사령관은 분명 내년 집정관 두 명 중 하나가 되겠죠. 그런데 젊은 마리우스는 두 사람 다 몹시 싫어했어요. 그는 당신 밑에서 일하고 싶은 모양이던데, 수습군관 위원회는 아주 냉정하게 거절했대요."

"내 밑으로 들어왔더라면 더 심한 냉대를 받았을 거요." 술라가 험악하게 말했다.

"마리우스가 화난 가장 큰 이유는 그를 원하는 사람이 아무도 없어서인 것 같아요. 물론 그는 인기 없는 자기 아버지 탓을 하고 있죠. 하지만 내심 본인의 단점이 원인일 수도 있다고 생각하는 듯했어요." 아일리아는 작은 승리의 몸짓을 해 보였다. "그는 코르넬리아의 동정이나 유치한 흠모를 원하지 않았어요. 코르넬리아의 말을 빌리면 그는 아주 불쾌하게 굴었다더군요."

"그래서 퀸투스 폼페이우스와 결혼하기로 마음먹은 거요?"

"단번에 그런 결정을 내리지는 않았어요, 루키우스 코르넬리우스! 저는 코르넬리아가 이틀 동안 혼자 울게 내버려두었다가 넌지시 말을 꺼냈어요. 퀸투스 폼페이우스와 결혼해야 한다는 압박도 사라졌으니 그 집에서 저녁식사나 한 끼 하는 게 어떻겠냐고요. 그가 어떤 사람인지 한번 만나나보자, 호기심이나 채워보자, 그렇게 말했죠."

술라가 환한 웃음을 지었다. "그래서 어떻게 됐소?"

"두 사람은 서로를 보더니 마음에 들어 했어요. 만찬 자리에서 마주 보고 앉아 마치 오랜 친구처럼 대화를 나누었죠." 아일리아는 너무 기쁜 나머지 남편의 손을 꼭 붙들었다. "퀸투스 폼페이우스에게 우리 딸이 결혼하기 싫어한다는 말을 안 한 것은 정말 현명한 판단이었어요. 그 집안사람들은 하나같이 우리 딸을 예뻐했어요."

술라는 거칠게 손을 뺐다. "결혼식 날짜는 잡혔소?"

아일리아는 어두워진 얼굴로 고개를 끄덕였다. "선거가 끝나는 대로 진행할 거예요." 그녀는 크고 슬픈 눈으로 술라를 올려다보았다. "사랑하는 루키우스 코르넬리우스, 당신은 왜 나를 좋아해주지 않죠? 전 그렇게나 노력했는데!"

그는 음울한 표정을 지으며 뒤로 물러났다. "솔직히 말하지, 아일리아. 당신이 너무 따분한 사람이라는 것 외에 다른 이유는 없소."

술라는 자리를 떴다. 아일리아는 다소 께름칙한 행복감에 휩싸여 가만히 서 있었다. 적어도 그는 이혼을 요구하지는 않았다. 아예 빵이 없는 것보다는 상한 빵이라도 있는 것이 더 나으니까.

루키우스 카이사르와 술라가 로마로 돌아온 후 얼마 지나지 않아 아이세르니아가 마침내 삼니움족에게 항복했다는 소식이 전해졌다. 그 도시는 굶주린 나머지 도시 내의 개, 고양이, 노새, 당나귀, 말, 양, 염소까지 다 잡아먹은 뒤에야 항복을 선언했다. 마르쿠스 클라우디우스 마르켈루스는 아이세르니아를 직접 넘겨준 뒤 사라졌다. 그의 행방을 아는 사람은 없었다. 삼니움족을 제외하고는.

"그는 죽었네." 루키우스 카이사르가 말했다.

"아마도 그런 것 같습니다." 술라가 말했다.

루키우스 카이사르는 물론 전장으로 돌아가지 않을 작정이었다. 집정관 임기는 이미 막바지였고 내년 봄 감찰관 선거를 염두에 두고 있었기에, 남부 전장의 신임 지휘관 밑에서 보좌관으로 일할 마음은 전혀 없었다.

신임 호민관은 최근 몇 년을 통틀어 가장 출중한 인물들로 채워졌다. 아마도 루키우스 카이사르가 시민권법을 준비중이라는 소문이 로마 전역에 돌고 있기 때문이리라. 하지만 이번 호민관단은 진보적인 색채가 짙어 이탈리아인에 대한 관대한 처우를 대부분 지지했다. 호민관단의 대표는 '프루기'라는 두번째 코그노멘을 가진 루키우스 칼푸르니우스 피소였다. 푸블리우스 루틸리우스 루푸스와 혼인관계로 맺어져 있으며 두번째 코그노멘이 '카이소니누스'인 또다른 칼푸르니우스 피소 가문과의 차별화를 위한 것이었다. 확고한 보수 성향을 지닌 피소 프루기는 가장 급진적인 두 호민관, 가이우스 파피리우스 카르보와 마르쿠스 플라우티우스 실바누스가 루키우스 카이사르의 법안이 정한 한계를 뛰어넘어 전쟁에 참여한 이탈리아인에게까지 시민권을 부여하려 한다면 원칙에 입각해 반대하겠노라고 이미 천명한 상태였다. 그나마 루키우스 카이사르의 법안에 대한 전면 반대 입장을 철회하게 된 것은, 그가 평소 존경하던 스카우루스와 몇몇 의원들이 끈질기게 설득한 덕분이었다. 이로 인해 전쟁 개시 이후 거의 전무했던 포룸 로마눔 활동에 대한 관심이 슬슬 되살아났다. 다가오는 해에는 흥미로운 정치 대립이 예견되고 있었다.

백인조회에서의 집정관 선거 결과는 훨씬 암울했다. 선거 두 달 전부터 유력한 후보로 꼽히던 두 선두 주자가 결국 당선되었다. 나이우스 폼페이우스 스트라보가 수석 집정관, 루키우스 포르키우스 카토 리키니아누스가 그 아래인 차석 집정관으로 뽑힌 이유는 폼페이우스 스트라보가 선거를 불과 며칠 앞두고 개선식을 치렀기 때문이라고들 했다.

"이런 개선식은 정말 꼴불견이야." 스카우루스 최고참 의원이 술라에게 말했다. "루키우스 율리우스부터 시작해서 이제는 나이우스 폼페이우스의 개선식이라니! 폭삭 늙은 기분이라네."

술라는 부쩍 늙어 보이는 스카우루스의 모습에 두려움을 느끼며 전율했다. 마리우스의 부재가 무기력하고 따분하기 짝이 없는 전장을 의미한다면, 스카우루스의 부재는 또다른 전장인 포룸 로마눔에 어떤 영향을 끼치게 될까? 로마가 항상 휘말려들곤 하는, 사소하지만 궁극적으로 중차대한 외교 문제들을 과연 누가 해결할 수 있을까? 필리푸스처럼 우쭐대기나 하는 멍청이와 퀸투스 바리우스처럼 오만한 벼락출세자에게 누가 버릇을 가르쳐줄 수 있을까? 자신의 능력과 우월함을 확신하며 겁도 없이 나서는 인물들과 누가 맞설 수 있을까? 마리우스의 뇌졸중 이후 스카우루스는 눈에 띄게 수척해졌다. 두 사람은 40년 넘는 세월 동안 물고 뜯고 싸워왔지만 서로에게 반드시 필요한 존재들이었다.

"마르쿠스 아이밀리우스, 건강부터 챙기세요!" 술라는 무슨 예감이

들었는지 다급하게 말했다.

초록색 눈동자가 반짝였다. "인간은 모두 언젠가 죽는 법이지!"

"맞는 말씀입니다. 하지만 최고참 의원님은 아직 때가 되지 않았어요. 로마가 의원님을 필요로 합니다. 의원님이 없으면 로마는 루키우스 율리우스 카이사르와 루키우스 마르키우스 필리푸스의 손에 넘어가게 됩니다. 이 얼마나 끔찍한 운명입니까!"

스카우루스는 웃음을 터뜨렸다. "로마에 닥칠 수 있는 최악의 운명이 과연 그것일까?" 이렇게 질문을 던지면서 그는 비쩍 마르고 늙고 털이 뽑힌 새처럼 고개를 갸우뚱했다. "어떤 면에서 나는 자네를 아주 좋아하네, 루키우스 코르넬리우스. 하지만 다른 한편으로는, 필리푸스보다도 자네의 손에 맡겨졌을 때 로마가 더 끔찍해질 것 같은 기분이 들어." 그는 한쪽 손가락들을 꼼지락거렸다. "자네는 타고난 무관이 아닐지 모르지만 원로원에 들어온 후 거의 줄곧 군대에 있었지. 내 경험에 따르면 오랫동안 군 생활을 한 원로원 의원들은 독재자처럼 변한다네. 가이우스 마리우스를 보게나. 그런 사람들은 고위 정치인이 마땅히 감수해야 할 정치적 제약을 쉽게 받아들이지 못하지."

그들은 아르길레툼에 위치한 소시우스 서점 밖에 서 있었다. 수십 년 전부터 로마 최고의 음식 가판대가 즐비한 곳이었다. 둘은 대화를 나누며 건포도와 꿀이 들어간 커스터드로 속을 채운 타르트를 먹었다. 눈치 빠른 아이 하나가 두 사람을 유심히 살피며 온수가 든 대야와 수건을 대령하려고 대기중이었다. 타르트는 물기가 많고 끈적거렸기 때문이다.

"마르쿠스 아이밀리우스, 저의 시대가 왔을 때 로마가 어떻게 될지는 그 시기의 로마가 어떤 모습인지에 달려 있습니다. 하나만은 약속드리죠. 저는 로마가 우리 조상들을 욕보이는 꼴을 절대 두고보지 않을 겁니다. 또한 사투르니누스 같은 인간들에게 지배당하는 꼴도 절대 두고 보지않을 겁니다." 술라가 냉혹한 어조로 말했다.

스카우루스는 타르트를 다 먹은 뒤, 기다리던 아이가 알아서 뛰어나오기도 전에 끈적거리는 손가락으로 딱딱 소리를 냈다. 그는 온 신경을 집중해 손을 씻고 물기를 닦고는 아이에게 1세스테르티우스를 주었다. 술라가 손을 씻고 아이에게 더 적은 금액의 동전을 건네는 동안 스카우루스는 이야기를 이어나갔다.

"한때 내게는 아들이 있었네." 그는 차분한 목소리로 말했다. "썩 만족스러운 아이는 아니었지. 천성은 착했지만 약골에 겁쟁이였어. 내게는 아들이 하나 더 있지만 아직 너무 어려서 어떤 아이인지 모르겠어. 하지만 첫번째 경험을 통해 하나 배운 것이 있다네, 루키우스 코르넬리우스. 우리 조상들이 얼마나 걸출하든 간에 우리는 결국 자손들에게 의지해야 한다는 사실이지."

술라의 얼굴이 일그러졌다. "제 아들도 죽었어요. 그리고 제겐 다른 아들조차 없습니다."

"그렇다면 진작 그렇게 될 운명이었던 게지."

"다 우연이라 생각하지는 않으십니까, 최고참 의원님?"

"그리 생각하지 않아. 이곳에서 내 역할은 가이우스 마리우스를 절제시키는 것이라네. 로마는 내가 그렇게 해주기를 원했으니까. 난 단지 로마의 명을 따랐을 뿐이지. 요즘 보면 자네는 어쩐지 스카우루스보다는 마리우스를 더 닮아 있어. 그런데 자네를 절제시킬 만한 사람은 전혀 보이지 않는군. 어쩌면 자네는 사투르니누스 같은 사람 천 명보다 모스 마이오룸에 더 많은 해를 끼칠지도 몰라." 스카우루스가 말했다.

"약속드리겠습니다, 마르쿠스 아이밀리우스. 저로 인해 로마가 위험해지는 일은 없을 겁니다." 술라는 자신의 말을 곱씹어보더니 단서를 덧붙였다. "그러니까 최고참 의원님의 로마에 한해서 말이죠. 사투르니누스의 로마가 아니라."

"나도 진심으로 그렇게 되기를 바라네, 루키우스 코르넬리우스."

그들은 원로원 의사당 방향으로 움직였다.

"카토 리키니아누스가 캄파니아 전장을 지휘한다고 들었네." 스카우루스가 말했다. "그는 루키우스 율리우스 카이사르보다 다루기 힘든 인간이야. 만만치 않게 자신감이 부족하지만 훨씬 더 고압적이지."

"저를 귀찮게 하지는 못할 겁니다." 술라가 평온하게 말했다. "가이우스 마리우스는 그를 콩알이라 불렀고, 그의 에트루리아 원정을 콩알만한 임무라고 했지요. 그런데 저는 콩알 다루는 법쯤은 알고 있어요."

"어떻게 다루지?"

"뭉개버리면 되죠."

"자네에게 지휘권을 넘기려 하지 않을 거야. 내가 노력했지만 통하지 않았지."

"그런 건 전혀 중요하지 않습니다." 술라가 웃으며 말했다. "콩알을 뭉개버리면 지휘권은 자연히 저에게로 넘어올 테니까요."

다른 사람의 입에서 나온 말이었다면 스카우루스는 허풍이라 여기며 한바탕 폭소를 터뜨렸을 것이다. 하지만 술라의 입에서 나온 말은 섬뜩한 예언처럼 들렸다. 스카우루스는 웃는 대신 몸을 부르르 떨었다.

1월의 셋째 날 열일곱번째 생일을 맞게 된 마르쿠스 툴리우스 키케로는 깡마른 몸을 이끌고 마르스 평원의 군 입대 등록처로 갔다. 술라 2세와 절친했고 허풍스러울 정도로 자신감이 넘치던 이 젊은이는 근래 들어 많이 조용해졌다. 열일곱번째 생일을 앞두고 그는 자신의 운명이 이미 정해졌다고 생각했다. 잠시나마 촉망받았던 그의 미래는 내전이라는 끔찍한 불길에 사라지고 만 것이다. 한때 그가 서 있던 곳, 수많은 관중이 감탄의 눈길을 보내던 그곳에는 이제 아무도 없었다. 어쩌면 앞으로 누구도 그곳에 설 일이 없을지도 몰랐다. 퀸투스 바리우스 특별위원회를 제외한 모든 법정은 폐쇄되었다. 이 법정들을 관리해야 할 수도 담당 법무관은 자리를 비운 집정관을 대신해 로마를 통치하고 있었다. 이탈리아인들이 선전하고 있었기에 이 법정들이 앞으로 영원히 문을 열지 않을 가능성도 다분해 보였다. 이제 아흔 줄에 들어서 활동을 거의 접은 조점관 스카이볼라를 제외하면 키케로의 멘토와 스승들은 모두 사라지고 없었다. 크라수스 오라토르는 죽었고, 나머지는 죄다 전쟁의 소용돌이 속으로, 합법적인 망각 속으로 빨려들어갔다.

키케로에게 가장 두려운 것은 그와 그의 운명에 대한 사람들의 철저한 무관심이었다. 그가 아는 거물들 중에 로마에 남은 사람은 몇 안 되었고 하나같이 너무 바빴다. 물론 그는 그들을 찾아가 자신의 곤경에 대해, 자신의 특별함에 대해 호소하려고 했다. 하지만 스카우루스 최고 참 의원부터 루키우스 카이사르에 이르기까지 누구와도 직접 면담할 수가 없었다. 사실 그는 너무나 작은 물고기였고 아직 열일곱 살도 되지 않은, 한때 잠깐 포룸 로마눔에서 화려한 모습을 선보인 괴짜일 뿐이었다. 그런 그에게 거물들이 왜 관심을 가지겠는가? 이제는 죽은 사람의 피호민인 아버지의 말마따나, 특별한 지위 따위는 잊고 현실에 순응하며 불평 없이 사는 게 나을 듯했다.

그는 라타 가도 방면의 마르스 평원에 위치한 등록처에 도착했다. 아는 얼굴은 하나도 없었다. 등록관들은 중요하기는 하나 성가신 작업을 위해 뽑힌 노령의 뒷좌석 의원들로, 이 일이 전혀 즐거워 보이지 않았다. 키케로의 차례가 왔을 때 그나마 고개를 들어 그를 쳐다본 것은 등록관들 중 의장뿐이었다. 나머지는 산더미처럼 쌓인 두루마리를 살펴보느라 바빴다. 의장은 키케로의 발육이 덜 된 몸을 보고서(조롱박 모양의 거대한 머리 때문에 더 기괴해 보이는 몸이었다) 지극히 시큰둥한 기색을 띠었다.

"이름과 씨족명은?"

"마르쿠스 툴리우스입니다."

"아버지의 이름과 씨족명은?"

"마르쿠스 툴리우스입니다."

"할아버지의 이름과 씨족명은?"

"마르쿠스 툴리우스입니다."

"소속된 트리부스는?"

"코르넬리우스입니다."

"코그노멘이 있나?"

"키케로입니다."

"계급은?"

"1계급, 기사계급입니다."

"아버지께서 공마를 소유하고 있나?"

"아니요."

"본인의 장비를 직접 구입할 수 있나?"

"물론입니다."

"읽고 쓸 줄 아나?"

"물론입니다!"

"지방 트리부스 출신이군. 어느 지역인가?"

"아르피눔입니다."

"오, 가이우스 마리우스의 고향이군! 자네 아버지의 보호자는?"

"루키우스 리키니우스 크라수스 오라토르입니다."

"살아 있는 사람은 없나?"

"네, 없습니다."

"예비 군사 훈련을 받은 적은?"

"없습니다."

"칼의 한쪽 끝과 다른쪽 끝을 구분할 줄 아나?"

"칼을 쓸 줄 아는지 묻는 것이라면, 모릅니다."

"말은 탈 줄 아나?"

"네."

의장은 기록을 마치더니 신랄한 미소를 지으며 그를 올려다보았다. "1월의 노나이 이틀 전에 다시 오게, 마르쿠스 툴리우스. 그때 자네의 병역 의무에 대해 알려주겠네."

그걸로 끝이었다. 허구한 날 중에서 자기 생일에 다시 오라는 명령을 받은 것이다. 키케로는 등록처를 떠나면서 엄청난 모멸감을 느꼈다. 내가 누구인지 못 알아보다니! 분명 포룸 로마눔에서의 내 업적을 직접 보거나 들은 적이 있을 텐데! 하지만 그런 적이 있다면 아주 제대로 시치미를 뗀 셈이다. 그들은 키케로에게 군사 임무를 맡길 작정인 듯했다. 사무 관련 임무를 맡게 해달라고 애원해봐야 그들에게 겁쟁이로 낙인찍힐 것이 분명했고, 키케로는 그것을 꿰뚫어볼 만큼 똑똑했다. 그래서 입을 다물었다. 훗날 집정관 선거에 출마했을 때 상대 후보가 지적할 만한 오점을 자기 이름 옆에 남기고 싶지는 않았다.

그는 또래보다 연배가 있는 사람들과 친하게 지낸 까닭에, 지금 이런 비밀을 털어놓을 만한 사람이 주변에 없었다. 티투스 폼포니우스부터 고인이 된 보호자의 조카나 종손들, 그 자신의 사촌에 이르기까지 모두들 로마 바깥 어딘가에서 복무중이었다. 유일하게 찾아갈 만한 친구였던 술라 2세는 이미 죽은 몸이었다. 집 말고는 갈 곳도 없었다. 쿠프리우스 구로 방향을 튼 그는 절망의 화신과 같은 모습으로(또한 절망의 화신과 같은 심정으로) 카리나이 지구에 있는 아버지의 저택을 향해 터덜터덜 걸어갔다.

열일곱 살이 된 모든 로마 시민 남성은(요즘에는 심지어 최하층민까지도) 병역 의무 수행을 위해 등록을 마쳐야 했다. 하지만 이탈리아인과의 전쟁이 발발하기 전까지 키케로는 단 한 번도 자신이 병사가 되어 싸우리라 생각한 적이 없었다. 그는 포룸 로마눔의 스승들을 통해 본인의 문학적 재능을 한껏 발휘할 수 있는 자리를 확보할 작정이었고, 행진을 제외하면 쇠사슬 갑옷을 입거나 칼을 차는 일도 없으리라 예상했다. 하지만 그에게는 그런 행운이 따르지 않았다. 그는 조만간 자신이 끔찍이 싫어하는 군사 규율에 얽매이게 될 것임을 직감적으로 알 수 있었다. 자신이 죽게 되리라는 것도.

로마에서의 삶이 안락하지도 행복하지도 않았던 그의 아버지는 겨울을 앞두고 광대한 토지를 돌보러 아르피눔으로 돌아간 상태였다. 아버지는 장남이 군에 입대한 이후에나 로마로 돌아오리라는 것을 키케로는 알고 있었다. 이제 여덟 살 난 동생 퀸투스는 아버지와 함께 고향으로 떠났다. 그는 형처럼 총명하지 않았고 내심 시골에서의 삶을 선호했다. 그 때문에 키케로의 어머니 헬비아는 홀로 로마에 남아 장남을 돌보고 집안일을 해야 했다. 그녀로서는 그 상황이 억울하기 짝이 없었다.

"넌 정말이지 성가신 녀석이야!" 너무 외롭고 불행한 나머지 어머니라면 자신을 동정해주지 않을까 기대하며 집으로 들어온 아들에게 그녀가 말했다. "너만 아니었더라면 지금쯤 나는 네 아버지와 함께 집에 있을 거야. 이렇게 터무니없이 비싼 집세를 내고 있지도 않겠지. 이 도시의 노예들은 죄다 도적 아니면 사기꾼이라 온종일 장부를 검사하고 일거수일투족을 감시해야 돼. 포도주에 물을 타질 않나, 최고급 올리브 값을 가져가서 최하급 올리브를 식탁에 내놓질 않나, 빵과 기름 값을 반씩이나 떼먹질 않나, 자기네들이 더 퍼먹고 마시질 않나. 장보기도 나 혼자 해야 할 판이야." 그녀는 잠시 멈추고 숨을 골랐다. "다 네 탓이다, 마르쿠스! 네 미친 야망 때문이야! 주제를 알아야 한다고 매번 얘기했잖니. 그런다고 내 말을 귓등으로나 듣나. 넌 교묘하게 아버지를 꼬드겨서 우리 귀한 재산을 네 고상한 교육비로 탕진하고 있어. 넌 제2

의 가이우스 마리우스가 될 수 없어, 너도 알겠지만! 내가 아는 사람 중 제일 어설프게 생겨먹은 주제에. 호메로스와 헤시오도스가 다 무슨 소용이니? 종이에서 먹을 게 나와? 종이만 들여다본다고 출세할 수 있어? 그런데도 난 여기 처박혀 있어. 이게 전부 다……"

그는 더 듣고 있을 수가 없었다. 키케로는 귀를 틀어막고 그의 서재로 도망쳤다.

그가 서재를 차지할 수 있었던 것은, 똑똑하고 특별하고 장래가 촉망되는 아들에게 아버지가 서재를 기꺼이 양보해준 덕분이었다. 원래 출세욕을 가지고 있던 것은 아버지였으나 그는 곧 아들에게 그것을 넘겨주었다. 이런 신동을 고향인 아르피눔에 남겨둔다? 절대 있을 수 없는 일이었다! 키케로가 태어나기 전까지 아르피눔 출신의 유일한 유명인사는 가이우스 마리우스였으나, 툴리우스 키케로 집안에서는 그리 똑똑하지 않은 마리우스 집안을 늘 한 수 아래로 보았다. 마리우스 가문에서 전쟁의 인물, 행동가를 배출했다면 툴리우스 키케로 가문에서는 사상가를 배출하리라. 행동가는 나타났다가 사라지기 마련이다. 하지만 사상가는 영원히 남는다.

어린 사상가는 서재 문을 닫고 어머니가 못 들어오게 빗장을 잠근 뒤 울음을 터뜨렸다.

자신의 생일에, 키케로는 후들거리는 다리로 마르스 평원의 군 입대 등록처를 찾아갔다. 두번째 질의응답은 처음보다 훨씬 간단했다.

"코그노멘을 포함한 전체 이름은?"

"마르쿠스 툴리우스 키케로 2세입니다."

"소속된 트리부스는?"

"코르넬리우스입니다."

"계급은?"

"1계급입니다."

오늘 임무를 배정받을 사람들을 위한 두루마리 속에서 그의 두루마리가 발견되었다. 그는 이 두루마리를 그의 지휘관에게 제출해야만 했다. 현실적인 로마인들은 누군가 구두 명령을 어길 가능성을 간과하지 않았다. 그래서 카푸아의 모병 담당관에게도 따로 두루마리 사본을 하나씩 전달했다.

위원회 의창은 다소 긴 내용이 적힌 키케로의 명령서를 꼼꼼히 읽더니 싸늘한 눈빛으로 그를 올려다보았다.

"마르쿠스 툴리우스 키케로 2세, 마침 자네의 임무에 대해 따로 요청한 사람이 있다네." 의장이 말했다. "원래 자네는 카푸아에서 군단병으로 훈련받을 예정이었지. 그런데 자네를 두 집정관 중 한 분의 군관으로 배속하라는 최고참 의원님의 특별 요청이 있었어. 따라서 자네는 나이우스 폼페이우스 스트라보의 소속으로 배치되었네. 내일 새벽에 그의 자택으로 출근해 지시를 따르도록. 본 위원회는 자네에게 예비 훈련 경험이 없는 점을 감안해서 본격적인 임무를 시작하기 전까지 마르스 평원의 훈련장에서 모든 시간을 보낼 것을 권고하네. 이상. 그만 가보도록."

안도감이 밀려들면서, 키케로의 다리는 이전보다 더 심하게 후들거렸다. 그는 소중한 두루마리를 받아들고 서둘러 자리를 떠났다. 군관 임무라니! 오, 마르쿠스 아이밀리우스 스카우루스 최고참 의원님께 모든 신들의 축복이 따르기를! 고맙습니다, 고맙습니다! 나이우스 폼페이우스께 절대 없어서는 안 될 소중한 인재가 되겠어. 그분의 군사 기록자라든지 연설 작성자가 되어 절대 직접 칼을 드는 일은 없도록 해야지!

그는 마르스 평원의 군사 훈련에 참여할 생각이 전혀 없었다. 열여섯 살 생일 전에 한번 시도했다가 엉성한 발, 둔한 손, 느린 눈, 훈련에 집중할 수 없는 자신을 발견했기 때문이다. 나무칼 훈련 동작을 익히는 짧은 시간 동안 그는 주변의 시선을 한몸에 받았다. 하지만 이번에는 포룸 로마눔에서처럼 존경하고 감탄해마지않는 시선이 아니었다. 마르스 평원에서 그가 선보인 우스꽝스러운 동작에 주변 사람들은 옆구리가 결리도록 웃어댔다. 시간이 갈수록 그는 모든 소년들의 놀림감으로 전락했다. 다들 그의 날카롭고 높은 목소리를 놀려댔고 칭얼대는 듯한 웃음소리를 흉내냈다. 그의 박식함을 대수롭지 않게 여겼으며, 그의 애늙은이 기질은 광대극 주인공을 빼닮았다고 생각했다. 키케로는 군사 훈련을 포기하며 다시는 그런 데 참여하지 않겠노라 다짐했다. 어떤 열다섯 살 소년이 놀림감이 되기를 원하겠냐마는, 특히 이 열다섯 살 소년은 이미 어른들에게까지 인정받은 경험이 있었고 자신의 특별함에 대해 남다른 자부심을 지니고 있었던 것이다.

절대 군인이 될 수 없게 타고난 사람도 있는 법이라고 그는 혼자 결론을 내렸다. 그가 바로 그런 사람 중 하나였다. 비겁해서가 아니었다! 딱할 정도로 부족한 신체적 역량 탓이었다. 그렇다고 해서 그의 타고난 성품이 나약하다는 뜻은 아니었다. 그 또래 남자아이들의 멍청함은 짐승보다 나을 바가 없었고, 그들은 본인의 정신을 육체만큼 소중히 여기지 않았다. 왜 그들은 육체가 삐걱대기 시작하는 시기를 한참 지나서도 정신은 빛을 발한다는 사실을 모르는 걸까? 남과 달라지고 싶지 않은 걸까? 창으로 과녁을 명중하는 것이나 밀짚인형의 목을 단칼에 베는 것이 뭐 그리 대단하단 말인가? 과녁이나 밀집인형은 전장의 현실과는 너무도 동떨어져 있으며, 이런 상징물을 죽이려드는 유치한 아이들은 결국 현실을 혐오하게 되리라는 것을 간파할 정도로 키케로는 똑똑했다.

다음날 새벽, 그는 토가 비릴리스를 걸치고 포룸 로마눔 방향의 팔라티누스 언덕에 위치한 폼페이우스 스트라보의 자택으로 갔다. 그는 그곳에 모인 수백 명의 인파를 확인하고서, 아버지가 곁에 있었더라면 얼마나 좋았을까 하고 생각했다. 몇몇은 수사학 신동인 그를 알아보았지만, 말을 거는 사람은 아무도 없었다. 그는 폼페이우스 스트라보의 거대한 아트리움에서 가장 구석진 자리로 밀려났다. 그곳에서 몇 시간 동안 사람들 숫자가 줄어드는 것을 지켜보며 누군가 말을 걸어주기만을 기다렸다. 신임 수석 집정관은 현재 로마에서 가장 중요한 인물이었다. 모든 로마인들이 그와 말을 섞거나 그에게 부탁을 하고 싶어했다. 또한 그에게는 피케눔 출신으로 구성된 거의 군대 규모의 피호민들이 있었다. 하지만 키케로는 폼페이우스 스트라보의 저택에서 이 어마어마한 무리를 만나기 전까지는 그의 피호민 중 이렇게나 많은 사람들이 로마에 거주하고 있는지 미처 몰랐다.

남은 사람은 100여 명으로 줄어들었고, 키케로도 이제 슬슬 일곱 명의 서기 중 하나가 자신을 발견해주기를 바랐다. 바로 그때 비슷한 또래로 보이는 청년 하나가 슬금슬금 곁으로 다가와 벽에 몸을 기대고 그를 뜯어보았다. 청년의 깜빡거리는 눈은 차분했고 감정이 배제되어 있었으며, 평범한 갈색 눈의 키케로가 이제껏 봐왔던 눈 중에서 가장 아름다운 축에 속했다. 너무 커서 놀란 듯한 인상을 주며 맑고 짙은 하늘빛 눈동자는 강렬하다못해 독특하다는 표현이 어울릴 정도였다. 그의 부스스하고 숱 많은 밝은 금발에는 독특한 점이 두 가지 있었다. 첫째로 앞머리가 넓은 이마 위로 일어서 있었고, 둘째로 넓은 이마 한가운데 머리카락이 뾰족하게 한 가닥 내려와 있었다. 이 흥미로운 머리 모양 아래로 로마인답지 않은 생기발랄한 얼굴이 자리잡고 있었다. 입술은 얇았고 광대뼈는 툭 튀어나왔으며 코는 짧은 들창코였다. 턱은 움푹 패었고 분홍빛 피부에 희미한 주근깨가 비쳤으며 눈썹과 속눈썹은 머리카락처럼 금빛이었다. 그러나 전체적으로 아주 호감이 가는 인상이었다. 그 얼굴의 주인공은 키케로를 한동안 관찰하다가 웃음을 지었다. 그 미소가 어찌나 매력적인지 키케로는 홀딱 넘어가고 말았다.

"넌 누구니?" 젊은이가 물었다.

"마르쿠스 툴리우스 키케로 2세. 넌 누구야?"

"난 나이우스 폼페이우스 2세."

"스트라보?"

젊은 폼페이우스는 화난 기색 없이 웃었다. "내가 사팔뜨기처럼 보이나, 마르쿠스 툴리우스?"

"아니. 하지만 일반적으로 아들은 아버지의 코그노멘을 물려받는 거 아니야?" 키케로가 물었다.

"내 경우에는 그렇지 않아." 폼페이우스가 말했다. "내 힘으로 나만의 코그노멘을 얻을 거야. 마음에 드는 걸 다 정해두었어."

"어떤 건데?"

"막시무스."

키케로는 말 울음소리를 닮은 특유의 웃음소리를 냈다. "그건 조금 과하지 않나? '위대하다'는 뜻의 막시무스? 코그노멘은 자기가 정하는 게 아니야. 다른 사람들이 붙여줘야지."

"알아. 하지만 결국 그렇게 될 거야."

자신감 넘치기로는 둘째가라면 서러울 키케로가 봐도 폼페이우스의 자신감은 기가 막힐 정도였다. "행운을 빌어줄게." 키케로가 말했다.

"넌 여기 무슨 일로 왔어?"

"너희 아버지의 수습군관으로 배정받았어."

폼페이우스는 휘파람을 불었다. "오, 맙소사! 아버지는 널 안 좋아하실 텐데!"

"왜?"

폼페이우스의 눈동자는 다정한 빛을 잃고 다시 무감정한 상태로 돌아갔다. "넌 약골이니까."

"나이우스 폼페이우스, 나는 약골일진 몰라도 그 누구보다 똑똑해!" 키케로가 날카롭게 대꾸했다.

"그런 건 우리 아버지께 깊은 인상을 심어주지 못해." 스트라보의 아들은 어깨가 떡 벌어진 자신의 건장한 몸을 만족스럽게 내려다보며 말했다.

그 말을 들은 키케로는 비참한 침묵에 빠져들었다. 이따금씩 그는 본인보다 나이가 네 배쯤 많은 사람들이 겪을 법한 우울에 시달렸는데, 지금 그런 우울이 그를 덮친 것이다. 그는 침을 삼키고 바닥을 내려다보며, 폼페이우스가 자기를 내버려두고 어디론가 사라져버렸으면 하고 바랐다.

"그런 걸 가지고 의기소침해질 이유는 전혀 없어." 폼페이우스가 씩씩하게 말했다. "어쩌면 넌 칼과 방패를 들면 사자 같을지도 모르잖아! 아버지께선 그런 사람을 좋아하셔!"

"난 칼과 방패를 든 사자가 아니야." 키케로가 빽빽거리는 목소리로 답했다. "그렇다고 해서 생쥐도 아니야. 사실 손발을 놀리는 일에는 젬병이라 내 맘처럼 되지도 않고 나아지지도 않더라고."

"포룸 로마눔을 으스대며 오락가락할 때는 괜찮아 보이던데." 폼페이우스가 말했다.

키케로는 헉 소리를 냈다. "내가 누군지 안단 말이야?"

"당연하지." 숱 많은 속눈썹이 반짝이는 눈동자 위로 얌전히 내려앉았다. "난 연설 같은 건 소질이 없어. 그것도 엄연한 사실이지. 가정교사들이 몇 년간 날 무진장 패댔지만 결국 나아진 게 없어. 내가 보기엔 전부 시간 낭비였지. 개성이나 묘사를 살리기는커녕 잠언과 경구도 구분할 줄 모르는걸!"

"제대로 된 연설도 못하면서 어떻게 '위대하다'는 뜻의 코그노멘을 얻을 수 있겠어?" 키케로가 물었다.

"너야말로 칼도 쓸 줄 모른다면서 어떻게 위대해질 수 있겠어?"

"오, 알겠다! 넌 또다른 가이우스 마리우스가 되려는 거구나."

폼페이우스는 이런 비교가 불쾌했는지 얼굴을 찌푸렸다. "또다른 가이우스 마리우스라니!" 그는 으르렁거렸다. "나는 그냥 내가 될 거야. 가이우스 마리우스 따위는 풋내기처럼 비치도록 만들겠어!"

키케로는 눈두덩이 두툼한 갈색 눈을 반짝이며 낄낄거렸다. "오, 나이우스 폼페이우스, 그거 마음에 드는걸!" 그는 크게 소리쳤다.

풍채 좋은 남자가 다가오자 두 청년은 뒤를 돌아봤다. 그곳에 나이우스 폼페이우스 스트라보가 서 있었다. 위압감을 주는 장신은 아니었지만 우람한 체격 덕분에 그의 몸은 건장해 보였다. 아들과 딱히 안 닮았다고도 말할 수 없는 외모였다. 다만 스트라보의 눈은 아들처럼 새파랗지 않았고, 너무 심한 사팔뜨기라 정말 자기 콧잔등 외에는 아무것도 보이지 않을 듯했다. 스트라보는 그 눈 때문에 추해 보이는 동시에 수수께끼 같은 인물로 비쳤다. 너무 심란하고 기이한 생김새라 그 눈 속에 무엇이 담겨 있는지 아무도 알 수 없었기 때문이다.

"이 청년은 누구냐?" 그는 아들에게 물었다.

이때 젊은 폼페이우스가 어찌나 멋진 답변을 했던지 키케로는 그 순간을 결코, 절대로 잊지 않았으며 두고두고 폼페이우스에게 감사해했다. 폼페이우스는 다부진 팔로 키케로의 어깨를 꽉 감쌌다.

그는 대수롭지 않다는 듯 쾌활하게 답했다. "이쪽은 제 친구 마르쿠스 툴리우스 키케로 2세예요. 아버지의 군관으로 배정받아 왔는데, 아버지께서는 전혀 걱정하실 것 없어요. 제가 알아서 돌볼 테니까요."

"허!" 폼페이우스 스트라보가 불만스러운 소리를 냈다. "너를 내게 보낸 사람이 누구냐?"

"마르쿠스 아이밀리우스 스카우루스 최고참 의원님입니다." 키케로는 기어들어가는 소리로 말했다.

수석 집정관이 고개를 끄덕였다. "오, 그러시겠지, 빈정대기 좋아하는 좆같은 영감탱이! 지금쯤 분명 집에서 미친듯이 웃어대고 있을 거야." 그는 관심 없다는 듯 몸을 돌렸다. "이봐, 구린내 나는 애송이, 내 아들 친구라서 다행인 줄 알아. 안 그랬으면 돼지 먹이로 던져버렸을 테니까."

키케로의 얼굴이 붉게 달아올랐다. 그는 저속한 말투를 혐오하는 집안 출신이었고, 그의 아버지는 그런 말투를 절대 용납할 수 없다고 말하곤 했다. 그런데 수석 집정관 입에서 그런 말이 나오다니 충격 그 자체였다.

"넌 정말 계집애 같구나, 마르쿠스 툴리우스, 안 그래?" 폼페이우스가 씩 웃으며 물었다.

"거친 욕설 말고도 우리의 위대한 라틴어를 우아하고 아름답게 구사하는 방법은 얼마든지 있어." 키케로가 위엄 있게 말했다.

하지만 새 친구의 표정은 위험할 정도로 굳어졌다. "지금 우리 아버지를 욕하는 거야?" 그가 추궁했다.

키케로는 급히 한발 물러섰다. "아니, 나이우스 폼페이우스, 그게 아니야! 네가 날 계집애라고 부른 것을 두고 한 말이야!"

폼페이우스는 긴장을 풀고 다시 웃기 시작했다. "너도 조심하는 게 좋을 거야! 난 우리 아버지를 흉보는 사람들을 싫어하니까." 그는 이상하다는 듯 키케로를 힐끗 쳐다봤다. "세상에는 나쁜 말도 많아, 마르쿠스 툴리우스. 심지어 시인들도 이따금 그런 말을 쓰는걸. 로마 건물에도 많이 적혀 있고, 특히 사창가나 공중변소 주변에 아주 많지. 게다가 장군이 병사들을 좆놈이나 좆대가리, 혹은 그보다 더 심한 말로 부르지 않으면 그 장군은 베스타 신전의 거만한 신녀 취급을 당한단 말이지."

"그렇다면 난 눈과 귀를 전부 닫아야겠네." 키케로는 이 말을 내뱉고 주제를 바꿨다. "나를 보호해줘서 정말 고마워."

"고마워할 것 없어, 마르쿠스 툴리우스! 우리는 잘 어울리는 한 쌍 같아. 넌 내가 보고서와 편지 작성하는 것을 도와주고, 난 네가 칼과 방패 다루는 것을 도와주는 거지."

"좋아." 키케로는 이 말을 하고는 가만히 서 있었다.

폼페이우스는 자리를 뜨려고 하다가 뒤를 돌아보았다. "갑자기 왜 그래?"

"너희 아버지께 내 명령서를 전해드리지 않았어."

"그냥 버려." 폼페이우스가 가볍게 말했다. "오늘부터 넌 내 소속이야. 어차피 아버지는 네가 있는 줄도 모르실 거야."

그제야 키케로는 주랑정원으로 향하는 폼페이우스를 뒤따라갔다. 두 사람은 서늘한 햇볕이 드는 자리를 발견했다. 폼페이우스는 자기가 수사학과 인연이 없다고 단언했지만, 사실 말하는 것을 아주 좋아했고 특히 남의 이야기를 좋아했다.

"가이우스 베티에누스에 대한 소문 들었어?"

"아니." 키케로가 말했다.

"군복무를 면제받으려고 오른손 손가락을 다 잘라버렸대. 수도 담당 법무관 킨나는 그에게 평생 카푸아의 병영에서 노예로 일하라는 선고를 내렸어."

키케로는 등줄기가 서늘해졌다. "참 이상한 선고네, 안 그래?" 그는 재판 결과에 흥미를 느끼며 물었다.

"뭐, 그 사람을 본보기로 만들어야만 했을 테니까! 국외 추방형이나 벌금 정도로 끝낼 수는 없잖아. 우리는 동방의 왕들과 달라서 죄인이 늙어 죽을 때까지 감옥에 가둬두지 않아. 한 달을 가둬두는 경우조차 없잖아! 솔직히 킨나의 해결책은 아주 현명하다고 생각해." 폼페이우스는 씩 웃으며 말했다. "카푸아 병영의 친구들은 베티에누스의 인생을 아주 영원히 지옥으로 만들어줄 테니까!"

"분명 그럴 거야." 키케로는 침을 꿀꺽 삼키며 말했다.

"자, 어서, 이제 네 차례야!"

"무슨 차례?"

"무슨 말이든 좀 해봐."

"아무 생각도 안 나는 걸, 나이우스 폼페이우스."

"아피우스 클라우디우스 풀케르의 아내 이름은 뭐지?"

키케로는 눈만 껌뻑거렸다. "모르겠는데."

"그렇게 머리가 좋으면서 아는 게 없구나, 안 그래? 그렇다면 내가 말해줄게. 카이킬리아 메텔라 발레아리카야. 참 거창한 이름 아냐?"

"아주 위엄 있는 가문이지."

"하지만 앞으로 우리 가문은 그보다 더 유명해질 거야."

"그 여자는 왜?" 키케로가 물었다.

"얼마 전에 죽었어."

"오."

"루키우스 율리우스가 선거 감독을 하려고 로마로 돌아온 직후에 그녀는 꿈을 꿨어." 폼페이우스는 수다를 풀어놓았다. "그리고 이튿날 아침, 루키우스 율리우스를 찾아가 꿈에 유노 소스피타 여신이 나타나 자기 신전이 역겨울 정도로 더럽다는 불평을 했다고 전했어. 최근에 어떤 여자가 그 신전으로 기어들어와 아기를 낳다 죽었는데, 시신만 치우고 바닥을 청소하지 않았다는 거였지. 그래서 루키우스 율리우스와 카이킬리아 메텔라 발레아리카는 걸레와 양동이를 들고 가서 무릎을 꿇고 바닥을 닦았어. 상상이나 돼? 루키우스 율리우스의 토가는 온통 엉망이 됐지. 그는 여신에게 예를 갖춰야 한다며 토가를 벗지 않았거든. 그런 다음 그는 곧장 원로원 의사당으로 가서 이탈리아인에 대한 법률을 발표했어. 그리고 신전을 더럽게 방치한 원로원을 호되게 꾸짖으며, 신들을 제대로 모시지도 않으면서 어떻게 로마가 승전하기를 바라느냐고 물었지. 그랬더니 다음날 원로원 의원들이 죄다 걸레와 양동이를 들고 모든 신전을 청소하고 다녔다더군." 폼페이우스가 잠시 멈췄다. "왜 그래?"

"넌 어떻게 이런 걸 다 알고 있니, 나이우스 폼페이우스?"

"난 사람들이 하는 말을 열심히 들어, 심지어 노예들이 하는 말도. 넌 하루종일 뭘 하는데? 호메로스 읽기?" 폼페이우스가 맞받아쳤다.

"호메로스는 몇 년 전에 다 뗐어." 키케로가 흐뭇하다는 듯 말했다. "최근에는 위대한 웅변가들의 연설문을 읽고 있지."

"그러면서 로마 시내에서 벌어지는 일은 전혀 모르는구나."

"이제 너랑 알고 지내면서 차차 배우겠지. 그럼 여신의 꿈을 꾸고 유노 소스피타 신전을 청소했던 아피우스 클라우디우스 풀케르의 아내가 갑자기 죽음으로써 사람들에게 교훈을 심어주었다는 이야기야?"

"아주 갑작스러운 죽음이었어. 루키우스 율리우스는 대단한 재앙이라 여기고 있지. 그녀는 로마에서 가장 존경받는 부인 중 하나니까. 자녀가 여섯 명인데 모두 한 살 터울이고 막내는 이제 겨우 한 살이거든."

"과연 7은 행운의 숫자로군." 날카로운 재치를 뽐내며 키케로가 말했다.

"그녀의 경우에는 그렇지 않았어." 반어법을 이해하지 못하는 폼페이우스가 말했다. "정말 이해하기 힘든 일이야. 아이를 여섯이나 순산했는데 말이지. 루키우스 율리우스는 신들의 분노 탓이라고 하더라."

"그는 자신의 새로운 법이 신들의 분노를 달래줄 수 있다고 생각하는 건가?"

폼페이우스는 어깨를 으쓱했다. "모르겠어. 아는 사람이 아무도 없더라고. 다만 우리 아버지께서 그 법을 지지하시니까 나도 지지하는 입장이야. 아버지께서는 이탈리아 갈리아 내에서 라티움 시민권이 부여된 모든 지역의 거주자에게 완전한 시민권을 주는 법안을 통과시키려고 하셔."

"게다가 마르쿠스 플라우티우스 실바누스는 새로운 법을 제정할 거야. 그 법이 통과된 지 60일 이내에 로마 내의 법무관에게 직접 신청하는 경우, 이탈리아인 명부에 올라 있는 그 어떤 사람에게도 시민권을 줄 수 있도록 말이지." 키케로가 말했다.

"그래, 실바누스 말이지. 하지만 그건 그의 친구 가이우스 파피리우스 카르보와의 합작품이야." 폼페이우스가 정정해주었다.

"이제야 이야기가 재밌어지는데!" 키케로의 얼굴은 생기가 돌면서 밝아졌다. "법률과 법률 제정. 내가 좋아하는 분야야!"

"그런 걸 좋아하는 사람이 있다니 다행이군. 내가 보기에 법은 그저 골칫거리야. 법이란 항상 특출한 재능으로 두각을 드러내는 특출한 인물을 겨냥하거든. 특히 어린 나이에 두각을 드러내는 사람 말이야."

"인간은 법체계 없이 살 수 없어!"

"특출한 사람이라면 가능해."

폼페이우스 스트라보는 수도 담당 법무관 아울루스 셈프로니우스 아셀리오가 아주 유능한 사람이므로 자신이나 루키우스 카토가 떠나도 문제없을 것이라 말하면서도 로마를 떠날 생각을 하지 않았다. 하지만 얼마 지나지 않아 그가 떠나지 못하는 진짜 이유는 율리우스법 이후에 쏟아져나온 법안들을 감시하기 위해서임이 밝혀졌다. 차석 집정관 루키우스 포르키우스 카토 리키니아누스는 폼페이우스 스트라보에게 그 문제를 전적으로 맡겨두고 떠났다. 두 집정관의 관계는 그리 원만하지 않았던 것이다. 루키우스 카토는 처음에 캄파니아로 떠났다가 이후 마음을 바꿔 중앙 전장에 머무르기로 했다. 폼페이우스 스트라보는 피케눔에서 전쟁을 이어가고자 하는 의도를 숨기지 않았다. 그런데도 그는 아스쿨룸 피켄툼을 포위하는 임무를 섹스투스 카이사르에게 맡겼다. 섹스투스 카이사르의 호흡기는 상태가 좋지 않았고 더군다나 그해 겨울은 유난히도 추웠다. 섹스투스 카이사르는 출정한 지 얼마 지나지 않아, 더러워진 진지에서 새로운 진지로 이동중이던 피케눔 반란군 8천 명을 카메리눔 외곽에서 죽였다는 소식을 전했다. 폼페이우스 스트라보는 씩씩거리면서도 로마를 떠나지 않았다.

그가 제안한 폼페이우스법은 별 반대 없이 민회를 통과했다. 이 법에 따라 파두스 강 이남의 라티움 시민권이 부여된 모든 마을 주민에게는 완전한 로마 시민권이 주어졌고, 파두스 강 이북의 아퀼레이아, 파타비움, 메디올라눔 주민에게는 라티움 시민권이 부여되었다. 이제 이 크고 부유한 마을들의 주민은 죄다 폼페이우스 스트라보의 피호민이 되었다. 이는 애초에 그가 이 법을 제안한 이유이기도 했다. 하지만 시민권을 진정으로 옹호하진 않았던 폼페이우스 스트라보는 이후 세 가지 시민권법의 수혜자들이 얻게 될 권리를 피소 프루기가 제한하도록 허락했다. 피소 프루기는 트리부스 두 개를 신설해 새 시민권법의 수혜자들이 모두 그 트리부스에 소속되도록 하고, 기존의 서른다섯 개 트리부스에는 처음부터 로마인이었던 사람들만 포함되도록 하는 법을 제정했다. 하지만 에트루리아와 움브리아에서 로마 해방노예보다 나을 것이 없는 이런 부당한 처우에 불만을 드러내자, 피소 프루기는 새롭게 로마 시민이 된 사람들이 신규 트리부스 두 개는 물론 기존 트리부스 중 여덟 개로도 등록될 수 있도록 법률을 개정했다.

이후 수석 집정관은 감찰관 선거를 실시했고, 루키우스 율리우스 카이사르와 푸블리우스 리키니우스 크라수스가 당선되었다. 루키우스 카이사르는 임기가 시작되기도 전에 그의 조상인 아이네아스를 기리는 차원에서 그가 사랑한 도시 일리움, 즉 트로이아에 부과되는 세금을 전액 면제하겠다고 발표했다. 트로이아는 아주 작은 마을이었기 때문에 그는 별다른 반대 없이 뜻을 이룰 수 있었다. 스카우루스 최고참 의원이 있었더라면 반대했을지도 모르지만, 그는 난민 신세로 전락한 비티니아의 니코메데스 왕과 카파도키아의 아리오바르자네스 왕을 만나느라 바빴다. 두 왕은 우는소리를 하며 열심히 뇌물을 썼다. 그들은 어째서 로마가 다가오는 미트리다테스와의 전쟁보다 이탈리아인과의 전쟁에 더 몰두하는 것인지 도무지 이해할 수 없었다.

루키우스 카이사르의 시민권 법안에 가장 심하게 반대했던 인물은 퀸투스 바리우스였다. 그는 자신이 이 법의 첫번째 희생자가 될 것을 두려워했다. 신임 호민관들은 늑대처럼 그에게 달려들었고, 그 선봉에는 마르쿠스 플라우티우스 실바누스가 있었다. 플라우티우스 재판법은 순식간에 통과되었고, 한때 이탈리아인에 대한 시민권 허용을 지지하는 사람들을 기소했던 바리우스 특별위원회는 이제 이탈리아인에 대한 시민권 허용에 반대하는 사람들을 기소하는 플라우티우스 특별위원회로 탈바꿈했다. 플라우티우스 특별위원회의 첫 재판 준비를 맡게 된 행운아는 루키우스 카이사르의 동생인 사팔뜨기 카이사르 스트라보였으며, 피고는 퀸투스 바리우스 세베루스 히브리다 수크로넨시스였다.

카이사르 스트라보의 기술은 언제나 그랬듯 완전무결했다. 바리우스는 재판에서 유죄판결을 받을 것이 분명했다. 플라우티우스 재판법에 따라 특별위원회의 배심원은 기사계급이 아니라 서른다섯 개 트리부스의 다양한 계급 출신으로 채워졌기 때문이다. 바리우스는 결국 독약을 마셨다. 그와 절친하던 루키우스 마르키우스 필리푸스와 젊은 가이우스 플라비우스 핌브리아는 이를 분통하고 애통하게 여겼다. 하지만 바리우스는 독약 선택에 실패한 탓에 며칠 동안 극심한 고통에 시달리고서야 세상을 하직했다. 극소수의 지인들만 그의 장례식을 찾았다. 그곳에서 핌브리아는 카이사르 스트라보에게 복수하고 말겠다고 맹세했다.

"그런다고 내가 겁내는가 보라지." 카이사르 스트라보는 자신의 형인 퀸투스 루타티우스 카툴루스 카이사르와 루키우스 율리우스 카이사르에게 말했다. 그들은 장례식에 직접 참석하지 않고 원로원 계단에서 스카우루스 최고참 의원과 함께 장례식을 구경했다.

"자네는 헤르쿨레스나 하데스에게도 도전할 기세로군." 이 말을 내뱉는 스카우루스의 눈동자가 흔들렸다.

"제가 무엇에 도전할 생각인지 알려드리죠. 전 법무관이 되기도 전에 집정관에 출마할 겁니다." 카이사르 스트라보는 재빨리 말했다.

"대체 왜 그런 짓을?" 스카우루스가 물었다.

"법이 의미가 있는 건지 시험해보려고요."

"아아, 변호인들이란!" 카툴루스 카이사르가 외쳤다. "정말 하나같이 똑같다니까. 베스타 신녀들의 처녀성이 법적으로 의미하는 바도 시험하려고 들겠지. 조만간 분명 그럴 거야."

"그건 이미 시험했을 텐데요!" 카이사르 스트라보가 소리내어 웃었다.

"자, 그럼." 스카우루스가 말했다. "난 이만 가이우스 마리우스를 보러 가야겠네. 그런 다음 집에 가서 연설문을 작성할 생각이야." 그는 카툴루스 카이사르를 쳐다보았다. "언제 카푸아로 떠날 예정인가?"

"내일입니다."

"퀸투스 루타티우스, 부탁인데 내일 떠나지 말게! 다음 장날까지 기다렸다가 내 연설을 듣고 가게나! 내 인생에서 가장 중요한 연설 중 하나가 될 것이 분명하니까."

"특별한 내용이 있는 모양이군요." 카툴루스 카이사르가 말했다. 그는 자기 아우인 루키우스 카이사르가 트로이아의 세금을 면제해주는 현장을 직접 확인하려고 로마로 돌아와 있었다. "주제가 무엇인지 여쭤도 될까요?"

"오, 물론이지. 폰토스의 미트리다테스 왕과의 전쟁 준비라네." 스카우루스가 나긋나긋하게 말했다.

카이사르 형제들의 시선이 모두 그에게 쏠렸다.

"다들 그 전쟁의 가능성을 믿지 않는 눈치군그래. 하지만 그리될 것이네. 분명 전쟁이 날 거야!" 스카우루스는 이 말을 남기고 아르겐타리우스 언덕길로 향했다.

그를 맞이한 것은 율리아와 그녀의 올케 아우렐리아였다. 너무도 아름답고 지극히 로마인다운 두 여인에게 새삼 감동받은 스카우루스는 그들의 손에 입을 맞추었다. 스카우루스로서는 평소답지 않은 예우였다.

"몸이 안 좋으세요, 마르쿠스 아이밀리우스?" 율리아는 미소 띤 얼굴로 질문을 하고는 아우렐리아를 한번 쳐다보았다.

"아주 피곤하군요, 율리아. 하지만 미인들을 몰라볼 정도는 아니지요." 스카우루스는 서재 문을 향해 고갯짓을 했다. "우리 위인은 오늘 좀 어떻습니까?"

"한결 나아지셨어요. 아우렐리아 덕분이지요." 위인의 아내가 말했다.

"그래요?"

"새로운 친구가 생겼거든요."

"그래요?"

"제 아들, 카이사르 말이죠." 아우렐리아가 말했다.

"꼬마 말이오?"

율리아는 그를 서재로 안내하며 웃었다. "아직 열한 살도 되지 않았으니 꼬마라고 할 수도 있겠죠. 하지만 마르쿠스 아이밀리우스, 이 아이는 다른 모든 면에 있어서 당신만큼이나 원숙하답니다. 가이우스 마리우스의 상태는 빠르게 호전되고 있어요. 하지만 그는 너무 지루해해요. 아직 마비 때문에 걷기 힘든데도 침상에 누워 있는 것을 못 견뎌요." 그녀는 문을 열고 말했다. "여보, 마르쿠스 아이밀리우스께서 찾아오셨어요."

마리우스는 주랑정원 쪽으로 난 창문 아래 긴 의자에 누워 있었다. 마비된 좌반신에는 베개를 여러 개 받쳐놓았고, 우반신이 방 쪽을 향할 수 있도록 긴 의자를 돌려놓은 상태였다. 마리우스의 발치에 놓인 등받이 없는 의자에 아우렐리아의 아들이 앉아 있었다. 아니, 그 소년을 오늘 처음 만나는 스카우루스가 짐작하기엔 그러했다.

진정한 카이사르 가문의 얼굴이군. 방금 전까지 카이사르 가문의 세 인물과 함께 있었던 스카우루스는 그렇게 생각했다. 키가 크고 살결이 희고 잘생긴 아이였다. 자리에서 일어난 아이는 어딘지 아우렐리아를 닮은 것도 같았다.

"최고참 의원님, 이쪽은 가이우스 율리우스예요." 율리아가 말했다.

"자리에 앉아라, 애야." 스카우루스가 몸을 굽혀 마리우스의 오른손을 잡았다. "좀 어떻소, 가이우스 마리우스?"

"아주 천천히 나아지고 있소." 마리우스는 아직 말이 어눌했다. "보시다시피 여자들이 나에게 감시견을 붙였소. 나의 케르베로스(저승의 신 하데스의 문을 지키는 머리가 셋 달린 개―옮긴이)라오."

"감시 강아지라는 편이 더 맞겠소." 스카우루스는 소년 카이사르가 다시 자리에 앉기 전에 미리 가져다놓은 의자에 앉았다. "그래, 네 임무가 정확히 무엇이냐?"

"저도 아직 잘 모르겠어요." 어린 카이사르는 수줍어하는 기색 없이 말했다. "어머니께서 오늘 처음으로 절 이곳에 데려오셨거든요."

"여자들은 내게 책 읽어줄 사람이 필요하다고 생각한 모양이오." 마리우스가 말했다. "네 생각은 어떠냐, 카이사르?"

"저는 가이우스 마리우스 고모부께 책을 읽어드리기보다는 대화를 나누고 싶어요." 어린 카이사르는 주눅들지 않고 말했다. "마리우스 고모부께서는 책을 쓰지 않으시는데, 전 책을 쓰셨으면 하고 바랄 때가 있어요. 게르만족 이야기를 전부 듣고 싶거든요."

"이 아이는 아주 똑똑한 질문을 한답니다." 마리우스는 몸을 뒤척거리면서 말했다.

소년은 자리에서 벌떡 일어나 한쪽 팔을 마리우스의 오른쪽 겨드랑이에 깊숙이 집어넣고 있는 힘껏 고모부가 자세를 바꾸도록 도왔다. 이 과정에 소란이나 호들갑은 전혀 없었다. 어린아이치고 힘이 대단하다는 것을 짐작할 수 있었다.

"훨씬 낫구나!" 마리우스가 헐떡이며 말했다. 이제 그는 더 편안하게 스카우루스의 얼굴을 바라볼 수 있었다. "감시 강아지 덕에 한결 편해질 것 같소."

스카우루스는 그곳에 머무는 한 시간 동안 마리우스의 병세보다는 어린 카이사르에게 더 정신을 빼앗겼다. 그 아이는 함부로 나서지 않았고, 자신에게 던져진 질문에 성숙한 어른처럼 우아하고 품위 있는 답변을 내놓았다. 또한 마리우스와 스카우루스가 비티니아와 카파도키아를 침공한 미트리다테스에 대해 논의할 때는 열심히 귀를 기울였다.

"열 살 소년치고 책을 많이 읽었구나, 카이사르." 스카우루스는 자리에서 일어나며 말했다. "혹시 마르쿠스 툴리우스 키케로라는 소년을 알고 있니?"

"소문으로만 들어봤어요, 최고참 의원님. 로마 역사상 최고의 변호인이 될 거라고들 하던데요."

"그럴 수도 있겠지. 아닐 수도 있고." 스카우루스는 문 쪽으로 걸어가면서 말했다. "그애는 당분간 군복무를 해야 하거든. 이틀이나 사흘 후에 다시 찾아오겠소, 가이우스 마리우스. 내 연설을 들으러 원로원 의사당에 행차할 수 없을 테니 내가 이곳에 와서 당신 앞에서, 그리고 어린 카이사르 앞에서 연설을 하리다."

스카우루스는 극심한 피로를 느끼며 팔라티누스 언덕의 자택으로 발걸음을 옮겼다. 인정하고 싶지 않았지만 마리우스의 병세를 보니 마음이 심히 괴로웠다. 거의 반년이 지났는데도 그 위인은 자기 서재의 침상을 벗어나지 못하고 있었다. 어린아이라는 자극제(참으로 기발한 발상이었다!)가 어쩌면 도움이 될지도 몰랐다. 하지만 스카우루스는 오랜 친구이자 정적인 마리우스가 원로원 회의에 참석할 수 있을 정도로 기력을 회복하기는 힘들 것이라 생각했다.

길게 이어진 베스타 계단을 올라갔더니 아주 기진맥진했다. 그는 빅토리아 언덕길에서 잠시 멈추어 충분히 휴식을 취한 뒤 다시 집으로 갔다. 원로원 의원들에게 소아시아 문제의 시급성을 알려주는 과정에서 마주치게 될 난관들을 계산하느라 정신이 팔려 있었다. 마침내 자택 정문을 지났을 때 그를 맞은 것은 문지기가 아니라 그의 아내였다.

이 여인은 얼마나 아름다운가! 스카우루스는 아내의 얼굴을 보며 순수한 환희에 젖었다. 과거의 잘못은 이미 잊은 지 오래였고, 이제 진심으로 아내를 사랑하고 있었다. 선물 정말 고맙네, 퀸투스 카이킬리우스. 그는 세상을 떠난 친구 똥돼지 메텔루스 누미디쿠스에게 깊이 감사했다. 달마티카를 그에게 선물한 사람은 바로 누미디쿠스였던 것이다.

스카우루스는 손을 뻗어 그녀의 얼굴을 만졌다. 그녀의 품에 머리를 기대고 뺨을 그녀의 젊고 보드라운 피부에 맞댔다. 그는 눈을 감았다. 그리고 한숨을 내쉬었다.

"마르쿠스 아이밀리우스?" 달마티카는 남편의 체중이 갑자기 자신에게 쏠리자 살짝 휘청했다. "마르쿠스 아이밀리우스?"

그녀는 남편을 끌어안고 하인들이 달려올 때까지 비명을 질렀다. 하인들은 축 늘어진 스카우루스의 몸을 그녀에게서 떼어냈다. "무슨 일이냐? 무슨 일이야?" 그녀는 계속 물었다.

마르쿠스 아이밀리우스 스카우루스 최고참 의원을 눕혀놓은 긴 의자 옆에 무릎을 꿇고 있던 집사가 마침내 일어나면서 말했다. "돌아가셨습니다, 마님. 마르쿠스 아이밀리우스께서 돌아가셨습니다."

스카우루스 최고참 의원의 사망 소식이 전해진 것과 거의 때를 같이하여, 섹스투스 카이사르가 아스쿨룸 피켄툼을 포위하던 중 호흡기 염증으로 사망했다는 소식이 로마에 들려왔다. 섹스투스 카이사르의 보좌관 가이우스 바이비우스의 편지를 다 읽은 폼페이우스 스트라보는 마침내 결단을 내렸다. 스카우루스의 국장이 끝나는 즉시 아스쿨룸 피켄툼으로 직접 출정하겠노라 마음먹은 것이다.

원로원에서 국고를 털어 장례를 치르겠다고 나서는 것은 매우 드문 일이었다. 하지만 아무리 어려운 시기라도 스카우루스의 장례를 국장으로 치르지 않는다는 것은 상상조차 힘들었다. 모든 로마인이 그를 사랑했고 모든 로마인이 그의 죽음에 조의를 표했다. 햇빛에 거울처럼 반짝이는 마르쿠스 아이밀리우스의 벗어진 머리가 없는 로마는, 로마 명문가의 악당들을 철저히 감시하는 마르쿠스 아이밀리우스의 아름다운 녹색 눈이 없는 로마는, 마르쿠스 아이밀리우스의 재치와 유머와 용기가 없는 로마는 절대 이전과 같을 수 없었다. 사람들은 오랫동안 그를 그리워할 것이 분명했다.

마르쿠스 툴리우스 키케로에게 있어, 사이프러스 가지가 내걸린 상중의 로마를 떠난다는 것은 불길한 조짐이었다. 그가 사랑하는 모든 것들(포룸 로마눔과 책, 법률, 수사학 등)에 대해서라면 그도 죽은 것이나 다름없었다. 그의 어머니는 카리나이 지구에 위치한 저택의 세입자를 구하느라 바빴다. 아르피눔으로 돌아가려고 자기 짐은 다 싸놓았지만 키케로의 짐은 챙겨주지 않았다. 키케로가 작별인사를 하러 갔을 때 어머니는 집에 있지도 않았다. 그는 거리로 나왔다. 그의 가족에게는 영예로운 공마가 없었기 때문에 아버지가 마련해준 말에 올라탔다. 짐은 노새에 실었고, 실을 수 없는 짐은 모두 두고 갈 수밖에 없었다. 폼페이우스 스트라보는 가볍게 이동하기를 좋아했고 부하들의 거추장스러운 짐 때문에 속도가 느려지는 것은 참지 못했다. 키케로는 새로운 친구인 폼페이우스에게서 이 사실을 전해 들었다. 그는 한 시간 뒤 로마 외곽에 위치한 라타 가도에서 폼페이우스를 만났다.

거센 바람이 불어 시리도록 춥고 발코니와 나뭇가지에는 고드름이 매달린 가운데, 폼페이우스 스트라보의 군관들은 혹독한 겨울을 향해 북쪽으로의 여정을 시작했다. 개선식에 참여한 장군의 군대 중 일부는 마르스 평원에서 야영하고 있다가 한발 앞서 출발했다. 폼페이우스 스트라보의 나머지 6개 군단은 로마에서 멀지 않은 베이 외곽에서 기다리고 있었다. 로마를 출발한 군관들은 이곳에서 하룻밤을 보내야 했다. 키케로는 폼페이우스 스트라보 수하의 다른 수습군관들과 같은 막사에서 지내게 되었다. 젊은이 여덟 명의 나이는 제각각으로 최연소인 폼페이우스가 열여섯 살이었고 최연장자인 루키우스 볼룸니우스가 스물세 살이었다. 그날은 종일 이동하느라 다른 수습군관들과 사귈 시간조차 없었기 때문에 키케로는 막사를 설치할 무렵 큰 시련과 마주했다. 그는 천막 치는 법도 모르고 뭘 해야 할지도 몰라 비참한 심정으로 물러서 있었다. 때마침 폼페이우스가 나타났고, 키케로의 손에 줄을 쥐여주며 이걸 붙잡고 가만히 있으라고 일러주었다.

세월이 흘러 연륜을 갖춘 후 수습군관 막사에서의 첫날밤을 회상했을 때, 키케로는 당시 폼페이우스가 얼마나 교묘하고 드러나지 않게 자신을 도왔는지를 깨닫고 놀라곤 했다. 폼페이우스는 별다른 말없이 자신이 키케로의 보호자임을 주변에 보여줌으로써, 키케로가 외모나 부족한 운동 능력 탓에 괴롭힘을 당하는 일이 없도록 했다. 장군의 아들은 자타가 공인하는 그 막사의 대장이었다. 장군의 아들이라서가 아니었다. 책을 멀리하고 학식이 부족했음에도 폼페이우스는 매우 영특했고 남다른 자신감을 지니고 있었다. 그는 타고난 독재자로 발목 잡히는 것을 싫어했고 미련함을 용납하지 않았다. 어쩌면 그래서 키케로를 좋아하게 된 것인지도 몰랐다. 키케로는 절대 미련하지 않았고, 그의 발목을 잡을 입장도 아니었으므로.

"넌 옷가지가 좀 허술해 보여." 그는 키케로가 노새에서 내려 펼쳐놓은 소지품을 살펴보며 말했다.

"뭘 준비해야 하는지 알려준 사람이 없었어." 키케로는 추워서 이를 덜덜 떨며 파랗게 질린 얼굴로 말했다.

"어머니나 누이가 없어? 여자들은 뭘 준비해야 하는지 아는 것 같던 데." 폼페이우스가 말했다.

"어머니는 있지만 누이는 없어." 그의 떨림은 멈추지 않았다. "어머니 께선 나를 안 좋아하셔."

"승마용 바지 없어? 장갑은? 양모로 짠 두 겹 튜닉은? 두꺼운 양말도 없어? 양털모자도?"

"이게 전부야. 미처 생각을 못했어. 전부 다 아르피눔의 집에 있긴 하지만."

어떤 열일곱 살짜리 사내애가 따뜻한 옷을 준비할 생각을 할 줄 알까? 오랜 세월이 흐른 뒤에도 키케로는 자문해보곤 했다. 그 시절을 떠올리면, 당시 폼페이우스가 동의 따윈 구하지 않고 모든 동료로 하여금 키케로에게 방한용품을 나눠주게 했을 때 온몸에 퍼지던 따뜻한 기운이 생생히 되살아나는 듯했다.

"불평하지 마, 너희들은 충분히 갖고 있잖아." 폼페이우스는 다른 동료들에게 말했다. "마르쿠스 툴리우스는 어떤 면에서 좀 바보 같지만 다른 면에 있어서는 우리 모두를 합친 것보다 훨씬 똑똑해. 게다가 그는 내 친구야. 너희는 짐을 잘 챙겨주는 어머니와 누이가 있다는 사실에 고마워해야 돼. 볼룸니우스, 양말이 왜 여섯 켤레나 필요해? 어차피 갈아 신지도 않으면서! 그 장갑 내놔, 티투스 폼페이우스. 아이부티우스, 튜닉 한 벌만 줘. 테이데이우스도 튜닉 한 벌만. 푼딜리우스, 모자 하나만. 마이아니우스는 너무 잔뜩 싸와서 종류별로 하나씩 다 내놔도 되겠어. 그건 나도 마찬가지지만."

군대는 눈보라가 몰아치고 눈이 두텁게 쌓인 산길을 힘겹게 지나갔다. 한결 따뜻해진 키케로는 적을 만났을 때 어떤 일이 벌어질지, 자신이 무엇을 해야 할지 전혀 모른 채 무력하게 그 뒤를 따라갔다. 적과의 교전은 우연히, 예상치도 못한 상황에 발생했다. 폼페이우스 스트라보의 군대는 풀기눔에서 얼어붙은 강을 건넌 직후, 남부 피케눔에서 산맥을 넘어오는 피케눔족의 오합지졸 4개 군단과 맞닥뜨렸다. 에트루리아에 분란을 일으키러 가는 길인 듯했다. 교전은 적군의 패퇴로 끝났다. 키케로는 물자 수송대와 함께 행렬 뒤쪽에 있었기 때문에 직접 교전에 참여하지 않았다. 폼페이우스 2세가 키케로에게 다른 수습군관들의 짐을 감시하는 임무를 맡긴 덕분이었다. 그렇게 함으로써 폼페이우스는 적군의 땅을 지나갈 때도 키케로의 안전이나 행방을 걱정할 필요가 없었다. 키케로도 그 사실을 잘 알고 있었다.

"정말 굉장했어!" 폼페이우스는 그날 밤 수습군관 막사에서 자기 칼을 닦으며 말했다. "우리가 놈들을 학살했어! 놈들이 항복한다고 했을 때 아버지께서는 코웃음을 치셨지. 우리는 놈들의 보급품을 빼앗고 산꼭대기로 몰아넣었어. 뭐, 그렇게 된 거야. 놈들은 얼어죽든지 아님 굶어죽겠지." 그는 칼날을 불빛에 비추어 반짝반짝하게 잘 닦였는지 확인했다.

"포로로 잡는 게 낫지 않나?" 키케로가 말했다.

"우리 아버지께서 총사령관인데?" 폼페이우스가 웃었다. "아버지는 적을 살려두면 안 된다는 주의야."

키케로도 아주 용기 없는 사람은 아니었으므로 계속 자기주장을 펼쳤다. "하지만 그들은 외국의 적이 아니라 이탈리아인이야. 이 전쟁이 끝난 후 로마 군단에서 그들을 필요로 할지도 모르는 거 아냐?"

폼페이우스는 잠시 이 문제에 대해 생각해보았다. "그럴 수도 있다고 생각해, 마르쿠스 툴리우스. 하지만 그 문제를 걱정하기에는 너무 늦었어! 놈들이 먼저 아버지의 신경을 건드렸거든. 아버지께선 화가 나면 그 누구도 용서하지 않으셔." 파란 눈이 키케로의 갈색 눈을 향했다. "그건 나도 마찬가지야."

이후 몇 달 동안 키케로는 그 피케눔족 농장 일꾼들의 꿈을 꾸었다. 그들은 눈 속에서 얼어가고 있거나 산에서 구할 수 있는 유일한 식량인 도토리를 찾으려고 나무 밑을 정신없이 파헤치고 있었다. 전쟁을 혐오하는 사람에게 다시금 전쟁의 악몽을 일깨워준 전투였다.

폼페이우스 스트라보가 아드리아 해에 면한 파눔 포르투나이에 도착할 무렵, 키케로는 조금은 더 쓸모 있는 존재로 바뀌었고 쇠사슬 갑옷과 칼을 착용하는 데도 익숙해져 있었다. 수습군관 막사에서는 요리와 청소를 도맡았고, 사령부 막사에서는 폼페이우스 스트라보의 피케눔 출신 사무관과 서기 들이 버거워하는 일(원로원에 보낼 보고서 및 서신 작성, 교전과 전투 관련 기록 등)을 처리했다. 폼페이우스 스트라보는 수도 담당 법무관 아셀리오에게 보내기 위해 키케로가 처음으로 작성한 편지를 꼼꼼히 검토하고는 그 기묘한 눈으로 무슨 말을 하려는 듯 깡마른 청년을 쳐다보았다.

"나쁘지 않군, 마르쿠스 툴리우스. 내 아들이 자네를 아끼는 데는 다 이유가 있는 모양이야. 처음에는 몰라봤지만, 내 아들이 하는 일은 항상 옳다네. 그래서 그 아이가 멋대로 하게 내버려두는 것이기도 하지."

"감사합니다, 나이우스 폼페이우스."

장군은 한 손을 들어 어수선한 책상을 쓸어내는 시늉을 했다. "이걸 한번 정리해보도록 하게."

그들은 마침내 아스쿨룸 피켄툼에서 몇 킬로미터 떨어진 지점에 멈쳤다. 죽은 섹스투스 카이사르의 군대가 아직 성 앞에 있었으므로 폼페이우스 스트라보는 멀찍이 떨어진 곳에 진을 친 것이다.

장군과 그의 아들은 적당한 숫자의 병사를 이끌고 자주 마을을 약탈하러 갔고 그때마다 며칠씩 머물다 돌아왔다. 그럴 때면 장군은 아우인 섹스투스 폼페이우스에게 진지를 맡겼고 키케로는 서류 작업을 감독했다. 비교적 자유로운 이 시기는 키케로에게 즐거운 시간이어야 마땅했지만, 실은 그렇지 않았다. 폼페이우스라는 보호막이 곁에 없는데다 섹스투스 폼페이우스는 키케로를 너무 싫어해서 늘 괴롭혔다. 볼기짝을 때리고 등짝을 걸어차고 서둘러 움직이는 키케로에게 발을 걸어 넘어뜨리기도 했다.

땅은 단단히 얼어 있고 봄은 아직 요원하던 어느 날, 장군과 그의 아들은 소규모 병력을 이끌고 적군의 동태를 살피러 해안으로 떠났다. 일출 직후 키케로가 사령부 막사 밖에서 쓰라린 엉덩이를 문지르고 있을 때, 마르시족 기병대가 마치 제집마냥 진지 안으로 들어왔다. 그 태도가 자못 침착하고 당당해서 아무도 무기를 들고 막아서지 못했다. 로마 진영에서 유일하게 반응을 보인 사람은 폼페이우스 스트라보의 아우 섹스투스였다. 그는 사령부 막사 바깥에 멈춘 마르시족 기병대에게 다가가더니 손을 들어 가볍게 인사했다.

"마르시족의 푸블리우스 베티우스 스카토요." 말에서 내린 그들의 지도자가 말했다.

"부재중인 총사령관을 대신해 임시 감독을 맡고 있는, 총사령관의 아우 섹스투스 폼페이우스요."

스카토는 얼굴을 찌푸렸다. "그것참 유감이군요. 나이우스 폼페이우스를 만날 수 있을까 해서 왔는데 말입니다."

"기다리면 곧 돌아올 거요." 섹스투스 폼페이우스가 말했다.

"얼마나 걸릴 것 같소?"

"사흘에서 엿새 정도?"

"내 부하와 말들에게 먹을 것을 줄 수 있겠소?"

"물론이오."

스카토와 그의 병사들에게 잠자리와 음식을 마련해주는 일은 수습 군관 중 유일하게 진지에 남아 있던 키케로의 몫이 되었다. 키케로는 피케눔족이 동사하거나 아사하도록 산으로 몰아넣었던 바로 그 사람들이, 섹스투스 폼페이우스는 물론 가장 별 볼 일 없는 비전투원까지 어제의 적들을 극진히 환대하는 모습을 보고 적잖이 놀랐다. 전쟁이라 불리는 이 상황을 도무지 이해하지 못하겠어. 키케로는 이런 생각을 하며 섹스투스 폼페이우스와 스카토가 다정하게 함께 걷거나, 식량을 찾아 산 아래로 내려온 야생 멧돼지를 사냥하는 모습을 지켜보았다. 게다가 약탈 원정을 마치고 돌아온 폼페이우스 스트라보는 절친한 친구를 반기듯 스카토의 목을 끌어안았다.

환대는 대규모 연회로 이어졌다. 키케로는 호기심 어린 눈으로 폼페이우스 집안사람들을 관찰하며, 그들이 넓은 땅을 소유하고 있는 북부 피케눔의 요새에서 딱 이런 모습으로 생활하지 않을까 하고 짐작했다. 야생 멧돼지는 꼬챙이를 꽂아 통으로 구웠고, 요리 접시가 높이 쌓여 있었다. 다들 비스듬히 눕는 대신 탁자 앞에 놓인 벤치에 나란히 앉았고, 하인들은 물보다 포도주를 나르느라 바빴다. 라티움 지역의 심장부에서 나고 자란 키케로 같은 로마인이 보기에 사령부 막사 안의 풍경은 야만적이었다. 아르피눔 사람들이라면, 심지어 가이우스 마리우스 집안사람들이라도 이런 연회를 베풀지는 않으리라. 하지만 키케로의 생각은, 전쟁 도중에 100명이 넘는 사람들을 위해 긴 의자와 산해진미를 마련하는 것은 불가능하다는 데까지는 미치지 못했다.

"서둘러 아스쿨룸 피켄툼으로 가지는 않을 생각인가 봅니다." 스카토가 말했다.

폼페이우스 스트라보는 바삭하게 구운 돼지껍질을 우적우적 씹느라 한동안 대답을 할 수 없었다. 그는 음식을 삼킨 뒤 자기 튜닉에 양손을 닦으며 씩 웃었다. "시간이야 얼마가 걸리든 상관없소. 어차피 아스쿨룸 피켄툼은 조만간 함락될 테니까. 그들이 로마 법무관을 건드린 것을 후회하게 만들 것이오."

"대단한 도발이었소." 스카토가 순순히 인정했다.

"대단한 도발이든 하찮은 도발이든 나에게는 다 똑같소." 폼페이우스 스트라보가 말했다. "비다킬리우스가 성안으로 들어갔다고 들었소. 이로써 아스쿨룸 피켄툼 주민들 입장에서는 먹여야 할 입이 더 늘어났겠군."

"아스쿨룸 피켄툼에는 이제 비다킬리우스 수하의 군식구들이 없습니다." 스카토가 묘한 목소리로 말했다.

폼페이우스 스트라보는 돼지고기 기름으로 얼룩진 얼굴을 들었다. "어쩌다?"

"우리가 아는 바에 따르면, 비다킬리우스는 미쳐버렸소." 연회를 베푼 주인보다는 좀더 점잖게 식사하던 스카토가 말했다.

막사 안에 있던 사람들은 이야기의 시작을 감지하고 다들 조용히 기다렸다.

"그는 섹스투스 율리우스가 죽기 얼마 전에 2만 병력을 이끌고 아스쿨룸 피켄툼에 나타났소." 스카토가 말했다. "성안에 있는 사람들과 합동작전을 펼치려 했던 것 같더군. 그가 섹스투스 율리우스를 공격하면 아스쿨룸 피켄툼 주민들이 성밖으로 나와 로마군을 뒤에서 치는 작전이었소. 작전은 훌륭했소. 어쩌면 통했을지도 모르지. 하지만 비다킬리우스가 공격을 개시했을 때 아스쿨룸 피켄툼 주민들은 가만히 있었소. 그런데 섹스투스 율리우스는 비다킬리우스와 그의 병사들이 지나갈 수 있도록 길을 터주었지. 덕분에 아스쿨룸 피켄툼 주민들은 성문을 열어 비다킬리우스를 받아들일 수밖에 없었소."

"섹스투스 율리우스의 군사적 재능이 그 정도일 줄은 미처 몰랐군." 폼페이우스 스트라보가 말했다.

스카토는 어깨를 으쓱했다. "우연이었을 수도 있겠지요. 가능성이 낮긴 하지만."

"그런데 아스쿨룸 피켄툼 주민들은 군식구가 2만 명 늘어나서 그리 달갑지 않았다, 그거 아니오?"

"화가 나서 팔딱 뛸 지경이었지!" 스카토가 웃으며 말했다. "비다킬리우스를 맞이한 것은 활짝 벌린 팔이 아니라 꽁꽁 닫힌 마음이었소. 비다킬리우스는 광장의 연단에 올라가 명령에 불복한 주민들에 대한 자기 생각을 털어놓았소. 그의 명령을 따랐더라면 섹스투스 율리우스의 군대를 괴멸할 수 있었다고 말이오. 어쩌면 그 말이 맞았을지도 모르지. 하지만 아스쿨룸 피켄툼 주민들은 그것을 인정할 준비가 되어 있지 않았소. 그때 현지 최고위 정무관이 연단에 올라가서 비다킬리우스에게 자기 생각을 털어놓았소. 어째서 비다킬리우스는 그곳에 자신의 군대를 먹일 식량이 없다는 걸 미처 깨닫지 못했는지, 원."

"적군 사이에 분열이 생겼다니 참으로 기쁜 소식이군." 폼페이우스 스트라보가 말했다.

"아스쿨룸 피켄툼 주민들이 얼마나 필사적으로 버티고 있는지 알려주려고 하는 말입니다. 다른 이유는 없소." 스카토는 언짢은 기색 없이 말했다. "어차피 듣게 될 이야기니 사실을 제대로 알려주고 싶었소."

"그래서 어떻게 됐지? 광장에서 싸움이라도 났소?"

"그렇소. 비다킬리우스는 분명 미쳐버린 모양이더군. 그는 마을 주민들을 로마 앞잡이라 욕했고 병사들을 시켜 사람들을 죽였소. 그러자 아스쿨룸 피켄툼 주민들은 무기를 들고 보복에 나섰소. 다행히 비다킬리우스의 병사 대부분은 지휘관이 제정신이 아님을 깨닫고 광장을 떠나버렸지. 어둠이 내리자 성문이 열렸고 만 9천 명이 넘는 병사들이 로마 진영을 뚫고 도주했소. 섹스투스 율리우스가 죽은 직후였소. 로마 병사들은 적의 동태를 살피기보다는 상관의 죽음을 애도하는 데 정신이 팔려 있었지."

"허!" 폼페이우스 스트라보가 말했다. "계속 이야기하시오."

"비다킬리우스는 광장을 장악했소. 그는 식량을 많이 챙겨왔는데, 그것으로 성대한 연회를 준비했지요. 부하 중 700명에서 800명 정도가 그의 곁에 남아 함께 음식을 먹어치웠소. 또한 그는 화장용 장작더미를 높이 쌓아올리도록 명령했소. 연회가 한창 무르익었을 때 그는 독약을 마시고 장작더미 꼭대기로 올라가 불을 붙이라고 했지. 그의 병사들이 흥청망청 마시는 동안 그는 불에 타 죽었소! 정말 무시무시한 광경이었다고 하더군."

"갈리아인 인간 사냥꾼처럼 완전히 미쳤군."

"맞는 말입니다." 스카토가 말했다.

"그래서 이 도시는 끝까지 싸울 것이다, 이 말이오?"

"아스쿨룸 피켄툼 주민이 다 죽을 때까지 싸울 것이오."

"약속 하나 하겠소, 푸블리우스 베티우스. 내가 아스쿨룸 피켄툼을 손에 넣었을 때 살아남은 주민들은 차라리 일찍 죽었으면 하고 바라게 될 거요." 폼페이우스 스트라보가 말했다. 그는 들고 있던 뼈다귀를 내려놓고 자기 튜닉에 양손을 닦았다. "다른 사람들이 나를 어떻게 부르는지 들어봤겠지요, 안 그렇소?" 그는 공손한 어조로 물었다.

"못 들어본 것 같은데."

"카르니펙스. 도살자라는 뜻이오. 이제는 그 별명이 아주 자랑스럽소, 푸블리우스 베티우스. 나는 살면서 아주 다양한 별명으로 불렸소. 스트라보라는 별명은 따로 설명할 필요도 없겠지. 나는 지금 내 아들보다 약간 나이가 많을 때 루키우스 킨나, 푸블리우스 루푸스, 내 사촌 루키우스 루킬리우스, 이 자리에 있는 절친한 친구 나이우스 옥타비우스 루소와 함께 수습군관으로 복무했소. 우리는 카르보 휘하로 노리쿰에서 게르만족을 상대하여 그 끔찍한 전투를 치렀소. 동료 수습군관들은 나를 별로 좋아하지 않았지. 지금 이 자리에 있는 나이우스 옥타비우스만 빼고 말이오. 이 친구도 나를 싫어했더라면 지금 내 선임 보좌관으로 일하고 있지도 않겠지! 어쨌든 동료 수습군관들은 스트라보 뒤에 다른 별명을 붙여주었소. '메노이케스'였지. 노리쿰으로 가던 중 그 친구들과 우리집에 들렀는데, 그들은 우리 어머니의 요리사가 사팔눈임을 발견했지. 그 요리사의 이름이 메노이케스였지. 루킬리우스라는 꾀 많은 녀석은 우리 어머니의 조카인데도 불구하고, 혈육의 정도 모르는지 나를 나이우스 폼페이우스 스트라보 메노이케스라고 놀려댔소. 그 요리사가 내 아버지라는 뜻이었지." 그는 들리지도 않을 정도로 작게 한숨을 내쉬었다. "몇 년 동안 그 별명에 시달렸소. 하지만 요즘엔 나를 나이우스 폼페이우스 스트라보 카르니펙스라고 부르더군. 그편이 훨씬 어감이 낫지. 도살자 스트라보!"

스카토는 두려워하기보단 지겨운 눈치였다. "별명이 뭐 그리 중요하겠소? 내가 스카토라고 불리는 이유는 멋진 샘물이 솟는 곳에서 태어나서가 아니랍니다. 사람들은 내가 말을 분출하듯 콸콸 쏟아낸다고 하더군."

폼페이우스 스트라보는 아주 잠깐 활짝 웃었다. "그런데 무슨 일로 나를 찾아왔소, 푸블리우스 베티우스 분출가 양반?

"협정을 맺고 싶소."

"싸우는 데 지쳤나?"

"솔직히 그렇소. 싸울 의지가 없다는 소리는 아니오. 필요하다면 계속 싸워야지! 하지만 이탈리아는 이미 끝났다고 생각하오. 로마가 해외의 적이라면 여기 오지도 않았을 거요. 하지만 나는 마르시족 출신의 이탈리아인이고, 로마인들은 마르시족만큼이나 오래전부터 이탈리아 반도에 살았어요. 이제 이 난장판에서 양쪽이 각자 챙길 수 있는 것들을 챙길 때라고 생각합니다, 나이우스 폼페이우스. 게다가 율리우스 시민권법 때문에 상황이 많이 달라졌소. 물론 그 법은 로마에 대항해 싸운 사람에게는 적용되지 않지만, 플라우티우스·파피리우스법에 따르면 내가 적대 행위를 멈추고 로마의 법무관에게 직접 로마 시민권을 신청하는 것을 금지하는 조항은 없었소. 그건 내 병사들도 마찬가지고."

"당신이 원하는 조건이 무엇이오, 푸블리우스 베티우스?"

"이곳과 아스쿨룸 피켄툼에 있는 내 군대가 안전하게 로마 전선을 지나갈 수 있도록 해주시오. 아스쿨룸 피켄툼과 인테로크레아 사이 어딘가에서 군대를 해산하고 갑옷과 무기는 아벤스 강에 던져버리겠소. 또한 인테로크레아에서 로마 법무관의 재판소에 도착할 때까지 나와 내 병사들의 안전을 보장해주고, 나를 위해 법무관에게 편지를 한 통 써주시오. 나의 이야기가 모두 사실이며 나와 내 병사들에게 시민권을 허락한다는 편지 말이오."

침묵이 내렸다. 구석에서 이 광경을 지켜보던 키케로와 폼페이우스는 서로의 얼굴을 쳐다보았다.

"우리 아버지는 허락하지 않으실 거야." 폼페이우스가 속삭였다.

"어째서?"

"아버지는 대전투를 좋아하시거든."

국가와 민족의 운명이 정말 그런 변덕과 욕망에 의해 결정되는 것일까? 키케로는 의문스러웠다.

"무슨 말인지 잘 알겠소, 푸블리우스 베티우스." 폼페이우스는 마침내 입을 열었다. "하지만 허락할 수 없소. 당신과 당신 병사들의 칼에는 이미 너무 많은 로마인의 피가 묻었소. 로마 법무관을 만나기 위해 로마 전선을 지나가야 한다면, 싸워서 뚫고 가야 할 것이오."

스카토는 양손으로 허벅지를 내리치며 자리에서 일어났다. "뭐, 어쨌든 시도는 해봤으니 됐소. 환대해줘서 고맙습니다, 나이우스 폼페이우스. 하지만 이제 돌아갈 때가 된 것 같군요."

마르시족 군대는 어둠 속에서 길을 나섰다. 그들의 말발굽 소리가 희미해지자마자 폼페이우스 스트라보는 나팔을 울렸다. 진지는 일사불란하게 움직이기 시작했다.

"적들은 내일 공격을 개시할 거야. 아마도 두 방향에서 밀려들겠지." 폼페이우스는 한쪽 팔뚝에 자라난 수정 빛깔의 털을 칼로 밀면서 말했다. "대단한 전투가 될 거야."

"나는 뭘 해야 하지?" 키케로가 비참한 목소리로 말했다.

폼페이우스는 무기를 잘 정리해두고 침상에 누울 채비를 했다. 다른 수습군관들은 전투 개시 전부터 이미 다른 곳으로 배치되었기 때문에 막사에는 두 사람뿐이었다.

"쇠사슬 갑옷과 투구, 칼과 단검을 착용하고 사령부 막사 바깥에 창과 방패를 준비해둬." 폼페이우스는 쾌활하게 말했다. "만약 마르시족이 이곳까지 뚫고 들어온다면 너도 최후의 저항을 해야 할 테니까."

마르시족은 그곳까지 뚫고 들어오지 못했다. 키케로는 멀리 떨어진 전장의 소음과 함성을 귀로 확인했지만, 폼페이우스 스트라보와 그의 아들이 돌아올 때까지 아무것도 눈으로 확인할 수 없었다. 두 부자는 흐트러진 옷차림에 피를 뒤집어쓰고 환한 웃음을 짓고 있었다.

"스카토의 보좌관 프라우쿠스가 죽었어." 폼페이우스는 키케로에게 말했다. "우리는 마르시족을 소탕했어. 피케눔족도 마찬가지고. 스카토는 부하 몇 명과 달아났지만 우리가 이미 도로를 다 막아놨어. 그들이 고향인 마루비움으로 돌아가려면 식량이나 피난처도 없이 힘겹게 산을 넘어야 할 거야."

키케로는 침을 삼켰다. "사람들을 굶겨 죽이거나 얼려 죽이는 게 너희 아버지의 특기 같아." 그는 자신의 말이 꽤 용감하다고 생각했지만 무릎이 덜덜 떨리고 있었다.

"속이 메스꺼워진 거야, 불쌍한 마르쿠스 툴리우스?" 폼페이우스는 웃으며 질문을 하고는 애정 어린 손길로 키케로의 등을 다독였다. "전쟁은 전쟁일 뿐이야. 그들도 우리한테 똑같은 짓을 했을걸. 메스꺼워도 어쩔 수 없어. 네 천성이 그런 것뿐이니까. 어쩌면 너처럼 똑똑한 사람들은 다 전쟁을 싫어하는 걸지도 몰라. 나한테는 참 다행이지! 너처럼 똑똑한데다 전쟁까지 좋아하는 사람과 싸우기는 싫거든. 또 너 같은 사람보다는 나와 내 아버지 같은 사람이 로마에 더 많아서 다행이야. 로마는 전쟁을 통해 지금의 위치에 서게 되었으니까. 하지만 포룸 로마눔에 남아 일할 사람도 필요해. 마르쿠스 툴리우스, 너의 전장은 바로 그곳이야."

그해 봄, 포룸 로마눔은 어느 곳보다 치열한 접전이 벌어지는 전장이었다. 아울루스 셈프로니우스 아셀리오가 고리대금업자들과 충돌했기 때문이다. 공공 분야와 민간 분야를 막론하고, 로마의 재정은 한니발이 이탈리아를 점령하고 로마를 고립시켰던 제2차 포에니 전쟁 때보다 악화되었다. 시장에서는 돈이 자취를 감췄고, 국고는 사실상 바닥났으며, 세수마저 말라붙었다. 아직 로마의 통치하에 있던 캄파니아 일부 지역도 혼란에 시달려서 체계적인 소작료 수금이 힘들었다. 재무관들은 관세와 항구세 징수에 어려움을 겪었고, 2대 항구 중 하나인 브룬디시움은 외부와 완전히 차단되었다. 아시아 속주에서는 미트리다테스 왕을 핑계삼아 로마와의 계약에 명시된 수입액의 지급을 꾸물대며 미루었다. 비티니아는 아예 한푼도 지급하지 않았고, 아프리카와 시칠리아에서 거둬들인 수입금은 그 돈이 미처 아프리카와 시칠리아를 떠나기도 전에 추가로 필요한 밀을 구입하는 데 사용되었다. 설상가상으로 로마는 속주인 이탈리아 갈리아에 빚을 지고 있었다. 그곳에서 로마의 무기와 갑옷을 대부분 들여오는 까닭이었다. 드루수스의 제안으로 시작된, 여덟 개 중 하나는 은도금을 한 데나리우스화로 인해 주화에 대한 불신은 극에 달했고, 정부는 이 문제를 무마하려고 세스테르티우스화를 마구 찍어냈다. 중상 정도의 소득계층에서는 돈을 빌리는 일이 잦았고 금리는 사상 최고치를 경신했다.

사업적 두뇌가 탁월한 아셀리오는 문제 해결을 위한 최선책이 부채 탕감이라 판단했다. 그가 고안한 방법은 아주 그럴듯한 동시에 철저히 합법적이었다. 그는 빌려준 돈에 대한 이자를 금지하는 고대 법조문을 끄집어냈다. 다시 말해, 부채에 대한 이자 부과를 불법으로 규정한 것이다. 물론 그 케케묵은 법은 수백 년간 유명무실한 존재였고, 기사 출신 금융업자들 사이에서는 고리대금업이 성행하고 있었다. 하지만 아셀리오는 기사 출신 금융업자들 중에 채권자보다는 채무자가 훨씬 많다고 발표했다. 이들의 고통을 줄여주지 않는 한 로마 경제의 회복은 요원했다. 미상환 대출의 규모는 나날이 커졌고 채무자들은 어찌할 바를 몰랐으며 (다른 법정과 더불어 파산 법정도 폐쇄되었으므로) 채권자들은 자금을 회수하려고 폭력까지 동원했다.

고리대금업자들은 아셀리오가 이 오래된 법을 부활시키기 전에 미리 정보를 입수하고, 그에게 파산 법정을 다시 열어달라고 탄원했다.

"뭐?" 그가 소리쳤다. "뭐라고? 로마는 지금 한니발 전쟁 이후 가장 심각한 위기를 맞고 있는데, 당신들은 내 재판소에 몰려와 이 상황을 더 악화시켜달라고 요구하는 거요? 내가 알기로 당신들은 역겨울 정도로 탐욕스러운 소수에 불과하오. 그러니 당장 여길 떠나시오! 어서 가라고! 그렇지 않으면 내가 법정을 열겠소! 돈을 빌려주고 이자를 물리는 당신네들을 기소하기 위한 특별 법정 말이오!"

이 문제와 관련해 아셀리오는 한 치의 양보도 없었다. 그는 이자가 불법이라는 입장을 고수함으로써 로마인들의 채무 부담을 어마어마하게, 그것도 철저히 합법적으로 덜어줄 수 있었다. 무슨 수를 써서라도 원금은 상환되도록 하자. 대신 이자는 안 된다. 아셀리오의 가문이 속한 셈프로니우스 씨족은 고통받는 사람들을 보호해주는 전통을 지니고 있었다. 이러한 전통을 계승하기로 작정한 아셀리오는 광신도에 가까운 열정으로 자신의 계획을 밀어붙였고, 그의 적들을 법 앞에 무력한 존재로 치부했다.

하지만 그가 미처 계산에 넣지 못한 것이 있었으니, 그의 적이 모두 기사계급만은 아니었던 것이다. 원로원 의원에게는 순수한 상업 활동(특히 고리대금업처럼 비도덕적인 활동)이 금지되어 있음에도, 고리대금업에 종사하는 의원들이 존재했던 것이다. 호민관 루키우스 카시우스도 원로원 의원 출신 고리대금업자 중 한 사람이었다. 그는 전쟁 발발 직후 이 사업에 뛰어들었다. 원로원 의석을 유지하는 데 필요한 재산이 아슬아슬한 수준이었기 때문이다. 하지만 로마의 승전 가능성이 줄어들 무렵, 카시우스는 모든 재산을 남에게 빌려주고 상환금을 못 받는 처지가 되었다. 설상가상으로 신임 감찰관의 재산조사 시기마저 코앞으로 다가왔다. 카시우스는 원로원 내에서 가장 거물급 고리대금업자는 아니었다. 하지만 그는 가장 나이가 젊었고 어찌할 바를 모를 만큼 절박했으며 다소 무법자 같은 성향을 지니고 있었다. 카시우스는 행동에 나섰다. 자신만을 위한 행동이 아니라 모든 고리대금업자를 위한 행동이었다.

아셀리오는 조점관이었다. 그는 수도 담당 법무관도 겸임하고 있었으므로 카스토르 · 폴룩스 신전 기단에서 로마의 흉조와 길조를 살폈다. 고리대금업자들과 충돌한 지 며칠 후, 그는 포룸 로마눔에 조점 광경을 구경하러 모인 인파가 평소보다 많은 것을 보고 상서로운 조짐이라 생각했다.

그가 신에게 술을 바치려고 잔을 들었을 때, 누군가 돌을 던졌다. 그 돌이 왼쪽 눈썹 위를 강타하자 그의 몸은 비틀했다. 술잔은 연이어 달가닥 소리를 내며 계단 아래로 굴러떨어졌고 술이 사방으로 튀었다. 뒤이어 더 많은 돌멩이가, 돌멩이의 폭풍이 쏟아졌다. 몸을 웅크리고 알록달록한 토가 자락으로 머리를 감싸고 있던 아셀리오는 재빨리 계단을 내려와 본능적으로 베스타 신전을 향했다. 하지만 상황이 발생한 직후 군중은 대부분 달아난 터라, 돌을 던졌던 성난 고리대금업자들은 베스타 신전의 피난처로 가는 길목에서 아셀리오를 막아설 수 있었다.

남은 길은 단 하나, 베스타 언덕길로 불리는 좁은 통로를 지나 베스타 계단을 올라가서 포룸 로마눔 바닥보다 약간 높은 지대에 위치한 노바 가도로 빠지는 수밖에 없었다. 고리대금업자들이 전력으로 추격하는 가운데, 아셀리오는 포룸 로마눔과 팔라티누스 지역의 손님들이 자주 찾는 선술집 거리인 노바 가도까지 필사적으로 달아났다. 그는 살려달라고 소리지르며 푸블리우스 클로아티우스가 운영하는 선술집으로 뛰어들어갔다.

하지만 도와주는 사람은 없었다. 각각 두 명의 남자가 클로아티우스와 점원을 붙들고 있는 동안, 나머지 사람들은 아셀리오를 들어올려 마치 조점관의 시종들이 제물을 다루듯 탁자 위에서 그의 사지를 잡아당겼다. 누군가는 그의 목을 어찌나 열심히 내려쳤는지 칼이 목뼈를 다 긁어낼 정도였다. 아셀리오가 그렇게 탁자 위에서 유혈의 분수 속에 죽어가는 동안, 클로아티우스는 눈물을 흘리며 자신은 지금 모인 사람 중에 아는 얼굴이 한 명도, 단 한 명도 없다고 악을 쓰며 맹세했다.

로마 전체에서조차 그들의 얼굴을 아는 사람은 한 명도 없는 듯했다. 살인도 살인이지만 그 살인의 불경스러움에 더욱 경악한 원로원은 만 데나리우스의 포상금을 내걸고 제보를 받았다. 또한 공식 예복을 완벽하게 차려입은 조점관을, 그것도 공식 의식을 치르는 중에 살해했다는 사실을 공개적으로 개탄했다. 이후로 여드레 동안 아무런 제보가 없자 원로원은 기존의 포상금에 추가 혜택을 덧붙였다. 공범자인 경우 사면을 허락하고, 노예인 경우 성별을 불문하고 해방을 약속했으며, 해방 노예인 경우 성별을 불문하고 지방 트리부스로 승격시켜준다는 조건이었다. 그럼에도 여전히 아무런 제보가 없었다.

"당연한 일 아니겠어?" 마리우스는 주랑정원을 돌면서 어린 카이사르에게 말했다. "고리대금업자들이 은폐했겠지."

"루키우스 데쿠미우스도 그렇게 말했어요."

마리우스가 멈췄다. "그 지독한 불한당과 얼마나 자주 어울리는 게냐, 카이사르?" 따지는 듯한 목소리였다.

"아주 자주요, 가이우스 마리우스. 그는 온갖 정보를 가장 자세하게 알고 있거든요."

"들어서 좋은 말은 거의 없을 거야. 틀림없어."

어린 카이사르는 싱긋 웃었다. "제 몸의 다른 부분과 마찬가지로, 제 귀는 수부라에서 자랐어요. 그러니 제 귀에 들어와서 안 될 말은 거의 없지요."

"맹랑한 녀석!" 커다란 오른손이 소년의 머리를 다정하게 찰싹 때렸다.

"이 정원은 이제 너무 좁아요, 가이우스 마리우스. 왼쪽 몸을 다시 쓰기를 원하신다면 더 멀리까지, 더 빨리 걸어야만 해요." 어린 카이사르의 어조에는 감히 토를 달 수 없는 단호함과 권위가 있었다.

그럼에도 불구하고 마리우스는 큰 소리로 반대했다. "로마인들에게 나의 이런 모습을 보여줄 순 없어!"

어린 카이사르는 일부러 마리우스의 왼팔을 놓고 위인이 휘청거리도록 했다. 그러다 당장에라도 넘어질 것 같은 순간에 다시 다가와 아주 손쉽게 마리우스를 부축했다. 마리우스는 소년의 작은 몸에서 어찌 그리 큰 힘이 나오는지 내심 놀라웠다. 또한 마리우스는 어린 카이사르가 최소한의 근력으로 최대한의 효과를 내는 요령을 본능적으로 알고 있음을 놓치지 않았다.

"가이우스 마리우스, 당신이 뇌졸중으로 쓰러지시고 제가 여기 오면서부터 고모부라고 부르는 것을 그만뒀어요. 그 뇌졸중으로 인해 우리는 거의 동등한 위치에 서게 되었다고 생각했으니까요. 당신의 존엄은 줄어들었고 저의 존엄은 커졌어요. 우리는 이제 동등한 입장이죠. 하지만 어떤 면에서 저는 분명 당신보다 우위에 있어요." 소년은 두려운 기색 없이 말했다. "어머니의 부탁을 받아, 또 위대한 인물에게 도움이 되고 싶은 개인적인 바람 때문에 저는 자유시간을 포기하고 당신의 걸음 연습을 돕고 있어요. 긴 의자에 누워 제가 책 읽어드리는 것을 듣고 있기는 싫다고 하셨고, 당신이 제게 들려줄 수 있는 이야기도 이제 바닥났어요. 이제 전 이 정원의 모든 꽃과 나무와 풀을 속속들이 알고 있어요! 툭 까놓고 말씀드리자면, 이 정원의 역할은 이제 끝났어요. 내일은 문밖으로 나가 아르겐타리우스 언덕길을 걸어야 해요. 언덕길을 따라 마르스 평원 쪽으로 올라가도 좋고, 폰티날리스 성문 쪽으로 내려가도 좋아요. 어쨌든 내일 함께 나가는 거예요!"

사나운 갈색 눈이 다소 서늘해 보이는 파란 눈을 노려보았다. 마리우스가 아무리 의식하지 않으려 해도, 어린 카이사르의 눈을 보면 항상 술라의 눈이 떠올랐다. 사냥을 나갔다가 마주친 맹수의 눈이 노란색이 아니라 암청색 테두리가 있는 옅은 파란색임을 발견한 것처럼. 그런 맹수는 지옥에서 온 방문자라고 했다. 어쩌면 그건 사람에게도 적용되는 말이 아닐까?

팽팽한 눈싸움은 이어졌다.

"나는 안 간다." 마리우스가 말했다.

"나가셔야 해요."

"이런 썩어 문드러질 녀석! 한낱 꼬마에게 항복하라는 말이냐! 네 녀석은 좀더 외교적인 방법은 아예 모르는 거야?"

사람을 심란하게 만드는 그 눈동자가 순수한 기쁨으로 가득차면서, 술라의 눈에서는 찾아볼 수 없었던 활력과 매력이 느껴졌다. "가이우스 마리우스, 당신을 다룰 때는 외교적인 방법 같은 게 필요하지 않아요." 어린 카이사르가 말했다. "외교적인 언어는 외교관들을 위한 것이죠. 당신은 외교관이 아니고, 그래서 다행이라고 생각해요. 가이우스 마리우스와 함께라면 누구든 터놓고 이야기를 할 수 있거든요. 전 당신의 그런 점이 마음에 들어요."

"싫다는 대답은 용납하지 않을 작정이구나, 안 그래?" 마리우스는 자신의 의지가 약해지는 것을 느끼며 물었다. 처음에는 강철처럼, 이윽고 털장갑처럼. 참 대단한 기술이구나!

"그래요, 전 싫다는 대답은 용납하지 않을 거예요."

"그래, 그렇다면 저쪽으로 가서 앉자꾸나. 내일 밖으로 나가려면 오늘은 좀 쉬어야겠어." 그는 낮은 목소리로 말했다. "내일 가마를 타고

렉타 가도까지 가는 건 어떻겠니? 거기 내려서 네가 만족할 때까지 걷는 거야."

"가이우스 마리우스, 렉타 가도로 가고 싶다면 우리 힘으로 걸어가야만 해요."

두 사람이 침묵 속에 있는 동안, 어린 카이사르는 미동도 하지 않았다. 마리우스와 어울린 지 얼마 지나지 않아, 소년은 그가 옆에서 부스대는 것을 몹시 싫어한다는 사실을 알게 되었다. 어머니에게 그 이야기를 꺼냈을 때 어머니가 보인 반응은, 그렇다면 부스대지 않는 법을 배우는 것도 좋은 훈련이 될 거라는 말뿐이었다. 어린 카이사르가 마리우스를 당해내는 법을 터득했을지 몰라도, 어머니는 도저히 당해낼 수가 없었다!

그의 임무는 물론 여느 열 살 소년이 바라거나 좋아할 만한 일이 아니었다. 어린 카이사르는 매일같이 마르쿠스 안토니우스 니포와의 수업이 끝나면 1층의 다른 아파트에 사는 친구 가이우스 마티우스와 놀 생각은 접어두고 마리우스의 저택으로 향해야 했다. 어머니는 하루도, 몇 시간도, 단 한 순간도 게으름을 허락하지 않았으므로 그에게는 자신만을 위한 시간이 없었다.

"그건 너의 의무야." 어린 카이사르가 마티우스와 함께 마르스 평원에서의 매우 특별한 행사(10월 경주에 나갈 군마 선발식이나 장례식 공연을 위한 검투사들의 전날 훈련 등)를 구경하고 싶다고 아주 가끔씩 어머니를 조를 때면, 그의 어머니는 이렇게 대꾸하곤 했다.

"그럼 저는 의무로부터 자유로운 순간이 전혀 없잖아요!" 그는 이렇게 말하곤 했다. "아주 잠시만 그 의무를 잊어버리면 안 되나요?"

그러면 어머니는 이렇게 답했다. "안 돼, 가이우스 율리우스. 의무는

네 삶의 모든 순간, 네가 내쉬는 모든 숨결에 깃들어 있어. 자기 몸이
편하자고 의무를 저버려선 안 돼."

그리하여 어린 카이사르는 마리우스의 저택을 향하곤 했다. 발걸음
이 흔들리거나 속도를 늦추는 법은 없었다. 복잡한 수부라의 거리를 재
빨리 지나면서도 사람들에게 미소와 인사를 건네는 것을 잊지 않았다.
아르길레툼의 서점가를 지날 때면 안으로 들어가고 싶은 유혹을 떨쳐
내려고 걸음을 더욱 재촉했다. 어머니의 침착하고 지극히 엄격한 가르
침 덕분에, 그는 절대 꾸물대거나 한가롭게 굴지 않았다. 아무리 좋은
책이라도 탐닉에 빠지지 않았고, 아는 사람들에게, 또 모르는 사람들에
게까지 미소와 인사를 건넸다.

어린 카이사르는 이따금 마리우스 저택의 문을 두드리기 전, 폰티날
리스 탑의 계단으로 올라가 마르스 평원을 내려다보며 지금 다른 아이
들과 저곳에 있으면 좋겠다는 생각을 했다. 나무칼로 베고 찌르고 막
고, 친구들을 괴롭히는 한심한 불량배의 머리를 잔디밭에 처박고, 렉타
가도 근처 밭에서 무를 서리하고, 친구들과 한바탕 어울려 놀고 싶었
다. 하지만 그런 광경이 미처 싫증나기도 전에 그는 발걸음을 돌려 계
단을 내려왔고, 그가 평소보다 늦었다는 것을 누구도 눈치채기 전에 마
리우스 저택의 문 앞으로 돌아왔다.

카이사르는 율리아 고모를 사랑했다. 고모는 보통 직접 문을 열어주
었고, 그에게 특별한 미소를 지으며 입맞춤을 해주었다. 그 기분좋은
입맞춤이란! 그의 어머니는 입맞춤이 사람에게 좋지 않은 영향을 끼치
며 너무 그리스적인 탓에 비도덕적이라고 여겼다. 하지만 다행히도 율
리아 고모의 생각은 달랐다. 고모가 몸을 숙여 그의 입술에 입을 맞출
때(고모는 절대 뺨이나 턱으로 방향을 틀지 않았다), 그는 살포시 눈을

감고 고모의 체취를 놓치지 않으려고 최대한 숨을 깊이 들이쉬었다. 훗날 고모가 세상을 떠난 지 한참 뒤에도, 나이가 든 가이우스 율리우스 카이사르는 다른 여인의 살결에서 조금이라도 고모의 체취가 느껴질 때면 자기도 모르게 눈물을 흘렸다.

고모는 언제나 그날그날의 보고를 했다. "오늘은 몹시 화가 나셨어." 혹은 "오늘은 친구분이 다녀가셔서 아주 기분이 좋으셔." 혹은 "마비가 심해진다는 생각 때문인지 아주 침울해하셔." 같은 말이었다.

보통 고모는 늦은 오후에 남편에게 직접 저녁을 먹였고, 그동안 카이사르도 저녁을 먹으면서 쉴 수 있도록 했다. 카이사르는 고모의 작업실에 있는 긴 의자에 누워 식사를 하면서 책을 읽었고(그의 집에서는 절대 허락되지 않는 행동이었다) 영웅의 활약상이나 시인의 노래에 푹 빠져들었다. 언어는 그를 매혹시켰고, 그의 심장을 하늘로 치솟게 했다가 덜컹 내려앉게 했다가 마구 뛰게 만들었다. 심지어 어떨 때는, 특히 호메로스의 글을 읽을 때면, 언어의 세계가 그가 살고 있는 실제 세계보다 더 실제처럼 느껴졌다.

"죽음은 그에게서 아름답지 않은 그 어떤 것도 발견하지 못했다." 그는 젊은 전사의 죽음을 상상하며 이 말을 되뇌고 또 되뇌었다. 아킬레우스든 헥토르든 파트로클로스든, 영웅의 죽음은 너무도 용감하고 고귀하고 완벽했다. 그들은 죽을 때조차도 승리자였다.

하지만 고모의 목소리가 들리거나 하인이 작업실 문을 두드리며 이제 가야 할 시간이라고 말하면, 그는 언제든 미련 없이 책을 내려놓고 다시 자신의 짐을 짊어졌다. 그 어떤 분노도 실망도 없이.

마리우스는 아주 무거운 짐이었다. 늙어서 그런 것도 있겠지만, 본래는 날씬했던 몸이 불었다가 빠져서 피부에 탄력이 없었고 주름이 가득했다. 왼쪽 얼굴은 산사태가 난 것처럼 흉물스럽게 살갗이 내려앉아 있었고, 눈에는 끔찍한 표정이 담겨 있었다. 자신도 모르는 사이 왼쪽 입가로 침이 흘렀고, 입에 매달린 침방울이 튜닉에 닿아 늘 축축한 웅덩이가 고이곤 했다. 어떨 때는 고함을 내지르기도 했는데, 가장 고생하는 사람은 늘 그의 곁에 붙어 있는 불쌍한 감시 강아지였다. 가끔은 눈물과 침이 범벅이 되도록 울면서 흉하게 콧물까지 흘렸고, 가끔은 자기만 아는 농담에 집이 떠나가라 웃기도 했다. 그럴 때면 율리아 고모는 만면에 웃음을 띤 채 나타나 어린 카이사르에게 그만 집에 가도 된다고 다정한 손짓을 했다.

어린 카이사르는 처음에 무엇을 어떻게 해야 할지 몰라 막막했다. 하지만 무한에 가까운 재능을 지닌 그는 곧 마리우스를 다루는 법을 습득했다. 그 방법을 찾아내든지, 아니면 어머니가 요구한 임무에 실패하든지 둘 중 하나였다. 그런데 후자의 경우 어떤 결과가 뒤따를지 어린 카이사르는 상상도 하기 싫었다. 또한 그는 자신의 성격에서 결함을 발견했다. 어린 카이사르는 무엇보다도 인내심이 부족했다. 하지만 어머니의 훈련 덕분에 선천적인 결점을 후천적인 엄청난 인내심으로 덮을 수 있었고, 결국에는 선천적인 인내심과 후천적인 인내심의 구분이 어려울 지경에 이르렀다. 그는 비위가 강한 덕에 흐르는 침을 아무렇지 않게 여기게 되었고, 두뇌가 명석한 덕에 자신의 역할을 이해하게 되었다. 그를 제외한 어느 누구도 무엇이 필요한지 몰랐으므로 그에게 무엇을 하라고 일러준 사람은 없었다. 심지어 의사들조차도. 우선 마리우스에게 운동을 시켜야 했다. 또한 정상적인 삶으로 돌아갈 수 있음을 납득시켜야 했다.

"루키우스 데쿠미우스나 수부라의 다른 무뢰배들에게 또 무슨 정보를 얻었지?" 마리우스가 물었다.

소년은 순간 화들짝 놀랐다. 질문이 너무 갑작스러웠고, 잠시 딴 생각을 하고 있었던 것이다. "음, 제가 이야기를 좀 짜맞춰봤어요. 맞는지는 모르겠지만. 아마 맞는 것 같아요."

"무슨 이야기?"

"집정관 카토가 삼니움과 캄파니아를 루키우스 코르넬리우스 술라에게 넘기고, 자신은 마리우스의 옛 부임지에서 마르시족과의 전쟁을 맡게 된 이유에 관한 거예요."

"오호! 네 가설을 들려다오, 애야."

"그건 루키우스 코르넬리우스가 어떤 사람인지와 관련이 있어요." 어린 카이사르가 진지하게 말했다.

"그가 어떤 사람인데?"

"다른 사람을 극심한 공포로 몰아넣을 수 있는 사람이지요."

"물론 그렇지!"

"그는 자신이 남부 전장의 지휘권을 얻지 못하리라는 것을 진작 알았을 거예요. 그건 집정관의 역할이니까요. 하지만 군이 항의하지도 않았어요. 그저 집정관 카토가 카푸아에 도착하기를 기다렸다가, 그에게 어떤 주문을 걸어 겁을 주고 가능한 캄파니아에서 거리를 두고 싶도록 만들었을 거예요."

"어떻게 그런 가설이 탄생할 수 있었지?"

"루키우스 데쿠미우스에게 들은 말이 있어요. 어머니께 들은 말도 있고요."

"네 어머니라면 잘 알겠지." 마리우스의 말은 의미심장했다.

어린 카이사르는 눈살을 찌푸리며 마리우스를 곁눈질하다가 어깨를 으쓱했다. "루키우스 코르넬리우스가 최고 지휘권을 얻었고 그를 방해할 만한 멍청한 인물도 없으니 앞으로 문제없을 거예요. 그는 아주 훌륭한 장군이라고 생각하거든요."

"나만큼은 아니지." 마리우스는 흐느끼듯이 한숨을 내뱉었다.

소년은 즉시 덤벼들었다. "자기 연민에 빠지지 마세요, 가이우스 마리우스! 다시 건강해져서 지휘권을 얻으면 되잖아요. 이 바보 같은 정원을 벗어나기만 하면 가능해요."

이런 공격이 불편했던 마리우스는 주제를 바꿨다. "그러면 수부라의 비밀 정보망을 통해 집정관 카토가 마르시족과 어떻게 싸우고 있는지는 못 들었니?" 그는 질문을 던지며 코웃음을 쳤다. "대체 어떻게 되고 있는지 말을 해주는 사람이 없어. 내 상태가 악화될까 걱정하는 거지! 하지만 내 상태를 진짜 악화시키는 것은 무슨 일이 벌어지는지 전혀 모르는 상황이야. 너에게라도 소식을 듣지 못하면 난 폭발할지도 모르겠구나!"

어린 카이사르는 씩 웃었다. "제 비밀 정보망에 따르면 집정관은 티부르에 도착하자마자 문제에 직면했다고 해요. 폼페이우스 스트라보가 당신의 옛 군대를 차지했는데, 그가 평소에 즐겨 하던 짓이죠. 그래서 집정관 카토에게는 파릇파릇한 신병밖에 남지 않았어요. 새로이 참정권을 얻은 움브리아와 에트루리아 시골 출신 소년들 같은 무리 말이죠. 집정관은 물론이고 그의 보좌관들도 신병을 어떻게 훈련해야 할지 갈피를 잡지 못했어요. 그래서 일단 군대 전체회의를 소집해서 훈련을 시작하기로 했지요. 집정관은 조금의 연민도 보이지 않고 열변을 토했어요. 다 아실 거라고 생각해요. 멍청이, 촌놈, 백치, 야만인, 끔찍한 버러지 집단이라는 등, 지금껏 너희보다 월등히 나은 병사들만 봐왔으니 정신 똑바로 안 차리면 다 죽는다는 둥 말이죠."

"루푸스나 카이피오와 하는 짓거리가 똑같군그래!" 마리우스가 믿기지 않는다는 듯이 외쳤다.

"그런데 티부르에서 이 쓰레기 같은 소리를 듣던 사람 중 한 명은 루키우스 데쿠미우스의 친구였어요. 이름이 티투스 티티니우스라고 했지요. 그는 은퇴한 백인대장인데, 베르켈라이 전투 이후 당신에게서 에트루리아의 작은 땅을 받았다고 했어요. 당신을 한 번 도와준 적이 있다고 하더군요."

"그래, 잘 기억하고 있단다." 마리우스가 웃으려 하자 침이 줄줄 흘렀다.

어린 카이사르는 일명 '마리우스 손수건'을 꺼내 침을 닦아냈다. "그는 포룸 로마눔 소식에 관심이 많아서 정기적으로 로마에 찾아와 루키우스 데쿠미우스의 집에 머무르곤 해요. 그러다 전쟁이 발발하자 훈련 백인대장으로 다시 입대했어요. 오랫동안 카푸아에 머물다가 올해 초 집정관 카토를 돕기 위해 파견되었죠."

"티투스 티티니우스와 다른 훈련 백인대장들은 집정관 카토가 티부르에서 일장연설을 쏟아내기 전까지 훈련을 시작할 기회조차 없었던 거지?"

"바로 그거예요. 하지만 집정관은 백인대장들에게도 비난을 퍼부었어요. 그것 때문에 그가 곤경에 빠지게 되었죠. 티투스 티티니우스는 집정관 카토가 모두에게 욕을 퍼붓는 것을 보고 화가 난 나머지 큰 흙덩이를 집어들어 집정관에게 던졌어요! 그랬더니 다른 사람들도 하나같이 집정관 카토에게 흙덩이를 던졌죠! 집정관의 무릎까지 흙덩이가 쌓였고 상황은 폭동 직전으로 치달았어요." 소년은 영감을 받은 것처럼 낄낄대며 말했다. "더럽혀지고, 진창에 빠지고, 겨냥당하고!"

"말장난은 그만하고 이야기나 마저 해!"

"죄송해요, 가이우스 마리우스."

"그래서?"

"다친 곳은 전혀 없었어요. 하지만 집정관 카토는 자신의 존엄과 권위가 회복 불가능한 수준으로 훼손되었다고 생각했죠. 그는 그 사건을 잊고 넘어가는 대신 티투스 티티니우스를 쇠사슬에 묶어 반란 교사 혐의로 기소해달라는 편지와 함께 로마로 보냈어요. 그는 오늘 아침에 도착했고 지금 라우투미아이 감옥에 갇혀 있죠."

마리우스는 비틀거리며 일어나려 했다. "그렇다면 내일 아침 우리의 행선지는 정해졌구나, 카이사르!" 한결 편안해진 목소리였다.

"티투스 티티니우스에게 무슨 일이 벌어지는지 보러 가는 건가요?"

"그 장소가 원로원이라면 당연히 가야겠지. 너는 현관에서 기다리면 된단다."

어린 카이사르는 마리우스를 일으켜세우고 곧바로 그의 왼편으로 가서 힘없는 왼손과 왼발의 무게를 지탱해주었다. "그럴 필요는 없을 거예요, 가이우스 마리우스. 이 문제는 평민회에서 다룰 예정이거든요. 원로원은 관여하지 않겠다고 했대요."

"너는 파트리키 귀족이니 평민회 회의가 진행될 때 민회장에 들어갈 수 없어. 하지만 지금 상태로는 나도 그곳에 갈 수 없겠지. 그러니 우리는 원로원 계단 꼭대기의 전망 좋은 자리에서 서커스를 구경하자꾸나." 마리우스가 말했다. "오, 이런 게 필요했어! 포룸 로마눔의 서커스는 조영관이 준비하는 그 어떤 경기보다도 재미있지!"

마리우스가 그를 향한 로마인들의 사랑의 깊이를 단 한 순간이라도 의심했다면, 그러한 두려움은 다음날 그가 대문을 나서서 폰티날리스 성문을 지나고 포룸 로마눔 낮은 구역으로 이어지는 가파른 아르겐타리우스 언덕길을 내려가면서 전부 녹아내렸을 것이다. 그의 오른손에는 지팡이가, 왼편에는 어린 카이사르가 있었다. 얼마 지나지 않아 그의 전후좌우로 수많은 인파가 모여들었다. 모두들 그에게 환호를 보내고 그를 위해 눈물을 흘렸다. 오른발을 뻗고 엉덩이를 비틀며 왼발을 질질 끄는 기괴한 동작으로 한 발짝씩 나아갈 때마다 주변의 사람들은 그에게 힘을 실어주었다. 너무도 반갑고 희망에 찬 환호는 곧 그가 선 자리보다도 훨씬 앞쪽까지 퍼졌다.

"가이우스 마리우스! 가이우스 마리우스!"

마리우스가 포룸 로마눔 낮은 구역에 들어섰을 때, 환호성은 귀가 떨어져나갈 정도였다. 이마에는 땀방울이 맺히고 다른 사람들은 짐작도 못 할 만큼 소년에게 잔뜩 기댄 채, 그는 민회장 가장자리를 빙 돌아갔다. 원로원 의원 스무 명이 그를 원로원 의사당 연단 꼭대기로 들어옮기려 했다. 하지만 그는 도움의 손길을 뿌리치고 본인의 힘으로 한 발짝, 또 한 발짝 무겁게 올라갔다. 고관 의자가 대령되자 그는 오로지 소년의 도움만을 받으며 자리에 앉았다.

"왼쪽 다리." 그는 가쁜 숨을 몰아쉬며 말했다.

그 말을 단번에 알아들은 어린 카이사르는 무릎을 꿇고 마리우스의 힘없는 다리를 오른쪽 다리보다 앞으로 당겨놓음으로써 고전적인 자세를 만들어주었다. 그런 다음 마리우스의 맥없는 왼팔을 무릎 위로 옮겨 뻣뻣하게 굳은 왼쪽 손가락이 토가 자락에 가려지도록 했다.

마리우스는 어떤 왕보다도 더 제왕 같은 자태로 앉아 있었다. 얼굴에는 땀방울이 흘러내리고 가슴은 거대한 풀무처럼 거칠게 오르내리는 가운데, 그는 고개를 숙여 환호에 응답했다. 평민회는 이미 개회된 후였지만, 민회장의 모든 사람들은 원로원 계단 쪽으로 환호를 보냈다. 이윽고 로스트라 연단에 있던 호민관 열 명이 우렁찬 목소리로 만세삼창을 외쳤다.

소년은 고관 의자 옆에서 군중을 내려다보았다. 이토록 많은 사람들이 동시에 뿜어내는 극도의 행복감을 목격하는 것은 처음이었다. 자신이 그 행복감의 근원 바로 옆에 서 있다는 자부심에 뺨이 붉어졌다. 로마의 일인자가 되는 것이 어떤 기분인지 짐작해볼 수 있었다. 마침내 환호성이 잦아들자 그의 예민한 귀에 수군거리는 소리가 들려왔다.

"저 아름다운 아이는 누구지?"

그는 자신의 아름다움에 대해 익히 알고 있었고, 그 아름다움이 다른 사람들에게 미치는 영향도 잘 알고 있었다. 그는 남들에게 사랑받는 것을 좋아했기에 자신의 아름다움이 만족스러웠다. 하지만 그로 인해 지금 이 자리에 서 있는 이유를 망각한다면 어머니는 화를 낼 것이 뻔했고 그런 상황은 어떻게든 피하고 싶었다. 마리우스의 축 늘어진 입꼬리에 침방울이 맺히면 즉시 닦아내야 했다. 그는 자주색 단을 두른 어린이용 토가 자락에서 '마리우스 손수건'을 꺼냈다. 그리고 모든 군중이 나직하게 감탄의 한숨을 내쉬는 동안, 마리우스의 얼굴에 맺힌 땀을 닦으며 몰래 입가의 침도 닦아냈다.

"회의를 진행하시오, 호민관!" 마리우스는 호흡이 가라앉자 큰소리로 외쳤다.

"죄수 티투스 티티니우스를 대령하시오!" 호민관단의 대표 피소 프루기가 외쳤다. "트리부스별로 앉아 계신 평민회 구성원 여러분, 우리는 집정관 루키우스 포르키우스 카토 리키니아누스 군단 소속의 전임 백인대장 티투스 티티니우스의 운명을 결정하기 위해 이 자리에 모였습니다. 이 재판은 원로원의 심의를 거친 뒤 티투스 티티니우스의 동료인 우리에게 넘어왔습니다. 집정관 루키우스 포르키우스 카토 리키니아누스는 티투스 티티니우스에게 반란 교사 혐의를 제기했고, 그를 법의 한도 내에서 최대한 엄중히 다룰 것을 우리에게 부탁했습니다. 반란은 반역죄이므로, 티투스 티티니우스에게 사형을 내릴 것인지 말 것인지를 이 자리에서 결정해야 합니다."

피소 프루기는, 오십대 초반의 덩치 큰 죄수가 로스트라 연단으로 올라오는 동안 말을 멈추었다. 발목과 팔목에 족쇄와 쇠사슬이 채워진 튜닉 차림의 죄수는 피소 프루기 옆에 세워졌다.

"평민회 구성원 여러분, 집정관 루키우스 포르키우스 카토 리키니아누스는 편지를 통해 자신이 군대 전체회의를 소집했고, 그처럼 합법적으로 소집된 회의에서 집정관이 발언하는 동안 여기 서 있는 죄수 티투스 티티니우스가 어깨 너머로 무기를 던졌으며, 다른 병사들에게도 똑같은 짓을 하도록 선동했다고 전했습니다. 그 편지에는 집정관의 봉인이 찍혀 있었습니다."

피소 프루기는 죄인에게 고개를 돌렸다. "티투스 티티니우스, 어떤 답변을 하고 싶소?"

"사실입니다, 호민관님. 저는 집정관에게 어깨 너머로 무기를 던졌습니다." 백인대장은 잠시 멈추더니 말을 이어나갔다. "제가 던진 무기는 부드러운 흙덩이였습니다, 호민관님. 그리고 제가 그걸 던지자 주변의 모든 사람들이 저를 따라 했습니다."

"부드러운 흙덩이라." 피소 프루기는 천천히 말했다. "왜 그런 무기를 자신의 사령관에게 던진 거요?"

"그는 우리를 촌놈, 끔찍한 버러지, 어리석은 촌구석 백치, 도저히 함께 일할 수 없는 놈들이라 했고, 더 심한 욕까지 했습니다." 티투스는 열병식에서처럼 큰 목소리로 외쳤다. "차라리 좆놈이나 좆대가리라고 했다면 괜찮았을 겁니다, 호민관님. 그건 장군과 부하 간에 얼마든지 쓸 수 있는 말이니까요." 그는 숨을 들이쉬고 큰 소리로 말했다. "손에 썩은 계란이 있었다면 썩은 계란을 던졌을 겁니다! 하지만 부드러운 흙덩이는 차선의 선택이었고 주변에 얼마든지 널려 있었습니다! 교수형을 당해도 좋고, 타르페이아 바위에서 내던져져도 좋습니다! 저는 루키우스 카토를 다시 만난다 해도 똑같은 짓을 할 테니까요. 정말입니다!"

티티니우스는 원로원 계단 쪽으로 몸을 돌려 쇠사슬을 쩔렁거리며 마리우스를 손으로 가리켰다. "진정한 장군은 저기 저분입니다! 저는 누미디아에서 가이우스 마리우스의 군단병으로 복무했고, 갈리아에서도 저분의 수하에서 싸웠습니다. 그때는 백인대장이었죠! 제가 제대할 때 저분은 자신의 에트루리아 토지를 조금 내주셨습니다. 평민회 구성원 여러분, 가이우스 마리우스는 흙더미에 묻힐 만한 일을 전혀 하지 않으셨습니다! 가이우스 마리우스는 자신의 병사들을 사랑하셨습니다! 루키우스 카토처럼 병사들을 혐오하지 않으셨습니다! 가이우스 마리우스라면 병사가 자신에게 무언가를 던졌다는 이유로 그를 쇠사슬에 묶어 로마의 민간인들에게 재판을 받도록 하지 않으실 겁니다! 진정한 장군이라면 그 병사가 던진 것이 무엇이든 간에 그것을 병사의 얼굴에 도로 처박아줄 것입니다! 여러분, 루키우스 카토는 진정한 장군이 아니며 그 사람으로 인해 로마가 승리를 거두는 일은 없을 것입니다. 진정한 장군은 자신의 문제를 직접 바로잡습니다. 그 문제를 평민회에 떠넘기는 법이 없습니다!"

깊은 침묵이 내렸다. 티티니우스가 말을 멈추자 아무도 입을 열지 않았다.

피소 프루기는 한숨을 내쉬며 물었다. "가이우스 마리우스, 당신이라면 이 사람을 어떻게 하실 겁니까?"

"그는 백인대장이오, 루키우스 칼푸르니우스 피소 프루기. 그리고 그가 말했다시피 나는 그를 잘 알고 있소. 이대로 죽이기에는 아까운 인물이지. 하지만 그는 자신의 사령관이 흙더미에 묻히도록 했으니, 이유가 무엇이든 간에 군율을 어긴 셈이오. 그를 집정관 루키우스 포르키우스 카토에게 돌려보낼 수는 없소. 그러면 티투스 티티니우스를 우리에게 보낸 집정관에 대한 모독이 되기 때문이오. 그러니 티투스 티티니우스를 다른 장군에게 보내는 것이 가장 로마의 국익에 부합한다고 생각하오. 그를 카푸아로 돌려보내 이전에 하던 일을 다시 맡기는 것이 어떻겠소?"

"동료 호민관 여러분의 생각은 어떻습니까?" 피소 프루기가 물었다.

"가이우스 마리우스의 제안대로 합시다." 실바누스가 말했다.

"저도 동의합니다." 카르보가 말했다.

다른 일곱 명도 전원 동의했다.

"평민회 구성원 여러분의 생각은 어떻습니까? 공식 투표를 진행할까요, 아니면 거수로 결정할까요?"

모든 손이 위로 올라갔다.

"티투스 티티니우스, 본 평민회에서는 당신에게 카푸아의 퀸투스 루타티우스 카툴루스에게 복귀할 것을 명하는 바요." 피소 프루기는 새어

나오는 웃음을 참으며 말했다. "릭토르, 쇠사슬을 풀어주시오. 그는 자유의 몸이오."

하지만 그는 마리우스 앞에 데려다주지 않으면 자리를 떠나지 않겠다고 했다. 마리우스 앞에서 그는 무릎을 꿇고 울음을 터뜨렸다.

"카푸아의 신병들을 잘 훈련시키게, 티투스 티티니우스." 극심한 피로로 어깨가 축 처진 마리우스가 말했다. "이제 나는 집으로 돌아가는 게 좋겠군."

기둥 뒤에 숨어 있던 데쿠미우스가 주름이 잡히도록 환히 웃는 얼굴로 튀어나와 티티니우스에게 손을 내밀었다. 하지만 데쿠미우스의 시선은 마리우스에게 머물러 있었다. "가마를 준비했습니다, 가이우스 마리우스."

"여기까지 잘 걸어왔는데 굳이 가마를 타고 집으로 돌아가지 않겠네!" 마리우스가 말했다. "얘야, 나 좀 일으켜다오." 마리우스의 큼직한 오른손이 어린 카이사르의 어깨를 짓눌러 검붉은 피멍이 들었지만, 어린 카이사르의 얼굴에는 그저 걱정스러운 표정이 스칠 뿐이었다. 소년은 위인을 손쉽게 일으켜세웠다. 마리우스는 자리에서 일어나 지팡이를 짚었고 소년은 마리우스의 왼쪽을 부축했다. 두 사람은 몸이 연결된 두 마리 게처럼 계단 아래로 내려갔다. 로마인의 절반이 그들을 언덕까지 배웅하며 마리우스가 한 발짝을 내디딜 때마다 격려를 보냈다.

하인들은 얼굴이 잿빛으로 변한 마리우스를 방까지 모시는 영광을 누리려고 서로 나섰다. 어린 카이사르가 뒤처져 걷고 있다는 사실을 아무도 알아채지 못했다. 혼자 남았다는 생각이 들자 그는 문과 아트리움 사이의 통로에 아무렇게나 쓰러져 눈을 감았다. 얼마간의 시간이 흐른 후 율리아가 그를 발견했다. 그녀는 두려움을 느끼며 조카 옆에 무릎을 꿇고 앉았다. 하지만 웬일인지 사람을 불러 도움을 요청하고 싶지는 않았다.

"가이우스 율리우스, 가이우스 율리우스! 무슨 일이니?"

그녀가 안아 일으키자 카이사르는 그녀의 품안에서 축 늘어졌다. 얼굴에는 핏기가 없었고 가슴은 거의 움직이지 않았다. 양손으로 그의 손목을 잡고 맥박을 확인하려던 율리아는 소년의 어깨에서 마리우스의 손가락 모양으로 난 시퍼런 멍을 발견했다.

눈을 뜬 소년은 한숨을 쉬고 미소를 지었다. 혈색도 돌아왔다. "제가 집까지 잘 모셔왔나요?"

"오, 그렇단다, 가이우스 율리우스. 아주 훌륭하게 집까지 모셔왔어." 율리아는 눈물을 삼키며 말했다. "고모부보다 네가 더 지쳤구나! 그분을 집밖으로 모시고 나가는 건 네게 무리인 것 같아."

"아니에요, 율리아 고모. 전 할 수 있어요, 진짜예요. 다른 사람하고는 나가려고 하지 않으실 거예요, 아시잖아요." 그가 자리에서 일어나며 말했다.

"그래, 안타깝게도 잘 알고 있지. 고맙다, 가이우스 율리우스! 무슨 말을 해야 할지 모르겠구나." 그녀는 멍을 자세히 살펴보았다. "고모부 때문에 멍이 들었구나. 얼른 나을 수 있도록 약을 발라줄게."

소년의 눈동자에 활력이 깃들고 입술에 미소가 번지자 율리아의 마음은 스르르 녹아내렸다. "얼른 나으려면 뭐가 필요한지 전 알고 있어요."

"그게 뭐니?"

"입맞춤이요. 평소처럼 입맞춤을 해주세요."

그는 입맞춤 세례를 받고 평소 좋아하던 음식을 잔뜩 대접받았으며 고모의 작업실에 있는 긴 의자에 누워 느긋하게 책을 읽었다. 율리아는 데쿠미우스가 데리러 올 때까지 카이사르를 집으로 돌려보내지 않았다.

계절이 깊어지면서 마침내 전쟁이 로마의 승리로 기울 무렵, 마리우스와 어린 카이사르는 이미 로마에서 익숙한 풍경이 되었다. 소년은 어른을 도왔고, 어른은 서서히 몸을 가눌 수 있게 되었다. 첫날 외출 이후 두 사람은 마르스 평원으로 발길을 옮겼다. 그곳에는 보는 눈이 훨씬 적었고, 종국에는 두 사람의 행보가 주변의 관심을 거의 끌지 않게 되었다. 마리우스가 건강해지자 둘은 더 먼 곳까지 산책을 나갈 수 있었고, 드디어 렉타 가도가 끝나는 티베리스 강에 도착하는 승리의 날을 맞았다. 마리우스는 충분한 휴식을 취한 후에 트리가리움에서 수영을 했다.

규칙적인 수영 덕분에 마리우스의 회복은 더 빨라졌다. 지나다니는 길에서 보게 되는 군사 훈련과 기병대 훈련에 대한 관심도 더 커졌다. 마리우스는 어린 카이사르도 이제 군사 교육을 받을 때가 되었다고 판단했다. 드디어! 드디어 가이우스 율리우스 카이사르는 그토록 원하던 군사 기술의 기초를 배울 수 있게 되었다. 다소 성깔 있는 조랑말에 오른 어린 카이사르는 자신이 타고난 기수임을 증명했다. 그는 마리우스와 나무칼로 연습 대결을 했고, 마침내 마리우스조차 흠잡을 수 없는 수준에 이르자 실전 훈련을 받았다. 어린 카이사르는 필룸창 던지는 법을 배웠고 매번 표적을 명중시켰다. 물속에서도 안전하리라는 마리우스의 판단하에 수영도 배웠다. 또한 마리우스로부터 새로운 종류의 이야기를 들었다. 장군이 과거를 회상하며 들려주는 장군의 역할에 관한 이야기였다.

"실제로 전투를 시작하기도 전에 지고 들어가는 지휘관들이 많단다." 마리우스는 어린 카이사르에게 말했다. 두 사람은 아마포로 몸을 감싼 채 강둑에 나란히 앉아 있었다.

"어째서인가요, 가이우스 마리우스?"

"대개 두 가지 경우 중 하나지. 어떤 지휘관은 병법에 대한 이해가 부족해서 그저 손가락으로 적을 가리켜주고 자기는 뒤로 물러나 병사들이 싸우는 걸 구경하면 된다고 생각한단다. 반면 어떤 지휘관은 수습군관 시절에 모시던 장군으로부터 얻어들은 온갖 병법원칙들로 머릿속이 복잡하지. 그래서 책대로 하는 것이 패배의 지름길일 때조차 책대로만 한단다. 모든 적은, 모든 전쟁은, 그리고 모든 전투는 말이다, 가이우스 율리우스! 저마다의 특징이 있어. 그러니 그 특징을 염두에 두고 접근해야 하지. 무슨 일이 있더라도 전투 전날 사령부 막사에서 양피지에 작전을 기록해야 돼. 하지만 그것을 변경 불가능한 작전으로 여겨서는 안 된단다. 진짜 작전을 세우는 시점은 본인의 눈으로 적을 확인하고, 당일 아침 지형을 살펴보고, 적의 전열과 약점을 파악한 다음이지. 그때 가서 결정을 내리는 거란다! 선입견 탓에 기회를 놓치는 경우가 허다하거든. 전투가 진행되는 중에도 상황은 얼마든지 바뀔 수 있어. 매 순간순간이 다르니까! 병사들의 분위기가 달라질 수도 있고, 전장이 예상보다 빨리 진창으로 바뀔 수도 있고, 먼지가 시야를 가릴 수도 있고, 적장이 뜻밖의 작전을 내놓을 수도 있고, 아군이나 적군의 계획에서 결점이나 약점이 드러날 수도 있지." 마리우스는 자신의 이야기에 도취되어 있었다.

"전투가 전날 계획과 똑같이 흘러가는 경우는 절대 없나요?" 어린 카이사르는 눈을 반짝이며 물었다.

"물론 그런 일도 있긴 해! 하지만 암탉에게서 이빨이 나는 정도의 확률이란다, 이것만은 늘 기억하렴. 네 작전이 무엇이든, 그것이 얼마나 복잡하든 간에, 눈 깜짝할 사이에 작전을 변경할 준비가 되어 있어야 해! 주옥같은 조언을 하나 해주마. 작전은 최대한 단순하게 짜야 한단다. 어마어마한 작전보다 단순한 작전이 더 잘 통하는 법이야. 왜냐면 장군은 명령체계를 통하지 않고서는 작전을 실행할 수 없기 때문이지. 명령은 아래로 전달될수록, 장군에게서 멀어질수록 점점 더 모호해지기 십상이거든."

"그렇다면 장군에게는 아주 잘 교육받은 군관과 완벽하게 실전 훈련이 된 군대가 필요하겠군요." 소년은 곰곰이 생각하며 말했다.

"바로 그거야!" 마리우스가 소리쳤다. "그래서 훌륭한 장군은 항상 전투 전에 병사들 앞에서 연설을 하지. 사기를 진작하기 위해서가 아니야, 카이사르. 병사들에게 장군의 작전을 전달하기 위해서지. 병사들이 직접 장군의 작전을 듣게 되면, 직속상관으로부터 전달받는 명령도 자기 나름대로 잘 해석할 수 있게 된단다."

"병사들을 아는 것이 도움이 되겠네요, 그렇지요?"

"물론 도움이 되지. 또한 병사들이 너를 잘 알도록 하는 것도 도움이 된단다. 그들이 너에게 호감을 갖도록 만드는 것이 중요해. 장군을 좋아하는 병사들은 더 열심히 싸우고 장군을 위해 더 큰 위험도 감수하려고 하지. 티투스 티티니우스가 로스트라 연단에서 했던 말을 잊으면 안 된다. 병사들에게 무슨 욕을 해도 좋지만, 절대 네가 그들을 경멸한다는 인상을 심어줘서는 안 돼. 너와 병사들이 서로를 잘 알게 되면 로마 병사 2만 명으로 야만인 10만 명을 능히 무찌를 수 있지."

"당신은 장군이 되기 전에 병사로 싸우셨죠?"

"그래. 너로서는 경험할 수 없는 이점이지. 너는 파트리키 귀족이니까. 장군이 되기에 앞서 병사로 싸워보지 않은 사람은 진정한 의미에서 장군이 될 수 없어." 마리우스는 몸을 앞으로 기울였다. 그의 시선은 트리가리움과 바티카누스 언덕의 가지런한 풀밭 너머 어딘가를 향하고 있었다. "최고의 장군들은 병사로서 싸워본 경험이 있는 사람들이었어. 감찰관 카토를 보렴. 나중에 수습군관이 되더라도 절대 뒤에 숨어 사령관 시중이나 들지 말고 최전선에서 싸워야 한다! 너의 귀족 혈통은 무시해. 전투 때마다 병사로서 싸우겠다고 말하렴. 사령관이 너를 말리면서 말을 타고 명령을 전달하는 임무를 맡아달라고 해도, 전장에서 직접 싸우겠다고 말하렴. 그런 부탁을 하는 귀족은 거의 없으니 사령관도 허락할 거야. 반드시 일반 병사처럼 싸워야 한다, 카이사르. 그렇게 하지 않으면 훗날 사령관 자리에 올랐을 때 최전선의 병사들을 어떻게 이해하겠니? 그들이 겁을 먹는 이유, 사기가 떨어지는 이유, 기운을 내는 이유, 황소처럼 돌진하는 이유가 무엇인지 무슨 수로 알겠어? 그리고 할 말이 하나 더 있다, 얘야!"

"뭔데요?" 어린 카이사르는 숨을 죽인 채 모든 단어를 다 집어삼킬 기세로 물었다.

"이제 집에 갈 시간이란다!" 마리우스가 웃으며 말했다. 그러다 어린 카이사르의 표정을 보고 멈칫했다. "나한테까지 그렇게 기고만장하게 굴겠다는 거냐!" 그는 어린 카이사르가 자신의 농담을 안 받아주고 화를 내자 기분이 언짢아져서 소리쳤다.

"이렇게 중요한 문제로 저를 놀리면 가만 안 있어요!" 소년은 이런 상황에서 술라가 낼 법한 나직하고 부드러운 목소리로 말했다. "이건 심각한 문제예요, 가이우스 마리우스! 당신의 역할은 저를 웃겨주는 게 아니에요! 전 수습군관으로 복무할 나이가 되기 전에 당신의 지식을 모두 전수받고 싶어요. 그러면 다른 누구보다 더 단단한 기반 위에 새로운 지식을 쌓을 수 있겠죠. 절대 배움을 멈추지 않을 거예요! 그러니 재미도 없는 농담은 그만두고 절 어른처럼 대해주세요!"

"하지만 넌 어른이 아니잖니." 마리우스는 자신이 일으킨 폭풍에 당황하며 흐지부지하게 대꾸했다.

"배움에 있어서라면 저는 제가 아는 어떤 어른보다도 더 어른이에요. 당신도 포함해서 말이죠!" 어린 카이사르의 목소리가 점점 커졌다. 근처에서 헤엄치던, 물에 젖은 채 떨고 있는 얼굴들이 그를 쳐다보았다. 어린 카이사르는 어마어마한 분노 속에서도 평정을 잃지 않았다. 그는 주변의 시선이 느껴지자 코로 숨을 들이쉬고 입을 굳게 다문 채 자리에서 벌떡 일어났다. "율리아 고모가 저를 어린애처럼 대할 때는 어린애가 되는 것도 괜찮아요." 이제는 차분한 목소리였다. "하지만 가이우스 마리우스 당신이 저를 어린애 취급하면 정말 죽고 싶을 만큼 모욕적이에요! 분명히 말하지만 그건 못 참아요!" 그는 마리우스를 일으키려고 손을 내밀었다. "어서 집으로 가요. 오늘은 인내심이 바닥나서 더는 같이 못 있겠어요."

마리우스는 그 손을 잡으며 군말 없이 집으로 갔다.

알고 보니 집으로 빨리 돌아온 것은 다행스러운 일이었다. 그들이 정문으로 들어서자 얼굴에 눈물 자국이 난 율리아가 안절부절못하며 둘을 맞았다.

"오, 가이우스 마리우스, 끔찍한 일이 생겼어요!" 그녀는 마리우스에게 충격을 주면 안 된다는 사실을 까맣게 잊고 울음을 터뜨렸다. 남편의 몸이 성치 않음에도 불구하고 율리아는 재앙이 닥치면 여전히 마리우스에게 구원을 청했다.

"무슨 일이오, 부인?"

"우리 아들 마리우스 말이에요!" 그녀는 화들짝 놀라는 남편을 보고는 황급히 설명을 덧붙였다. "아니, 아니, 걔가 죽은 건 아니에요, 여보! 다치지도 않았고요! 미안해요, 미안해요, 이렇게 놀라게 하면 안 되는 건데. 하지만 지금 난 내가 어디 있는지, 뭘 해야 할지 전혀 모르겠어요!"

"그렇다면 율리아, 저쪽에 앉아서 마음을 가라앉힙시다. 당신의 한쪽 편에는 내가 앉고 그 반대편에는 가이우스 율리우스가 앉을 테니 우리 두 사람에게 이야기를 들려주시오. 분수처럼 쏟아내지 말고 차분하고 분명하게 설명해줘요."

율리아는 자리에 앉았다. 마리우스와 어린 카이사르는 율리아의 양옆에 앉았다. 두 사람은 율리아의 손을 하나씩 붙들고 쓰다듬었다.

"이제 말해보시오." 마리우스가 말했다.

"퀸투스 포파이디우스 실로와 마르시족을 상대로 큰 전투가 있었대요. 알바 푸켄티아 근처 어딘가라고 했던 것 같아요. 마르시족의 승리로 끝났지만 우리 군대도 많은 사상자가 발생하기 전에 후퇴했대요." 율리아가 말했다.

"그 정도면 전보다 많이 나아진 것 같군." 마리우스가 묵직하게 말했다. "이야기가 더 있을 테니 계속해요."

"집정관 루키우스 카토가 살해당했어요. 우리 아들이 후퇴를 명령하기 직전에요."

"우리 아들이 후퇴를 명령했다고?"

"네." 율리아는 눈물이 나오려 했지만 마음을 굳게 먹고 꾹 참았다.

"이걸 어떻게 알게 된 거요, 율리아?"

"퀸투스 루타티우스가 오늘 낮에 당신을 만나러 왔어요. 마르시족 전장을 공식적으로 방문할 일이 있었다고 했어요. 아마도 루키우스 카토와 병사들 사이의 끊이지 않는 불화 때문이겠죠. 잘은 모르겠어요. 확실하지는 않아요." 율리아는 어린 카이사르가 잡고 있던 손을 빼내 이마를 짚었다.

"퀸투스 루타티우스가 마르시족 전장에 간 이유는 중요하지 않소." 마리우스가 근엄하게 말했다. "그러니까 그는 카토가 패배했던 전투를 지켜봤던 거요?"

"아뇨, 그는 티부르에 있었어요. 전투 후에 후퇴했던 병사들이 그곳으로 간 거예요. 끔찍한 패퇴였던 모양이에요. 병사들은 명령을 잘 듣지도 않았대요. 거기에서 이성을 잃지 않은 유일한 사람이 우리 아들이었던 것 같아요. 그러니 후퇴 명령을 내릴 수 있었을 테지요. 티부르로 향하는 길에 그 아이는 병사들의 규율을 바로잡으려 했지만 결국 실패했대요. 그 불쌍한 병사들은 거의 제정신이 아니었거든요."

"그렇다면 대체…… 뭐가 잘못되었다는 거요, 율리아?"

"티부르에는 법무관이 기다리고 있었어요. 루키우스 카토의 신임 보좌관이기도 한 사람인데, 이름이 루키우스 코르넬리우스 킨나라고 했나……. 퀸투스 루타티우스가 말한 이름은 그게 맞을 거예요. 패주한 군대가 티부르에 도착했을 때 루키우스 킨나는 우리 아들로부터 지휘권을 넘겨받았고, 그때까지는 아무 문제가 없는 것처럼 보였어요. 심지어 루키우스 킨나는 우리 아들의 분별 있는 행동을 칭찬하기까지 했어요." 율리아는 마리우스가 잡았던 손도 빼내더니 양손을 초조하게 움켜잡고 비볐다.

"내가 보기엔 다 괜찮은 것 같은데. 그다음엔 어떻게 됐소?"

"루키우스 킨나는 패배 원인을 분석하려고 회의를 열었어요. 자리에 모인 것은 군관과 수습군관 몇 명뿐이었지요. 티부르로 돌아온 사람이 없는 것을 보면 보좌관은 다 죽은 듯했어요." 율리아는 정신을 바짝 차리려고 안간힘을 썼다. "그런데 루키우스 킨나가 집정관 루키우스 카토의 죽음을 둘러싼 정황을 물어봤을 때, 한 수습군관이 나서서 우리 아들이 집정관을 죽였다고 말했어요!"

"그렇군." 마리우스는 동요하지 않고 차분히 말했다. "율리아, 당신은 이 이야기를 다 알고 있지만 나는 아직 모르잖소. 그러니 계속하시오."

"그 수습군관에 따르면 우리 아들은 루키우스 카토에게 후퇴하자고 설득했어요. 하지만 루키우스 카토는 벌컥 화를 내며 우리 아들에게 이탈리아인 반역자의 아들이라고 했어요. 그는 후퇴 명령을 내릴 수 없다고 우기면서, 불명예 속에 살아남느니 모든 로마인이 전장에서 죽는 것이 더 낫다고 했어요. 그는 우리 아들을 멸시하며 등을 돌렸지요. 그 수습군관은 바로 그때 우리 아들이 루키우스 카토의 등에 칼자루가 닿을 정도로 깊이 칼을 찔러넣었다고 했어요! 그런 다음 그애가 지휘권을 넘겨받아 후퇴를 명령했다고 했죠." 율리아는 눈물을 흘렸다.

"퀸투스 루타티우스는 내가 올 때까지 기다리든가 하지, 왜 이런 이야기를 당신에게 직접 해서 사람을 괴롭힌단 말이오?" 마리우스가 거칠게 말했다.

"정말 시간이 없댔어요, 가이우스 마리우스." 그녀는 눈물을 훔치고 마음을 가라앉히려 했다. "급히 카푸아로 돌아갈 일이 생겨서 당장 떠나야 한다고 했어요. 실은 우리를 만나러 로마에 들를 시간도 없었다고 하니 오히려 고마워해야죠. 그는 당신이라면 어떻게 해야 할지 알 거라고 했어요. 퀸투스 루타티우스가 그런 말까지 하는 걸 보니 진짜 우리 아들이 루키우스 카토를 죽였다고 믿는 것 같았어요! 오, 가이우스 마리우스, 당신이라면 어떻게 할 건가요? 어떻게 해야 하죠? 퀸투스 루타티우스의 말이 무슨 의미인지 알겠어요?"

"여기 내 친구 가이우스 율리우스와 함께 티부르로 가야겠소." 마리우스는 자리에서 일어나며 말했다.

"그럴 순 없어요!" 율리아가 다급히 소리쳤다.

"그럴 수 있소. 부인, 이제 그만 진정하고 스트로판테스를 시켜 아우렐리아에게 사람을 보내고 루키우스 데쿠미우스를 여기로 불러주시오. 그 사람이라면 여행중에 나를 도와주면서 이 아이의 짐을 덜어줄 수 있을 테니까." 마리우스는 이 말을 하면서 어린 카이사르의 어깨를 꽉 움켜쥐었다. 기댈 사람이 필요해서가 아니라, 소년에게 입 다물라고 강요하는 것처럼.

"그럼 루키우스 데쿠미우스만 데려가세요, 가이우스 마리우스." 율리아가 말했다. "가이우스 율리우스는 자기 어머니에게로 돌려보내야 해요."

"그래, 당신 말이 맞소." 마리우스가 말했다. "집에 가거라, 카이사르."

어린 카이사르는 당당히 말했다. "어머니는 당신에게 도움이 되라고 저를 이곳에 보내셨어요, 가이우스 마리우스." 단호한 목소리였다. "제가 마리우스를 버려둔다면 어머니께서는 몹시 화를 내실 거예요."

마리우스는 고집을 꺾지 않을 기세였지만, 아우렐리아의 성격을 잘 아는 율리아는 한발 물러섰다. "저 아이 말이 맞아요, 가이우스 마리우스. 함께 가세요."

그리하여 여름날의 긴 한 시간 동안 준비를 마친 뒤 마리우스와 어린 카이사르, 데쿠미우스는 노새 네 마리가 끄는 마차를 타고 에스퀼리누스 성문을 지나 로마를 빠져나가게 되었다. 훌륭한 마부인 데쿠미우스는 경쾌한 속도로 마차를 몰았다. 노새들이 지치지 않고 티부르까지 당도할 수 있을 정도의 속도였다.

마리우스와 데쿠미우스 사이에 낀 어린 카이사르는 들뜬 표정으로, 어둠이 내릴 때까지 창밖으로 지나가는 시골 풍경을 구경했다. 이렇게 급박한 상황에 떠나는 여행은 처음이었지만, 얼른 목적지에 도착했으면 하는 마음도 내심 있었다.

아홉 살의 나이 차에도 불구하고, 어린 카이사르는 사촌형인 마리우스를 잘 알고 있었다. 유아기와 유년기를 돌이켜보면 다른 아이들보다 사촌형과 함께한 기억이 더 많았기 때문이다. 그에게는 사촌형을 사랑하거나 좋아할 만한 이유가 전혀 없었다. 사촌형이 그를 괴롭히거나 놀려서가 아니었다. 아니, 그보다도 사촌형에게 괴롭힘과 놀림을 당하는 다른 아이들을 보며 그에게 반감을 갖게 된 것이다. 어린 카이사르는 사촌형 마리우스와 사촌형 술라 간의 팽팽한 경쟁 구도 속에서 늘 손아래인 술라 쪽이 옳다고 생각했다. 게다가 사촌형 마리우스는 코르넬리아 술라에 대해서 두 얼굴을 지니고 있었다. 그녀가 곁에 있을 때는 상냥한 얼굴이었고, 곁에 없을 때는 독살스러운 얼굴이었다. 그는 사촌 동생들뿐만 아니라 친구들 앞에서도 코르넬리아 술라를 조롱했다. 그렇다보니 사촌형의 명예가 실추되는 것은 어린 카이사르에게 개인적으로 전혀 걱정스럽지 않았다. 다만 마리우스와 율리아 고모를 생각하면 너무도 걱정스러웠다.

날이 저물자 하늘 높이 뜬 반달이 길을 밝혔지만, 데쿠미우스는 노새들이 편안하게 걸을 수 있도록 속도를 낮췄다. 어린 카이사르는 마리우스의 무릎을 베개 삼아 금방 잠들었다. 그의 몸은 어린아이와 동물에게서만 볼 수 있는 형태로 축 늘어져 있었다.

"루키우스 데쿠미우스, 우리 둘이 얘기를 좀 해야겠네." 마리우스가 말했다.

"그거 좋은 생각입니다." 데쿠미우스가 쾌활하게 말했다.

"내 아들이 심각한 문제를 겪고 있네."

"저런!" 데쿠미우스는 혀를 차며 말했다. "그런 일은 절대 있어서는 안 되지요, 가이우스 마리우스."

"집정관 카토의 살해 혐의를 받고 있다네."

"집정관 카토와 관련해서 제가 들은 바에 따르면, 군대를 구한 젊은 마리우스에게 풀잎관을 줘야겠던데요."

마리우스는 어깨를 들썩이며 웃었다. "내 말이 그 말이야. 우리 집사람 말이 사실이라면 딱 그런 상황이었다네. 그 머저리 같은 카토는 패배를 자초했어! 그의 두 보좌관은 이미 죽은 뒤였고, 수습군관들이 전장에서 지시를 전달했을 거야. 그것도 아마 잘못된 지시였겠지. 집정관 카토 곁에 남은 사람도 수습군관뿐이었을 거야. 그러니 수습군관인 내 아들이 장군에게 후퇴를 조언할 수밖에 없었을 테지. 카토는 후퇴할 수 없다고 했고, 내 아들에게 이탈리아인 반역자의 아들이라고 했어. 다른 수습군관의 증언에 따르면, 바로 그때 내 아들은 기다란 로마의 검으로 집정관의 등을 찌르고 후퇴를 지시했다네."

"오, 아주 잘됐네요, 가이우스 마리우스."

"나도 그렇게 생각하네. 한편으로는 말이지. 하지만 다른 한편으로 생각하면 카토가 등을 보였을 때 그런 일을 저질렀다는 게 안타까워.

명예심이 부족해서가 아니라 성질이 급해서 그런 거겠지. 그 아이가 어릴 때 내가 성질머리를 고쳐주지 못해서 그렇다네. 게다가 그 아이는 너무 똑똑해서 내 앞에서는 감히 성질을 부리지 않았지. 자기 어머니 앞에서도 마찬가지고.”

“증인이 몇 명이나 됩니까, 가이우스 마리우스?”

“내가 알기로는 딱 한 명이라네. 하지만 현재 지휘권을 쥐고 있는 루키우스 코르넬리우스 킨나를 만나기 전까지는 확실히 모르지. 우리 아들은 당연히 기소에 대응해야만 하네. 그런데 증인이 자기주장을 굽히지 않는다면 태형과 참수형을 면할 수 없겠지. 집정관 살해는 단순한 살인이 아니야. 그건 신성모독이기도 해.”

“저런.” 데쿠미우스는 이 말만 남기고 입을 다물었다.

물론 그는 이 끔찍한 말썽을 해결하기 위한 여행에 자신이 불려온 이유를 잘 알고 있었다. 하지만 놀라웠던 점은 그를 부른 사람이 마리우스라는 사실이었다. 가이우스 마리우스! 원칙주의자이자 데쿠미우스가 아는 사람 중에 가장 명예로운 인물. 몇 해 전 술라가 뭐라고 했던가? 마리우스는 구불구불한 길도 똑바로 걷는다고 했다. 하지만 오늘 밤, 마리우스는 구불구불한 길을 구불구불하게 걷기로 작정한 듯 보였다. 그의 성격과는 맞지 않는 선택이었다. 다른 방법도 얼마든지 있을 터였다. 그가 짐작하기에 마리우스가 적어도 한 번쯤 시도해볼 만한 방법들이.

그러다 데쿠미우스는 어깨를 으쓱했다. 따지고 보면 마리우스도 아버지였다. 아들은 단 하나. 아주 귀한 아들. 지나친 오만방자함만 어떻게 한다면 썩 괜찮은 청년이었다. 위대한 인물의 아들로 사는 것이 쉬운 일은 아닐 테지. 특히나 그만한 뚝심이 없는 사람이라면 더더욱. 오,

그 청년은 충분히 용감해. 똑똑하기도 하고. 하지만 진정 위대한 인물이 될 수는 없겠지. 그렇게 되려면 고된 삶을 겪어야 하니까. 젊은 마리우스가 경험했던 것보다 훨씬 고된 삶을. 그의 어머니는 얼마나 사랑이 넘치는지! 만약 그에게 어린 카이사르의 모친 같은 어머니가 있었다면 아마도 상황은 달라졌겠지. 아우렐리아는 어린 카이사르가 고된 삶을 맛보도록 이제껏 최선을 다했어. 단 한 순간도 방종에 휩쓸리지 않도록 했지. 게다가 그 집안에는 돈도 많이 없고 말이야.

지금까지 평평하던 길이 갑자기 급경사로 바뀌자 지친 노새들은 걸음을 멈추려 했다. 데쿠미우스는 채찍을 휘둘렀다. 무시무시한 엄포를 놓으며 노새들을 다그쳤고, 손목에 팽팽히 힘을 주었다.

15년 전, 데쿠미우스는 어린 카이사르의 어머니 아우렐리아를 보호하는 사람이 되기로 마음먹었다. 비슷한 시기에 그는 새로운 수입원을 얻게 되었다. 그는 태생으로 봤을 때 진정한 로마인이었고, 트리부스로 봤을 때는 수도 트리부스인 팔라티누스 소속이었다. 계급으로 봤을 때 4계급의 일원이었고, 직업으로 봤을 때는 아우렐리아의 인술라 건물에 위치한 교차로 클럽 관리인이었다. 그는 딱히 규정할 수 없는 피부색에 눈에 띄지 않는 외모를 했고 몸집이 작았다. 이렇듯 이목을 끌지 않는 겉모습과 다소 부족한 학식은, 그가 지닌 지성과 정신력에 대한 단단한 자신감을 감추는 역할을 했다. 그는 마치 장군처럼 자신의 형제단을 이끌었다.

수도 담당 법무관에게 공식 인가를 받은 이 교차로 클럽의 임무에는 건물 맞은편 교차로를 청결하게 관리하는 것이 포함되어 있었다. 또한 교차로의 라레스를 위한 제단을 잘 모시고, 이 지역에 물을 공급하는 식수대를 항상 청결히 유지하고, 연례행사인 교차로 축제를 감독해야 했다. 교차로 클럽 회원은 인근에 거주하는 남성들을 총망라하여 로마인 중에는 2계급부터 최하층민까지, 외국인 중에는 유대인·시리아인·그리스인 해방노예부터 노예까지 다양했다. 하지만 2계급과 3계급 회원들은 굳이 클럽에 참석하지 않고 넉넉한 기부금을 제공하는 역할만 담당했다. 놀랍도록 깔끔한 이 클럽을 자주 드나드는 이들은 휴일을 맞아 값싼 포도주를 마시며 이야기를 나누는 노동자들이었다. 노예든 노예가 아니든 간에 모든 노동자는 전부 같은 날은 아니어도 8일에 한 번씩 휴일을 맞았다. 누구든 일을 시작한 지 8일째 되는 날이 휴일이었다. 그렇기 때문에 교차로 클럽을 찾는 무리들의 얼굴은 매일 달랐다. 하지만 데쿠미우스가 어떤 일을 처리해야 한다고 발표하면 그곳 사람들은 모두 포도주잔을 내려놓고 교차로 클럽 관리인의 말에 따랐다.

데쿠미우스를 주축으로 한 교차로 클럽의 활동에는 교차로 관리와 매우 동떨어진 일도 포함되어 있었다. 아우렐리아의 삼촌이자 의붓아버지인 마르쿠스 아우렐리우스 코타는 투자 차원에서 아우렐리아의 지참금으로 인술라를 매입했다. 놀라운 여인 아우렐리아는 자신의 건물을 드나드는 사내들이 폭력과 기물 파손으로부터 보호해준다는 명목으로 현지 상점 주인과 장사꾼으로부터 돈을 뜯어낸다는 사실을 알게 되었다. 그녀는 즉시 그러한 일이 중단되도록 조치했다. 더 정확히 말하자면, 데쿠미우스와 그의 형제단원들은 아우렐리아가 피해자와 마주칠 일이 없고 그녀가 찾아갈 일도 없는 먼 곳으로 그들의 보호세 사업장을 옮겨야만 했다.

아우렐리아가 인술라를 매입할 무렵, 데쿠미우스는 자기 성격에도 잘 맞고 주머니 사정에도 도움이 되는 새로운 여가활동을 발견했다. 암살자가 된 것이다. 그의 활약은 본인이 아닌 타인의 입을 통해 소문으로만 전해졌다. 하지만 그를 아는 사람들은 국내외에서 벌어진 여러 정치적·사업적 암살사건에 데쿠미우스가 관여했다고 암묵적으로 믿었다. 체포는 고사하고 감히 시비 거는 사람도 없는 이유는 그의 탁월한 실력과 담대함 덕분이었다. 그는 증거를 남기는 법이 없었다. 하지만 수부라 지구 주민들은 이 수입 짭짤한 여가활동이 무엇인지 다 알고 있었다. 데쿠미우스는 아무도 자신이 암살자라는 것을 모르면 일거리를 주는 사람도 없을 것으로 생각했던 것이다. 일부 사건에 한해서 그는 자신의 소행이 아니라고 밝혔는데, 그러면 사람들은 또 그의 말을 암묵적으로 믿었다. 그는 아셀리오 살해에 대해 언급하면서, 그 일을 저지른 엉터리 아마추어는 예복을 입고 공무 수행중인 조점관을 죽임으로써 로마 전체를 위기로 몰아넣었다고 비난했다. 또한 똥돼지 메텔루스 누미디쿠스의 사망 원인이 독살이라는 추측을 내놓기는 했지만, 독약은 여자들이나 쓰는 살해 도구이며 자신의 관심 밖이라 공언했다.

그는 아우렐리아에게 첫눈에 반했다. 하지만 그것은 낭만적이거나 육체적인 사랑이 아니라, 자신만큼이나 단호하고 용감하고 똑똑한 영혼에 대한 본능적인 동료 의식에 가깝다고 주장했다. 그에게 아우렐리아는 아끼고 보호해야 할 대상이 되었다. 그녀의 아이들 역시 데쿠미우스의 독수리 날개 아래 보호를 받았다. 그는 어린 카이사르를 몹시 아끼고 사랑했다. 솔직히 말해, 이제는 거의 성인이 되어 교차로 클럽의 방식으로 훈련받고 있는 자신의 두 아들보다도 더 아꼈다. 그는 수년 동안 소년을 지켜주고 함께 시간을 보냈다. 소년의 세계와 그 속의 인물들에 대해 놀라울 정도로 정직한 평가를 내려주고, 보호세 사업 운영방식과 훌륭한 암살자가 되는 법을 가르쳐주었다. 데쿠미우스에 대해 어린 카이사르가 모르거나 이해하지 못하는 부분은 전혀 없었다. 파트리키 귀족 로마인에게 어울릴 법한 행동은 교차로 클럽 관리인이자 4계급 로마인에게는 어울리지 않았다. 사는 세계가 서로 달랐던 것이다. 하지만 그것이 두 사람의 우정이나 서로에 대한 호감을 가로막지는 못했다.

"우리는 악당이야, 우리 같은 로마 하층민들은 말이지." 데쿠미우스는 어린 카이사르에게 설명했다. "잘 먹고 잘 마시고 훌륭한 노예가 서너 명쯤 있고 그중 하나는 치마를 들치고 싶은 마음이 들 만큼 반반하다면 이렇게 되지는 않았겠지. 우리한테 사업 머리가 있다고 한들, 뭐 대부분은 그렇지도 않지만, 사업자금을 마련할 수나 있겠어? 아니, 그러니까 옷은 옷감에 맞춰서 만들어야 한다, 내 말은 그거야." 그는 오른손 검지를 코 한쪽에 갖다대고 더러운 치아를 드러내며 웃었다. "하지만 입조심하렴, 가이우스 율리우스! 아무한테도 말하면 안 돼! 특히 너의 사랑스러운 어머니께는 절대."

비밀은 아우렐리아를 비롯한 모든 사람으로부터 지켜졌고, 앞으로도 지켜질 터였다. 어린 카이사르는 아우렐리아가 상상하는 것보다 훨씬 더 폭넓은 교육을 받고 있었다.

자정 무렵, 땀에 젖은 노새들이 모는 마차가 작은 마을인 티부르 인근의 진지에 도착했다. 마리우스는 망설임 없이 전직 법무관 루키우스 코르넬리우스 킨나를 깨웠다.

두 사람은 나이 차가 서른 살이라 서로에 대해 잘 몰랐지만, 킨나는 원로원 연설을 통해 마리우스의 추종자로 알려져 있었다. 그는 훌륭한 수도 담당 법무관이었고, 전쟁 때문에 자리를 비운 두 집정관을 대신해 로마를 통치하는 임무를 맡기도 했다. 하지만 이탈리아와 전쟁을 치르느라, 속주 총독으로 부임하여 개인 재산을 불릴 기회를 잃고 말았다.

2년이 지난 지금 그는 두 딸 중 한 명의 지참금도 마련하지 못했다. 또한 아들에게 원로원 뒷좌석보다 더 나은 미래를 보장해줄 수 있을지도 의심스러웠다. 집정관 카토의 죽음으로 발생한 마르시족 전장 사령관의 공석을 그에게 맡긴다는 원로원의 편지는 전혀 반갑지 않았다. 그것은 오만하고 무능한 인간이 엉망으로 만들어놓은 기반을 바로잡기 위해 죽도록 일해야 한다는 뜻이었다. 오, 수입이 짭짤한 속주는 다 어디로 갔단 말인가?

햇볕에 그을린 피부와 위턱과 아래턱이 잘 맞지 않고 땅딸막한 외모에도 불구하고, 그는 지난 200년 동안 집정관을 배출해온 부유한 평민 명문가의 규수 안니아와 결혼했다. 킨나와 안니아 슬하에는 세 자녀가 있었다. 맏딸은 이제 열다섯 살, 아들은 일곱 살, 막내딸은 다섯 살이었다. 안니아는 대단한 미인은 아니지만 빨강머리와 녹색 눈이 매력적인 여인이었다. 맏딸은 어머니의 머리카락과 눈동자 색을 물려받았고, 나머지 두 아이들은 아버지를 닮아 피부와 머리카락 색이 더 짙었다. 하지만 문제는 최고신관 아헤노바르부스가 킨나를 찾아와 킨나의 장녀를 자신의 장남 나이우스의 신부로 달라고 하면서부터였다.

"우리 도미티우스 아헤노바르부스 가문에서는 빨강머리 신부를 선호하오." 최고신관은 단도직입적으로 말했다. "당신의 딸 코르넬리아 킨나는 내가 원하는 며느리의 조건을 모두 충족하는 처녀요. 나이도 적당하고 파트리키 귀족이고 머리까지 붉은색이지요. 원래는 루키우스 술라의 딸을 점찍어두고 있었는데, 그 아이는 퀸투스 폼페이우스 루푸스의 아들과 혼인한다고 하더군요. 참 유감이오. 하지만 당신의 딸도 아주 훌륭한 신붓감이라고 생각하오. 씨족명도 똑같고, 짐작건대 지참금도 더 많지 않겠소?"

킨나는 침을 삼키며 유노 소스피타와 옵스 여신에게 마음속으로 기도를 올렸다. 돈은 앞으로 속주 총독으로 일하며 마련하면 된다는 생각에 희망을 걸었다. "나이우스 도미티우스, 내 딸이 결혼할 나이가 될 때까지 지참금 50탈렌툼을 마련할 수 있을 겁니다. 그 이상은 어렵습니다. 그만하면 되겠습니까?"

"오, 좋소!" 아헤노바르부스가 말했다. "나이우스는 나의 주된 상속인이니 당신 딸에게도 아주 잘된 일이오. 나는 로마에서 대여섯 손가락 안에 드는 부자고, 피호민이 수천 명이나 되니까. 그럼 먼저 약혼식을 올리는 것이 어떻겠소?"

이는 모두 킨나가 법무관이 되기 전에 있었던 일이다. 당시에는 큰딸이 나이우스 도미티우스 아헤노바르부스 2세와 결혼할 무렵까지 지참금을 마련할 수 있으리라 믿는 것도 무리가 아니었다. 안니아의 유산이 그렇게까지 철저히 묶여 있지 않았다면 상황은 훨씬 나았을 것이다. 하지만 안니아의 아버지는 죽은 딸의 재산이 외손주들에게 넘어가지 못하도록 미리 손을 써두었다.

반달이 서쪽 하늘로 넘어갈 무렵 마리우스로 인해 잠에서 깬 킨나는 이 방문이 과연 어떤 사건으로 이어질지 짐작도 할 수 없었다. 그는 무거운 마음으로 튜닉을 걸치고 신발을 신었으며, 미래가 촉망받는 청년의 아버지에게 그다지 유쾌하지 않은 소식을 전할 준비를 했다.

위대한 인물은 이상한 호위대를 이끌고 사령부 막사로 들어왔다. 쉰살이 다 된 것 같은 지극히 평범한 외모의 남자와 지극히 아름다운 소년이었다. 힘든 일은 대부분 소년이 도맡아 했고, 솜씨를 보니 아주 익숙해 보였다. 노예가 아닐까 짐작할 수도 있었겠지만, 소년의 목에는 불라 부적이 걸려 있었다. 게다가 소년은 코르넬리우스 씨족보다도 더 훌륭한 파트리키처럼 행동하고 있었다. 마리우스가 자리에 앉자 소년은 그 왼쪽에 섰고, 중년 남성은 마리우스의 뒤에 섰다.

"루키우스 코르넬리우스 킨나, 이쪽은 내 처조카 가이우스 율리우스 카이사르 2세고, 이쪽은 내 친구 루키우스 데쿠미우스요. 이들 앞에서는 다 솔직하게 말해도 됩니다." 마리우스는 오른손으로 왼손을 들어 무릎 위로 옮겨놓았다. 그는 킨나가 우려했던 것보다 덜 피곤해 보였고, 로마에서 들었던 소식(생각해보면 꽤 시간이 지난 소식이기는 했지만)보다 훨씬 정정해 보였다. 분명 여전히 무시무시한 인물이었다. 킨나는 부디 마리우스가 무시무시한 적으로 돌변하지 않기를 바랐다.

"참담한 일입니다, 가이우스 마리우스."

마리우스의 두 눈은 막사를 훑으며 주변에 누가 있는지 살피다가, 아무도 없음을 확인하고 다시 킨나에게로 향했다.

"이곳에는 우리밖에 없소, 루키우스 킨나?"

"그렇습니다."

"잘됐군." 마리우스는 의자에 더 편안하게 기대앉았다. "나는 이 소식을 다른 사람에게 전해 들었소. 퀸투스 루타티우스가 찾아왔는데 내가 마침 집에 없었소. 그는 내 아내에게 이 소식을 전했고, 아내는 다시 나에게 전달했지. 들은 바에 따르면 내 아들은 전투중에 집정관 루키우스 카토를 살해한 혐의를 받고 있고, 증인이 한 명 있다고 하던데. 아니, 여러 명이었던가? 내 말이 맞소?"

"안타깝게도 그렇습니다."

"증인이 몇 명이오?"

"한 명뿐입니다."

"그 사람은 누구요? 믿을 만한 사람이오?"

"흠잡을 데 없는 사람입니다, 가이우스 마리우스. 푸블리우스 클라우디우스 풀케르라는 수습군관이죠."

마리우스는 투덜거리며 말했다. "오, 그 집안! 원한을 품고 까다롭게 굴기로 유명한 집안이지. 게다가 아풀리아의 양치기만큼이나 가난하고. 그런 증인을 두고 어떻게 흠잡을 데 없다고 단언할 수 있소?"

"이 청년은 그 씨족 출신답지 않으니까요." 마리우스의 희망을 애초에 꺾으려고 작정한 킨나가 말했다. "고인이 된 루키우스 카토의 군관과 수습군관들 사이에서 이 청년의 명성은 최고 수준입니다. 직접 만나보면 수긍이 가실 겁니다. 수습군관 중에서 가장 연장자로, 동료들을 무척이나 아끼고 아드님에 대해서도 진정한 애정을 품고 있지요. 또한 아드님의 행동에 대해 안타까운 마음도 품고 있습니다. 루키우스 카토는 그의 병사들은 물론 군관들 사이에서도 인기가 없었거든요."

"그런데도 푸블리우스 클라우디우스는 내 아들을 고발했다는 거군."

"자신의 의무라고 느꼈으니까요."

"오, 알겠군! 도덕적인 체하는 위선자 같으니라고."

킨나는 이에 반박했다. "아닙니다, 가이우스 마리우스, 그렇지 않아요! 제발 사령관의 입장에서 한번 생각해보세요. 아버지 입장이 아니라! 이 풀케르 청년은 자신의 가문과 의무에 충실한 가장 훌륭한 로마인 중 하나입니다. 그건 아주 명백한 사실입니다."

자리에서 일어나려고 애쓰는 모습을 보니 마리우스는 피곤한 것이 분명했다. 혼자서 일어나는 데 익숙한 듯했지만, 이번에는 어린 카이사르의 도움 없이는 불가능했다. 평민 데쿠미우스는 앞으로 나와 마리우스의 오른쪽 어깨 옆에 섰다. 킨나를 바라보는 그의 눈은 무슨 말을 하고 싶은 듯 간절해 보였다.

"할말이 있소?" 킨나가 물었다.

"루키우스 킨나, 제 무례를 용서해주십시오. 그런데 마리우스 청년에 대한 공판을 반드시 내일 진행해야 합니까?"

킨나는 놀라서 눈을 깜빡거렸다. "그렇지는 않소. 그 다음날에 해도 상관없으니까."

"크게 상관이 없으시다면 공판 날짜를 그 다음날로 미뤄주시죠. 가이우스 마리우스께서는 내일 일찍 일어나시지 못할 테고, 일어난 후에 운동도 하셔야 하거든요. 보면 아시겠지만 너무 오랫동안 좁은 마차에 앉아 계셨습니다." 데쿠미우스는 문법에 유의하며 천천히 말을 이어나갔다. "요즘에는 승마를 하시는데, 하루 세 시간씩 말을 타시지요. 내일도 승마를 하러 가셔야 합니다. 또한 그 수습군관 푸블리우스 클라우디우스를 직접 만나볼 기회도 필요합니다. 마리우스 청년은 사형에 처해질 만큼 중한 범죄 혐의를 받고 있으니, 가이우스 마리우스처럼 중요한 분께는 그 정도 배려를 해주는 것이 옳지 않겠습니까? 가이우스 마리우스께서 푸블리우스 클라우디우스라는 수습군관 청년을 이 막사가 아니라 조금 더…… 더…… 뭐랄까, 비공식적인 장소에서 만나볼 수 있다면 더욱 좋겠지요. 우리는…… 아니 저희는…… 상황이 필요 이상으로 나빠지는…… 나빠지게 되는 것은 원하지 않습니다. 그러니 내일 오후에 함께 승마를 나가면서 수습군관들도 다 데리고 가는 것이 어떻겠습니까? 푸블리우스 클라우디우스도 함께 말이죠."

킨나는 자신이 후회하게 될 상황으로 빠져드는 것 같은 기분에 이맛살을 찌푸렸다. 마리우스의 왼편에 서 있던 소년은 킨나에게 매력적인 미소를 지으며 한쪽 눈을 깜박였다.

"부디 루키우스 데쿠미우스의 무례를 용서해주세요." 어린 카이사르가 말했다. "그는 저희 고모부의 가장 충직한 피호민이에요. 게다가 폭군이랍니다! 그를 만족시키려면 그의 뜻에 따라주는 수밖에 없어요."

"가이우스 마리우스께서 공판 전에 푸블리우스 클라우디우스와 개인적으로 이야기를 나누도록 둘 수는 없소." 킨나는 난처하다는 듯이 말했다.

마리우스는 격분한 표정으로 이 대화를 지켜보고 있었다. 마리우스가 데쿠미우스와 어린 카이사르에게 어찌나 화를 냈는지, 킨나는 그가 또 뇌졸중으로 쓰러지지 않을까 걱정될 정도였다.

"이게 무슨 말도 안 되는 짓들이야?" 마리우스가 고함쳤다. "새파랗게 어리고 의무만 운운하는 푸블리우스 클라우디우스 따위는 절대 보지 않겠다! 난 내 아들을 만나고 공판에 참석하기만 하면 돼!"

"자, 자, 가이우스 마리우스, 그렇게 흥분하지 마세요!" 데쿠미우스는 유들거리는 목소리로 말했다. "내일 오후에 잠깐 승마를 하시면 한결 나아진 모습으로 공판에 참석하실 수 있을 거예요."

"오, 날 응석받이 어린애 취급하는 이런 머저리들과는 상종을 말아야지!" 마리우스는 이렇게 소리치고는 주변의 도움 없이 쿵쿵거리며 막사를 나갔다. "내 아들은 어디 있소?"

데쿠미우스가 분개한 마리우스를 쫓아갔지만, 어린 카이사르는 자리에 남아 있었다.

"너무 마음 쓰지 마세요, 루키우스 킨나." 소년은 다시 그 멋진 미소를 지어 보이며 말했다. "두 사람은 걸핏하면 싸우니까요. 하지만 데쿠미우스 말이 맞아요. 내일 가이우스 마리우스께서는 휴식을 취하고 적당한 운동을 하셔야만 해요. 그분께는 이 모든 일이 너무도 걱정스러울 테니까요. 우리는 그저 이 사건으로 인해 가이우스 마리우스의 회복이 지나치게 더뎌지지 않았으면 하고 바랄 뿐이에요."

"그래, 그건 나도 이해한단다." 킨나는 아버지 같은 심정으로 소년의 어깨를 다독였다. 머리를 쓰다듬기에는 소년의 키가 너무 컸다. "이제 가이우스 마리우스께서 아들을 만나보도록 해드려야겠구나." 그는 횃불을 집어들고 흐릿하게 보이는 마리우스에게로 다가갔다. "아드님은 이쪽에 있습니다, 가이우스 마리우스. 보는 눈도 있고 하니 공판 전까지는 그를 평소 머물던 막사에 가둬두기로 했죠. 경비를 세워두었고, 다른 사람과는 일절 대화를 나누지 못하게 조치했어요."

"물론 당신도 알겠지만 이번 공판에서 최종 판결이 나오는 것은 아닙니다." 두 사람이 두 줄로 세워진 막사들을 지나갈 때 마리우스가 말했다. "이번 공판에서 내 아들에게 불리한 판결이 나오면 아들을 로마로 데려가 다시 재판을 받도록 하겠소."

"그렇게 하셔야지요." 킨나는 담담하게 말했다.

아버지와 아들이 마주섰을 때, 젊은 마리우스는 아버지에게 다소 사나운 눈길을 보냈으나 스스로를 잘 통제하고 있는 듯 보였다. 그러다 그의 시선은 데쿠미우스와 어린 카이사르에게로 향했다.

"저 한심한 떨거지들은 왜 데려오셨어요?" 그가 따져 물었다.

"혼자 힘으로는 여기까지 올 수가 없었다." 마리우스는 킨나에게 이제 가도 된다는 의미로 무뚝뚝하게 고개를 끄덕이고는 막사에 있는 유일한 의자에 앉았다. "그래, 아들아, 너의 성급함 탓에 마침내 끓는 물에 잠기고 말았구나." 그는 아들의 입장에 대해 동정심도 없고 관심도 없는 듯했다.

젊은 마리우스는 어리둥절한 표정으로 아버지를 응시하면서, 아버지의 태도에서 뭔가 다른 신호를 읽어내려고 했다. 그러다 흐느끼듯 한숨을 내쉬며 말했다. "제가 한 짓이 아니에요!"

"좋다." 마리우스가 진지하게 말했다. "계속 그렇게 주장한다면 다 괜찮아질 거야."

"그럴까요, 아버지? 어떻게요? 푸블리우스 클라우디우스는 계속 제가 한 짓이라고 주장할 텐데요."

마리우스는 크게 실망한 얼굴로 자리를 박차고 일어났다. "네가 계속 결백을 주장한다면 내 약속건대 너에게 아무 일도 일어나지 않을 거야. 아무 일도 말이지."

젊은 마리우스의 얼굴에 안도의 빛이 번졌다. 그는 마침내 기다리던 신호를 받았다고 생각했다. "아버지께서 다 바로잡아주실 거죠?"

"난 많은 것을 바로잡을 수 있단다, 얘야. 하지만 신의를 중시하는 사람으로서 군대 내에서 진행되는 공판에는 손을 쓸 수가 없어." 마리우스는 지친 목소리로 말했다. "손을 쓰는 것은 로마의 재판에서나 가능할 거야. 이제 나처럼 잠이나 자둬라. 내일 오후 늦게 다시 보자꾸나."

"그전에는 못 뵈나요? 공판은 내일 아닌가요?"

"그전에는 못 만난다. 공판은 하루 연기되었어. 내가 제대로 운동을 하지 않으면 절대 일곱번째 집정관 직에 도전할 만큼 건강해질 수 없을 테니까." 그는 막사 입구에서 고개를 돌려 자조가 섞인 묘한 미소를 지었다. "이 한심한 떨거지들은 나더러 꼭 승마를 해야 한다는구나. 그때 너를 고발한 청년도 만날 예정이지. 하지만 그에게 고발을 취소해달라고 설득하기 위해서가 아니란다, 아들아. 나는 그와 개인적인 대화를 나누어서는 안 된다는 지시를 받았거든." 그는 잠시 멈춰 숨을 돌렸다.

"나 가이우스 마리우스가 일개 법무관에게 행동거지에 대해 지시를 받다니! 자기 군대를 몰살시키려는 멍청이를 죽인 것은 얼마든지 용서할 수 있다, 아들아. 하지만 나에게 옳지 않은 길을 걷도록 한 것은 절대 용서할 수 없어!"

다음날 아침 승마를 떠나기 위한 무리가 모였을 때 마리우스는 푸블리우스 클라우디우스 풀케르에게 완벽하게 적절한 태도를 취했다. 그 청년은 쭈뼛대며 어두운 표정을 짓고 있었고, 어떻게든 그 자리만은 피했으면 하는 심정이었다. 출발 후 마리우스는 킨나와 나란히 말을 탔다. 킨나의 보좌관 마르쿠스 카이킬리우스 코르누투스와 어린 카이사르는 그 뒤를 따라갔고 수습군관들은 맨 뒤에 있었다. 데쿠미우스는 다른 사람들이 이 근방에 대해 잘 모른다는 사실을 확인하고 제일 앞으로 나섰다.

"1.5킬로미터 정도 떨어진 곳에 로마 전경이 기막히게 보이는 장소가 있어요." 데쿠미우스가 말했다. "가이우스 마리우스께서 말을 타고 가기에 딱 적당한 거리죠."

"자네는 티부르를 어찌 그리 잘 아나?" 마리우스가 물었다.

"제 외조부께서 티부르 출신입니다." 일행들이 구불구불 이어진 가파르고 좁은 오르막길을 오르는 가운데 이번 승마 나들이의 길잡이가 말했다.

"자네 같은 몹쓸 인간이 시골에서 자란 줄은 몰랐군그래, 루키우스 데쿠미우스."

"시골에서 자란 것은 아닙니다, 가이우스 마리우스." 데쿠미우스는 어깨 너머로 활기차게 말했다. "하지만 여자들이 어떤지 아시잖습니까! 저희 어머니는 여름마다 우리를 이곳으로 끌고 오곤 하셨죠."

하늘은 맑고 햇볕은 뜨거웠지만 시원한 바람이 불었다. 아니오 강의 강물이 협곡을 타고 흐르는 소리가 때로는 요란하게, 때로는 희미한 속삭임처럼 들렸다. 데쿠미우스는 느린 속도를 유지했고 아무도 모르는 사이에 시간이 잘도 흘러갔다. 마리우스가 즐거워하는 모습만으로도 다른 사람들은 모두 이번 승마 나들이에 충분한 가치가 있다고 생각했다. 풀케르는 젊은 마리우스의 아버지를 만나기 전까지만 해도 마음이 몹시 불편했다. 하지만 이제 슬슬 긴장을 풀고 동료 수습군관 두 명과 대화를 나눌 수 있게 되었다. 마리우스 곁을 지키던 킨나는 마리우스가 아들을 고발한 청년을 설득하기 위해 그에게 접근할 것인지 말 것인지 궁금했다. 킨나는 그것이야말로 이번 승마 나들이의 진짜 목적이라 확신했다. 자신도 아버지인지라 아들이 이런 문제에 빠진다면 모든 방법을 동원할 것이 분명했기 때문이다.

"저기입니다!" 데쿠미우스는 의기양양하게 외치며 다른 사람들이 자기보다 앞서 지나갈 수 있도록 고삐를 당겼다. "힘들게 올라와서 구경할 만한 가치가 있는 풍경이지요, 안 그런가요?"

과연 그러했다. 일행이 서 있는 곳은 지각변동으로 산허리에서 거대한 땅덩어리가 떨어져나가면서 아래에 평지를 두고 가파른 절벽이 형성된 자리였다. 하얀 물거품을 일으키며 빠르게 흐르는 아니오 강과 북쪽에서 내려오는 파랗고 구불구불한 티베리스 강이 합류하는 지점이 보이는 위치였다. 두 강이 만나는 곳 바로 너머에 로마가 있었다. 알록달록하게 색칠된 지붕들과 붉은 벽돌 지붕들이 제멋대로 이어져 있고, 신전 위에 세워진 입상이 반짝거렸다. 맑은 공기 덕분에 칼날 같은 지평선 너머로 어렴풋이 티레니아 해까지 보였다.

"이곳은 티부르보다 훨씬 고도가 높습니다." 데쿠미우스는 일행 뒤편에서 말했다. 그는 말에서 내려왔다.

"이렇게 멀리서 보니 도시가 아주 작군요!" 킨나는 경탄하며 말했다.

데쿠미우스를 제외한 일행은 경치를 구경하러 앞으로 다가갔고 덕분에 모두들 한데 뒤섞였다. 마리우스가 풀케르와 대화할 기회를 주지 않으려고, 킨나는 수습군관들이 다가오자 자신과 마리우스의 말이 그 자리를 피하도록 했다.

"오, 저기 좀 보세요!" 어린 카이사르는 멈칫대는 자신의 말을 세게 발로 차며 소리쳤다. "아니오 강의 수도교예요! 장난감처럼 보이지 않나요? 정말 아름답죠?" 그는 이 질문을 풀케르에게 던졌다. 풀케르는 어린 카이사르만큼이나 넋을 놓고 경치를 구경했다.

두 사람은 말을 몰아 절벽 끝으로 바싹 다가갔고 로마 경치를 실컷 구경하다가 마주보며 웃었다.

실로 대단한 장관이었기에, 데쿠미우스를 제외한 모든 사람들의 관심은 앞쪽으로 쏠려 있었다. 그래서 데쿠미우스가 튜닉 허리춤의 주머니에서 Y자 형태의 작은 물건을 꺼내는 것이나, 그 나무로 된 물건의 양쪽 끝에 달린 부드럽고 신축성 좋은 가죽끈에 작은 쇠못을 올려놓는 것을 아무도 눈치채지 못했다. 그는 하품을 하거나 몸을 긁는 것처럼 일상적이고 편안한 태도로 그 물체를 눈높이까지 들어올렸다. 가죽 끈을 힘껏 당겨 신중히 조준한 뒤 손에서 놓았다.

풀케르의 말이 날카로운 비명과 함께 앞발을 마구 휘저으며 뒷발로 일어섰다. 풀케르는 떨어지지 않으려고 본능적으로 말갈기를 붙들었다. 어린 카이사르는 자신의 위험은 생각지도 않은 채 말안장 앞쪽으로 바싹 다가가서 자신이 탄 말의 목을 끌어안으며 풀케르의 말고삐를 붙잡았다. 이 모든 일이 너무 순식간에 벌어져서, 이후 사람들의 뇌리에는 단 한 가지만 각인되었다. 어린 카이사르가 그 나이라고는 믿기 힘들 정도로 침착하고 용감하게 행동했다는 사실이었다. 어린 카이사르의 말도 겁을 먹고 뒷발로 일어서면서 풀케르가 타고 있던 말과 옆구리가 쾅 부딪쳤고, 앞발이 허공으로 떨어졌다. 두 말과 두 사람이 절벽으로 넘어갔다. 하지만 추락하는 바로 그 순간, 어린 카이사르는 기울어진 안장 위에서 똑바로 중심을 잡더니 절벽 끝으로 몸을 날렸다. 그는 절벽에 몸이 절반 이상 걸쳐진 상태에서 고양이처럼 버둥거리며 기어올라왔다.

다들 새하얗게 질린 얼굴로 눈을 부릅뜨고 절벽 끝으로 몰려들었다. 무엇보다도 우선 어린 카이사르가 무사한지 살폈다. 그때 일행 중에서 가장 침착하게 숨쉬고 있던 어린 카이사르가 절벽 아래를 내려다보자 모두의 시선은 아래로 향했다. 저멀리 바닥에 형체가 엉망이 된 말 두 마리와 풀케르가 있었다. 침묵이 내렸다. 도움을 청하는 소리를 기다렸지만, 들리는 것은 윙윙대는 바람 소리뿐이었다. 움직임이라고는 없었다. 하늘을 나는 매 한 마리조차도.

"어서 거기서 떨어져!" 새로운 목소리가 들렸다. 데쿠미우스는 어린 카이사르의 어깨를 잡고 절벽 끝에서 안쪽으로 끌고 갔다. 그는 무릎을 꿇고 떨리는 손으로 소년의 팔다리를 더듬으며 뼈가 부러진 곳은 없는지 확인했다. "왜 그랬어?" 그는 어린 카이사르만 겨우 들을 수 있는 목소리로 속삭였다.

"그럴듯해 보이도록 만들어야 했어요." 답변 역시 속삭임이었다. "그의 말이 아래로 떨어지지 않을 것 같았어요. 그러니 확실하게 해두는 게 좋잖아요. 저는 무사하리란 걸 알고 있었어요."

"내가 무슨 짓을 할지 어떻게 알았니? 넌 내 쪽을 돌아보지도 않았잖아!"

어린 카이사르는 화를 내듯이 한숨을 쉬었다. "오, 루키우스 데쿠미우스! 전 당신을 알아요! 가이우스 마리우스가 당신을 부른 순간부터 이미 다 알고 있었어요. 사촌형이야 어떻게 되든 상관없지만 가이우스 마리우스와 우리 가문이 망신당하는 것은 참을 수 없어요. 그냥 떠도는 소문과 증인의 증언은 엄연히 다르니까요."

데쿠미우스는 소년의 밝은 금발에 뺨을 대고 눈을 감은 채, 어린 카이사르만큼이나 화가 난 목소리로 말했다. "하지만 네 목숨이 위험했잖아!"

"제 목숨은 걱정하지 마세요. 알아서 할 수 있어요. 제가 목숨을 버리는 순간은 그것이 더는 필요하지 않아서일 테니까요." 소년은 데쿠미우스의 품에서 벗어나 마리우스가 괜찮은지 확인하러 갔다.

충격과 혼란에 빠진 킨나는 마리우스와 함께 자신의 막사로 돌아오자마자 포도주를 따랐다. 데쿠미우스는 어린 카이사르를 데리고 아니오 강의 폭포로 낚시를 갔고, 나머지 사람들은 새로운 임무에 착수했다. 장례식을 치르기 위해 수습군관 푸블리우스 클라우디우스 풀케르의 시신을 수습하는 임무였다.

"내 아들과 내 입장을 생각해봤을 때, 이것은 아주 시의적절한 사고였음을 인정하지 않을 수 없군요." 마리우스는 포도주를 길게 한 모금 들이키며 솔직히 말했다. "풀케르가 없으니 공판을 진행할 수 없게 됐소."

"그건 사고였습니다." 킨나는 무엇보다 자기 자신을 납득시키려고 애쓰는 듯했다. "사고가 아니라고는 생각할 수 없는 상황이었어요!"

"그렇소. 사고가 아니었다고는 생각할 수 없소. 어쩌면 내 아들보다도 더 뛰어난 아이를 잃을 뻔했으니까."

"그 소년이 그리 전도유망한지 몰랐습니다."

"내 생각에 그 아이는 전도유망의 화신이오." 마리우스는 그르렁거리는 소리로 말했다. "앞으로 그 아이에게서 눈을 떼지 않을 거요. 안 그러면 내 명성을 가려버릴 테니까."

"오, 정말 난리로군요!" 킨나가 한숨을 내쉬었다.

"그러게 말입니다. 이제 막 지휘관으로 승진한 사람에게 좋은 징조라 할 수는 없겠지요." 마리우스는 서글서글하게 말했다.

"저는 루키우스 카토보다 처신을 더 잘해야겠군요!"

마리우스는 활짝 웃었다. "그 사람보다 더 못하기도 힘들 거요. 하지만 나는 진심으로 당신이 임무를 훌륭하게 수행할 것이라 믿소, 루키우스 킨나. 또한 당신의 관대함에 아주 감사하고 있소. 그것도 아주 많이!"

킨나의 마음 한구석에서 짤랑대는 동전이 폭포수처럼 쏟아지는 소리가 들리는 듯했다. 아니면 그것은, 그 비범한 소년이 아무 일도 없었다는 듯 태연하게 낚시를 하고 있는 아니오 강의 폭포 소리였을까?

"인간에게 첫번째 의무는 무엇입니까, 가이우스 마리우스?" 킨나는 난데없이 물었다.

"인간의 첫번째 의무는 말이오, 루키우스 킨나, 바로 가족에 대한 의무요."

"로마에 대한 의무가 아니고요?"

"우리의 로마가 그 가족이 아니고 무엇이겠소?"

"그렇지요, 그래요. 맞는 말씀 같습니다. 로마의 명문가에서 태어난 사람들과, 신분 상승을 통해 후손을 명문가의 후예로 만든 사람들은 그 가족들이 통치자의 위치에 머물 수 있도록 최선을 다해야만 하겠지요."

"바로 그거요." 마리우스가 말했다.

The
Grass
Crown

제7장

루키우스 코르넬리우스 술라

루키우스 코르넬리우스 술라가 (어린 카이사르의 표현을 빌리자면) 집정관 카토에게 주문을 걸어 그를 마르시족 전장으로 몰아낸 다음, 술라는 이탈리아인으로부터 로마의 모든 땅을 되찾기 위한 행동에 나섰다. 그의 공식 직위는 보좌관이었지만 실질적으로는 남부 전장의 총사령관이나 다름없었다. 단, 성과를 내야 한다는 조건이 따라붙었다. 이탈리아는 지쳐 있었다. 이탈리아의 두 지도자 중 하나인 마르시족의 실로는 나머지 지도자 한 명이 아니었더라면 항복까지 고려했을지도 모른다. 반면 삼니움족의 무틸루스는 절대 포기하지 않으리라는 것을 술라도 잘 알고 있었다. 그러므로 무틸루스에게 이제는 명분이 사라졌음을 보여주어야만 했다.

술라의 첫 조치는 비범하면서도 은밀했다. 그에게는 자신이 직접 나설 수 없는 이 임무를 대신 맡아줄 적임자가 있었다. 이 작전의 성공은 남부에서 활개치는 삼니움족과 그 동맹들에게 종말의 서막이 될 것이 분명했다. 술라는 카푸아의 카툴루스 카이사르에게 어째서 최고의 2개 군단을 캄파니아가 아닌 다른 곳으로 보내는지 설명조차 하지 않고, 한밤중에 그 병사들을 푸테올리 항에 정박중인 함선에 태웠다.

그들을 이끄는 사람은 술라의 보좌관인 가이우스 코스코니우스였다. 그가 전달받은 명령은 아주 명료했다. 2개 군단을 이끌고 이탈리아 반도의 끝을 돌아 동쪽 해안에 위치한 아풀리아의 아페네스타이 인근에 상륙하는 것이었다. 이번 여정의 첫번째 3분의 1은 서쪽 해안을 따라 내려가는 것으로, 이때는 육지에 있는 사람들에게 발각되어도 문제될 것이 없었다. 루카니아 주민들은 그 함대가 최근 반란 소문이 돌고 있는 시칠리아로 향하는 중이라 생각할 것이 뻔했기 때문이다. 두번째 3분의 1 구간에서는 해안을 끼고 돌면서 크로톤, 타렌툼, 브룬디시움 등지에서 식량을 채워야 했다. 그곳에서는 함대가 소아시아의 분쟁을 진압하기 위해 이동중이라는 말을 퍼뜨릴 예정이었다. 2개 군단의 병사들도 바로 그것이 본인들의 임무라고 알고 있었다. 이동거리로 치면 가장 짧은 마지막 3분의 1 구간을 지날 때는, 모든 브룬디시움 주민들로 하여금 함대가 아드리아 해를 건너 서부 마케도니아의 아폴로니아로 향하고 있다고 믿게 해야 했다.

"브룬디시움을 지난 후에는, 최종 목적지에 도착할 때까지 절대 상륙해서는 안 되네." 술라는 코스코니우스에게 말했다. "정확히 어느 지점에 상륙할지는 자네가 알아서 결정하게. 다만 조용한 곳을 선택하고, 준비를 철저히 마치기 전까지는 절대 공격을 개시하지 말도록. 자네 임무는 라리눔 남부의 미누키우스 가도와 아우스쿨룸 아풀룸 남부의 아피우스 가도를 적에게서 탈환하는 것이야. 그런 다음에는 동부 삼니움에 집중하도록 하게. 그때쯤이면 나도 자네와 합류하기 위해 동쪽으로 이동중일 거야."

코스코니우스는 이 중요한 임무의 책임자로 뽑혔다는 사실에 흥분했고, 그와 부하들에게 이 임무를 성공으로 이끌 능력이 충분하다고 자신했다. 그는 애써 기쁨을 감추며 몹시 진지하게 술라의 말을 경청했다.

"명심하게, 가이우스 코스코니우스. 바다에서 충분히 시간을 끌어야만 하네." 술라가 경고했다. "대부분 하루 40킬로미터 이하로 이동해야할 걸세. 이제 3월도 거의 막바지에 접어들었어. 자네는 50일 후 아페네스타이 근처 어딘가에 상륙해야 하네. 너무 빨리 상륙하면 내가 제때협공 작전을 시작할 수 없을 거야. 크라테르 만의 모든 항구를 탈환하고 무틸루스를 서부 캄파니아에서 몰아내려면 50일이라는 시간이 꼭필요하거든. 그런 다음에 동쪽으로 이동할 걸세. 그전에는 절대 힘들어."

"이탈리아 반도의 남쪽을 안전하게 돌아가는 것은 아주 힘든 일입니다, 루키우스 코르넬리우스. 그러니 50일이라는 시간이 주어져서 정말다행입니다." 코스코니우스가 말했다.

"노를 저어야 한다면 노를 젓도록." 술라가 말했다.

"저는 정확히 50일 후에 반드시 제가 있어야 할 곳에 가 있겠습니다. 믿고 맡겨주세요, 루키우스 코르넬리우스."

"함선은 물론이거니와 병사를 단 한 명도 잃어서는 안 되네."

"모든 함선에는 유능한 선장과 그보다 더 유능한 길잡이가 배치되어있습니다. 게다가 이 여정의 계획은 우리가 생각해낼 수 있는 모든 가능성을 감안하고 있습니다. 실망시켜드리지 않겠습니다. 최대한 빨리브룬디시움으로 간 다음, 그곳에서 딱 필요한 만큼의 시간을 보낼 겁니다. 단 하루도 더 지체하거나 더 빨리 움직이지 않겠습니다." 코스코니우스가 말했다.

"좋아! 하나만 명심하게, 가이우스 코스코니우스. 자네의 가장 믿음직한 아군은 운명의 여신이라네. 매일 운명의 여신에게 공물을 올리게. 자네가 나만큼이나 여신의 총애를 받는다면 모든 일이 잘 풀릴 거야."

다음날 코스코니우스와 2개 군단의 정예군은 비바람에 맞설 각오로 푸테올리를 출항했다. 그들이 무엇보다 의지하는 대상은 바로 행운이었다. 함대가 떠나자마자 술라는 카푸아로 돌아와 폼페이로 진군했다. 사르누스 강어귀에 위치한 폼페이의 항만시설은 최고급 수준이었기 때문에, 이번에는 육지와 강 양쪽에서 합동 공격을 개시하기로 했다. 술라는 로마군의 함선들을 강에 정박해두고 도시 내부로 불붙인 포탄을 마구 발사할 작정이었다.

술라는 내심 걱정거리가 하나 있었지만 그것을 바로잡을 수 있는 입장도 아니었다. 그가 좋아하지도 않고 그의 명령을 따를 것 같지도 않은 인물이 소함대의 지휘관을 맡고 있었던 것이다. 바로 아울루스 포스투미우스 알비누스였다. 20년 전 누미디아의 유구르타 왕을 도발해 전쟁을 일으켰던 바로 그 사람이었다. 그때나 지금이나 그는 변한 것이 하나도 없었다.

아울루스 알비누스는 술라로부터 네아폴리스에서 폼페이로 소함대를 이끌고 오라는 명령을 받고서, 우선 선원과 병사 들에게 자신이 손가락으로 딱 소리를 냈을 때 즉각 차렷 자세를 취하지 않으면 어떤 꼴을 당하는지 보여주기로 마음먹었다. 하지만 그 선원과 병사 들은 죄다 캄파니아에 거주하는 그리스인의 후예였으며, 아울루스 알비누스의 언행은 그들에게 견딜 수 없는 모욕이었다. 그는 결국 집정관 카토처럼 여기저기서 날아드는 무기에 묻히고 말았다. 하지만 이번에 사용된 무기는 흙덩이가 아니라 돌덩이였다. 아울루스 포스투미우스 알비누스는 죽고 말았다.

다행히도 술라는 길을 나선 지 얼마 되지 않아 이 살해 소식을 전해 들었다. 그는 티투스 디디우스에게 병사들을 맡겨 계속 진군하도록 조치한 다음, 노새를 타고 네아폴리스로 가서 반란 주동자들을 만났다. 그의 보좌관인 새끼 똥돼지 메텔루스 피우스도 대동했다. 술라는 반란 주동자들의 장황한 설명과 변명을 침착하게 경청하더니 차갑게 말했다.

"자네들은 로마 해전 역사상 최고의 선원과 병사 들이 되어야만 할 것이다. 그렇지 않고서야 자네들이 아울루스 알비누스의 살해범이라는 것을 내가 어떻게 잊을 수 있겠나?"

그는 푸블리우스 가비니우스를 소함대 지휘관으로 임명했고, 폭동 문제는 그렇게 일단락되었다.

입을 꾹 다물고 있던 새끼 똥돼지는 군대로 돌아가려고 길을 나선 후에야 궁금해 죽겠다는 듯 술라에게 다짜고짜 물었다. "루키우스 코르넬리우스, 저들에게 아무런 벌도 내리지 않으실 겁니까?"

술라는 모자가 살짝 뒤로 넘어가도록 챙을 건드려 태연자약한 즐거움이 담긴 두 눈을 새끼 똥돼지에게 보여주었다. "그렇다네, 퀸투스 카이킬리우스. 저들을 벌하지 않을 거야."

"시민권을 박탈하고 태형을 내리셨어야죠!"

"그래, 대부분의 지휘관들은 그렇게 했겠지. 다들 멍청하니까. 하지만 자네도 그 멍청한 지휘관들 중 한 사람처럼 보이니 내가 왜 그랬는지 알려주겠네. 사실 이 정도는 자네 스스로 이유를 파악할 수 있어야 하겠지만."

술라는 오른손을 들어 하나씩 이유를 설명했다. "첫째, 우리는 그들을 잃어서는 안 되는 형편이야. 그들은 오타킬리우스 밑에서 훈련받았고 경험도 많지. 둘째, 나는 그 한심한 지휘관, 어쩌면 병사들을 죽음으로 내몰았을지도 모를 지휘관을 알아본 병사들의 판단력을 아주 높게 산다네. 셋째, 나도 아울루스 알비누스를 원하지 않았어! 그런데 그는 집정관을 지낸 인물이니 그 자리에서 몰아내거나 무시할 수도 없는 노릇이었지."

손가락을 세 개까지 펼친 술라는 안장에 앉은 채, 기막히다는 표정을 짓고 있는 새끼 똥돼지를 돌아보았다. "자네에게 한 가지 알려주지, 퀸투스 카이킬리우스. 완전히 내 방식대로 일을 처리할 수 있는 입장이었다면, 아울루스 알비누스를 비롯하여 죽음을 애도할 가치도 없는 전직 집정관 루틸리우스 루푸스나 현직 집정관 카토 리키니아누스처럼 무능하고 불화를 조장하는 치들을 절대, 절대로 내 밑에 두지 않았을 거야. 아울루스 알비누스에게 해군 사령관 직을 맡긴 이유는 바다에 뒀을 때 그나마 피해를 가장 덜 끼칠 것이라는 계산 때문이었지. 비슷한 상황이었다면 나도 그들처럼 행동했을 텐데, 내가 어떻게 그 반란 주모자들을 벌할 수 있겠나?"

손가락이 하나 더 올라갔다. "넷째, 이제 그 사람들은 제대로 싸우지 않으면 진짜로 시민권을 박탈당하고 태형에 처할 입장이라네. 다시 말해 살쾡이처럼 싸울 수밖에 없다는 거지. 그리고 다섯째." 이제는 엄지까지 세웠다. "나는 내 군대 안에서 일어나는 절도와 살인에 대해서는 신경쓰지 않는다네. 살쾡이처럼 잘 싸워주기만 한다면." 그의 손은 야만인의 도끼처럼 무력한 공기를 가르며 아래로 내려왔다.

메텔루스 피우스는 입을 열었다가, 생각을 고쳐먹었다. 현명하게도 그는 아무 말도 덧붙이지 않았다.

폼페이로 통하는 도로가 각각 베수비우스 성문과 헤르쿨라네움 성문 방향으로 갈라지는 지점에 술라는 튼튼한 요새를 구축했다. 참호를 파고 방벽을 다 쌓아올릴 무렵 함대가 도착했다. 함대는 가장 연륜과 경험이 풍부한 백인대장들도 눈이 휘둥그레질 만큼 빠른 속도로 폼페이의 건물들을 향해 불덩어리를 쏘아댔다. 성벽에서 아래를 내려다보는 겁에 질린 얼굴들을 통해 이것이 누구도 승리를 장담할 수 없는 전투, 모두를 불안하게 만드는 전투가 되리라는 것을 알 수 있었다. 불이야말로 최악의 공격이었다.

폼페이의 삼니움족이 정신없이 구원 요청을 보냈다는 사실은 다음 날 분명해졌다. 술라의 병력을 족히 10만 명은 웃도는 삼니움족 군대가 나타나 술라의 진지에서 겨우 3백보 정도 떨어진 곳에 멈췄기 때문이다. 술라의 병사 2만 명 중 3분의 1은 식량을 구하기 위해 떠난 뒤였다. 그들이 돌아올 길은 삼니움족 군대에 의해 가로막혀 있었다. 술라는 험악한 표정을 지으며 메텔루스 피우스, 티투스 디디우스와 함께 방벽 위에 선 채 바람을 타고 온 성벽 저편의 조롱과 야유를 듣고 있었다. 그에게는 새로 도착한 삼니움족 군대만큼이나 달갑지 않은 소음이었다.

"전투 준비 명령을 내리도록." 그는 보좌관들에게 말했다.

메텔루스 피우스가 자리를 뜨려고 하는 디디우스의 팔을 잡으며 저지했다.

"루키우스 코르넬리우스, 이렇게 많은 적군과 싸울 수는 없습니다!" 새끼 똥돼지는 소리쳤다. "우리는 갈가리 찢기고 말 겁니다!"

"나가 싸우지 않을 수 없네." 술라는 새끼 똥돼지의 반대에 불쾌함을 드러내며 퉁명스럽게 대꾸했다. "루키우스 클루엔티우스는 저곳에서 버틸 작정이야. 그가 우리만큼 튼튼한 진지를 구축하도록 내버려두면 또 아케라이 꼴이 날 걸세. 나는 로마의 훌륭한 4개 군단을 이곳에 몇 달씩 묶어두지 않을 거야. 반란에 가담한 다른 항구도시들로 하여금 로마는 폼페이를 탈환할 수 없다고 생각하게 두지도 않을 걸세! 아직도 당장 공격을 개시할 이유가 불충분하다고 생각한다면, 퀸투스 카이킬리우스, 식량을 구하러 떠난 우리 병사들을 생각해보게. 그들은 아무런 경고 없이 삼니움족과 맞닥뜨리게 될 거야. 절대 살아남을 수 없겠지!"

디디우스는 메텔루스 피우스에게 경멸의 눈길을 보냈다. "전투 준비 명령을 내리겠습니다." 그는 이렇게 말하고 메텔루스 피우스의 손을 홱 뿌리쳤다.

술라는 평소 쓰던 모자 대신 투구를 착용하고 연단에 올라가, 진지에 남아 있는 병사들 만 3천여 명에게 연설했다.

"너희들을 기다리는 것이 무엇인지 잘 알 것이다!" 그는 소리쳤다. "바로 우리보다 머릿수가 세 배는 많은 삼니움족 무리들이다! 하지만 나 술라는 로마군이 삼니움족 놈들에게 계속 당하는 것도 진절머리 나고, 삼니움족에게 로마 도시들을 빼앗기는 것도 진절머리 난다! 로마가 저 알랑대는 개새끼 같은 삼니움족에게 무릎 꿇어야 한다면 로마인으로 사는 것이 무슨 의미가 있겠나? 적어도 이 로마인에게는 의미가 없다! 술라에겐 말이다! 혼자 나가서 싸워야 한다 해도 나는 기꺼이 싸우겠다! 이런 생각을 가진 사람이 나뿐인가? 그런가? 아니면 너희들도 로마인이기에, 나만큼이나 삼니움족에게 진절머리가 날 지경이기에, 나를 따를 것인가?"

병사들은 우렁찬 환호로 술라의 질문에 답했다. 그는 환호가 잦아들 때까지 가만히 서 있었다. 아직 할말이 남아 있었다.

"저들은 사라져야 한다!" 그는 더욱 목소리를 높였다. "한 놈도 빠짐없이 모두 사라져야 한다! 폼페이는 우리 도시다! 폼페이의 성벽 안에서 삼니움족은 수많은 로마인을 살해했다. 이제 그 삼니움족은 폼페이 성벽 위에서 자기네들은 안전하다고, 우리가 겁이 많아 저 더러운 삼니움군 무리를 물리치지 못할 것이라고 믿으며 우리에게 야유를 보내고 있다! 우리는 저들에게 그 생각이 틀렸음을 보여줄 것이다! 식량을 구하러 간 아군이 돌아올 때까지 삼니움족의 모든 공격을 받아낼 것이며, 돌아온 아군은 우리의 함성 소리를 듣고 전장을 찾아올 것이다! 들었나? 아군 병사들이 돌아와 진정한 로마인처럼 적의 후미를 칠 때까지 우리는 삼니움족을 물고 늘어져야 한다!"

두번째로 우렁찬 환호가 터져나왔지만, 술라는 이미 칼을 빼들고 연단 아래로 내려간 뒤였다. 질서정연하게 세 줄로 선 병사들은 정문과 양쪽 옆문으로 달려나갔다. 술라는 정문으로 빠져나가는 군대를 직접 이끌었다.

로마군의 배치가 어찌나 신속했는지, 교전을 전혀 예상치 못한 클루엔티우스는 아주 간신히 삼니움군을 정렬시킬 수 있었다. 침착하고 과감한 사령관인 클루엔티우스는 한 걸음도 물러나지 않고 제일 앞줄에 버티고 있었다. 수적으로 열세인 로마군의 대열은 삼니움군 전선을 뚫지 못하자 무너지기 시작했다. 하지만 술라는 선두를 지키며 한 발자국도 물러서지 않았다. 그의 병사들은 그를 혼자 남겨두지 않으려 했다. 한 시간 동안 로마군과 삼니움군은 한 치의 양보도, 자비도, 후퇴도 없이 몸싸움을 벌였다. 이렇게까지 치열한 전투는 이제껏 거의 없었다. 양쪽 모두 이 전투의 결과가 전쟁의 향방을 결정하리라는 것을 알고 있었다.

그 한낮의 한 시간 동안 훌륭한 병사들이 너무도 많이 죽어나갔다. 술라가 후퇴 명령을 내리지 않으면 병사들이 선 자리에서 다 죽겠다 싶을 무렵, 삼니움족 전선이 휘청하며 흔들리더니 헝클어지기 시작했다. 식량을 구하러 갔던 로마 병사들이 돌아와 삼니움군의 후미를 친 것이다. 로마는 천하무적이라 외치며 술라는 병사들을 이끌고 다시 한번 있는 힘껏 싸웠다. 그런 상황에서도 클루엔티우스의 군대는 쉽사리 무너지지 않고 한 시간이나 저항했다. 패배가 확실시되자 클루엔티우스는 병사들을 이끌어 후미를 공격하던 로마군을 뚫고 놀라 방향으로 재빨리 도주했다.

놀라는 저항하는 남부 이탈리아의 상징을 자처하고 있었기에(또한 로마인들은 놀라 주민들이 로마 병사들을 굶겨 죽였음을 다 알고 있었으므로) 함부로 위험을 감수할 입장이 아니었다. 그래서 클루엔티우스와 2천 명이 넘는 삼니움족 병사들이 겨우 1.5킬로미터 간격을 두고 술라의 추격을 받으며 성벽에 도착했을 때, 놀라 주민들은 성문을 열지 않았다. 놀라의 정무관들은 우뚝하고 매끈하고 튼튼하게 방비를 마친 석조 요새 너머로 고개를 내밀어 클루엔티우스와 삼니움족 병사들을 내려다보면서도 성문을 여는 것은 주저했다. 마침내 로마 추격군의 머리 부분이 삼니움군의 꼬리 쪽으로 바싹 다가와 공격 준비를 하자, 클루엔티우스가 서 있던 곳의 성문이(그나마 큰 성문도 아니었다) 활짝 열렸다. 하지만 놀라 정무관들은 삼니움족 병사들이 아무리 발버둥치며 애원해도 다른 문을 일절 열어주지 않았다.

폼페이 성벽 앞에서 벌어진 것이 전투였다면 놀라 성벽 앞에서 벌어진 것은 참패였다. 삼니움족 병사들은 놀라의 배반에 넋이 나갔다. 그들은 불쑥 튀어나온 북쪽 성벽 구석에 몰려 공포에 질린 채 로마군에게 완패당했고 한 명도 빠짐없이 목숨을 잃었다. 술라는 직접 클루엔티우스를 죽였다. 클루엔티우스는 대다수의 부하들이 성안으로 피신할 수 없는 상황에서 혼자 살아남는 길을 택하지 않았다.

술라의 인생에서 가장 위대한 하루였다. 쉰한 살 나이에, 하나의 전쟁을 온전히 책임지는 장군인 그는 마침내 총사령관으로서 첫번째 위대한 승리를 거두었다. 이 얼마나 대단한 승리인가! 적의 피를 흥건히 뒤집어쓴 탓에 몸에서는 핏방울이 뚝뚝 떨어졌고, 그의 칼은 굳은 핏덩이 때문에 오른손에 엉겨붙어 있었다. 죽음과 땀 냄새를 풍기며, 루키우스 코르넬리우스 술라는 전장을 둘러보다가 투구를 벗어 승리의 함성을 지르며 공중으로 내던졌다. 그의 귀에 죽어가는 삼니움군의 신음과 울음소리를 덮어버리는 거대한 함성이 들렸다. 그 함성은 계속해서 커지더니 구호처럼 반복되었다.

"임-페-라-토르! 임-페-라-토르! 임-페-라-토르!"

병사들은 구호를 외치고 또 외쳤다. 최고의 칭찬이자 궁극의 승리, 그것은 전장에서 임페라토르의 연호를 받는 승자가 되는 것이었다. 적어도 그의 생각은 그랬다. 술라는 환하게 웃으며 머리 위로 칼을 번쩍 들었다. 땀에 젖은 그의 아름다운 머리카락이 저무는 태양에 서서히 마르고 있었다. 그 순간에 할말이 있을까마는, 어차피 가슴이 벅차 한마디도 내뱉을 수 없었다. 나 루키우스 코르넬리우스 술라는 타고나지 않았다 해도 배움을 통해 훌륭한 장군이 될 수 있음을 증명했다. 그리고 이번 전쟁, 아니 모든 전쟁을 통틀어 가장 힘든 전투에서 승리했다! 오, 가이우스 마리우스, 기다리시오! 내가 로마로 돌아가 당신의 판단이 틀렸음을 보여줄 때까지 절름발이로 변했을지언정 죽지 말고 살아 있으시오! 나는 당신과 같은 수준의 장군이오! 그리고 몇 년 후에는 당신

을 능가할 것이오. 내 이름이 당신의 이름을 덮을 것이오. 마땅히 그래
야지. 나는 코르넬리우스 씨족의 파트리키고, 당신은 라티움 언덕에서
태어난 시골뜨기에 불과하니까.

하지만 아직 할 일이 남아 있었고, 그는 파트리키 로마인이었다. 티
투스 디디우스와 메텔루스 피우스가 이상할 정도로 조용해져서는 경
외심 가득한 눈으로 술라에게 다가왔다. 이러한 흠모의 눈초리는 율릴
라와 달마티카에게서만 받아본 것이었다. 하지만 이들은 남자들이다,
루키우스 코르넬리우스! 가치와 명성을 지닌 남자들. 디디우스는 히스
파니아에서 승전했고 메텔루스 피우스는 위대하고 고귀한 가문의 후
손이야. 여자들은 시시한 멍청이들일 뿐, 중요한 건 남자들이지. 특히
디디우스와 메텔루스 피우스 같은 남자들. 내가 가이우스 마리우스 밑
에서 일하던 그 세월 동안 마리우스에게 이 정도로 흠모의 눈길을 보
내는 사람은 없었어! 오늘 내가 얻은 것은 단순한 승리 이상의 것이야.
오늘 나는 내 삶의 정당성을 확보하게 되었고 스티쿠스, 니코폴리스,
클리툼나, 헤르쿨레스 아틀라스, 똥돼지 메텔루스 누미디쿠스의 죽음
을 정당화할 수 있게 됐어. 오늘 나는 내가 이 전장에 서기 위해 죽였던
모든 사람들의 목숨이 내 목숨보다 하찮다는 것을 증명했어. 오늘에서
야 칼데아의 나보폴라사르가 했던 예언을 이해할 수 있게 되었어. 나는
대서양부터 인더스 강까지 이르는 온 세상에서 가장 위대한 인물이야!

"밤샘 작업을 해야겠어." 그는 디디우스와 메텔루스 피우스에게 활
기차게 말했다. "동틀 무렵까지 삼니움족의 시신에서 무기와 갑옷을 제
거해 한곳에 쌓아두고, 아군 사망자들을 화장하기 위한 장작더미를 준
비해야 하네. 아주 힘든 하루였다는 건 알지만 아직 끝난 게 아니야. 이
일을 끝내기 전까지는 누구도 쉴 수 없네. 퀸투스 카이킬리우스, 건장

한 남자들을 몇 명 데리고 최대한 빨리 폼페이로 돌아가게. 가서 이곳 사람들이 먹을 빵과 포도주를 넉넉히 가져오고 비전투원들을 데려와 장작과 기름을 구하도록. 태워야 할 시신들이 말 그대로 산더미니까."

"하지만 말이 없습니다, 루키우스 코르넬리우스!" 새끼 똥돼지가 소심하게 말했다. "우리는 놀라까지 행군했습니다! 네 시간 동안 30킬로미터를 넘게 달렸어요!"

"그렇다면 말을 구하게." 술라는 더없이 쌀쌀하게 말했다. "티투스 디디우스, 병사들에게 가서 무공훈장을 받아야 할 사람이 누구인지 가려내시오. 아군 전사자와 적군 전사자를 화장하자마자 폼페이로 돌아갈 거요. 하지만 카푸아에서 파견된 1개 군단은 이곳에 남아 놀라 성벽을 포위해야 할 거요. 포고관을 시켜 놀라 주민들에게 전하시오. 루키우스 코르넬리우스 술라는 마르스 신과 벨로나 신께 맹세코, 지금부터 며칠, 몇 달, 아니 몇 년이 걸리더라도 놀라 주민들이 항복하는 날까지 로마군의 포위를 풀지 않겠다고."

디디우스와 메텔루스 피우스가 자리를 떠나기도 전에 군무관 루키우스 리키니우스 루쿨루스가 백인대장 무리를 이끌고 나타났다. 최고참 백인대장과 선임 백인대장 등 상급자 여덟 명으로 구성된 무리였다. 그들은 신성한 의식을 거행하는 신관이나 신년 취임식에 참석하는 집정관처럼 비장하고 근엄하게 걸어왔다.

"루키우스 코르넬리우스 술라, 사령관님의 군대가 사령관님께 감사의 징표를 전달하고자 합니다. 사령관님이 없었더라면 우리 군은 패배했을 것이며 병사들은 죽음을 면치 못했을 것입니다. 사령관님은 최전방에서 싸우며 우리에게 본보기가 되어주셨습니다. 놀라로 진군할 때에도 뒤처짐이 없으셨습니다. 이 전쟁을 통틀어 가장 위대한 승리를 혼자 힘으로 일구셨습니다. 사령관님이 구한 것은 이 군대만이 아닙니다. 사령관님은 로마를 구하셨습니다. 루키우스 코르넬리우스, 우리는 사령관님을 존경합니다." 루쿨루스는 이 말을 남기고 백인대장들이 나설 수 있도록 길을 비켜주었다.

백인대장들 중에서도 가장 고참인 사람이 양손을 들어 술라에게로 뻗었다. 그의 손에는 전장의 풀을 함부로 뜯어 아무렇게나 엮은 듯한, 뿌리와 흙과 이파리와 피가 뒤섞인 아주 남루하고 칙칙한 원형 물건이 들려 있었다. 코로나 그라미네아. 코로나 옵시디오날리스. 풀잎관. 술라는 본능적으로 두 손을 내밀었다가, 이 의식이 어떻게 진행되는지 알 수가 없어 다시 내려놓았다. 직접 풀잎관을 받아 머리에 올려야 하는 것일까? 아니면 최고참 백인대장 마르쿠스 카눌레이우스가 전군을 대신해 머리에 씌워주도록 해야 하는 것일까?

술라가 정지 자세로 가만히 있는 동안, 키가 큰 카눌레이우스는 양손으로 풀잎관을 들어 붉은빛 도는 금발에 올려놓았다.

더이상의 말은 없었다. 디디우스, 메텔루스 피우스, 루쿨루스와 백인대장들은 경의를 표하고 수줍은 미소를 지으며 자리에서 물러났다. 술라는 지는 해를 마주하며 홀로 남겨졌다. 풀잎관은 너무 가벼워 무게가 거의 느껴지지 않았다. 피로 얼룩진 얼굴에 눈물이 흘러내렸다. 가슴속은 환희로 가득했지만, 그는 이제 자신에게 남은 생을 살아갈 이유가 있는지 의문이 들었다. 더 나은 것이 뭐가 있단 말인가? 앞으로의 삶이 과연 무엇을 가져다줄 수 있단 말인가? 죽은 아들을 떠올렸다. 그가 무궁무진한 기쁨을 제대로 맛보기도 전에 그 기쁨은 사라졌다. 이제 남은 것은 한없이 깊은 슬픔뿐이었기에 그는 무릎을 꿇고 처량하게 흐느꼈다.

누군가 그를 일으켜세워 얼굴에 묻은 먼지와 눈물을 닦아주었다. 한 손으로 허리를 감싸서 놀라의 도로 옆 큰 돌덩이까지 부축했다. 술라를 돌 위에 조심스럽게 앉히더니 그 곁에 앉았다. 그는 바로 군무관 루쿨루스였다.

티레니아 해 너머로 석양이 저물었다. 술라 인생에서 가장 위대한 하루가 어둠으로 덮이고 있었다. 그는 양팔을 맥없이 다리 사이에 내려놓고 숨을 깊이 들이쉬다가 스스로에게 오래된, 아주 오래된 질문을 던졌다. 왜 나는 결코 행복할 수 없을까?

"드릴 만한 포도주가 없습니다, 루키우스 코르넬리우스. 물조차도 없지요." 루쿨루스가 말했다. "클루엔티우스를 잡겠다는 일념으로 폼페이에서 여기까지 달려왔으니까요."

술라는 아주 크게 한숨을 내쉬며 몸을 곧추세웠다. "나는 계속 살아갈 것이네, 루키우스 루쿨루스. 내 숙녀 친구가 말했듯이, 언제나 할 일은 있는 법이니까."

"일은 저희에게 맡겨두세요. 사령관님은 쉬시지요."

"아니야. 나는 사령관이네. 부하들이 일하는데 나만 쉴 수는 없어. 조금만 앉아 있으면 괜찮아질 거야. 아들 생각이 나기 전까지는 멀쩡했다네. 자네도 알겠지만 내 아들은 죽었네." 다시 눈물이 왈칵 쏟아지려 했지만 꾹 참았다.

루쿨루스는 말없이 조용히 앉아 있었다.

술라는 이제껏 이 젊은이를 제대로 본 적이 거의 없었다. 작년 12월에 군무관으로 선출되어 카푸아에 먼저 파견되었다가, 술라의 군대가 폼페이로 진군하기 며칠 전 군단 사령관으로 임명된 청년이었다. 과거의 애송이에서 훌륭한 로마인으로 완전히 변신한 모습이었지만, 술라는 그를 알아볼 수 있었다.

"자네와 자네 아우인 바로 루쿨루스는 10년 전 포룸 로마눔에서 조점관 세르빌리우스를 기소했었지, 안 그런가?" 그가 물었다.

"네, 루키우스 코르넬리우스. 조점관은 저희 아버지에게 불명예와 죽음을 안겨주었고 저희 가문의 재산을 빼앗아갔습니다. 하지만 그 대가를 치렀죠." 이 말을 하면서 루쿨루스의 길고 못생긴 얼굴은 밝아졌고 익살스러운 입꼬리는 위로 올라갔다.

"시칠리아 노예전쟁 때였지. 조점관 세르빌리우스는 자네 아버지의 시칠리아 총독 직을 강탈했어. 이후 기소까지 하고 말이지."

"사실입니다."

술라는 자리에서 일어나더니 오른손을 내밀어 루쿨루스의 오른손을 잡았다. "루키우스 리키니우스, 고맙네. 풀잎관은 자네 생각이었나?"

"오, 아닙니다, 루키우스 코르넬리우스. 백인대장들의 생각입니다! 그들이 말하기를 풀잎관은 선출직 정무관이 아니라 직업군인들이 주는 것이라고 했어요. 저를 앞세운 이유는 선출직 정무관이 증인으로 참석해야 하기 때문이죠." 루쿨루스는 미소를 짓더니 이윽고 소리내어 웃었다. "아마 사령관님께 직접 인사를 올리는 것이 쑥스럽고 불편했던 모양입니다! 그래서 제가 대신 나선 것이죠."

이틀 뒤, 술라의 군대는 폼페이의 진지로 돌아왔다. 병사와 군관 들은 너무 지쳐 맛있는 음식을 거들떠보지도 않았다. 그들이 놀라의 성벽 바깥에 쌓아서 태워버린 시체들처럼—고기에 굶주린 놀라 주민들의 콧구멍에는 모욕적인 처사였다—곤히 잠들자, 24시간 동안 완전한 침묵이 내렸다.

풀잎관은 술라의 하인들이 만든 나무 상자 안에 모셔두었다. 술라는 이제 자신의 이마고를 주문할 자격이 생겼으니 차후 이마고에 풀잎관을 씌울 생각이었다. 비록 아직 집정관을 지내진 않았지만 조상들의 이마고 사이에 한 자리를 차지할 만큼 큰 공을 세운 것이다. 포룸 로마눔에는 이탈리아 전쟁의 가장 위대한 영웅을 기리는 의미에서 풀잎관을 쓴 그의 조각상이 세워질 것이다. 모든 것이 현실 같지 않았다. 하지만 상자 안에는 그것이 현실임을 증명하는 풀잎관이 들어 있었다.

휴식을 취하고 원기를 회복한 병사들이 무공훈장 수여식을 위해 모인 자리에 술라는 풀잎관을 쓰고 나타났다. 그가 연단으로 올라가는 동안 귀가 떨어져나갈 것 같은 환호가 길게 이어졌다. 마리우스가 그 옛날 퀸투스 세르토리우스에게 수여식 준비를 맡겼던 것처럼, 술라는 루쿨루스에게 그 임무를 맡겼다.

병사들의 환호 속에서 술라의 머릿속에 떠오르는 생각이 하나 있었다. 누미디아와 갈리아 전쟁 당시의 마리우스라면 하지 않았을 법한 (하지만 이탈리아 전쟁을 이끌 당시에는 아마도 했을 법한) 생각이었다. 행진 복장으로 정렬한 수많은 얼굴들, 이 수많은 병사들이 그에게, 바로 루키우스 코르넬리우스 술라에게 속해 있다는 생각이었다. 이들은 나의 군단들이다! 이들은 로마에 속하기 이전에 나에게 속해 있어. 나는 이들을 훈련시키고 지도했으며 이들에게 이번 전쟁에서 가장 위대한 승리를 안겨주었어. 또한 이들의 퇴직금까지도 책임져야 하겠지. 이들은 나에게 풀잎관을 주면서 훨씬 더 대단한 선물을 건네주었어. 바로 자기 자신을 함께 내준 것이지. 마음만 먹는다면 나는 이들을 어디로든 이끌고 갈 수 있어. 심지어 로마와 전쟁을 벌일 수도 있겠지. 터무니없는 생각이었다. 하지만 그날 연단 위에서 술라에게 불쑥 떠오른 그런 생각은 무의식 속에 웅크린 채로 때를 기다렸다.

폼페이 주민들이 성벽 위에서 술라의 무공훈장 수여식을 구경한 다음날, 폼페이는 항복을 선언했다. 술라의 포고관들은 우렁찬 목소리로 루키우스 클루엔티우스가 놀라에서 패전한 소식을 전했고, 그것이 사실임을 증명하는 소문들도 들려왔기 때문이다. 게다가 강에 정박된 함선으로부터 마구 날아드는 불덩이 때문에 폼페이는 고통을 겪고 있었다. 불을 품고 불어오는 바람은 폼페이 주민들에게 이탈리아인과 삼니움족 세력은 무너지고 있으며 패배는 불가피하다는 메시지를 전해주었다.

술라는 2개 군단을 이끌고 폼페이를 떠나 스타비아이로 향했고, 티투스 디디우스는 나머지 2개 군단을 이끌고 헤르쿨라네움으로 갔다. 4월의 마지막날, 스타비아이가 항복을 선언했고 얼마 지나지 않아 수렌툼도 항복했다. 5월 중반에 접어들어 술라는 동쪽으로 이동하기 시작했다. 카툴루스 카이사르가 헤르쿨라네움의 디디우스에게 신병 군단들을 보내준 덕분에 기존의 2개 군단은 술라에게로 돌아갔다. 헤르쿨라네움은 비록 이탈리아 반란에 가장 늦게 가담했지만, 로마에게 항복할 경우 무슨 일이 벌어질 것인지 뻔히 알고 있는 듯했다. 그래서 해상 폭격으로 모든 거리가 불탔음에도 불구하고, 이탈리아인이 점령한 다른 항구도시들이 모두 항복하고도 한참이 지날 때까지 디디우스에게 계속 저항했다.

술라는 4개 군단을 이끌고 놀라를 지나가면서 곁눈질도 하지 않았다. 물론 그곳에 주둔중인 군단의 사령관을 맡고 있던 법무관 아피우스 클라우디우스 풀케르에게 새끼 똥돼지 메텔루스 피우스를 보내, 놀라로부터 완전한 항복을 받아내기 전까지 절대 그곳을 떠날 수 없다는 명령을 전달했다. 천성이 음울한데다 최근 아내까지 잃은 아피우스 풀케르는 그저 고개만 끄덕였다.

5월 셋째 주가 끝날 무렵, 술라는 아피우스 가도에 위치한 히르피니족의 마을 아이클라눔에 도착했다. 술라의 정보망에 따르면 히르피니족은 그곳으로 모여들고 있었다. 술라는 남부의 반란군이 더이상 세력을 키우도록 두지 않을 작정이었다. 아이클라눔의 방어체계를 살펴본 술라는 긴 송곳니를 드러내며 무시무시한 미소를 지었다. 성벽은 높고 견고했지만 모두 목재로 지어져 있었다.

히르피니족이 루카니족의 마르쿠스 람포니우스에게 이미 구원 요청을 보냈다는 것을 알고 있던 술라는 진지를 구축하지 않고 병사들을 가만히 앉혀두었다. 대신 루쿨루스를 성채 정문으로 보내 아이클라눔의 항복을 요구했다. 아이클라눔의 답변은 질문 형태였다. 루키우스 코르넬리우스 술라는 우리가 생각을 정리하고 결정을 내릴 수 있도록 하루의 시간을 허락할 수 있겠습니까?

"람포니우스가 내일 지원 병력을 보낼 테니 시간을 끌려는 수작이야." 술라는 새끼 똥돼지와 루쿨루스에게 말했다. "람포니우스에 대해 대책을 세워야 하네. 루카니아에서 활개치는 꼴을 더는 두고볼 수 없으니까." 술라는 어깨를 으쓱하고는 밝은 표정을 지으며 당면 과제로 돌아갔다. "루키우스 리키니우스, 아이클라눔에 내 답변을 전해주게. 그들에게 한 시간을 줄 것이며 그 이상은 안 된다고 말이야. 퀸투스 카이킬리우스, 필요한 만큼 병사들을 데려가 근처 농장에서 장작과 기름을 찾아오게. 정문 양옆으로 성벽을 따라 장작과 기름에 적신 담요를 쌓아두고 우리가 가진 포 네 대를 각각 다른 곳에 배치하도록. 그런 다음 즉각 성벽에 불을 붙이고 성안으로 불덩이를 발사하게. 성안의 건물도 모두 목재로 만들어져 있겠지. 아이클라눔은 아주 활활 타오를 거야."

"한 시간이 지나기 전에 공격 준비를 마치면 어떻게 할까요?" 새끼 똥돼지가 물었다.

"그럼 바로 태워버리게." 술라가 말했다. "히르피니 놈들도 정직하게 나오지 않는데, 나라고 그럴 필요 있겠나?"

아이클라눔의 성채에 쓰인 오래되고 바싹 마른 목재는 거세게 타올랐으며 성내의 건물들도 마찬가지였다. 모든 성문이 열렸고, 공포에 질린 주민들이 항복을 외치며 쏟아져나왔다.

"전부 죽이고 이곳을 약탈하게." 술라가 말했다. "내게서 자비를 구할 순 없다는 것을 이탈리아인들에게 알려줄 시간이야."

"여자들과 아이들도요?" 군무관 퀸투스 호르텐시우스가 물었다.

"왜, 그럴 용기가 없나, 포룸 로마눔의 변호인 양반?" 술라의 표정에는 조롱이 섞여 있었다.

"제 질문의 의도를 잘못 파악하셨군요, 루키우스 코르넬리우스." 호르텐시우스는 아름다운 목소리로 차분히 말했다. "저는 히르피니 놈들에게 전혀 연민을 느끼지 않습니다. 다만 여느 포룸 로마눔의 변호인처럼 모든 것을 분명히 해두고 싶은 것뿐이죠. 그래야 제 위치를 정확히 파악할 수 있으니까요."

"누구도 살려두어서는 안 되네. 하지만 여자들을 먼저 취하라고 병사들에게 전해주게. 그런 다음에 죽여도 된다고 말이지."

"포로로 잡아 노예로 팔 생각은 없으신지요?" 늘 그렇듯 실리를 따지는 새끼 똥돼지가 물었다.

"이탈리아인은 외국의 적이 아니네. 마을을 약탈한다 해도 노예로 만들진 않을 걸세. 그냥 다 죽이는 게 낫지."

술라는 사기가 높아진 그의 군대를 이끌고 아이클라눔에서 남쪽으로 방향을 틀어 히르피니족의 두번째 근거지인 콤프사로 갔다. 자매 도시인 아이클라눔처럼 콤프사의 성채도 목재로 만들어져 있었다. 하지만 아이클라눔의 비보는 술라가 움직이기도 전에 콤프사로 전해졌다. 그가 도착할 무렵 콤프사는 모든 성문을 활짝 열어둔 상태였고 현지 정무관들은 성밖에서 기다리고 있었다. 이번에는 술라가 자비를 베풀기로 했다. 콤프사는 약탈을 면했다.

사령관 술라는 콤프사에서 카푸아의 카툴루스 카이사르에게 서신을 보내, 아울루스와 푸블리우스 가비니우스 형제에게 2개 군단을 맡겨 루카니아로 향하도록 했다. 그 형제에게 떨어진 명령은 람포니우스가 차지한 도시를 모두 탈환하고, 레기움으로 이어지는 포필리우스 가도 전체를 장악하는 것이었다. 술라는 갑자기 머릿속에 유용한 인재가 떠올라 추신을 덧붙였다. 카툴루스 카이사르는 반드시 후임 보좌관 나이우스 파피리우스 카르보를 루카니아 원정에 포함시켜야 한다는 내용이었다.

콤프사에서 술라는 두 가지 소식을 접했다. 하나는 6월의 이두스 이틀 전, 치열한 전투 끝에 헤르쿨라네움이 함락되었지만 그 전투에서 디디우스가 사망했다는 소식이었다.

"헤르쿨라네움이 그 대가를 톡톡히 치르도록 하십시오." 술라는 카툴루스 카이사르에게 보내는 편지에 이렇게 썼다.

술라가 받은 두번째 소식은 저멀리 아풀리아에서 가이우스 코스코니우스가 보낸 것이었다.

푸테올리를 떠난 지 정확히 50일 후, 저는 놀랍도록 순조롭고 편안한 항해 끝에 살라피아라는 어촌 인근의 소금호수 지역에 병사들과 함께 상륙했습니다. 모든 것이 계획대로 착착 진행되었습니다. 아무도 눈치채지 못하게 한밤중에 배에서 내렸고 새벽녘에 살라피아를 모두 불태워버렸죠. 우리의 도착 소식이 삼니움족에게 전해지지 않도록 근방의 사람들을 모두 죽였습니다.

저는 살라피아에서 칸나이로 진군해 단 한 차례의 교전도 없이 그곳을 손에 넣었습니다. 이후 아우피디우스 강을 건너 카누시움으로 갔죠. 거기서부터 15킬로미터를 이동하기도 전에 가이우스 트레바티우스가 이끄는 거대한 삼니움족 무리와 마주쳤습니다. 교전이 불가피했죠. 아군의 수적 열세와 열악한 지형조건 때문에 우리 병사들은 피를 많이 흘렸고, 저는 비싼 대가를 치러야만 했습니다. 하지만 그것은 트레바티우스도 마찬가지였죠. 트레바티우스가 쫓아오는 가운데, 저는 너무 많은 피해를 보기 전에 칸나이로 후퇴하려고 병사들을 정렬시켜 아우피디우스 강을 도로 건넜습니다. 그러다 좋은 계책이 떠올랐습니다. 우리 병사들은 일부러 극심한 공포에 빠진 것처럼 행동했고 칸나이 방면 강둑의 언덕 뒤에 몸을 숨겼습니다. 그 속임수는 통했습니다. 트레바티우스는 자신감에 차서 그의 병사들을 이끌고 무질서하게 강을 건넜습니다. 우리 병사들은 침착하게 싸움이 이어질 때를 기다렸죠. 저는 우리 병사들에게 원형 공격을 명령했고, 트레바티우스가 아직 강을 다 건너기도 전에 그를 쳤습니다. 결과는 로마군의 완승이었습니다. 아우피디우스 강에서 삼니움군만 5천 명을 죽였음을 자랑스럽게 전해드리는 바입니다. 트레바티우스와 몇몇 생존자는 카누시움으로 달아나 포위전을 준비했고, 저는 그곳을 포위했습니다.

저는 부상자를 포함해 5개 보병대대를 루키우스 루케이우스의 지휘하에 카누시움에 남겨뒀습니다. 그리고 나머지 15개 보병대대를 이끌고 프렌타니족의 영토를 향해 북진했습니다. 아우스쿨룸 아풀룸은 싸우지도 않고 항복을 선언했고, 라리눔도 마찬가지였죠.

보고서를 쓰는 중에 루케이우스로부터 카누시움이 항복했다는 소식이 도착했습니다. 제 명령에 따라 루케이우스는 그 도시를 약탈하고 모든 사람을 죽였습니다. 트레바티우스는 탈출한 것으로 보입니다. 포로 수용시설이 없고 적군이 언제 우리 뒤를 공격할지 모르니 카누시움 전체를 파괴하는 수밖에 없었습니다. 이러한 결정을 너무 언짢게 생각지 않으시리라 믿습니다. 저는 라리눔에서 조금 더 프렌타니족 영토로 깊숙이 들어가면서 사령관님의 움직임에 대한 소식과 추후 명령을 기다리겠습니다.

술라는 크게 만족하며 편지를 내려놓았고 큰 소리로 메텔루스 피우스와 선임 군무관 두 명을 불러들였다. 두 군무관은 아주 훌륭한 청년들이었다.

술라는 그들에게 코스코니우스의 소식을 전달하고 인내심을 발휘해 그들의 감탄을 한참 들어준 뒤(코스코니우스의 항해에 대해서는 누구에게도 미리 알려주지 않았던 것이다) 새로운 명령을 내렸다.

"이제 무틸루스를 봉쇄할 때가 왔네. 그렇게 하지 않으면 그는 대군을 이끌고 가이우스 코스코니우스를 덮쳐 로마군을 한 명도 남김없이 죽일 거야. 이 용감한 군사 작전에 대한 보상이 그래서야 하겠나. 정보원에 따르면 지금 무틸루스는 내 동태를 살피며 나와 가이우스 코스코니우스 중에 누구를 공격할지 고민하고 있다고 해. 무틸루스는 내가 아피우스 가도를 따라 남쪽으로 가서 베누시아 지역에 전력을 쏟기를 바랄 거야. 그곳은 꽤 오랜 기간 동안 내 발을 묶어둘 만큼 저항이 대단한 지역이지. 무틸루스는 내가 그쪽으로 갔다는 소식을 들으면 곧장 가이우스 코스코니우스를 추격할 걸세. 그러니 우리는 오늘 이곳의 진지를 정리하고 남쪽으로 떠나야 하네. 하지만 어두워지는 즉시 방향을 틀어 아피우스 가도를 벗어날 거야. 이곳에서 볼투르누스 강 상류까지는 길이 험하고 언덕이 많지만 우리는 반드시 그곳으로 가야 하네. 삼니움군은 베나프룸과 아이세르니아의 중간 지점에 오랫동안 진을 치고 있는데, 무틸루스는 움직일 기미를 안 보이고 있지. 그에게 닿기 위해서는 250킬로미터에 가까운 험난한 길을 행군해야만 하네. 그렇다고 해도 우리는 여드레 안에 거기 도착해서 임전 태세에 돌입할 것이야."

반대의 목소리는 없었다. 술라는 늘 자신의 군대를 무자비하게 몰아붙였다. 하지만 놀라 전투 이후 하늘을 찌르는 사기 덕분에 이제 술라는 물론 병사들까지도 해내지 못할 일이 없다는 믿음을 얻게 되었다. 아이클라눔을 약탈한 것은 병사들에게 큰 힘이 되었다. 술라는 미미한 전리품 중에서 본인과 군관들을 위해서는 여자 몇 명을 제외하고 아무것도 취하지 않았다. 그나마 미모가 가장 뛰어난 여자들도 아니었다.

하지만 무틸루스에게 닿기 위한 행군은 애초에 예상했던 8일이 아니라 총 21일이 걸렸다. 제대로 된 도로가 거의 없었고 가파른 언덕이 많아 멀리 돌아가는 경우가 잦았다. 술라는 내심 속이 탔지만 병사와 군관 들에게 활기차고 사려 깊은 표정을 짓는 현명함을 보였고 그의 병사들이 웬만큼은 편안하게 지낼 수 있도록 배려했다. 풀잎관을 받은 이후 술라는 이전보다 부드러운 사람이 되었다. 그의 군대를 온전히 자기 것으로 만들기 위해서였다. 지형이 당초의 예상만큼만 됐더라도 병사들을 재촉했을 것이다. 하지만 상황이 이렇다보니 불가피한 현실을 받아들이고 병사들의 사기가 떨어지지 않도록 해야 했다. 운명의 여신이 여전히 그를 총애한다면, 그가 예상한 장소에서 무틸루스를 발견할 수 있으리라. 술라는 운명의 여신이 여전히 자기편이라 믿었다.

루쿨루스가 다급한 표정으로 술라의 막사로 뛰어들어온 것은 7월 말경이었다.

"그가 저기 있습니다!" 루쿨루스는 경례도 생략하고 소리쳤다.

"좋아!" 술라는 웃으며 말했다. "이건 그의 운이 다했다는 뜻이네, 루키우스 리키니우스. 왜냐하면 내 운은 다하지 않았거든. 병사들에게 소식을 전하게. 무틸루스가 곧 움직일 것처럼 보였나?"

"부하들에게 장기 휴가라도 준 것처럼 보이던데요."

"그들은 이 전쟁을 지긋지긋하게 여기고 있어. 무틸루스도 그 사실을 알고 있고." 술라는 만족스럽게 말했다. "게다가 무틸루스는 아주 걱정이 많을 거야. 60일 이상을 한자리에 죽치고 있는 동안 그에게 전해지는 소식은 온통 다음 행선지 선택을 어렵게 만드는 것뿐이었지. 그는 서부 캄파니아를 잃었고 이제 아폴리아까지 잃어가고 있네."

"그렇다면 우리는 어떻게 해야 할까요?" 군인 기질을 타고났으며 술라의 가르침을 받기를 좋아하는 루쿨루스가 물었다.

"우선 볼투르누스 강으로 이어지는 마지막 산등성이 반대편에 연기가 나지 않는 진지를 만들고 그곳에서 기다리게. 아주 조용히 말일세. 그가 움직일 채비를 할 때 공격을 개시하는 게 좋겠지. 그는 곧 움직일거야. 안 그러면 싸움 한번 못해보고 전쟁에서 지게 될 테니까. 실로였다면 그편을 택했을지도 모르지. 하지만 무틸루스가 어떤 사람인가? 그는 삼니움족이야. 우리를 증오하고 있단 말이지."

엿새 후, 무틸루스는 행동에 나서기로 작심했다. 하지만 술라조차 몰랐던 사실이 하나 있었다. 삼니움족 지도자인 무틸루스는 라리눔 외곽에서 벌어진 가이우스 코스코니우스와 마리우스 에그나티우스의 격전 소식을 술라보다 먼저 전해들은 것이다. 무틸루스는 자신의 군대를 놀려두긴 했지만, 코스코니우스가 북부 아풀리아를 연병장처럼 이용하는 꼴은 두고볼 수 없었다. 그래서 삼니움족과 프렌타니족으로 구성된 경험 많은 대군을 에그나티우스에게 맡겨 코스코니우스를 진압하려 했다. 하지만 이 소규모 로마군 병사들은 아주 기세등등했고 그들의 지도자를 전적으로 신뢰했으며, 스스로 천하무적이라 여기는 데 익숙해져 있었다. 에그나티우스는 결국 패배했고 많은 부하들과 함께 전장에서 죽었다. 무틸루스에게는 충격적인 소식이었다.

동튼 지 얼마 지나지 않아, 술라의 4개 군단은 숨어 있던 산등성이에서 나와 무틸루스를 기습했다. 진지는 반쯤 해체되었고 병사들은 무질서한 상태였기에 삼니움군은 어찌해볼 도리가 없었다. 중상을 입은 무틸루스는 살아남은 병사들과 함께 아이세르니아로 퇴각한 뒤 성문을 굳게 닫았다. 또다시 사면초가에 빠진 이 도시는 포위전에 대비했다. 달라진 점이 있다면 이번에는 로마군이 바깥쪽을, 삼니움군이 안쪽을 지키고 있었다.

전투 현장을 한참 정리하고 있을 무렵, 술라는 에그나티우스와의 전투에서 승리했다는 내용을 담은 코스코니우스의 편지를 받고 기뻐 어쩔 줄 몰랐다. 얼마나 많은 지역에서 저항이 이어지고 있든 간에, 이 전쟁은 사실상 끝난 것이다. 무틸루스는 60일이 넘는 기간 동안 그 사실을 이미 알고 있었다.

술라는 루쿨루스에게 보병대대 몇 개를 맡겨 무틸루스가 아이세르니아에서 꼼짝도 못하도록 조치한 다음, 삼니움족의 옛 수도인 보비아 눔으로 행군했다. 그곳은 물샐틈없는 방비로 유명한 도시로, 성채 세 개가 거대한 성벽으로 연결되어 있었다. 성채들은 모두 다른 방향으로, 즉 보비아눔과 이어지는 세 갈래 도로 방향으로 세워져 있어 절대 함락되지 않을 것처럼 보였다.

"전장에서 가이우스 마리우스를 보좌하며 느낀 점이 있네." 술라는 메텔루스 피우스와 호르텐시우스에게 말했다. "그는 도시를 빼앗는 방법에 대해서는 큰 관심을 보이지 않았지. 전투 외에는 아무것도 중요하게 여기지 않았어. 반면 나는 도시를 빼앗는 방법 자체에 큰 흥미를 느낀다네. 보비아눔은 난공불락의 요새처럼 보일 거야. 하지만 겉모습에 속지 말게. 이곳은 오늘 안에 함락될 테니까."

그는 자신의 말이 거짓이 아님을 입증했다. 우선 아이세르니아 방면의 요새에 그의 전군을 배치해놓은 것처럼 보비아눔 주민들을 속였다. 그런 다음 1개 군단은 몰래 언덕을 넘어 사이피눔 방면의 남쪽 요새를 공격하도록 했다. 사이피눔 방면의 요새에서 거대한 연기 기둥이 솟아오르자(미리 정해놓은 신호였다) 술라는 아이세르니아 방면의 요새를 공격했다. 보비아눔은 3시간도 채 지나지 않아 항복했다.

술라는 병사들에게 진지 구축 명령을 내리는 대신 보비아눔 성내에서 지내도록 했다. 또한 그 도시를 거점으로 삼아 인근 시골 지역까지 샅샅이 뒤지며 남부 삼니움이 철저히 진압되었는지, 새로운 반란군 형성의 가능성이 완전히 사라졌는지를 확인했다.

술라는 카푸아에서 보내온 병사들에게 아이세르니아 포위를 맡긴 뒤, 자신의 4개 군단이 다시 한자리에 모인 가운데 코스코니우스와 대화를 나눴다. 때는 9월 말경이었다.

"동부는 자네 것이네, 가이우스 코스코니우스!" 그는 쾌활하게 말했다. "나는 아피우스 가도와 미누키우스 가도에서 적들을 완전히 몰아냈으면 하네. 보비아눔을 기지로 이용하게. 아주 훌륭한 요새 노릇을 할 테니까. 자비를 베풀거나 말거나 하는 것은 자네 판단에 맡기겠어. 가장 중요한 건 무틸루스를 아이세르니아에 잘 가둬두는 동시에 지원 병력을 차단하는 일이야."

"북쪽 상황은 어떻습니까?" 코스코니우스가 물었다. 그는 3월에 배를 타고 푸테올리를 떠난 이후 북쪽 소식을 거의 못 듣고 지냈다.

"아주 훌륭하지! 세르비우스 술피키우스 갈바는 마루키니족, 마르시족, 베스티니족을 대부분 진압했네. 그에 따르면 실로도 전장에 나타났지만 도망갔다고 하더군. 킨나와 코르누투스는 마르시족 영토를 모두 장악했고 알바 푸켄티아도 다시 우리 땅이 되었다네. 집정관 나이우스 폼페이우스 스트라보는 피케눔족들과 반란에 가담한 움브리아의 일부 세력을 끝장내버렸지. 하지만 푸블리우스 술피키우스와 가이우스 바이비우스는 아직도 아스쿨룸 피켄툼을 포위중이네. 그곳 주민들은 굶주림으로 죽음의 문턱에 서 있을 텐데, 그러면서도 버티고 있지."

"그렇다면 우리가 이긴 거군요!" 코스코니우스는 감탄 섞인 목소리로 말했다.

"오, 물론이지. 우리는 이겨야만 했어! 로마가 완전한 지배권을 행사하지 않는 이탈리아? 그건 신들도 허락하지 않을 거야."

10월이 시작된 지 엿새 후, 술라는 카푸아로 가서 카툴루스 카이사르와 병사들의 겨울나기에 관한 문제를 논의했다. 아피우스 가도와 미누키우스 가도의 교통은 다시 원활해졌다. 물론 베누시아는 아직도 고집스럽게 성문을 닫고 있었지만, 도시 옆의 대로로 많은 로마인들이 지나다니는 것을 무력하게 바라보고 있을 수밖에 없었다. 포필리우스 가도의 경우 군대나 호송대가 캄파니아와 레기움 구간을 이용할 만큼 안전해졌으나, 소규모 여행자들에게는 여전히 위험했다. 람포니우스가 산에서 숨어 지내며 기껏해야 산적의 습격보다 약간 나은 정도의 공격에 총력을 기울이는 탓이었다.

"어쨌건," 술라는 11월 말경 로마로 떠날 채비를 하면서, 기뻐하는 카툴루스 카이사르에게 말했다. "전반적으로 봤을 때 이탈리아 반도가 다시 우리 것이 되었다고 봐도 무방하다고 생각합니다."

"그 말은 아스쿨룸 피켄툼을 탈환한 다음에 하는 것이 좋겠소." 누구도 알아주지 않는 자리에서 묵묵히 2년간 일해온 카툴루스 카이사르가 말했다. "이 모든 일의 발단은 그곳이었소, 루키우스 코르넬리우스. 그런데 아직까지도 저항이 이어지고 있잖소."

"놀라도 잊어서는 안 됩니다." 술라는 이 말을 내뱉으며 으르렁거렸다.

하지만 아스쿨룸 피켄툼이 무너질 날도 머지않은 상황이었다. 폼페이우스 스트라보는 10월에 공마를 타고 자신의 군대를 데려와 푸블리우스 술피키우스 루푸스와 병력을 합쳤다. 그런 다음 로마 병사들이 아스쿨룸 피켄툼의 성벽을 완전히 포위하도록 배치했다. 이제 성벽 위에서 내려온 밧줄 하나도 감시망을 벗어날 수 없었다. 그의 다음 작전은 도시의 식수원을 차단하는 것이었다. 물은 트루엔티우스 강바닥의 자갈층을 통해 수백 개 지점에서 공급되고 있었기에 이는 실로 대단한 규모의 작업이었다. 하지만 폼페이우스 스트라보는 상당한 공학 지식을 갖추고 있었고, 기꺼운 마음으로 이 작업을 직접 감독했다.

이 과정에서 폼페이우스 스트라보를 도운 사람은 그가 가장 경멸했던 수습군관 마르쿠스 툴리우스 키케로였다. 키케로는 그림을 썩 잘 그렸고 직접 개발한 속기술로 매우 정확하고 신속하게 글을 받아썼기 때문에, 폼페이우스 스트라보는 아스쿨룸 피켄툼의 식수를 서서히 차단하는 이런 작업에서 키케로가 아주 유용하다고 판단했다. 키케로는 사령관을 두려워하는 동시에 도시 주민들의 고통에 대한 그의 무심함에 경악하면서, 잠자코 사령관이 시키는 대로 움직였다.

11월, 아스쿨룸 피켄툼의 정무관들이 성문을 열고 나와 폼페이우스 스트라보에게 항복 의사를 전달했다.

"우리의 고향은 이제 당신들의 소유입니다." 수석 정무관은 매우 품위 있게 말했다. "우리가 원하는 것은 물을 돌려받는 것뿐입니다."

폼페이우스 스트라보는 희끗희끗한 금발머리를 뒤로 젖히며 호탕하게 웃었다. "대체 뭣 때문에?" 그는 천진난만하게 물었다. "어차피 여기 남아 그 물을 마실 사람도 없을 텐데!"

"우리는 목이 마릅니다, 나이우스 폼페이우스!"

"그럼 계속 목마른 채로 있으시오." 폼페이우스 스트라보가 말했다.

그는 공마를 타고 자신의 보좌관들(루키우스 겔리우스 포플리콜라, 나이우스 옥타비우스 루소, 루키우스 유니우스 브루투스 다마시푸스)과 군무관, 수습군관, 특별히 선발된 5개 보병대대 만큼의 병사들과 함께 아스쿨룸 피켄툼으로 입성했다.

병사들이 일사불란하게 도시 곳곳으로 흩어져 주민들을 한데 모으고 모든 가택을 수색하는 동안, 집정관 스트라보는 광장 겸 시장으로 향했다. 그곳에는 비다킬리우스가 점령했던 당시의 흔적이 남아 있었다. 한때 정무관의 연단이 있던 자리에는 까맣게 탄 나무 조각들이 쌓여 있었다. 비다킬리우스가 분신자살을 했던 장작더미가 타고 남은 흔적이었다.

집정관 스트라보는 자신의 공마를 채찍질할 때 쓰는 회초리를 잘근잘근 씹으며 주변을 유심히 둘러보더니 다마시푸스에게 고갯짓을 했다.

"이 장작더미 위에 연단을 설치하도록. 서두르게." 그는 다마시푸스에게 퉁명스럽게 말했다.

병사 몇 명이 근처 건물에서 문짝과 기둥을 뜯어내더니, 순식간에 폼페이우스 스트라보를 위해 계단까지 완비된 연단이 완성되었다. 연단 위에는 그의 상아 대좌와 서기가 앉을 등받이 없는 의자가 놓였다.

"자네, 따라오게." 그는 키케로에게 이렇게 말하고는 계단 위로 올라가 상아 대좌에 앉았다. 여전히 판갑과 투구 차림이었지만 어깨에 늘어뜨린 망토는 장군이 걸치는 붉은색이 아니라 자주색이었다. 양손 가득 밀랍 서판을 들고 있던 키케로는 서둘러 자신의 의자 옆에 그것을 내려놓고 자리에 앉았고, 서판 하나를 무릎 위에 펼치고 골필을 꺼냈다. 그는 이것이 정식 공판이겠거니 짐작했다.

"포플리콜라, 루소, 다마시푸스, 나이우스 폼페이우스 2세, 이리들 오시오." 집정관은 평소 습관대로 무뚝뚝하게 말했다.

키케로는 심장박동이 진정되고 두려움이 어느 정도 잦아들자, 공문서의 첫번째 말을 받아쓸 준비를 하면서 주변을 둘러볼 여유까지 생겼다. 검, 쇠사슬 갑옷, 창, 단도를 비롯해 무기로 쓰일 수 있는 물건들이 집회장 바깥쪽에 거대한 산을 이루고 있었다. 주민들은 성문을 열기 전에 이미 준비를 마친 듯했다.

정무관들은 앞으로 끌려나와 임시로 설치한 재판소 연단 아래에 세워졌다. 폼페이우스 스트라보는 공판을 시작했다. 공판은 그 혼자서 말하는 방식으로 진행되었다.

"너희는 모두 반역자고 살인자들이다. 너희는 로마 시민이 아니다. 그러니 태형과 참수형이 내려질 것이다. 노예처럼 십자가에 못박지 않는 것을 다행으로 여겨라."

모든 판결은 그 재판소 아래 현장에서 즉시 실행에 옮겨졌다. 겁에 질린 키케로는 무릎 위 서판에 시선을 고정하고 의미 없는 말들을 써 내려가면서 욕지기가 솟는 것을 참았다.

정무관들을 다 처형한 뒤, 집정관 스트라보는 병사들이 찾아낸 여든 살에서 열세 살 사이의 모든 남자 주민들에게 똑같은 판결을 내렸다. 신속한 집행을 위해 병사 쉰 명에게는 태형 집행을, 다른 쉰 명에게는 참수형을 맡겼다. 남은 병사들은 집회장 바깥에 쌓인 무기 더미를 뒤져 도끼를 찾아내야 했다. 그동안 사형 집행자들은 우선 각자의 칼을 이용하라는 명령을 받았다. 연습 몇 번을 거치자, 태형으로 인해 다치고 지친 주민들을 칼로 죽이는 일이 너무 편해져서 일부러 도끼를 안 쓰는 병사도 있었다. 그럼에도 불구하고 한 시간 동안 처형당한 아스쿨룸 피켄툼 주민은 겨우 300명이었다. 그들의 머리는 창에 꽂힌 채 전장에 세워졌고 몸통은 광장 한쪽으로 던져졌다.

"좀더 서두를 수 없나?" 폼페이우스는 군관들과 병사들에게 말했다. "지금부터 여드레 안이 아니라, 오늘 안에 다 마쳐야 한다! 200명에게 태형을 맡기고 200명에게 참수형을 맡기도록. 어서 서둘러. 지금은 상호협력도 안 되고 체계도 안 잡혀 있어. 이 두 가지 문제를 해결하지 못하면 너희가 벌을 받을 것이다."

"굶겨 죽이는 것이 훨씬 편할 텐데요." 집정관의 아들은 대학살 현장을 무심히 바라보며 말했다.

"훨씬 편하기야 하지. 하지만 그건 합법이 아니란다." 아버지가 말했다.

아스쿨룸 피켄툼의 남성 5천 명 이상이 그날 죽음을 맞았다. 현장에 있던 모든 로마인의 기억에서 절대 지워지지 않을 대학살이었지만 반대의 목소리를 내는 사람은 없었고, 이후 안 좋은 이야기를 꺼내는 사람도 없었다. 광장은 말 그대로 피바다였다. 뜨끈하고 들큰하고 고약하며 쇠냄새가 섞인 듯한 피비린내는 햇빛이 비치는 산 공기 속으로 안개처럼 피어올랐다.

해가 질 무렵, 집정관은 고관 의자에서 일어나 몸을 풀었다. "모두들 진지로 돌아간다." 그는 짤막하게 말했다. "여자들과 아이들은 내일 처리하겠다. 성벽 안에 감시병을 둘 필요는 없다. 그냥 성문을 잠그고 바깥에서 순찰하도록." 시신 뒤처리나 피로 얼룩진 바닥 청소에 관한 언급은 없었으므로 그냥 그대로 내버려두었다.

그 다음날 집정관은 재판소 연단으로 돌아왔고 별 감흥 없이 눈앞의 광경을 지켜보았다. 병사들은 아직 살아 있는 주민들을 광장 바깥에 여러 무리로 잡아두고 있었다. 그는 모든 사람들에게 똑같은 판결을 내렸다.

"지금 몸에 걸치고 있는 것만 가지고 당장 이곳을 떠나라. 음식이나 돈, 귀중품이나 유품을 가져가서는 안 된다."

2년간의 포위전으로 인해 아스쿨룸 피켄툼은 안쓰러울 정도로 피폐해졌다. 돈은 거의 바닥났고 귀중품은 더욱 찾아보기 힘들었다. 그럼에도 불구하고, 추방형을 당한 사람들은 도시를 떠나기 전 몸수색을 거쳐야 했다. 한번 쫓겨나면 절대 고향으로 돌아올 수 없었다. 여자와 아이로 구성된 각 무리들은 양떼처럼 성문 쪽으로 내몰렸다. 그들은 폼페이우스 스트라보의 군대를 지나서 점령군으로 인해 완전히 황폐해진 들판으로 쫓겨났다. 도움을 청하는 소리는 없었고, 훌쩍이는 노파나 빽빽대는 아이도 없었다. 폼페이우스 스트라보의 군대는 바보가 아니었다. 미모의 여성들은 군관과 백인대장의 몫이 되었고, 조금이라도 매력이 있는 여자들은 병사들에게 돌아갔다. 그렇게 일을 치르고 나서도 아직 살아남은 여성들은, 그들의 어머니와 아이 들보다 하루나 이틀 정도 늦게 황량한 들판으로 쫓겨났다.

"내 승리를 기념하여 로마에 가져갈 만한 물건이 하나도 없군." 집정관은 모든 일을 마무리하고 고관 의자에서 일어나면서 말했다. "여기 남은 것은 전부 병사들에게 나눠주게."

키케로는 사령관을 따라 연단 아래로 내려가면서, 흡사 세상에서 가장 큰 도살장을 방불케 하는 현장을 보고 입이 떡 벌어졌다. 구역질도 연민도 사라지고 모든 감정이 사라진 뒤였다. 이런 것이 전쟁이라면 다시는 내가 전쟁을 겪지 않기를, 하고 그는 기도했다. 하지만 그의 상냥한 친구 폼페이우스는 아름다운 금발을 무심히 쓸어넘기고 파리떼가 꼬이는 진득한 피 웅덩이 사이를 지나면서 기분좋게 휘파람을 불었다. 두 사람이 머리 없는 시신들로 만들어진 여러 개의 언덕을 지나가는 동안, 폼페이우스의 아름다운 파란 눈에는 아주 당연하다는 표정 외에는 아무것도 담겨 있지 않았다.

"포플리콜라에게 시켜 아주 쓸 만한 여자 둘을 우리 수습군관들 몫으로 남겨두라고 했어." 키케로가 피 웅덩이에 발을 헛디디지는 않을까 염려하여 뒤에서 따라오던 폼페이우스가 말했다. "오, 아주 재미있을 거야! 다른 사람이 하는 것을 본 적 있어? 한 번도 못 봤다면 오늘밤이 기회야!"

키케로는 흐느끼듯이 숨을 들이쉬었다. "나이우스 폼페이우스, 나는 의지력이 약한 사람이 아냐." 그는 의연하게 말했다. "하지만 전쟁을 견딜 만한 비위와 심장은 없어. 지난 이틀간 벌어진 일을 전부 지켜봤더니 파리스가 헬레네에게 그 짓을 한다고 해도 흥분되지 않을 것 같아! 아스쿨룸 피켄툼 여자들에 관해서라면 나는 제발 빼줘! 나무에 올라가 잠이라도 잘 테니까."

폼페이우스는 웃음을 터뜨리며 친구의 앙상하고 구부정한 어깨를 한쪽 팔로 안았다. "오, 마르쿠스 툴리우스, 넌 내가 만나본 중에 제일 말라빠진 베스타 신전의 늙은 신녀야!" 그는 낄낄거림을 멈추지 않았다. "적은 그저 적이야! 로마를 거역한 것도 모자라 로마 법무관과 로마인 남자, 여자, 아이 수백 명을 찢어 죽인 살인범들에게 동정심을 느껴서는 안 돼! 말 그대로 찢어 죽였단 말이야. 그래도 내키지 않는다면 넌 나무에 올라가서 잠이나 자둬. 내가 네 몫까지 다 즐겨줄 테니까."

그들은 광장을 지나고 널찍하고 짧은 길을 따라 정문으로 내려왔다. 거기서부터 또 시작이었다. 너덜너덜한 목과 새가 쪼아먹은 얼굴로 이루어진 소름 끼치는 전승기념물들이 흙벽 양쪽으로 끝없이 이어져 있었다. 키케로는 구역질이 났다. 하지만 집정관 스트라보 앞에서 망신당하지 않도록 참는 연습을 많이 한 덕분에, 아무것도 모르는 채 재잘거리는 친구 앞에서도 망신을 면할 수 있었다.

"이곳에는 개선행진 때 전시할 만한 게 전혀 없어." 폼페이우스가 말했다. "하지만 새를 사냥할 때 쓸 수 있는 아주 훌륭한 그물을 발견했어. 게다가 아버지께서 들통 여러 개에 든 책을 주셨어. 내 종조부인 루킬리우스께서 쓰신 책인데, 우리도 처음 보는 거야. 현지 주민이 필사한 것으로 보이고 값이 꽤 나갈 것 같아. 겉보기에도 근사하고 말이지."

"그 사람들은 먹을 것이나 따뜻한 옷가지도 없이 떠났어." 키케로가 말했다.

"누구?"

"이곳에서 쫓겨난 여자들과 아이들."

"당연히 그래야지!"

"성안에 엉망이 된 저것들은 어떻게 될까?"

"몸뚱이들?"

"그래, 몸뚱이. 그리고 피와 머리들도."

"때가 되면 다 썩겠지."

"전염병이 퍼질 거야."

"누구한테로? 아버지께서 성문에 대못을 박아 이곳을 봉쇄해버리면 어차피 아스쿨룸 피켄툼에는 앞으로 아무도 살 수 없어. 우리가 떠난 후에 그들이 몰래 돌아온다고 해도 안으로 들어갈 수가 없겠지. 아스쿨룸 피켄툼은 끝났어. 이제 영원히 사람이 살 수 없는 곳이 될 거야." 폼페이우스가 말했다.

"네 아버지의 별명이 도살자인 이유를 알겠다." 키케로는 이 말이 기분 나쁘게 들릴 수도 있음을 미처 깨닫지 못했다.

하지만 폼페이우스는 오히려 칭찬으로 받아들였다. 그의 지능에는 어딘가 살짝 이상한 구석이 있었다. 개인적인 믿음이 너무 견고한 나머지 그것이 손상되기는커녕 살짝 흔들리는 경우조차 없었던 것이다. "멋진 별명이지, 안 그래?" 청년은 아버지에 대한 굳건한 애정이 행여 자신의 약점이 되지나 않을까 하는 걱정에 다소 무뚝뚝하게 물었다. 그는 속도를 내기 시작했다. "마르쿠스 툴리우스, 빨리 좀 움직여! 애초에 여자를 구해달라고 했던 건 나인데, 다른 놈들이 나 없이 먼저 시작하면 어쩌려고 그래."

키케로는 서둘렀다. 하지만 아직 끝이 아니었다. "나이우스 폼페이우스, 너에게 할말이 있어." 그는 이 말을 내뱉고는 숨을 헐떡거렸다.

"오, 뭔데?" 폼페이우스는 정신이 딴 데 팔린 상태로 대꾸했다.

"카푸아로 전속 신청을 했어. 그곳에서라면 이 전쟁을 마무리하는 작업에 내 재주가 좀더 유용하게 쓰일 것 같아서. 퀸투스 루타티우스에게 편지를 보내 답장을 받았는데, 나를 기꺼이 받아주겠다고 하셨어. 아니면 루키우스 코르넬리우스 술라에게 갈 수도 있고."

폼페이우스는 발을 멈추고 어이가 없다는 듯 키케로를 쳐다봤다. "대체 왜 그런 짓을 했어?" 그는 따지듯이 물었다.

"나이우스 폼페이우스 스트라보의 군관들은 모두 군인다운 사람들이야, 나이우스 폼페이우스. 하지만 난 군인답지 않잖아." 진심과 애잔함이 담긴 그의 갈색 눈은, 웃어야 할지 화를 내야 할지 몰라 곤혹스러워하는 멘토의 얼굴을 물끄러미 향했다. "제발, 날 보내줘! 난 항상 너에게 고마워할 거야. 너에게 얼마나 많은 도움을 받았는지도 잊지 않을 거고. 하지만 너도 바보가 아니잖아, 나이우스 폼페이우스. 너희 아버지의 부하 노릇은 나에게 맞지 않아."

먹구름이 걷히고 폼페이우스의 파란 눈은 유쾌하게 반짝거렸다. "네 뜻대로 해, 마르쿠스 툴리우스!" 그는 이렇게 말하고 한숨을 내쉬었다. "보고 싶을 거야, 알아?"

술라는 선거가 언제 열릴지도 모르는 채 12월 초 로마에 도착했다. 아셀리오가 죽은 이후 로마의 수도 담당 법무관 직은 줄곧 공석이었으며, 한 명 남은 집정관 폼페이우스 스트라보는 기분이 내킬 때나 로마로 돌아올 것이라는 말이 돌았다. 평소였다면 술라는 이러한 상황에 절망했을 것이다. 하지만 차기 수석 집정관 당선인은 이미 정해진 것이나 다름없었다. 술라는 말 그대로 하룻밤 사이에 명성을 얻었다. 난생처음 보는 사람들이 그를 형제처럼 반겼고, 여자들은 미소와 함께 추파를 던졌으며, 모든 이들이 그를 환호했다. 또한 그는 부재중 선거를 통해 죽은 아셀리오를 대신할 조점관으로 당선되었다. 모든 로마인들은 그가, 루키우스 코르넬리우스 술라가 이탈리아와의 전쟁을 승리로 이끌었다고 믿어 의심치 않았다. 가이우스 마리우스가 아니다. 나이우스 폼페이우스 스트라보가 아니다. 술라, 술라, 술라가 해낸 것이다!

원로원에서는 집정관 카토의 사망 이후 술라를 남부 전장의 정식 총사령관으로 임명하지 않았다. 그는 죽은 집정관의 보좌관이라는 지위에서 이 모든 일을 해냈다. 하지만 그는 곧 차기 수석 집정관으로 당선될 것이고, 그렇게 된다면 원로원은 그에게 그가 원하는 지역의 지휘권을 넘겨야만 할 것이다. 술라는 필리푸스 같은 몇몇 원로원 인사들이 이러한 상황에 당혹스러워하는 꼴이 몹시 우스웠다. 그들은 술라를 경량급 인사이자 기적을 행하기에는 역부족인 인물로 여겼던 것이다. 하지만 그는 이제 만인의 영웅이었다.

로마로 돌아온 뒤 그가 제일 먼저 찾아간 사람들 중에는 마리우스가 포함되어 있었다. 그는 마리우스의 상태가 상당히 호전된 것을 보고 놀랐다. 노인 옆에는 열한 살 소년 가이우스 율리우스 카이사르 2세가 있었다. 소년은 아직 사춘기가 오지 않은 듯했으나 신장은 술라와 엇비슷했다. 술라가 과거 아우렐리아를 방문했을 당시만큼이나 잘생기고 똑똑한 아이였고, 나머지 모든 부분들은 그때보다 훨씬 더 나아져 있었다. 어린 카이사르는 1년 동안 마리우스를 돌보며 야생동물처럼 예민한 귀로 위인의 말에 귀를 기울였다. 모든 것을 새겨듣고 아무것도 잊지 않았다.

술라는 젊은 마리우스가 거의 몰락할 뻔했던 소식을 전해 들었다. 젊은 마리우스는 여전히 킨나와 코르누투스 수하에서 마르시족을 상대로 싸우고 있었고, 예전보다는 한결 차분하고 책임감 있는 모습으로 바뀌었다. 또한 어린 카이사르가 절벽에서 거의 추락할 뻔했던 소식도 전해 들었다. 어린 카이사르는 이 이야기가 전해지는 동안 부드러운 미소를 지으며 허공을 바라보았다. 이야기 도중에 루키우스 데쿠미우스가 등장하자 술라는 정신이 번쩍 들었고 큰 충격에 빠졌다. 가이우스 마리우스답지 않게! 마리우스가 암살 전문가를 고용하다니, 이게 대체 무슨 일인가? 너무도 명백하고 의심의 여지가 없는 사고사처럼 보였기에, 술라는 푸블리우스 클라우디우스 풀케르의 죽음이 절대 사고가 아님을 알아차렸다. 그렇다면 어떻게 일을 처리한 것일까? 어떻게 어린 카이사르가 가담한 것일까? 정말 가능한 일일까? 이런 어린아이가 자기 목숨을 걸고 풀케르를 절벽으로 밀치는 것이? 아니다! 술라 같은 인물조차도 살인에 관해서라면 그 정도로 과감할 수 없었다.

마리우스가 이야기를 떠들어대는 동안(그는 데쿠미우스의 개입이 필요치 않았다고 확신하는 것이 분명했다) 술라는 타인을 불편하게 만드는 시선으로 소년에게 두려움을 심어주려 했다. 하지만 소년은 불편한 시선을 인식하면서도 두려운 기색 없이 술라를 가만히 응시했다. 오히려 술라에게 진지하고 냉철한 흥미의 눈길을 보냈다. 저 아이는 내가 어떤 사람인지 알고 있구나! 술라는 속으로 생각했다. 하지만 어린 카이사르, 나도 네가 어떤 사람인지 알고 있다! 위대한 신이 우리 두 사람으로부터 로마를 지켜주시기를!

너그러운 마리우스는 술라의 성공에 순수하게 기뻐했다. 술라가 풀잎관(마리우스가 유일하게 얻지 못한 무공훈장이었다)을 받았다는 말을 듣고도 분한 마음이나 질투 없이 진심으로 박수를 쳐주었다.

"배움을 통해 완성된 후천적인 장군에 대해 이제 어떻게 생각하십니까?" 술라는 도발적인 어조로 물었다.

"루키우스 코르넬리우스, 그때 내가 틀린 말을 했네. 오, 배움으로 완성된 후천적인 장군에 대한 내 의견이 틀렸다는 게 아니야! 자네가 타고난 장군이 아니라고 여겼던 내 생각이 틀렸다는 것이지. 자네는 타고났어, 아주 타고났다고. 가이우스 코스코니우스를 배에 태워 아폴리아로 보낸 작전은 천부적인 재능이라고밖에 할 수 없어. 제아무리 훌륭한 교육을 받았다 한들, 진짜 뼛속까지 타고난 장군이 아니면 내놓을 수 없는 작전이었네."

이 답변은 술라의 오명을 완전히 씻어내고 그를 아주 기쁘게 했어야 마땅했다. 하지만 현실은 그렇지 않았다. 마리우스는 여전히 자신이 더 나은 장군이라고, 자신이 전장에 있었다면 남부 이탈리아를 더 빨리, 더 철저히 진압했을 것이라고 확신하고 있음을 술라가 알아차린 까닭이었다. 이 고집 센 늙은 당나귀에게 내가 그만큼이나 대단한 사람이라는 것을 보여주려면 어떻게 해야 한단 말인가? 술라는 자신의 생각을 겉으로 드러내지 않으며 절규했다. 문득 그는 목덜미의 털이 곤두서는 것을 느끼며 어린 카이사르를 바라보았다. 소년은 술라의 소리 없는 절규를 다 듣고 있었다.

"어떻게 생각하느냐, 카이사르?" 술라가 물었다.

"감탄스러워서 말문이 막힐 지경이에요, 루키우스 코르넬리우스."

"듣기 좋은 대답이구나."

"정직한 대답이죠."

"이리 오렴. 내가 너를 집까지 데려다주마."

두 사람은 조용히 걸었다. 술라는 선거 후보임을 알리는 새하얀 토가를 입고 있었고, 소년은 자주색 단을 두른 어린이용 토가 차림에 불라 부적을 목에 걸고 있었다. 술라는 처음에 주변 사람들의 미소와 고갯짓이 하루아침에 유명인사가 된 자신을 향한 것이라 생각했다. 하지만 곧 그중 상당 부분은 소년을 향한 것임을 알게 되었다.

"어떻게 이 모든 사람들이 너를 아는 거지, 카이사르?"

"전부 후광효과예요, 루키우스 코르넬리우스. 저는 늘 가이우스 마리우스를 모시고 다니니까요."

"너를 그냥 알아보는 사람은 없고?"

"포룸 로마눔 근방에서 저는 단순히 가이우스 마리우스를 모시는 아이일 뿐이에요. 하지만 수부라 지구에 들어서면 저를 그냥 알아봐요."

"아버지는 집에 계시니?"

"아뇨, 푸블리우스 술피키우스, 아직도 가이우스 바이비우스와 함께 아스쿨룸 피켄툼을 포위하고 계세요."

"그렇다면 곧 돌아오실 거야. 그 군대는 이미 이동하기 시작했거든."

"저도 곧 돌아오시리라 생각해요."

"아버지를 다시 보는 게 기대되지 않니?"

"네, 물론 기대돼요." 어린 카이사르는 순순히 답했다.

"네 사촌형을 기억하니? 내 아들 말이다."

소년의 얼굴이 밝아졌다. 이번에 비친 기쁨이야말로 진심이었다. "어떻게 형을 잊을 수 있겠어요? 정말 멋진 형이었어요! 형이 죽었을 때 저는 시를 썼어요."

"무슨 내용이니? 나한테 한번 들려주지 않겠니?"

어린 카이사르는 고개를 가로저었다. "그때는 시를 잘 쓰지 못했어요. 그러니 그 시는 안 들려드리는 게 낫겠어요. 다음에 형을 위해 더 나은 시를 지으면 그때 꼭 적어 드릴게요."

열한 살 소년과의 대화가 불편하다는 이유로 지난 상처를 벌어지게 하다니, 이 얼마나 멍청한 짓인가! 술라는 눈물을 꾹 참으며 침묵으로 빠져들었다.

아우렐리아는 언제나처럼 책상에 앉아 일하느라 바빴지만, 아들을 데려온 사람이 누구인지 에우티코스에게 듣고서는 바로 자리에서 일어났다. 아우렐리아와 술라가 응접실에 자리를 잡자 어린 카이사르도 그 옆에 앉아 어머니의 행동을 유심히 관찰했다. 저 아이는 무슨 생각을 하고 있는 거지? 술라는 소년이 신경쓰여서 아우렐리아에게 마음

편히 원하는 질문을 못하는 것이 짜증스러웠다. 다행히도 아우렐리아
는 그의 불편한 심기를 눈치채고 아들을 내보냈다. 카이사르는 마지못
해 밖으로 나갔다.

"대체 왜 저러는 거요?"

"루키우스 코르넬리우스 당신과 저의 우정에 대해서 불순한 생각을
품을 만한 말을 가이우스 마리우스에게 들은 모양이에요." 아우렐리아
는 평온하게 말했다.

"맙소사, 늙은 악당 같으니라고! 어떻게 감히 그런 말을!"

아름다운 아우렐리아는 재미있다는 듯이 웃었다. "오, 전 그런 일에
일일이 신경쓰는 단계는 지났어요. 가이우스 마리우스가 소아시아에
있을 때, 우리 외삼촌께서 조카딸이 빨강머리 아들을 낳고 남편에게 이
혼 당했다는 소식을 편지로 전하셨대요. 율리아와 가이우스 마리우스
는 그 조카가 저고 아이 아빠는 당신일 거라고 지레 결론을 내렸죠."

이번에는 술라가 웃을 차례였다. "그분들은 당신에 대해 그리도 모
른단 말이오? 당신의 방어벽은 놀라의 성벽보다 단단한 것을."

"사실이에요. 당신이 시도를 안 해본 것도 아니고요."

"나도 여느 남자와 다를 바 없는 남자요."

"그렇지 않아요. 당신이 어디 보통 남자인가요?"

서재 천장의 은신처에 몸을 숨기고 있던 어린 카이사르는 이 말을
듣고 안도했다. 어머니는 정숙한 여인이었던 것이다. 하지만 그의 마음
속에는 곧 안도감 대신 훨씬 감당하기 힘든 다른 종류의 감정이 자리
잡았다. 왜 어머니는 내게는 저런 면을 절대 안 보여주시는 거지? 어머
니는 지금 느긋하게 웃으며 어른의 저속함이 묻어나는 농담을 주고받
고 있어. 저 혐오스러운 남자에게 호감을 드러내면서! 아주 단단하고

오랜 우정을 암시하는 말을 건네고 있어. 카이사르는 어머니가 비록 술라의 연인은 아니라 해도 정작 어머니의 남편, 즉 자신의 아버지와 공유하지 않는 종류의 친밀감을 술라와 나누고 있음을 눈치챘다. 그는 서둘러 눈물을 닦고 조용히 바닥에 누워 초연한 마음을 가지려고 애썼다. 최선을 다해 정신을 집중하면 거리를 두고 상황을 보는 것이 가능했다. 저분이 네 어머니라는 사실은 잊어, 가이우스 율리우스 카이사르 2세! 그저 두 사람이 하는 말을 잘 듣기만 해.

"곧 집정관이 되시겠어요." 그녀가 말했다.

"쉰두 살에 말이오. 가이우스 마리우스보다 더 늦은 나이지요."

"또 할아버지가 되셨더군요! 아기는 아직 안 만나봤어요?"

"오, 아우렐리아, 제발! 조만간 퀸투스 폼페이우스의 저택으로 아일리아와 함께 가서…… 저녁도 먹고…… 아기의 턱밑을 간지럽히기도 해야 하겠죠. 그런데 딸아이가 딸아이를 낳은 것이 뭐 그리 대단하다고 서둘러 찾아가야 한단 말이오?"

"아기 폼페이아는 너무너무 예뻐요."

"그렇다면 그 아이는 트로이아의 헬레네처럼 큰 화를 불러올지도 모르겠군!"

"그런 말 하지 마세요! 저는 늘 가엾은 헬레네가 가장 불행한 삶을 살았다고 생각했어요. 노예이자 침실의 노리개였죠." 아우렐리아는 강한 어조로 말했다.

"여자들은 어차피 다 노예잖소." 술라는 웃으며 말했다.

"전 아니에요! 저에게는 재산이 있고 제가 하는 일이 있어요."

술라의 어조가 바뀌었다. "아스쿨룸 피켄툼의 포위전이 이제 끝났으니 가이우스 율리우스가 곧 돌아올 거요. 그때가 되면 당신의 용감한 말들은 다 어떻게 될 것 같소?"

"그만해요, 루키우스 코르넬리우스! 남편에 대한 사랑은 진심이지만 그가 이 문으로 걸어들어올 순간이 두려워요. 그는 아이들부터 건물 주인으로서의 내 역할에 이르기까지 모든 것을 못마땅하게 여길 거예요. 저는 나름대로 그를 만족시키려고 열심히 노력할 테지만, 그는 제가 따를 수 없는 명령을 내리겠죠!"

"불쌍한 아우렐리아, 그 상황에 당신은 남편에게 그가 틀렸다고 말할 테고, 그때부터 불화가 시작되겠지요." 술라가 상냥하게 말했다.

"당신이라면 저를 견딜 수 있겠어요?" 그녀는 매섭게 물었다.

"세상에 여자가 당신 하나뿐이 아니고서야 힘들 거요, 아우렐리아."

"그래도 가이우스 율리우스는 저를 견뎌줘요."

"허! 아주 대단하군!"

"오, 무례하게 굴지 말아요!" 그녀가 톡 쏘듯이 말했다.

"그렇다면 주제를 바꾸겠소." 술라는 양손을 머리 뒤로 깍지 끼고 등받이에 몸을 기댔다. "죽은 스카우루스의 부인은 어떻게 지내고 있소?"

여인의 자주색 눈동자가 반짝거렸다. "맙소사! 아직 관심이 있어요?"

"물론이오."

"비교적 젊은 남자의 보호를 받고 있다고 알고 있어요. 리비우스 드루수스의 동생인 마메르쿠스 아이밀리우스 레피두스 리비아누스 말이죠."

"나도 그를 알고 있소. 카푸아에서 퀸투스 루타티우스를 보좌하는 사람인데, 티투스 디디우스와 함께 헤르쿨라네움에서 싸웠고 가비니우스 형제와 루카니아로 갔지요. 아주 다부진 친구요. 다들 지상의 소금이라 여기는 그런 종류의 사람이랄까." 그는 먹잇감을 노리는 고양잇과 동물처럼 민첩하게 자리에서 일어났다. "그렇다면 결국 그렇게 되는 겁니까? 그녀는 레피두스 리비아누스와 결혼하게 되는 거요?"

아우렐리아는 웃었다. "그럴 일은 없을 걸요! 그의 아내는 늘 남편을 발로 꽉 밟아두는 제법 고약한 여자니까요. 아피우스 클라우디우스 풀케르의 누이인 클라우디아예요. 아피우스 클라우디우스의 아내 때문에 루키우스 율리우스는 토가를 입은 채 유노 소스피타 신전을 청소하기도 했다죠. 그 아내는 두 달 뒤 출산 도중에 사망했고요."

"그 여자는 나의 달마티카와 사촌지간이지요. 죽은 발레아리카 말이지." 술라는 씨익 웃었다.

"모든 사람이 그녀의 사촌이지요." 아우렐리아가 말했다.

술라는 기운이 나는 듯했다. "나의 달마티카가 요즘에도 내게 관심이 있다고 생각하시오?"

아우렐리아는 고개를 저었다. "전혀 모르겠어요! 솔직히 하는 말이에요, 루키우스 코르넬리우스. 저는 직계가족이 아니고서야 여자들과 전혀 교류를 안 하니까요."

"그렇다면 당신 남편이 돌아온 이후에 그녀와 좀더 가까이 지내는 게 좋겠소. 분명 지금보다 시간이 훨씬 남아돌 텐데." 술라는 교활한 목소리로 말했다.

"그만해요, 루키우스 코르넬리우스! 그런 말을 하다니 내쫓아야겠어요."

두 사람은 문 쪽으로 걸어갔다. 그들이 시야에서 사라지자 어린 카이사르는 천장에서 내려와 다른 곳으로 피했다.

"나를 위해서 달마티카와 친분을 쌓아두지 않겠소?" 술라는 문을 잡고 서 있는 집주인에게 물었다.

"싫어요." 아우렐리아가 말했다. "관심이 있다면 직접 사귀세요. 다만 분명한 사실을 하나 알려드리자면, 아일리아와 이혼하는 즉시 당신의 인기는 뚝 떨어질 거예요."

"인기야 지금까지도 없이 잘 살았소. 잘 있어요."

집정관이 부재한 가운데 호민관 선거가 치러졌다. 원로원에서는 술라와 함께 로마로 돌아온 법무관 새끼 똥돼지 메텔루스 피우스에게 투표 참관인 역할을 맡겼다. 푸블리우스 술피키우스 루푸스가 최다 득표자가 되었고, 푸블리우스 안티스티우스가 크지 않은 표차로 2위를 차지했다. 이를 보면 이번 호민관단은 보수 성향의 집단이 될 것이 분명했다. 술피키우스는 폼페이우스 스트라보의 휘하에서 일하다가 허락을 받고 선거에 출마했다. 피케눔족과 싸우는 전장의 지휘관으로 명성을 얻은 술피키우스는 이제 정치적인 명성을 얻고자 했다. 젊은 시절 포룸 로마눔에서 탁월한 경력을 쌓은 덕분에 수사학과 법정 변론에 대해서라면 이미 명성을 떨치고 있었다. 그는 젊은 웅변가 중에서 가장 촉망받는 인물이었다. 죽은 크라수스 오라토르처럼 아시아 스타일을 표방했고 멋진 목소리와 언어, 각종 수사학적 어구만큼이나 철저히 계산된 우아한 몸짓을 보여주었다. 그를 사람들의 뇌리에 각인시킨 유명한 사건은, 톨로사의 황금을 훔쳤다는 혐의로 집정관 카이피오에게 불법 유죄판결을 내린 가이우스 노르바누스를 기소한 것이었다. 재판은 패소로 끝났지만 그의 명성에는 전혀 흠집이 남지 않았다. 그는 마르쿠스 리비우스 드루수스의 절친한 친구였으며(비록 이탈리아인에 대한 참정권 허용을 지지하지는 않았지만) 드루수스가 죽은 후로는 술라와 집정관 공동 후보로 출마하는 폼페이우스 루푸스와도 가깝게 지냈다.

그가 호민관단 대표가 되었으니, 이번 호민관들에게서 흥미진진한 선동 정치가의 행태는 기대할 수 없다고 봐야 했다. 신임 호민관 열 명 중 선동 정치가 성향의 인물은 단 한 명도 없는 듯했고, 선거 직후 논란을 일으킬 만한 신규 법안이 쏟아져나오지도 않았다. 이들보다 더욱 눈길을 끄는 사람은 평민 조영관으로 당선된 퀸투스 카이킬리우스 메텔루스 켈레르였다. 소문에 따르면, 아주 부유한 인물인 그는 전쟁에 지친 로마인을 위해 아주 성대한 경기대회를 준비중이라고 했다.

새끼 똥돼지가 주재하는 가운데, 백인조회는 마르스 평원에서 집정관과 법무관 후보들의 등록을 참관했다. 술라와 그의 동료인 폼페이우스 루푸스가 공동 출마를 선언하자 귀청이 떨어질 것 같은 함성이 터져나왔다. 반면 가이우스 율리우스 카이사르 스트라보 보피스쿠스 세스퀴쿨루스가 집정관 출마 의사를 밝히자 다들 충격을 받고 침묵했다.

"그럴 순 없소!" 메텔루스 피우스가 숨가쁜 목소리로 말했다. "당신은 아직 법무관도 지내지 않았잖소!"

"법조문 어디에도 법무관을 지내기 전에 집정관 출마를 금지하는 내용은 없소." 카이사르 스트라보는 관중이 탄식을 터뜨릴 만큼 기다란 두루마리를 펼쳤다. "내 주장에 반박의 여지가 없음을 증명하는 자료를 가지고 왔습니다. 처음부터 끝까지 다 읽어주겠소."

"다시 말해서 집어넣으시오, 가이우스 율리우스 스트라보!" 후보들이 올라선 단상 아래에서 신임 호민관단 대표인 술피키우스가 말했다. "내가 거부권을 행사하겠소! 당신은 입후보할 수 없소."

"오, 왜 그러는 거요, 푸블리우스 술피키우스! 한 번이라도 우리가 법을 심판해봅시다, 법으로 사람들을 심판하는 대신에!" 카이사르 스트라보가 소리쳤다.

"당신의 입후보에 대해 거부권을 행사하겠소, 가이우스 율리우스 스트라보. 당장 내려오시오." 술피키우스는 단호하게 말했다.

"그렇다면 법무관으로 입후보하겠소!"

"올해는 안 됩니다. 그것도 거부하겠소." 술피키우스가 말했다.

카툴루스 카이사르와 집정관 루키우스 율리우스 카이사르의 막냇동생 카이사르 스트라보는 포악하고 성마른 성격으로 종종 사고를 쳤다. 하지만 이번에는 그저 어깨를 으쓱하고 큰 웃음을 짓더니 꽤나 만족한 표정으로 단상을 내려와 술피키우스 옆에 섰다.

"멍청한 양반! 대체 왜 그랬소?" 술피키우스가 물었다.

"당신이 없었더라면 통했을지도 몰라요."

"내가 먼저 당신을 죽였을 거요." 새로운 목소리가 들려왔다.

고개를 돌린 카이사르 스트라보는 그 목소리의 주인공이 가이우스 플라비우스 핌브리아라는 젊은이임을 확인하고는 조소를 보냈다. "고개나 바싹 움츠리시지! 파리 한 마리도 못 잡게 생긴, 돈에 굶주린 백치 같은 인간이 어딜!"

"그만두시오, 그만!" 술피키우스는 두 사람 사이를 급히 가로막았다. "저리 가시오, 가이우스 플라비우스! 어서 가라고! 어서! 로마를 통치하는 일은 연장자들에게, 당신보다 더 나은 사람들에게 맡겨둬요."

카이사르 스트라보는 웃음을 터뜨렸고 핌브리아는 조용히 물러났다.

"젊은 혈기도 좋지만, 아주 되바라진 녀석입니다." 술피키우스가 말했다. "저자는 바리우스를 기소한 당신을 용서하지 않고 있소."

"별로 놀랍지도 않군요." 카이사르 스트라보가 말했다. "바리우스의 죽음으로 인해 저자는 유일한 지원자를 잃게 되었으니까."

더는 놀랄 일이 없었다. 집정관과 법무관 후보가 모두 등록을 마치자 다들 집정관 스트라보가 돌아올 날만을 고대하며 집으로 발걸음을 돌렸다.

집정관은 12월이 거의 끝날 때까지 로마로 돌아오지 않다가, 선거를 치르기 전에 반드시 개선행진을 진행하겠다고 고집을 피웠다. 그가 진작 로마로 돌아오지 않은 것은 아스쿨룸 피켄툼을 함락시킨 후 머릿속에 떠오른 기발한 아이디어 때문이었다. 그의 개선행진은 초라하게 끝날 것이 분명했다. 보여줄 만한 전리품도 없었고, 로마인의 눈에 낯선 이방인이나 이국적인 풍경을 담은 장식용 수레도 없었다. 그때 마침 아주 좋은 생각이 떠올랐다! 그의 군대는 시골 곳곳을 수색하라는 명을 받고 네 살에서 열두 살 사이의 사내아이들을 수천 명씩 잡아왔다. 폼페이우스 스트라보는 개선행진에서 개선장군의 전차를 타고 정해진 길을 따라 이동할 때, 발을 질질 끌며 움직이는 수많은 아이들을 앞세웠다. 참으로 기막힌 광경이었다. 그것만 보고도 폼페이우스 스트라보의 손에 얼마나 많은 이탈리아인이 죽었는지 짐작할 수 있었다.

고위 정무관 선거는 새해가 되기 불과 사흘 전에 진행되었다. 루키우스 코르넬리우스 술라가 수석 집정관이 되었고 그의 친구 퀸투스 폼페이우스 루푸스가 차석 집정관이 되었다. 각기 다른 로마 귀족 가문의 두 빨강머리가 나란히 집정관에 당선된 것이다. 로마인들은 두 집정관이 힘을 모아 변화를 주도하기를, 또 그로 인해 전쟁 피해가 어느 정도 복구되기를 기원했다.

그해에 선출된 법무관은 여섯 명이었으므로 해외 속주 총독들의 임기는 대부분 연장되었다. 가이우스 센티우스와 그의 보좌관 퀸투스 브루티우스 수라는 마케도니아에, 푸블리우스 세르빌리우스 바티아와 그의 보좌관 가이우스 코일리우스, 퀸투스 세르토리우스는 갈리아에, 가이우스 카시우스는 아시아 속주에, 퀸투스 오피우스는 킬리키아에, 가이우스 발레리우스 플라쿠스는 히스파니아에 머물렀다. 신임 법무관 가이우스 노르바누스는 시칠리아로, 다른 신임 법무관 푸블리우스 섹스틸리우스는 아프리카로 파견되었다. 신임 수도 담당 법무관은 나이가 아주 지긋한 마르쿠스 유니우스 브루투스였다. 이제 막 원로원에 입성한 아들을 둔 그는 평생 병에 시달렸음에도 불구하고 법무관 후보로 출마했다. 지금 로마에는 훌륭한 인물들이 필요한데, 너무 많은 사람들이 전쟁터에 있거나 선거에 입후보할 수 없는 처지라 어쩔 수 없이 출마한다는 것이 그의 주장이었다. 외인 담당 법무관으로는 평민인 조점관 가문의 세르빌리우스가 뽑혔다.

새해 첫날, 아침 하늘은 청명했고 간밤의 전조도 상서로웠다. 2년간 두려움과 공포에 시달리던 로마인들이 모두 신임 집정관 취임식을 구경하러 나타난 것은 별로 놀랍지 않은 일이었다. 이탈리아인에 대한 완전한 승리가 머지않았음을 다들 알고 있었다. 많은 이들은 신임 집정관들이 이제 로마의 끔찍한 재정 문제까지 해결해주리라 기대했다.

간밤의 전조를 살펴보고 집으로 돌아온 술라는 자주색 단을 두른 토가를 걸치고 풀잎관을 머리에 올렸다. 그는 집밖으로 나가, 토가 차림에 빨간색 가죽끈으로 묶은 막대 다발을 어깨에 짊어진 릭토르 열두 명을 앞세우고 걸으며 색다른 기분을 만끽했다. 그의 앞에는 두 집정관 중에서도 그 쪽을 호위하겠다고 나선 기사들이 있었다. 그의 뒤에는 그가 아끼는 새끼 똥돼지를 비롯한 원로원 의원들이 따라오고 있었다.

오늘은 나의 날이다. 수많은 군중이 풀잎관을 향해 감탄의 한숨을 내쉬고 웅성거리는 모습을 보며 술라는 생각했다. 난생처음으로 지금 내게는 경쟁자도 동료도 없어. 나는 수석 집정관이고, 이탈리아와의 전쟁을 승리로 이끌었고, 풀잎관까지 쓰고 있어. 지금의 나는 왕보다 더 위대해.

신임 집정관들의 저택에서 시작된 두 개의 행렬은, 로물루스가 팔라티누스 언덕에 처음 도시를 건설할 당시의 유물인 무고니아 성문이 위치한 팔라티누스 언덕길에서 합류했다. 거기서부터 6천 명의 사람들은 엄숙하게 질서를 지키며 벨리아 고지를 지나고 사케르 언덕길을 내려와 포룸 로마눔 낮은 구역으로 들어갔다. 대부분은 좁은 세로띠가 들어간 튜닉을 입은 기사들이었고, 집정관과 릭토르의 뒤로는 기사보다 훨씬 수가 적은 원로원 의원들이 따라갔다. 곳곳에서 관중의 환호가 쏟아졌다. 관중은 포룸 로마눔 근처 주택의 담장, 회당의 아케이드와 지붕, 행렬이 보이는 모든 지붕, 팔라티누스 언덕으로 이어지는 모든 계단, 모든 신전의 입구와 계단, 노바 가도에 즐비한 선술집과 상점 지붕, 포룸 로마눔 방향으로 팔라티누스와 카피톨리누스 언덕과 면한 대저택들의 로지아를 가득 채우고 있었다. 사람들. 어디를 봐도 온통 사람들이었다. 그들은 대부분 생전 처음 보는 승리의 관인 풀잎관을 쓴 남자를 열렬히 환호했다.

술라는 이제껏 보여준 적이 없었던 제왕의 위엄을 뽐내며 걸었다. 환호에 대한 답례로 살짝 묵례를 했을 뿐, 입가에는 미소가 스치지 않았고 눈가에는 우쭐대는 기색이나 기쁨의 빛이 돌지 않았다. 그의 꿈은 현실로 변했고 오늘은 그의 날이었다. 놀랍게도 술라는 어마어마한 관중 속에서 사람들의 얼굴을 하나하나 확인할 수 있었다. 아름다운 여인, 나이 지긋한 남자, 목말을 타고 있는 아이, 생김새가 독특한 이방인,

그리고 메트로비오스. 그는 거의 발길을 멈출 뻔했다가 억지로 걸음을 옮겼다. 군중 속에 있는 하나의 얼굴일 뿐이었다. 언제나처럼 충직하고 조심스러운 얼굴. 그 까무잡잡하고 잘생긴 얼굴 어디에도 두 사람의 특별한 관계에 대한 암시는 없었다. 어쩌면 눈빛에는 그런 암시가 남아 있을 수도 있었지만 그것은 술라만이 알아볼 수 있었다. 슬픈 눈빛. 그러다가 뒤로 처지며 사라졌다. 그렇게 과거 속에 묻혀버렸다.

기사들은 민회장 가장자리에 도착한 뒤, 사투르누스 신전과 열두 신을 모셔둔 맞은편의 아치형 아케이드를 지나려고 왼쪽으로 방향을 틀었다. 이때 갑자기 다들 발걸음을 멈추고 아르겐타리우스 언덕길 쪽으로 고개를 돌리더니, 술라에게 보낸 것보다 훨씬 더 큰 함성을 지르기 시작했다. 술라는 함성을 듣기는 했으나 무엇 때문인지 눈으로 확인할 수 없었다. 어깻죽지를 타고 흐르는 땀방울이 느껴졌다. 누군가가 그의 관중을 훔쳐가고 있었다! 지붕과 계단 위의 관중도 하나같이 같은 곳을 바라보며 대양의 수초처럼 일제히 손을 흔들었다. 함성 소리는 점점 커져만 갔다.

술라 평생에 이렇게까지 없는 힘을 짜내서 버티기는 처음이었다. 그의 표정에는 변화가 없었고, 제왕처럼 빳빳이 쳐든 고개는 조금도 움직이지 않았으며, 눈에는 일말의 감정도 떠오르지 않았다. 행렬은 다시 움직이기 시작했다. 그는 릭토르단을 뒤따라 포룸 로마눔 낮은 구역을 지나면서 아르겐타리우스 언덕길 끝에 무엇이 있는지 보려고 단 한 번도 고개를 앞으로 내밀지 않았다. 그에게서 관중을 훔쳐간 무엇. 그의 날을, 그만을 위한 날을 빼앗아간 바로 그 무엇!

그 무엇은 바로 가이우스 마리우스였다. 마리우스는 토가 프라이텍스타 차림이었고 곁에는 소년이 있었다. 술라와 폼페이우스 루푸스를 뒤따르는 고위 원로원 의원들의 대열에 합류하려고 기다리는 중이었다. 그가 돌아온 것이다. 신임 집정관 취임식에 참석하고, 카피톨리누스 언덕의 유피테르 옵티무스 막시무스 신전에서 열릴 원로원 회의에 참석하고, 같은 장소에서 열릴 연회에 참석할 작정이었다. 가이우스 마리우스. 전투의 천재 가이우스 마리우스. 영웅 가이우스 마리우스.

술라가 가까이 다가서자 마리우스는 묵례를 했다. 휘몰아치는 분노가 술라의 온몸을 감쌌지만, 누구에게도(심지어 마리우스에게도) 그 감정을 들킬 수는 없었다. 술라는 몸을 돌려 답례했다. 바로 그 순간 환호는 최고조에 달했고 관중은 환희의 비명을 내지르며 눈물을 흘렸다. 술라가 사투르누스 신전을 지나 카피톨리누스 언덕을 오르려고 왼쪽으로 방향을 틀자 마리우스는 자주색 단을 두른 토가 차림의 남자들 사이에 자리를 잡았고, 소년이 그의 옆에 섰다. 병세가 많이 호전되어 이제는 발을 거의 끌지 않았다. 또한 왼손으로 무거운 토가 자락을 움켜쥠으로써 사람들에게 그 손이 더이상 흉측하게 오그라든 상태가 아님을 당당히 보여줄 수 있었다. 웃을 때면 여전히 얼굴이 흉하게 일그러졌지만 그건 안 웃으면 해결되는 문제였다.

오늘 이 일 때문에라도 당신을 파멸시키고 말겠어, 가이우스 마리우스. 술라는 속으로 다짐했다. 당신은 오늘이 나의 날이라는 것을 알고 있었어! 그런데도 아직 로마가 당신 손안에 있음을 내게 보여주려고 하다니. 내가(코르넬리우스 씨족의 파트리키인 내가) 그리스어도 모르는 이탈리아 촌뜨기인 당신에 비해 먼지보다 못한 존재임을 보여주려고 하다니. 나는 당신 위치에 절대 오를 수 없음을 보여주려고 하다니. 그래, 어쩌면 그 모두가 사실일지도 모르지, 가이우스 마리우스. 하지만 나는 당신을 파멸시키고야 말겠어. 당신은 하필 나의 날에 내 앞에서 우쭐대려는 욕망을 떨쳐버리지 못했지. 내일이나 모레, 아니 그 언제라도 정계로 복귀한다면 당신의 여생은 지금과는 완전히 달라질 거야. 내가 당신을 파멸시킬 테니까. 독약이나 칼을 쓰지는 않겠어. 대신 당신 후손들은 장례행렬에서 당신의 이마고를 감히 꺼내들지 못하게 될 거야. 내가 당신의 명성에 영원히 먹칠을 해버릴 테니까.

그 끔찍한 하루도 그럭저럭 지나가고 있었다. 신임 집정관은 유피테르 옵티무스 막시무스 신전의 한구석에서 만족스럽고 당당한 태도로 위대한 신의 조각상처럼 무심한 미소를 짓고 있었다. 그는 원로원 의원들이 마치 마리우스를 혐오한 적이 없었다는 듯 그에게 경의를 표하는 것을 지켜보고 있었다. 술라는 마리우스에게 전혀 악의가 없음을 알게 되었다. 마리우스는 자신이 술라의 날을 훔칠지도 모른다는 생각을 전혀 못했고, 단순히 오늘처럼 멋진 날 원로원으로 돌아오면 좋겠다고 판단한 것뿐이었다. 그렇다고 해서 술라의 분노가 누그러지거나 이 끔찍한 늙은이를 파멸시키겠다는 맹세가 약해지지는 않았다. 오히려 이러한 경솔함을 생각하면 마리우스의 행동은 더욱 용서하기 힘들었다. 마리우스의 머릿속에서 술라는 너무 하찮은 존재라 마리우스의 자아를 비추는 거울의 배경으로도 나타나지 않았던 것이다. 그 점에 대해서 마리우스는 톡톡히 대가를 치러야 마땅했다.

"어, 어, 어떻게 감히!" 메텔루스 피우스는 회의가 마무리되고 공노들이 음식을 가져오기 시작하자 술라에게 귓속말을 했다. "이, 이, 일부러 그런 겁니다!"

"오, 물론이지. 일부러 그런 거야." 술라는 거짓말을 했다.

"이, 이, 이대로 너, 너, 넘어가실 겁니까?" 메텔루스 피우스는 거의 우는 목소리로 따졌다.

"진정하게, 새끼 똥돼지, 또 말을 더듬고 있군." 술라는 새끼 똥돼지가 혐오하는 별명을 당사자가 결코 혐오할 수 없는 방식으로 부르곤 했다. "저 바보들에게 내 감정을 들키고 싶지 않아. 저 사람들이, 그리고 그도, 내가 진심으로 기뻐하고 있다고 믿어야 하네. 집정관은 나라네, 새끼 똥돼지. 그가 아니야. 그는 단지 다시는 얻지 못할 영광을 되찾으려 애쓰는 병든 노인네에 불과해."

"퀸투스 루타티우스도 분개하고 있습니다." 메텔루스 피우스는 말을 더듬지 않으려고 노력했다. "저기 보이세요? 그가 마리우스에게 한소리 했더니 그 늙은 위선자는 그럴 의도가 아니었다고 딱 잡아뗐어요. 그 말을 누가 믿는답니까?"

"그건 몰랐군." 술라는 카툴루스 카이사르를 쳐다보며 말했다. 그는 몹시 화가 난 듯 동생인 감찰관과 퀸투스 무키우스 스카이볼라에게 열변을 토하고 있었다. 스카이볼라는 언짢은 표정이었다. 술라는 활짝 웃었다. "퀸투스 무키우스 앞에서 가이우스 마리우스의 험담을 하다니, 대화 상대를 잘못 골랐군."

"어째서죠?" 새끼 똥돼지는 호기심에 잠시 분노조차 잊어버렸다.

"두 집안이 사돈을 맺는다는 소문이 있네. 퀸투스 무키우스는 딸이 다 자라면 젊은 마리우스에게 시집보내기로 했지."

"세상에! 더 나은 집안에 시집보낼 수도 있을 텐데요!"

술라의 한쪽 눈썹이 치켜올라갔다. "과연 그럴까, 새끼 똥돼지? 돈을 한번 생각해보게!"

집으로 돌아갈 시간이 되자, 술라는 카툴루스 카이사르와 메텔루스 피우스를 제외한 사람들의 동행 제안을 모두 거절했다. 세 사람이 술라의 저택에 도착하자 그는 둘에게 작별인사를 남기고 혼자 집으로 들어갔다. 집은 조용했고 아내는 보이지 않았다. 술라는 그 점에 대해 대단히 감사했다. 그 지겨울 정도로 상냥한 얼굴을 보면 죽여버리지 않고는 못 견딜 것만 같았다. 그는 서둘러 서재로 들어가 빗장을 걸고 주랑 쪽으로 난 창문의 덧창을 닫았다. 바닥에 떨어져 우윳빛 웅덩이를 이룬 토가를 아무렇게나 발로 걷어찼다. 이제야 본인의 감정을 얼굴에 드러낸 채, 벽에 붙은 기다란 탁자 쪽으로 갔다. 그 위에는 작은 신전 모형 여섯 개가 완벽한 모습으로 장식되어 있었다. 선명하게 새로 칠하고 화려한 금박이 입혀져 있었다. 다섯 개는 조상들을 위한 것으로, 그가 원로원에 들어간 직후 손질을 마쳤다. 여섯번째 신전에는 그 자신의 닮은 꼴이 들어 있었다. 바로 전날 벨라브룸 구역에 위치한 마기우스의 작업실에서 배달된 작품이었다.

고리는 앞줄 기둥의 지붕 장식 뒤에 교묘하게 감추어져 있었다. 고리를 당기면 기둥 한가운데가 두 짝의 문처럼 갈라지면서 열렸다. 술라는 그 안에 있는 자기 자신을 보았다. 실제 크기의 얼굴과 턱에 목 앞쪽까지 달려 있었고 귀도 붙어 있었다. 귀 뒤에는 가면을 고정시키기 위한 줄이 달려 있었고 그 줄은 가발로 잘 가려졌다.

밀랍 소재의 이마고는 아주 정교하게 만들어졌다. 피부는 술라만큼이나 새하얀 색이었고 진짜 털을 붙인 눈썹과 속눈썹은 원로원 회의나 만찬에 참석할 때 술라가 칠하는 것과 똑같은 갈색이었다. 아름다운 입술은 살짝 벌어져 있었는데, 평소 입으로 숨을 쉬는 술라의 습관 때문이었다. 눈 역시 기이할 정도로 술라를 닮아 있었다. 가면의 눈동자를 자세히 살펴보면 가면을 쓴 배우가 부축을 받으면서 잘 걸을 수 있도록 구멍이 나 있었다. 다만 벨라브룸의 마기우스도 머리카락에 있어서만큼은 실물을 완벽하게 재현하지 못했다. 도저히 그가 원하는 색상의 머리카락을 구할 수가 없어서였다. 로마에는 수많은 가발 제작자와 다양한 가발이 있었고, 금발과 빨강머리는 특히 인기 있는 색상이었다. 머리카락의 원래 주인들은 갈리아인이나 게르만족 피가 흐르는 야만인들이었다. 돈이 필요한 노예상이나 주인들이 야만인들의 모발을 잘라 팔았다. 마기우스가 힘들게 찾아낸 그나마 가장 비슷한 빛깔의 머리카락은 술라의 모발보다 더 짙은 붉은색이었다. 하지만 풍성한 머리숱이나 스타일만큼은 완벽했다.

술라는 다른 사람의 눈에 비친 자신의 모습을 발견하게 된 충격에서 헤어나오지 못한 채 오랫동안 자기 자신을 살펴보았다. 은으로 만든 가장 깨끗한 거울도 이 이마고에 비할 바가 아니었다. 마기우스의 조각가들에게 무장한 모습의 전신상과 흉상도 제작해달라고 해야겠군. 술라는 타인의 눈에 비친 자기 모습에 아주 만족하며 속으로 다짐했다. 마침내 그의 생각이 마리우스의 무례함으로 옮겨가자 그의 눈빛은 초점을 잃었다. 그러다 신전 바닥 앞쪽으로 튀어나온 두 개의 뿔에 양쪽 검지를 걸어 당겼다. 바닥이 움직이면서 안에 있던 루키우스 코르넬리우스 술라의 머리가 밖으로 미끄러져나왔다. 그것은 점토로 제작한 술라 얼굴 모양의 틀에서 가발을 벗기고 이마고를 쉽게 들어올릴 수 있는 위치에 멈췄다. 이 이마고는 그것과 똑같은 형태의 틀 위에 얹힌 채, 빛과 먼지로부터 안전한 컴컴하고 밀폐된 신전 속에서 오랫동안 보존되리라.

술라는 양손을 들고 자신의 어깨에 달린 진짜 머리에서 풀잎관을 벗겨 이마고의 가발 위에 얹었다. 이 덩굴은 놀라의 땅에서 처음 뜯기던 그 순간부터 이미 멍들고 짓밟혀 온통 너덜너덜한 흙투성이였다. 이 덩굴을 엮은 것은 솜씨 좋은 꽃장수의 섬섬옥수가 아니었다. 그것은 최고참 백인대장 마르쿠스 카눌레이우스의 손이었고, 그 손은 제멋대로 자란 덩굴로 훈련용 막대기를 만드는 데 더 익숙했다. 이제 7개월이 흘러 풀잎관은 시들었고 머리카락 같은 뿌리만 삐죽삐죽 튀어나와 있었으며 남은 이파리들은 말라비틀어져 있었다. 그러나 나의 아름다운 풀잎관, 너는 강하다. 술라는 풀잎관이 이마고의 얼굴과 머리 선에 잘 맞도록 매만져, 여자들의 머리장식처럼 살짝 이마에 닿도록 걸쳐놓았다. 그래, 너는 강인하다. 너는 이탈리아의 풀로 만들어졌고 로마 병사에 의해 만들어졌어. 너는 오래도록 견딜 것이다. 내가 견디는 것과 마찬가지로. 그리고 우리는 함께 가이우스 마리우스를 파멸로 이끌 것이다.

집정관 취임식 다음날, 술라의 요청으로 다시 원로원 회의가 열렸다. 신년 기념식 중간에 신임 원로원 최고참 의원도 임명되었다. 그는 루키우스 발레리우스 플라쿠스로, 마리우스가 여섯번째 집정관을 역임하다가 첫번째 뇌졸중으로 쓰러졌을 당시 사투르니누스가 활개치는 것을 속수무책 방관하고 있었던 마리우스의 허수아비나 다름없는 차석 집정관이었다. 모두가 만족하는 결과는 아니었으나, 최고참 의원 선정과 관련된 규정·규율·선례가 너무 까다로워서 모든 조건을 충족하는 인물이 플라쿠스 한 사람뿐이었다. 그는 파트리키인데다 그 또래 원로원 의원들의 우두머리였고 집정관과 감찰관을 역임했으며 어느 파트리키 의원보다도 섭정관으로 일한 경험이 많았다. 하지만 그가 지닌 품위와 위엄이 스카우루스의 빈자리를 제대로 채우리라 기대하는 사람은 아무도 없었고, 그것은 플라쿠스 본인도 마찬가지였다.

공식 회의가 열리기 전에 플라쿠스는 술라를 찾아와 소아시아 문제를 장황하게 늘어놓았다. 하지만 그의 설명은 뒤죽박죽이고 그의 문장은 너무 비논리적이라, 술라는 그를 단호히 물리치고 조점으로 전조를 살펴보기로 했다. 이제 조점관이 된 술라는 최고신관 아헤노바르부스와 함께 의식을 거행했다. 걱정스러운 일이 하나 더 있지, 하고 생각하며 술라는 한숨을 내쉬었다. 원로원의 상황이 형편없었던 것이다.

12월 초 로마로 돌아온 이래 술라는 친구 방문, 벨라브룸의 마기우스 앞에서 모델로 앉아 있기, 시시한 잡담, 지겨운 아내, 그리고 마리우스에게만 모든 시간을 쏟은 것이 아니었다. 그는 곧 집정관 직에 오르리라 예상하며 자신이 존경하거나 실력을 인정하는 기사들, 신임 수도 담당 법무관 마르쿠스 유니우스 브루투스처럼 전쟁 동안 로마에 남아 있었던 원로원 의원들, 4계급의 일원이자 교차로 클럽 관리인인 데쿠미우스 같은 인물들과 대화를 나누는 데 많은 시간을 할애했다.

그는 자리에서 일어나 자신이야말로, 루키우스 코르넬리우스 술라야말로 누구의 반대도 용납하지 않는 지도자임을 원로원에 보여주고자 했다.

"원로원 최고참 의원님, 그리고 의원 여러분, 저는 웅변가가 아닙니다." 그는 고관 의자 앞에 미동도 없이 선 채로 말했다. "그러니 저에게서 아주 훌륭한 연설을 기대할 수는 없을 것입니다. 대신 저는 있는 그대로의 사실을 말씀드리고, 문제 해결을 위해 제가 취할 조치를 간략히 알려드리겠습니다. 필요하다면 이 사안들을 마음껏 논의하십시오. 하지만 아직 전쟁이 만족스러운 수준으로 마무리되지 않았다는 사실을 잊지 마십시오. 그래서 저는 지나치게 오랫동안 로마에 머물고 싶지 않습니다. 또한 이 위엄 있는 원로원에서 허영심이나 사리사욕 때문에 저를 방해하는 의원들을 가차 없이 다룰 것임을 미리 경고합니다. 지금 우리는 마르쿠스 리비우스 드루수스가 죽기 전에 루키우스 마르키우스 필리푸스가 벌였던 그런 종류의 짓거리를 용납해줄 처지가 못 됩니다. 잘 듣고 있습니까, 루키우스 마르키우스?"

"내 귀는 활짝 열리다못해 쫑긋 세워져 있습니다, 루키우스 코르넬리우스." 필리푸스가 느릿느릿 대꾸했다.

다른 사람이었다면 촌철살인으로 필리푸스의 코를 납작하게 만들어주었을 테지만, 술라는 눈빛을 이용했다. 킥킥대는 소리가 들리면 그 옅은 빛깔의 눈동자는 좌우를 훑으며 범인을 수색했다. 말대꾸는 감히 상상도 할 수 없었고 웃음은 어색하게 뚝 끊어졌다. 모두들 몸을 앞으로 내밀고 그의 말을 경청할 수밖에 없었다.

"공공 분야와 민간 분야를 막론하고 현재 로마의 재정 상황이 얼마나 끔찍한 지경인지 모르는 사람은 없을 겁니다. 수도 담당 재무관들은 국고가 바닥났다고 보고했고, 국고 담당관들은 이탈리아 갈리아의 여러 기관과 개인에 대한 로마의 부채 액수를 보고했습니다. 그 액수는 은화 3천 탈렌툼이 넘고, 두 가지 이유에서 매일 불어나고 있습니다. 첫째 로마는 아직도 이러한 기관과 개인에게서 돈을 빌릴 수밖에 없는 형편이고, 둘째 원금과 이자를 못 갚는 상황에 미상환 이자에 대한 이자까지 붙고 있기 때문이죠. 기업들이 무너지고 있습니다. 민간 분야에서 돈을 빌려준 사람들은 원금도, 이자도, 이자에 대한 이자도 못 받는 실정이죠. 그리고 돈을 빌린 사람들은 더 형편이 어렵습니다."

술라의 눈은 생각에 잠긴 듯 폼페이우스 스트라보를 향했다. 그는 마리우스와 가까운 앞줄 오른편에 앉아 있었고, 별생각 없이 자신의 콧잔등을 바라보고 있는 듯했다. 술라의 눈빛은 회의장의 사람들에게 이렇게 말하고 있었다. 군사 활동중에 짬을 내어 로마의 재정 위기를 바로잡았어야 할 사람이 바로 여기 있다. 특히 본인의 수도 담당 법무관이 죽은 후에는 더더욱.

"그렇기 때문에 저는 파트리키와 평민이 모두 포함된 트리부스회에 코르넬리우스법 제정에 관한 원로원 포고를 내려줄 것을 요청하는 바입니다. 이 법에 따라 모든 채무자는 로마 시민 여부를 막론하고 단리법으로 계산된 이자만 내게 될 것입니다. 다시 말해, 돈을 빌릴 당시 양측이 동의한 이자율로 원금에 대한 이자만 내면 되는 것이죠. 복리법으로 계산된 이자의 지불을 금하고, 원래 계약보다 더 높은 이자율을 적용하는 것도 금할 것입니다."

웅성대는 소리가 들렸다. 특히 돈을 빌려준 사람들은 더 큰소리를 냈다. 하지만 술라에게서 뿜어나오는 보이지 않는 위협은 그 웅성거림을 억눌렀다. 그는 뿌리부터 의심의 여지가 없는 로마인이었다. 그에게는 마리우스를 닮은 의지가 있었다. 동시에 스카우루스를 닮은 분위기가 있었다. 그 누구도, 심지어 루키우스 카시우스조차도 아셀리오에게 했던 것처럼 술라를 처치할 생각을 감히 하지 못했다. 술라는 암살을 고려해볼 만한 대상이 아니었다.

"내전에는 승자가 없습니다." 술라는 차분하게 말을 이어나갔다. "우리가 지금 마무리하고 있는 전쟁은 내전입니다. 그 어떤 이탈리아인도 절대 로마인이 될 수는 없다는 것이 제 개인적인 소견입니다. 하지만 저는 이탈리아인을 로마인으로 받아들인다는 최근 제정된 법을 받아들일 만큼 성숙한 로마인이기도 합니다. 이번 전쟁에서는 전리품이 없을 것이고, 로마인에게 지급되는 보상만으로는 사투르누스 신전 바닥을 한 겹의 은화로 덮기에도 부족할 것입니다."

"세상에! 저딴 연설이 어디 있답니까?" 필리푸스는 다 들으라는 식으로 말했다.

"조용!" 마리우스가 으르렁거렸다.

"이탈리아의 국고는 우리 국고만큼이나 텅 비어 있습니다." 술라는 연단 아래에서 벌어지는 사소한 말다툼을 무시했다. "우리의 명부에 오를 새로운 시민들은 순수 로마인들만큼이나 빚이 많고 쪼들리는 형편입니다. 이럴 때일수록 새로운 출발점이 필요합니다. 부채를 전면 탕감하는 법을 제정하는 것은 상상도 할 수 없습니다. 그렇다고 채무자들이 빚에 쪼들리다가 죽도록 둘 수도 없죠. 다시 말해, 채무 관계에서 양측의 입장을 모두 고려하는 것이 공정하고 공평한 처사입니다. 제가 내놓은 코르넬리우스법이 바로 그 일을 해낼 것입니다."

"로마가 이탈리아 갈리아에 지고 있는 빚은 어떻게 됩니까?" 마리우스가 물었다. "거기에도 코르넬리우스법이 적용되는 겁니까?"

"물론 그렇습니다, 가이우스 마리우스." 술라는 기분좋게 말했다. "다들 알다시피 이탈리아 갈리아는 아주 부유합니다. 이탈리아 반도의 전쟁으로 인해 피해를 입지 않았고 오히려 큰돈을 벌었죠. 그러니 이탈리아 갈리아나 그곳 사업가들은 복리법으로 계산한 이자 정도는 포기할 수 있을 겁니다. 나이우스 폼페이우스 스트라보 덕분에 파두스 강 이남의 모든 이탈리아 갈리아 지역에는 로마 시민권이 주어졌고, 파두스 강이북의 주요 도시에는 라티움 시민권이 주어졌습니다. 그러니 이탈리아 갈리아 주민들도 다른 로마인과 라티움인들처럼 대우하는 것이 공평하다고 생각됩니다."

"이탈리아 갈리아에도 코르넬리우스법이 적용된다는 소리를 들으면, 그들이 기꺼이 폼페이우스 스트라보의 피호민을 자처하지는 않을 거요." 술피키우스가 미소를 띠며 안티스티우스에게 속삭였다.

하지만 원로원에서는 찬성의 소리가 터져나왔다.

"훌륭한 법안을 제안하셨습니다, 루키우스 코르넬리우스." 마리우스 유니우스 브루투스가 난데없이 입을 열었다. "하지만 그것만으로는 불충분합니다. 불가피하게 소송을 해야 하지만 소송의 한쪽 혹은 양쪽 당사자가 수도 담당 법무관에게 공탁금으로 지불할 돈이 없는 경우에는 어떻게 합니까? 파산 법정은 문을 닫았지만, 번거로운 정식 공판을 생략하고 수도 담당 법무관이 판결 권한을 갖는 경우가 많습니다. 그럴 때 해당 금액을 수도 담당 법무관에게 공탁해야 합니다. 현행법상 해당 금액을 공탁하지 않으면 수도 담당 법무관은 증언을 들을 수도, 판결을 내릴 수도 없습니다. 이런 상황을 고려해 채무에 한해 공탁금 예치를 면제해주는 두번째 코르넬리우스법을 제안하는 바입니다."

술라는 손뼉을 치며 웃음을 터뜨렸다. "내가 듣고 싶었던 말이 바로 그겁니다, 수도 담당 법무관! 복잡한 문제를 위한 현명한 해결책 말이죠! 수도 담당 법무관의 재량으로 공탁금을 면제해주는 법을 제정합시다!"

"그렇게까지 할 생각이라면 아예 파산 법정을 다시 열지 그러십니까?" 부채 상환에 관한 법이라면 종류를 가리지 않고 두려워하는 필리푸스가 물었다. 그는 늘 빚이 많았고 빚을 안 갚기로 유명했다.

"두 가지 이유 때문에 그럴 수 없습니다, 루키우스 마르키우스." 술라는 필리푸스의 발언을 빈정대는 말이 아니라 진지한 질문으로 받아들이며 답했다. "첫째, 우리에게는 파산 법정의 운영을 담당할 정무관이 부족하고, 원로원 의원들의 숫자가 많이 줄어들어 특별 재판관으로 임명할 사람을 찾기 어렵습니다. 특별 재판관은 법무관에 준하는 법 지식을 갖추고 있어야 하니까요. 둘째, 파산은 민사상의 절차로, 파산 법정의 특별 재판관은 순전히 수도 담당 법무관의 재량으로 임명됩니다. 그러니 다시 첫번째 문제로 돌아가게 되는 것이죠, 안 그런가요? 형사 재판소를 책임질 사람도 부족한데, 그보다 융통성과 자유재량이 더 많이 요구되는 민사소송을 누구에게 맡기겠습니까?"

"아주 간단명료한 답이군요! 고맙습니다, 루키우스 코르넬리우스." 필리푸스가 말했다.

"그런 말씀 마십시오, 루키우스 마르키우스. 그러니까 아예 말을 말란 말입니다. 두 번 다시는. 알겠소?"

물론 추가적인 논의가 이어졌다. 술라는 자신의 제안이 아무런 반대 없이 받아들여지리라 예상하지 않았다. 하지만 원로원 내의 사채업자들도 대대적인 반대 목소리를 내지는 않았다. 빌려준 돈을 조금이라도 받는 것이 전혀 못 받는 것보다는 나았고, 술라는 이자를 전면 금지하지도 않았기 때문이다.

"표결에 들어가겠습니다." 술라가 말했다. 이제 충분한 논의가 이루어진 듯했고 더는 시간을 낭비하고 싶지 않았다.

투표 결과, 술라의 제안에 찬성하는 쪽이 압도적으로 우세했다. 원로원은 술라가 내놓은 두 가지 새로운 법을 트리부스회에 권고하는 원로원 포고를 준비했다. 트리부스회에서는 파트리키 출신인 집정관이 직접 법안을 상정할 수 있었다.

뒤이어 정치 활동보다는 민물장어 양식으로 더 유명한 법무관 루키우스 리키니우스 무레나가, 퀸투스 바리우스 시절에 바리우스 특별위원회를 통해 추방된 사람들을 불러들이자는 법안을 내놓았다.

"이탈리아인 절반에게 시민권을 주고 있는데, 정작 이러한 시민권 허용을 지지했던 사람들은 아직도 시민권을 되찾지 못한 상태입니다!" 무레나는 열정적으로 외쳤다. "그들을 다시 불러들일 때입니다. 그들은 우리에게 꼭 필요한 로마인들입니다!"

푸블리우스 술피키우스가 호민관석에서 벌떡 일어나 집정관석을 향했다. "발언해도 되겠습니까, 루키우스 코르넬리우스?"

"발언하시오, 푸블리우스 술피키우스."

"저는 마르쿠스 리비우스 드루수스와 절친한 사이였지만 이탈리아인에게 참정권을 주자는 그의 의견에는 동의한 적이 없습니다. 하지만 퀸투스 바리우스의 법정 운영 방식에 대해서는 개탄하는 입장이었죠. 우리는 얼마나 많은 사람들이 순전히 개인적인 원한으로 그에게 희생당했는지 자문해봐야 합니다. 하지만 그의 법정이 합법적으로 개설되었고 적법절차에 따라 운영되었다는 점은 엄연한 사실입니다. 그 법정은 지금도 운영되고 있는데, 그 운영 방식은 이전과 정반대입니다. 지금도 열려 있는 유일한 법정이죠. 그렇기 때문에 우리는 그 법정이 합법적으로 구성된 기관임을 인정하고 그곳에서의 판결을 존중해야 합니다. 그러므로 누구든지 바리우스 특별위원회의 판결로 추방된 사람을 소환하려 한다면 저는 거부권을 행사할 것입니다." 술피키우스가 말했다.

"저도 마찬가지입니다." 안티스티우스가 말했다.

"자리에 앉으십시오, 루키우스 리키니우스 무레나." 술라가 부드럽게 말했다.

무레나는 무안해져서 자리에 앉았다. 집정관 술라가 주관하는 첫번째 원로원 공식 회의는 그렇게 끝났다.

술라가 회의장을 나가려 할 때 폼페이우스 스트라보가 그를 잡았다.

"개인적으로 할말이 있소, 루키우스 코르넬리우스."

"좋소." 술라는 어떻게든 대화를 길게 끌고 싶어 기분좋게 말했다. 마리우스가 밖에서 자신을 기다리고 있었는데, 그와는 별로 말을 섞고 싶지 않았던 것이다. 하지만 마리우스를 피하려면 그럴싸한 핑계가 필요했다.

"로마의 재정 문제를 적절히 해결하고 나면 곧바로 각 전장의 지휘관을 결정해야겠지요." 폼페이우스 스트라보는 특유의 단조로우면서 위협적인 어조로 말했다.

"그렇소, 나이우스 폼페이우스. 그것도 처리할 생각이오." 술라는 순순히 답했다. "원칙을 따진다면 어제 속주 총독을 결정하는 자리에서 그 문제를 논의했어야 했소. 하지만 오늘 연설에서도 말했다시피 나는 이 전쟁을 내전으로 간주하기 때문에 전장 지휘권도 일반 회의에서 논의하는 편이 낫다고 생각했소."

"오, 물론 그렇겠지요. 잘 알겠소." 폼페이우스 스트라보는 자신의 바보 같은 질문을 창피해하기보다는 공식 절차를 전혀 모르는 사람처럼 말했다.

"그런데 왜 그러시오?" 술라는 어린 카이사르의 부축을 받아 다리를 끌며 떠나는 마리우스를 곁눈질하며 정중히 물었다. 소년은 아주 오랫동안 문밖에서 끈기 있게 기다린 것이 분명했다.

"재작년에 푸블리우스 술피키우스가 이탈리아 갈리아에서 데려온 군대와 섹스투스 율리우스가 아프리카에서 데려온 군대까지 합치면 나에게는 총 10개 군단이 있소." 폼페이우스 스트라보가 말했다. "루키우스 코르넬리우스, 당신도 비슷한 상황이라 잘 알고 있겠지만 내 병사들은 지난 1년간 급여를 받지 못했소."

술라의 입꼬리가 아래로 처지며 유감스럽다는 미소가 떠올랐다. "무슨 말인지 잘 알고 있습니다, 나이우스 폼페이우스!"

"지금까지 어느 정도는 내가 그 빚을 청산했어요, 루키우스 코르넬리우스. 병사들은 아스쿨룸 피켄툼에서 가구부터 동전에 이르기까지 모든 것을 챙겼소. 옷, 여성용 장신구, 프리아포스 신상의 등잔 같은 사소한 물건까지 전부. 줄 만한 게 있으면 다 주니까 평소처럼 좋아했소. 전부 잡동사니였지만 일반 병사들은 그걸로 만족하죠. 그런 방식으로 어느 정도 빚을 청산했다고 할 수 있소." 그는 잠시 멈추더니 말을 이어나갔다. "하지만 이 문제는 다른 의미에서 나와 직접적인 관련이 있어요."

"무슨 말입니까?"

"10개 군단 중 4개는 내 소유요. 북부 피케눔과 남부 움브리아의 내 토지에서 온 사람들로 구성된 군단이고, 그들은 전부 내 피호민이란 말이지. 그렇기 때문에 그들은 로마로부터 급여를 지급받으리라는 기대를 전혀 안 하고 있어요. 뭐든 떨어진 것을 줍는 것으로 만족할 뿐이니까."

술라는 집중하는 모습을 보였다. "계속해보시오!"

"솔직히 나는 지금 상태에 꽤나 만족하고 있습니다." 폼페이우스 스트라보는 커다란 오른손으로 턱을 문지르며 생각에 빠진 듯 말했다. "다만 이제는 내가 집정관이 아니니 바뀌어야 할 부분이 조금 있어요."

"이를테면 어떤 부분 말입니까, 나이우스 폼페이우스?"

"무엇보다 나에게는 집정관급 임페리움이 필요해요. 또한 북부 전장의 지휘권도 필요하지." 턱을 어루만지던 손은 이제 큰 원을 그렸다. "나머지는 전부 당신이 가져가도 좋습니다, 루키우스 코르넬리우스. 어차피 내게는 필요 없으니까. 나는 그저 사랑스러운 로마 세계의 일부를 소유하는 것으로 만족해요. 피케눔과 움브리아 말이지."

"그에 대한 대가로 10개 중 4개 군단의 급여 명세서를 국고위원회에 발송하지 않고 나머지 6개 군단에 대한 급여만 청구하겠다는 거요?"

"모든 내용을 정확히 꿰뚫고 있군요, 루키우스 코르넬리우스."

술라는 손을 내밀었다. "그렇게 하겠소, 나이우스 폼페이우스! 로마가 10개 군단 전체의 급여를 떠맡지 않아도 된다면 사투르니누스한테라도 피케눔과 움브리아를 넘길 거요."

"오, 사투르니누스 집안이 피케눔 출신이기는 하지만 그건 안 될 말이지! 나는 그자보다 그 지역을 훨씬 더 잘 돌볼 겁니다."

"그러리라 믿소, 나이우스 폼페이우스."

이리하여 이탈리아와의 전쟁을 마무리하기 위한 지휘권을 분배하는 시간이 왔을 때, 폼페이우스 스트라보는 풀잎관을 수여받은 집정관의 반대 없이 원하는 것을 손에 넣었다. 실은 그 누구도 반대하지 않았다. 술라의 적극적인 물밑 작업 덕분이었다. 폼페이우스 스트라보는 술라와 동류의 인간이 아니었으나(그에게는 섬세하고 세련된 면이 전혀 없었다) 궁지에 몰린 곰처럼 포악하고 동방의 군주처럼 무자비하기로 유명했다. 실제로 두 사람은 놀랍도록 닮아 있었다. 아스쿨룸 피켄툼에서의 그의 처사는 놀랍고도 예상치 못한 경로를 통해 로마로 전해졌다. 마르쿠스 툴리우스 키케로라는 이름의 열여덟 살 수습군관이 살아 있는 자신의 두 스승 중 한 사람인 퀸투스 무키우스 스카이볼라에게 편지로 그 소식을 전했고, 스카이볼라는 가만히 입을 다물고 있지 않았던 것이다. 물론 그가 이 소식을 열심히 퍼뜨리고 다닌 이유는, 폼페이우스 스트라보의 잔악무도한 행동 때문이라기보다도 편지에 드러난 뛰어난 문학성 때문이었다.

스카이볼라는 그 편지의 문체에 대해서는 "아주 훌륭해!"라는 평가를 내렸고, 그 편지의 내용에 대해서는 "그렇게 잔인하고 지독한 도살자에게 달리 무엇을 기대할 수 있겠나?"라는 평가를 내렸다.

남부 전장의 총지휘권은 여전히 술라에게 남아 있었지만 실질적인 남부 전장 지휘는 새끼 똥돼지 메텔루스 피우스의 몫으로 돌아갔다. 가이우스 코스코니우스는 작은 부상을 입은 것이 패혈증으로 번져 퇴역했다. 새끼 똥돼지의 보좌관으로는 이제 재무관으로 선출된 마메르쿠스 아이밀리우스 레피두스 리비아누스가 임명되었다. 푸블리우스 가비니우스는 죽었고 그의 동생 아울루스는 나이가 너무 어렸으므로 루카니아의 지휘권은 나이우스 파피리우스 카르보에게 넘어갔다. 이는 전반적으로 탁월한 선택이라고 평가되었다.

이러한 논의가 진행되던 중(로마의 승리가 확실시되었으므로 논의는 한결 유쾌해졌다) 최고신관 아헤노바르부스가 사망했다. 이로 인해 원로원과 민회 활동이 전면 중단되었다. 원로원에서는 로마의 국고보다 더 많은 재산을 가진 사람의 국장을 치르기 위한 자금을 마련해야만 했다. 집정관의 고관 의자에 앉으면서부터 로마의 재정을 책임져야 하는 입장인 술라는 씁쓸한 분노를 느끼며 아헤노바르부스의 뒤를 이을 최고신관과 대신관 선거를 진행했다. 돈이 필요하지도 않은 사람을 위해 큰돈을 마련해야 하는 점에 특히 화가 났다. 게다가 최고신관 아헤노바르부스가 아니었더라면 애초에 선거 비용이 들지도 않았을 터였다. 호민관 시절에 도미티우스 신관선출법을 제정해 대신관과 조점관 선출 방식을 기존의 내부 협의에서 외부 선거 형태로 바꿔놓은 주인공이 바로 그였던 것이다. 이미 대신관 직을 맡고 있던 퀸투스 무키우스 스카이볼라가 신임 최고신관으로 선출되었기 때문에, 죽은 아헤노바르부스의 대신관 직은 새끼 똥돼지 퀸투스 카이킬리우스 메텔루스 피우스에게 돌아갔다. 술라는 적어도 그 점에 있어서는 정의가 실현되었다고 생각했다. 똥돼지 메텔루스의 사망 이후 그의 대신관 직은 선거를 통해 젊은 가이우스 아우렐리우스 코타에게 넘어갔으니까. 세습되는 직위에 대한 한 가문의 권리가 선거제도로 인해 박살날 수 있음을 보여주는 좋은 예였다.

장례식이 끝나고 원로원과 민회 활동이 재개되었다. 폼페이우스 스트라보는 포플리콜라와 다마시푸스를 자신의 보좌관으로 요청해 승인을 받았다. 그의 보좌관이었던 나이우스 옥타비우스 루소는 로마에 남아 일하겠다고 밝혔다. 모두들 그가 연말에 집정관 선거에 출마할 작정이라고 받아들였다. 킨나와 코르누투스는 계속 마르시족의 땅에서 싸우게 되었고, 술피키우스 갈바도 기존에 머무르던 지역에서 마루키니족, 베스티니족, 파일리그니족을 상대하게 되었다.

"전반적으로 봤을 때 잘 정리된 것 같소." 술라는 동료 집정관인 폼페이우스 루푸스에게 말했다.

두 사람은 코르넬리아 술라의 두번째 임신을 축하하기 위해 폼페이우스 루푸스 저택에서 만났다. 술라는 임신 소식을 접하고 아일리아나 폼페이우스 루푸스 집안사람들처럼 큰 기쁨에 빠지지는 않았다. 하지만 이제 손녀와 눈을 마주치는 등 가족으로서의 의무를 이행할 수밖에 없는 입장이었다. 그의 손녀는(친할아버지이자 술라의 동료 집정관인 폼페이우스 루푸스에 따르면) 세상에서 가장 절묘한 아름다움을 타고난 아기였다.

생후 5개월이 지난 폼페이아의 아름다움은 술라도 인정할 수밖에 없었다. 짙은 붉은빛 곱슬머리는 숱이 많았고, 검은 눈썹과 속눈썹은 어찌나 길고 풍성한지 부채 같았으며, 커다란 눈은 늪을 연상시키는 녹색이었다. 피부는 크림처럼 보드라웠고, 입술은 붉고 앙증맞은 곡선을 그렸으며, 웃을 때면 장밋빛 볼 한쪽에만 보조개가 들어갔다. 술라는 아기에 대해 잘 몰랐지만, 그가 보기에 폼페이아는 눈앞에서 무언가 화려한 것이 반짝거릴 때만 반응을 보이는 아둔하고 멍청한 아이 같았다. 술라는 마음속으로 히죽대며 '벌써 싹수가 보이는군'이라고 생각했다.

딸이 행복하다는 사실만은 분명해 보였다. 술라는 어쩐지 기분이 좋아졌다. 딸을 마음 깊이 사랑하지는 않았지만 속을 썩이지 않을 때는 나름대로 딸에게 애정을 느꼈다. 특히 어떤 표정이 스칠 때나 눈을 치켜뜰 때면 딸의 얼굴에 죽은 남동생의 흔적이 보였다. 그럴 때면 술라는 그 남동생이 누나를 진심으로 사랑했다는 사실을 떠올렸다. 인생은 얼마나 불공평한가! 어째서 쓸모없는 계집아이 코르넬리아 술라는 건강하게 자라 꽃을 피우고, 어린 술라는 피지도 못한 채 저버렸단 말인가? 반대로 되었어야 했다. 이 세상의 질서가 바로잡혀 있다면 마땅히 가장에게 선택권이 주어져야 했다.

그는 게르만족과 함께 지낼 때 태어난 두 아들을 기억 속에서 끄집어내지 않았고, 그 아이들을 율릴라가 낳은 사랑하는 죽은 아들을 대신할 수 있는 존재로 여기지도 않았다. 그들은 로마인이 아니었고 그들의 어머니는 야만인인 까닭이었다. 어린 술라는 늘 그에게 채워지지 않는 빈자리로 남아 있었다. 하지만 정작 그의 눈앞에 있는 것은, 어린 술라를 살려내기 위해서라면 죽여도 아쉬울 것이 없는 딸아이였다.

"모든 일이 이렇게 잘 해결되다니 정말 기뻐요." 아일리아는 하인도 없이 술라와 단둘이 집으로 돌아가는 길에 말했다.

술라는 그때까지도 아들을 데려가고 쓸모없는 딸만 남겨놓은 인생의 불공평함을 곱씹고 있었다. 그러므로 아일리아가 내뱉은 말은 안타깝게도 최악 중에서도 최악이었다.

그는 독기를 품고 획 뒤돌아섰다. "지금 당장 당신과 이혼하겠소!" 뱀처럼 위협적인 목소리였다.

그녀는 발길을 멈췄다. "오, 루키우스 코르넬리우스. 제발 다시 생각해보세요!" 그녀는 청천벽력 같은 말에 놀라 애원했다.

"머물 곳을 알아보시오. 당신은 이제 내 집 사람이 아니니까." 술라는 포룸 로마눔 쪽으로 가버렸고, 아일리아는 빅토리아 언덕길에 덩그러니 혼자 남겨졌다.

충격에 빠져 있다가 가까스로 정신을 차린 아일리아도 발길을 옮겼다. 하지만 포룸 로마눔 방향이 아니라 폼페이우스 루푸스 저택으로 되돌아갔다.

"내 딸을 좀 볼 수 있겠나?" 그녀는 문지기 하인에게 물었다. 하인은 어리둥절한 표정이었다. 바로 조금 전 만족감에 흠뻑 젖어 떠나는 사랑스러운 여성을 배웅했는데, 지금 그녀는 당장에라도 죽을 듯 잿빛 안색이었다.

문지기 하인이 주인어른도 모셔 올지 묻자, 그녀는 코르넬리아 술라의 응접실에서 딸과 단둘이 이야기를 나누고 싶다고 했다.

"무슨 일이에요, 엄마?" 코르넬리아 술라는 문 쪽으로 다가오면서 가볍게 물었다. 하지만 어머니의 참담한 얼굴을 보고는 멈칫하더니 다시 물었다. 좀 전과는 확 달라진 목소리였다. "무슨 일이에요, 엄마? 오, 대체 무슨 일이죠?"

"네 아버지가 이혼하자는구나." 아일리아는 멍하니 대답했다. "나는 이제 그 집 사람이 아니라고 해서 집으로 못 가고 있단다. 그 말은 진심이었어."

"엄마! 어째서요? 언제요? 어디서요?"

"지금 막. 길에서."

코르넬리아 술라는 의붓어머니 옆에 맥없이 주저앉았다. 깡마르고 늘 불평만 늘어놓고 자식보다는 포도주잔과 더 가까웠던 친어머니의 희미한 기억을 제외하면, 아일리아는 그녀가 아는 유일한 어머니였다. 물론 마르키아 외할머니와 2년을 함께 지내기도 했지만 외할머니는 손주들에게 어머니가 되어주지 않았고 늘 사랑 없이 엄한 모습만 보였다. 그렇기 때문에 어린 술라와 코르넬리아 술라는 아일리아가 오면서부터 그녀를 어머니처럼 사랑하고 따르게 되었다.

아일리아의 차가운 손을 붙든 채 코르넬리아 술라는 소용돌이를 닮은 아버지의 마음을, 두려울 정도로 빠른 감정 변화를, 화산의 용암처럼 터져나오는 폭력을, 인간의 심장으로는 절대 감당할 수 없는 차가움을 떠올렸다. "오, 그 인간은 괴물이에요!" 그의 딸은 이를 갈며 말했다.

"아니야." 아일리아는 지친 목소리였다. "그저 한순간도 행복한 적이 없었던 남자일 뿐이지. 그는 자신이 누구인지, 무엇을 원하는지 몰라. 어쩌면 알고는 있지만 자신의 진짜 모습을 취하거나 원하는 것을 가질 마음이 없는 건지도 모르지. 결국 이렇게 이혼당할 줄 알았단다. 하지만 적어도 네 아버지가 미리 경고를 해줄 거라 생각했어. 태도가 바뀐다든지…… 아니면 다른 방식으로든 말이야! 그는 시작하기도 전에 이미 나와 끝난 상태였어. 그래도 시간이 흐르면서 나는 희망을 품었단다. 이제 다 상관없어. 어쨌든 내 예상보다 훨씬 오래갔으니까."

"차라리 우세요, 엄마! 그럼 기분이 나아질 거예요."

하지만 아일리아는 쓸쓸한 미소를 지었다. "아니, 됐어. 우리 아들이 죽은 뒤에 나는 충분히 울었어. 그때 네 아버지도 함께 죽어버렸단다."

"엄마에게 아무것도 주지 않을 거예요. 내가 잘 알아요! 수전노 같은 인간이니까요. 한푼도 주지 않을 거예요."

"그래, 그건 나도 알고 있어."

"하지만 지참금이 있잖아요."

"그것도 옛날에 네 아버지께 드렸단다."

코르넬리아 술라는 위엄 있는 태도로 허리를 곧추세웠다. "저와 함께 살아요, 엄마. 전 엄마를 버리지 않을 거예요. 퀸투스 폼페이우스도 이해할 거예요."

"아니야, 코르넬리아. 한 집안에 여자가 둘이면 곤란해. 게다가 이 집에는 네 시어머니도 살고 계시잖니. 아주 상냥하신 분이지. 널 많이 아끼기도 하고. 하지만 이 집안에 세번째 여자를 들이는 것을 반기지는 않으실 거야."

"그러면 어떻게 하시려고요?" 젊은 여인이 소리쳤다.

"네 응접실에서 오늘밤을 보내면서 내일 어떻게 할지 생각해보마." 아일리아는 침착하게 말했다. "네 시아버지께는 아직 비밀로 해주렴. 알다시피 그분 입장이 아주 난처해질 테니까. 꼭 필요하다면 네 남편에게만 말을 해줘. 또 루키우스 코르넬리우스에게 내가 어디에 머무는지 편지를 보내야 해. 사람을 시켜서 그 편지를 곧장 전달해줄 수 있겠니?"

"물론이에요, 엄마." 여느 딸 같으면 내일 아침엔 아버지가 마음을 바꿀 것이라는 위로를 덧붙였겠지만, 술라의 딸은 달랐다. 그녀는 자신의 아버지를 잘 알고 있었다.

새벽이 밝자 술라의 답장이 도착했다. 아일리아는 손도 떨지 않고 봉인을 뜯었다.

"뭐라고 적혀 있어요?" 코르넬리아 술라가 긴장한 목소리로 물었다.

"내가 불임이라서 이혼한다는구나."

"오, 엄마, 너무 불공평해요! 아버지는 불임이기 때문에 엄마를 선택한 거잖아요!"

"코르넬리아, 너도 알겠지만 그는 아주 똑똑해." 아일리아의 목소리엔 감탄이 섞여 있었다. "그런 이유로 이혼을 요구했으니 나는 법적으로 아무것도 요구할 수 없게 됐다. 지참금을 돌려달라고 할 수도 없고 연금을 요구할 수도 없단다. 나는 그와 12년간 결혼생활을 했어. 결혼할 당시에는 아이를 낳을 수 있는 나이였지. 하지만 나는 첫 남편과도 아이가 생기지 않았고 네 아버지와도 아이가 안 생겼어. 법정에서도 내 편을 들어주지 않을 거야."

"그렇다면 저랑 같이 살아요." 코르넬리아 술라는 단단히 결심한 듯했다. "어젯밤에 퀸투스 폼페이우스에게 무슨 일이 있었는지 다 말했어요. 그이는 엄마가 여기에 사셔도 된다고 했어요. 엄마가 이렇게 착한 분이 아니었더라면 어려웠겠죠. 하지만 다 괜찮을 거예요. 전 확신해요!"

"네 남편이 불쌍하구나!" 아일리아는 웃으며 말했다. "남편 입장에서 달리 무슨 말을 할 수 있겠니? 그 사람 아버님이 이 소식을 들으면 또 뭐라고 하시겠니? 그 부자는 둘 다 선하고 너그러운 사람들이야. 하지만 난 내가 해야 할 일을 알고 있단다, 코르넬리아. 그게 최선의 선택이야."

"엄마! 설마 그런 생각을······."

아일리아는 힘겨운 미소를 지었다. "아니야, 그런 짓은 하지 않을 거야, 코르넬리아! 내가 그런 짓을 하면 너는 여생 동안 고통에 시달릴 거잖니! 난 네가 아주 멋진 인생을 살기를 원한단다, 사랑하는 딸아." 그녀는 허리를 바로 세우고 결의에 찬 표정을 지었다. "네 외할머니 마르키아에게로 갈 거란다. 쿠마이로 말이지."

"외할머니요? 안 돼요, 그분이 얼마나 까다롭다고요!"

"그렇지 않아! 지난여름 그분과 3개월을 함께 지내면서 정말 즐거웠단다. 요즘에는 자주 내게 편지를 보내시는데, 외로워서 그러시는 거야, 코르넬리아. 나이 예순일곱에 완전히 혼자 버려지는 것을 두려워하고 계셔. 죽을 때 곁에 노예들밖에 없다면 정말 끔찍한 운명이지. 섹스투스 율리우스는 그분을 자주 찾아뵙지도 않았지만, 그가 죽었을 때 그분은 정말 가슴 아파하셨어. 남은 아들인 가이우스 율리우스도 벌써 네다섯 해나 그분을 찾아뵙지 않았고, 며느리인 아우렐리아나 클라우디아와도 서먹하단다. 손주들도 마찬가지고."

"제 말이 그거예요, 엄마. 외할머니는 늘 짜증만 내고 심기가 불편해요. 제가 다 알아요! 엄마가 오시기 전까지 우리를 돌보셨거든요."

"솔직히 말하자면 그분과 나는 아주 사이좋게 지냈단다. 늘 사이가 좋았어. 네 아버지와 결혼하기 오래전부터 친구 사이였으니까. 네 아버지에게 적당한 신붓감으로 나를 추천한 것도 네 외할머니란다. 그러니 네 외할머니는 내게 빚을 하나 진 셈이지. 그곳으로 간다면 나는 꼭 필요한 사람이 되어 도움이 되는 일을 할 수 있을 거야. 또한 그분께 빚을 지는 것도 아니고 말이지. 이혼으로 인한 충격을 극복한 이후에는 네 외할머니와 여생을 즐기며 살 수 있을 거야." 아일리아는 단호하게 말했다.

아무것도 안 들어 있는 듯 보이던 주머니에서 갑자기 튀어나온 이 완벽한 해결책에 대해 집정관 폼페이우스 루푸스와 그의 가족은 진심으로 감사했다. 아일리아가 그 집에 평생 머물더라도 딱히 반대하는 사람은 없었을 테지만, 이제는 진정 기쁜 마음으로 임시 거처를 제공할 수 있게 된 것이다.

"루키우스 코르넬리우스를 이해할 수가 없군요!" 다음날 집정관 폼페이우스 루푸스는 아일리아에게 말했다. "그를 만났을 때 이혼 이야기를 꺼내려고 했어요. 사부인이 왜 여기에 머물고 있는지 설명이라도 해줘야 하니까요. 그런데 그가…… 그가 얼마나 무시무시한 표정을 짓던지! 전 그 자리에서 얼어붙었어요! 말 그대로 얼어붙었죠. 끔찍했어요! 그를 충분히 안다고 생각했는데 말이죠. 문제는 제가 공직을 맡고 있는 만큼 그와 원만한 관계를 유지해야 한다는 거예요. 힘을 모아 일하겠다고 유권자들에게 약속했는데, 이제 와서 그 약속을 저버릴 수는 없으니까요."

"물론 그래서는 안 되지요." 아일리아는 따뜻하게 말했다. "퀸투스 폼페이우스, 저는 사돈어른과 루키우스 코르넬리우스의 사이가 멀어지는 것을 원하지 않아요. 진심이에요! 부부간의 일은 지극히 개인적인 문제라, 두 사람이 눈에 띄는 이유도 없이 이혼을 하면 외부인의 입장에서는 당연히 이해하기가 힘들어요. 하지만 이유는 늘 있는 법이고, 게다가 충분히 납득할 만한 이유들이죠. 누가 알겠어요? 루키우스 코르넬리우스는 진심으로 아이를 원하는 것일지도 몰라요. 하나뿐인 아들이 죽었고 이제 후계자도 없으니까요. 사돈어른도 아시겠지만 그에게는 재산이 많이 없으니 지참금 문제도 이해한답니다. 저는 괜찮을 거예요. 사람을 시켜 쿠마이로 편지를 보내고 마르키아의 답장을 기다린다면 앞으로 어떻게 해야 할지 답이 나올 거예요."

폼페이우스 루푸스는 땅만 쳐다보고 있었다. 그의 얼굴은 머리카락보다 더 붉은색이었다. "루키우스 코르넬리우스가 옷가지와 물건을 보내왔어요, 아일리아. 정말 유감입니다."

"아니에요, 좋은 소식이네요!" 아일리아는 침착함을 잃지 않았다. "그가 내 물건을 다 버린 게 아닐까 걱정하고 있었거든요."

"로마인들이 다 쑥덕거리고 있어요."

그녀는 고개를 들어 그와 눈을 마주쳤다. "무엇에 대해서요?"

"이 이혼에 대해서요. 그가 사부인에게 얼마나 잔인한 짓을 했는지 말입니다. 반응이 좋지 않더군요." 폼페이우스 루푸스는 목청을 가다듬었다. "사부인은 로마에서 가장 사랑받고 존경받는 여성 중 한 명이니까요. 돈 한푼 없는 사부인의 처지를 비롯해서 모든 이야기가 전해지고 있어요. 그는 오늘 아침 포룸 로마눔에서 엄청난 비난과 야유를 받았답니다."

"오, 불쌍한 루키우스 코르넬리우스!" 그녀는 슬프게 말했다. "기분이 많이 상했겠어요."

"그랬을지도 모르겠지만 겉으로 드러내지는 않더군요. 마치 아무 일도 없다는 듯 지나갔어요." 폼페이우스 루푸스는 한숨을 내쉬었다. "어째서죠, 아일리아? 어째서?" 그는 고개를 가로저었다. "그렇게 오랜 시간이 흘렀는데, 이건 말이 안 돼요! 또 아들을 얻고 싶었다면 왜 어린 술라가 죽은 직후에 이혼을 요구하지 않았을까요? 그게 벌써 3년 전인데."

폼페이우스 루푸스의 의문에 대한 답은, 쿠마이로 건너오라는 마르키아의 편지가 도착하기도 전에 아일리아의 귀에 전해졌다. 그 소식을 가져온 사람은 사위 폼페이우스 루푸스였다. 그는 숨이 턱까지 차서 말을 하기도 힘들 지경이었다.

"무슨 일인가?" 코르넬리아 술라가 가만히 있자 아일리아가 먼저 물었다.

"루키우스…… 코르넬리우스! 장인어른이…… 죽은 스카우루스의 부인과 결혼했어요!"

코르넬리아 술라는 놀라지 않았다. "그렇다면 엄마에게 지참금을 돌려줄 수 있겠군요." 그녀는 매몰차게 말했다. "그 여자는 크로이소스 왕만큼이나 부자니까요."

젊은 폼페이우스 루푸스는 물 한 잔을 받아 들이켜더니 이번에는 더 차근차근 상황을 설명했다. "오늘 오전에 결혼식을 치렀어요. 퀸투스 메텔루스 피우스와 마메르쿠스 레피두스 리비아누스 외에는 아무도 몰랐답니다. 그 두 사람이야 알 수밖에 없었겠죠! 퀸투스 메텔루스는 신부의 사촌이고, 마메르쿠스 레피두스는 마르쿠스 아이밀리우스의 유언장 집행인이니까요."

"그 여자 이름이 뭐였더라, 도무지 기억이 안 나네!" 아일리아는 넋을 잃고 말했다.

"카이킬리아 메텔라 달마티카요. 하지만 모두들 그냥 달마티카라고 부른다더군요. 소문을 들으니 몇 년 전에, 그러니까 사투르니누스가 죽은 지 얼마 지나지 않았을 때 달마티카가 루키우스 코르넬리우스에게 반해 바보 같은 짓을 했다더군요. 자기 얼굴은 물론 마르쿠스 아이밀리우스의 얼굴에 먹칠을 했죠. 루키우스 코르넬리우스는 당시 그녀를 거들떠보지도 않았다고 해요. 결국 남편은 그녀를 철저히 감금했고, 이후 그녀를 본 사람은 아무도 없다더군요."

"그래, 그 일이라면 나도 잘 기억하고 있어." 아일리아가 말했다. "그 여자의 이름을 잊고 있었을 뿐이지. 루키우스 코르넬리우스가 나에게 그 이야기를 직접 한 건 아니라네. 하지만 마르쿠스 아이밀리우스가 그녀를 감금하기 전까지 나는 루키우스 코르넬리우스가 집에 있을 때 집 밖으로 나갈 수도 없었어. 그는 자신이 결백함을 마르쿠스 아이밀리우스에게 증명하려고 애를 썼지." 아일리아는 한숨을 쉬었다. "그렇다고 상황이 달라지지도 않았어. 마르쿠스 아이밀리우스는 미리 손을 써서 그이가 법무관 선거에서 낙선하도록 했으니까."

"그 여자는 아버지로부터 아무런 기쁨도 얻지 못할 거예요." 코르넬리아 술라는 냉혹하게 말했다. "그 어떤 여자도 아버지로부터 기쁨을 얻지 못했어요."

"그런 말을 하면 안 돼, 코르넬리아!"

"오, 엄마, 전 이제 어린애가 아니에요! 아이까지 낳은 몸인 걸요! 전 엄마처럼 아버지를 사랑하지 않기 때문에 엄마보다 아버지를 더 잘 알아요. 전 아버지의 피를 물려받았어요. 그 생각만 하면 소름이 끼칠 지경이에요! 아버지는 괴물이에요. 여자들은 아버지에게서 최악의 모습을 이끌어내죠. 저를 낳아주신 어머니는 자살을 했어요. 그 누구도 어머니의 자살 원인이 아버지가 아니라고 절 설득할 순 없을 거예요!"

"그건 모르는 일이오, 코르넬리아. 그렇게 생각하지 말아요!" 젊은 폼페이우스 루푸스는 단호하게 말했다.

아일리아는 갑자기 놀란 표정을 지었다. "참 신기한 일이지! 그이의 재혼 상대를 점쩍으라고 했다면 나는 아우렐리아라고 답했을 거야!"

코르넬리아 술라는 고개를 끄덕였다. "저도 마찬가지예요. 둘은 같은 바위에 붙어 있는 하르피이아 한 쌍처럼 죽고 못 사니까요. 깃털은 달라도 같은 종의 새들이죠." 그녀는 어깨를 으쓱하더니 덧붙였다. "아니,

새도 아니에요! 괴물이죠, 두 사람 다."

"카이킬리아 메텔라 달마티카는 한 번도 못 만나본 것 같구나." 아일리아는 코르넬리아 술라가 더 험한 말을 내뱉지 못하도록 주제를 바꿨다. "내 남편을 쫓아다닐 때도 본 적이 없어."

"이제 엄마의 남편이 아니에요! 그 여자의 남편이죠."

"그녀를 아는 사람은 거의 없어요." 젊은 폼페이우스 루푸스도 코르넬리아 술라를 진정시키려고 애썼다. "마르쿠스 아이밀리우스는 단 한 번의 실수 때문에 그녀를 세상으로부터 완전히 격리했어요. 악의 없는 실수이긴 했지만요. 딸과 아들 하나씩 두 아이가 있지만 그 아이들을 본 사람도 없어요. 그녀도 마찬가지죠. 마르쿠스 아이밀리우스가 죽은 후로는 예전보다 더 그녀를 보기가 힘들어졌어요. 그래서 로마 전체가 술렁이고 있는 거예요."

"그이는 그 여자를 아주 사랑하는 모양이구나." 아일리아가 말했다.

"말도 안 돼!" 코르넬리아 술라가 말했다. "아버지는 아무도 사랑하지 않아요."

아일리아를 빅토리아 언덕길에 버려둘 당시 느꼈던 새하얀 분노가 사그라지자 술라는 평소처럼 시커먼 우울 속으로 빠져들었다. 그는 너무도 상냥하고 따분한 아일리아에게 찔러넣은 칼을 한번 더 비틀어 치명상을 입힐 작정으로, 다음날 아침 메텔루스 피우스 저택으로 향했다. 죽은 스카우루스의 부인에 대한 그의 관심은 지금 그의 기분만큼이나 해묵고도 차가운 것이었다. 그는 아일리아에게 고통을 주고 싶었다. 이혼만으로는 부족했다. 칼을 비틀어주기 위한 더 나은 방법이 필요했다. 그렇다면 당장 다른 여자와 재혼해 마치 그것이 이혼 사유처럼 보이도록 만드는 것보다 좋은 방법이 또 있을까? 여자라는 종족은 내가 아주 젊을 때부터 늘 나를 미치도록 괴롭혔어. 술라는 메텔루스 피우스 저택으로 걸어가면서 생각했다. 여자가 더 쉬운 먹잇감이라는 어리석은 판단하에 내가 남자에게 몸 파는 일을 그만둔 이후로 줄곧 그랬지. 하지만 진짜 먹잇감은 나였어. 그들의 먹잇감. 나는 니코폴리스와 클리툼나를 죽였지. 그리고 율릴라는 자살했어. 세상의 모든 신들께 고마워해야 할 일이었지. 하지만 아일리아까지 죽이는 건 너무 위험해. 다만, 이혼만으로는 충분하지 않아. 그녀는 수년 전부터 이 순간이 오리라는 것을 알고 있었어.

술라가 도착했을 때 새끼 똥돼지는 신임 재무관 마메르쿠스 아이밀리우스 레피두스 리비아누스와 진지한 대화를 나누고 있었다. 마침 두 사람이 함께 있다니 참으로 대단한 행운이었다. 하지만 술라는 어차피 운명의 여신에게 총애를 받는 사람이 아니었던가?

마메르쿠스와 새끼 똥돼지가 단둘이 만나는 것은 어찌 보면 너무나 당연한 일이었다. 하지만 술라가 발산하는 어두운 기운이 어찌나 강력했던지, 두 사람은 은밀히 사랑을 나누다 들킨 연인처럼 껄끄럽고 불편한 기분으로 그를 맞았다.

훌륭한 군관 출신인 두 사람은 술라가 착석한 다음에야 자리에 앉았다. 그들은 아무 말도 하지 못하고 술라의 얼굴만 뚫어져라 쳐다보았다.

"둘 다 혀가 잘렸나?" 술라가 물었다.

메텔루스 피우스는 깜짝 놀라 말했다. "아닙니다, 루키우스 코르넬리우스! 그렇지 않습니다! 용서하십시오. 잠시 따, 따, 딴 생각을 하고 있었습니다."

"자네는 어떤가, 마메르쿠스?" 술라가 물었다.

차분하고 침착하고 믿음직한 마메르쿠스는 용기를 내어 미소를 지었다. "저도 마찬가지입니다."

"그렇다면 내가 집중해야 할 주제를 던져주겠네. 두 사람에게 모두 해당되는 주제지." 술라는 더없이 흉포한 웃음을 지었다.

두 사람은 아무 말 없이 기다렸다.

"카이킬리아 메텔라 달마티카와 혼인하고 싶네."

"유피테르 신이여!" 메텔루스 피우스가 외쳤다.

"아주 식상한 반응이군, 새끼 똥돼지." 술라가 말했다. 그는 자리에서 일어나 메텔루스 피우스의 서재 입구로 가더니 뒤돌아섰다. 한쪽 눈썹을 치켜올린 채였다. "내일 당장 그녀와 결혼하고 싶네. 둘이서 이 문제를 생각해보고 저녁까지 답을 주게나. 나는 아들을 원하기 때문에 불임인 아내와 이혼했어. 그렇다고 해서 어리석은 젊은 처녀와 재혼할 생각은 없네. 사춘기 소녀의 한심한 짓거리를 감당하기에 난 너무 늙었으니까. 대신 이미 아들과 딸을 하나씩 낳아 불임이 아님을 증명한 성숙한 여인을 아내로 맞고 싶어. 달마티카를 선택한 이유는 그녀가 내게 호감이 있는 듯해서야. 적어도 몇 년 전에는 그랬던 것 같더군."

술라는 이 말을 남기고 떠났다. 메텔루스 피우스와 마메르쿠스는 마주보며 입을 떡 벌렸다.

"유피테르 신이여!" 메텔루스 피우스는 다시 한번, 이번에는 좀더 맥없이 말했다.

"참으로 놀랄 일이군요." 마메르쿠스는 새끼 똥돼지에 비해 술라를 100분의 1도 모르기에 상대적으로 덜 놀랐다.

새끼 똥돼지는 머리를 긁적이더니 고개를 가로저었다. "왜 달마티카지? 마르쿠스 아이밀리우스가 돌아가셨을 때 잠깐 스치듯 본 것 말고는 난 몇 년간 달마티카를 까맣게 잊고 살았네. 그녀는 내 친척이지만 루키우스 코르넬리우스와의 그 사건 이후……. 그것도 참 기이한 인연이지! 어쨌든 이후 그녀는 라우투미아이 감옥보다 더 경비가 삼엄한 저택에 갇혀 살았어." 그는 마메르쿠스를 쳐다보았다. "유언장 집행인인 자네는 지난 몇 달 동안 그녀를 몇 번 만났겠군."

"우선 왜 달마티카를 선택했느냐는 첫번째 질문에 답을 하자면, 그녀의 재산을 간과할 수 없다고 생각합니다." 마메르쿠스가 말했다. "두번째 질문에 답을 하자면, 마르쿠스 아이밀리우스께서 작고한 후 그녀를 몇 번 만나보긴 했어요. 더 자주 봤어야 하는데 그러지는 못했죠. 마르쿠스 아이밀리우스께서 돌아가실 당시 저는 이미 전장에 나가 있었어요. 하지만 그분의 유언을 집행하기 위해 로마로 돌아와 그분의 아내를 만났습니다. 솔직한 의견을 들려드리면 그녀는 남편의 죽음을 그다지 슬퍼하지 않는 듯했어요. 그보단 자녀들에 대한 걱정이 더 많았죠. 하지만 그것도 충분히 이해할 만하다고 생각했어요. 나이 차가 얼마라고 했죠? 마흔 살 차이였나요?"

"그 정도 될 거야. 달마티카가 시집갈 때 조금 안쓰러워했던 기억이 나는군. 원래 그 집 아들과 결혼할 예정이었지만 그가 자살해버렸지. 그러자 내 아버지께서는 대신 마르쿠스 아이밀리우스에게 달마티카를 신부로 내주셨네."

"충격적이었던 것은 달마티카의 소심한 태도였습니다." 마메르쿠스가 말했다. "자신감을 전부 상실했다고 하는 편이 옳을지도 모르겠군요. 제가 이제 밖으로 나가도 된다고 했는데도 집밖으로 나가기를 두려워했어요. 친구도 전혀 없었고요."

"어떻게 친구가 있겠나? 마르쿠스 아이밀리우스가 달마티카를 철저히 감금했다고 한 건 빈말이 아니야." 메텔루스 피우스가 말했다.

"남편이 죽은 이후, 그녀는 아이들과 그 저택의 규모에 비하면 적은 수의 하인들만 곁에 두고 외롭게 지냈어요." 마메르쿠스는 기억을 더듬듯이 말했다. "이런저런 숙모나 사촌을 보호자로 두고 함께 살면 어떻겠냐고 제안했지만 그럴 때마다 화를 내곤 했죠. 그런 소리는 아예 들으려고도 하지 않았어요. 그러다 결국 훌륭한 혈통과 명성을 지닌 로마인 부부와 함께 살도록 조치했죠. 그녀는 과거의 실수도 있고 하니 더더욱 관습을 따르겠지만, 친척과 함께 사느니 모르는 사람이 낫다고 했어요. 참으로 애처롭지 않습니까, 퀸투스 카이킬리우스! 그 실수를 저지를 당시 나이가 몇 살이었죠? 열아홉이었나요? 게다가 예순이나 된 남자와 결혼한 상태였죠!"

새끼 똥돼지는 어깨를 으쓱했다. "타고난 결혼운 아니겠나, 마메르쿠스. 나를 보게. 루키우스 크라수스 오라토르의 작은딸과 결혼했는데, 그의 큰딸은 이미 아들을 셋이나 낳았어. 하지만 내가 부인으로 들인 리키니아는 아직 하나도 낳지 못했지. 노력이 부족해서 그런 게 절대 아니네, 정말이야! 그래서 우리 부부는 조카를 한 명 입양할 계획이지."

갑자기 좋은 생각이 떠올랐다는 듯 마메르쿠스의 이마에 주름이 잡혔다. "그렇다면 루키우스 코르넬리우스께서 하시려는 일을 직접 하는 것이 어떻겠어요? 불임을 이유로 들어 작은 리키니아와 이혼하고 달마티카와 결혼하는 거죠."

"아니, 마메르쿠스, 그럴 순 없네. 나는 아내를 진심으로 사랑한단 말이야." 새끼 똥돼지가 퉁명스럽게 말했다.

"그렇다면 루키우스 코르넬리우스의 제안을 진지하게 고려해야 한단 건가요?"

"오, 물론이지. 그는 재산이 없지만 훨씬 더 나은 것을 가지고 있네. 위대한 인물이란 말이지. 내 사촌 달마티카는 예전에도 위대한 인물의 아내였으니 그런 것에 익숙해져 있을 거야. 루키우스 코르넬리우스는 앞으로 한참 더 성공할 거야. 솔직히 더이상 성공할 길이 없는데도 왜 그런 생각이 드는지 모르겠지만, 반드시 그렇게 될 거야! 나는 알고 있어. 그는 마리우스도 아니고 스카우루스도 아니지만, 분명 두 사람의 업적을 뛰어넘을 만한 위인이 될 거야."

마메르쿠스는 자리에서 일어났다. "그렇다면 당장 달마티카의 의견을 들어봐야겠군요. 하지만 내일 당장 결혼식을 올릴 수는 없을 겁니다."

"어째서? 아직도 상중인 건 아닐 텐데!"

"그건 아니에요. 묘하게도 상복을 입고 애도하는 기간은 오늘로 끝났으니까요. 하지만 그래서 더더욱 안 된다는 겁니다. 내일 당장 결혼식을 올리면 의심을 사게 될 거예요. 몇 주 뒤에 하는 것이 좋겠어요."

"아니, 반드시 내일이어야 하네." 메텔루스 피우스는 강력하게 주장했다. "자네는 루키우스 코르넬리우스에 대해 나만큼 모르고 있어. 그분은 내가 세상 그 누구보다 아끼고 존경하는 인물이야. 다만 절대 그분의 뜻에 반대해서는 안 되네, 마메르쿠스! 이 결혼에 찬성한다면 반드시 내일 결혼식을 올려야 해."

"방금 막 떠오른 것이 있어요, 퀸투스 카이킬리우스. 마지막으로 달마티카를 만났을 때…… 아마 지지난번 장날 정도가 아니었을까 하는데, 저에게 루키우스 코르넬리우스의 근황을 묻더군요. 달마티카는 가장 가까운 친척인 당신을 비롯해 그 누구의 소식도 물어본 적이 없었는데 말이죠."

"열아홉 살 때 그에게 반했으니 그렇지 않겠나. 어쩌면 아직도 그를 사랑하는 것일지도 모르지. 여자들은 참 묘하단 말이야, 그런 짓을 다 하고." 새끼 똥돼지는 대단히 경험이 많은 사람처럼 말했다.

두 남자는 스카우루스 저택으로 가서 달마티카와 마주했다. 메텔루스 피우스는 마메르쿠스가 말한 그녀의 소심한 태도가 무엇인지 단번에 이해했다. 그가 보기에 그녀는 생쥐 같았다. 그래도 아주 매력적이고 유순한 생쥐였다. 그는 본인이 열일곱 나이에 예순이 다 된 여자와 결혼하면 어떤 기분일지 생각해보진 않았다. 여자들이야 늘 시키는 대로 하기 마련이고, 육십대 남성은 마흔다섯을 넘긴 여성보다 모든 면에서 훨씬 더 많은 일을 해낼 수 있는 법이니까. 달마티카의 가장 가까운 친척인 그가 공식적인 가장이었기 때문에 먼저 말을 꺼냈다.

"달마티카, 우리는 너에게 청혼 소식을 전하러 왔다. 네가 이 청혼을 받아들일 것을 강력히 권하지만, 원치 않을 경우에는 거절할 권리가 있단다." 메텔루스 피우스는 매우 격식을 차려 말했다. "너는 원로원 최고참 의원의 아내였고 그 아이들의 어머니다. 하지만 우리가 생각하기에 이보다 더 좋은 혼처가 들어올 것 같지는 않구나."

"청혼한 사람이 누구인가요, 퀸투스 카이킬리우스?" 달마티카가 기어들어가는 소리로 물었다.

"루키우스 코르넬리우스 술라 집정관님이다."

그녀의 얼굴에 믿어지지 않는다는 듯 기쁜 표정이 번졌고, 회색 눈동자는 은빛으로 반짝였다. 두 손이 손뼉이라도 칠 것처럼 어정쩡하게 앞으로 나왔다.

"수락하겠어요!" 그녀는 숨이 넘어갈 듯이 말했다.

달마티카의 승낙을 받아내려면 설득이 필요하리라 예상했던 두 남자는 눈만 껌뻑거렸다.

"그분은 내일 당장 결혼식을 올리기를 원하세요." 마메르쿠스가 말했다.

"그분이 원하신다면 오늘이라도 좋아요!"

두 사람이 무슨 말을 할 수 있을까? 무슨 말을 해야 할까?

마메르쿠스가 먼저 시도했다. "당신은 아주 부유한 여성이에요, 달마티카. 우리는 결혼 조건이나 지참금에 대해 루키우스 코르넬리우스와 아직 논의하지 않았어요. 그분은 당신이 부유하다는 것을 알고 있고, 그 이상은 알려고 들지 않는 것으로 보아 그런 문제는 부차적인 것 같습니다. 그는 불임을 이유로 지금의 아내와 이혼했어요. 그런데 젊은 처녀와 결혼하기보다는 아이를 낳을 수 있는 연령의 지각 있는 여성을 찾고 있어요. 이미 출산을 통해 임신 능력이 검증된 여성을 선호하고 있죠."

이 장황한 설명에 그녀의 낯빛은 조금 어두워졌다. 하지만 그녀는 아무 말 없이 잘 알아들었다는 듯 고개를 끄덕였다.

마메르쿠스는 복잡한 재산 문제를 끄집어냈다. "물론 당신은 이곳에서 살 수 없을 겁니다. 이 집은 당신의 어린 아들 소유이고 제가 관리해야 하니까요. 아들이 성인이 되어 이 저택을 스스로 책임질 수 있을 때까지 계속 이곳에 머물러줄 수 있는지 당신의 보호인들에게 물어보는 게 좋겠어요. 새로운 저택으로 데려가고 싶은 노예를 제외하고 나머지는 보호인과 함께 이 집에 머물게 하세요. 그런데 루키우스 코르넬리우스의 저택은 이 저택에 비해 아주 좁아요. 새장처럼 느껴질지도 몰라요."

"난 지금 이 집이 새장처럼 느껴져요." 달마티카가 말했다. 그 말은 빈정거림이었을까? 아니면 진심?

"새로운 시작을 위해서는 새 저택이 필요하지." 메텔루스 피우스는 혼란스러워하는 마메르쿠스를 대신해 말했다. "루키우스 코르넬리우스만 동의한다면 두 사람의 신분에 걸맞은 지역에 이만한 규모의 저택을 구입하도록 하지. 네 아버지이자 나의 큰아버지인 달마티쿠스께서 남기신 유산이 네 지참금이란다. 네게는 마르쿠스 아이밀리우스가 남긴 유산도 있어. 하지만 그것은 지참금으로 사용할 수 없는 돈이지. 마메르쿠스와 나는 너의 안전을 위해 그 돈이 네 소유로 남을 수 있도록 묶어둘 거야. 루키우스 코르넬리우스가 네 재산을 건드리도록 두는 것은 현명하지 않으니까."

"알아서 처리해주세요." 달마티카가 말했다.

"루키우스 코르넬리우스가 이 모든 조건에 동의한다면 내일 낮의 여섯번째 시각에 결혼식을 올립시다. 새집을 구하기 전까지 당신은 루키우스 코르넬리우스의 저택에서 지내야 할 거예요." 마메르쿠스가 말했다.

술라는 무표정한 얼굴로 모든 조건을 받아들였다. 그와 달마티카는 다음날 낮의 여섯번째 시각에 결혼했다. 메텔루스 피우스가 혼례를 집행했고 마메르쿠스가 증인으로 참석했다. 과시적인 요소는 모두 생략했다. 번거로운 콘파레아티오 결혼식 대신 간단한 예식만 올린 뒤 신랑과 신부는 신부의 두 자녀, 메텔루스 피우스, 마메르쿠스, 신부가 데려온 세 노예와 함께 술라의 저택으로 걸어갔다.

술라는 신부를 안고 문지방을 넘었다. 그가 어찌나 손쉽고 간단하게 그 일을 해냈는지 그녀는 너무 놀라 몸이 굳어졌다. 마메르쿠스와 메텔루스 피우스는 집안으로 들어와 포도주를 한 잔씩 마셨다. 하지만 새로운 집사 크리소고노스가 아이들과 가정교사에게 저택을 구경시켜주고 나머지 두 노예가 주랑정원 한구석에서 넋을 놓고 있는 사이, 두 사람은 집으로 돌아갔다.

신랑과 신부는 아트리움에 단둘이 남겨졌다.

"자, 부인." 술라는 밋밋한 어조로 말했다. "당신은 또 늙은이와 결혼했고, 다시 과부가 될 운명이오."

"당신은 늙은이가 아니에요, 루키우스 코르넬리우스!"

"쉰둘이오. 아직 서른도 안 된 사람에 비하면 젊다고 할 수 없는 나이지."

"마르쿠스 아이밀리우스에 비하면 젊은이죠."

술라는 고개를 뒤로 젖히고 껄껄댔다. "그 말을 증명할 수 있는 장소는 하나뿐이겠군." 이 말을 하고는 그녀를 다시 번쩍 안아들었다. "오늘 저녁식사는 없소, 부인! 잠자리에 들 시간이오."

"하지만 아이들은! 새로운 곳이라 익숙지 않을 텐데요!"

"아일리아와 이혼하고 어제 새 집사를 구했는데 아주 유능한 사람이오. 이름은 크리소고노스, 기름기가 좔좔 흐르는 최악의 그리스인이지. 하지만 모든 술수를 꿰뚫고 무서운 벌을 내릴 줄 아는 주인을 만나면 그런 인간들은 최고의 집사로 거듭나게 된답니다." 술라는 다시 입을 열었다. "크리소고노스는 당신 아이들을 아주 잘 돌봐줄 거요. 나에게 잘 보여야 하는 입장이니까."

달마티카와 스카우루스의 결혼생활이 어떠했는지는 곧 분명해졌다. 술라가 신부를 침대 위에 내려놓자, 그녀는 침대에서 빠져나와 술라의 저택으로 미리 보내놓은 옷가방을 열더니 아주 단정한 아마포 잠옷을 꺼냈다. 술라가 호기심 어린 눈길로 지켜보는 가운데, 그녀는 등을 돌리고 예쁜 크림색 모직 드레스를 풀어 양팔로 흘러내리지 않게 고정했다. 그런 다음 머리 위로 잠옷을 뒤집어쓰고 속에 있던 드레스를 벗었다. 조금 전까지는 낮 의상이었는데 순식간에 밤 의상으로 바뀐 것이다. 그것도 맨살은 조금도 보이지 않고서!

"그 형편없는 옷은 벗어버려요." 술라가 그녀의 뒤에서 말했다.

황급히 뒤돌아선 그녀는 숨이 멎는 듯했다. 술라는 나체였다. 피부는 눈보다 더 하얬으며 가슴과 음부의 고불고불한 체모는 머리카락과 같은 색이었다. 허리춤에는 늘어진 살이 전혀 없었고 노화로 인한 주름도 없었다. 단단한 근육질 몸이었다.

스카우루스는 몇 시간이나 그녀의 옷자락 속을 만지작거리고 유두를 꼬집고 다리 사이를 더듬은 다음에야 비로소 성기의 변화를 보이곤 했다. 그는 그녀가 아는 유일한 남자였다. 그러나 그녀는 단 한 번도 그의 몸을 눈으로 확인한 적이 없었다. 전통적인 로마인이었던 스카우루스는 아내에게 점잖은 성행위를 기대했고 자신도 점잖았다. 하지만 그의 아내도 모르는 사실이 있었으니, 스카우루스 역시 아내보다 덜 점잖은 신분의 여자와 즐길 때에는 아주 다른 모습이었다.

하지만 달마티카의 죽은 남편만큼이나 고귀한 혈통을 가진 술라는 전혀 부끄러워하지 않고 벗은 몸을 그녀에게 보여주었다. 그의 성기는 스카우루스의 서재에 있던 프리아포스 동상만큼이나 거대하게 발기해 있었다. 그녀는 남성과 여성의 생식기에 대해 문외한이 아니었다. 어느 집을 가도 쉽게 볼 수 있기 때문이었다. 동상에도, 등잔에도, 탁자 받침대에도, 심지어 벽에 걸린 그림에도 성기가 묘사되어 있었다. 하지만 그중에 어떤 것도 결혼생활과 연관이 있는 것처럼 보인 적은 없었다. 그것들은 그저 가구의 일부일 뿐이었다. 그녀에게 결혼생활이란 절대 몸을 보여주지 않는 남편을 뜻했다. 그녀는 아이를 둘이나 낳았음에도, 남편의 몸이 프리아포스 동상이나 가구나 장식품에서 볼 수 있는 것과는 전혀 다르리라고 생각했다.

달마티카는 수년 전 만찬에서 술라를 처음 보고 넋이 나갔다. 그런 남자는 처음이었다. 이렇게도 아름답고 강하고 단단하면서도 정말…… 정말…… 여성적이라고나 할까? 법무관 선거를 앞두고 로마 전역을 돌아다니던 술라를 미행할 당시, 그녀가 그에게서 느낀 것은 육체를 염두에 둔 감정이 아니었다. 유부녀였기에 이미 육체 경험이 있었던 그녀는 그것을 사랑에서 가장 사소하고 매혹적이지 않은 측면으로 치부했다. 술라에 대한 그녀의 열정은 순전히 소녀의 풋사랑이었다. 그것은 액체와 불이라기보다 공기와 바람의 성질에 가까웠다. 그녀는 벽이나 차양 밑에 숨어 두 눈으로 술라를 탐닉하고, 그의 성기보다는 그와의 키스를 꿈꾸었으며, 가장 낭만적인 방식으로 그를 동경했다. 그녀가 원한 것은 정복이었고, 그를 노예로 만드는 것이었으며, 그가 자기 발밑에 무릎 꿇고 사랑을 구걸하는 순간 달콤한 승리를 맛보는 것이었다.

마침내 남편이 그녀를 저지했고, 그때부터 그녀의 인생은 송두리째 바뀌었다. 하지만 술라에 대한 사랑만은 변하지 않았다.

"당신은 스스로를 웃음거리로 만들었소, 카이킬리아 메텔라 달마티카." 스카우루스는 덤덤하고 차갑게 말했다. "하지만 더 끔찍한 것은, 이번에는 나까지 웃음거리로 만들었다는 거요. 로마 전체가 나를 비웃고 있소, 로마의 일인자인 나를. 이제 그만둬야 하오. 당신은 멍청하게도 당신을 알아주지도 않고 부추기지도 않은 남자 주변을 어슬렁거리며 한숨을 내쉬고 감정을 쏟아냈소. 당신의 관심을 원하지도 않는 남자에게 말이지. 나는 내 명성을 지키려고 그 사람을 벌할 수밖에 없었소.

당신이 그 사람과 나를 곤란하게 만들지 않았다면 그는 법무관이 되었을 거요. 그럴 자격이 있는 사람이니까. 그러므로 당신은 두 남자의 인생을 망쳐놓았소. 하나는 당신의 남편이고, 다른 하나는 무고한 한 남자요. 나에게도 책임이 있다고 말할 수밖에 없는 까닭은, 그만 마음이 약해져 당신이 너무 오랫동안 이 수치스러운 짓을 계속하도록 내버려두었기 때문이지. 하지만 나는 당신이 스스로 잘못을 깨닫고 로마인들에게 최고참 의원의 아내 자격이 있는 여자임을 보여주기를 기대했소. 그런데 결국 당신이 무가치한 백치라는 사실만 만천하에 드러났소. 무가치한 백치를 다루는 방법은 하나뿐이오. 앞으로는 어떤 이유로든 이 집에서 나갈 수 없소. 장례식이나 결혼식에도 갈 수 없고 여자 친구들을 만나거나 물건을 사러 가는 것도 금지요. 당신의 분별력을 신뢰할 수 없으니 여자 친구들을 집으로 불러들이는 것도 허락하지 않겠소. 당신은 어리석고 속이 텅 빈 인간이고, 나 정도의 권위와 존엄을 갖춘 인물에게는 부적합한 아내요. 이제 나가보시오."

이 엄중한 꾸지람에도 불구하고 스카우루스는 아내의 몸을 탐하는 일을 멈추지 않았다. 물론 그는 이미 늙은 몸이었고 점점 더 늙어가고 있었으므로 아내를 찾는 빈도는 줄어들었다. 그녀는 아들을 출산한 뒤 어느 정도 남편의 신뢰를 회복했으나, 스카우루스는 아내에게 부과한 금지사항을 조금도 완화해주지 않았다. 그녀는 꿈속에서, 납으로 된 추를 목에 두른 것처럼 느리게 흐르는 고독의 시간 속에서 여전히 술라를 떠올렸고 여전히 그를 사랑했다. 미숙하고 치기 어린 사랑이었다.

이제 눈앞에 술라의 벗은 몸이 있었지만 그녀는 성욕이 일지 않았다. 그저 그의 아름다움과 정력에 숨이 멎을 듯했고, 술라와 스카우루스는 결국 종이 한 장 차이라는 놀라운 깨달음이 찾아왔다. 아름다움과 정력. 두 사람의 차이는 그것뿐이었다. 술라는 그녀의 발밑에 무릎 꿇고 사랑을 구걸하지 않으리라! 그녀는 결코 그를 정복할 수 없으리라! 이제 그가 그녀를 정복할 차례였다. 그의 몸으로 그녀의 문을 마구 때려부수면서.

"옷을 벗어요, 달마티카." 그가 말했다.

그녀는 나쁜 짓을 하다가 들킨 아이처럼 고분고분하게 잠옷을 벗었다. 그는 미소를 지으며 고개를 끄덕였다.

"사랑스럽군." 술라는 기분좋은 목소리로 이렇게 말하고는 그녀에게로 다가섰다. 그는 발기된 부분을 그녀의 다리 사이로 밀어넣고 그녀를 끌어당겼다. 그런 다음 그녀에게 입을 맞추었다. 달마티카는 지금껏 경험해본 적 없었던 황홀한 감각 속으로 빠져들었다. 그의 피부, 입술, 성기, 손의 촉감, 목욕을 마친 아이처럼 깨끗하고 달콤한 체취…….

그렇게 깨어나고 성장한 그녀는 꿈과 환상의 세계가 아닌, 살아 있으며 결합된 육체만이 존재하는 세계를 발견했다. 사랑에서 벗어나 찬양과 육체의 노예 상태로 빠져들었다.

술라에게 그녀는 율릴라를 통해 처음 맛보았던 황홀함과 메트로비오스와의 경험을 마법처럼 섞어놓은 듯했다. 그는 거의 20년간 잊고 지냈던 몽롱한 환희로 빠져들었다. 나도 꽤 굶주려 있었군. 술라는 스스로도 놀라워하며 생각했다. 굶주려 있는지조차 까맣게 잊고 있었어! 이건 나에게 너무 중요해, 반드시 필요해! 그런데도 이 모든 것을 잊고 지냈다니.

그렇다보니, 달마티카와 결혼해 황홀한 첫날밤을 보낸 이후 그 무엇도 술라에게 깊은 상처를 남기지 못한 것은 놀라운 일이 아니었다. 아일리아와 관련해 그에게 쏟아진 비난과 포룸 로마눔에서의 야유도, 달마티카의 재산만을 염두에 두고 빈정대는 필리푸스 같은 인간들도, 마리우스가 소년에게 기대 절뚝이며 걷는 모습도, 팔꿈치로 쿡쿡 찌르고 눈을 찡긋거리는 데쿠미우스도, 술라는 호색한 사티로스이고 죽은 스카우루스의 부인은 순진한 여인이라며 키득대는 사람들도, 심지어 메트로비오스가 팬지꽃 한 다발과 함께 보내온 씁쓸한 축하 편지도 그에게는 상처가 되지 않았다.

결혼한 지 2주가 채 지나지 않아 술라와 달마티카는 대경기장이 내려다보이고 마그나 마테르 신전에서 멀지 않은 팔라티누스 언덕의 대저택으로 이사했다. 그 저택은 드루수스 저택에 있는 것보다 더 멋진 프레스코화는 물론, 단단한 대리석 기둥과 로마 최고의 모자이크 바닥으로 장식되어 있었다. 또한 가구는 로마 원로원 의원보다 동방의 왕에게 어울릴 정도로 사치스러웠다. 술라와 달마티카에게는 심지어 산다락나무 탁자도 있었다. 값비싼 공작무늬 결을 입힌 상판에 고래 모양 금박으로 장식된 상아 받침대가 달린 탁자로, 새끼 똥돼지 메텔루스 피우스가 보내온 결혼 축하 선물이었다.

25년간 살았던 집에서 벗어나는 것은 술라에게 반드시 필요했던 해방감을 안겨주었다. 끔찍하고 늙어빠진 클리툼나와 더 끔찍한 그녀의 조카 스티쿠스의 기억과 작별하고, 니코폴리스, 율릴라, 마르키아, 아일리아의 기억과도 작별했다. 아들에 대한 기억은 차마 버릴 수 없겠지만, 적어도 아들이 보고 느꼈던 것들을 스스로 보고 느끼는 고통에서는 벗어날 수 있었다. 이제는 텅 빈 육아실의 문틈을 바라보다가 난데없이 깔깔대며 그에게로 달려드는 벌거숭이 아이의 환영에 시달리지 않으리라. 달마티카와 함께 전부 새로 시작하고 싶었다.

달마티카가 아니었더라면 상황은 달라졌겠지만, 술라가 오랫동안 로마에 남아 있었던 것은 로마로서는 행운이었다. 그는 로마에서 지내는 동안 부채 축소를 위한 자신의 계획을 감독하고 국고를 채울 방안을 모색했다. 돈을 마련할 수 있는 모든 기회를 적극적으로 활용해 병사들에게 급여를 지불했고(폼페이우스 스트라보는 약속대로 아주 적은 금액의 급여 명세서를 보내왔다), 이탈리아 갈리아에도 어느 정도 빚을 갚아나갔다. 술라는 로마 경제가 회복의 기미를 보이는 것을 만족스럽게 지켜보았다.

그러나 3월이 되자 이제 아내의 몸에서 떨어져야 할 때가 왔다는 생각이 들었다. 메텔루스 피우스는 마메르쿠스와 이미 남부로 떠난 뒤였고, 킨나와 코르누투스는 마르시족의 땅을 샅샅이 뒤지는 중이었으며, 폼페이우스 스트라보는(편지쓰기에 능한 신동 키케로는 곁에 없었지만, 그의 아들과 함께) 움브리아 어딘가에 숨어 있었다.

물론 할 일이 하나 남아 있었다. 법안 통과를 필요로 하는 일이 아니었으므로 술라는 로마를 떠나기 전날 그 일을 처리했다. 감찰관과 관련된 문제였다. 피소 프루기의 법은 새로운 시민권자들이 지방 트리부스 여덟 개와 신규 트리부스 두 개로만 등록할 수 있도록 규정함으로써 기존 선거인단에 변동이 없도록 했다. 그런데 두 감찰관은 인구조사를 안 하고 꾸물대고 있었다. 인구조사와 관련된 논란이 그들의 얄팍한 살갗으로 감당하기 힘들 정도로 뜨거워지면 불법적으로 일을 처리했고, 지각 있는 사람들은 그들의 사임을 주장했다. 두 감찰관은 조점관이 아주 작고 사소한 의식을 치러야 한다고 일러주었을 때조차 이를 고의로 무시했다.

"원로원 최고참 의원님, 그리고 의원 여러분, 원로원은 위기를 맞고 있습니다." 술라는 평소 습관대로 꼼짝도 하지 않고 의자 옆에 서서 말했다. 그는 오른손에 두루마리 하나를 들고 있었다. "다시는 이 원로원으로 돌아올 수 없는 의원들의 명단이 여기 있습니다. 모두 죽은 이들입니다. 백 명이 조금 넘습니다. 명단에 포함된 인물은 대부분 평의원입니다. 이곳에서 별다른 명성을 얻지 못하고 뒷좌석을 채웠을 뿐, 발언권도 없고 법 지식도 다른 의원들보다 부족했던 사람들이죠. 하지만 다른 종류의 이름들도 있습니다. 우리가 사무치게 그리워하는 이름들로, 재판장, 특별 재판관, 심사관, 중재인, 법률 입안가, 입법가, 정무관으로 활약하던 이들입니다. 그들의 빈자리는 아직 채워지지 않았습니다! 그 자리를 채우려는 움직임조차 없었죠!

그런 이름들을 열거해보겠습니다. 감찰관이자 원로원 최고참 의원 마르쿠스 아이밀리우스 스카우루스, 감찰관이자 최고신관 나이우스 도미티우스 아헤노바르부스, 전직 집정관 섹스투스 율리우스 카이사르, 전직 집정관 티투스 디디우스, 집정관 루키우스 포르키우스 카토 리키니아누스, 집정관 푸블리우스 루틸리우스 루푸스, 전직 집정관 아울루스 포스투미우스 알비누스, 법무관 퀸투스 세르빌리우스 카이피오, 법무관 루키우스 포스투미우스, 법무관 가이우스 코스코니우스, 법무관 퀸투스 세르빌리우스, 법무관 푸블리우스 가비니우스, 법무관 마르쿠스 포르키우스 카토 살로니아누스, 법무관 아울루스 셈프로니우스 아셀리오, 조영관 마르쿠스 클라우디우스 마르켈루스, 호민관 마르쿠스 리비우스 드루수스, 호민관 마르쿠스 폰테이우스, 호민관 퀸투스 바리우스 세베루스 히브리다 수크로넨시스, 보좌관 푸블리우스 리키니우스 크라수스 2세, 보좌관 마르쿠스 발레리우스 메살라."

술라는 만족한 듯 잠시 멈췄다. 다들 충격에 빠진 얼굴이었다.

"네, 저도 압니다." 그는 부드럽게 말했다. "이 명단을 보기 전까지는 위대한 인물들과 전도유망한 인물들이 얼마나 많이 숨졌는지 모르고 있었습니다. 집정관 출신 일곱 명과 법무관 출신 일곱 명. 재판관석을 채우고, 법과 관습에 대해 의견을 개진하고, 우리의 모스 마이오룸을 지켜나갈 자격이 충분한 열네 명의 인물들이었습니다. 나머지 여섯 명은 때가 되면 지도자 자리에 오를 인재들이었고요. 제가 읽어드리지 않은 다른 이름들도 있습니다. 활동 당시에는 큰 명성을 떨치지 못했으나 경험 많은 사람임이 틀림없는 호민관들입니다."

"오, 루키우스 코르넬리우스, 정말 비극입니다!" 플라쿠스 최고참 의원은 목이 잠긴 채 말했다.

"네, 그렇습니다. 루키우스 발레리우스." 술라가 동의했다. "아직 살아 있기에 이 명단에 포함되지 않았지만 다양한 이유로 오늘 이 자리에 참석하지 못한 의원도 많습니다. 해외에서 근무중이거나 로마 바깥의 이탈리아에서 임무를 수행하고 있기 때문이죠. 겨울을 맞아 잠시 휴전 중이지만, 이 자리에 모인 사람은 겨우 백 명 남짓입니다. 로마에 있는 원로원 의원들은 빠짐없이 참석했는데도 말이죠. 게다가 바리우스 특별위원회나 플라우티우스 특별위원회를 통해 많은 의원들이 국외로 추방되었습니다. 푸블리우스 루틸리우스 루푸스 같은 인물들 말이죠.

그렇기 때문에, 존경하는 감찰관 푸블리우스 리키니우스와 루키우스 율리우스에게 원로원 의석을 채우기 위해 백방으로 노력해주실 것을 부탁드립니다. 실력과 열정을 겸비한 로마인들에게, 위태로울 정도로 사람이 줄어든 원로원에서 일할 기회를 주십시오. 자기 의견을 개진할 자격이 있고 더 높은 자리에 앉아 마땅한 평의원들에게도 중요한 직책을 맡겨주십시오. 원로원의 정족수도 못 채우는 경우가 허다합니다. 원로원이 정족수조차 채우지 못한다면 어떻게 로마 통치의 상급 기관임을 자처할 수 있겠습니까?"

그렇게 술라는 발언을 마쳤다. 그는 로마가 잘 굴러가도록 조치를 취했고, 두 감찰관이 의무를 다하도록 모두의 앞에서 보기 좋게 등짝을 걷어찼다. 이제는 이탈리아와의 전쟁을 마무리지을 시간이었다.

〈3권에 계속〉

풀잎관 2

마스터스 오브 로마 2

1판 1쇄 2015년 11월 20일
1판 5쇄 2020년 10월 26일

지은이 콜린 매컬로 | 옮긴이 강선재 신봉아 이은주 홍정인 | 펴낸이 신정민

편집 신정민 신소희 | 디자인 고은이 이주영
마케팅 정민호 김경환 | 홍보 김희숙 김상만 지문희 김현지
저작권 한문숙 김지영 이영은 | 모니터링 서승일 이희연 전혜진
제작 강신은 김동욱 임현식 | 제작처 한영문화사

펴낸곳 (주)교유당
출판등록 2019년 5월 24일 제406-2019-000052호

주소 10881 경기도 파주시 회동길 210
문의전화 031) 955-8891(마케팅), 031) 955-3583(편집)
팩스 031) 955-8855
전자우편 gyoyudang@munhak.com

ISBN 978-89-546-3835-7 04840
　　　 978-89-546-3833-3 04840 (세트)